KB083328

20세기 전환기 동아시아 지식장과
근대한국학 탄생의 계보

글쓴이(수록순)

이지원(李智媛, Lee Ji-won)_대림대학교 인문사회계 교수

송인재(宋寅在, Song In-jae)_한림대학교 한림과학원 HK교수

조형열(趙亨烈, Cho Hyong-yerl)_동아대학교 사학과 조교수

김소영(金素伶, Kim So-young)_건국대학교 글로컬캠퍼스 인문사회계열 연구전담 조교수

안예리(安禮悧, An Ye-lee)_한국학중앙연구원 인문학부 조교수

김병문(金炳文, Kim Byung-moon)_연세대학교 근대한국학연구소 HK교수

손동호(孫東鎬, Son Dong-ho)_연세대학교 근대한국학연구소 HK연구교수

유은경(劉銀炅, You Eun-kyoung)_고쿠시칸대학교 21세기아시아학부 한국어 비상근강사

심희찬(沈熙燦, Shim Hee-chan)_연세대학교 근대한국학연구소 HK교수

미쓰이 다카시(三ツ井崇, Mitsui Takashi)_도쿄대학교 대학원 총합문화연구과 준교수

윤영실(尹寧實, Youn Young-shil)_숭실대학교 한국기독교문화연구원 HK교수

20세기 전환기 동아시아 지식장과 근대한국학 탄생의 계보

초판인쇄 2020년 5월 20일 **초판발행** 2020년 5월 30일
엮은이 연세대 근대한국학연구소 인문한국플러스(HK+) 사업단 **펴낸이** 박성모 **펴낸곳** 소명출판 **출판등록** 제13-522호
주소 06643 서울시 서초구 서초중앙로6길 15, 1층
전화 02-585-7840 **팩스** 02-585-7848 **전자우편** somyungbooks@daum.net **홈페이지** www.somyong.co.kr

값 32,000원 ⓒ연세대 근대한국학연구소 인문한국플러스(HK+) 사업단, 2020
ISBN 979-11-5905-521-8 93810

이 책은 2017년 정부(교육부)의 재원으로 한국연구재단의 지원을 받아 수행된 연구임(NRF-2017S1A6A3A01079581)

연세
근대한국학HK+
연구총서
003

20세기 전환기 동아시아 지식장과 근대한국학 탄생의 계보

연세대 근대한국학연구소
인문한국플러스(HK+) 사업단
엮음

SITES OF KNOWLEDGE IN EAST ASIA
AND THE BIRTH OF
THE MODERN KOREAN STUDIES

머리말

   20세기는 그동안 사용되던 수많은 언어가 점차 소멸되어 가는 '소수 언어 절멸'의 시기라고 말해지기도 한다. 연구에 따라서는 5,000~6,000개로 추산되는 언어 가운데 3,000개 이상의 언어가 위기에 직면해 있거나 죽어가고 있다고 경고하기까지 한다. 이를 세계적인 생태계 붕괴와 연관 짓는 경우도 있고, 영어를 위시한 문화제국주의를 그 원인으로 지목하기도 한다. 그러나 이러한 현상과는 정반대로 언어의 숫자가 자꾸만 늘어가는 경우도 있다. 물론 이는 전에 없던 새로운 언어가 생겨난다는 뜻은 아니다. 그동안은 그다지 중요시되지 않던 언어들이 일정한 정서법을 갖추고 표준화되어 공적 영역에서 어엿한 언어로 사용되어 '국어national language'의 지위를 획득해 가는 현상을 두고 이르는 말이다. 실로 19세기 후반에서 20세기 중반에 걸쳐 '국어'의 숫자는 점점 늘어만 가서, 전 세계를 뒤덮고 있는 국민국가의 수만큼이나 '국어'는 많아졌다고 할 수 있다. 그것은 20세기 후반까지도 이어지는데, 예를 들어 유고 연방 시절 '세르보-크로아티아어'라는 하나의 언어를 사용하던 사람들은 이제 세르비아어와 크로아티아어, 몬테네그로어라는 서로 다른 '국어'를 말하게 되었다.

   '국어'는 물론 그저 자연히 생겨나는 것은 아니다. 앞서 언급한 바와 같이 지구의 표면을 뒤덮고 있는 국민국가는 제각각 서로 다른 형태를 띠기는 하지만 모두 저마다 나름의 언어정책을 수행한다. 근대 이전의 국가는 일반인들이 일상생활에서 어떤 말을 하는지, 어떤 변종을 사용

하는지에 대해 전혀 관심을 기울이지 않았다. 그러나 표준어를 제정하고 이를 세심히 관리하는 것은 (비록 국가 권력이 직접 개입하지 않는다 하더라도) 국민국가의 중요한 일면이다. 이와 같이 언어정책은 근대 국민국가라면 반드시 갖추고 있는 것이라 해도 좋을 텐데, 이는 마치 모든 국민국가가 약속이나 한 듯이 나름의 통일된 화폐와 도량형, 단일한 시장과 경제제도를 가지고, 철도를 비롯한 교통망, 헌법과 의회, 중앙집권적인 정부, 경찰과 군대, 호적과 가족제도, 학교와 박물관을 가지는 것과 같은 차원에서 이해해야 하는 것인지도 모른다. "복제양은 아니지만 세계 국가 간 시스템은 서로 닮은 국가를 하나하나 지구상에 만들어 낸다"고 한 니시카와 나가오에 따르면 '세계체제'는 각각의 국민국가에게 하나씩 떼어내도 다른 곳에 이식할 수 있는 모듈 같은 성격의 국가장치를 강제한다는 것이다. 그래야 국가 간 시스템 / 네트워크로서의 세계체제가 작동할 수 있기 때문이다. (『국민이라는 괴물國民國家の射程』)

이러한 국가장치는 물론 법률이나 제도, 공권력 등에 의한 것만을 말하는 것은 아닐 것이다. 세계체제가 하나의 국가가 아니라 여러 국가로 이루어지는 한 그 많은 국가들은 동시에 독자성을 내세우지 않을 수가 없고 그것은 법률이나 제도만으로는 불가능하다. 하나하나 떼어 내서 이식 가능한 모듈module과 같은 성격의 국가장치로 이루어지는 국민국가지만 그 수만큼이나 많은 '국어'가 필요한 것은 국민국가가 나름의 독자성을 필요로 하기 때문이다. 물론 국민국가의 독자성을 담보해 줄 수 있는 것은 '국어'만이 아니다. 그만큼의 '국사'와 또 그만큼의 '국민문학'을 국민국가는 요청한다. 물론 앞서 언급한 화폐와 도량형, 가족제도, 헌법과 의회 같은 것도 국민국가마다의 특수성을 내세우지 않을 수 없다('한국적 민주주의'와 '조선식 사회주의'). 그러나 예컨대 화폐에 아로새겨지는 인물이나 문양을 생각해 보면 알 수 있듯이, 그런 각 국민국가의 자기 정체성은 대체로 '국사'나 '국민문학' 같은 것에서 그 원천을 찾기 마련이다. 그런 점에서 여타의 '이데올로기적 국가장치'들과는 또 다른 차원의 심급에서 작동하는 것으로 '국어', '국사', '국민문학' 등을 사유해야 하는 것인지도 모른다.

물론 근대 국민국가의 형성과 관련된 언어, 역사, 문학의 문제는 이미 많은 논의가 있어 왔다. 특히 1990년대 이후 탈근대의 논의와 맞물려 이에 대해서는 매우 다양한 입론들이 제출되고 또 과도하다고 할 만큼의 빈번한 토론이 진행된 바 있다. 특히 근대 극복이라는 문제의식을 중심으로 한 기왕의 다양한 논의들은, 어떻게 해서든 각자의 영역에서 근대적 맹아를 발견하려 했던 과거의 목적론적 인식을 극복하는 데 기여했다는 점에서 평가받아야 할 부분이 적지 않다. 다만 그러한 다양한 탈근대의 문맥 속에서 진행된 논의가 과연 실제 텍스트에 얼마나 깊이 있게 뿌리를 박고 있었는가 하는 질문은 우리를 주저하게 하는 면이 있다. 첨단의 이론이 난무하는 과정에서 컨텍스트가 텍스트를 압도했던 것은 아닌지 되돌아보게 된다. 새로운 이론은 전에 없던 시점을 제공해 주고 그리하여 새로운 맥락을 재구성해 낼 수 있게 되었지만, 그 와중에 이론으로는 설명해내지 못하는 어떤 징후들을 무심히 놓치고 지나가는 우를 범하지 않았다고 누가 자신할 수 있을까.

우리 연구소는 2017년 11월부터 '근대한국학 지적 기반 성찰과 21세기 한국학의 전망'이라는 아젠다로 HK사업을 수행하고 있다. 1890년대 이래로 진행되어 왔던 한국학 관련 각종의 자료들에서 주제어, 인물, 레퍼런스, 지명, 키워드 등을 추출하여 메타DB를 구축하고 이를 기반으로 한국학의 형성 과정을 재조명해 보고 더 나아가 21세기 한국학의 전망을 모색하려는 사업이다. 오늘 여기에 내놓는 책자 역시 그러한 노력의 일부이다. 아직 사업 초기 단계의 성과물인지라 기존 한국학 연구의 성과들을 성찰하고 앞으로의 연구 방향을 점검하는 것을 목표로 삼았다.

특히 제1부에서는 앞으로 연구의 방향을 어떻게 설정할 것인지에 대한 우리의 고민을 담았는데, 우선 이지원의 「동아시아의 근대와 한국학의 근대성」은 총론적인 성격의 글로서 한국학의 근대성을 이해하기 위해 필요한 3가지 관점을 제시하고 있다. 동아시아라는 장과 그 연동성, 전통의 창출과 자국 문화의 체계화라는 자국학 형성의 보편성, 식민성과 그에 대한 사상적 실천적 분투가 그것인데 한국학의 지적 기반을 성찰하려는 우리의 연구에 시사하는 바가 적지 않다. 송인재의 「한국 개념사의 이론적 탐색에 대한 회고와 전망」은 제목 그대로 한국에서의 개념사 연구가 어떤 과정을 통해 이루어져 왔고 앞으로의 가능성은 어떠한지를 살펴보는 글이다. 우리 연구소의 작업은 개념사 연구와 비교되곤 하는데, 디지털인문학이라는 방법론이라는 면에서 특히 그러하다. 따라서 개념사 연구의 과정과 그 학술사적 의미에 대한 성찰은 곧 우리 연구의 방향을 재점검하는 노력의 일환이기도 하다. 조형열의 「1970년대 이후 한국학의 방법과 과학론의 모색 시론―근대전환기 인식을 중심으로」는 좀더 발본적인 문제의식을 담고 있다. '과연 한국학이라는 학문이 성립 가능하기는 한 것인가?'라는 질문을 우리에게 제기하고 있기 때문이다. 그는 그동안 있어 왔던 '한국학'을 하나의 독립된 학문으로 세우려는 노력과 그것에 회의적인 시선들을 여러 차례 교차하여 검토한 후 한국학을 '과학론'이라는 관점에서 성찰할 것을 제안한다. 분과 학문으로서의 한국학의 성립 가능성을 묻는 그의 질문은 이 연구를 지속하는 내내 우리를 긴장하게 할 것 같다.

제2부에서는 몇 가지 주제를 통해 근대 시기에 한국학 형성의 기원과 전개 양상을 짚어보고자 했다. 주로 내부적인 시선들이 검토의 대상이었다. 김소영의 「한말 지식인들의 '국민' 성립론—공통의 언어, 혈연, 역사 그리고 종교」는 국민국가가 필수적으로 요청하는 '국민'이라는 주체 형성에 작동하는 여러 담론들을 검토하고, 그들이 구상했던 국가가 인민의 자유 의지와 계약에 의해 성립하는 것이라기보다는 일체감을 우선하는 '가족국가'였음을 지적하고 있다. 국민국가의 성립에 동원된 여러 담론들은 결국 '국어, 국문학, 국사' 연구의 토대가 될 터인데 나머지 세 편의 글은 이를 인물, 레퍼런스, 사건 등으로 계열화해 본 것들이다. 안예리의 「근대 한국어학의 지적 계보를 찾아서—지석영의 국문·국어 연구를 중심으로」는 그동안 다소 소홀히 다루어져 왔던 지석영의 국문, 국어 연구를 통해 한국어학의 계보를 재구성하고자 하였으며, 김병문의 「근대계몽기 '국문론'의 레퍼런스에 대하여」는 당대에 숱하게 제출되었던 '국문론'이 과연 어떤 문헌들을 참조해 작성되었는가를 검토하여 당대의 상황을 좀 더 입체적으로 조망해 보고자 했다. 손동호의 「『청춘』의 현상문예와 근대 초기 한글 운동」은 최남선이 주관한 『청춘』의 현상문예가 시문체의 확립을 지향한 것이었으며 거기에 당대의 한글 운동이 매우 긴밀히 결합되어 있음을 다룬 글이다. '국어'와 '문학'의 두 분야에 걸쳐 있어서 결국 이 두 분야가 모두 놓치고 있는 영역이

여전함을 보여주는 연구이다.

　제3부에 묶은 다섯 편의 글은 근대한국학의 성립에 관여한 타자의 시선을 검토해 보는 것들이다. 19세기 말 이래 동아시아 각국은 세계체제에 편입됨에 따라 그 이전과는 사뭇 다른 관계들을 형성하게 된다. 한반도 내에는 이미 조선의 언어와 역사, 문학에 대해 각자의 의견을 피력하던 많은 외국인들이 있었고, 동아시아 각국에서 발신되는 세계정세와 각국의 사정은 우리 지식인들의 시야에도 들어오고 있었다. 타자의 시선이 전제되지 않는 자기 정체성이라는 것은 애초부터 성립 불가능한 것인지도 모른다. 예컨대 김병문의 「타자의 시선과 자국학 성립의 한 가능성─근대계몽기 서양인들의 이중어사전 및 문법서를 중심으로」에서는 이 시기 가히 경쟁적이라고 할 만큼 쏟아져 나온 서양인들의 이중어사전과 문법서가 구체적으로 어떻게 추상적 층위에 존재하는 '국어'를 발견하게 했는가 하는 점이 다루어진다. 유은경의 「메이지시대 일본문학을 통해 본 조선인식」에서는 화가 고스기 미세이가 러일전쟁 당시 종군기자로 겪은 체험을 바탕으로 쓴 『진중시편』의 「조선일기」를 꼼꼼히 읽으면서 당시 일본 지식인의 조선 표상을 검토한다. 심희찬은 「일선동조론의 계보학적 검토를 위한 시론─일본사의 탄생과 타자로서의 조선」에서 초창기 일본 근대 역사학의 탄생 과정에서 '일선동조론'이 중요한 계기로 기능했다는 흥미로운 견해를 제시한다. 즉 '일선동조론'의 아시아주의적 측면을 통해 조선이라는 타자를 폭력적으로 포섭하면서 근대 일본사학이 성립했다는 것이다. 한편 미쓰이 다카시는 「근대 일본 역사학과 조선─기타 사다키치喜田貞吉의 '일조동원론日朝同源論'을 중심으로」라는 글에서 '일선동조론'을 '일조동원론'으로 고쳐 부르면서 '혼합

민족론'이라 할 만한 견해를 제시한 기타 사다키치의 경우를 예로 들어 '일조동원론'이 1910년 이후 어떤 문맥 속에서 활용되어 왔는지를 다루고 있다. 「우드로우 윌슨의 'self-determination'과 'nation' 개념 재고─ 'National self-determination'을 둘러싼 한미일의 해석 갈등과 보편사적 의미」라는 긴 제목의 글에서 윤영실은 'national self-determination'에 대한 한·미·일의 해석 갈등을 조명하여 3·1운동기 식민지 조선 '민족'을 'nation'으로 역번역하고 '자결'의 주체로 선포했던 실천이 지닌 탈식민적, 국제정치적 의미를 규명하였다.

이 책에 묶인 글들은 주로 2019년 '20세기 전환기 동아시아 지식장과 근대한국학의 형성'(7.18~19), '근대한국학 탄생의 계보'(10.11)라는 주제로 열렸던 두 학술대회에서 발표되었던 논문들이다. 어려운 사정에도 불구하고 발표를 맡아 우리의 연구에 대해 조언해 주시고 방향을 제시해 주셨는데, 총서로 묶어 내는 데에도 흔쾌히 동의해주신 여러 선생님들께 깊은 감사의 말씀을 드린다. 학술행사를 진행하며 고생한 우리 사업단의 여러 구성원들이게도 이 기회를 빌려 고마움을 표한다. 아울러 어려운 여건 속에서도 출판을 맡아주신 소명출판 관계자분들께 감사를 전한다. 여럿이 힘을 합하여 어렵게 내딛는 발걸음이 하나둘 모이면 마침내 지평선을 가르는 대로가 되리라는 믿음으로 이 책을 내놓는다.

2020년 5월
연세대학교 근대한국학연구소 인문한국플러스(HK⁺)사업단

차례

제2부 근대한국학 탄생의 계보를 찾아서

동아시아의 근대와 한국학의 근대성

이지원

1. 문제의식 – 한국학의 근대성을 보는 관점

지구촌은 지구공동체Global community의 다문화Multi-Cultural시대에 살고 있다. 글로벌 다문화시대에 세계인과 소통하고 지구공동체를 만드는 데 기여하는 지적·문화적 교류와 네트워크의 필요성은 점차 더 커지고 있다. 이를 위해 각국은 경쟁적으로 국가나 민족 단위의 문화정체성을 발휘하고 확산시키고 있다. 한국도 예외는 아니고, 세계의 문화다양성 속에 한국의 문화정체성을 드러내는 한국학Korean Studies에 대한 관심도 높아졌다.[1]

---

[1] 김경일, 「한국학의 기원과 계보 – 한국과 동아시아, 미국을 중심으로」, 『사회와역사』 64, 한국사회사학회, 2003; 이지원, 「글로벌 코리아의 한국학」, 『제13회 세계코리아포럼논집』, 국제코리아재단, 2012.

한국학korean Studies은 한국이라는 국가nation-state나 민족ethnic의 문화정
체성을 다루는 지식체계이다. 세계사에서 국가나 민족 단위의 역사, 문
학, 정치, 경제, 관습, 예술, 사상 등의 개별성을 연구하고 세계인과 소
통할 필요가 본격화된 것은 근대 이후부터이다. 안으로는 근대 국민국
가를 만들어야 했고 밖으로는 자본주의 세계체제에 의해 국가와 지역
간 교류가 일반화되었기 때문이다. 근대국가의 국민(민족)은 중세시대
의 신분을 대체하는 집단적 정체성collective identity의 기준이 되었고, 세계
와 소통이 많아질수록 국가나 국민의 집단적 정체성은 더욱 필요해졌
다. 한국에 대한 국가와 민족 단위의 문화정체성과 그에 대한 지식은 근
대의 역사적 조건과 필요에 의해 형성되었다. 그리고 그렇게 만들어진
정체성 문화는 오늘날 글로벌 문화다양성시대에 한국의 문화정체성의
근거와 기준으로 여전히 통용되고 있다. 이에 한국학을 근대의 산물로
보고 그 근대성modernity을 살펴볼 필요가 있다. 근대 폐기 또는 극복을
거론하기 전에 한국학의 근대성을 이해하는 것이 필요하다.[2]

여기에서는 한국학의 근대성을 세 가지 관점에서 생각하고자 한다.
첫째는 동아시아 근대 문화정체성 만들기의 연동성이다. 연동은 '서로
깊이 연관된 동아시아가 다방향으로 상호 작용하는 공간(곧 구조)을 서
술하는 동시에 주체적인 연대활동을 가리키는 용어'이다.[3] 서세동점시
대 이후 동아시아는 서양이 주도한 세계체제에 의해 타자화되었다. 타
자화된 동아시아 지역의 일부가 된 한국은 다른 동아시아 나라들과 마
찬가지로 자본주의 세계체제와 서구적 근대화를 거부할 수 없는 대세

---

2   이지원, 「한국학의 근대성 고찰」, 『민족문화연구』 86, 고려대 민족문화연구원, 2020.
3   백영서, 『핵심현장에서 동아시아를 다시 묻다』, 창비, 2013.

로 받아들이면서도, 아시아의 정체성을 포기하지 않은 국민국가와 근대 주체를 만들고자 했다. 중국의 중체서용中體西用, 일본의 화혼양재和魂洋才, 한국의 동도서기東道西器 등은 동아시아와 서양의 19세기적 만남에서 나온 동아시아적 정체성의 표현이었다. 그러한 개념들은 내적으로 각각 근대 국민국가 건설 구상과 어떠한 식으로든 연계되었다는 점에서 동아시아 근대 민족주의·국민주의 사상을 담고 있다. 이때 동아시아 3국은 '국수國粹'라는 번역어를 공유하며 근대 국민·국가의 문화정체성을 만드는 지적 연동성을 보여줬다.[4]

둘째는 세계 근대 학술사에서 자국학National Studies 탄생의 보편성이다. 근대 국민·국가의 정체성을 만들기 위해 '전통 창출invention'을 하고, 국사·국어 등 '자국문화national culture'를 체계화하는 것은 근대 학술사의 일반적인 현상이었다.[5] 근대 국민국가와 국민의 정체성은 근대 민족주의·국민주의의 중심과제가 되었다. 이 과정에서 민족정서를 자극하고 민족의식을 형성하는 데 적합한 영광스러운 기억들은 선택되고selecting, 통일된 민족의식을 형성하는 데 부정적인 영향을 미치는 기억들은 망각되게forgetting 된다.[6] 근대의 기획과 의도에 따라 과거의 모습을 소환하고 더욱 사실에 가깝게 하는 지적 욕구는 자국학의 탄생을 추동했다. 한국학의 형성은 근대 국민국가 시대 한국·한국인의 정체성을

4 이지원, 『한국 근대 문화사상사 연구』, 혜안, 2007.
5 ed. Eric Hobsbawm · Terence Ranger, *The Invention of Tradition*, U. K. : Cambridge University Press, 1983; 베네딕트 앤더슨, 윤형숙 역, 『상상의 공동체-민족주의의 기원과 전파에 대한 성찰』, 나남출판, 2002; Timothy Baycroft, *Nationalism in Europe 1789~1945*, U. K. : Cambridge University Press, 2007.
6 에르네스트 르낭, 신행선 역, 『민족이란 무엇인가』, 책세상, 2002(Ernest Renan, *Qu'est-ce qu'une nation? et autres ecrits poliitiques*, 1882).

'자국문화'로 만들고자 했던 학문적 욕망과 시도에서 출발했다는 점에서 민족주의 시대 근대 학술사의 보편성을 갖는다. 19세기 말 세계사의 흐름을 자각한 동아시아의 지식인들은 자국문화 만들기를 근대 애국심이 발휘되는 문명화의 모습으로 인식했다. 근대한국학은 그러한 세계사적 · 동아시아적 보편성과 연동되어 한국근대사의 실천적 · 사상적 특성을 발휘하며 탄생했다.

셋째는 식민성과 그에 대한 실천적 · 사상적 고민이다. 한국은 일본이나 중국과 달리 20세기 초 일본 제국주의의 식민지가 되어 근대 국민국가의 자국학 발전이 순조롭지 못했다. 일본 제국 지역Japanese Imperial Area의 일부가 되어 식민지적 강제와 규정을 받는 비주체적인 글로벌화가 진행되었다. 식민성을 극복하며 해방과 독립의 근대적 정체성을 확보해야 하는 지적 고민이 추가되었다. 따라서 일제 강점기 한국학의 근대성에는 근대 학문의 분과학문적 내용이나 방법론의 개발 만이 아니라 식민지 지식 · 문화권력에 의해 타자화 된 주체성을 회복해야 하는 것이 중요했다. 그러나 식민지하 정체성은 독립된 근대국가의 주체성 회복을 강조하는 것으로 표현되기도 하였고, 제국 일본의 지역학Area Studies, 식민지 토착문화로서의 정체성이 강조되기도 하였다. 그러한 가운데 '조선학'이라는 기표가 정착되었다. 동일한 기표signifiant지만 여러 의미를 담는 기의signifier가 착종되면서, 조선역사 · 조선문화에 대한 다양한 표상이 넘쳐났다.[7] 1945년 해방 이후 '조선학'이라는 기표는 자국

---

7 이태훈 · 정용서 · 채관식 편, 『일제하 조선 역사 · 문화 관련 기사 목록』, 선인, 2015; 연세대 역사문화학과BK21플러스사업팀 편, 『식민지 조선의 근대학문과 조선학연구』, 선인, 2015; 이지원, 「'민족문화'의 기표와 기의, 문화헤게모니」, 한국역사연구회, 『한국사, 한 걸음 더』, 푸른역사, 2018.

학, 한국학으로 대체되었다. 식민성과 반식민성, 관념과 유물 등 여러 사상의 결이 착종된 지식의 집합이었다. 식민지 시기 조선역사·조선문화 연구를 했던 사람들의 실천적·사상적 고민을 읽어내는 것은 식민지 근대를 거쳐 형성된 한국학의 근대성을 이해하는데 중요 요소라고 하겠다.

오늘날 세계인의 교류가 일상화되고 한국에 대한 문화와 지식의 이해와 소통이 커가는 시대에, 한국학 연구의 진전을 위한 성찰의 출발점으로서 한국학 탄생에 작동한 근대성을 위의 세 가지 관점에서 살펴보고자 한다.

2. 동아시아 근대 문화정체성의 연동

1) 타자화와 주체화의 교차

동아시아의 근대는 외부로부터의 도전과 충격에 대응하며 급물살을 탔다. 16세기 대항해시대 이래 전 지구를 무대로 활보하던 유럽의 나라들은 19세기에 자본주의를 엔진 삼아 해양의 물결을 가르고 동아시아로 다가왔다. 그 물결은 실크로드 이래 그 어떠한 동서양 교류의 속도와 양을 뛰어넘는 전지구적 시장의 탄생을 예고하며, 독점과 침략의 역사를 주도했다. 독점과 침략이 난무하는 시대에 동아시아인들은 당혹했고 삶은 곤궁해졌다. 혼동과 곤궁의 위기에서 동아시아인들은 서양의 생산력과 제도를 관찰하며 생존과 부국강병의 방략을 고민하였다.

자본의 시대가 만들어 놓은 근대적 인간 ─ 계몽된 국민, 자유로운 개인, 산업사회의 노동자 ― 의 탄생, 그리고 그러한 인간들의 공동체로서 국민국가nation-state로의 전환 등의 방략은 서양을 모델로 한 근대화, '문명'이라는 이름으로 확산되었다. 후쿠자와 유키치福澤諭吉의 번역어인 문명·문명개화 = civilization는 한자문화의 전통을 갖고 있는 한국과 중국에 공유되었다. 서양의 지식과 번역이 이루어지면서 새로운 용어 사용과 그 용어의 내용에 대한 상상이 확산되었다. 동아시아의 많은 지식인들은 서구적 문명화의 욕망에 사로잡히면서 과거로부터 일대 전환과 탈피를 시도했다.

그러나 그러한 꿈을 꾸면 꿀수록 동아시아는 낙후된 비문명의 지역으로 타자화되었다. 동아시아의 지식인들을 '동양 폐기 = 근대화 = 서구화'의 도식에 빠져들게 하였다. 세계시장과 만국공법의 국제관계에 의해 서양 중심의 세계체제가 강고해지면서 그러한 가치는 깊고 넓게 확산되었다. 서양에 의해서만이 아니라 동아시아인 스스로도 오리엔탈리즘을 내재화하여 자신을 타자화하였다. 후쿠자와 유키치가 말한 아시아에서 벗어나 서구가 되는 것, 즉 탈아입구는 그것을 함축한 표현이었다. 서양 문명을 기준으로 동양과 서양을 이분법적으로 보는 사고방식perspective이 정착되었다. 1970년대 에드워드 사이드Edward W. Said의 『오리엔탈리즘Orientalism』이 발표되기 전까지 이러한 사고방식은 세계화의 기준이자 권위로 난공불락의 두터운 벽을 만들었다. 동아시아의 많은 지식인들은 세계화 = 문명화를 위해 과거 자신들의 삶의 방식을 바꾸어야만 한다는 강박에 사로잡혔다. 일체의 '과거의 것'을 타자화함으로써 진보한다는 동아시아 근대의 명제 속에는 과거와의 단절이 곧 문명화라는 생각이 자리잡고 있었다. 근대 = 문명화의 길을 선택하는 순간 과거 전통은 낙후된 것, 열등한 것이라는 도식이 성립되었다. 서양적 문명화에 대한 욕망은 상대적 열등감을 낳았다. 열등감은 서양의 문명화가 제국주의 침략의 모습으로 다가올 때에도 저항하지 못하는 요인이 되었다.

그러나 아이러니하게도 낙후된 아시아의 폐기를 요구했던 세계화 = 문명화는 동아시아의 주체화를 추동했다. 만국공법의 국제관계는 그러한 필요와 욕망을 자극했다. 각 국가의 평등한 원자적 관계를 전제로 한 만국공법체제는 서양이 만든 19세기의 세계체제로, 평등한 관계를 내세우며 강대국의 주도권을 관철시키는 국제체제였다. 중국 중심의 중화주의 질서 속에서 지역 공간의 안정적 유지를 전제로 한 아시아의 중화주의 질서는 낙후된 비문명의 증거였다. 만국공법 세계체제로의 편입을 강요당한 동아시아는 이전의 동아시아 지역질서와 다른 새로운 국가로서 정체성과 네임카드를 필요로 했다. 중국 중심의 중화주의를 매개로 하지 않고 만국공법체제라는 새로운 귀속 집단을 전제로 한 국가와 국민으로서 자기 정체성이 더욱 필요해졌다. 세계화는 타자와의 관계 속에서 자신에 대한 정체성, 주체화의 욕구를 자극했다.

동아시아의 근대는 서양 중심의 세계화에 의해 타자화된 동시에 주체화가 교차하는 문명전환의 시기였다. 서양을 모델로 자본주의 근대화, 국민국가를 욕망하되, 반서양의 정체성에 대한 욕망의 교차였다. 그것은 대내외적으로 국민국가의 집합적 정체성collective identity을 만드는 문화기획을 자극했다. 타자와 구별되는 집합적 정체성을 확립하는 것은 문명화 = 근대화 = 세계화의 보편적인 과정이자 동아시아의 새로운 주체화의 과정이었다. 그것은 동아시아에서 근대 주체로서 국가와 국민(민족)의 근대적 정체성을 만드는 문화적 · 사상적 모색을 낳았다.

2) 문화정체성 만들기의 동아시아 알고리즘

서양적 문명화를 지향하되 타자와 구별되는 집단적 정체성의 단서는 옛 것들과 무관할 수 없었다. 주민 집단이 혈연, 언어, 역사 등 '옛 것 = 전통'을 공유해온 문화는 정체성의 근거가 되었다. 그러나 서구적 근대 = 문명화로 나아갈 선택을 하는 순간 과거 동아시아의 전통은 낙후된 것, 열등한 것이라는 도식이 성립되었기 때문에 전통을 호출하는 것은 근대화 = 문명화에 모순되었다. 여기에서 '전통의 역설paradox'이 성립한다. 전통은 문명화를 위해 배척해야 할 요소지만, 세계체제에서 대외적으로 정체성을 보이고, 대내적으로 국민 만들기nation-building를 위해 유용하고 익숙한 소재였다. 이것이 바로 근대 문화정체성을 구성하는 데에 과거 전통과 근대가 만나는 지점이다. 이는 베네딕트 앤더슨이 민족주의를 '상상의 공동체'로 보고 특수한 문화적 조형물로 보았던 민족담론[8]과 앤서니 스미스가 근대와 전근대의 연속성을 바탕으로 민족과 민족주의 패러다임을 제시한 민족담론[9]이 만나는 접점이기도 하다. 즉 민족이 상상의 공동체라 하더라도 민족의 성격을 정의하는 요소들— 인종, 종교, 언어, 지리, 역사 등—은 전통에서 이어져 온 문화들이다. 문화라는 것은 이미 사람들이 그 속에서 살아왔던 익숙한 것으로 한 세대에서 다음 세대로 물려준 어떤 종류의 지식이나 기술, 상징들에 대한 개념들을 포함하고 있다. 따라서 '문화'라는 개념에는 과거의 전통이 포함된 것이라는 말이 성립된다.[10]

---

8 베네딕트 앤더슨, 윤형숙 역, 앞의 책, 23쪽.
9 앤서니 스미스, 김인중 역, 『족류—상징주의와 민족주의』, 아카넷, 2016.
10 피터 버크, 조한욱 역, 『문화사란 무엇인가』, 길, 2005, 53쪽.

이에 동아시아의 문명화를 지향한 지식인들은 과거의 전통을 근대적 정체성의 소재로 소환하였다. '과거의 전통'은 근대를 만들고자 하는 의지와 계획에 의해 선택되고selecting → 호출되고calling → 해석되어interpretation → 상징화symbolizing의 길을 걷는 '근대의 전통'이 되었다. 서양에서도 근대 민족주의를 만드는 과정에서 '전통'이 민족화nationalized되어 민족주의 문화 규율을 만들던 것과 마찬가지였다. 홉스봄Hobsbawm이 말했던 '전통의 창출invention of tradition'이다. 동아시아의 근대를 만들기 위한 '전통'이었고, 근대의 문화 기획으로 재현된 '전통'이었다.

동아시아에서 '전통'을 근대 문화정체성 만들기의 도구로 삼는데 가장 앞장선 나라는 일본이었다. 그 중심에 쿠가 가쓰난陸羯南, 시가 시게타카志賀重昻, 미야케 세쓰레이三宅雪嶺 등이 있었다.

이들은 메이지 정부의 극단적인 서구지향의 근대화에 맞서 일본의 전통과 정신을 보존하여 일본의 국가정신·국민정신의 발양을 계몽했다.[11] 도쿠도미 소호德富蘇峰와 함께 메이지 초기 언론계를 대표하던 인물 쿠가 가쓰난은 1889년 신문 『일본日本』을 창간하고, 근대 일본정치사상사상의 고전으로 평가되는 『근시정론고近時政論考』(1891)를 저술하여 '국민'을 중심으로하는 입헌적 국민주의를 주창하였다. 삿뽀로 농학교를 졸업한 지리학자이자 도쿄영어학교 교사 출신 시가 시게타카는 1888년 도쿄대학을 졸업한 철학가 미야케 세쓰레이와 세이쿄사政教社를 차리고 『일본인日本人』을 창간하였다.

---

11 山本新,「歐化と國粹」,『周邊文明論－歐化と土着』, 東京：刀水書房, 1985; 色川大吉,『明治の文化』, 東京：岩波書店, 1982; 宋本三之介,「政教社」,『明治思想における傳統と近代』, 東京：東京大學出版會, 1996.

이들에 의해 '국수'라는 말이 탄생했다. 국수는『일본인』1~3호에서 'nationality'를 번역하며 시작된 신조어였다. 일본국민, 일본국가가 되는 데에는 일본의 무형의 전통과 정신精神 등 다른 나라가 모방할 수 없는 특성을 통해 'nationality' = 국수를 만들고 보존할 것을 강조했다. 이때 일본의 국수는 새로운 근대국가인 메이지 일본의 국가정신 '일본혼日本魂'을 만드는 것에 집중되었다. 외래의 정신이나 제도가 아닌 일본 내부의 것에서 찾고자 하는 것이었다. 이때 일본혼을 만드는 문화 요소는 '과거'의 요소들이었다. '과거'는 '현재'의 의도로 호출되고 해석되기 시작했다. 시가 시게타카는 1894년 국토의 자연이나 풍토에 대한 애정을 불러일으킨 국수주의 인문지리서『일본풍경론日本風景論』를 집필했고, 미야케 세쓰레이는 1891년『진선미일본인眞善美日本人』,『위악추일본인偽惡醜日本人』을 집필하여 서양철학을 섭렵한 바탕 위에서 일본 국수주의의 철학적 입장을 정식화했다.[12]

이후 일본혼을 촉발하고 계몽할 수 있는 과거 전통들이 새로운 일본 국가의 문화 아이콘으로 호출되었다. 요코하마 출신의 오카쿠라 텐신岡倉天心(1862~1913)이『東邦の理想』(1903),『日本の目覺め』(1904) 등을 집필했고,『The Book of Tea(茶の本)』(1906)를 발표하여 서양세계를 향하여 다도를 일본의 격조 있는 문화이자 정체성의 상징임을 알렸다. '무사도 Bushido' 역시 19세기 말에 만들어진 단어이다. 무사도를 일본 민족의 고유한 정신적 가치로 만든 사람은 일본의 사상가 니토베 이나조新渡戶稻造

---

12 鹿野政直,「ナショナリストたちの肖像」,『日本の名著』37-陸羯南・三宅雪嶺, 東京：中央公論社, 1977; 佐藤直助, 平田耿二 編,『新編世界人名辭典-日本編』東京：東京堂出版, 1996; 本山幸彦 編解,「三宅雪嶺 年報」,『三宅雪嶺集』近代日本思想大系 5, 東京：筑摩書房, 1975.

였다. 그는 1899년 미국에 체류하면서 『무사도Bushido, the Soul of Japan』를 집필했다. 그는 일본에도 서양의 기독교처럼 보편적인 도덕이 있었다는 것을 알리기 위하여 이 책을 썼다. 오카쿠라 텐신과 니토베 이나조는 『The Book of Tea(茶の本)』와 『무사도』를 처음부터 영어로 집필했다. 이는 다분히 서양을 의식하고 서양을 향해 일본의 전통에 입각한 정체성 문화를 보여주기 위한 의도였다. 일본은 동아시아에서 가장 먼저 서구화＝문명화와 동시에 아시아에서 가장 먼저 전통을 재구성하여 일본 국민문화의 정체성을 만든 성공 사례가 되었다.

19세기 말 일본이 번역한 '국수'는 중국과 한국에도 수입되었다. 아편전쟁 이후 혼돈과 위기 속에 있던 청나라는 양무운동과 변법자강 운동의 흐름에서 중국적 전통과 문명화의 결합과 재발견에 대해 관심을 갖고 있었고, 그것은 1898년 무술정변 이후 보다 진전되었다. 1898년 무술변법 운동 실패 이후 가까스로 목숨을 구해 일본의 요코하마에 망명한 량치차오梁啓超는 거기에서 쿠가 가쓰난, 미야케 세쓰레이, 시가 시게타카의 영향을 받아 근대 서구적 의미의 '애국' 개념을 소개하며 중국 국민으로서 국가의식과 민족의식, 즉 혼을 가질 것을 주장하였다. 그리고 1901년 『중국사서론中國史敍論』에서 "중국민족은 국수의 성질을 지켜야 한다中國民族固守國粹之性質"라 하여 중국민족이 지켜야 할 것으로서 국수의 성질을, 1902년 『국학보國學報』를 창간하여 "국민을 양성하기 위해서는 반드시 국수보존國粹保存을 주의로 삼고 구학舊學을 취해 마세磨洗, 흥대興大케 해야 한다"[13]는 국수보존을 주장했다. 그는 "천하에 무혼無魂의 나라가 있는

13 『淸議報』90, 1901.9.3; 『淸議報』91, 1901.9.13; 『飮氷室文集』(影印本) 下, 以文社, 1907, 200쪽.

가. 상무尚武의 풍風은 애국심愛國心과 자애심自愛心이 화합하여 이루어진다. 금일 가장 중요한 것은 중국혼中國魂의 제조이다"[14]라고 하여 춘추전국시대부터 한漢나라 초기까지 활약한 무용武勇들 가운데에서 중국 고유의 상무정신尚武精神을 '제조'할 것을 강조했다. 일본의 '일본혼', '무사정신'을 모방한 중국적 국가정신의 선양이었다. 또한 황지에黃節[15]는 1902년 「보존국수주의保存國粹主義」에서 "국수라는 것은 국가의 특별한 정신이다夫國粹者 國家特別之精神也"[16]라 하여 일본의 국수주의자나 량치차오의 국수에 대한 이해와 유사하게 '국수'를 받아들였다. 황지에의 국수주의는 장빙린章炳麟, 류스페이劉師培, 덩시鄧實 등 당시 국학자들과 합세하여 국학보존회國學保存會를 설립하고 배만혁명排滿革命 사조로 발전하였다.[17]

한국에서의 '국수' 사용도 동아시아의 지식장과 연동되었다. 1890년대 말 "온고이지신溫故而知新 명체이달용明體而達用"[18]을 취지로 창간되었던 『황성신문』과 박은식朴殷植, 유근柳根, 신채호申采浩, 이기李沂, 장지연張志淵 등이 수시응변隨時應變[19]의 유학적 변통론을 적용하여 '국민'으로서의 계몽과 소양이 강조되었다.[20] '온고이지신'의 논어의 명제는 한국이 서양을 접하면

---

14 「中國魂安在乎」, 위의 책, 812쪽.

15 황지에(1873~1935)는 1902년 동학同學인 덩시와 『정예통보政藝通報』를 창간했으며, 『국수학보國粹學報』를 통해 배만혁명사상의 고취에 주력했다. 1908년 남사南社 발기에 참여했으며 신해혁명 이후 북경北京대학, 청화淸華대학 등 교수를 역임했다.

16 政學文 編, 『政藝通報』(壬寅·鄭師渠, 『晚淸國粹派－文化思想研究』, 北京師範大學出版社, 1993, 6쪽에서 재인용).

17 이른바 '청말淸末 국수파國粹派'로 불리는 이 그룹은 1905년 『국수학보』를 창간함으로써 본격적으로 활동하기 시작하였는데, 신해혁명기 고유한 문화유산을 통한 문화적 정체성을 강조하는 중국적 민족주의로서의 특징을 발현시켰다. 위의 책, 9~16쪽; Martin Bernal, "Liu Shih-p'ei and National Essence", ed. Chalotte Furth, *The Limites of Change*, Harvard University Press, 1976, pp.104~109.

18 『황성신문』, 1898.9.6.

19 「解開化怨(續)」, 『황성신문』, 1900.9.7.

20 김도형, 『근대 한국의 문명전환과 개혁론』, 지식산업사, 2018.

서 새로운 한국이 되기 위한 사고방식으로 접맥되었다. 고루하고 완고한 유학의 명분론에 입각한 것이 아니라 새로운 서양 학문을 참작함으로써 새로운 전통을 창출하자는 '구본신참'의 논리로 연계되었다. 이러한 생각은 요코하마에 망명하며 국수보존을 피력하고 신국민의 양성을 강조하던 량치차오의 사상과 쉽게 연결되었다. 근대 서구적 의미의 '애국' 개념을 소개한 그의 '애국론'이 『황성신문』과 『독립신문』에 게재된 것은 1899년이었다. 그리고 조선의 주권이 빼앗기기 시작한 1905년부터는 그야말로 '량치차오 붐'이 일어났다. 안창호 등 근대 학교 설립자들은 량치차오 소설과 논문들을 한문 독본으로 썼고 신문·잡지들도 량치차오의 글들을 번역해 실었다. 『이태리건국삼걸전』의 4종류 번역판 중 하나는 신채호가 내고, 초기 교육 개혁의 청사진인 『학교총론』의 번역은 박은식이 맡았다. 약육강식의 세계에서 미래를 논하는 량치차오의 여러 글들은 장지연이 옮겨 『중국혼』이라는 단행본으로 냈다. 한국에서도 '전통'은 국민과 국가의 유기체적 관계를 강조하며 정체성을 공유하고 상승시키는 기능을 했다. 신채호를 비롯한 애국계몽가들의 많은 글들에서 전래하는 관습, 풍속의 보존을 강조하고 있다.

예전에 국가학의 시조인 부룬칠리씨가 말하되, 무릇 전래하는 풍속, 관습, 법률, 제도가 그 국가 발달에 방해가 없으면 이를 보전하는 것이 가하다 하였다.[21]

---

21 「國粹保存說」, 『대한매일신보』, 1908.8.12.

신채호는 이 글 「국수보존론」에서 국가유기체설을 주장한 스위스 태생의 독일 법학자・정치학자 블룬칠리Bluntschli의 말을 근거로 삼고 있다. 량치차오도 1903년 『신민총보新民叢報』에 「정치학대가백륜지리지학설政治學大家伯倫知理之學說」이라는 글을 썼는데,[22] 신채호도 당시 일본, 중국에 연동된 국가유기체설의 지식장을 공유하고 있었음을 보여준다. 근대 국민・민족의 정체성 계몽에서 '국수'는 일본, 중국과 마찬가지로 한국에도 적용되었던 것이다.

'국수'는 타자와의 관계가 새로운 원리에 의해 확대되는 동아시아의 근대에서 전통에 근거한 문화정체성을 만들기 위한 알고리즘algorithm이었다. 서양주도의 근대화 물결에서 동아시아 자국학 탄생의 알고리즘이었다. 그것은 서구적 근대화를 거부할 수 없는 대세로 인정하면서도 국가나 민족마다 역사, 문화의 차이에서 연유하는 정체성을 만들려는 동아시아 지식장의 성과였다. 국수는 동아시아 근대가 필요로 한 전통이었고, 근대의 문화기획과 담론에 의해 재현된 '전통'이었다. 동아시아의 전통을 근대 국민국가의 정체성으로 재구성하고 체계화하는 한 '국수'는 동아시아 근대 정체성 만들기의 알고리즘이었다.

---

22 량치차오의 「정치학대가백륜지리지학설」은 『신민총보』 32호와 38・39호 합본에 실렸는데, 량치차오의 이 글은 아즈마 헤이지吾妻兵治가 번역한 『국가학國家學』(東京 : 善隣訳書館, 1899, 145쪽)을 완전히 베끼다시피 한 것이라 한다. 량치차오, 강중기 해제, 「정치학 대가 블룬칠리의 학설」, 『개념과 소통』 8, 한림대 한림과학원, 2011.

3. 19세기 말 20세기 초 근대 자국학의 모색

1) 문명화, 애국심, 자국인식

한국은 개항 이후 만국공법체제를 수용하며 위로부터의 근대국가 수립의 입헌과제를 추진하는 동시에, 주민 구성원을 근대적 국민으로 통합하기 위한 사상을 실천하였다.[23] 정치적으로 입헌과 민권에 대한 실천은 만민공동회의 해체와 전제왕권국가인 대한제국의 탄생으로 좌절되었지만, 입헌과 민권의 길은 문명화의 모습이었고 시대의 흐름이었다. 그 바탕에는 18·19세기 사회적 불균형과 권력 집중을 비판했던 진보적인 실학사상과 백성들의 삶의 몸짓들이 민란, 농민전쟁 같은 사건으로 발현되었던 역사 경험에 대한 기억이 내재되어 있었다. 이러한 기억의 유전인자는 서양 근대 자본주의와 산업혁명의 성공 총아로 다가왔던 서양 국가와 그것을 아시아에서 선두적으로 모방한 일본을 보면서 — 오래된 국가가 없어지는 국권 상실에 대한 위기감도 있었지만 — 국권을 지키는 것은 봉건 백성이 아니라 근대 국민, 민족이라는 국권의 주체에 대한 근대적 자각과 계몽의 근대 기획으로 발휘되었다. 러일전쟁과 을사조약을 거치면서 민권과 민권에 기반한 국권에 대한 열망은 '애국'이라는 구호를 계몽과 개혁의 중심에 놓게 되었다.

1904~1905년 러일전쟁과 을사조약 체결 이후 각종 계몽단체나 『황성신문』·『대한매일신보』 등의 언론 미디어들의 주제어로 '애국', '애국심'이 많이 등장했다. 애국심이란 자기가 속해 있는 나라를 사랑하고,

---

23 김용섭, 『한국근대농업사연구』 上·下, 일조각, 1988; 김도형, 『대한제국기의 정치사상연구』, 지식산업사, 1994; 왕현종, 『한국근대국가의 형성과 갑오개혁』, 역사비평사, 2003.

그 사랑을 바탕으로 국가에 대해 헌신하려는 의식이다. 애국심은 근대 국가의 국민된 자들이 공유하게 되는 새로운 정서였다. 사회구성원이 국민됨을 자각하는 이성과 감정의 복합물인 애국심은 국민국가 소속원으로서 자기규정self-regulation을 하는 공감과 헌신의 신념이었다. 애국심은 중세의 충군의식과는 달리 왕의 나라가 아닌 국민의 나라에 대한 충성과 애정이었다. 당시 계몽의 논설들은 애국심은 근대 국민국가를 유지하고 국민을 단결시키는 선진적인 문명국들에서 확인되는 것이라고 했다. 애국계몽과 자수자강自守自强의 기치를 내걸고 성립한 대한자강회의 부회장 윤효정은 "현대의 국가는 애국심을 바탕으로 하여 법제도 완비하고 교육도 융성하며 산업도 발달하고 외교와 기술도 아름다워지고 문학도 번창하여 국가가 광채를 발휘한다"[24]고 하였다. 애국심은 문명화의 모습이었다.

> 영미인이 도처에서 환영을 받는 것은 자기 국가를 문명에 이르게 한 바이니, 애국…… 자기국가를 사랑함은 세계 인류의 공통한 원리원칙이다.[25]

애국심은 문명국가의 국민(인민)의 덕목이며 근대의 파토스pathos이자 열정이었다. 국가와 국민의 유기체적인 관계 인식 속에서 애국심은 강조되었다. 유기체적인 국가관은 유교의 '수신제가치국평천하'를 학문의 기본원리로 배우고 현실 정치에서 실천해 온 동아시아 지식인들에게는 익숙한 결을 갖고 있었다. 유교적 지식과 가치관의 세례를 받았던

---

24 尹孝定, 「國家的精神을 不可不發揮」, 『大韓自彊會月報』 8, 1907. 2, 7쪽.
25 김지관, 「문명의 준비」, 『태극학보』 18, 1908. 2.

동아시아의 지적 전통은 만국공법 체계가 수용되고 서양정치사상이 들어올 때도 유교적 지적기반에서 유기체적인 국가관을 쉽게 수용하는 기반이 되었다.[26]

　자기국가를 사랑하는 자국인식은 "국민전체의 단결하는 정신역량"[27] 으로서 '국혼', '조선혼'의 강조로 나타났다. 최석하는 태극학보에 "일본인의 야마토혼大和魂, 러시아인의 러시아국혼俄國魂, 프랑스인의 프랑스국혼法國魂, 미국인의 미국혼美國魂이 있어 문명발달과 부국을 이루었듯이, 우리조상인 단군기자 이래로 전하는 애국성의 국혼, 즉 조선혼을 발휘하자"[28]라고 하여 근대 국민으로서의 자국 정신을 강조했다. 당시 자국인식을 강조한 글들에서는 문명이 발달한 선진국들은 국체의 특질 = 국수에 대한 존경의 관념을 갖고 있으며, 다른 나라에 소개한다고 적고 있었다.

2) 국사, 국어 인식과 자국학의 모색

　자국인식은 계몽의 학문과 교육을 추동했다. 그것은 국사, 국어 등 분과학문을 통한 연구와 교육이었다. 전근대시대 학문은 유교의 경사經史 일체의 학문관에 의해 통합적 사고와 실천을 강조했다. 그리고 그것은 국민보통교육의 교재가 아니라 치인治人을 위한 정치의 학문이었다. 이

26　중국의 량치차오나 메이지기 일본의 사상을 이끈 니시 아마네西周, 후쿠자와 유키치, 가토 히로유키加藤弘之 등은 모두 흡스나 로크, 루소 등의 자연법사상이나 천부인권설을 우선시하는 정치사상보다 엘리네크나 블룬칠리 같은 유기체적인 국가론을 더 친밀하게 수용하는 경향을 띠고 있었다. 한국의 애국계몽운동 시기의 많은 지식인들이나 관료도 마찬가지였다. 김도형, 『대한제국기의 정치사상연구』, 지식산업사, 1994.

27　오세창, 「告靑年諸君」, 『대한협회회보』 4, 1908. 7, 3쪽.

28　최석하, 「朝鮮魂」, 『태극학보』 5, 1906. 12.

에 국민을 위한 보편적 교육을 위한 교과의 분화와 지식체계의 전환이 필요했다. 과거의 역사·역사서술은 근대의 국민(민족)이 주체가 되는 새로운 역사·역사서술로 재구성되어야 했다. 그것은 중세시대 중국 중심의 역사관과 정통론적인 왕조사dynasty history를 민족사national history로 구성하는 것이다. 당시 지식인들은 민족사·국가사로서 역사의 중요성을 강조했다.

> 역사는 국민의 귀감이다. 인성을 증장하여 국성(國性)을 배양함은 역사학에 있다.[29]

> 역사가 완전하면 국성이 완전하고 역사가 불완전하면 국성 또한 불완전한 것이다.[30]

> 국가의 연원을 모르면 애국심이 생길 수 없으며 애국심이 없으면 나라를 유지할 수 없다.[31]

국민의 역사인 국사는 조선왕조를 넘어서는 민족(국민)사를 상정하고, 정체성의 연원을 확립하고자 했다. 이때 조선왕조를 넘어서서 민족 = 국민의 시원을 의미하는 상징하는 존재로서 '국조'가 부각되었다. 조선왕조의 시조인 이성계가 아니라 민족(국민)국가의 시원을 이루는 국

---

29 이석용, 「역사와 국성의 관계」, 『서북학회월보』 18, 1909.
30 신채호, 「역사와 애국심의 관계」, 『대한협회회보』 2·3, 1908.
31 장지연, 「국조고사」, 『대한자강회월보』 9, 1907.2.

조는 새로운 국민통합의 근대적 위인으로 해석되었다. 갑오 정권에 의해 편찬된 국사교과서 『조선역대사략朝鮮歷代史略』이나 『조선약사朝鮮略史』에서는 단군 원년을 표시하며 중국의 요堯와 나란히 개국시조로서 단군의 족적을 상세히 소개했다.[32] "단군이래 사천재四千載에 이르는 이천만 위대한 조선혼朝鮮魂",[33] "오사천년신성민족吾四千年神聖民族"[34]을 운운하는 역사적 유구성이 강조되었다. 신채호는 1908년 8월 17일부터 12월 13일까지 『대한매일신보』에 「독사신론讀史新論」을 발표하며 단군을 국조로서 전면에 내세우기 시작했다. 그 종교적 실현으로서 대종교가 창립되고 역사연구가 전개되는 등 이른바 '단군내셔널리즘'의 기반이 형성되었다.[35] 이와 함께 고구려의 무용武勇과 그 주인공과 위인들이 애국자강정신의 화신으로 호명되었다. 일찍부터 거론되던 을지문덕은 물론이고 러일전쟁 이후 널리 알려진 「광개토대왕비문」을 통해 고구려를 중심으로 하는 고대 한국의 문명부강과 문화적 우수성을 선전했다. 박은식은 『황성신문』의 논설에서 「광개토대왕비문」에 대하여 대대적으로 다루었고,[36] 신채호도 광개토대왕을 알렉산더 대왕에 비견하여 고구려의 강대함을 선전했다.[37] 서북학회는 서북지방이 단군과 기자에 의한 문명의 발상지이고, 과거 고구려의 영역이었다는 점을 자부하며 백두산 고적, 동명성왕 유적, 을지문덕, 강감찬, 이순신, 휴정대사 등의

---

32 조동걸, 『현대한국사학사』, 나남출판, 1998, 제2장 참조.

33 「精神과 感覺」, 『황성신문』, 1907. 2. 6.

34 장지연, 「團體然後民族加保」, 『대한자강회월보』 5, 1906. 11, 6쪽.

35 한영우, 『역사학의 역사』, 지식산업사, 2002; 박걸순, 『한국독립운동과 역사인식』, 역사공간, 2019.

36 「讀高句麗永樂大王墓碑膽本」, 『황성신문』, 1909. 1. 6.

37 「韓國의 第一豪傑大王」, 『대한매일신보』, 1909. 2. 25 · 26.

유적과 「광개토대왕비문」 특집을 싣기도 했다.[38] 일제 강점기 민족운동이나 민족주의 문화운동·역사학에서 단군–부여–고구려로 계승되는 국조·국사인식과 단군 중심의 민족의식을 강조한 역사연구와 보급은 이 시기 국사 만들기에서 시작되었다

국어·국문은 '민족', '국민'의 근대 언어인 민족어national language를 만드는 것과 관련 있다. 계층과 지역에 따라 다른 언어와 문자를 통일된 민족어문, 즉 국어·국문으로 만드는 것은 자국학의 중요한 영역이었다. 근대적 각성과 주체적 의식이 형성되면서 반중세 = 반중국의 의식과 함께 한자를 대신하여 훈민정음을 국문으로 호명하는 의식이 강해졌다. 근대적인 국어·국문 인식은 1894년 갑오개혁에서 기존의 언문을 '국문國文'이라 고치고 공문에서 국문 또는 국한문을 병용하는 것으로 나타났다.[39] 근대국가로서의 문명화를 위해서 국어·국문의 보급이 시작되었다. 1895년 5월 개교한 한성사범학교에서 국문교육이 시작되었고,[40] 이어 「소학교령」 등 교육령에 따라 설립된 학교들에서 국문교육이 실시되었다.[41] 1896년에는 순국문지로서 『독립신문』이 창간되고 『관보官報』를 비롯한 공문용 문자가 한문에서 국한문으로 바뀌는 등 국어·국문 인식과 보급은 진전되었다. 1897년에는 이봉운李鳳雲이 순국

38 『西友』 2, 1907. 1; 『西友』 3, 1907. 2; 『西友』 11, 1907. 10; 『西友』 14, 1908. 1; 『西友』 17, 1908. 5;
    『西北學會月報』 1, 1908. 6; 『西北學會月報』 9, 1909. 2.
39 『고종실록』 32, 고종 31년 11월 21일. 칙령勅令 제1호 공문식公文式 제14조 "法令·勅令, 總以
    國文爲本, 漢文附譯, 或混用國漢文."
40 『官報』 121(1895. 7. 24), 한성사범학교규칙 제11조 학과정도표에 "國文 講讀, 作文日用書類記
    事文及論說文"으로 규정되어 있다.
41 1895년 7월 19일 칙령 145호로 반포된 「소학교령小學校令」, 8월 15일 학부령學部令 3호로 반포된
    「소학교령小學校令 대강大綱」에는 독서와 작문 과목 등을 설치하여 초등교육부터 국어·국문
    의 교수를 규정했다. 『고종실록』 34, 고종 32년 7월 19일; 『官報』 122, 1985. 8. 15.

문으로 저술한 『국문정리國文正理』가 간행되었는데, 그는 서문에서

> 대뎌 각국 사룸은 본국 글을 슝샹ᄒ야 학교를 설립ᄒ고 학습ᄒ야 국정과 민ᄉ를 못홀 일이 업시ᄒ야 국부 민강 ᄒ것ᄆᄂ 죠션 사룸은 ᄂ의 나라 글 ᄆ 슝샹ᄒ고 본국 글은 아죠 리치를 알지 못ᄒ니 졀통ᄒ지라 (…중략…) 문명의 뎨일 요긴ᄒ거슨 국문이듸 반졀리치를 알 사룸이 젹기로 리치를 궁구ᄒ야 언문 옥편을 ᄆᄃᄅ (…후략…) [42]

라 하여 문명의 제일 요건으로 '국문'의 필요성을 꼽았다. 독립 = 문명 = 반중화 = 국문이라는 근대 문자인식이었다. 애국계몽의 지식인들은 국어 · 국문을 "종족과 언어가 동일한 인민이 서로 단결하여 유기적 국가를 구성"[43]하는 "국민의 정수精髓"[44]라고 표현했다. 국문 숭상은 '국수 보존의 대주의'[45]라는 언급도 했다. 중세의 문자인 한자를 폐기하고 근대국가의 '국문'이라는 문자체계 확립의 당위성을 강조하였다. 학교 교육의 수요에 따라 서구문법을 도입한 국문법 연구도 진행되어 유길준兪吉濬의 『조선문전朝鮮文典』(1906), 주시경周時經의 『대한국어문법』(1906), 김규식金奎植의 『대한문법大韓文法』(1909), 김희상金熙祥의 『초등국어어전初等國語語典』 3권(1909)의 문법책이 필사 또는 유인물로 간행되었다.

19세기 말 20세기 초 근대 국민국가를 지향하는 사상적 학문적 노력

---

42 『歷代韓國文法大系 제3부』 2, 탑출판사, 1985.
43 牧丹山人, 「自主獨行의 精神」, 『태극학보』 21, 1908.2, 15쪽.
44 李寶鏡, 「國文과 漢文의 過渡時代」, 위의 책, 16쪽.
45 申采浩, 「國漢文의 輕重」, 『대한매일신보』 1908.3.19; 「敎育辯論」, 『湖南學會月報』 2, 1908.7, 10쪽.

은 국어, 국사 등 자국학National Studies으로서 한국학에 대한 모색으로 추진되었다. 1894년 갑오개혁에서는 근대 국민으로의 계몽과 국가 정신을 고취하기 위해 본국 역사의 편찬과 교육을 시행하였다. 대한 제국기에 들어서도 새로운 교육제도를 실시하며 국사와 국어의 정리사업을 적극적으로 추진하면서 '국민'으로서의 계몽과 소양을 제공하고자 했다. 이러한 국사, 국어 인식에 기반한 자국학 영역은 일제 강점기를 거쳐 해방 이후까지 한국학 분야의 원형이 되었다.

4. 동아시아 제국과 식민 사이의 조선학

1) 국수에서 족수族粹로, 자국학에서 지역학으로

1910년 일본 제국주의의 식민지가 된 이후 보편적인 자국학으로서 한국학의 존립은 불가능해졌다. 국수라는 용어 대신 '족수'라는 용어가 사용될 정도로[46] 독립된 국가의 자국학으로서의 위상은 위축되었다. 또한 일제는 한국적 국수를 식민지적으로 재편하는 동화주의 문화정책을 추진했다.[47] 그럴수록 일본과 일본제국주의가 강요하는 것과 차별

---

46 일본에 강제병합된 직후인 1910년 10월 최남선이 설립한 조선광문회의 광고문에 '족수'라는 표현이 사용되었다. "今에 古文이 일로 散亡하고 族粹가 일로 衰頹하야 五千年往 聖先哲의 赫赫한 功烈은 그 光이 晦하고 皇皇한 述作은 그 響이 消하며 億萬年後孫來裔의 久遠한 靈能은 그源이 渴하고 深切한 覺思는 그機가 絶하려 하며 또 한편으론 天下萬世에 朝鮮上 眞面目과 朝鮮人의 眞才智가 영원히 隱藏하고 埋沒하려 하니." 「朝鮮光文會廣告」, 『少年』, 1910.12.

47 일본의 식민정책자들은 동화주의를 "제국주의 본국의 문화를 이입하고 본국의 국어와 각종 문물제도를 적용하여 식민지 원주민의 민족정신民族精神을 본국인과 똑같이 하려는 정책"이며, 식민지 원주민의 "민족성 파괴denationalization"를 도모하는 것이라고 했다. 東鄕實, 『植民政策と民族心理』, 東京 : 岩波書店, 1925, 90쪽; 矢內原忠雄, 「朝鮮統治の方針」(1926), 『矢內原忠雄全集』1, 東京 : 岩波書店, 1963, 731~735쪽. 일제는 법적, 제도적 차별 속에서 한국인을 일본

되는 정체성을 유지하고 식민지에서 저항과 국권의 주체가 되기 위한 한국인의 문화적 욕구도 커졌다. 1910년대 해외 독립운동에서 한국인 동포를 대상으로 한 한국 역사와 한글교육은 자국학를 지키기 위한 저항적 문화욕구의 발현이었다. 3·1운동에서 '독립'의 함성을 겪은 이후 정체성에 대한 욕구는 일제의 문화통치가 허용하는 범위에서 '전통'을 소환하는 역사문화의 분위기를 고조시켰다.[48] 세계적으로 제1차 세계대전 이후 유행한 문화담론으로의 지적·사상적 전환의 분위기에서 일본의 문화주의 사상이 수용되었다.[49] 이에 과거의 문화가치를 계발하여 '문화적 실력'을 갖춘 '문화민족'이 되자는 논의들이 개진되었다.[50] 그것은 '전통'을 현재적 관점에서 자각·복원하여 개인의 인격적 진보와 유기체적인 민족의식, 문화정체성을 중시했다. 이러한 논의들은 고대 이래 발전해 온 조선의 고유문화 = 민족문화의 특질을 탐구하고 발현하는 전통 소환의 분위기를 고양시켰다. 이러한 분위기에서 '조선학'이라는 용어가 사용되었다.

'조선학'이라는 용어는 최남선에 의해 공론화되었다. 최남선은 1922년 조선 민족의 문화가치를 탐구하기 위해 조선의 문화를 사상적·학술적으로 체계화하는 '조선학'을 제창했다.[51] 그는 '애급학埃及學, Egyptology

국민화하는 문화정책에 치중하였다. 이지원, 앞의 책, 149~170쪽 참조.

48 이지원, 「3·1운동, 민족정체성, 역사문화」, 한국역사연구회 3·1운동 100주년 기획위원회 편, 『3·1운동 100년』 5(사상과 문화), 휴머니스트, 2019.

49 홍선영, 「1920년대 일본 문화주의의 조선수용과 파장」, 『일어일문연구』 55-2, 한국일어일문학회, 2005; 허수, 『이돈화연구』, 역사비평사, 2010; 윤상현, 「1920년대 초반 식민지조선의 자유주의와 문화주의 담론의 인간관·민족관」, 『역사문제연구』 18, 역사문제연구소, 2014.

50 이지원, 앞의 책, 188~213쪽.

51 최남선, 「조선역사통속강화개제」, 『東明』, 1922.10.8(『六堂崔南善全集』 2, 현암사, 1973, 416쪽에서 재인용); 류시현, 『최남선연구』, 역사비평사, 2009.

이 이집트인 이외의 손에 건설되고 인도의 고문화 연구가 인도인 이외의 힘으로 경영되는 것이 이집트와 인도인의 짓밟힌 지위와 흙칠한 체면을 드러낸 것'이라 비유하며, "조선인의 입장에서 조선을 위하여 조선학의 연구 및 건설"[52]을 주장했다. 그는 '조선학'은 전승한 문화의 계통과 특질, 영향을 밝히기 위해 석기, 패총, 고분, 종교, 신화, 전설, 조선어, 불함문화 등을 포괄해야 한다고 했고, 인류학, 인종학, 토속학, 종교학, 언어학, 등 서구의 선진적인 학문 방법론을 적극 수용해야 한다고 했다.[53]

'문화민족'이 되기 위한 기획에 따라 민족의 문화가치를 역사적으로 증명하는 '민족문화의 역사화' 작업도 등장했다. 그것은 역사 연구에서 민족사를 '문화사'로 파악하려는 시도로 나타났다. 안확安廓의 『조선문학사』(1922), 『조선문명사』(1923), 최남선의 「조선역사통속강화개제」(1922), 『불함문화론』(1925), 이능화의 『조선여속고朝鮮女俗考』(1927), 『조선해어화사朝鮮解語花史』(1927), 『조선무속고朝鮮巫俗考』(1928), 장지연의 『조선유교연원朝鮮儒教淵源』(1922) 등 분야별, 주제별 문화사의 서술도 시도되었다. 그리고 1920년대 국내에서 활발하게 진행된 통사 간행에서도 '문화사'라는 분야가 도입되었다. 장도빈, 황의돈, 권덕규, 최남선 등이 집필한 조선사 통사에서는 이전의 역사 서술과 달리 각 시대별로 '문화면'을 별도 항목으로 설정했다. 고려의 인쇄문화, 도자기, 훈민정음 등이 '조선의 자랑'으로 표상되기 시작했다.

이러한 연구의 일환으로 최남선은 1925년 「조선을 통하여 본 동방문

---

52 최남선, 「朝鮮의 原始相(下)」, 『동아일보』, 1927.3.25.
53 최남선, 「조선역사통속강화개제」, 『東明』, 1922.10.8(『六堂崔南善全集』 2, 현암사, 1973, 411쪽에서 재인용).

화의 연원과 단군을 계기로 한 인류문화의 일부면一部面」이라는 부제의
「불함문화론不咸文化論」을 발표하여 단군을 조선 문화가치의 출발점으
로 부각하고 '단일민족의식'을 강조하기 시작했다.[54] 그는 1926년부터
1930년 사이에 단군 관련 글들을 집중적으로 발표했는데, 여기에서 단
군은 민족적 문화가치의 창시자·구현자이자, 민족적 동질성과 단합
의 상징으로 강조되었다. 이러한 '조선학'은 국민국가 지향의 민족이 아
닌 인류학적 개념인 민족ethnic, folk을 대상으로 한 것이었기에, 제국일본
의 지역으로서 조선이었고, 제국주의의 지역학Area Studies으로서의 조선
학이 될 여지가 있었다. 자국학이 아닌 지역학은 제국주의의 산물이었
다.[55] 지역학으로서 조선연구는 일제 관학의 조선연구와 같이 타자성
에 의해 관철되는 것이고, 조선인이 '조선학'을 연구한다고 해도 일본과
대립되는 것은 아니었다. 이는 일본 제국주의의 '다민족 국가체제의 모
색'[56]과 상충되지 않았다. 조선인 자치론자들도 제국의 지역으로서 조
선의 독자적인 문화정체성을 강조했다.[57] 제국의 지역학으로서 '조선
학'은 조선문화의 독자성과 정체성을 강조해도 식민지배에 대한 저항
성을 견지할 필요가 없었다.

---

54 최남선,『朝鮮及朝鮮民族』, 朝鮮思想通信社, 1925; 류시현, 앞의 책.
55 에드워드 사이드는 '지역학' 혹은 '지역 연구'라는 말은 오리엔탈리즘에 의한 '추악한 신조어
Ugly Neologism'라고 했다.
56 이지원,「3·1운동, 민족정체성, 역사문화」, 한국역사연구회 3·1운동 100주년 기획위원회
편, 앞의 책; 고마고메 다케시, 오성철·이명실·권경희 역,『식민지제국 일본의 문화통합』,
역사비평사, 2008, 243~293쪽.
57 이지원,「20세기 전반기 조선 자치론의 문화적 정체성-민족 표상의 경계 읽기」, 한국학중앙
연구원 동아시아역사연구소,『정체성의 경계를 넘어서』, 경인문화사, 2012.

2) 식민지 지성의 사상적·실천적 고민과 '조선학'의 다의성polysemy

여기에서 식민지 '조선학'의 경계 읽기가 필요하다. 한국근대사가 독립된 국가와 자유로운 근대인 만들기를 추구한다고 할 때, 반봉건과 반제국의 역사적 과제는 병행되어야 한다. 반봉건 문명화가 한국 근대사의 한 기둥이라면, 개인이나 국가의 주권을 억압하는 식민지배에 대한 저항 또한 한국근대사의 또 하나의 기둥이다. 근대화 = 문명화가 인간 개인의 자유 욕구와 경제적·정치적·사회적 수평 관계를 통해 옹호한다고 할 때, 개인의 자유와 평등의 권리가 침해당하는 것에 저항하는 것 또한 근대화의 모습이다. 식민지배에 저항하여 국가, 국민으로서의 주권을 회복하려는 자유의지 또한 한국학의 근대성이 추구해야 할 자국사의 요소이다. 따라서 일제 강점기 조선학은 독립된 국민국가의 자국학을 지향하는 것인지, 식민지의 지역학을 지향하는 것인지의 구분과 그 경계에 대한 학문적 탐구가 필요하다. 일제는 동화주의 식민지배를 관철하면서 특히 1920년대 이후 조선연구를 본격화했다. 한국의 토착성을 통해 식민지 정체성을 강조하는 일제 관학의 조선학도 식민지 지식장에 큰 영역으로 확산되었다.[58]

물론 식민지 문화지배의 규율과 검열 하에서 담론과 워딩wording은 한계를 갖는다. 기표로서의 어휘는 기의의 다양성을 담보하지 못한다. 같은 기표라도 다양한 의미와 은유가 숨어있다.[59] 조선의 전통, 조선의 고유문화들을 워딩하는데, 자국사 담론의 '조선학'인지 지역사 담론의 '조

---

58 신주백, 「식민지 조선의 고등교육체계와 문·사·철의 제도화, 그리고 식민지 공공성」, 『한국교육사학』 34-4, 한국교육사학회, 2012; 윤해동·정준영 편, 한양대 비교역사문화연구소 기획, 『경성제국대학과 동양학 연구』, 선인, 2018.

59 이지원, 「'민족문화'의 기표와 기의, 문화헤게모니」, 한국역사연구회, 앞의 책.

선학'인지, 식민학의 '조선학'인지 구분하기 어렵다. 그러나 식민지 지식장의 불명확과 검열의 제약에서도 '조선학'의 경계를 보여주는 지적·학문적 차이는 존재했다. 3·1운동 이후 식민지하 민중의 실체와 민중의식에 주목하고, 무정부주의나 사회주의를 수용하면서 '국어와 국학, 국고國故를 일깨우는 것'은 식민지 민족으로서 주체성을 확립하는 데에 여전히 중요한 일이라고 주장했던 신채호는 「조선혁명선언」에서 노예적 문화사상의 속박에서 해방되는 '민중적 문화를 제창'하였다. 그는 문화주의를 내세우며 '문화운동'을 하는 것은 "강도의 비위에 거스르지 아니할 정도에서 문화발전을 거론하는 것이기 때문에, 그 문화발전은 도리어 조선의 불행"이라고 했다. 그는 일본을 구축하는 것을 목적으로 하고 지배자의 문화규율에 길들여지는 노예적 문화를 없애기 위해 식민지 조선에서 여전히 필요한 것은 "국수 = nationalism"라는 기표를 사용했다.[60]

홍명희는 사회적 모순을 은폐하는 관념적·몰시대적·복고적 문화가 아니라 식민지 현실 인식에 입각한 문화 만들기를 강조했다. 봉건적 충의나 동양적 정열을 고조하는 〈거북전〉이나 〈춘향전〉류의 조선문화는 사회적 모순을 은폐할 뿐이라고 했다. 그가 당시 조선의 문화의식을 언급하는데 사용한 단어들은 '사회변혁', '계급타파', '대항', '해방' 등이었다.[61] 1926년 간행한 『학창신화學窓散話』에서 그는 우리말의 어원, 생활사에 대해 소개했고,[62] 신간회 활동을 활발히 하던 시기에 소설 『임꺽

---

60 신채호, 「考古篇(史論)」, 『天鼓』 創刊號, 1921.1(단재신채호선생기념사업회 편, 『丹齋申采浩全集』(개정판) 別集, 형설출판사, 1979, 267쪽에서 재인용).

61 홍명희, 「新興文藝의 運動」, 『文藝運動』 창간호, 1926.1(임형택·강영주 편, 『벽초 홍명희와 임꺽정의 연구자료』, 사계절, 1996, 69~72쪽에서 재인용).

정』을 집필하여 민중의 지도자인 임꺽정을 통해 '조선적인 정조'를 살리고자 하였다. 식민지 대중의 삶에서 사회적·계급적 갈등의 현실 인식을 전제로 민중의 관점에서 사실주의에 입각한 역사문학을 서술하고자 하였다. 임꺽정은 그러한 민중관점의 "소설형식의 역사", "민중적 역사"로서 집필했다.[63]

안재홍은 식민지하 열악한 농민 노동자로 전락한 대중의 민족적 감수성을 담는 국사, 국어의 보존을 주장했다. 그는 강대국과 약소국의 역사로 대립하는 근대 이후 역사의 속성을 통찰하며 정체성을 만드는 문화, 계급문제와 민족 문제가 병존하는 문화적 중층성에 대해 언급했다. 안재홍은 1930년대 '민족으로부터 세계로, 세계로부터 민족으로'라는 '민세주의'를 주장하며, '정치적 차선책'으로서 '조선학운동'을 제기했다.[64] 그는 조선학을 "국고國故, 정법政法, 역사歷史, 지리地理, 외교外交, 천문天文, 역산曆算, 병계兵械 등 일체 조선을 중심으로 한 실용적 고색考索"이라고 했다. 그리고 근대 조선학의 학문적 기반을 찾기 위해 『여유당전서』를 간행했다.[65] 조선후기 실학으로부터 주체적 근대 지향의 학문적 기반을 찾고자 한 '조선학운동'은 안재홍安在鴻, 정인보鄭寅普 등과 일제에 의한 한민족의 타율적 발전을 비판하는 백남운白南雲 등의 마르크스주의 연구에 의한 내재적 발전론 등을 통해 세계적인 틀 안에서 한국

---

62 『學窓散話』는 그가 『동아일보』 취재역 주필 겸 편집국장으로 있던 시절(1924.5~1925.4)인 1924년 10월 『동아일보』 학예 기사면에 게재한 글들을 조선도서주식회사에서 간행한 것이다.

63 「碧初 洪命憙 선생을 둘러싼 文學談議」, 『大潮』 창간호, 1926.1(임형택·강영주 편, 앞의 책, 191쪽에서 재인용).

64 이지원, 「일제하 안재홍의 현실인식과 민족해방운동론」, 『역사와 현실』 6, 한국역사연구회, 1991.

65 이지원, 「1930년대 안재홍의 조선학 연구에서 근대정체성 서사와 다산 정약용」, 『역사교육』 140, 역사교육연구회, 2016.

학의 주체적 연구와 방법론을 제시하였다.

사적유물론에 입각한 조선사회경제사를 집필한 백남운은 세계사적 보편사로서 한국사의 체계화를 시도하였다.[66] 일제의 식민지 관학의 입장을 비판하고, 관념적 민족주의 학문을 비판하며 1930년대 제3의 한 국학을 개척하였다. 신남철 또한 정체성을 강조하지만 종래의 고루하 고 관념적인 방법에 의해 조선의 독자성을 신비화하는 국수주의 견해 와 선을 긋는 보편주의 역사철학을 고수하며 식민지 조선학의 방향을 고민하였다.[67] 마르크스 학문과 근대 분과학 체계를 훈련받은 신세대 들은 과학적 연구방법론을 내세우며 당시 지식계를 비판하는 고민 속 에서 또 다른 조선학을 궁리하고 표상했다.

이처럼 일제 강점기 '조선학'은 일제 강점기 지식장의 다변화[68] 속에 서 획일화할 수 없는 지적 내용을 담고 있다. 식민지 이전 국민국가 지 향의 자국학 전통은 식민지적 규정을 받으며 일제 식민지 관학과의 길 항관계 속에서 자국학과 지역학의 경계를 넘나들며, 식민성과 반식민 성의 다양한 관점과 방법론으로 표현되고 유통되었다. 거기에는 식민 지 지성들의 실천적·사상적 고민의 다양한 결들이 반영되고 있었다. 요컨대, 식민지하 조선학은 식민지의 지역학, 문화민족학으로부터 반 식민주의 조선연구까지 다면적으로 전개되었고, '조선적인 것'에 대한 다의성을 내포하고 있었다. 조선학의 다면적, 다의적 경계들은 일제 시

---

66 방기중, 『한국 근현대사 사상사연구』, 역사비평사, 1992.

67 이태훈, 「신남철의 보편주의적 역사인식과 지식인 사회 비판」, 『민족문화연구』 28, 고려대 민족문화연구원, 2015.

68 신주백, 「1930년대 초중반 조선학 학술장의 재구성에 관한 시론적 탐색」, 『역사문제연구』 26, 역사문제연구소, 2011.

기 한국 근대지성의 학문적·사상적 실천을 반영하는 것이며, 근대한 국학 형성의 식민지적 특수성을 보여주는 것이었다. 따라서 조선학은 단일한 학문영역이 아니라 일제 강점기 근대한국학의 다면성과 다의성 을 구명하는 연구로 접근할 필요가 있다.

5. 결론 — 근대한국학의 보편성 확장을 위하여

근대한국학은 세계사에서 국가나 민족이 타자화되면서 주체화가 추 동된 한국근대사의 실천적·사상적 활동의 반영이자 결과였다. 그러나 20세기 전반기 식민지를 겪으면서 자국학으로서 한국학은 식민지적 강 제와 규정을 받는 비주체적인 글로벌화가 진행되었다. 이때 '조선학'이 라는 명칭이 사용되었고, 조선의 문화정체성을 구명하고자 하는 조선 연구가 진행되었다. 제국주의의 식민주의 학문으로서 조선연구도 병행 되었다. 일본의 식민지로부터 해방된 후 한국이라는 국가나 국가구성 원의 문화를 다루는 연구로서 조선학이라는 용어 대신 '국학', '한국학' 이라는 명칭이 사용되었다. 한국 정부에서 '한국학Korean Studies'이라는 명 칭과 연구영역을 확산한 것은 1990년대 '세계화'라는 용어와 병행하여 추진되었다. 1990년대 들어 사회주의권의 붕괴와 신자유주의의 전지구 적 확산, 한국의 국제적 위상 강화 등을 고려하며 세계화를 배경으로 '한 국학'이 전략적 연구 영역으로 설정되었고 각 대학에 한국학과, 한국학 과정, 한국학프로그램 등이 확대되었다. 정부에서는 1990년 '한국국제 교류재단Korea Foundation(KF)'과 2007년 교육과학기술부와 한국학중앙연구원이 설립한 '한국학진흥사업단Korean Studies Promotion Service(KSPS)'으로 한국학의 세계화를 위한 지원사업을 해오고 있다. 또한 1991년 '한국국제협력단Korea International Cooperation Agency(KOICA)'의 설립을 통하여 세계와 교류하는 국제교육협력사업을 추진해왔다. 그 후 국내외 한국학은 양적으로 발전하였으나 동시에 학문적 소통의 문제가 생겼다. 주로 미국과 일본 등의 한국학 연구와 기존 국내 학자 간의 문제로서 제기되었는데, 그것은 '자국학 연구National Studies'로서의 한국학과 '지역학 연구Area Studies'로서의 한국학 간의 관점과 방법론의 차이이다. 즉 외국의 한국학자들은 국내의 한국학이 지나치게 민족주의적이라는 것을 지적하고 학문의 객관성과 보편성을 위해 탈민족주의의 필요성을 강조했고, 반면 국내의 학자들은 세계체제에 대한 민족주의적 주체성의 인식과 필요성을 강조했다. 또한 국내에도 탈민족주의 연구 경향의 확산되었다. 보편성과 주체성은 대립되는 개념이 아닌데, 한국학 연구의 소통과 교류에서 걸림돌의 구실로 삼았다. 그래서인가. 한국의 각 대학에서는 '한국'이라는 명칭 대신 '동아시아', '탈민족', '트랜스내셔널'이라는 명칭이 들어간 연구팀, 연구소들이 등장하기도 했다.

학문은 시대의 반영이고 시대적 과제를 해결하기 위한 실천적 사상적 고민의 결과라는 원론적인 문제의식에서 볼 때, 오늘날 한국학의 학문적 지향과 모습은 어떠해야 할 것인가. 이러한 고민의 지점에 근대한국학의 학술사가 있다. 근대한국학은 오늘날 한국학에 대한 비판적 성찰의 출발점이다. 학술사가 전제되지 않는 학문은 사상누각과 같다. 근대한국학은 오늘날 한국학의 토대로서 국내외 한국학 전공의 기본 교과로 편제되어 보편적인 학술사로서 연구되고 교육될 필요가 있다.

이를 위해서는 근대한국학의 학문적 보편성을 확장하는 연구가 필요하다. 첫째, 세계사적·동아시아적 관점에서 근대한국학의 위상을 확립하는 것이다. 근대한국학은 세계사에서 국가나 민족이 타자화되면서 주체화가 추동된 한국근대사의 실천적 사상적 활동의 반영이자 결과였다. 근대한국학의 탄생에는 19세기 말 20세기 초 서양에 자극받아 정체성의 근대화를 모색하던 동아시아 공통의 지적 알고리즘이 작동하였다. 동아시아와의 연동성과 동아시아 내부의 차이 속에서 한국학을 위치지우는 연구가 필요하다. 일국사적인 자국 중심의 연구는 자민족중심Ethnocentrism로 치우칠 경향이 강하다. 내셔널과 트랜스내셔널이 병존하고 문화다양성의 공존하는 시대에 배타적 민족주의, 애국주의를 부추키는 자국학은 배제되어야 할 것이다. 최근 한중일 3국은 모두 지나친 애국주의, 배타적 국가주의, 민족주의가 우려스러울 정도이다. 근대한국학의 형성을 동아시아의 연동으로 파악하는 것은 이러한 치우침을 배제하며, 세계사적·동아시아적 프레임으로 근대한국학의 위상을 설정하는 출발점이 될 것이다.[69]

둘째, 식민성을 어떻게 구조화할 것인가가 중요하다. 식민성을 밝히는 작업은 식민지라는 시공간의 근대성을 보다 구체적이고 입체적으로 확인할 수 있을 뿐만 아니라 제국주의 일본의 근대성을 동아시아적 프레임에서 재배치하는 출발점이 될 수 있다. 즉 '식민지 근대성'을 통해

---

69 한국학을 복수의 한국학, '동아시아 한국학'으로 구축할 것을 제시한 김경일·백영서·이영호·류준필·김종준 등의 논점은 한국학의 동아시아적 관점을 보여주고 있다. 김경일, 앞의 글; 백영서, 「인문한국학이 나아가야 할 길」, 『한국학연구』 17, 인하대 한국학연구소, 2007; 류준필·김종준, 「동아시아 한국학의 형성」, 인하대 한국학연구소 편, 『동아시아한국학의 형성-근대성과 식민성의 착종』, 소명출판, 2013; 이영호, 「한국학 연구의 동향과 '동아시아 한국학'」, 『한국학연구』 15, 인하대 한국학연구소, 2006.

식민성과 근대성은 분리할 수 없는 속성임을 드러내고, 식민지와 제국주의가 그 프레임에서 재해석될 수 있다. 식민지 한국과 제국주의 일본이 상호 연계되는 지적·학문적 연쇄에 대한 연구이다. 이를 통해 일제강점기 조선학은 제국과 식민의 상호관계 속에서 영향 받고 연계되는 것을 구명하는 것이 되어야 할 것이다. 이때 식민성은 당시 식민지 지식인들이 직면한 현실의 한계지점이기도 했고, 실천적 고민들로 내재화하여 다양한 지적·사상적 모습들로 표현되기도 했다. 따라서 식민지에서 내재화된 지식인들의 고민이 담긴 조선연구의 다면성을 사상사적 긴장감으로 천착하는 연구가 병행되어야 한다. 다양한 고민의 결을 갖고 있던 조선 역사나 조선문화 연구를 민족주의적 관점에서 '민족문화수호'라고 단일하게 평가하는 것을 지양하고, 성과와 한계를 비판적으로 탐구하여 다양한 설명과 의미를 도출하는 것이 필요하다.

셋째, 문자 기표의 다양한 기의 읽기가 필요하다. 근대한국학은 근대의 문자기표로 자료들을 산출했다. 이때 문자 기표는 번역어인 경우가 많다. 문자 자료는 언어기호들의 집합이다. 언어기호는 소리나는 형태인 기표signifiant와 의미를 담고 있는 기의signifier가 결합되어 개념을 표상한다. '조선학', '조선', '전통', '민족' 이라는 기표는 랑그langue로서 발화되지만 발화자의 의도와 맥락에 따라 기의를 담고 있는 빠롤parol은 달라질 수 있다. 하나의 기표에 여러 기의가 사용되기도 한다. 일제 강점기 '조선학'과 관련한 기표를 다양한 기의로 분석하고 맥락을 읽는 접근이 필요하다. 기표분석을 통한 근대한국학 자료조사 및 연구는 맥락에 따른 기의의 가변성, 해석학의 방법론을 적용하여 보다 다양한 내용과 의미들을 파악하는 세분화·입체화가 필요하다. 그래야만 식민지 시기를 거치며 변화 발전한 한국학의 근대 한국 학술사의 내용과 학문적 체계화가 풍부해 질 질 것이다. 그것은 근대한국학의 인문학적 연구를 깊게 해가는 관건이기도 하다. 근대한국학의 인문학적 연구의 심화는 AI시대에 빅데이터화해 가는 한국학 자료의 용어선정 기준과 해석의 맥락을 잡는 데에 유용한 전문성의 토대가 될 것이다.

넷째, 다양한 정체성을 갖는 근대주체들에 대한 연구의 확장이다. 한국적이라는 것에 대해 '민족'을 주어로 하여 전근대적인 문화를 획일적으로 소개하는 경향이 있다. 복고성과 폐쇄성이 강하게 작동한다. 그러나 19세기 말 20세기 초 동아시아 지식인들이 전통을 소환한 것은 당대의 현실적 문제의식의 결과였지, 무조건적인 복고 선양은 아니었다. 또한 하나의 정체성을 획일화하여 민족의 정상적 상황으로 규범화하는 것은, 그 규범화에 포괄되지 않은 소수자의 상황을 억압할 수 있다. 근대주체인 국민·시민은 내부적으로 다양한 정체성을 갖는 존재들의 집합이다. 근대 국민·시민을 구성하는 다중적·중층적 주체들, 예컨대 여성, 어린이, 청년, 노동자, 디아스포라 한국인 등의 정체성도 작동했다. 근대한국학의 보편성은 이들의 다중적·중층적 정체성이 형성되는 것까지 포함해야 한다. 진정한 의미의 문화의 세계화는 세계의 모든 사회구성원들에게 특정한 집단의 구성원이라는 문화정체성을 부여하면서도 보편적 권리들을 구현하는 것이라고 본다. 문화의 다양성과 정체성이 세계화시대 인류 공존을 가능하게 하는 근거로서 규범적으로 적용되어야 하듯이, 근대한국학도 다양한 근대주체의 정체성을 밝히는 것까지 확장될 필요가 있다. 이는 근대한국학이 근대를 지향하면서도 근대를 극복하는 가능성을 열어가는 관점이자 방법론이다.

한국 개념사의 이론적 탐색에 대한 회고와 전망

송인재

1. 한국 개념사의 발상과 문제의식

근대를 해석하는 일관된 학문방법으로서의 개념사는 독일 사회사의
전통 위에서 형성되었다. 개념사는 언어를 역사연구의 단위로 삼는다.
따라서 개념사의 방법은 '역사적 의미론'이라고도 불린다. 뿐만 아니라
역사학 이외에 철학, 문학, 어학, 사회과학 등 다양한 분야 전공자들이
개념사에 결합하면서 개념사는 학제간 연구로도 자리잡았다. 기존 역
사학과 다른 새로운 연구방법과 시야로 인해 개념사는 '새로운 역사학'
으로도 불렸다.[1] 개념사를 근대 한국의 문제와 본격적으로 연관짓는 집

---

1   개념사는 1986년 최초로 한국에 소개된 후 거의 논의되지 않았고 2000년 독일 개념사 전문가
  의 짧은 소개 논문이 발표되는 정도였다. 나인호, 「독일 개념사와 새로운 역사학」, 『역사학
  보』 174, 역사학회, 2002, 295쪽.

단적 시도는 2000년대 중반에 태동했다.[2] 2005년에 시작한 '『한국 인문·사회과학 기본개념의 역사·철학사전』 편찬사업'이 그것이다. 당시 사업을 기획하고 추진한 김용구 한림과학원 원장은 언론과의 인터뷰에서 개념사를 시작하게 된 동기에 대해서 다음과 같이 밝혔다.

19세기 중엽 이후 서양·일본·중국의 개념이 들어와 기존 개념과 충돌하면서 한국의 인문·사회과학 분야는 아직도 혼돈을 거듭하고 있다. 학계에서조차 기본개념들에 대한 정확한 인식 없이 무분별하게 사용되고 있는 것이 큰 문제다.[3]

이 발언에는 개념사의 시공간적 범위, 분석대상, 문제의식이 드러난다. 먼저 시공간적 범위는 19세기 중엽 이후 한국이다. 19세기 중엽은 "이질 문명권과 만나 충돌하면서 동북아 3국(한국, 일본, 중국) 사이에 개념의 마찰이 병행하는 시기"다.[4] 다음으로 분석대상은 개념, 특히 인문사회과학에서 통용되는 개념이다. 구체적으로는 1850~1950년 형성되어 현재까지 한국의 "학문 세계를 지배하고 충격을 주었던 기본개념"이다.[5] 마지막으로 문제의식은 개념이 처한 혼돈이 갖는 문제점이다. 이에 개념사는 엄밀성을 견지해야 할 학문세계에서 학문의 기초라 할 수 있는 개념에 대한 이해조차 정확하지 않다는 비판을 기본적인 문제의

---

2 이 글은 한림대 한림과학원이 2005년에 시작해서 현재까지 연구소 단위 연구과제의 형태로 지속되고 있는 개념사 연구의 발상과 성과에 대한 회고를 기반으로 한다.
3 「〈사람들〉 개념사 연구 김용구 한림과학원장」, 『연합뉴스』, 2006. 5. 25.
4 「2007년도 인문한국지원사업 인문분야 신청서(II)」, 한림대 한림과학원, 2007, 9쪽.
5 위의 글, 9쪽.

식으로 견지했다. 이처럼 한국에서 개념사는 기초가 취약한 한국 인문 사회과학의 상황을 타개하기 위해 19세기 중엽 이후 형성된 개념을 분석하기 위해 기획되었다.

개념사에서는 개념이 "근대 한국의 정치·사회운동을 함축하고 있는 역동적인 성격을 지닌"[6]다고 규정한다. 그래서 연구 수행 과정에서 "개념의 공시적이고 통시적인 분석, 의미론이나 명의론에 안주할 수 없"고 "여러 장소의 개념들의 충돌"[7]을 연구해야 한다는 문제의식이 형성되었다. 이에 의하면, 개념사의 분석대상이 되는 개념은 한국 인문 사회과학의 기초가 되는 요소이자 주변 강국과의 관계 속에서 형성된 한국의 근대 경험의 결정체다. 따라서 개념사는 한국 학술의 재정비와 그 방법으로 개념을 통한 근대 연구를 의도한 학문적 시도라고 볼 수 있다.

애초에 개념사의 기획은 한 사립대학 자체의 한국학 특화 사업으로 출발했다. 사업 책임자는 개념사 연구가 "인문사회분야의 기초가 되는 작업으로" "국가적인 사업이 돼야 할 방대한 사업"[8]이라고 여겼다. 그럼에도 취지에 동의한 사학재단의 지원으로 사업에 착수할 수 있었다고 회고한다.[9] 2년간의 자체 사업수행 후 개념사는 국가의 인문학연구소 장기지원사업의 지원을 받게 되었고 그 후 10년 이상 진행되고 있다.[10]

6　김용구, 「『한국개념사총서』 발간사」, 『만국공법』, 소화, 2008.

7　위의 책.

8　「[책] 한림과학원 '한국 개념사 사전' 발간」, 『강원일보』, 2006. 5. 16.

9　'한국 인문·사회과학 기본개념의 역사·철학 사전(1850~1950)'(약칭 '개념사 사전') 편찬사업. 개시 시기는 2005년 9월, 사업기간은 10년, 1단계는 2005년 9월 1일~2007년 8월 30일로 계획되었다.

10　인문한국 '동아시아 기본개념의 상호소통사업'(2007. 11~2017. 8)과 그 연속사업 인문한국 플러스 '횡단, 융합, 창신의 동아시아 개념사'(2018. 3~). 인문한국사업이 시작되기 전인 1990년

그 과정에서 개념사는 한국 개념사라는 중심축을 유지한 채, 동아시아 개념사라는 새로운 외피를 가졌다. 동아시아가 새로운 외피가 되면서 소통이 개념사 연구의 중요한 계기로서 새롭게 자리 잡았다. 이는 지역 통합, 또는 공동체 형성이 시대적 추세로 대두되고 있고 정치와 경제 논리만으로는 진정한 공동체 형성은 불가능하다는 판단에서 비롯한다. 즉 지역 내의 문화적 이질성에 대한 상호 이해와 소통, 일정한 수준의 정체성 공유가 필요하며, 이 과정에 개념사가 기여할 수 있다는 견해다.[11] 따라서 국가·지역·계급·성별·인종 등에 따라 다양해지는 개념의 내포를 규명하는 작업이 개념사의 주된 과제의 하나로 제기된다. 그리고 소통이 바로 그 과제를 표상하는 핵심 용어가 되었다. 이상의 과정을 거쳐 개념사의 키워드로 '개념', '동아시아', '소통'이 긴밀하게 연관을 맺으며 자리 잡게 되었다.[12]

개념사는 개념의 혼돈을 한국 인문사회과학의 문제점으로 지적하고 이를 타개하고자 하는 문제의식에서 출발했다. 더 나아가 소통이라는 기제를 통해 동아시아 개념 세계의 복잡성을 상생이라는 긍정적 방향으로 향하는 자산으로 삼으려 했다. 그 과제와 대면하는 과정은 바로 지난 10여 년간 개념사의 발자취로 남았다. 한국 개념사는 과제를 해결하

대까지 시야를 넓혀 한국 개념사 연구의 전개 과정을 1990년대부터 산정하여 3기로 구분한 분석이 있다. 이 분석에서 1기는 종교, 문학 개념의 선구적 연구와 코젤렉 개념사 소개와 번역, 국제정치학계의 분과 세미나가 있던 2000년 이전, 2기는 국제정치학계와 문학계의 개화기 개념사 연구가 산출된 2000~2007년, 3기는 한림과학원의 인문한국사업에 힘입어 국제 개념사의 성과가 본격적으로 소개된 2008년 이후로 설정한다. 허수, 「한국 개념사 연구의 현황과 전망」, 『역사와 현실』 86, 한국역사연구회, 2012. 이 글에서 다루는 시기는 이렇게 구분된 시기 중 주로 3기에 해당된다.

11 「2007년도 인문한국지원사업 인문분야 신청서(I)」, 한림대 한림과학원, 2007, 5~6쪽.

12 한림대 한림과학원이 2008년 창간한 『개념과 소통』, 개념사 관련 연구성과를 발표, 토론하는 '동아시아 개념소통 포럼'의 명칭은 모두 이러한 지향을 반영한다.

기 위해 서양, 중국, 일본 등의 관련 이론, 사례들과 조우하며 한국의 연구와 접목시켜왔다. 다음 절부터는 그 과정을 살펴본다.

2. 개념사의 이론여행,[13] 독일에서 한국으로

1) 독일 개념사의 아우라

개념을 한국 근대를 분석하는 기본 단위로 설정하는 발상에는 독일 개념사의 성과에 대한 인식이 작용했다. 『역사적 기본개념 — 독일의 정치적·사회적 언어에 대한 역사사전*Geschichtliche Grundbegriffe : Historisches Lexikon zur politisch-sozialen Sprache in Deutschland*』(1972~1997), 『철학의 역사사전*Historisches Wörterbuch der Philosophie*』(1971~2007), 『프랑스 정치·사회 기본개념 편람 — 1680~1820*Handbuch politisch-sozialer Grundbegriffe in Frankreich, 1680~1820*』(1985~2000) 등이 대표적이다. 이에 따라 개념사사업 초기에는 이 성과들을 소개하고 의미를 규명하는 작업이 진행되었다.[14] 이를 통해 독일 개념사가 언어를 역사 세계의 기본구조라는 생각에 기초하여, 근대를 형성하는 데 중요한 역할을 한 개념을 분석하여 "근대 세계의 정치적, 사회적 구조를 발견"[15]하는 작

---

13 '이론여행'이라는 용어는 영국 버밍엄학파의 비판적 문화연구가 90년대에 중국 대중문화연구에 도입되는 경위를 설명할 때 중국의 문화연구자가 사용한 용어다. 戴錦華, 『隱形書寫』, 江蘇人民出版社, 1999 참조.

14 그 성과는 박근갑 외, 『개념사의 지평과 전망』, 소화, 2009. 독일 개념사학자 루치안 휠셔, 프랑스 기본개념 편람을 주도한 롤프 라인하르트, 미국에 유럽 개념사를 소개하고 개념사를 연구한 정치학자 멜빈 릭터가 직접 자신들의 개념사 연구를 소개했고, 독일, 프랑스에서 개념사를 접한 한국학자가 각국 개념사 연구의 기본 정의와 의의를 해설했다. 2015년에 나온 개정증보판에는 일상개념, 한국 역사와 개념사를 주제로 한 글이 추가되었다.

15 루치안 휠셔, 김성호 역, 「개념사의 개념과 『역사적 기본개념』」, 위의 책, 11쪽.

업임을 확인했다. 더 나아가 이론적으로는 "공시적으로 정치·사회·문화의 맥락 속에서 개념을 분석하는 언어의 사회사", "통시적으로 개념의 의미의 변화와 지속의 과정을 분석하는 역사의미론"이 개념사의 특징임을 밝혔다.[16] 개념사에 대한 이론적 관심은 인접 학문에 대한 관심으로 파생되어 개념사의 이론 지평 안에서 푸코의 '담론' 개념 등 담론 분석 이론, 철학적 해석학, 구조주의 의미론, 한스 블루멘베르크의 은유학, 니클라스 루만의 체계 이론 등이 관련 전공자에 의해 소개되었다.[17]

상술한 독일 개념사 연구 중에는 오토 브루너[Otto Brunner](1898~1982), 베르너 콘체[Werner Conze](1910~1986), 라인하르트 코젤렉[Reinhart Koselleck](1923~2006)이 편찬한 『역사적 기본개념』의 영향이 두드러진다. 코젤렉은 근대 유럽에서 이루어진 개념의 혁명적 변화과정이 지닌 네 가지 특징으로 '민주화', '시간화', '이데올로기화', '정치화'를 제시했다.[18] 이 네 가지 범주는 『역사적 기본개념』에서 다루는 항목을 선정하는 기준이었고 한국 개념사의 핵심사업인 『한국개념사총서』 편찬에서 항목 선정기준에 그대로 반영되었다.[19] 더 나아가 코젤렉이 통찰한 근대 개념의 두 가지 속성인 '경험공간'과 '기대지평'도 선정 기준 설정에 영향을 주었다. 또한 개

---

16 나인호, 「개념사는 어째서 새로운가」, 위의 책, 165쪽.
17 그 성과의 일부는 『개념과 소통』9(한림대 한림과학원, 2012) 특집 '개념사의 이론 지평'으로 모아졌고 구성을 확장해서 이론서가 출간되었다. 박여성 외, 한림대 한림과학원 기획, 『언어와 소통―의미론의 쟁점들』, 소화, 2016.
18 나인호, 『개념사란 무엇인가』, 역사비평사, 2011, 145쪽.
19 「2007년도 인문한국지원사업 인문분야 신청서(I)」, 한림대 한림과학원, 2007, 25쪽. 『한국개념사총서』가 8권 출판되었을 시점에 일각에서는 『한국개념사총서』가 "이 범주에 대해 별다른 관심을 기울이지 않는 것 같다"는 평가도 나왔다. 하지만 이 범주에 대한 관심부족을 '이론적 감수성' 부족으로 해석할지 독일 개념사와의 차별성을 보여주는 성과로 해석할지는 별도로 논할 문제. 비판적 의견에 대해서는 나인호, 「『한국개념사총서』의 이론적 감수성」, 『개념과 소통』13, 한림대 한림과학원, 2014, 97쪽 참조.

념사 연구 초기에는 코젤렉이 근대를 지칭했던 용어인 '말안장시대 Sattelzeit'를 비롯해서 '기본개념', '역사적 의미론', '관념사와 개념사의 차이', '단어와 개념'의 구분 등등 개념사 이론의 기본 용어들이 연구 참여자들 사이에서 자주 거론되고 개념사 연구의 준거로 다루어졌다. 『역사적 기본개념』에 대한 관심은 이론소개를 넘어서 그 성과를 소개하는 작업으로도 이어졌다. 이에 『코젤렉의 개념사 사전』이라는 이름으로 『역사적 기본개념』의 항목 중 25개 항목이 선별되어 시리즈로 번역되었다.[20]

방법론 수용과 번역 이외에 『역사적 기본개념』의 성과 자체에 대한 분석이 이론점검 작업으로 이루어졌다. 개념사의 방법론적 특징에 관련해서는 『역사적 기본개념』과 『철학의 역사사전』을 비교하고 차이점을 다룬 논의가 주목할 만하다.[21] 이 논의에 따르면 양자의 기획과 집필 지침이 1967년 독일의 개념사 학술지에 동시에 수록되었고 양자 간의 지적 교류도 있었다. 논지의 핵심은 『역사적 기본개념』은 "개념사를 역사 이해의 방법론으로 적극 수용한 반면"[22] 『철학의 역사사전』은 개념사 방법론이 철학 개념을 밝히는 데 부분적으로만 필요하다고 판단하는 양자 간의 차이점이다. 그 차이는 한쪽에서는 자유를 정치사회적 격변 속에서 운동하는 개념으로 다루고 다른 한쪽에는 자유를 역사적 맥락에서 떼어내어 시대별 철학자의 자유에 관한 논의를 다루는 기술방

---

20 15항목은 각각 5개 항목씩 3차례에 걸쳐 출판되었다. 항목은 다음과 같다. 1차: 문명·문화, 진보, 제국주의, 전쟁, 평화. 2차: 계몽, 자유주의, 개혁과 (종교)개혁, 해방, 노동·노동자. 3차: 위기, 혁명, 근대, 보수·보수주의, 아나키즘. 그 뒤를 이어 2019년 현재 4차와 5차분이 번역되고 있다.
21 이상명, 「『철학 역사사전』과 『역사적 기본개념』의 비교 고찰」, 『개념과 소통』 8, 한림대 한림과학원, 2011.
22 위의 글, 44쪽.

식을 통해 드러난다.[23]

코젤렉이『역사적 기본개념』을 편찬하면서 근대의 특성을 규정하는 용어이자 사전편찬의 지침으로 제시한 '말안장 시대'라는 가설에 근거해서 독일 개념사의 성과를 평가하기도 했다.[24] '말안장 시대'는 "유럽의 고전적 지형에 근본적인 의미변화가 진행되었고, 옛 단어들은 새로운 의미내용을 얻게 되었으며, 그 이후 궁극적으로 모든 개념들은 새로운 상황에 놓이게 되는"[25] 18세기 중반 이후를 지칭한다. 이 논의에서는 진보, 문명 / 문화 항목이 근대 시기에 보여준 개념의 운동성을 규명함으로써 '말안장 시대'라는 의도를 가장 충실하게 보여주는 성과라고 평한다. '말안장 시대'라는 가설과 실제 집필 사이의 관계에 대한 관찰은 당시 시작 단계에 있던『한국개념사총서』가 집필원칙과 실제 집필 사이에 발생하는 변수를 미리 생각하는 계기를 제공했다.

독일의 개념사 연구는 "굳건하게 확립된 역사적, 철학적 방법론을 각자의 목적에 맞게 변용함은 물론 새로운 기법을 고안"했고 "그들의 작업은 철학은 물론 정치, 사회적 이론분야 전문용어에 대한 엄밀한 역사 연구 기준을 제시하였다".[26] 그리고『역사적 기본개념』은 "필수불가결한 참고서가 되었다".[27] 독일의 개념사 연구의 문제의식과 성과 그리고 영향은 근대의 변화상을 개념으로 파악하고 인문사회과학 연구의 토대

---

23 위의 글, 52~57쪽.
24 이진일, 「개념사의 학문적 구성과 사전적 기획 사이에서-『코젤렉의 개념사 사전』을 중심으로」,『개념과 소통』7, 한림대 한림과학원, 2011. 이 논문 저자는 '말안장 시대' 대신 독일어 발음을 그대로 가져와 '자텔차이트'라고 표기한다. 한편 이 논문은『역사적 기본개념』의 기획 전반을 효율적으로 소개하여 해당 정보의 수요자들에게 유용하다.
25 위의 글, 143쪽.
26 멜빈 릭터, 송승철·김용수 역,『정치·사회적 개념의 역사-비판적 소개』, 소화, 2010, 26쪽.
27 이진일, 앞의 글, 2011, 138쪽.

작업을 목표로 하는 한국 개념사 연구의 문제의식과 맞닿아 있다. 이러한 까닭에 『역사적 기본개념』을 위시한 유럽의 개념사 연구는 초기 한국 개념사 연구자의 관심과 탐구 대상이었다.

2) 한국 개념사의 자기맥락 찾기

한국 개념사는 21세기 한국의 시대적 학문적 상황과 과제를 점검하고 방향을 찾으려는 문제의식에서 비롯했다. 이를 통해 개념사는 단순히 외래 이론을 수입하는 차원을 넘어서서 자체적인 의제와 영역을 설정하려고 시도했다. 개념사는 한국 이외에 중국, 일본에서도 현재진행형의 학문적 실천으로 포착되었다. 따라서 한국 개념사 연구자에게 개념사는 이미 일단락된 서구의 것이 아니라 현재 진행되고 있는 동아시아적 현상이라 여겨졌다. 이는 동아시아 담론, 동아시아 공동체론의 시대적 과제에 개념사가 인문학적으로 부응하는 의미를 넘어선 것이다.[28] 개념사가 동아시아에서 수행될 때 형성되는 새로운 맥락은 바로 근대에 이루어진 동서양의 만남이다. 이 과정에서 오리엔탈리즘, 서구 중심주의 극복, 동서양의 문화교류, 번역 등이 관심사로 거론되었다.[29] 또한 넓은 범위에서 근대지식, 학술 용어 형성, 정치사회적 개념 등이 개념사의 방향에서 논의되었다. 더 넓게는 한국 인문학에서 개항기, 대한제국

---

28 대체적인 인식은 양일모, 「한국 개념사 연구의 모색과 논점」, 『개념과 소통』 8, 한림대 한림과학원, 2011 참조. 양일모의 글 2장 '개념사 연구의 실험—중국과 일본'에서 중국과 일본의 개념사를 다룬다.

29 리디아 류의 『언어 횡단적 실천』(민정기 역, 소명출판, 2005), 사카이 나오키의 『번역과 주체』(후지이 다케시 역, 이산, 2005), 가토 슈이치와 마루야마 마사오의 『번역과 일본의 근대』(임성모 역, 이산, 2000), 야나부 아키라의 『번역어 성립 사정』(서혜영 역, 일빛, 2003) 등의 출간은 한국 개념사 연구의 본격화 이전에 근대의 번역, 번역어 등에 관한 관심을 증폭시켰다.

기, 식민지 시대 연구가 증가하고 시야도 문화사, 일상사, 사회사, 학술사, 번역사 등으로 다변화 되는 지형 속에 개념사를 위치 지었다.[30]

이런 맥락에서 한국 개념사의 과제로 서양의 근대를 수용한 이래 한 세기 가까이 형성된 근대를 성찰해서 "미완의 근대를 완성하거나 혹은 근대의 그늘에서 야기된 문제를 극복"하는 것이 제시되었다.[31] 그 목표를 달성하기 위해 근대를 성찰하는 '방법', 번역 없는 번역된 근대를 다루는 '의미', 동아시아의 상생을 지향하는 '소통' 세 가지가 한국 개념사의 논점으로 제시되었다. 한국 개념사는 개념사라는 학문 방법론에 동의하는 기반 위에서 근대 연구 시각의 다변화와 탈서구중심주의, 지역 통합의 시대적 과제에 대한 자각이 결합되면서 한국의 상황에 적합한 방법을 모색했다.

한국 개념사가 독자적인 시공간에서 유럽과 구별되는 스스로의 맥락을 찾는 시도 중 두드러지는 행보는 정치사회 일변도이던 개념사 연구를 일상 영역으로 확장하는 기획이다. 그 문제의식의 산물로서 기존의 『한국개념사총서』와 구분되는 『일상개념총서』가 기획되었다. 『일상개념총서』는 "실질적으로 주체의 삶과 개념을 매개하고 분절해내는 공간"인 일상에 주목하여, '병', '청년', '취미', '연애', '교양', '통속', '어린이', '행복' 등을 다룬다.[32] 역사 연구에서 일상은 20세기 전반까지 역사학에서 간과되었다가 독일 일상사, 이탈리아 미시사, 미국의 신문화사

---

30 양일모, 앞의 글, 2011, 17쪽.
31 위의 글, 9쪽.
32 '일상개념총서'는 항목 제목을 그대로 책 제목에 반영한 '한국개념사총서'와 달리 항목의 개성을 표현한 표제어를 제목으로 사용한다. 그 사례는 다음과 같다. 신동원, 『호환 마마 천연두 －병의 일상 개념사』, 돌베개, 2013; 이기훈, 『청년아, 청년아, 우리 청년아』, 돌베개, 2014; 문경연, 『취미가 무엇입니까?』, 돌베개, 2019.

가 "평범한 개인과 집단의 일상에 새로운 의미와 가치를 부여"하며 그 의미가 부각되었다.[33] 기존의 한국학에서 일상은 풍속·문화론적 표상 연구와의 접속을 시도했다. 일상개념 연구는 "복잡하게 연관되어 있는 표상과 현실의 역동성을 추적하는 데 의미 있는 연구 경험을 축적"한 풍속·문화론적 표상연구와 "개념과 사회문화적 제도 및 담론 사이에서 발생하는 복잡다단한 관계의 맥락들을 어떻게 더욱 체계화"하는 개념사 방법의 결합이다.[34]

　일상개념 연구의 방법론은 독일 개념사의 계보와도 연관을 맺는다. 그것은 『프랑스 정치·사회 기본개념 편람－1680~1820』으로 대표되는 롤프 라이하르트의 개념사다. 라이하르트의 개념사는 대중적 사료[35]를 분석자료로 선정했다. 이는 체계적 이론가, 정치·사회·법적 자료, 각종 사전을 기반으로 삼은 코젤렉의 연구와 다른 각도의 접근이다. 따라서 라이하르트의 개념사는 비록 일상 개념이 주된 대상은 아니지만 "역사적 의미론을 심성사 및 담론 분석과 결합"해서 "언어의 사회적 성격을 다루는 사회사적 의미론"을 제시했다고 평가받는다.[36] 『일상개념 총서』의 기획은 독일 개념사 방법론 내에서의 분기, 20세기 후반부터 형성된 문화론의 유행 등이 중첩된 문제의식을 반영하여 한국 개념사의

---

33 김지영, 「개념 연구와 일상 공간－잠재성과 가능성으로 생활을 사유하기」, 『한림과학원 뉴스레터』 1, 한림대 한림과학원, 2009.3(김지영, 「'일상'을 가르는 사유의 모험」, 『매혹의 근대, 일상의 모험』, 돌베개, 2016, 7쪽에서 재인용).

34 김지영, 「풍속·문화론적 (문학) 연구와 개념사의 접속, 일상개념 연구를 위한 시론」, 『대동문화연구』 70, 성균관대 대동문화연구원, 2010, 522쪽.

35 이에 해당하는 자료는 다음과 같다. ① 각종 사전, ② 신문 잡지 등 정기간행물, ③ 전단, 소책자, 집회보고서, 자료총람, ④ 교리문답, 연감, 풍자, 노래, 그림 문자 등 교육받지 못하거나 부분적으로 교육받은 계층에게 유포된 매체 사료들. 위의 글, 491쪽.

36 고지현, 「일상 개념 연구－이론 및 방법론의 정립을 위한 소론」, 『개념과 소통』 5, 한림대 한림과학원, 2010, 17쪽.

영역을 확장시켰다.

　문학연구의 경험과 시각도 코젤렉과 다른 방향의 개념사를 모색하는
계기로 작동했다. 이런 발상은 1990년 후반 이후 개념사적 발상이 한국근
대 문학 연구에 도입되는 양상을 검토하는 과정에서 제기되었다.[37] '문학'
개념은 『한국개념사총서』를 구성하는 항목의 하나이고[38] 그 이전에 90
년대 후반 한국근대문학 연구자의 논제였다.[39] 그런데 둘 사이에 논쟁이
벌어졌다. 『한국개념사총서』의 '문학'은 서구의 리터러처[literature], 이광수
가 도입한 '순문학' 개념이 근대문학을 과도하게 특권화한다고 비판했다.
그 근거는 서구의 순문학을 상대화하는 조선시대의 자료, 중국·일본의
사례들이다.[40] 그 입장 차의 배후에 있는 방법론의 차이는 '개념사'와 '개
념어'로 규정되었다. 문학 연구에 한해서 '개념사 연구'는 역사적 연속성
에 주목하고 그 결과 개념을 소유한 주체(즉 민족)에 집중하고 '개념어 연
구' 연구는 개념 자체에 주목해서 상위범주인 예술, 하위 범주인 소설, 희
곡, 시, 병렬 관계인 음악, 미술 등과의 관계를 다루며, '담론'의 차원이 소
환되었다.[41] 이에 개념사가 특정 언어의 지속과 변천보다는 사회적 콘텍
스트에 주목해서 언어의 수행성에 주목할 필요가 있다고 주장한다.[42]

　코젤렉 개념사에서 드러나는 근대를 이론적으로 성찰해서 독일 개

37　장세진, 「개념사 연구는 무엇을 욕망하는가─한국 근대문학/문화 연구에의 실천적 개입 양
　　상을 중심으로」, 『개념과 소통』 13, 한림대 한림과학원, 2014.
38　최원식, 『문학』, 소화, 2012.
39　관련 성과로 황종연, 「문학이라는 역어」, 『동악어문논집』 32, 동악어문학회, 1997; 김현주,
　　「근대 개념어 연구의 동향과 성과─언어의 역사성과 실재성에 주목하라!」, 『상허학보』 19,
　　상허학회, 2007; 이철호, 「한국문학과 개념어 연구」, 『동국대학원신문』, 동국대 대학미디어
　　센터, 2014.4.14 등을 꼽는다.
40　장세진, 앞의 글, 14~16쪽.
41　위의 글, 18쪽.
42　위의 글, 25~26쪽.

념사와 차별화되는 한국 개념사의 방향을 모색한 시도도 있다.[43] 코젤렉 개념사에서 근대는 "기대들이 그때까지의 경험들에서 점점 멀어지면서" "새로운 시대로 파악"[44]된다. 그리고 "일종의 최종 지평으로 설정되어 있고 근대 개념이 갖는 문제들을 해결하거나 넘어설 단초가 고대에서건 어디서건 암시되지 않는다는 의미"[45]에서 근대는 '지나간 미래'가 된다. 이에 논자는 근대를 '지나간 미래'가 아닌 '오지 않은 과거'로 볼 것을 제안한다. '오지 않은 과거'는 "실패를 '구원'하고자 하는 현재의 소급작용을 계기로 비로소 존재"[46]하며, 이러한 소급을 통해 한국 개념사가 경험공간과 기대지평의 불일치라는 근대적 속성에서 벗어나 '또 다른 근대 이야기'가 아닌 '근대와는 다른 이야기'가 나올 수 있음을 전망했다.

이상에서 보듯 한국 개념사는 독일 개념사를 참조대상으로 삼아 학습하고 성찰한 동시에 한국의 역사와 현실에 적합한 방향을 찾기 위해 다방면으로 노력했다. 이 노력은 한국 개념사가 독일 개념사와 공간적 차이만을 가진 채 독일의 이론을 단순히 수입하거나 추구하는 경로를 걷지 않고, 자체적인 맥락을 잡고 연구 영역, 접근 방법, 기대효과 면에서 독자성을 발휘할 수 있는 잠재력을 갖는다.

---

43 황정아, 「지나간 미래와 오지 않은 과거 ─ 코젤렉과 개념사 연구방법론」, 『개념과 소통』 13, 한림대 한림과학원, 2014.
44 위의 글, 122쪽.
45 위의 글, 127쪽.
46 위의 글, 131쪽.

3. 중국, 일본 개념사와의 접속

동아시아 개념사로 외연을 확장한 한국 개념사는 지역 내 타국의 개념을 소통의 파트너이자 콘텍스트로 대하는 과제를 스스로에게 부여했다. 2절에서 거론했듯 개념사는 동아시아 각국에서 거의 비슷한 시기에 유행했다. 이에 각국의 개념사 연구 동향과 성과를 파악하고 연계 맺는 것이 한국 개념사의 과제로 더해졌다. 이러한 과제는 때로는 연구자/집단 간의 학술적 교류를 통해 수행되었다. 2009년 한림대학교 한림과학원이 개최한 국제학술회의 '동아시아 개념의 절합과 횡단'은 동아시아에 대한 한국 개념사의 관심의 산물로 상징성을 띤다.[47] 중국, 일본, 대만의 개념사 연구자가 한 자리에 모인 이 자리에서는 동아시아에서 개념사에 접근하는 다양한 각도가 확인되었다. 독일유학 시절 『역사적 기본개념』을 직접 접하고 '역사적 의미론'을 중심으로 독일 개념사를 중국에 전파하는 중국 연구자(팡웨이구이方維規), 문학 개념 연구를 통해 근대의 지식체계를 해석하는 일본 연구자(스즈키 사다미鈴木貞美), 근대사상사 사료로 데이터베이스를 구축해서 주요 정치용어의 형성과 변천을 분석하고 중국근현대사의 새로운 시대구분법을 제시한 홍콩-대만 연구자(진관타오金觀濤, 류청펑劉靑峰), 그리고 미래를 향한 소통을 표방한 한국 개념사 연구자가 만나서 논의하는 모습은 그 시기 동아시아 개념사 지형의 단면을 보여주었다. 2011년에는 핀란드, 네덜란드, 브라질 등의 개념사 연구자들과 개념사가 현재 유럽 중심부가 아닌 주변부에서 활

---

47 학술회의 정보는 'http://has.hallym.ac.kr/?c=3/22&p=4&uid=24(검색일 2019.7.5)' 참조.

발하게 되는 이유에 대해 논의했다.[48] 같은 해에는 대만으로 장소를 옮겨 개념 변천과 국가 정체성의 관계, 동아시아 각국 개념사 연구의 현황과 문제의식을 논의하기도 했다.[49]

번역은 개념사와 밀접한 학문적 방법이라는 차원을 넘어서 실천적 차원에서 장소와 시간의 한계를 벗어나 상시적으로 해외 개념사 연구의 성과를 접하고 한국에 소개하는 매개다. 중국, 일본 개념사 관련 업적은 『역사적 기본개념』과 더불어 사업을 기획하는 단계부터 번역대상으로 선정되어 수행 단계에서 한국어판으로 출간되었다. 일본의 성과로는 독일 개념사를 수용한 오타베 다네히사小田部胤久(1958~)의 예술 개념사 저작,[50] 한자어로 된 전통적 개념이 서구 개념과 충돌하면서 변형되는 과정과 근현대사에서의 역할을 밝힌 『한 단어 사전一語の辞典』,[51] 중국어

<hr>

48 2011년 한림과학원 국제심포지엄 '개념사 연구의 길을 묻다', 'http://has.hallym.ac.kr/?c=3/22&p=4&uid=31(검색일 2019.7.5)'.

49 대만 국립정치대학과 한림대학교가 공동주최한 심포지엄 '近代東亞的觀念變遷與認同形塑'國際學術硏討會暨'中國認同與現代國家的形成'工作坊, 'http://cimea.nccu.edu.tw/about.htm(검색일 2019.7.5)'. 그후 해외에서 동아시아 개념사를 주제로 개최된 국제학술회의로 2012년 11월 13~17일 일본 국제일본문화연구센터에서 개최한 '동아시아의 지적 교류―주요 개념(key concept)의 재검토', 2018년 3월 23~25일 난징대학교 학형연구원學衡硏究院에서 주최한 '개념사 연구의 아시아적 전환―중국 근대 정치사회 핵심 개념 심포지엄槪念史硏究的亞洲轉向―中國現代政治社會關鍵槪念硏討會'이 있다. 전자에는 한국, 중국, 일본, 대만, 핀란드 등 학자 29명이 참석했고 후자에는 한국, 중국, 일본, 대만, 독일 등 학자 60여 명이 참석했다. 일본 개념사 국제학술회의 관련 정보는 허수, 「개념사 뷔페 시식기―일문연日文研 주최 국제학술대회에 다녀와서」, 『개념과 소통』 10, 한림대 한림과학원, 2012 참조.

50 小田部胤久, 『象徵の美學』, 東京大學出版會, 1995; 『藝術の逆說―近代美學の成立』, 東京大學出版會, 2001; 『藝術の條件―近代美學の境界』, 東京大學出版會, 2006. 한국어 번역은 이혜진 역, 『상징의 미학』, 돌베개, 2015; 김일림 역, 『예술의 역설―근대 미학의 성립』, 돌베개, 2011; 신나경 역, 『예술의 조건―근대 미학의 경계』, 돌베개, 2012.

51 한림과학원에서는 이중 '개인', '공사公私', '문화', '인권', '천' 항목을 번역했다. 사쿠타 케이이치, 김석근 역, 『한 단어 사전, 개인』, 푸른역사, 2013; 미조구치 유조, 고희탁 역, 『한 단어 사전, 공사』, 푸른역사, 2013; 야나부 아키라, 박양신 역, 『한 단어 사전, 문화』, 푸른역사, 2013; 히구치 요이치, 송석원 역, 『한 단어 사전, 인권』, 푸른역사, 2013; 히라이시 나오아키, 이승률 역, 『한 단어 사전, 천』, 푸른역사, 2013.

권 개념사 성과로는 중국근현대사상사 데이터베이스[52]를 구축하여 이를 근거로 집필한『관념사연구』[53] 등이다. 그밖에 개념사 관련 연구서도 다수 번역되었다. 주로 21세기의 정치사회적 변화에서 중요하게 부상한 키워드를 다룬『사고의 프런티어』시리즈 중 5권,[54] 일본 망명 시기 량치차오의 논설을 모은 책으로 일본이라는 장소에서 중국인이 서양 근대 개념을 학습한 산물인『음빙실자유서』[55] 등이 그에 해당한다.

번역의 대상에는 일본, 중국 근대를 표상하는 개념을 연구한 성과와 더불어 개념사 연구 행위 자체도 포함되었다. 일본과 중국의 개념사 연구가 한국 개념사에 대한 논의[56] 중에 거론되거나 그 자체가 논제가 되어 한국 학계에 소개되기도 했다.[57] 이중 중국 개념사는 당사자의 직접적 발화가 번역을 거쳐 한국 학계에 소개되었다.『관념사연구』의 저자 진관타오, 류칭펑은 각각『관념사연구』의 핵심 논지인 데이터베이스를 활용한 키워드 연구를 거친 중국근대사 시대구분론,[58] 관념사에 데이터베이

---

52 '中國近現代思想史專業數據庫(1830~1930)'. 국립정치대학으로 이관한 후 문학 영역을 더하여 '中國近現代思想及文學史專業數據庫(1830~1930)'로 개편했다. 데이터베이스 주소는 'digibase.ssic.nccu.edu.tw'.

53 金觀濤・劉靑峰,『觀念史研究－中國現代重要政治術語的形成』, 香港 : 中文大學出版社, 2008. 한국어판은 양일모・송인재・한지은・강중기・이상돈 역,『중국 근현대사를 새로 쓰는 관념사란 무엇인가』1(이론과 방법)・2(관념의 변천과 용어), 푸른역사, 2010.

54 다카하시 데쓰야, 김성혜 역,『역사/수정주의』, 푸른역사, 2015; 고모리 요이치, 배영미 역,『인종차별주의(레이시즘)』, 푸른역사, 2015; 스기타 아쓰시, 이호윤 역,『권력』, 푸른역사, 2015; 이치노키와 야스타카, 강광문 역,『사회』, 푸른역사, 2015; 강상중・사이토 준이치・스기타 아쓰시・다카하시 데쓰야, 이예안 역,『사고를 열다－분단된 세계속에서』, 푸른역사, 2015.

55 량치차오, 강중기・양일모 외역,『음빙실자유서』, 푸른역사, 2017.『음빙실자유서』는 한림과학원 개념사 연구참여자로 조직된 독회의 결과물이다.

56 양일모, 앞의 글, 10~13쪽.

57 송인재,「진관타오, 류칭펑 '관념사연구'의 구도와 의의－키워드 연구를 통한 중국 근대의 성찰」,『중국학연구』54, 중국학연구회, 2010; 송인재,「개념사와 중국 역사학의 쇄신」,『중국과 중국학』16, 영남대 중국연구센터, 2012.

58 진관타오, 이기윤 역,「중국 사회 근대적 전환의 역사단계－키워드 중심의 관념사연구」,『개념과 소통』4, 한림대 한림과학원, 2009.

스를 활용한 방법론의 의의[59]를 소개했다. 사회사 연구자로서 일본에서 개념사를 시작한 후 중국으로 자리를 옮겨 개념사 연구를 적극 추진하고 있는 쑨장孫江(1963~)도 같은 방식으로 중국적 맥락에서의 개념사를 소개했다.[60] 한국의 지면을 통해 진관타오, 류칭평은 근대 중국의 주요 정치용어가 형성·변천하는 100년의 과정을 추척함으로써 현대 중국의 혁명이데올로기의 근원을 설명하려 했음을 밝혔다. 쑨장은 '개념'이라는 용어의 번역, '개념사'의 개념을 검토한 후, 독일 개념사, 캠브리지학파, 러브조이의 관념사, (신)문화사, 신조어 연구, 근대 지식체계와 제도, 사회사 등이 (쑨장 자신도 포함된) 중국의 개념사의 컨텍스트를 이루고 있음을 설명했다. 2018년에는 독일 개념사와는 다른 중국 개념사의 4대 기준으로 '표준화standardization', '통속화popularization', '정치화politicization', '파생화derivatization'를 제시하고, 이른바 '개념사의 중국적 전환'을 선포하고 개념사가 글로컬한 성격의 학문이 될 것으로 기대했다.[61]

진관타오·류칭평, 쑨장의 발화는 중국의 상황과 학문방법 및 지형의 변화의 상관관계를 생생하게 보여준다. 진관타오는 문화대혁명을 직접 겪고 톈안먼 운동 이후 중국의 정치적 통제를 몸소 체험한 후 자신들이 겪은 중국을 지배한 이데올로기를 분석하는 방법으로 정치 개념

---

59 류칭평, 김민정 역, 「관념사 연구에서 데이터베이스 방법론이 지니는 의의」, 『개념과 소통』 4, 한림대 한림과학원, 2009.

60 쑨장·리리평, 최정섭 역, 「개념, 개념사, 그리고 중국적 콘텍스트」, 『개념과 소통』 8, 한림대 한림과학원, 2011. 그에 앞서 쑨장은 본인이 파악한 중국 개념사의 상황을 한국에 와서 직접 소개했다. 한림과학원 제19차 개념소통포럼 제1강연 「일본·중국의 개념사 연구」, 2009.12.18, 'http://has.hallym.ac.kr/?c=3/21&p=4&uid=95(검색일 2019.7.5)'. 쑨장은 일본 시즈오카문화대학에 재직하다 난징대학으로 옮겼고 2016년 학형연구원學衡硏究院을 창립해서 개념사 연구를 연구원의 중점사업으로 삼아 수행하고 있다.

61 孫江, 「槪念史硏究的中國轉向」, 『學術月刊』 10, 上海社會科學界聯合會, 2018 참조.

연구를 선택했음을 말한다. 쑨장의 서술은 개혁개방 이후 역사적 유물론이 독점하던 기존의 중국 역사학을 대체하는 시도로서 개념사가 등장했음을 알려준다. 이들의 연구는 현재에도 진행 중이며 중국 개념사는 한국 개념사와 함께 동아시아 개념사를 구성하는 파트너가 되었다.[62] 아울러 이들이 표방한 개념사의 문제의식은 한국 개념사가 스스로의 것과 비교하여 문제의식과 연구방법을 성찰하고 발전시키는 계기도 된다.

4. 디지털인문학과의 조우

디지털인문학은 한국 개념사의 방향을 설정하는 논의에서 그 빈도와 비중이 점증하고 있다. 그 양상은 개념사가 인문한국사업 아젠다로 설정된 무렵『역사적 기본개념』을 위시한 독일, 서구의 개념사의 이론을 해석하고 사례를 검토하던 상황에 비견될 수 있다. 한 가지 특징은 디지털인문학에 대한 개념사 연구자들의 관심은 동아시아 내 개념사 연구에 대한 인식과 지역 내 교류를 통해 촉발되고 증진되었다는 사실이다. 또 한 가지 개념사가 채택한 디지털인문학의 방법은 한국 학계에

---

62 진관타오가 재직하는 대만 국립정치대학은 2011년 한림대학교 한림과학원과 공동 명의로 중영문 학술지『동아관념사집간東亞觀念史集刊』을 창간했다. 창간 이후 일본 간사이대학關西大學 동서학술연구소東西學術研究所가 공동 발행기관으로 합류하면서『동아관념사집간』은 3국 대학 기관 공동발행 학술지가 되었다. 현재 대만의 인문사회과학 학술지 인용색인 THCI에 핵심잡지로 등재되어 있다. 쑨장이 원장으로 있는 난징대학 학형연구원은『동아시아 개념사 사전』(가칭) 공동편찬을 기획 중이며, 한국 개념사의 성과를 중국어로 번역, 출판하겠다는 의향을 밝히고 '한국개념사총서' 등 성과 전체를 검토하고 있다.

서 디지털인문학이 인지되고 유행하기 이전부터 형성되었고 외연은 나중에 형성되었다. 한국 개념사가 디지털인문학과 접속하고 주요 방법론으로 채택하는 데 중요한 영향을 준 계기는 바로 진관타오·류칭펑의『관념사연구』에 대한 인지와 이들과의 접촉이다. 앞서 밝혔듯『관념사연구』는 2007년에 시작한 인문한국사업을 기획할 때부터 번역대상 저작으로 선정되었다.[63] 그 후 2009년 국제 심포지엄 '동아시아 개념의 절합과 횡단'에서 진관타오, 류칭펑이 저작의 핵심 내용과 방법론을 발표했고, 2010년『관념사연구』한국어판이 출간되면서 그 전모가 한국에 소개되었다.[64]『관념사연구』는 중국 혁명이데올로기의 근원을 키워드 연구로 파헤치고 중국근현대사의 새로운 시대구분을 제안한 논저로 주목받았다.

다른 한편으로 한국 개념사 연구자의 시선을 끈 또 하나의 요소는 1억 2천만 자 분량의 사료로 데이터베이스를 구축하고, 키워드의 빈도와 예문을 분석하는 연구방법이었다.[65] 이에 2009년 9월 국제심포지엄 이후 관련방법을 활용한 연구가 바로 착수되어 그해 10·12월『중국 근현대사상사 전문데이터베이스(1830~1930)』를 활용한 중국 '청년' 개념 연구,[66] 식민지 시기 신문기사 제목에 '국민'·'민중'·'대중'·'인민' 등

---

63 『관념사연구』가 홍콩에서 출간된 연도는 2008년이었다. 따라서 해당 연구에 대한 한국 개념사 연구자의 관심이『관념사연구』의 진행단계부터 있었음을 알 수 있다.

64 출간 후 서평과 필자 소개가 중앙일보 북세션 탑기사로 실렸다. 「'BOOK 깊이 읽기' 중국의 정체성」,『중앙일보』, 2010.10.23.

65 당시 진관타오, 류칭펑은 자신들의 연구를 '관념사연구', '데이터베이스 방법'이라고 지칭했고 '디지털인문학'이라는 용어는 사용하지는 않았다. 기록에 따르면 진관타오, 류칭펑은 연구의 발상에서 출간까지 10년 간 디지털인문학이라는 용어를 인지하지 않았다.

66 송인재, 「초기『신청년』에서 전개된 '청년' 담론의 기원과 성격」,『인문과학』45, 성균관대 인문과학연구소, 2010.

이 사용되는 양상을 다룬 연구[67]의 초안이 잇따라 발표되었다.[68] 이후 전산자료를 활용한 연구에 대한 관심이 지속되었다. 그 방법을 지칭하는 용어는 '어휘통계학'이었다.[69]

『관념사연구』의 방법이 디지털인문학이라는 외연을 가지는 것이 공식적으로 선포된 때는 2011년이었다. 그 취지는『중국 근현대사상·문학사 전문데이터베이스(1830~1930)』인터넷판 런칭과『동아관념사집간』창간을 기념해서 대만에서 열린 국제심포지엄에서 진관타오의 기조강연에서 밝혀졌다. 강연 제목은 '개념사에서 디지털인문학으로 – 동아시아 관념사의 사례'였다.『동아관념사집간』창간호 특집 제목도 '개념사에서 디지털인문학으로'다. 이러한 선언은 "개념사에서 디지털인문학으로 향하는 관념사 연구의 발전과정과 방법론적 계보를 보여주었다"[70]고 평가되었다. 2011년은 대만에서 상당기간 디지털 아카이브 구축의 경험을 축적하고 공감을 형성하는 과정에서 세계 디지털인문학의 조류를 인지하고 자신의 성과와 지향을 '디지털인문학'으로 명명해도 무방하다는 결정이 내려진 시기다.[71]『관념사연구』가 디지털인문학의 외연을 새롭게 가진 것은 이러한 사정과 연관이 있다. 이로써 『관념사연구』는 대만 디지털인문학의 전사前史로 자리 잡았다. 한국 개념사 연구자는 이 선언이 있던 현장에서 디지털인문학이라는 표현을

---

67 허수, 「식민지기 '집합적 주체'에 관한 개념사적 접근 – 『동아일보』 기사제목 분석을 중심으로」, 『역사문제연구』 23, 역사문제연구소, 2010.

68 논문게재 이전에 각각 한림과학원 16차, 18차 개념소통포럼에서 초고가 발표되었다.

69 사실 '어휘통계학'이라는 용어사용은 엄밀하지 않고 직관적인 조어법의 산물이다.

70 鄭文惠, 「導論 – 從槪念史到數位人文學」, 『東亞觀念史集刊』 1, 동아관념사집간편찬위원회, 2011, 47~48쪽.

71 송인재, 「동아시아 개념사와 디지털인문학의 만남」, 『개념과 소통』, 18 한림대 한림과학원, 2016.

인지했다.[72] 그후 한국 개념사 연구에서도 '디지털인문학'이 점차 '어휘통계학'을 대체하는 용어가 되었다. 더 나아가 2015년 디지털인문학과 개념사를 조합한 '디지털개념사'라는 용어도 제시되었다.

디지털인문학을 매개로 한 한국과 대만의 공조는 2013년 이후 활기를 더했다. 계기는 국립정치대학의 디지털인문학 연구가 대만 정부의 디지털인문학 주제연구프로젝트數位人文主題研究計畫 시행을 추동하고 연구과제가 대거 선정된 상황이었다. 이에 2014년 봄 연구책임자와 핵심 연구인력이 한국에 초청되어 대만 디지털인문학의 현황과 의미를 강연했다.[73] 강연에서는 인문학과 자연과학의 협력을 통한 연구체계 구축과 연구방법 개발, 빅데이터의 이점을 활용한 새로운 연구결과 도출, 기존연구의 검증·보완·수정 등을 디지털인문학의 특징으로 꼽았다.[74] 아울러 키워드 빈도와 예문 분석 위주였던 예전의 연구방법론보다 진일보하고 다변화된 연구방법으로 키워드군, 공기어, 네트워크 분석 등이 개념사 연구에 시도되고 있음을 사례를 기반으로 발표했고,[75] 같은 해 가을 일본에서 디지털인문학 관련 발표회를 가졌다.[76] 이러한 경험을 통해 한국 개념사 연구자들은 디지털인문학을 보다 깊이 이해했다.

---

72 2011년은 한국 학계에서 디지털인문학이라는 용어, 방법 등에 관한 저변이 확대되기 시작한 연도이기도 하다. 대만의 경우와 마찬가지로 인문학 자료를 전산화하여 활용하는 각종 작업이 디지털인문학 관련 노력의 일환으로 논의된다. 위의 글, 100쪽. 이재연은 한국에서 디지털인문학의 자기정의와 정당화의 과정을 개괄하고 현 상황에 대한 문제점을 지적하고 개선 방향을 제안했다. 이재연, 「디지털 시대의 인문학에서 디지털인문학 시대로─한국문학에서 본 디지털인문학 연구」, 『역사학보』 240, 역사학회, 2018.

73 '한림대 한림과학원 제64회 개념소통포럼', 2014.4.3.

74 鄭文惠, 「연구형 데이터베이스에서 디지털인문학으로」.

75 邱偉雲, 「키워드에서 키워드군으로」.

76 '研究型數據庫與數位人文研究─東亞近現代觀念的形成與演變', 關西大學, 2014.11.21~22. 발표회 내용은 송인재, 「워크숍 "연구형 데이터베이스와 디지털인문학─동아시아 근현대 관념의 형성과 변천"」, 『개념과 소통』 14, 한림대 한림과학원, 2014 참조.

한편 디지털인문학을 한국 개념사에 도입하기 위한 작업도 꾸준히 진행되었다. 그 핵심은 2014년부터 한림과학원이 주관하는 한국 근대 잡지 코퍼스 구축이다. 착수 시점 이 코퍼스는 19세기 말부터 1940년대까지 발행된 근대잡지 19종 원문으로 구성되었다. 그후 코퍼스에 수록되는 자료는 점차 확충되고 있으며 이를 활용한 연구도 지속되고 있다. 이러한 노력은 2015년 대만에서 열린 '제6회 디지털아카이브 & 디지털인문학 국제학술회의'에서 소개되었다. 이 발표에서는 한국 근대잡지 코퍼스의 구축의 구성, 개요, 이념, 코퍼스를 활용한 연구 성과, 가능성 등이 다루어졌다.[77] 이를 계기로 한국 개념사의 디지털인문학 도입 노력은 대만 학계에서 주목받기 시작했다. 2016년에는 디지털인문학과 개념사를 연관 지은 국제 심포지엄이 한국에서 열렸다.[78] 이 심포지엄에서는 한국, 대만의 디지털인문학을 활용한 개념사 연구 성과가 동시에 발표되었다. 그 구성은 개별 '문화', '민중', '국민' 등 개념에 관한 연구, 국가와 국민의 관계, 1920년대 문학비평 용어, 근대한국에서 주목받은 주요 사건 등 개념 분석에서 파생되는 문제, 네트워크 분석, 텍스트마이닝, 한국과 중국의 디지털인문학 인프라 비교 등 분석 방법과 도구에 관한 고찰 등이었다.[79] 이 심포지엄은 한국과 대만 개념사 / 디지털인문학의 상호 인지와 교류의 장으로 기능했다. 2018년 11월 28일~

---

77 宋寅在, 「韓國近代期刊資料庫的建設以及植民時期韓國的關鍵詞」, 『東亞聚焦－數位典藏與數位人文國際研討會論文集』, 臺北 : 臺灣大學數位人文研究中心, 2015.

78 한림과학원 국제심포지엄 '디지털인문학과 개념사의 미래', 2016.5.12~13. 동정보도는 「디지털시대에 걸맞은 개념사 연구의 새 지평 모색」, 『교수신문』, 2016.5.18.

79 발표 논문은 *Concepts and Contexts in East Asia* 5, Hallym Academy of Sciences, 2016과 『개념과 소통』 18, 한림대 한림과학원, 2016에 실렸다. 발표 내용에 관한 보도는 「한림대 한림과학원 국제심포지엄 '디지털인문학의 미래'－혁명적 언어는 공산당혁명 이전부터 쓰였다 … 경제개방이 중국에 미친 영향도 분석 가능」, 『교수신문』, 2016.5.23 참조.

12월 1일 대만 국립정치대학에서 개최된 학술회의에서 한국의 개념사 / 디지털인문학의 성과와 비전은 중국, 대만, 일본의 관련 작업과 함께 동아시아 내 개념사 / 디지털인문학의 지형을 구성하고 상호 협력하는 일 주체로 조망되었다.[80]

개념사는 '역사와 언어의 만남'이라고도 설명된다. '언어로의 전회', '역사적 의미론' 등이 개념사의 의미를 해설할 때 자주 거론되는 것은 이러한 인식의 반영이다. 디지털인문학과 개념사의 조우는 정보기술의 발전에 힘입은 역사와 언어의 만남이다. 개념사는 언어를 분석단위로 삼아 100년이 넘는 거대한 시기 언어가 표상하는 역사상을 파악한다. 디지털인문학은 텍스트로 구성된 빅데이터를 분석대상으로 삼는다.[81] 이런 점에서 디지털인문학과 개념사의 방법론적 긴밀성은 높다. 빅데이터의 시간적 범위가 개념사가 분석하는 시간적 범위와 일치할 때 디지털인문학과 개념사의 결합효과는 상승한다.

돌이켜 보면, 한국 개념사는 연구과제로 기획하는 단계부터 디지털인문학과 조우했다. 그리고 관련 이론과 성과를 접촉하고 한국 개념사 자체의 인프라를 구축하면서 디지털인문학은 본격적으로 한국 개념사의 한 축이 되었다. 디지털인문학 인프라는 개념사와 디지털인문학의

---

80 국립정치대학이 주최한 국제심포지엄 '從人文到數位人文 — 華人文化研究的新趨勢與新方法' 國際研討會, 2018.11.28∼29; 국제협력 토론회 '東亞文化傳統及其現代轉型'國際合作討論會, 2018.11.30; 국제학술워크숍 '東亞文化傳統及其現代轉型'國際學術工作坊, 2018.12.1. 발표 제목은 각각 「近代韓國報刊語料庫的建置, 運用與韓國數位人文的方向」(11.28), 「韓國近代報刊語料庫」 平台, "Concepts and Contexts in East Asia"(11.30), 「韓國概念史的成果與挑戰」(12.1). 각각 'http://sinotech.ccstw.nccu.edu.tw/(검색일 2019.7.5)', 'http://etrans.ccstw.nccu.edu.tw/ (검색일 2019.7.5)' 참조.
81 디지털인문학의 다른 분야인 이미지, 공간에 관한 작업도 디지털인문학 방법이 발전함에 따라 텍스트 분석과 공조할 가능성이 있다. 이는 디지털인문학과 개념사 연구가 지향할 수 있는 새로운 형태의 연구다.

결합은 유사한 행보를 걸은 동아시아 내 연구집단과 공조와 협력의 토대가 되었다.[82] 이러한 토대는 향후 한국 개념사가 초국적 지평에서 수행되는 환경이 될 것이다.

5. 토대강화와 열린 시스템

한국 개념사는 개념을 학문과 사회적 담론의 토대이고 이 토대를 강화해야 한다는 문제의식에서 시작했다. 한국 개념사가 지향한 것은 개념에 대한 명징한 규명을 통한 한국 인문사회과학의 체질 개선, 동서고금이 착종하는 동아시아 근대에 관한 해설, 동아시아의 상생을 위한 소통이었다. 그 목적에 도달하기 위한 행보는 다음 몇 가지 특징을 보여준다.

첫째, 개념사 이론에 대한 해명과 성찰이다. 한국 개념사의 기획은 『역사적 기본개념』을 주도하고 완결지은 코젤렉의 발상에서 적지 않은 영향을 받았다. 유럽 개념사 이론에 대한 탐구, 『역사적 기본개념』 번역은 이러한 동기의 반영이다. 아울러 유럽의 개념사 이론에 대한 비판적 성찰 노력이 있어왔다. 이에 따라 '코젤렉 너머'의 개념사를 상상하거나 코젤렉의 시간 관념을 뒤집어 한국 개념사에 적용해야 한다는 문제 제기가 있었다.

둘째, 지금 한국의 실정에 적합한 개념사 모색이다. 그 모색의 결과

---

82 2018년 11월 30일에 국립정치대학에서 열린 국제협력 토론회 '東亞文化傳統及其現代轉型'國際合作討論會에서는 한국, 중국, 일본의 디지털인문학 인프라를 토대로 한 공동의 연구플랫폼 구축, 공동연구 추진 방안을 논했다.

는 개념사 서술의 대상 확장이다. 현재『한국개념사총서』는 현재 '정치
사회편', '일상편', '조선편', '현대편'으로 구성되었다. 이는 애초에 연구
하기로 한 인문사회과학 기본개념, 정치·사회개념에서 범위를 확장
한 것이다. 이러한 결정은 문화사, 일상사가 부상한 현대의 학문풍토와
전근대, 근대, 현대를 아우르는 한국 역사 전체를 개념을 통해 분석하겠
다는 의지의 반영이다. 이러한 기획은 한국 개념사가 주된 이론적 모델
로 삼았던『역사적 기본개념』과 차별성을 갖는다. 궁극적으로 개념 분
석으로 한국을 다시 읽고자 하는 시도의 구심점이 되고 향후 완료시점
에 그 성과들은 개념사의 시도가 한국에서 갖는 의미를 보다 명확히 해
야 하는 사명을 띠고 있다.

셋째, 동아시아적 지평의 확보다. 한국 개념사는 연구의 내용과 수행
이 초국적 성격을 띤다.『한국개념사총서』는 한국을 서술의 중심축으
로 설정하는 동시에 서양, 중국, 일본의 개념을 콘텍스트로 삼는다. 이
러한 개념사 연구의 성과는 지역 내의 학문적, 사회적 담론의 토대가 될
것을 의도한다. 아울러 개념사가 동아시아에서 동시대적 학문현상이
된 상황에서 지역 내 개념사 연구집단과의 연계도 필연적으로 형성, 진
전되고 있다. 이러한 상황에서 한국 개념사는 필연적으로 동아시아적
맥락에서 수행되는 학문적 실천으로 자리매김하고 있다.

넷째, 디지털인문학과의 결합을 통한 연구방법 혁신과 열린 시스템
구축이다. 개념사의 대상인 언어적 흔적(텍스트)이 집약된 디지털인문
학 인프라(연구형 데이터베이스, 코퍼스 등)는 그 규모와 최신 시스템보다
높은 차원의 의미를 지닌다. 이 시스템은 연구자의 문제설정과 분석방
법에 따라 다양한 연구성과를 산출할 가능성을 내포한다. 또한 방대한

데이터를 신속하게 분석하고 재현율을 향상시켜 동일한 대상에 대한 균질한 결과산출이라는 순기능까지 더한다. 균질화된 분석결과는 연구 주제의 신진대사를 촉진한다. 반복되는 연구결과가 축적되면서 자료의 가공, 분석도구에 대한 새로운 요구가 산출되어 연구의 선순환을 가져올 수 있다. 이러한 측면에서 디지털인문학은 열린 시스템을 제공할 수 있다. 이러한 시스템이 각자의 국가에서 그리고 여러 국가에서 실천되며 조우하면서 동아시아의 개념사 / 디지털인문학이 합집합이 아닌 개방적 결합체로 기능하고 발전할 가능성도 기대할 수 있다.

한국 개념사는 사전적 기획이라는 점에서 학문의 토대를 지향하는 성격을 지닌다. 그러나 연구를 수행하는 인문사회과학자의 문제의식과 맞물리면서 실천성과 동시대성을 갖추었다. 동아시아 차원의 초국가적 행보와 디지털인문학과의 조우는 어렴풋한 상상에서 싹을 틔웠지만 실천을 거듭하며 그 방법과 방향이 선명해지고 있다. 이렇게 축적된 경험은 토대 강화와 열린 시스템을 연결하고 있다. 이러한 방향성과 토대는 향후 한국 개념사가 보다 선명하고 확장성 있는 성과를 도출하는 동력이 된다. 그 결실을 맺기에는 지금까지보다 더 긴 시간이 필요하다. 독일의 『역사적 기본개념』은 집필 지침 작성부터 30년, 1권 출판부터 25년이 걸렸지만 한국 개념사는 그 절반 가량의 시간만을 보냈고 수행할 과제는 더 많기 때문이다.[83]

---

83 이 글은 『한국학연구』 70(고려대 한국학연구소, 2019)에 게재한 후 수정·보완한 것임.

1970년대 이후 한국학의 방법과
과학론의 모색 시론

근대전환기 인식을 중심으로

조형열

1. 문제 제기―역사적 개념으로서 한국학

한국학이 학문이냐고 질문한다면 한국학의 가치와 의의를 부인하는
사람으로 취급될 수 있겠지만, 이 의문은 꽤 오래 전부터 제기되었다.
한국학이라는 말이 대중적으로 확산되기 시작한 것은 1960년대 이후였
다. 해외 대학 등 기관에서 한국에 대한 관심이 높아지고 있던 영향을
받아 한국에서도 한국학을 적극적으로 육성해야 한다는 목소리가 점차
확대되었다. 그리고 한국학이 낯설지 않은 말로 자리 잡게 될 무렵, 한
국학이 '학'이냐는 질문이 등장했다.[1]

---

[1] 윤성범, 「한국학과 주체성」, 『동아일보』, 1963.9.7; 정병욱, 「굴진하려는 해외의 한국학」, 『동
아일보』, 1964.8.16. 이러한 상황은 1960년대 한일협정 체결 등으로 인해 대학가를 중심으로
민족주의가 크게 부흥한 것과 연관이 있다. 김건우, 『대한민국의 설계자들―학병세대와 한
국 우익의 기원』, 느티나무책방, 2017, 232~242쪽.

대표적으로 다음의 사례를 들 수 있다. 1968년 '한국학의 문제점'이라는 제목으로 열린 심포지움에서 천관우, 조기준, 임석재, 이숭녕 등이 참가한 가운데, "한국학이란 학문을 앞에 놓고 그 기초적인 문제점을 열거하려던 (…중략…) 한결같이 학문으로서의 한국학의 성립 여부를 부정면으로 논의하는 바람에 결국 '학^{Science}'으로서의 한국학의 성립 여부"를 묻는 자리가 되었다고 한다.[2] 사실상 한국학 진흥이 시작된 시점부터 한국'학'에 대한 개념 정의가 요청된 것이다.

이렇듯 개념상 불확실함이 거론되고 있었지만 1970년대 이후 한국학의 외형은 더욱 커졌다. 서울대 동아문화연구소는 영문판 *Korean Studies Today*를 출간한 뒤 이를 번역해서 『교양인을 위한 한국학』으로 재출간했다. 이 책의 '머리말'은 "한국의 전통문화를 알리고 (…중략…) 한국인으로서 사람마다 긍지를 가질 수 있는 정신적 소양을 마련"하는 게 발행 목적이라고 설명했다.[3]

나아가 한국학의 전파를 제도적으로 뒷받침하기 위한 시도도 나타났다. 실제로 실현되지는 못했으나 서울대와 이화여대에서 한국학과를 만들겠다고 발표했다. 또한 학계와 문교부는 한국학 정립을 위한 집중 연구를 계획했다. 그리고 이러한 흐름은 1978년 한국정신문화연구원의 설립으로 이어졌다.[4]

---

2 「한국학의 문제점」, 『동아일보』, 1968.10.19. 이 토론회에서 천관우는 한국학의 전사로서 1930년대 조선학을 말했지만, 이를 직접 연결하지는 않았다. 한편 '학'의 자격에 대한 의심은 1971년 12월 아세아태평양문화협회와 동아문화연구위원회가 공동으로 연 '한국학 연구와 학회활동'에 관한 심포지움에서도 재연되었다. 「아세아태평양문화협회 심포지움」, 『매일경제』, 1971.12.15.
3 서울대 동아문화연구소 편, 『교양인을 위한 한국학』, 현암사, 1972, 3~4쪽. 목차와 필자는 다음과 같다. 종교(이기영), 철학(박종홍), 고전문학(정병욱), 국어학(이기문), 현대문학(전광용), 고고미술(김원룡), 고전음악(이혜구), 연극(이두현), 민속(임석재), 역사학(김철준), 정치법제(최창규), 경제(변형윤), 사회학(이만갑), 과학(홍이섭).

생각해 보면 1930년대 조선학운동이 대두되었을 때도, 문맥은 다르지만 조선학이 '학'이 될 수 있겠냐는 의문은 존재했다. 현상윤은 애급학埃及學과 같이 제국의 지역학으로 보인다고 해서 조선학이라는 '명칭에 반대'했다. 그러나 속내를 들여다보면 사실 "조선을 한 개의 연구대상으로 하야 한 데 모아서 연구하는 것이 아니라 문화의 각 부문을 전문적으로 연구하는 것이 온당"하다고 했는데, 이는 연구의 방법 차원에서 주저하며 '학'으로서 성립 가능성을 회의한 것이다.[5] 한편 사회주의자들 일부도 백남운, 신남철 등이 '과학적 조선학'을 표명하는 것에 대해 괴이한 주장이라며 못마땅한 속내를 드러냈다.[6]

즉 위 두 가지 사례에서 간략하게나마 엿볼 수 있듯이 조선학 / 한국학은 모두가 합의한 완결된 '학'이라고 규정하기 어려운 측면이 존재한다. '학'으로 정립 또는 규정하고자 했던 '의지'가 한쪽에 자리 잡고 있었고, 다른 편에는 '학'의 색깔을 다르게 채색하려고 하거나 아예 '학'으로서의 지위를 의심하고 경계하는 입장이 늘 대립했기 때문이다. 그리고 이와 같이 학문이 되고자 했던 시도들은 20세기 제국적 질서의 규정력 가운데 저항적 서사로, 반대로 지배적 서사로 교차 등장했다.[7]

---

4 「대학의 한국학과」, 『동아일보』, 1968.9.17; 「학문 체계 못 갖춘 한국학」, 『경향신문』, 1983.12.9; 「학계 한국학 정립을 집중 연구」, 『경향신문』, 1973.1.4; 서은주, 「'민족문화' 담론과 한국학」, 서은주·김영선·신주백 편, 『권력과 학술장－1960년대～1980년대 초반』, 혜안, 2015.

5 T기자, 「조선연구의 기운에 際하야(3) 현상윤씨와의 일문일답」, 『동아일보』, 1934.9.13.

6 실천 활동을 방해한다는 이유의 반대이기도 했고, 정체불명의 '학'이라는 생각도 반영되었다. 조형열, 「1930년대 프롤레타리아문화운동과 '실천적 조선연구'론」, 『한국사연구』 177, 한국사연구회, 2017, 256～259쪽.

7 일제하 조선학의 경우 일본제국주의 학지에 포섭된 측면이 있다고 하더라도 대항 담론을 만들어 내고자 했던 의도를 인정할 수 있고, 1970년대 이후 한국학은 서구의 냉전적 한국 인식을 수용하거나 다르게 말하면 직접 대면하길 회피했다. 그러나 양자가 조선 / 한국의 지식을 '학'이라는 이름으로 독점하고자 하면서 주도적 여론을 형성하고자 한 점은 동일했다고 판단된다.

이러한 점에서 조선학을 포함하는 한국학은 그 범위와 개념을 횡적으로 탐구할 수 없는 대상일지도 모르겠다. 대신에 한국학의 성격을 살펴보기 위해서는 종적인 변화과정을 추적해야 하며, 그 가운데 어떠한 내외적 조건들과 접촉하면서 한국학의 형상을 만들어 왔는지 규명할 필요가 있는 것이다. 한국학을 역사적 개념이자 유동하는 '생물'로 접근하는 게 나을 수도 있겠다는 생각이다.

이 글은 한국학이 학문으로서 자격을 갖추고 있냐는 과거의, 어쩌면 오늘날까지도 이어지는 질문에 의거해서 출발했지만, 한국학은 학문이 아니라든지 한국학은 반드시 학문이 되어야 한다는 선험적 결론과 방향을 정해놓지는 않았다. 정부의 목표에 의해서이건 또는 연구자들의 필요에 의해서이건, 현재는 '학'으로서 호명되고 있는 한국학을 조선·한국을 연구하는 방법 / 과학과의 긴장 가운데 분석함으로써 오히려 한국학의 속성을 드러내고 학문적 정체성을 진작시킬 수 있을 것이라는 시론적 문제 제기를 담고자 한다. 자세한 내용은 후술할 텐데, 이 글에서는 이러한 방법을 과학론으로 지칭할 것이다.

이러한 문제의식에 따라 이 글은 그동안 한국학이 구사한 방법을 분석하고, 근대전환기에 대한 인식을 방법의 적용 사례로서 함께 검토하고자 한다. 근대전환기는 '우리'를 연구하기 시작한 실질적인 출발점으로, 근대전환기를 인식하는 방식이 한국학의 시기별 특징을 이해하는 데 유용하다고 판단했기 때문이다.

이를 위해 이 글에서는 1970년대 이후부터 2000년 무렵까지를 한 시기로, 2000년대 이후를 한 시기로 구분하여 각 시기의 연구경향을 대변할 수 있는 논문·저서를 선별적으로 분석했다. 그리고 이러한 검토를 바탕으로 과학론의 방법에 따라 앞으로 근대와 근대전환기에 진행된 '우리' 연구를 심화하기 위한 단초를 정리해보고자 한다.

2. 인간 의지의 중시와 민족주체성 논리
─한국학의 기원으로서 근대전환기

한국학에 대한 본격적인 논의의 시작은 아무래도 한국정신문화연구원의 출범부터라고 할 것이다. 이는 한국학이 관 주도로 자기 정체성을 갖춰 갔던 것인데, 전통문화 연구를 통해 민족문화의 정수를 추출하고, 주체적 민족사관의 기초 위에 자주정신을 함양하여 '새 문화 창조'와 '민족중흥'을 위해 앞장서겠다는 취지 아래 전개되었다.[8] 한국정신문화연구원은 창립 이듬해에 '제1회 국제학술회의'를 열었다. 원장 이선근은 이 대회의 목적을 "현대산업사회에서의 정신문화 계발, 세계 속의 한국학 그 현황과 전망" 등으로 제시했다.[9]

1978년 한국철학 전공으로 한국전통사상연구소장 직위에 있던 도광순은 현재를 "전통을 무시한 서구적 민주주의의 불합리는 전통의 기반 위에 선 한국적 민주주의를 요구", "최근에 와서는 국제정치군사적 동태와 심각한 국제자본의 동향 등이 민족의 주체성 또는 자주성을 더 한층 강조하지 않을 수 없는 상황"이라고 하면서, 한국학의 진흥을 강조했다.[10] 이상의 주장은 전통문화의 재현을 강조하는 일종의 관제 '정신

---

8   서은주, 앞의 글, 215쪽.
9   연구조정실 편, 『제1회 한국학국제학술회의논문집─1979』, 한국정신문화연구원, 1980.

주의적 한국학'이라고 할 수 있다.[11]

그리고 위 글의 제목이 '한국학의 계보'인 만큼 한국학의 흐름을 제시했는데, 전통주의적 한국학, 사대주의적 한국학, 실학적 한국학, 민족주의적 한국학, 식민주의적 한국학, 유물론사관적 한국학, 실증주의적 한국학, 근대주의적 한국학, 신민족주의적 한국학 등 9개였고 마지막이 현단계 한국학이라고 주장했다. 즉 여기서 한국학의 출발점은 정신문화의 원형인 고대사상으로부터 상상되었다.

한편 관제 한국학에 대한 불만은 얼마 지나지 않아 공식적인 출간물로 등장했다. 『한국학연구입문』의 총론 격인 서론은 이우성·정창렬이 집필했고 당시 한국사·국문학·한국철학 전공의 비판적 지식인들이 폭넓게 결집했다.[12] 한국사연구회가 펴낸 『한국사연구입문』과 거의 같은 제목으로, 같은 1981년에, 같은 출판사에서 나왔다. 이 책의 한국학에 대한 관점을 파악하기 위해 서론에서 두 부분을 직접 인용한다.[13]

①

오늘날의 한국학에서도, 문화제국주의적 지역학으로서의 한국학, 그 전

---

10 도광순, 「한국학의 계보」, 『광장』 63, 세계평화교수협의회, 1978, 12~16쪽.

11 이렇듯 정부 차원에서 한국학을 강조했던 맥락에는 독립운동으로부터 국민적 구심점 형성의 논리를 끌어오기 어려웠던 점도 영향을 미쳤다고 생각한다. 독립운동 자체가 제대로 연구·교육될 수 없는 상황 때문인데, 1980년대까지 국사교과서는 검인정이든 국정이든 일제하 국사·국어연구를 민족적 저항운동으로 '유난히' 강조하고 있으며, 현대사회 문화 발전을 다룰 때도 학문 영역을 중요하게 서술했다. 그러나 이 경우에도 1930년대 조선학운동에 주목하지는 않았다.

12 1970년대 활동한 '다산연구회', 『창작과 비평』 필진들이 눈에 띄는 것도 이 책의 성격을 파악하는 데 고려할 점이다. 이 두 가지 영역에 묶이는 이들이 이우성, 정창렬, 김태영, 임형택, 안병직, 김경태, 강만길, 안병직, 김진균 등이다.

13 이우성·정창렬, 「한국학의 반성과 전망」, 이가원 외편, 『한국학연구입문』, 지식산업사, 1981, 22쪽.

도 형태인 관념적 한국학 즉 한국 고유의 정신·마음을 찾으려는 국수주의적 한국학을 타파하고 참으로 근대적인 따라서 민족적인 한국학을 수립해야 할 의무와 책임이 부과되어 있음을 확인하지 않을 수 없다.

②

식민지적 억압하의 한국이라는 구체적 조건 속에서 근대적 한국학은 어떤 것이어야 하는가 하는 것이었다. 그 결과, 서술 기준에 있어서는 확실한 실증적 방법이 갖추어져 있어야 하고, 연구의 의식기반에 있어서는 실천적·주체적인 민족의식이 자리 잡혀 있어야 하며, 동시에 식민지적 억압하의 민족을 민족해방의 길로 전진적으로 밀고 나갈 수 있는 구조의 민족주의 즉 근대주의를 내재적으로 극복 지양하는 새로운 의식형태가 바탕되어 있어야 한다는 것을 짐작할 수 있게 되었다.

①은 1980년대 초반의 한국학 지형을 말하는 것으로 위에서 정신주의적 한국학이라고 지칭한 것을 관념적 한국학, 국수주의적 한국학으로 규정하였으며, 현재의 과제를 근대적·민족적 한국학의 수립이라고 제기했다. ②는 식민지하에서 한국학 연구가 실천적·주체적 민족의식과 실증적 방법, 나아가 근대의 극복을 전망하는 문제의식을 갖춰야 한다는 점을 강조했다. 즉 한국학의 원론적·시기별 과제를 설정하고 이의 충족 여부가 평가 지점으로 대두하게 되는데, 이는 한국학 이해에서 연구의 '가치', 다른 말로 하면 인간 의지를 매우 중시하는 것이다. 그 가운데 학문 방법의 의미에 대해서는 거의 착목하지 않았다.[14]

또한 이와 같은 가치 중심의 이해를 바탕으로 한국학의 계보를 본국학本國學-조선학-한국학의 흐름으로 설정했다. 그러면서 본국학이 대두한 19세기 말과 20세기 초를 민족의식과 문명개화 의식에 바탕한, 봉건적·침략적 제요소를 부정하고 타파하고자 한 맹아적 한국학, 애국주의적·계몽적 한국학의 시기라고 하였다.[15] 사실상 근대전환기의 한국학을 민족의식에 따라서 주목한 것이며, 이는 국학파國學派가 구학舊學을 완전히 청산한 뒤 새로운 고증 방법을 수용하는 데 미흡했다 하더라도 한국학의 시원으로 보도록 이끌었다.[16]

관제 한국학인 정신주의적 한국학은 그나마 논리를 갖춘 한국학의 상을 제시하고자 하는 시도가 부재했다. 그런데 그에 대항하는 체계와 방향을 제시한 비판적 한국학도[17] 한국학의 가장 중요한 덕목으로 민족적 실천의지를 꼽으며 방법에 대한 논의를 부차적으로 간주했다. 그리고 이와 같은 가치 지향은 관제 한국학과 비판적 한국학이 서로 그 목적은 달랐다고 하더라도 한국학을 역사적 맥락에서 이해하는 데 한계를 보였고, 한국학의 기원 역시 학문 연구방법의 성립과정에 대한 충분한 고려 없이 임의적으로 설정되기도 하였다.

---

14 1980년대 '비판적 한국학'이 상당한 가치 지향적 성격을 띠고 있었다는 점은 역사학의 경우에 한정되는 것이지만 '올바른 역사인식'을 가져야 한다는 생각으로부터도 드러난다. 전영욱, 「8, 90년대 '진보적' 한국사학계의 '올바른 역사인식'이라는 자기규정」, 『역사문제연구』 37, 역사문제연구소, 2017 참조.

15 이우성·정창렬, 앞의 글, 9~11쪽.

16 이는 안재홍의 조선학과 진단학회의 진단학震檀學을 비교하면서, 전자가 연구자의 민족적 실천적 자세가 확고하였음에 반하여, 후자는 그러한 자세가 결여되었기 때문에 한계를 보였다고 본 것과 동일했다.

17 김성보는 일제하 과학적 조선학, 홍이섭의 국학, 『한국학연구입문』의 입장을 '비판적 한국학'의 범주로 묶었다. 김성보, 「비판적 한국학의 탐색-한국학과 사회인문학의 대화」, 『역사와 실학』 44, 역사실학회, 2011.

3. 근대학지의 영향과 동아시아적 시각
─근대전환기의 사상 순환과 복수의 한국학

1990년대 세계화의 흐름과 함께, 한국학의 위기 담론은 상당히 고조되었다. 1990년대 한국사학, 한국문학 분야 대학원 진학률이 크게 감소했다는 진단이 나오는가 하면, 1980년대 이후 형성된 비판적 한국학은 학계의 지위를 차지하기 위해 분투하면서 한국학 연구에서 목소리가 커졌다.[18]

강만길은 1995년 '인문학적 국학'이 전근대 연구에 치중하기 때문에 실증주의 내지 가치중립주의적 방법론에 머물 수밖에 없었고, 근현대 분야는 사회과학 영역에서 체제긍정적 연구를 내놓으면서 문제가 축적되었다면서 학문적 객관성·현재성·비판성을 강조했다.[19] 한편 같은 해 임형택이 쓴 글도 2000년에 출간한 단행본에 수록되었는데, 이후 한국학 인식에도 여전히 많은 영향을 미쳤다.[20]

우리의 국학 = 한국학은 금세기의 민족사와 분리해서 생각할 수 없다.

---

18 이태진·임형택·조혜정·최원식, 「'좌담' 지구화시대의 한국학─민족주의와 탈민족주의의 긴장」, 『창작과 비평』 96, 창작과비평사, 1997. 특히 '밥그릇' 이야기는 흥미롭다. "무조건 밥그릇만 많이 만들면 장땡이다 하는 것이 아니라 밥그릇을 차지하면 밥값을 제대로 해야죠. 그런데 밥그릇을 챙기지 않으면 당초에 무슨 일이 이루어질 수 없다는 말이지요. 일단 밥그릇을 확보하되 밥을 먹은 만큼 제 소임을 다하도록, 제대로 무얼 할 수 있도록 제반 여건을 조성하는 일이 무엇보다 필요하겠죠. 하지만 밥그릇을 제 스스로 찾고 만들어내는 창의적 노력이 이제 더욱 요망되는 시점이라고 보겠습니다."(임형택, 27쪽)

19 강만길, 「현대 한국사회의 변동과 한국학 연구의 방향」, 『한국학논집』 22, 계명대 한국학연구소, 1995, 19~20쪽.

20 박희병은 "세계화 담론과 인문학 위기론에 대응하여 한국학의 정체성과 학적 근거를 역사적·논리적으로 정초定礎하기 위해 작성"되었다고 서평했다. 박희병, 「실학의 현대적 계승과 한국학」, 『창작과 비평』 109, 창작과비평사, 2000, 351쪽.

국학의 성립과정은, 근대적 개혁과 주권수호라는 두 과제가 맞물린 1900년 전후 무렵을 발생기로, 일제가 파시즘으로 치닫던 1930년대를 그의 성립기로 잡아본다. 이러한 국학의 형성 과정을 살펴보면 대략 실학(實學)에 대한 인식과 궤적을 같이 하고 있었던 것으로 여겨진다. (…중략…) 당시 국민주의적 학술은 요컨대 인간 자주의 확립, 기술문명의 개발, 애국심의 고취, 이 세 가지가 그 중심 내용이다. 따라서 구학술·구교육에 대해서는 전면적인 비판이 가해지고 반역이 행해지지 않을 수 없었다. (…중략…) 근대학문으로 탈바꿈하기 위해서는 지식체계의 개편과 함께 인간 정신의 혁명적 전환이 필시 수반되어야 할 터[21]

임형택은 『한국학연구입문』의 시각을 공유했다. 신구학 교체 상황 등 학문의 제반 상황이 고려되지 않은 것은 아니지만, "인간 정신의 혁명적 전환"이 근대학문의 출발점이 되고, 이는 시대적 과제와 호응하면서 한국학을 형성하게 된다는 것이었다. 임형택의 관점은 근대사상 형성의 내재적 계기를 강조했고, 신채호 등 계몽사상가들이 국수國粹 부식을 제기하며 본국학과 국학의식을 확산시켰다고 바라보았다.

그런데 한국학 연구는 2000년대 이후 새로운 전기를 맞게 되었다. 일단 근대주의적 시각에 대한 비판이 1990년대부터 축적되었던 게 일차적 조건이라고 할 수 있다. 근대성 논의가 새로운 연구관점 형성에 영향을 미쳤고, 역사학계의 경우 2000년대 들어 그동안 사용하지 않던 '포스트', '담론' 같은 말의 사용이 활발해졌다.[22] 근대성에 대한 착목은 무엇

21 임형택, 「국학의 성립과정과 실학에 대한 인식」(1995), 『실사구시의 한국학』, 창작과비평사, 2000, 11·15·18쪽.

보다 지상의 가치로 사고하던 근대(주의)에 대한 성찰과 반성의 계기를 제공했다는 점에서 충분한 의의가 있었다.[23] 이러한 경향이 이후 한국학의 판도에 미친 영향은 김항이 "한국학의 여러 패러다임은 한국과 근대를 종과 유의 관계로 명제화하는 문제를 놓고 분기를 이뤄왔다"고 설명한 것에서 유추할 수 있다.[24]

또 하나 새로운 변화를 이끈 것은 HK사업 등 정부 주도 지원 정책에 의한 연구의 활성화였다.[25] 정확한 집계를 내보지는 못했지만 2000년대 후반부터 연구성과가 증가하는 추세를 보였고, 연구 아젠다들이 표방하는 바와 같이 일국적 이해를 지양하는 분위기가 형성되었다. 근대성 이해라는 관점이 전지구적, 동아시아적 시야를 강조했던 측면이 있으며, 인문학의 학제간 연구를 강조한 HK사업의 방향도 한몫했을 것으로 판단된다.

22 한국학계에서 근대성 논의의 출발점에서 주목받은 책은 김진균, 『근대주체와 식민지 규율권력』, 문화과학사, 1997. 2000년대 이후 역사학계의 논의는 임지현・이성시 편, 『국사의 신화를 넘어서』, 휴머니스트, 2004; 도면회・윤해동 편, 『역사학의 세기 — 20세기 한국과 일본의 역사학』, 휴머니스트, 2009 참조. 후자의 책에 수록되었고 내재적 발전론 비판을 본격적으로 전개한 윤해동, 「'숨은 神'을 비판할 수 있는가?」, 『한국사학사학보』 13, 한국사학사학회, 2006도 중요한 분기가 되었다.

23 일제 강점기 사학사, 그리고 '김용섭 사학'을 둘러싸고 지상 논쟁도 전개되었다. 김용흠, 「역사와 학문에 '건너뛰기'란 없다」, 『내일을 여는 역사』 36, 내일을여는역사재단, 2009; 도면회, 「'건너뛰기'가 아니라 '다시 보기'이다」, 『내일을 여는 역사』 38, 내일을여는역사재단, 2010.

24 김항, 「실체적 보편에서 매개적 보편으로 — 한국학에서의 보편 문제」, 『사이間SAI』 20, 국제한국문학문화학회, 2016, 26쪽.

25 한국학이 정치와 정부의 영향으로부터 '완전히' 자유롭지 못하다는 점은, 한국학이 가진 일반적 속성이라고 할 것이다. 참고로 이 시기 HK사업에 선정된, 한국학 연구와 관련 있는 연구 아젠다와 사업단은 다음과 같다. ● 소통과 확산 : 동아시아 연구를 통한 한국인문학의 창신(성균관대, 2007), ● 고전번역학+비교문화학을 통한 '소통인문학'의 창출 : 주변과 중심의 횡단을 위하여(부산대, 2007), ● 한국문화의 동역학(고려대, 2007), ● 탈경계 인문학의 구축과 확산(이화여대, 2007), ● 동아시아 상생과 소통의 한국학(인하대, 2007), ● 동아시아 기본개념의 상호소통사업(한림대, 2007), ● 21세기 실학으로서의 사회인문학(연세대, 2008), ● 트랜스내셔널 인문학(한양대, 2008), ● 소통 치유 통합의 통일인문학 — 통일의 인문적 비전과 인문학의 세계화(건국대, 2009), ● 조선의 기록문화와 법고창신의 한국학(서울대, 2009).

이 시기 한국학 연구는 과거에 주로 활용하던 1930년대 혹은 1960년대와 같이 '○○년대' 지식인・연구자의 텍스트 분석으로부터, 다양한 분야로 확장되었다. 조선시대 사상적 지형과의 연속・차이에 대한 연구,[26] 기존 한국학의 구도가 애국계몽운동기와 1930년대를 연결시켰던 것에서 1910~1920년대의 의미를 다양하게 주목한 연구,[27] 제도・출판 등 학문 환경에 대한 연구[28] 등과 함께 1960~1970년대 시기도 본격적으로 역사화되기 시작했다.[29]

이와 같은 연구 주제의 선택은 사실상 한국학의 연구 관점에 일정한 변화가 나타났기 때문에 가능했는데, 근대학지에 주목하는 경향이 대두했으며 개념과 지식 수용에 대한 개별 연구가 활발하게 진행되었다.[30] 허수는 이 가운데 "지식의 초국가적 교섭, 타자를 통한 정체성 형성 등을 중시하는 연구", "식민권력의 폭력적・헤게모니적 지배와 공모 관계"를 규명한 연구, 다양한 주체・담론이 경합하는 지식장에 대한 연구 등이 나타났다고 설명했다.[31] 즉 근대학지 연구는 1980년대 이후 지

---

26 조성산, 「18세기 후반~19세기 전반 '조선학' 형성의 전제와 가능성」, 『동방학지』 148, 연세대 국학연구원, 2009; 노관범, 『기억의 역전 – 전환기 조선사상사의 새로운 이해』, 소명출판, 2016.
27 류시현, 「1910~20년대 전반기 안확의 '개조론'과 조선 문화 연구」, 『역사문제연구』 21, 역사문제연구소, 2009; 한기형, 「배제된 전통론과 조선인식의 당대성 – 『개벽』과 1920년대 식민지 민간학술의 일단」, 『상허학보』 36, 상허학회; 2012.
28 강명관, 「근대계몽기 출판운동과 그 역사적 의의」, 『민족문학사연구』 14, 민족문학사학회, 1999; 장문석, 「식민지 출판과 양반 – 1930년대 신조선사의 고문헌 출판 활동과 식민지 공공성」, 『민족문학사연구』 55, 민족문학사학회, 2014; 권두연, 『신문관의 출판 기획과 문화운동』, 고려대 민족문화연구원, 2016.
29 서은주・김영선・신주백 편, 앞의 책; 정종현, 「'조선학/한국학'의 국교정상화 – 한국학자들의 '조선학회' 연차대회 참가와 아시아재단의 지원을 중심으로」, 『상허학보』 49, 상허학회, 2017.
30 이기훈, 「경계 허물기와 가로지르기 – 일제 식민지 시기 연구의 현황과 과제」, 『역사학보』 215, 역사학회, 2012; 허수, 「새로운 역사인식과 방법론의 모색 – 일제 식민지 시기 연구의 현황과 전망」, 『역사학보』 223, 역사학회, 2014.
31 위의 글, 69~70쪽.

속되던 한국학 연구에서 종종 볼 수 있었던 주관적·의지적 해석을 상대화하고, 한국학이 진화하는 객관적 토대에 주목하도록 했으며, 한국학의 일국적 이해도 변화를 맞이하게 되었다.

2000년대 후반에는 비판적 한국학의 입장으로부터 내재적 발전론의 재구축, 정확히는 관점 확장의 시도도 활발해졌다.[32] 그리고 이는 한국학의 동아시아 자국학(중국과 일본의 국학)과 비교사적 검토,[33] 한국학의 "비판적 역사적 동아시아학"으로의 정체성 부여,[34] 복수의 한국학에 대한 사고로까지 이어졌다.[35] 특히 복수의 한국학은 한국학의 자국학으로서의 성격과 지역학으로서의 성격을 포괄해야 한다는 문제의식이 발전된 것으로,[36] '동아시아 한국학'이라는 명명은 한국학을 바라보는 시대정신이 약 30년이라는 시간 가운데 크게 변화했음을 보여준다.

---

32 "내재적 발전론은 이제 환골탈태해야만 하는 전기를 맞이했다고 생각된다. 일부에서는 내재적 발전론의 폐기까지 말하고 있지만, 역사 발전의 궁극적인 힘은 주체의 밖이 아닌 주체의 안에 내재한다는 것은 부인할 수 없는 사실이다. 따라서 내재적 발전론을 폐기할 필요는 없다고 생각된다. 다만 외재적 계기를 무시하는 일국사적인 내재적 발전론은 더 이상 설득력을 가지지 못한다. (…중략…) 또 하나 내재적 발전론은 서구의 역사발전과정을 모델로 삼는 데에서 벗어나 '복수의 발전경로'라는 새로운 패러다임으로 전환할 필요가 있다. (…중략…) 한국학은 한국의 역사·문화가 가지는 개별성, 특수성을 먼저 확인하고, 이를 다른 나라의 역사·문화와 비교하면서, 그 안에서 동아시아적인 보편성, 더 나아가 세계사적인 보편성을 찾으려 노력할 필요가 있다고 생각한다." 박찬승, 「한국학 연구 패러다임을 둘러싼 논의-내재적 발전론을 중심으로」, 『한국학논집』 35, 계명대 한국학연구원, 2007, 112~113쪽. 이러한 관점 확장은 다음의 글에서도 살펴볼 수 있다. 김성보, 「내재적 발전과 국제적 소통의 관점에서 본 한국근현대사」, 『동방학지』 147, 연세대 국학연구원, 2009; 이영호, 「'내재적 발전론' 역사인식의 궤적과 전망」, 『한국사연구』 152, 한국사연구회, 2011.

33 미야지마 히로시, 「일본의 국학과 한국의 조선학-비교를 위한 서론적 고찰」, 『동방학지』 143, 연세대 국학연구원, 2008; 이용범, 「김태준과 궈모뤄-한 고전학자의 인식론적 전환의 계기」, 『민족문학사연구』 56, 민족문학사학회, 2014.

34 백영서, 「인문한국학이 나아가야 할 길-이념과 제도」, 『한국학연구』 17, 인하대 한국학연구소, 2007.

35 이영호, 「한국학 연구의 동향과 '동아시아 한국학'」, 『한국학연구』 15, 인하대 한국학연구소, 2016.

36 김경일, 「한국학의 기원과 계보-한국과 동아시아, 미국을 중심으로」, 『사회와 역사』 64, 한국사회사학회, 2003, 161쪽.

지역적으로 다양하게 형성되어 온 복수의 한국학들을 상호 비교하는 방법은 자연스레 특정한 성격이 강화된 한국학들의 자기반성을 도모하는 한편 상호 이해의 증진을 지향하는 것이 된다. (…중략…) '동아시아한국학'은, 한국학의 형성 배경과 그 역사적 맥락을 더 확대된 지평 속에서 길어 올리고자 하였다. 전근대적 전통의 근대적 전유 양상에 대한 연구를 통해 학술사적 맥락에서 자국학의 근대적 성격을 환기하는 사례 제시가 논의의 출발점으로서 필요하다. 전근대 동아시아 학문에 내재되어 있던 '보편주의'가 국민국가적 기획 속에서 재정립·재구조화 되는 양상을 확인하자는 취지이다.[37]

이 글에서 '복수'라는 것은 자국학과 지역학 외에도 중국·러시아 등지에서 민족학의 일환으로 형성된 조선학과 고려학, 일본에서 동양학의 하위 범주로 형성된 한국학 등을 가리키고, 동아시아적 문명이 국민국가 건설과 함께 재구축되었던 과정을 살펴보면서 서구중심주의에 대한 비판과 동아시아공동체를 염두에 두는 것이라고 하겠다.[38]

2000년대 이후 한국학은 진행형이기 때문에 언젠가는 특정한 경향으로 명명되겠으나, 현재로서는 당위와 인간 의지 그리고 내재적 동기를 강조하던 1980년대 정신주의·근대주의와는 다르게, 근대학지의 영향 아래 지적 기반과 동아시아의 역사적 경험에 기초한 사상의 순환을 강조한다는 특징을 갖고 있다. 그런데 지적 기반에 대한 연구를 하면서 과학을 다루는 사람들이 가진 형이상학을 고려하지 않는다거나,[39] 제국

---

37 류준필·김종준, 「동아시아한국학의 형성」, 인하대 한국학연구소 편, 『동아시아한국학의 형성-근대성과 식민성의 착종』, 소명출판, 2013, 11·13쪽.

38 임형택·한기형·홍석률, 「'좌담' 한국학의 역정과 동아시아 문명론」, 『창작과 비평』146, 창비, 2009.

학지의 규정력에 대한 과대 해석 또는 과학에 대한 신화화 등으로 오히려 '식민사학'과 같은 학문적 관점을 긍정하는 문제점도 지적되고 있다는 것을[40] 언급해 둘 필요도 있겠다.

한편 이러한 관점 아래 한국학의 기원에 대한 논의도 변화했다. 일단 기원 자체가 일직선적 사유에서 유래하는 것이고 일종의 정통 세우기와 연관된 것이기 때문에, 지식의 연쇄에 대한 검토가 진행되는 가운데 하나의 기원을 만들 필요가 없어졌다. 나아가 여러 기원이 있어도 문제가 될 게 없었다. 그러한 이유 때문인지 위에서 거론한 2000년대 이후 한국학을 다룬 논고들에서 기원 논의는 대부분 나오지 않는다.

대신 근대전환기 사상과 학문 연구는 "개신유학자나 일본을 포함한 서양인들의 사고와 활동을 소개하는 연구가 많았다"고 한 최근 연구동향 분석 결과처럼,[41] 타자에 의한 또한 타자를 인식함으로써 자아를 인지하는 시각이 확대되었다. 또한 전통학문에서 근대학문으로의 변용과 지적 기반에 대한 연구도 각 분과학문별로 폭넓게 진행되었다.[42] 신채호 등 민족주체 기획의 의미를 다각도로 조망하는 시도들도 나타났다. 노관범이 신채호의 '아我' 개념을 개념사적으로 분석한 연구의 경우, '아'의 복합어가 나라·겨레·역사·사람·전투·인명 등의 계열로 나

---

39 김항, 앞의 글, 32쪽.
40 신주백, 「末松保和(1904~1922)의 學術史와 식민주의 역사학—韓國史 學界의 엇박자의 원인을 찾아서」, 『동방학지』183, 연세대 국학연구원, 2018, 230쪽.
41 장영숙, 「성찰, 화해, 포용의 동아시아사를 위해」, 『역사학보』231, 역사학회, 2016, 34쪽.
42 김태년, 「학안에서 철학사로—조선유학사 서술의 관점과 방식」, 인하대 한국학연구소 편, 앞의 책; 김영진, 「한국 근대 불교학의 등장과 불교사 서술」, 위의 책; 노관범, 「대한제국 말기 동아시아 전통 한문의 근대적 轉有—박은식의 『고등한문독본』을 중심으로」, 『한국문화』64, 서울대 규장각한국학연구원, 2013; 이진일 외, 『서구학문의 유입과 동아시아 지성의 면모』, 선인, 2012; 이신철 편, 『동아시아 근대 역사학과 한국의 역사인식』, 선인, 2013 참조.

타날 수 있다며 민족주의적 시각을 투영하는 단선적 이해에 문제 제기한 바 있다.[43]

이처럼 2000년대 이후 한국학 연구는 지식 수용의 다양성을 기본 바탕으로 삼으면서 근대전환기에 대해서도 세밀한 갈래를 발견하려는 시도를 이어왔다. 그러나 현대 분과학문의 연합으로, 이산離散의 결과에 따른 해외 지역별 연구의 종합처럼 한국학을 다루는 경향도 나타났다. 또한 그 과정에서 근대전환기 '우리'에 대한 연구가 쌓아온 문제의식의 소재를 파악하려는 노력이 약화된 측면도 있다.

4. 과학론으로 한국학의 뼈대 잡기
―방법의 수용과 주체 해석이 본격화된 근대전환기

과학론이라는 방법은, 인간 지성의 불완전성을 극복하기 위해 출현한 학문이 현실과 교섭을 통해 변화한다는 것을 전제한다. 학문에 대한 규범적 이해를 넘어서 진화하는 대상으로 이해하는 것인데, 인간이 과학 즉 자연·인간을 포괄한 세계 분석 방법과 맺는 긴장관계가 변화의 계기를 제공한다.[44] 그리하여 한국학을 과학론의 관점에서 접근하게 되면, 주체의 의지와 방법이 서로 교차하고 때로는 충돌을 빚으며 변화해 나가는 존재로 볼 수 있게 되는 것이다.

---

43 노관범, 「대한제국기 신채호의 '아(我)'개념의 재검토」, 『개념과 소통』 14, 한림대 한림과학원, 2014.

44 이러한 문제의식을 갖는 데 다음 책으로부터 도움을 받았다. 박승억, 『학문의 진화』, 글항아리, 2015 참조.

일단 과학론을 생각하게 된 것은, 사실상 한국학의 새로운 담론을 만드는 거시적 전환과는 거리가 멀다. 오히려 지난 세월 축적된 '우리' 연구의 전개 가운데 한국학이 가져야 될 기본 덕목은 무엇인지 탐색한 중간결과였다. 그리고 이는 두 가지 선행연구로부터 자극을 받았다.

첫 번째는 학문 방법론에 대한 연구가 증가하고 있는 것이다. 차승기는 과학 개념사 자체가 새로운 연구과제라고 말하기도 했지만,[45] 최근 구장률, 진덕규, 이행훈, 허재영 등에 의해서 과학 연구가 나온 것은[46] 조선 / 한국 지식인들이 과연 어떠한 방법적 지평 위에서 학문 활동을 전개할 수 있었는지 살펴보는 중요한 배경이 되었다. 즉 이상의 연구는 근대학지에 대한 연구가 발전하면서 쌓아온 성과라고 할 것이다.

두 번째는 학술사·학술생애사라는 접근법이 제시된 데 있다. 신주백의 학술사 연구 방향에 대한 요약을 인용해보면, 아래와 같다.

학술사는 분석해야 할 대상과 관련한 연구성과 또는 작품에 직접적이고 전면적이며 적극 주목해야 하는 사학사, 문학사 등과 달리 거기에 간접적이고 부분적이며 소극적으로 시선을 주는 한편, 제도와 경제상황도 고려해야 할 뿐만 아니라 지적 상황과 연구자 네트워크를 적극 고려하고 텍스트 당사자의 권위적 지위와 언동까지 포함해 분석하는 접근법을 취한다. 그래

---

45 차승기, 「전시체제기 기술적 이성 비판」, 『상허학보』 23, 상허학회, 2008, 17쪽 각주 8 참조.
46 구장률, 『근대 초기 잡지와 분과학문의 형성』, 케포이북스, 2012; 진덕규 편, 『한국 사회의 근대적 전환과 서구 '사회과학'의 수용』, 선인, 2013; 이행훈, 『학문의 고고학─한국 정통 지식의 굴절과 근대 학문의 기원』, 소명출판, 2016; 허재영·김경남·고경민, 『한국 근현대 지식 유통 과정과 학문 형성·발전』, 경진, 2019. 개별논문으로 다음의 연구도 참고할 수 있다. 김수자, 「근대 초 『한성순보』에 나타난 공학으로서의 과학과 '근대 지식'」, 『이화사학연구』 45, 이화사학연구소, 2012.

서 연구자 또는 작가를 텍스트처럼 간주할 수 있다. 이를 위해 대학사, 고등 교육사, 학문정책사, 지식사회사의 측면도 '배경'의 차원을 넘어 분석의 매 개이자 방법론 차원에서 적극 활용하여 특정 담론이나 학파 또는 개인의 학문을 분석하는 분야다.[47]

학술사가 지향하는 바는 학문을 둘러싼 모든 부분이 연구자의 행위 와 산출된 결과물로서 텍스트를 분석하는 대상이 되어야 한다는 것이 라고 판단된다. 넓은 범위에서 그물을 칠 때 그 학문에 대한 이해가 높 아지는 것은 자명한 사실이지만, 사실 학문은 지식인·연구자의 지적 활동이므로 가장 중요한 것은 연구자의 의식, 즉 형이상학과 연구방법 즉 과학의 관계로 집약하는 게 효율적일 수 있다.

그래서 한국학에 대한 과학론적 접근은 다음과 같은 생각을 발전시 켜 나가기 위한 방법이다. 첫째, 한국학을 학문의 방법에 따른 발전단 계로 인식하자는 것이다. 본국학, 조선학, 한국학이라는 명칭이 제기된 것은 '학'의 수립을 목적으로 한 지식운동일 수는 있지만,[48] 그 명칭의 등장 자체가 결절점이 된다고 생각하지 않는다. 특히 본국학 같은 경우 후술하겠으나 실체가 불명확하며, 조선학과 한국학의 출현을 '상대화' 하는 시도가 필요하다.

학문 방법의 변화를 염두에 둘 때 오히려 더 중요하게 고려해야 할 시

---

47 신주백, 「학술사 연구하기」, 연세대 국학연구원 인문한국사업단 편, 『사회인문학백서』, 새물 결, 2018; 신주백, 「末松保和(1904~1922)의 學術史와 식민주의 역사학—韓國史 學界의 엇박 자의 원인을 찾아서」, 『동방학지』 183, 연세대 국학연구원, 2018, 198쪽 참조.
48 지식운동에 대해서는 박명규, 「지식 운동의 근대성과 식민성—1920~30년대를 중심으로」, 『사회와 역사』 62, 한국사회사학회, 2002 참조.

점은 근대에만 국한할 때, 1910년대 일본 유학생들에 의해 근대 학문의 방법론이 검토되는 시기,[49] 1920년대 후반 과학 논쟁이 벌어지는 시기,[50] 일제 말기 과학·기술 비판과 역사철학이 등장하는 시기[51] 등이다.

둘째, 과학론을 통해 '우리' 연구의 토대와 해석의 동시대적 다양성을 확보하자는 것이다. 최근 일제하 사학사 연구의 경우 실증주의 문제가 꽤 복잡한 문제로 대두하고 있다. 식민사학이 사용하는 방법도 실증주의, 민족주의사학도 실증주의를 사용한다. 한국사학계에서는 실증주의라고 별반 말하지 않지만, 마르크스주의도 실증주의의 영향으로부터 자유롭지 않다.[52] 서양에서 근 200년 동안 맹위를 떨친 실증주의를 동일한 상으로 이해하는 것은 과학에 대한 연구가 충분하지 않았기 때문이고, 실증이라는 과학을 전면에 내세우면서 내면을 지배한 의식과의 관계가 더 깊이 고려될 때 한국학의 진화과정을 이론과 학문의 경쟁 가운데서 이해할 수 있을 것이다.[53]

결국 과학론은 '학'의 지위를 유지하고 있는 한국학을 학문의 방법과

---

49 허재영·김경남·고경민, 앞의 책, 439~444쪽.

50 최병구, 「"신체의 유물론"과 프로문학―1927년『조선지광』의 유물논쟁을 중심으로」, 『민족문학사연구』 53, 민족문학사학회, 2013; 조형열, 「1930년 전후 조선 마르크스주의 지식인의 '과학론'과 '인텔리론'―학술문화운동 형성 배경을 중심으로」, 『사총』 91, 고려대 역사연구소, 2017.

51 차승기, 앞의 글 참조.

52 서구의 실증사학의 개념 점검이 필요하다는 지적은 새겨볼 만하다. 김종준, 「한국사학계 반식민 역사학 정립 과정에서 실증사학의 위상 변화」, 『역사문제연구』 31, 역사문제연구소, 2014, 42쪽. 이 점은 마르크스주의도 마찬가지이다. 1920년대는 소련에서 다양한 논쟁을 통해 마르크스주의의 정전화 작업이 활발히 진행되는 시기이다. 그런데 마르크스주의 학문 연구에 있어서도 이러한 접근은 부족하다.

53 또한 한국의 경우 동양적 사고체계 가운데 서양 근대 학문론이 압축적으로 수용되었기 때문에 서양의 경로만으로 이야기하긴 어려울 수도 있겠지만, 계몽주의 시대에 학문의 과학성에 대한 이해에 회의가 들 무렵 신비주의도 여전히 존재하고 낭만주의가 대두했던 것처럼 학문론을 통해서 그 시대의 다양성을 확인할 수 있는 기초를 만들자는 것이다.

긴장관계를 통해 분석할 때 역사적 시기별 '우리' 연구를 더 분명히 이해할 수 있다는 것이며, 1980년대 이후 현대 한국학의 연구 방향과 연구 관점 때문에 일정하게 분할되었던 인간 의지와 지적 기반을 활발히 교류시키자는 것이고, 한국학을 근대 학문의 성립 가운데 폭넓게 살펴보는 것이다.

근대전환기에 대해서도 간단하게 두 가지 향후 고려할 부분만 언급하면 다음과 같다. 첫째, 우선 한국학의 기원과 본국학이라는 용어가 등장하는 것을 동일한 맥락에서 보기 어렵다는 생각이다. 본국학의 의미의 강조는 시대사 연구에서는 거의 등장하지 않고 한국학의 개념을 다루는 일부 논문들에서만 언급된다. 본국학은 외국학과 함께 등장하는 대항 개념으로서 조선에 대한 학문을 의미한다고 했지만,[54] 오히려 우리나라의 학문이었던 유학을 가리키는 의미가 더 강하고 본국의 의미도 아국我國과 거의 동일한 것이 아닌가 생각된다.[55]

둘째, 학술 담론의 시기구분이 시도된 것을 바탕으로 과학 이해의 주체와 내용 등을 정밀하게 살펴볼 필요가 있다. 구장률은 개항 이후 1910년대까지 지식장의 변동을 네 단계로 구분했다. 1896년까지 관 주도의 지식 근대화 시기, 1896~1899년의 관과 민간 영역의 다양한 활동과 실천의 시기, 1899~1905년에 황제권 강화를 지향했던 정부의 정치적 보

---

54 "聰秀子弟로 ᄒ야곰 本國學과 外國學을 均敎ᄒ야 實力踐行케 ᄒ고 三四年後에 其優等을 拔ᄒ야 漸次 京學校로 升遷ᄒ고 京學校에셔 工藝를 鍊達ᄒ 後에ᄂ 隨能需用할지니" 『황성신문』, 1899.1.9.
55 "外國學術思想에 所眩ᄒ 바 되여 本國學術에ᄂ 意想이 及치 못ᄒ니" 「학술사상의 변천」, 『대한매일신보』, 1910.7.16; "今此 利害의 辨別은 外國學問만 取ᄒ고 本國學文을 棄ᄒ란 거슨 아니오" 辯士 薛泰熙氏, 「漢北興學會演說 新舊學問의 利害」, 『황성신문』, 1906.11.9; "我國學問이 格致上에 不用工ᄒ며 硏究上에 不着力ᄒ야" 「格致硏究學問之源」, 『황성신문』, 1900.5.22.

수성으로 인해 민관 두 영역에서 공히 지식 창출을 위한 담론적 활동 자체가 억압당한 시기, 마지막으로 1905년 후반~1910년까지 정치적 종속성과 억압이 강화되면서 앞선 시기에 축적되어 왔던 근대적 지식체계의 구조적 변동 경향이 강화되었던 시기 등이다.[56]

그러나 이 구분도 재고할 부분이 상당히 많다. 실제 '우리' 연구의 진흥과 관련해서 볼 때, 1905년부터 1910년까지 대한제국 정부나 민간 양측에서 국어·역사 등 교육활동을 전개하는가 하면 활동의 충돌은 앞으로 해석할 여지가 많다.[57] 특히 조선사 연구에서 신채호가 「독사신론」을 통해 역사의 주체를 전환했다면, 전문 연구자가 아닌 일본 유학생이 『학지광』에 쓴 다음의 글은 방법론적 전환을 시도한다는 점에서 함께 검토해볼 필요가 있다고 생각한다.

是는 有史 이전의 민족이 역사를 造케 되는 유래의 시기와 역사가 발생된 이후의 시대를 분류하여 본 者니 是下故焉고 一은 인류발생 초부터 문듯 일대 국가가 有하며 일대 군주가 有하여 天尊地卑의 義로 백성을 壓하엿다 하며 소위 춘추필법이라 하야 추장세계의 정통을 辨하며 귀족시대에 忠逆을 논하야 인민의 발달의 순서를 不顧한 망상을 타파하고 一을 공화국 대통령의 권리가 전제국 군주와 同하고 연방정치의 조직이 각 道制와 同하다는 盲人의 痴論를 罷코자 함이라. 고로 慈에 보통으로 言하는 유사 이전 三시대 석기시대와 동기시대 철기시대라. 又는 구석기시대와 신석기시대라는 등

---

56 구장률, 앞의 책, 13~30쪽.
57 『연세대 근대한국학연구소 HK+사업단 제46회 국내학술대회 '디지털인문학으로 본 근대한국학' 학술대회자료집』, 연세대 근대한국학연구소, 2019.7.4 참조.

을 논함이 안이고 但히 조선인 즉 부여족의 史 전시기를 先히 구분하여 보고 次에 史後 즉 단군건국으로부터 現今까지를 분류함이라.[58]

즉 민족적 실천 의지와 '우리'에 대한 지식과 이해 수준이 앞선 신채호와, 과학의 수용에 능동적이었던 1910년대 일본 유학생 사이 10년을 본격적인 학문 연구가 형성되는 시기로 확장해서 사고할 필요도 있다. 결국 정치적 변화 국면의 중요성을 고려하되 학문의 토대를 충분히 검토하는 노력을 통해 근대전환기를 더욱 복잡하게 이해해야 할 것이다.

물론 이러한 접근은 어려움이 많을 것이라 생각된다. 대표적으로 과학에 대한 논의와 실제 연구 활동의 접점이 명확히 발견되기 쉽지 않다는 점을 들 수 있다. 그럼에도 불구하고 과학의 지형이라는 지적 기반을 통해서 시기별 연구가 어떠한 가능성을 갖고 있었는지 유추해보는 시도는 그 자체로 한국 근대학문의 역사를 살펴보는 것이기도 하므로, 지난 100년의 한국학을 근현대학술사 가운데 자리매김하는 의의가 있을 것으로 생각한다.

---

58 吳祥根, 「朝鮮史의 各時代」, 『학지광』 12, 1917, 29쪽.

제2부
근대한국학 탄생의 계보를 찾아서

한말 지식인들의 '국민' 성립론

공통의 언어, 혈연, 역사 그리고 종교

김소영

1. 머리말

1905년 11월에 을사늑약이 체결되면서 대한제국은 일본의 '보호국' 으로 전락했다. 조약 체결로 '외교권'을 빼앗기고 통감부가 설치되면서 실질적으로 국내 정치권력까지 장악해 가자 대한제국의 위정자, 지식 인들은 국권을 완전히 상실할 수 있다는 위기의식을 느꼈다. 지식인들 은 이러한 위기를 극복하기 위한 방안이자 시대적 과제로 국민국가 형 성을 설정했다. 그리고 국민국가 형성의 주체이자 구성원인 '국민'을 형 성하고 통합하는 것을 시급한 문제로 인식했다.[1] 지식인들은 서구와 일

---

[1] 김도형, 『대한제국기의 정치사상연구』, 지식산업사, 1994; 송규진 외, 『동아시아 근대 '네이 션' 개념의 수용과 변용』, 고구려연구재단, 2005; 김소영, 「대한제국기 '국민' 형성론과 통합론 연구」, 고려대 박사논문, 2010; 야마무로 신이치, 정선태·윤대석 역, 『사상과제로서의 아시 아』, 소명출판, 2018.

본의 국민국가 형성을 전례로 참조하거나 '모범'으로 삼아 국민국가를 형성하려 했다. 즉 서구와 일본이 '국민'을 형성, 통합하고 궁극적으로 국민국가를 형성하기 위해 내세웠던 논리와 방법 등을 수용하고 활용하여 그들에게 대등한 근대 국민국가를 수립하고자 했다.[2]

특히 한말 지식인들은 전혀 다른 문화, 역사, 정치적 배경을 가진 서구로부터 국민국가 형성을 위한 논리와 방법을 '직접적으로' 수용하기보다 동일 문화권에 속한 일본으로부터 받아들이거나 영향을 받은 경우가 많았다. 일본도 근대적 지식과 제도 등을 서구로부터 수용했지만 서구와 다른 일본의 역사, 문화적 배경과 정치상황에 따라 변용하여 근대국가를 형성해 갔다. 전근대 유교문화를 공유했던 일본이 근대 국민국가 형성에 '성공'하자 한국 그리고 중국의 지식인들은 일본의 경험을 하나의 '전범典範'으로 삼고자 했다. 하지만 서구와 동아시아 사이에 차이가 존재했듯 한국, 중국, 일본 사이에도 일정한 차이가 있었다. 따라서 국민국가 형성이라는 공통의 시대적 과제를 실현하기 위한 삼국 지식인들의 논리나 방법도 유사성과 함께 차이가 발생할 수밖에 없었다.[3]

이 글은 근대 한국의 국민국가 형성 과정에서 제기된 '국민' 성립 요소에 관한 지식인들의 논의에 초점을 맞춰 분석해 보고자 한다. 언급한 바와 같이 근대 서구는 물론 한국, 중국, 일본 모두 국민국가 형성을 공통의 시대적 과제로 설정하면서 그것을 실현하기 방법과 논리에 유사한 측면이 많았다. '국민'을 형성하는 요소 또는 성립 조건에 대한 한국

---

2 송규진 외, 앞의 책, 2005, 49~83쪽; 앙드레 슈미드, 정여울 역, 『제국, 그 사이의 한국』, 휴머니스트, 2007; 야마무로 신이치, 정선태 · 윤대석 역, 앞의 책, 588~606쪽.
3 위의 책, 229~241쪽.

지식인들의 논의와 논리도 서구, 특히 일본 지식인들의 것과 상당히 유사했지만 각 요소의 중요성에 대한 인식이나 각 요소를 활용하는 방법에서 차이가 있었다.

이러한 점에 주목하여 먼저 한말 지식인들이 '국민'을 형성하는 요소로 인식한 것이 무엇이었는지를 살펴보고자 한다. 다음으로 '국민'을 형성하는 각 요소에 대한 구체적인 논의 내용, 특히 '국민'을 통합하기 위한 각 요소의 중요성과 활용에 대한 논의의 전개 양상을 분석하려 한다. 이처럼 '국민' 형성 요소에 관한 지식인들의 논의를 살펴봄으로써 그들이 추구한 근대국가상과 국민국가의 특징을 파악할 수 있을 것이다.

'국민' 형성의 요소와 통합에 대한 논의와 실행은 1910년 일본의 식민통치를 받게 되어 한국민의 국민국가 형성에 실패한 이후에도 계속되었다. 즉 조선지식인들은 식민통치하에서도 '조선민족'을 통합하고 정체성을 유지하여 궁극적으로 일본의 식민지배에서 벗어나 조선인에 의한 민족국가 또는 국민국가를 수립하고자 했다. 반면 식민당국 및 일본지식인들은 조선인을 일본제국의 '국민' 또는 '신민'으로 재창출하고 통합하려는 목적을 가지고 이들 요소들을 활용했던 것이다. 식민지 시기 조선지식인들의 민족해방을 위한 '민족론'의 특징과 일본 식민통치책의 일환으로서 '국민' 통합 시도를 이해하기 위해서는 '국민' 형성과 통합에 관한 논의가 시작된 식민지 이전 시기부터 살펴볼 필요가 있다.

2. '국민' 성립의 요소

1905년 '을사늑약' 체결로 국권 상실의 위기가 고조되는 상황에서 지식인들은 국권을 회복하고 근대 국민국가를 형성하는 것을 시대적 과제로 삼았다. 지식인들은 근대국가를 형성하기 위해서는 구성원이자 주체가 될 '국민'을 형성하는 것이 급선무라고 여기며 먼저 '국민' 성립의 요소가 무엇인지를 고민하기 시작했다. 지식인들은 기본적으로 '국민'을 정치공동체인 동시에 공통의 혈연, 그리고 언어와 역사와 같은 문화적 요소들을 공유하는 문화공동체로 인식했다. 대한자강회원이었던 윤효정은 '국민' 형성의 조건으로 "첫째, 국적을 동히 할 사, 둘째, 동일 주권의 하에 재할 사, 셋째, 방토를 동히 할 사, 넷째, 언어를 동이 할 사, 다섯째, 인종을 동히 할 사, 여섯째, 종교를 동히 할 사, 일곱째, 습관을 동히 할 사" 등을 제시하여 '국민'이 동일한 국적과 주권으로 규정되는 정치공동체이자 언어, 인종, 종교, 관습 등을 공유하는 문화공동체로 정의했다.[4]

휘문의숙에서 편찬한 『중등수신교과서』에서도 '국민'의 자격, 즉 '국민'을 구성하는 요소를 "국민의 자격에 관하여는 특히 법률상에 정한 바가 있으나 그러나 시대 및 국체에 대하여 같지 않은 것은 잠시라도 변론키 불가하고 오로지 일반보통으로써 논할진대 제일, 인종을 동일히 할 사와 제이, 국어풍속의 일치함과 제삼, 공동의 역사를 가지는 등"이라고 하여 '국민'의 자격이 시대나 국체에 따라 동일할 수는 없지만 보편

---

4 윤효정, 「국민의 정치사상」, 『대한자강회월보』 6, 1906.12, 24~25쪽.

적인 기준을 제시한다면 인종의 동일성, 국어와 풍속의 일치, 공동의 역사를 공유하는 것이라고 기술했다.[5]

이처럼 윤효정과『중등수신교과서』는 '국민' 형성의 필수 요소로 공통의 혈연, 역사, 문화 등을 제시하며 '국민'을 혈연공동체이자 문화공동체로 정의하는 한편 "동일한 국적과 주권을 가지는 것은 '국민' 자격의 필수 요소"라고 하여 국적, 주권과 같이 국가와 결부된 정치적 존재로 파악했다. '민족'이나 '동포'와 달리 '국민'은 기본적으로 국가라는 정치체와 구성원간의 정치적 연대가 중요한 구성 요소라는 것이다. 윤효정이 '국민' 자격의 요소로 동일한 언어, 인종, 종교, 습관 등을 제시한 것은 이러한 요소들이 일치해야만 공동의 국민정신을 가질 수 있고, 국민의 정치적 사상이 완전해질 수 있다고 여겼기 때문이었다. 그가 말하는 공동의 국민정신, 국민의 정치적 사상은 바로 "애국의 관념"이었다.[6]

『중등수신교과서』에서는 '국민'이 국가와 결부된 정치적 실체라는 서술은 보이지 않지만 '국민'이 국가를 매개로 한 존재이며, 국가가 동일한 인종으로 이루어져야 국론을 통일하는데 유리하다는 것을 강조하고 있다.[7] 하지만 국가구성원의 정치적 결의가 '국민' 구성의 한 요소라고 본 윤효정의 인식과는 일정한 차이가 있었다.

'국민'을 형성하는 요소에 대해 지식인들마다 견해 차이를 보이기도 했지만 대체로 공통의 언어, 역사, 혈연, 그리고 관습이나 종교가 제시되었다. 그리고 지식인들은 각각의 '국민' 형성 요소들이 '국민'을 형성

---

5   휘문의숙, 「第十七課 國民」, 『中等修身教科書』 卷4, 1908, 24쪽.
6   윤효정, 앞의 글, 24쪽.
7   휘문의숙, 앞의 글, 25쪽.

하고 통합하는데 어떠한 역할을 수행하는지와 그 중요성에 대해 활발한 논의를 전개해 갔다.

1) 공통의 언어 사용과 '국문' 논쟁

근대 지식인들은 먼저 공통의 언어 사용을 '국민' 형성의 중요한 요소로 인식했다. 언어는 사상 형성과 밀접한 관련이 있으므로 자국의 "고유한 언어"를 발달시켜야만 자국의 정신을 잃지 않고 국가독립을 유지할 수 있으며,[8] '국민'으로 하여금 동일한 사상관념과 애국심을 갖게 할 수 있다고 하여 공통의 언어, 자국어의 중요성을 강조했다.[9]

서구의 근대 국민국가 형성 과정에서는 다양한 종족, 그리고 서로 다른 언어를 구사하고 서로 다른 역사적 배경을 지닌 집단들이 하나의 국가를 형성하고 '국민'을 형성하는 경우가 적지 않았다. 따라서 동일한 인종과 언어가 '국민' 성립의 필수적인 요소가 아니라는 주장도 제기되었다.[10] 하지만 근대 서구에서도 학교교육과 행정어의 보급을 통해 '언어적 민족주의'를 형성하려는 시도가 있었다.[11] 일례로 경제적 후발지역이었고 비교적 늦게 국민국가를 형성했던 독일, 이탈리아의 경우 언어적, 문화적 통합을 바탕으로 정치적 통합을 강화하려 했다.[12]

예를 들어 칼 도이치^{Karl W. Deutsch}는 언어를 민족주의의 주요 요소로

---

8   휘문의숙, 「第十八課 國民(속)」, 위의 책, 25~26쪽.
9   윤효정, 앞의 글, 27쪽.
10 에릭 홉스봄, 강명세 역, 『1780년 이후의 민족과 민족주의』, 창작과비평사, 1994, 68~110쪽.
11 강은진·조재형, 「민족 개념과 국어 개념의 형성 관계에 대한 고찰」, 『다문화콘텐츠연구』 28, 중앙대 문화콘텐츠기술연구원, 2018, 33~34쪽.
12 이민호, 「우리에게 민족주의란 무엇인가」, 한국서양사학회 편, 『서양에서 민족과 민족주의』, 까치, 1999, 323쪽.

규정했다. 그는 언어가 근대적 제도인 매체를 통해 국민을 결속시킬 뿐 아니라 국가라는 제도를 지탱하게 한다고 하여 매개공통체community of communication로 부르며, 이러한 매개공동체에 정서적인 것이 더하여 근대적 국가가 성립한다고 주장했다.[13]

서로 다른 언어를 사용하는 구성원들이 하나의 국가와 '국민'을 형성하기도 했던 서구 국가들과 달리 19세기 말 20세기 초 대한제국의 구성원들은 오랜 세월동안 동일한 언어를 사용해 왔다. 그럼에도 불구하고 한말 지식인들이 동일 언어의 사용을 '국민' 성립의 중요한 요소로 강조했던 이유는 크게 두 가지로 들 수 있다.

첫째, '한문' 즉 중국의 문자가 아닌 '국문', '우리글'을 사용해야 한다는 인식의 대두였다. 동일한 언어를 사용했다고는 하나 구어口語에 국한될 뿐 문어의 경우는 상황이 달랐다. 즉 조선시대는 물론 그 이전 시대부터 주로 지배층만이 문자를 익혀 사용해 왔는데, 그 문자는 다름 아닌 중국의 '한문'이었다. 잘 알려진 바와 같이 조선 세종조에 이르러 조선 고유의 문자인 훈민정음이 창제되었지만 근대 초에 이르기까지 훈민정음은 '국문'의 지위를 획득하지 못한 채 규방이나 하급관리들이 사용하던 문자의 역할밖에 하지 못했다.[14] 그리고 인구의 대부분은 '한문'은 물론 '한글'조차도 모른 채 문맹으로 일생을 마치는 경우가 허다했다.[15]

'한글'을 '국문'으로 공식화한 것은 갑오개혁에 이르러서였다. 갑오개혁을 실시하며 모든 공문서를 '국문' 또는 국한문으로 기록하고, 각급

---

13 정선태, 「개화기 신문 논설의 서사 수용 양상에 관한 연구」, 서울대 박사논문, 1999, 11쪽.

14 이승교, 「국한문론」, 『서북학회월보』 1, 1908.6, 21쪽.

15 앙드레 슈미드, 정여울 역, 앞의 책, 185~186쪽.

학교에서도 '국문'을 교육할 것을 결정하여 '한글'은 공식적으로 '국문'의 위치를 획득하게 되었다. 이후 '국문'으로서 '한글' 사용에 대한 논의가 본격적으로 시작되었다. '국문'에 관한 논의는 과거 '한문'이 차지하고 있던 '국문'의 지위를 '한글'에 부여함으로써 중국으로부터 정치적, 외교적 '독립'뿐만 아니라 중화문명으로부터 일정한 '거리두기'를 시도했던 것으로 볼 수 있다. 중화문명으로부터 '완전한 이탈'이 아닌 '거리두기'에 그칠 수밖에 없었던 것은 한 지식인이 주장했던 것처럼 긴 세월 동안 한자는 '한토지국문漢土之國文'이었을 뿐만 아니라 "우리의 국문" 역할을 해 왔기 때문이었다.[16] 즉 조선을 비롯해 역대 왕조의 지배층은 '한문'으로 사상과 문화를 표현하고 기록해 왔다. 따라서 '한글'이 '국문'의 위치로 격상된 갑오개혁 이후에도 '한문'을 완전히 폐기하는 것은 쉽지 않은 일이었다.

'한문'과 '국문'의 폐지와 사용에 관한 논의는 첫째, '국문'을 사용하지 않고 종전과 같이 '한문'을 전용할 것인가, 둘째, '국문'과 '한문'을 병용할 것인가, 셋째, '한문'을 전폐하고 '국문'을 전용할 것인가 하는 세 가지로 전개되었다.[17] 이 중 '국문'을 사용하지 않고 '한문'을 전용한다는 것은 이미 자국어와 자국문자의 사용이 국민정신과 애국심을 형성하는 필수적 요소라는 것을 인식하고, 또 갑오개혁으로 '한글'을 '국문'으로 공식화한 이후에는 불가능한 것이었다.[18] '국문'과 '한문'을 병용하자는 주장도 '한문'을 전용하는 것보다는 낫겠지만 역시 '한문'을 배워야만 하

---

16 이종일, 「論國文」, 『대한협회회보』 2, 1908.5, 12쪽.
17 이보경, 「국문과 한문의 과도시대」, 『태극학보』 21, 1908.5, 18쪽; 이승교, 앞의 글, 22쪽.
18 김종준, 「대한제국기 공문서와 신문 문체에 나타난 전환기적 특성」, 『규장각』 51, 서울대 규장각한국학연구원, 2017, 200~215쪽.

는 '폐단'이 있으므로 적절하지 않다고 보았다. 마지막 '한문'을 전폐하고 '국문'만을 전용하자는 주장은 '언어민족주의'에 근거하여 가장 바람직한 방향으로 평가되었다.[19] 하지만 '한문'을 완전히 폐기하는 것도 현실적으로 불가능했다.[20]

이처럼 '한글'만을 전용할 수 없었던 이유로 인해 '국문'으로서 '한글'의 위상은 여전히 불안했다. '국문'으로서 '한글'의 위상을 견고히 하기 위한 논리 가운데 하나는 표음문자인 '한글'의 우수성과 학습의 편이성을 강조하는 것이었다. 주시경은 "형상을 표하는 글"인 '한자'는 "말을 표하는 글"인 '한글'에 비해 훨씬 배우기가 어렵다고 설명했다.[21] '국문'과 '한문'의 학습 편이성과 어려움을 대비하여 '국문'의 우수성을 강조하는 논리는 다시 평생을 하나의 '문자', '언어', 또는 하나의 '학문', 즉 '한문'을 배우는 데에만 바칠 것이 아니라 단시간에 익힐 수 있는 '국문'을 배워 그것을 수단으로 신학문을 배워 문명개화를 이루고 생존경쟁에서 승리할 수 있다는 논리로 이어졌다.[22]

'국문'을 사용해야 할 또 다른 당위성은 '언어민족주의'를 근거로 했다. "자국의 언어로 자국의 문자를 편성하고 자국의 문자로 자국의 역사, 지지地誌를 편찬하여 전국 인민이 읽고 입으로 외워야 그 고유한 국정을 지켜 순미한 애국심을 고발"할 수 있다. 그런데 지금 한국민이 중국의 성군과 위인들을 알고 존경하는 반면 조선의 위인들을 알지 못하

---

19 이보경, 「국문과 한문의 과도시대」, 『태극학보』 21, 1908. 5, 18쪽.
20 유길준, 『서유견문』 序, 1895, 5~6쪽; 『황성신문』, 1898. 9. 5, '사설'.
21 주시경, 「국어와 국문의 필요」, 『서우』 2, 1907. 1, 31~32쪽.
22 강전, 「國文便利及漢文弊害의說」, 『태극학보』 6, 1907. 1, 15~18쪽; 강전, 「國文便利及漢文弊害의說(前號續)」, 『태극학보』 7, 1907. 2, 19~21쪽.

거나 경시하는 것은 모두 '국문'이 늦게 나타나 그 세력을 '한문'에 빼앗겼기 때문으로, '한문'이 '국문'을 대신하고 '한사漢史'가 '국사'를 대신한 결과 국가사상이 사라지게 되었다는 것이다.[23] 즉 '한문'과 같은 중국 문자가 아닌 '국문'을 사용해야만 국민의식과 애국심을 형성할 수 있다는 것이었다.

이처럼 '한문'이 아닌 '한글'을 '국문'으로 해야 하는 필요성과 당위성에 대해 폭넓은 공감대가 형성되어 갔지만 모든 이들이 이러한 의견에 동조했던 것은 아니었다. 유학자 여규형[24]은 단군, 기자가 개국하면서부터 '한문'을 사용하여 4천 년에 이르렀으니 '한문'은 외래한 것이 아닌 우리의 문자, 즉 '국문'이라고 주장하고, 또 '한문'을 폐하자는 것은 곧 공자의 도를 폐하자는 것이고, 공자의 도를 폐하자는 것은 부자군신의 윤리를 폐하자는 것이므로 이러한 주장을 하는 자는 난신적자亂臣逆子라고 주장했다.[25] 이는 여규형뿐만 아니라 유교와 '한문'을 여전히 최상의 가치로 여기며 지키고자 했던 많은 유학자들의 입장을 대변하는 것이었다.

이러한 주장을 접한 황희성은 여규형에 대해 "금일 한국에 희유한 인물"로 "국문의 역신이 되며 한문의 충노"라고 비난하며 그의 주장을 논박했다. 먼저 "한국 수백년래에 한문학자는 조선 두 글자는 배후에 두고 오로지 중국을 흠모하고 추앙하며 본받고자 하고 의뢰하여 저들을 공경하여 말하기를 대국이라 하며 우리를 낮추어 말하기를 소국이라

---

23 「國漢文輕重論 附」, 『호남학보』 2, 1908.7, 9~10쪽.
24 여규형(1848~1921). 본관은 함양이고 호는 하정荷亭이다. 1882년 문과에 급제하여 외아문주사에 임명되었다가 교리를 제수받았지만 잦은 유배생활로 관직에 오래 있지 못했다. 서울 대동학교 교사, 관립한성고등학교 교사로 한문과를 담당하기도 했다. 당대의 뛰어난 한학자로 명성을 얻었다.
25 여규형, 「論漢文國文」, 『대동학회월보』 1, 1908.2, 52~53쪽.

하고 나라는 반드시 칭하기를 중화와 동국이라 하며 문文 반드시 칭하기를 진문과 언문이라 하던 악과惡果가 없어지지 않아 국세가 이와 같이 경쟁할 수가 없다"라고 하여 '한문'과 중국을 숭배하고 '한글'과 자국을 천시하는 중화주의를 비판했다.[26] 이어 단군과 기자 이래로 '한문'이 동쪽 즉 한반도로 전래된 지 오래되어 '국문'과 차이가 없다는 여규형의 주장에 대해 몇백 년 후에는 제2의 여규형이 일문日文으로 '국문'이라 주장하고, 또 몇백 년 후에는 제3의 여규형이 나타나 영문英文으로 '국문'을 삼겠느냐고 반문했다.[27]

하지만 '한문'을 폐기하고 '한글'을 '국문'으로 하여 전용하자고 주장하는 쪽과 여규형과 같이 '한문'이 곧 '국문'이라는 논리를 펼치며 '한문'을 옹호하는 쪽 모두 현실적으로 절충안을 찾을 수밖에 없었다. '한문' 옹호론자들은 '국문'을 사용해야만 '국민'의 애국심과 국가의식을 고취할 수 있다는 '국문' 사용론자들의 주장에 반론을 제기하기 어려웠다. 또 '국문' 전용론자들 역시 현실적으로 '한문'을 완전히 폐기하는 것이 불가능하다는 것을 인지하고 있었다.

따라서 현실적으로는 두 가지를 절충한 국한문혼용문이 당시 공문서를 비롯해 신문, 잡지, 교과서 등과 같은 인쇄매체에서 광범위하게 사용되었다. 신채호는 '국문'만을 전용하고자 하나 수백년 습관하던 한문을 하루아침에 전부 폐기하는 것이 불가능하여 국한문혼용문을 사용할 밖에 없는 현실을 지적했다. 또 '국문'과 '한문' 사용을 둘러싼 소모적 논쟁보다는 한걸음 나아간 의견을 내놓았다. 국한문혼용문의 문법을 통일

---

26 황희성, 「與呂荷亭書 附」, 『호남학보』 2, 1908.7, 2~3쪽.
27 위의 글, 3~4쪽.

시켜야 한다는 것이었다. 그는 국한문혼용문의 문법이 통일되지 않고 동일한 구어도 사용하는 사람에 따라 다 제각기 다르게 서술하고 있어 책의 저자나 독자 모두 혼란을 겪고 있다고 문제를 지적했다. 따라서 당장의 급무는 문법을 통일하여 학생의 정신을 통일하고 '국민'의 지식을 계발하는 것이라고 주장했다.[28]

'언어'의 동일성 문제가 제기된 두 번째 계기는 1905년 이후 통감부의 일본어교육정책 시행과 일본어교과서 발행이었다. 통감부는 일본어 수업을 각급 학교의 정규수업으로 편성하려고 시도하는 한편, 일본어로 교과서를 발행하려는 계획도 세웠다. 통감부의 일문교과서 편찬 계획이 일본어를 통해 한국민들의 애국심과 국민의식을 억압하려는데 있다고 파악한 한국지식인들은 강력히 반발했다.[29] 일본어로 편찬된 일본교과서는 일본의 정신을 함양하기 위한 것이므로 대한제국 '국민'으로서 애국심을 함양하기 위해서는 일본혼이 담긴 교과서가 아니라 조국의 정신이 담긴 우리 교과서를 우리글로 편찬해야 한다고 주장했다.[30]

일문교과서를 통해 한국민의 국민의식을 형성하고 애국심을 고취하는 교육이 실시되는 것을 막으려던 통감부와 일문이 아닌 '국문'으로 교과서를 펴내야만 자국정신을 배양할 수 있다는 한국 지식인들의 논리는 모두 '언어민족주의'에 기반한 것이었다.[31]

이처럼 한말 지식인들은 '국민' 형성과 통합의 한 요소로 구성원들간

---

28 신채호, 「文法을宜統一」, 『기호흥학회월보』 5, 1908.12, 8~9쪽.
29 「학부교과서문제」, 『황성신문』, 1906.4.5・6, '논설'; 「敎育禍胎」, 『대한매일신보』, 1906.3.29・6.6, '잡보'; 「본회회보」, 『대한자강회월보』 2, 1906.8, 36~37쪽.
30 「各種敎科書之精神」, 『황성신문』, 1906.5.30, '논설'.
31 강은진・조재형, 「'민족' 개념의 형성과 '언문일치'」, 『용봉인문논총』 54, 전남대 인문학연구소, 2019, 55~56쪽.

의 동일한 언어 사용에 주목했다. 그리하여 '한글'을 '국문'으로 격상시키는 한편 학교를 설립하고 본격적인 '국문', '국어'교육을 시작했다. 『대한매일신보』는 '국문'을 가르치는 학교가 점차 증가하고 있다는 소식과 함께 더 많은 학교에서 '국문'을 가르쳐야 한다고 주장했다. "국어와 애국심이 서로 밀접한 관계가 있어 나라의 성품을 보전함도 국어로써 되고 나라의 혼을 깨어나게 함도 국어로써 되"기 때문이었다. 따라서 "그 나라에 국민이 된 자는 반드시 그 국어를 존숭히 여기며 그 나라의 말은 통일하기를 위하는 바"라는 것이다. 이어 '국문'이란 그 국어와 일치되는 문자로, 한국의 '국문'은 '한문'이 아닌 세종대왕이 창조한 '한글'이라고 설명했다.[32]

'국문'을 교육해야 하는 또 하나의 이유로는 국가구성원간의 소통의 문제, 즉 내적 통합의 문제가 제기되었다. 『대한매일신보』는 "멀고 가까운 각도에 말이 한결같지 못하여 혹 물건의 이름이 두, 세 가지의 다른 것이 있으며 혹 한 뜻의 말하는 투가 여섯, 일곱 가지의 다른 것이 있으며 남북 각처에 사람이 서로 대함에 자연히 감성이 나고 서로 보기를 초월같이 하니 언어와 문자를 통일함이 불가불 지급"하다며 구성원간의 소통 문제를 제기했다.[33] 문어적으로 '한문'을 사용하던 지배층과 그렇지 못한 피지배층이 수직적으로 단절되어 있었던 것 외에, 구어의 경우에도 비록 동일한 언어를 사용했다고는 하나 지방마다 존재하던 방언으로 인해 원활한 의사소통이 불가능했고, 각 지역민간에 이질감이 존재했다는 것을 보여준다. 따라서 국민 정체성, 동질성을 형성하기 위

---

32 「국문학교의 증가」, 『대한매일신보』, 1908. 1. 29, '논설'.
33 위의 글.

해 언어와 문자를 통일하여 구성원간의 단절, 이질감을 극복해야 한다고 주장이 제기되었던 것이다.

2) 공통의 혈연과 자국사 인식

지식인들이 언어적 동질성과 함께 '국민' 일체감을 형성하는데 가장 중요한 요소로 지목했던 것은 공통의 혈연 또는 동일한 인종이었다. '인종' 개념은 크게 두 가지로 나누어 볼 수 있는데, 첫째, 황인종, 백인종, 흑인종과 같은 '인종race'의 의미, 둘째, '조선인종', '일본인종'과 같이 '종족ethnic'이나 '민족'을 뜻하는 경우이다.[34] 지식인들이 '국민' 형성의 요소로 '동일한 인종'을 언급한 것은 후자의 '인종'을 뜻하는 것이었다.

이러한 '동일한 인종'은 생물학적으로 증명되거나 객관적 기준에 근거한 것이라기보다는 일종의 '믿음'에 가까운 것이었다. 물론 전자의 황인종, 백인종, 흑인종의 구분과 같이 외견상으로 드러나는 형질적 차이에 근거한 '인종'의 구분은 가능하다. 하지만 '인종' 그리고 공통의 혈연도 형질적 차이나 과학적, 객관적인 기준에 따라 증명되기보다 어떤 목적을 위해 주장되는 경우가 대부분이다. 예를 들어 인종론, 인종주의의 경우 우등인종과 열등인종을 나누어 인종간의 차별성을 강조하고 전자가 후자를 지배하는 것을 정당화하는 논리로 작동했다.[35] 근대 국민국가 형성 과정에서 국가구성원들이 동일한 인종과 혈연이라는 '믿음'을 갖게 하는 것도 상호 일체감과 정체성을 형성하려는 뚜렷한 목적의식

---

34 장인성, 「근대동아시아 국제정치와 '인종' ─동아시아연대론의 인종적 정체성과 지역적 정체성」, 국제관계연구회 편, 『국제정치와 한국』1(근대 국제질서와 한반도), 을유문화사, 2003, 225쪽.
35 위의 책, 204~205쪽.

속에서 이루어졌다고 볼 수 있다.

　동일한 인종과 혈연으로 이루어진 '국민'이라는 믿음은 곧 이인종 또는 이민족을 배제하여 혈연의 '순수성'을 지켜야 한다는 주장으로 이어지기도 했다. 윤효정은 국민적 사상을 일치하게 하기 위해서는 '인종'을 동일하게 하는 것이 필요하다고 주장했는데, 만일 이종이속異種異屬이 혼잡하게 되면 사상의 분잡이 일어날 뿐 아니라 국민적 정신이 매몰될 것이라고 우려했다. 이러한 우려는 개항 이후 점차 외국인들에게 내지를 개방하게 되면서 다른 인종과의 잡혼이 성행하게 되리라는 것과 그럴 경우 인종간의 사상적 차이로 말미암아 국민적 사상 일치를 기대하기 어려울 수 있다는 데서 기인한 것이었다.[36]

　『중등수신교과서』도 국가를 구성하는 '국민'이 서로 다른 인종으로 구성될 경우 감정상의 부조화가 일어나 국가의 통일을 해치는 경우가 발생할 수 있다고 기술했다. 과거 삼한과 삼국의 경우 국토와 '민족'이 분열되고 혼잡하여 폐단이 발생했다는 것을 예시로 들기도 했다. 또한 장래에는 '국민', 즉 국가구성원들이 반드시 동일한 '인종'만으로 이루어질 수 없고, 여러 '인종'이 잡거하는 상황이 발생할 수 있는데, 이러한 경우에도 대다수의 '국민'이 동일한 '인종'으로 이루어져 소수의 '인종'을 동화시켜야 한다고 주장했다.[37] 결론적으로 '국민'은 동일한 '인종'으로 구성되거나 또는 이인종이 섞이더라도 동화시키는 것이 바람직하다는 것이다. 국민정신, 국가정신을 형성하기 위해 동일한 '인종'으로 구성된 '국민'이 바람직하다는 입장은 윤효정의 의견과 일치했다.

36　윤효정, 앞의 글, 27~28쪽.
37　휘문의숙, 「第十七課 國民」, 『中等修身教科書』 卷4, 1908, 25쪽.

『대한매일신보』는 윤효정과 『중등수신교과서』의 이인종 유입에 대한 우려에서 한 걸음 더 나아가 이인종과 잡혼을 근절해야 한다는 의견을 제시했다. 근래 들어 한국민들 가운데 외국인과 통혼하는 자가 점점 늘고 있는데, 이러한 현상이 지속되면 "수십 년을 지내지 못하여 인종의 분간도 없어지고 나라의 경계도 없어지리니 나라를 사랑하는 마음이 어디서 나리오"라고 하여 내외국민이 혼인을 하면 자국과 타국에 대한 구분이 없어지게 되어 결국 국가정신이 소멸하게 되므로 통혼을 금지해야 한다는 것이다.[38]

이와 같이 지식인들은 '국민' 형성과 통합의 중요한 요소로 공통의 인종, 혈연을 인식하고 대한제국 '국민'이 동일인종, 동일혈연으로 구성되었다는 것을 강조했다. 혈연공동체 또는 종족공동체로서 대한제국민은 하나의 조상, 즉 단군을 시조로 하는 후손 또는 태조고황제의 일가로 그려졌다. 알려진 바와 같이 단군신화는 고려시대 일연의 『삼국유사』에 처음 등장했고, 이후 이승휴의 『제왕운기』에 등장했다. 조선시대에 들어와서 단군은 기자와 함께 시조로 모셔졌으나 이후 성리학적 이데올로기가 강화되면서 단군보다 기자를 더 숭배하는 경향이 강해졌다. 조선후기에 이르러 실학자들이 다시 시조로서 단군을 주목하기 시작했지만 단군의 후손으로 단일한 혈통을 지닌 하나의 '민족', '인종'이라는 인식을 형성하고 확산하려는 노력은 20세기 초 지식인들에 의해 본격적으로 전개되었다.

공동의 시조인 단군을 숭배하고 혈연공동체로서 '국민' 또는 '민족'을

---

38 「내외국인의 통혼을 금할 일」, 『대한매일신보』, 1909. 1. 10, '논설'.

인식하면서 다시 두 가지 '국민' 형성 조건과 중요성이 제기되었다. 첫 번째는 단군을 공통의 조상으로 모시는 하나의 혈연공동체가 현재까지 이르러 '국민'이 형성되었다는 믿음, 즉 공통의 혈연으로 이루어진 '국민'이라는 믿음과 둘째, 혈연공동체의 구성원들이 함께 해 온 공통의 기억과 경험, 즉 자국사에 대한 관심이었다.[39] 지식인들은 공동체 구성원들이 하나의 역사를 공유하는 것이 '국민' 형성의 중요한 조건이라고 인식하면서 단군(또는 단군과 기자)을 '민족' 공통의 시조로 하는 자국사 중심의 역사 연구와 역사서 저술에 힘을 기울이기 시작했다.[40] 또 종래 중국사 중심으로 이루어졌던 역사교육을 비판하고 자국사를 중심으로 역사교육을 실시해야 한다는 주장이 확산되었다.[41]

신채호는 역사란 "국민의 변천 소장消長한 실적"이며, 한 집안과 가족에 족보가 있어 자신의 정체성을 알 수 있듯이 가족의 결집체인 국가와 국민의 족보가 역사라고 설명했다. 서구에서는 '국민'이 교육을 받기 시작할 때 역사를 배워 국가의 영욕과 이해를 자신의 것과 일치시키며 '애국심'을 형성하게 되었다고 설명했다. 반면 대한제국민의 '애국심'이 박약한 것은 사회의 상하계층, 또는 유무식자를 막론하고 국가의 역사에 관심이 없고 알지 못하기 때문이라는 것이다. 따라서 '국민'의 '애국심'을 키우기 위해서는 어려서부터 역사교육을 시작하여 평생토록 역사를 읽게 해야 하며, 사회의 상류층뿐만 아니라 하류층도 역사를 읽게 해야

---

39 김도형, 앞의 책, 409~414쪽.
40 위의 책, 409~414쪽.
41 1880년대 초부터 박영효를 비롯한 개화파는 자국사교육의 중요성을 인식했고, 갑오개혁 시기 근대적 교육개혁을 실시하면서 역사교육, 자국사교육을 교과과정에 편성시켜 실행하고자 했다.

한다는 것이다. 또 역사를 읽어야 하는 것은 남녀의 구분도 없어야 한다고 보았다. 다시 말해 성별, 나이, 계층에 무관하게 모든 '국민'이 역사를 읽고 배워야만 '애국심'을 가질 수 있다는 것이다.[42]

또 다른 지식인도 신채호가 주장한 역사와 '애국심'의 관계와 유사하게 역사와 국성國性의 관계를 논했다. "역사가 완전하면 국성이 또한 완전하고 역사가 불완전하면 국성이 역시 불완전"하다고 주장했다. 이 지식인이 말하는 역사란 "자국의 언어로 자국의 문자를 역작譯作하고 자국의 문자로 자국의 사적을 편성"한 것으로 역사를 통해 "인민의 자국성을 발양하며 자국상을 고취"해야 한다는 것이었다. 역사교육에 대한 입장 역시 신채호의 주장과 유사했다. 즉 세계 각국은 어린아이가 글을 알게 되면 역사교육을 시작하는데 우리나라는 지금까지 중국역사만을 가르치고 자국사를 가르치지 않아 자국을 낮추고 중국을 사대하는 악습관으로 국성을 이루었다는 것이다. 근래에 들어 자국사의 중요성을 알게 되어 자국사를 서술하고 편집하는 역사가가 나날이 늘어나고 있지만 여전히 그 내용면이나 분량면에서 국성을 이루기에 부족하다고 지적했다.[43]

이처럼 한말 지식인들은 국가구성원들이 공통의 역사를 공유하는 것을 '국민' 형성의 중요한 요소로 인식했다. 이러한 인식은 과거 중국사를 중심으로 이루어졌던 역사교육에 대한 반성과 함께 자국사를 저술하고 교재로 삼아 자국사교육을 해야 한다는 주장으로 이어졌다. 신채호는 물론, 박은식, 현채, 김택영 등 지식인들은 자국사교육과 '국민'

---

42 신채호, 「역사와 애국심의 관계(속)」, 『대한협회회보』 3, 1908.6, 2~6쪽.
43 이석용, 「역사와 국성의 관계」, 『서북학회월보』 18, 1909.12, 35~37쪽.

의식, 애국심을 고취하기 위한 역사서 저술, 편찬에 힘을 기울였다.[44] 또 여러 사립학교에서도 교재로 사용할 역사교과서를 편찬했다.[45]

이처럼 서구, 일본으로부터 민족주의적 역사학을 받아들였던 한국 지식인들은 역사를 "국가와 '국민'의 족보", 즉 '국민' 공동의 기억과 행동의 기록으로 정의하고 '민족' 또는 '국민'을 구성하는 중요한 요소로 파악했다. 또 서구의 근대국가 수립과정에서 자국사교육이 실시되어 '국민' 형성과 통합을 뒷받침했다는 사실에 주목하여 한국 역시 국민국가를 수립하기 위해서는 자국사교육이 급선무라고 주장했던 것이다.

3) 공통의 종교

지식인들은 '국민' 성립의 또 하나의 요소로 공통의 종교에 주목했다. 박영효는 1888년 고종에게 올린 「건백서」에서 종교가 '국민'을 교화시키고 통합하는데 효과적인 수단이라는 의견을 개진한 바 있다.[46] 이후 계몽운동기 지식인들은 '국민' 형성과 통합 과정에서 종교의 역할에 주목하고 활발한 논의를 전개했다.[47]

유학생 박헌용은 종교와 국가의 흥망성쇠가 밀접하다고 보았다. 그는 "어떠한 국가를 막론하고 교도敎道로 정치의 근본을 삼지 않으면 결코 일어설 수 없다"라는 루소의 주장[48]과 영국의 서열西列[49]이라는 인물

---

44 도면회, 「한국 근대 역사학의 창출과 통사 체계의 확립」, 『역사와현실』 70, 한국역사연구회, 2008, 171~206쪽.
45 상신, 「한말·일제강점기의 교과서 발행제도와 역사교과서」, 『역사교육』 91, 역사문제연구소, 2004, 6~10쪽.
46 박영효, 「건백서」, 1888, 307쪽.
47 이한경, 「종교와 국가」, 『대한학회월보』 3, 1908.4, 21쪽; 유승흠, 「宗敎維持方針이 在經學家速先開化 附祝歌」, 『태극학보』 1, 1906.8, 19~20쪽.
48 장 자크 루소, 정영하 역, 『사회계약론』, 산수야, 2005, 285쪽.

이 "입국의 정신과 조국助國의 세력이 실로 교도의 대용"이라고 한 말을 인용하여 국가 성립과 발전에서 종교의 역할, 중요성을 강조했다.[50]

이와 같이 지식인들은 종교를 '국민'의 일체감을 형성하고 국가인식을 갖게 하는 정신적 구심점으로 인식했다. 그리고 이러한 역할을 담당하는 세계적 종교로 기독교, 유교, 불교를 언급하는 그 가운데 국민정신을 일깨우고 내부 단결을 이루며 나아가 국가의 독립을 회복하고 흥기시킬 사상적 구심점으로 유교 또는 기독교를 '국가종교' 또는 '국민종교'로 신봉할 것을 주장했다.[51]

먼저 단군, 기자 이후 4천여 년 동안 숭상해 온 유교를 '국가종교' 또는 '국민종교'로 삼아야 한다는 주장이 제기되었다. 유학생 강전은 4천 년간 윤리도덕을 밝히며 한반도를 예의지방으로 만든 유교를 대한제국의 종교라고 주장했다. 하지만 한국의 현상은 '국수'인 유교를 받들어 지키는 데 힘쓰는 것이 아니라 각종 교문, 즉 각종 종교들이 전국에 일어나 서로 시비를 다투고 있으며, 이를 진정시켜 바른 길로 이끌지 못하다면 그 해가 자신과 집안뿐만 아니라 국가에도 미칠 것이라고 보았다. 이런 이유로 세계 각국은 국교로 그 '인민'을 교도하고 정신 즉 '국가정신' 또는 '국민정신'을 공고히 하는 것을 국시를 정하는 중요한 일로 여

---

49 영국인 서열이 누구를 가리키는지는 더 이상의 설명이 없어 정확히 알 수 없지만 아마도 영국의 존 실리John Robert Seeley(1834~1895)를 가리키는 것으로 보인다. 실리는 케임브리지대학교 교수로, 그의 저서『영국팽창사론The Expansion of England』(1883)은 16세기 중엽 이래 에스파냐・네덜란드・프랑스 등 열강과의 경쟁을 통해 새로운 대륙과 인도에 건설된 영국제국의 발전을 인과적으로 파악하여 그 정책을 논한 역사론이다. 제국주의가 한창인 당시에 열광적으로 애독되어 여론에 큰 영향을 끼쳤다. 그 외에『영국 정책의 발전The Growth of British Policy』(1895),『정치학강좌』(1895) 등의 저서가 있다.

50 박헌용, 「社會進步在於宗敎之確立」,『대한흥학보』2, 1909.4, 7~11쪽.

51 이한경, 앞의 글, 22쪽.

기고 있다는 것이다.[52]

많은 지식인들이 고대국가부터 정치운영의 원리이자 윤리기준이었던 유교가 '국민' 또는 '민족'의 정신적 구심점인 '국교'의 역할을 담당해야 한다고 주장했다.[53] 하지만 유교를 '국민정신'의 구심점인 '국교'로 정하기에는 몇 가지 문제가 있었다.

먼저 서구로부터 전래된 기독교와 마찬가지로 유교도 중국에서 창시되어 한반도로 전래, 수용된 '외래종교', '외래사상'이었다. 개항과 청일전쟁으로 중국과의 사대관계가 종식되고 중화질서가 와해되면서 '중국의 것'과 '조선의 것'을 구분하려는 시도가 계속되었다. 앞서 살펴본 바와 같이 '국문'과 다름없는 위상을 차지했던 한문이 중국의 문자로 재규정되었던 것처럼 '국교'로 여겨졌던 유교도 그 위상이 흔들리기 시작했다. 유교에 대한 비판 가운데 하나는 유교가 자국인 조선을 하찮게 여기고 중국과 중화문명만을 숭상하는 사대주의적 사상이므로 국가인식과 '국민'으로서 일체감을 형성하는 정신적 지주로서 '국교'의 역할을 기대할 수 없다는 것이었다.[54] 다음으로 유교의 여러 폐단, 병폐로 인해 '국교'로 적당하지 않다는 주장이 제기되었다. 유학생 박헌용을 비롯한 지식인들이 유교는 의뢰, 교만, 시기, 나태惰惰, 공겁, 음욕, 절망 등을 습관으로 만드는 폐해를 가지고 있어 '국교'로 삼기에는 적당하지 않다고 보았다.[55]

하지만 유교의 문제점에도 불구하고 완전히 폐기하자는 의견보다는

---

52 강전, 「宗敎的戰爭」, 『대한학회월보』 8, 1908. 10, 6쪽.
53 위의 글, 6쪽; 김문연, 「종교와 한문」, 『대동학회월보』 19, 1909. 8, 7쪽.
54 박헌용, 앞의 글, 7쪽.
55 위의 글, 11쪽.

잘못된 점을 바로 잡고 신학문과 절충하여 활용해야 한다는 의견이 지배적이었다. 유학자 김문연은 유교의 폐단을 언급하면서 과거와 같이 한문만을 전용하여 국문을 폐기하거나 유교만을 숭상하여 신학문을 배제할 것이 아니라 국문과 한문, 그리고 유교와 신학문의 장단점을 취사선택하자고 주장했다. 그는 유교를 "아주我洲 사천년 전래하던 종교"로, 동서고금을 막론하고 인류공통의 윤리라고 할 수 있는 "효친우형孝親友兄하는 윤리"와 "충군애국하는 윤리"를 발전시키고 확충하는 종교로 규정했다. 유교의 폐단을 인정하고 신학문 수용에 대해서도 긍정하면서도 '국교'로서 유교의 역할은 여전히 유효하다고 보았던 것이다.[56]

박은식과 장지연도 현실 문제를 외면하는 유교의 폐단을 지적하면서도 폐단이 발생하는 이유는 유교원리 자체의 문제가 아니라 그것을 수용하고 공부했던 보수적 유학자들의 잘못에 기인한 것이라고 인식했다. 그리고 보수유학자들이 신학문을 무조건 거부하는 폐단을 고쳐 유교를 바탕으로 하되 신학문을 수용하는 '유교구신론儒教求新論'을 주장했다. 박은식은 '유교구신론'을 바탕으로 유교 개혁과 종교화를 통해 유교를 폐기하는 것이 아니라 '국민' 정신을 고양하는 '국교'로 삼으려 했다. 장지연도 유교를 바탕으로 신학문을 수용한다면 유교는 세상을 구하고 나라를 경영할 수 있는 '대도大道'가 될 수 있다고 보았다. 박은식과 장지연은 대동교를 결성하여 이러한 구상을 구체화하였다.[57]

한편 서구 열강이 문명개화와 부국강병을 이루게 된 정신적, 윤리적 구심점을 기독교로 파악하고 조선도 문명개화와 부국강병을 이루기 위

---

56 김문연, 앞의 글, 7쪽.
57 김도형, 앞의 책, 44~60쪽.

해서는 기독교를 수용하는 것이 바람직하다는 주장도 제기되었다. 『독립신문』은 세계 각국의 종교를 설명하는 가운데 자연을 숭배하는 아프리카는 야만의 상태로, 이슬람교, 불교, 유교를 숭상하는 국가들은 반야만 혹은 반개화 상태이며, 기독교를 믿는 나라들만이 "지금 세계에 제일 강하고 제일 부요하고 제일 문명하고 제일 개화"가 되었다고 주장했다.[58] 기독교를 '국교'로 삼은 국가만이 문명개화에 성공했다는 인식은 곧 조선도 기독교를 수용하여 '국교'로 삼아야만 문명개화를 이룰 수 있다는 확고한 믿음으로 변해 갔다.[59]

살펴본 바와 같이 유교를 특정하여 '국교'로 삼을 것을 주장하는 지식인들도 있었지만 대부분 어떤 종교를 '국교'로 할 것인지 명확히 밝히는 경우는 드물었다. 강전은 종교가 "인류의 성령을 도야하고 품행을 고상케 하는 도덕의 기초"이지만 "자국의 정신으로 고동하고 동포의 의무를 실천하는 평일의 갈고 닦는 효력이 없"으면 오히려 "타인을 숭배하다가 노예를 달게 받아들이고 이인종을 교통하다가 토지를 양도하여 국가도 전복하고 인종도 점차 멸망하는 하는 비극의 지경"에 빠지게 되는 폐해를 낳을 수 있다고 보았다.[60]

이러한 문제는 세계 3대 종교라고 할 수 있는 유교, 불교, 기독교 모두에서 발생할 가능성이 있었지만 특히 서양에서 전래, 수용되어 그 교세가 확장일로에 있던 기독교에 대한 우려의 목소리가 높았다. 『대한매일신보』는 기독교도들이 오직 영혼을 구제하는 일에만 관심을 가질 뿐

---

58 『독립신문』, 1897.1.26, '논설'.
59 김도형, 앞의 책, 31~33쪽.
60 강전, 「世界의 三大潮를 論함」, 『대한학회월보』 3, 1908.4, 9쪽.

국가와 '민족'을 보전하는 데에는 관심이 없다고 지적했다.[61] 따라서 기독교가 국가사상과 국민의식을 형성하는 정신적 구심점으로서 '국교'의 역할을 하는 것을 기대하기는 어렵다고 보았다.

기독교뿐만 아니라 유교와 불교도 그 기원을 따져 본다면 각기 중국과 인도에서 전래된 '외래종교'였지만 오랜 세월을 거치며 '토착종교'화했다. 물론 앞서 살펴본 바와 같이 유교가 중국에서 전래되어 온 외래 종교로 중국에 대한 사대사상을 주입할 뿐 자국정신을 심어주지 못한다는 비판이 없지 않았다. 하지만 유교는 여전히 조선인들의 정신적 구심점으로 여겨지고 있었다. 반면 서구로부터 새로이 전래된 기독교는 여전히 조선사회에서 이질적이고 생소한 종교이자 문화였다. 무엇보다 기독교 전파와 선교를 앞세우며 무차별적인 경제적, 정치적 침투를 자행하는 서구 제국주의 국가들로 인해 기독교는 경계의 대상이 되었다.[62]

종교에 관한 논의들 중 또 한 가지 주목되는 것은 어떤 종교를 국교로 택하든 중요한 것은 종교는 어디까지나 국가구성원들을 통합하고 일체감을 형성할 수 있는 정신적 구심점으로 역할을 해야 하는 것이지 종교 그 자체가 목적이 되어서는 안 된다는 주장이었다. 즉 "이종별문異種別門의 종교를 숭상하더라도 자국에 헌신하는 사상과 동포에 애정을 표하는 의무를 잠시라도 잊지 말아 정신을 발휘하고 사업을 수립하여 시종 관철함을 대목적"으로 삼아야 한다는 것이었다.[63]

신채호도 종교가 '국민'의 정신과 기개, 정의와 도덕을 형성하는 중요

61 「두 종교가에게 향하여 요구하노라」, 『대한매일신보』, 1910.4.15, '논설'.
62 강전, 「宗敎的戰爭」, 『대한학회월보』 8, 1908.10, 5쪽.
63 강전, 「世界의 三大潮를 論함」, 『대한학회월보』 3, 1908.4, 9~11쪽.

한 역할을 한다고 보았지만 "종교의 노예나 될 뿐이오. 국가의 사상이 없으면 종교의 믿는 무리만 될 뿐이오. 국가의 정신은 없는 자는 결단코 이십세기 새국민의 종교가 아니라"고 하여 국가정신, 국사상을 형성하는 역할을 못하는 종교에 대해서는 부정적인 입장을 취했다.[64] 그리고 한국의 종교 현상에 대해 한국에서 유교, 불교, 천도교, 기독교가 성행하고 있지만 각 종교가 가지는 문제점으로 인해 "국민의 종교"가 되기에는 부족함이 있다고 보았다. 하지만 기존의 유교와 기독교를 개량하고 발달시켜 "국민의 종교"로 삼아야 한다고 주장했다. 유교와 기독교가 '국민'을 감화하는 힘이 크고 또 현실적으로 가장 큰 세력을 형성하고 있다는 이유에서였다.[65]

이처럼 신채호를 비롯한 지식인들에게 종교는 그 자체가 목적이 아니라 국가정신과 국민정신을 함양하기 위한 하나의 수단으로 인식되었다. 따라서 유교, 기독교, 불교와 같은 외래종교와 단군교, 천도교 등 여러 종교들이 난립하고 있는 가운데 "한국인민에게 대하여 우리의 바라고 권하는 바는 신지식을 수입함과 국성을 보존하는데 제일 긴요한 교를 취"해야 한다고 주장했던 것이다.[66]

---

64 「이십세기 새국민(속)」, 『대한매일신보』, 1910.3.3, '논설'.
65 위의 글.
66 「한국종교계의 장래(속)」, 『대한매일신보』, 1910.5.17, '논설'.

3. 혈연공동체로서 '민족'과 가족국가론

살펴본 바와 같이 지식인들은 '국민'을 형성하고 통합하기 위한 요소 또는 조건으로 문화적 요소와 함께 동일한 국적과 주권이라는 정치적 요소, 그리고 국토 등을 제시했다. 하지만 1905년 11월, 을사늑약 체결 이후 대한제국은 일본에 의해 국권을 기의 상실하다시피 하여 정치적 실체로서의 국가는 형해화하고 있었다. 이러한 상황에서 지식인들은 주권과 국적이라는 정치적 요소보다는 공통의 혈연과 문화적 요소를 통한 '국민정신'과 '국가의식'의 형성을 더욱 강조하기 시작했다. '국민'을 정치공동체보다는 혈연공동체로 규정하는 경우가 빈번해졌고, '국민'을 대신한 '민족'이라는 용어를 본격적으로 사용하기 시작했다.

'국민'은 혈연공동체 또는 종족공동체를 이루는 요소에 덧붙여 국가라는 정치체 또는 정치공동체의식을 필요로 한다. 종래의 종족공동체 또는 혈연공동체는 근대국가의 '국민'을 이루는 근간이 될 수 있었지만 반드시 '국민'과 일치하는 것은 아니었다. 한말 지식인들 역시 '국민'과 종래의 혈연공동체, 종족공동체와의 차이를 인지하고 있었다. 유길준은 번역문인 『정치학』에서 '국민'과 혈연공동체 또는 종족공동체와의 차이를 '족민'이라는 용어를 사용하여 설명했다.[67] 그는 「족민」이라는

---

[67] 라트겐Karl Rathgen은 바이마르 태생으로 1882년 도쿄제국대학에 초청되어 1892년 귀국전까지 정치학, 행정학 및 경제학을 강의하여 일본 사람들에게 '우리나라 정치학의 비조鼻祖'라는 칭송을 들을 정도로 일본의 정치학계에 큰 영향을 미쳤다. 독일에 귀국한 후에 마그데부르크대학교와 베를린대학교 및 하이델베르크대학교 등에서 교수직을 맡았다. 『독일에서의 시장의 성립』(1881), 『일본의 국민경제와 국가재정』(1891), 『근대 일본의 성립』(1897), 『일본인과 경제발전』(1905), 『일본의 국가와 문화』(1907), 『국민경제에서의 일본인』(1911) 등을 저술했다 (정용화, 「유길준의 정치사상 연구」, 서울대 박사논문, 1998, 22쪽). 유길준의 『정치학』은 『유길준전서』 IV(일조각, 1971)에 수록된 미완성 원고로, 번역 또는 저술 시기를 특정할 수 없다.

제목의 장 또는 절을 설정하고 '족민 및 국민의 구별', '족민의 기원', '족민과 정치와의 관계'를 설명했다.[68]

유길준은 '족민'을 '인종' 내지 '종족'과 같은 의미로 파악하여 반드시 국가와 결부된 존재가 아니며, 하나의 '족민'이 여러 나라로 나누어지거나 한 국가가 여러 '족민'으로 구성되기도 한다고 설명했다. 반면 '국민'은 이와 달라서 같은 나라에 거주하는 '인민'으로 법인의 자격을 가지며, 여러 종족이 한 국민을 이루기도 하는데, 이 때는 종족을 불문하고 모두 한 국가의 '국민'이 되는 것으로 설명했다. 여기서 말하는 '국민'은 곧 근대 국민국가의 구성원으로서 '국민nation'을 지칭하는 것으로 볼 수 있다.[69]

'족민'의 기원으로는 공동의 혈통을 언급했지만 단순히 혈통만의 문제가 아니라 자연계 및 인간계의 여러 요소가 혼합, 조화된 복잡한 중합체로 파악했다. 그런데 '족민'과 정치의 관계에 대해 논하면서 한 국가 내에 여러 '족민'이 존재할 경우 서로간에 알력이 생기고 '우등족민'이 '열등족민'을 굴복시키고 학대하는 결과가 빚어질 수 있다고 주장했다.[70] 즉 한 국가의 구성원인 '국민'이 여러 '족민', '종족'으로 구성될 경

유길준의 『정치학』 원전이 라트겐이 도쿄제국대학에서 강의한 내용을 그의 제자 리노이에 류스케李家隆介와 야마사키 테츠조山崎哲藏가 역술하여 메이지 25년(1892)에 출판한 책이며, 이 책을 유길준이 갑오개혁에 실패한 이후 일본으로 망명하여 생활하던 시기, 즉 1896년에서 1907년 사이 어느 시점에 번역했을 것이라는 추측이 가장 설득력 있다. 라트겐의 『정치학』은 상권 「국가편」, 중권 「헌법편」, 하권 「행정편」으로 이루어져 있다. 유길준은 이 책의 상권 「국가편」의 거의 마지막 부분까지 번역했으나 전체를 번역하지는 않았다.

68 유길준의 『정치학』은 2편 4장으로 구성되어 있다. 제1편은 「국가의 요소」로, 제1장 '자연적 요소'와 제2장 '사회적 요소'로 되어 있는데, 제2장의 5절이 '족민'이다. 그런데 제2장의 구성을 보면 3절이 빠진 채 4절과 5절로 넘어가고 있다. 따라서 제2장은 실세 총 4절로 이루어져 있는 것이다. 제2편은 「국가의 생리」로, 제1장 '국체 및 정체', 제2장 '국권의 범위'로 구성되어 있다. 유길준전서편찬위원회 편, 『유길준전서』 IV, 일조각, 1971, 397~767쪽.

69 유길준, 한석태 역주, 『정치학』, 경남대 출판부, 1998, 42쪽.

70 위의 책, 42~44쪽.

우 갈등과 불화가 일어나 국가의 결속력이 약해질 수 있다는 것이다.[71]

『대한매일신보』도 '족민'이 아닌 '민족'이라는 용어를 사용하여 '국민'과 '민족'을 구별했다. '민족'은 조상의 자손 즉 같은 혈통이며, 공통의 종교, 언어, 영토 그리고 공통의 역사경험을 함께 하는 사람들의 집합체이다. 이러한 요소들로 이루어진 '민족'은 '국민'의 원형이 될 수는 있지만 '민족'이 곧 '국민'이 될 수는 없다는 것이다. '국민'은 '민족'을 구성하는 요소들과 함께 같은 정신, 같은 이해, 같은 행동을 취하며 내부적, 외부적으로 강한 결속력을 가져야만 '국민'이라고 할 수 있다고 설명했다.[72] 신문의 또 다른 논설에서도 '국민'은 "일민족 혹 수다한 민족이 모여서 한 단체가 되어 일국의 일을 다스리고 일국의 법을 정하며 일국의 이익을 도모하고 일국의 환란을 방어하는 자"라고 정의하여 '국민'과 '민족'을 구별했다.[73]

이러한 '민족'의 개념 정의는 앞서 유길준이 사용한 '족민'과 마찬가지로 혈통을 기반으로 한 '종족'의 의미로 볼 수 있다. 반면 '국민'은 구성원들이 공동의 이해와 행동을 취하고, 무엇보다도 구성원들이 대내외적으로 정신적 일체감national identity을 가져야만 성립할 수 있는 것으로 파악했다.

---

71 '족민'이라는 용어는 1887년 가토 히로유키가 블룬칠리의 민족·국가론을 『族民的の建國竝びに族民主義』라는 제목으로 번역하여 출판한 책에서 찾아볼 수 있다. 가토는 책의 본문에서 '족민'이라는 용어 외에 '민종民種', '종족', '국민' 등의 단어를 사용했는데, '족민'은 현재의 '민족'과 비슷한 용례로 사용되었다. 또 당시 독일의 국가론·정치학을 번역한 히라타 도스케平田東助와 라트겐의 『정치학』을 일본어로 번역한 야마자키 테츠조山崎哲藏 역시 '족민'을 사용했다(윤건차, 『일본 그 국가·민족·국민』, 일월서각, 1997, 109~110쪽). 일본에서 '족민'이라는 용어가 널리 사용되었고, 야마자키도 이 용어를 사용했던 것으로 보아 유길준도 『정치학』을 번역하며 일본에서 사용되던 '족민'을 그대로 사용했던 것으로 볼 수 있다.

72 「민족과 국민의 구별」, 『대한매일신보』, 1908.7.30, '논설'.

73 「국민경쟁의 대세」, 『대한매일신보』, 1910.8.5, '논설'.

'국민'의 성립 요소로 혈연적, 문화적 요소들보다 구성원들의 결속력을 필수요소로 제시한『대한매일신보』의 논설은 르낭Ernest Renan이 1882년에 소르본대학에서 강연한 내용 중 '국민'의 성립 요건으로 종족, 언어, 종교, 지리 등 문화적 요소보다는 구성원들의 '정신적 결속'과 '의지'를 우선으로 제시하던 것과 일맥상통한다. 르낭은 "한 국민의 존재는 개개인의 존재가 삶의 영속적인 확인인 것과 마찬가지로 매일매일의 국민투표"라는 표현으로 집약되었다.[74]

이처럼 지식인들은 '국민'과 '민족'을 구별하고, 하나의 '민족'이 다수의 국가를 건설하여 다수의 '국민'으로 존재하기도 하고, 여러 '민족'이 하나의 국가를 이루어 하나의 '국민'을 이루는 경우도 있다는 것을 인식했다. 하지만 가장 이상적인 경우는 동일한 '민족'이 동일한 '국민'을 이루는 것으로, '국민'이 여러 '민족'으로 이루어질 경우 '국민' 사상의 통합과 이해의 일치를 기대할 수 없어 국가를 통일하는데 어려움이 적지 않을 뿐 아니라 내부의 알력과 내란으로 인해 국가가 위태한 지경에까지 이를 수 있다는 것이다.[75]

이와 같이 지식인들은 '민족'과 '국민'을 구분하여 전자는 '종족', 또는 '인종'의 의미로, 후자는 서구의 '네이션' 개념에 상응하는 것으로 인식했다. 하지만 개념상으로는 '민족'과 '국민'을 구별했음에도 실제 용어 사용에서는 양자를 혼용하는 경우가 적지 않았는데 이는 대한제국이

---

74 에르네스트 르낭, 신행선 역,『민족이란 무엇인가』, 책세상, 2002, 81쪽. 르낭은 1882년 소르본대학에서 민족주의에 대한 강연을 했고, 그 내용을 옮긴 것이 *Qu'est-ce qu' une nation*이었다. 이 글의 한국어판에서는 'nation'을 '민족'으로 번역했으나, '국민'으로 옮기는 것이 내용상 더 적절하다고 볼 수 있다. 'nation'을 민족과 국민 두 가지 용어로 번역하고 있는 일본에서는 르낭의 이 강연록을『국민이란 무엇인가』로 번역하였다.
75 「국가의 개념」,『서우』16, 1908.3, 19쪽.

단일 '민족'으로 이루어진 국가이며, 따라서 '민족'이 곧 '국민'을 이루고 있다는 인식에서 비롯된 것이었다. 즉 대한제국의 '국민'은 일가의 가족 구성원과 같이 동일한 조상을 가진 혈연공동체로 인식되었고, 공통의 혈연뿐만 아니라 공통의 역사, 관습, 언어를 가진 '민족'과도 같은 것이 었다. 정치적 공동체로서 국가를 매개로 한 '국민'과는 달리 '민족'은 국가라는 정치체가 없어진다 하더라도 공통의 혈연, 기억, 관습, 언어를 매개로 존속될 수 있었다. 따라서 일본에 의한 '보호국'화로 대한제국이라는 정치체의 정체성과 존속이 위태로워져 가자 '국민'을 대신하여 '민족'이 차츰 힘을 얻어가게 되었던 것이다.

이처럼 지식인들은 '국민' 성립의 요소이자 통합 기제로 공통의 '혈연'을 중시하며 '국민'과 국가의 관계 역시 '가족국가론'을 통해 설명하고자 했다. 가족국가론은 혈연으로 맺어진 가족이 확대되어 사회를 이루고, 다시 사회가 모여 국가로 성립하며, 국가와 일개 가족은 각각 구성 원리와 그것을 지탱하고 유지하는 윤리적 측면에서 유사하다는 논리였다.

유길준은 『정치학』에서 다음과 같이 가족국가론을 설명했다. 가족국가는 국가 발전 단계에서 가장 초기에 나타나는 형태이며, 이후 국가를 구성하는 형태와 운영 원리가 '진화'하여 가족국가 단계를 벗어나 점차 근대국가로 발전한다. 즉 가족은 천부의 사회적 조직이자 최초의 제도로 고대국가의 구성요소는 바로 이 가족이며 개인은 존재하지 않았는데, 이후 근대국가에서는 역으로 개인의 존재를 인정하고 가족의 존재를 인정하지 않게 되었다는 것이다. 그리하여 고대국가의 특징은 '가족제도', 근대국가의 특징은 '개인제도'라고 할 수 있다. 하지만 근대에 이르러서도 세계 각지에는 가족이 국가의 구성원리로 작용하는 곳이

많아 고대국가의 유산이 온존하는 경우가 많다는 것이다.[76]

계몽운동기 신문, 학회지, 교과서 등 여러 인쇄매체에 등장하는 가족국가론에서도 가족국가를 특정한 역사단계, 즉 고대국가의 국체로 설명하지 않았다. 통시대적으로 개인이 모여 가족을 이루고, 그 가족이 다시 단체를 이루어 국가가 성립한다는 논리, 또는 가족의 확장이 국가를 이룬다는 것이었다. 가족국가론의 핵심은 혈연단체의 최상위인 국가의 중요성으로, 일개 가족의 이익보다는 그 결합체이자 확대체인 국가의 이익이 더 중요하며, 나아가 국가의 이익을 위해 '가家'의 이익을 희생하는 것이 당연하다고 보았다.[77]

신채호는 "한 집의 조상만 위하지 말고 여러 집의 조상되는 단군을 위"할 것, "한 집 자손만 사랑하지 말고 곧 전국의 도조상 단군의 자손까지 사랑"할 것, "한 집안 재산만 아끼지 말고 전국 재산을 아낄" 것을 강조하며, "가족의 사상을 버리고 국가의 사상을 확립하는 것"이 절실하다고 주장했다. 그에게 공적 영역인 국가보다 사적 영역인 가족과 가문의 이익, 명예를 더 중시하는 '가족주의'는 '타파'의 대상이었다.[78]

계몽운동기 가족국가론은 국가구성원들로 하여금 공동의 혈연의식을 바탕으로 강한 일체감과 소속감을 갖게 할 수 있다는 점과 사적 영역인 가족과 일가에 대한 애정과 의무감을 공적 영역인 국가에 대한 애정과 의무감으로 전환하는 논리를 제공할 수 있다는 점에서 광범위하게 확산되어 갔다. 교과서를 비롯해 신문, 학회지 등 대부분의 인쇄매체에

---

76 유길준, 한석태 역주, 앞의 책, 23~24쪽.
77 「가족교육의 전도」, 『대한매일신보』, 1908.6.11, '논설'; 「가족사상을 타파함」, 『대한매일신보』, 1908.9.4, '논설'.
78 위의 글.

서는 대한제국의 국가 기원과 형성의 특징이 바로 가족국가라는 점을 강조했다. 국가와 '국민', 황실과 '국민', 그리고 '국민' 간의 관계를 가족과 같은 혈연관계로 설정했던 것이다.[79]

특히 계몽운동기 편찬된 여러 교과서는 가족국가론을 토대로 국가의 기원과 형성을 설명했다. 국민교육회에서 편찬한 『초등소학』(1907)에서는 "국가는 개인의 취집聚集한 자요 가족의 대大한 자"라고 하여 가족의 확대가 곧 국가라고 설명했다.[80] 또 휘문의숙에서 편찬, 사용했던 『고등소학독본』에서도 "일가는 개인가족의 집합한 소이오 일국은 전체가족의 집성한 자"라고 하여 역시 국가를 가족의 집성체로 설명했다.[81]

신해영이 편찬한 『윤리학교과서』에서는 가족윤리와 함께 가족의 확장체인 국가와 국가윤리를 설명하며,[82] 효자孝慈, 화순, 우애와 같은 대한제국의 가족의 본무, 즉 가족윤리가 타국과는 차별된다는 점을 강조했다.[83] 그런데 가족윤리에 대한 기술은 가족윤리 그 자체를 설명하기위한 것이 아니라 가족국가로서 대한제국의 특성을 설명하기 위한 것이었다. 즉 가족은 '소국체小國體'로 "일가의 주인은 곧 일국의 원수오 그가옥은 국토이며 그 자녀비복은 국민이오 그 가족의 계보는 곧 국가의역사"라고 하여 가족을 국가에 비유했다. 또 "우리나라에 있어서는 우리의 선조로부터 황조황종皇祖皇宗을 우러러 받들어 군신의 의는 곧 부자의 정과 같으니 그러므로 아버지에 효도하지 아니하고 군주에 충성

79 대표적으로 『대한매일신보』는 「국가는 곧 한집 족속이라」(1908.7.31), 「나라는 곧 일개 큰집」(1909.5.13) 등의 논설에서 국가를 가족의 확대체인 '큰집'으로 표현했다.
80 국민교육회, 「第二十一 愛國心」, 『초등소학』 卷八, 1907, 29쪽.
81 휘문의숙, 「第四課 愛國心」, 『고등소학독본』 卷一, 1906, 6~8쪽.
82 신해영, 「家族의 本務─第一章 總論」, 『倫理學教科書』 卷二, 1906, 1쪽.
83 신해영, 「家族의 本務─第六章 家에 대한 本務」, 위의 책, 77쪽.

하는 자가 일찍 있지 않았다"고 하여 군주와 '국민'의 관계를 일가의 부자지간과 같이 '정'으로 맺어진 혈연관계로 설정했다.[84] 따라서 '국민'은 군주에게 일가의 자녀가 그 부모에게 효순하는 것과 같이 충순하는 것이 당연하다는 것이다.[85] 또 대한제국의 '국민'은 "황조건국 이래로 선파璿派의 혈연을 의하여 모두 외예外裔로 나온 자"로, "황실에 대하여 신민된 동시에 가족"이라고 정의했다.[86] 황실과 '국민'의 혈연적 관계를 강조한 것은 가족구성원 간의 가족윤리를 황실과 '국민' 관계에도 적용하기 위해서였다.

그렇다면 일가의 집합체 또는 확장체인 국가의 가장, 즉 군주는 어떤 존재이며, 가족구성원인 '국민'과 가장인 군주의 관계는 어떻게 규정되었을까? 휘문의숙에서 편찬한 『중등수신교과서』는 먼저 한 집안의 가장의 역할은 집안을 통할하고 선조로부터 내려오는 가계, 역사, 재산 등을 보유하는 것이며, 자녀, 형제, 자매 등 가족구성원은 가장에 대해 본무, 즉 의무를 가지고 있다고 기술했다. 그리고 가족에 대한 본무를 확장한 것이 곧 사회와 국가에 대한 본무이므로 일가의 가장을 섬기는 도와 일국가의 가장인 군주를 섬기는 도는 일치한다고 설명했다.[87]

일개 가의 부父와 일국의 군주를 하나로 보는 군부일체와 충효의 일치는 『효경』, 『대학』 등에서 강조했던 유교윤리로,[88] 가족국가론은 이러한 유교윤리를 원용한 것으로 볼 수 있다. 하지만 유교에서 군주와 백

---

84 신해영, 「家族의 本務-第一章 總論」, 위의 책, 9쪽.
85 신해영, 「家族의 本務-第二章 부모에 대한 본무」, 위의 책, 16~17쪽.
86 신해영, 「家族의 本務-第六章 家에 대한 本務」, 위의 책, 81~82쪽.
87 휘문의숙, 「第一 家族의 道義」, 『中等修身教科書』 卷四, 1906, 1~2쪽.
88 휘문의숙, 「총론」, 위의 책, 49쪽.

성의 관계를 한 집안의 부자지간에 비견했다 하더라도 왕실과 백성의 관계를 공통의 혈연인 가족관계로 설정하거나 본가와 분가의 관계와 같이 동일한 조상의 후손이라는 친족 관계로 설정하는 경우는 없었다.

반면 한말 교과서, 학회지 등에서 언급한 가족국가론은 '황실'과 '국민'의 가를 본가本家와 분가分家로 하여 '국민'과 '황실'을 친족과 같은 혈연관계로 설정했다. 또한 군부일체와 충효일치를 확장하여 군주를 가장, '국민'을 가족구성원으로 설정하여 군주의 가부장적 권력을 정당화시켰다.[89] 이러한 논리는 일본 '국체론'에 영향을 받은 것으로, '국민'으로 하여금 공통의 혈연의식을 바탕으로 일체감과 정체성을 갖도록 할뿐 아니라 군주와 국가에 대한 '국민'의 무조건적인 충성과 복종을 정당화하는 논리였다.[90]

가족구성원과 일가의 공동운명체적 관계는 "인민의 대가"인 국가와 '국민'의 관계에도 그대로 적용된다. '국민'은 국가가 있으므로 완전한 생활을 영위할 수 있으며, 만일 국가가 없다면 다른 종족에게 구축당하여 생존할 수 없게 되며, 인류로서 동등한 자격을 얻을 수 없게 된다. 그러므로 '국민'은 국가가 독립하여 세계에 웅비할 능력이 있기를 희망하는데 이러한 목적을 달성하기 위한 주동력은 바로 '국민'이 자신들의 의무를 이행하는데 있다는 것이다.[91] '국민'이 국가의 일을 자신의 일보다 급선무로 여기고, 국가를 자신의 집안보다 더 사랑한다면 국가가 존속

---

89 박삼헌, 「가토 히로유키의 후기사상 – 입헌적 족부통치론을 중심으로」, 『사총』 70, 고려대 역사연구소, 2010, 177~179쪽.
90 김소영, 「한말 수신교과서 번역과 '국민' 형성」, 『한국근현대사연구』 59, 한국근현대사학회, 2011, 17~20쪽; 남상호, 「근대 일본의 국민도덕론과 조상숭배」, 『한일관계사연구』 50, 한일관계사학회, 2015, 370~373쪽.
91 山雲生, 「국민의 의무」, 『서우』 17, 1908. 5, 23~24쪽.

할 수 있을 뿐 아니라 강한 국가를 만들 수 있다. 하지만 반대로 국가에 대한 의무를 태만히 할 경우 그 국가가 망하게 되는 것은 물론 자기 자신이 망하게 된다는 교훈을 각각 독일과 베트남의 예를 들어 설명했다.[92] 그리고 이들 나라와 마찬가지로 위급존망의 때에 처한 대한제국민은 애국하기를 애가愛家함과 같이 하는 것이 의무라는 것이다.[93]

이처럼 계몽운동기 가족국가론은 국가를 "가족의 집합체", "가족의 확대체"로, 국가구성원을 "일대가족"으로 표현하면서 일개인, 가족 그리고 국가를 혈연으로 맺어진 공동운명체라고 하는 논리가 핵심을 이루고 있다. 혈연공동체라는 인식은 구성원들로 하여금 강한 유대감과 일체감을 형성하고 통합할 수 있는 기제로 작동했고, 국가와 군주에 대한 '국민'의 절대적 복종과 의무 이행도 정당화되었다. 특히 일가내에서 가장의 절대적 권위와 그에 대한 가족구성원들의 복종은 가족 확대체인 국가에도 그대로 적용되어 국가의 가장인 군주에게 '국민'은 절대적으로 복종해야 한다고 강조했다.[94]

공통의 혈연이라는 천부적이고 자연적 요소에 의해 만들어진 가족과 가족의 집합체이자 확장체로 국가의 성립을 설명하는 가족국가론에서 국가의 주권 소재나 '국민'의 권리와 자유에 관한 언급은 거의 보이지 않는다. 다만 앞서 살펴본 바와 같이 일가의 가장과 일국의 가장인 군주에게 부여된 절대적 권위와 권력, 그리고 구성원들에 대한 그들의 통합권에 대한 언급 등을 보았을 때 국가의 주권 소재를 군주로 설정하

---

92 위의 글, 24쪽.
93 윤태진, 「愛國當如家」, 『대한유학생회회보』 2, 1907.4, 22쪽.
94 「국가론의 개요(속)」, 『서북학회월보』 9, 1909.2, 15쪽.

고 있었음을 짐작할 수 있다.[95] 또한 가족국가론에서는 국가와 군주에 대한 '국민'의 절대적 복종과 의무만이 부과될 뿐 '국민'의 권리와 자유에 대해서는 언급될 여지가 없다.

반면 국가의 기원을 구성원간의 자유로운 계약에서 찾고 있는 국가계약설은 권력의 원천을 국가구성원인 '국민'에게서 찾고 있을 뿐 아니라 국가의 역할도 구성원들의 자유와 권리를 보호하는데 있다고 설명했다. 지식인들은 이러한 국가계약설에도 주목하였는데, 특히 루소의 '사회계약론'은 '민약론'으로 번역되어 학회지와 신문지상에 자주 소개되었다.[96] 그 가운데 『황성신문』은 1909년 8월 4일부터 9월 8일까지 루소의 『사회계약론』의 내용을 자세히 소개했다.[97] 이 신문에 실린 '민약론'은 총 4부로 이루어진 루소의 『사회계약론』 중 제1부에 해당하는 것이었다.

유길준은 『정치학』에서 국가계약설을 "홉스로부터 연원하고 로크에서 발전되며 루소에 이르러 유럽대륙에 범람하게 된 것"이라고 설명하고, 이어 "인심을 감동시키는 것이 이것만한 것이 없고, 또 여타의 사설도 많지만 국가계약설만큼 국가에 해를 끼치는 것이 없다"고 하며 계약설을 비판했다. 홉스, 로크, 그리고 루소의 계약론 중 유길준이 문제로 지적한 것은 바로 루소의 계약론이었다. 루소의 계약론의 골자는 "천부고유한 권리를 바치는 대상"을 "일인 혹은 수인의 군주가 아니라 인민전체", 즉 국가의 주권은 "정부에 있지 아니하고 인민전체"에 있다는 주장이었다.[98] 그리하여 루소의 계약론은 사회를 선동하여 프랑스혁명을

---

95 위의 글, 15쪽.
96 설태희, 「헌법(속)」, 『대한협회회보』 5, 1908.8, 28~29쪽.
97 「盧梭 民約」, 『황성신문』, 1909.8.4~8・8.10~14・8.17~22・8.24~27・8.29・8.31・9.2~
  5・9.7~8.

일으키는 원동력이 되었고, 전유럽을 들끓게 한 이론이었다. 루소의 계약설과 이 이론에 선동된 사람들은 "단지 사회의 기초를 전복시키며 정치의 조직을 인멸케 하여 전대미문의 대혁명"을 일으켰으며, 혁명에 휩싸인 프랑스는 "귀신이 곡읍할 참상을 연출하여 쌓인 시체가 세느강 언덕에 낭자하며 유혈은 파리시에 충만"한 모습이었다. 또 프랑스혁명으로 인해 유럽 전역은 혼란에 휩싸이게 되어 국가의 안정에 전혀 도움이 되지 않았고, 사회복지에도 조금도 도움이 되지 않았다는 것이다.[99]

그렇다면 유길준은 구체적으로 계약론의 어떤 내용을 '위험시'했던 것일까? 위에서도 언급했던 바와 같이 계약설은 "절대적 동등 및 자유를 가정"하고 "사인私人의 자유계약"을 인정하는 논리이다. 즉 '인민'의 자유와 평등을 인정하고 '인민' 개개인의 의지에 관한 계약에 의해 국가가 성립한다는 논리는 "국가의 관념을 파괴하며 국법의 기초를 유린하고 인민을 선동하여 헌법을 위반하는 운동을 야기케 하여 국가를 누란의 위기"로 몰고 갈 수 있는 "지극히 위험하고 해독스러운 성질"의 것이다. 교육받지 못한 '인민' 대중이 자유와 권리를 악용할 것을 우려하여 일정한 제한을 두고자 했던 유길준에게 '인민'의 절대적 동등과 자유를 인정하고 그들의 의지의 결합으로 국가가 성립했다는 루소의 계약론은 자칫 '인민'의 방종과 무질서를 야기하여 결국 국가의 존립 자체를 위협

---

98 유길준, 한석태 역주, 앞의 책, 142~143쪽.
99 위의 책, 144~145쪽. 앞서 언급한 바와 같이 『정치학』은 라트겐의 『정치학』을 유길준이 번역한 것으로 그 내용이 유길준의 견해와 완전히 일치하는 것으로 보기 힘들 수도 있다. 하지만 번역자가 특정 저작물을 선택하고 번역을 결심했다는 것은 소극적이고 수동적인 의미에서 주어진 대상을 번역하는 것이 아니라 그 번역 대상의 내용에 대해 '선택'하고 '번역'을 하겠다는 적극적인 의지의 실천 행위로 볼 수 있다. 따라서 유길준은 계약론을 "위험한 이론"이라고 평가했던 라트겐의 의견에 공감하고 있었다고 보아도 무리가 없을 것이다.

할 수 있는 것으로 받아들였던 것이다.

유길준뿐만 아니라 당시 대부분의 지식인들은 '국민'의 권리와 자유에 일정한 제한을 가하고자 했다. 또한 '국민'의 권리와 자유보다는 국가와 군주에 대한 충성과 복종, 의무를 우선시했다. 따라서 지식인들은 국가주권이 '인민'의 의지와 계약으로 성립했다고 주장하는 계약설보다는 국가를 혈연으로 맺어진 가족공동체의 확장 또는 집합체로 인식시켜 국가구성원들의 무조건적 복종과 충성을 이끌어낼 수 있는 가족국가론을 보다 긍정적으로 받아들였다고 볼 수 있다.

4. 맺음말

이상에서 살펴본 바와 같이 한말 지식인들은 국권 상실의 위기 속에서 국민국가 수립을 시대적 과제로 설정하고, '국민' 형성과 통합의 요소 혹은 조건에 관한 다양한 논의를 전개했다. 이러한 지식인들의 논의는 서구 및 일본으로부터 수용되거나 혹은 영향을 받으며 유사하게 전개되었으나 각국의 정치, 경제, 사회, 문화적 조건에 따라 변용되기도 했다.

한말 지식인들은 공통의 혈연 또는 인종, 언어, 역사, 종교 등을 '국민' 형성의 요소로 제시하며 '국민'을 기본적으로 문화공동체, 혈연공동체로 인식했다. 또 이러한 요소들 외에도 국가라는 정치체와 구성원의 정치적 연대를 '국민' 구성의 중요한 요소로 파악했다. 혈연공동체, 문화공동체인 '민족'이나 '동포'와 달리 '국민'은 국적, 주권과 같이 국가와 결부된 정치적 존재라고 인식했기 때문이다.

견해 차이를 보이기도 했지만 한말 지식인들은 대체로 공통의 언어, 역사, 혈연, 관습, 종교 등을 그 구성 요소로 파악하는 한편 '국민'을 통합하기 위한 각 요소의 중요성과 그 활용에 대해 논의했다. 먼저 '언어민족주의'에 기반한 공통의 언어 사용을 '국민' 형성의 중요한 요소로 제시했다. 지식인들은 '국문' 사용의 중요성을 강조하면서 전통적으로 사용해 왔던 한문의 폐기 여부에 대해 논쟁했다. 또 통감부가 학교에서 일문교과서를 사용하고 일문교육을 실시하려고 계획하자 반발하며 '국문'교육을 확산시키고자 노력했다.

다음으로 공통의 혈연 또는 인종을 '국민' 형성과 통합의 중요한 요소로 인식했다. 대한제국 '국민'은 모두 단군을 시조로 하는 후손, 또는 태조고황제의 일가라는 논리로 동일인종, 동일혈연이라는 점을 강조했다. 이러한 인식은 다시 단군을 공통의 조상으로 하는 하나의 혈연공동체가 현재에 이르러 '국민'이 형성되었다는 인식과 혈연공동체의 구성원들이 함께 해 온 공통의 기억과 경험으로서 자국사에 대한 관심으로 이어졌다. 지식인들은 과거 중국사를 중심으로 이루어졌던 역사교육을 반성하고 자국사를 연구하고 역사서를 편찬하여 국사교육을 실시하는데 힘을 기울였다.

또 공통의 종교도 일체감, 정체성, 그리고 애국심과 같은 국민적 정신을 형성하는 기초가 된다고 파악했다. 지식인들은 '국가종교', '국민종교'의 역할을 담당할 종교로 유교, 불교, 기독교를 주목했지만 세 종교 모두 '외래종교'라는 한계를 가지고 있었다. 세 종교 가운데 오랜 기간 국교의 역할을 담당했던 유교를 여전히 '국교'로 삼아야 한다는 의견이 지배적이었다. 하지만 유교가 중국에서 전래해 온 종교이자 사상이라는 점에서 중화사상을 벗어나야 하는 한국민의 정신적 지주 역할을 하기에는 한계가 있다는 의견도 제기되었다. 또 유교로 인해 여러 폐단이 발생해 왔으므로 국민국가 형성 과정에서 필요한 '국교'의 역할을 기대하기 어렵다는 주장도 제기되었다. 당시 지식인들에게 종교는 그 자체가 목적이 되어서는 안 되며 어디까지나 국가정신과 국민정신을 함양하기 위한 하나의 수단으로 여겨졌다.

이처럼 한말 지식인들이 '국민' 구성과 통합의 요소로 제시했던 것은 공통의 혈연을 비롯해 언어, 역사, 종교, 관습 등 문화적 요소들과 동일한 국적, 주권이라는 정치적 요소도 언급되었다. 하지만 정치적 요소보다는 문화적 요소가 차츰 더 강조되기 시작한 것은 일본에 의해 대한제국이라는 국가, 정치적 실체가 형해화하고 있었기 때문이었다. '국민'을 정치공동체보다는 혈연공동체로 규정하는 경우가 빈번해지면서 '국민'과 '민족' 개념을 구별하는 한편 용어도 '국민'을 대신해 '민족'을 사용하는 경우가 증가했다. 하지만 1910년 일본에 의한 강제병합으로 대한제국이라는 국가정치체가 완전히 사라지기 전까지 '국민'과 '민족'은 여전히 혼용되었다. 이는 대한제국이 단일 '민족'으로 이루어진 국가로, '민족'이 곧 '국민'을 형성하고 있다는 인식에서 비롯된 것이었다.

'국민' 형성의 여러 요소들 중 한말 지식인들이 가장 중요한 요소이자 통합의 기제로 주목한 것은 '혈연'이었다. 국가와 '국민'의 관계에 대해서도 혈연으로 이루어진 관계, 혈연공동체인 가족국가론으로 설명했다. 가족국가론은 국가구성원들로 하여금 공통의 혈연이라는 의식을 바탕으로 강한 일체감과 소속감을 갖게 하고, 가족과 국가의 일체화, 가족과 국가가 공동운명체라는 의식을 심어줌으로써 '국민'이 공동운명체인 국가에 대해 무조건적인 의무 이행과 충성을 바치는 것을 정당화했다.

공통의 혈연이라는 천부적이고 자연적 요소에 의해 형성된 가족과 가족의 집합체 또는 확장체로서 국가 성립을 설명하는 가족국가론에서는 국가 주권 소재나 '국민' 권리와 자유에 관한 논의나 문제의식은 찾아보기 힘들다. 반면 국가 성립의 기원을 구성원간의 자유로운 계약에 있다고 보는 국가계약설은 권력의 원천을 '국민'에서 찾고, 국가의 역할도 구성원들의 자유와 권리를 보호하는데 있다고 보았다. 하지만 유길준을 비롯해 많은 지식인들은 '인민'의 절대적 동등과 자유를 인정하고 그들의 의지와 결합으로 국가가 성립했다고 보는 국가계약론을 '인민'의 방종과 무질서를 야기하여 국가의 존립을 위협할 수 있는 것으로 여겼다. 따라서 지식인들은 국가주권이 '인민'의 의지와 계약으로 성립했다고 주장하는 국가계약론보다 국가를 혈연으로 맺어진 가족공동체의 확장 또는 집합체로 인식하게 하여 국가구성원들에게 무조건적 복종과 충성을 이끌어낼 수 있는 가족국가론을 적극적으로 수용했던 것이다.

근대 한국어학의 지적 계보를 찾아서

지석영의 국문·국어 연구를 중심으로

안예리

1. 서론

이 글은 근대 초 개화 지식인 지석영池錫永(1855~1935)을 통해 근대 한국어학의 지적 계보를 탐색하는 것을 목적으로 한다. 잘 알려진 대로 지석영은 우두법을 배워 천연두 퇴치에 앞장섰고 서구 의학의 국내 도입에 선구적 역할을 했다. 그러나 지석영의 활동은 의료 분야에 그치지 않았다. 이 글의 주제인 근대 한국어학의 지적 계보, 그 전환점에도 역시 지석영이 있었다. 공고했던 한문 중심의 언어 질서에 균열이 생기기 시작했던 근대 초기, 지석영은 언어와 문자에 대한 새로운 인식을 담은 여러 저작을 남겼다. 동아시아의 보편문어였던 한문을 대체할 새로운 글쓰기 방법에 대한 고민, 근대적 지식의 전달 수단으로서 국문이 갖는 가능성에 대한 고민, 한문과 국문의 관계를 재정립할 방안에 대한 고민 등 당대의 지식인이 마주했던 언어 문제에 대한 고민의 흔적이 지석영의 저작 곳곳에 담겨 있다.

당대에는 지석영 외에도 근대 한국어학의 기초를 마련한 여러 학자들이 있었다. 그럼에도 이 글에서 특별히 지석영에 주목하는 이유는 활동 시기와 문제의식, 그리고 연구 성과 등 여러 측면에서 볼 때 지석영이 전통과 근대를 잇는 인물로서 특이성을 가졌기 때문이다. 전통과 근대는 서로 다른 패러다임 속에 존재했다. 전통의 세계에서 근대의 세계로 넘어가기 위해서는 과거의 문을 닫고 미래를 향한 문을 여는 의식적인 과정이 반드시 필요했다. 근대 한국어학 역시 전통적 언어관으로부터 근대적 언어관으로의 의식적인 이동을 계기로 하여 성립되었는데, 주시경을 비롯한 대부분의 근대 국어학자들이 패러다임의 이동 이후 본격적인 연구 활동을 전개한 것과 달리 지석영은 언어와 문자의 문제에 관해 그 자신이 직접 과거의 문을 닫고 미래의 문을 열었다고 볼 수 있을 만큼 통시대적 인물이었다는 특수성이 있었다.

지석영은 어린 시절 서당에서 한문에 대한 기초를 다졌고 청년 시절 박영선朴永善(?~?)으로부터 한학과 한의학을, 강위姜瑋(1820~1884)로부터 실학을 배웠다.[1] 강화도조약 체결로 조선의 문호가 본격적으로 개방되기 시작한 1876년, 당시 지석영은 한의학적 소양과 실학적 소양을 골고루 쌓은 스물두 살의 청년이었다. 지석영의 생애를 살펴보면 40대 중반까지는 의학 분야에서 두드러진 업적을 보이다가 40~50대에는 어문

---

[1] 지석영의 생애에 관해서는 기창덕, 「송촌 지석영」, 『대한치과의사학회지』 31-6, 대한치과의사협회, 457~459쪽, 1993; 대한의사학회 편, 『松村 池錫永』, 아카데미아, 1994 등에서 자세히 검토된 바 있다.

관련 저술과 활동에 주력한 양상이 보인다. 근대의 의학자이자 국어학자로서 선각적인 업적을 남긴 지석영의 이력에는 조선 후기의 실용적 학문 풍토를 계승한 두 스승의 영향이 짙게 남아 있었다.

지석영의 스승 중 한 사람인 박영선에 대해서는 알려진 바가 많지 않다. 한의사였고 지석영의 부친 지익룡의 지인이었다는 점, 개항 이후 수신사 파견 당시 김기수 일행의 통역관으로 일본에 갔다가 도쿄 준텐도順天堂 병원에서 오다키 도미조大瀧富三에게 종두법을 배웠다는 점, 그리고 귀국길에 구가 가쓰아키久我克明의 『종두귀감種痘龜鑑』을 가져와 지석영에게 전했다는 점 등이 현재까지 알려진 거의 대부분이다. 하지만 이 사실들만으로도 박영선이 지석영에게 미친 학문적 영향을 충분히 짐작해 볼 수 있다. 스승을 통해 재래의 인두법보다 영국인 의사 제너 Edward Jenner(1749~1823)가 발명한 우두법의 치료 효과가 월등히 우수하다는 점을 깨달은 지석영은 이후 한국 최초로 우두 접종을 실시했고 이후 두묘痘苗까지 직접 만들어내 천연두 퇴치의 길을 열었다. 우두법을 통해 서구 의학에 대한 확신을 얻게 된 지석영은 중국에서 한문으로 번역된 서구 의학 및 과학 서적들을 탐독했다. 또한 학부대신에게 의학교 설립을 제의하는 등 서구식 의료 체계의 도입에 앞장섰으며 1899년 의학교 초대 부장으로 임명되어 한국 최초의 양의洋醫들을 양성했다.

지석영의 또 다른 스승이었던 강위는 금석학과 서화에 능했던 실학자 김정희金正喜(1786~1856)의 제자로 시인이자 개화사상가로 활동했다. 당대의 급변하는 현실을 목도하며 실학을 개화사상으로 발전시킨 강위는 관직에 나아가지는 않았지만 조선이 문호를 개방하고 국제정치에 합류하게 되는 과정에서 적지 않은 역할을 했던 것으로 보인다. 대부분 비

공식 자격으로 합류한 것이지만 관료들과 함께 중국을 세 차례, 일본을 두 차례 방문하였고 김옥균金玉均(1851~1894), 서광범徐光範(1859~1897), 유길준兪吉濬(1856~1914), 신헌申櫶(1810~1884), 김홍집金弘集(1842~1896) 등 개화파 관료들의 자문 역할을 담당했으며 강화도조약 당시에도 전권 대신인 신헌을 막후에서 보좌하며 일본과의 대담 및 조약문의 작성에 깊이 관여한 것으로 알려져 있다.[2] 강위는 '도道'를 내세우던 위정척사파들을 강하게 비판하였고 백성을 죽이고 나라를 위태롭게 하는 것은 '도가 아니'라고 주장하며 외국과의 수교와 서구 문물의 수용에 앞장섰는데[3] 이러한 개화사상이 지석영에게도 깊은 영향을 주었을 것으로 생각된다.

강위는 정치, 경제, 외교, 군사 등 당대의 제반 현안에 대한 폭넓은 교양을 갖추고 있었을 뿐 아니라 시문에도 능했고 1860년대에 국문에 대한 연구 성과를 담아 『동문자모분해東文字母分解』라는 책을 저술하기도 했다.[4] 17~19세기 실학자들이 공통적으로 관심을 기울였던 주제 중 하나가 국문의 연원과 그 음가의 문제였고 강위 역시 그러한 문제의식을 공유하고 있었다. 지석영이 의료인으로 왕성한 활동을 벌이면서도 국문을 통한 근대적 지식의 전달에 대한 선각적 인식을 보인 것은 스승인 강위를 비롯한 실학자들의 영향이었다고 봐도 무리가 아닐 것이다.[5]

---

2 이광린, 「姜瑋의 人物과 思想 – 實學에서 開化思想으로의 轉換의 一斷面」, 『동방학지』 17, 연세대 국학연구원, 1976. 강위는 강화도조약 체결의 이면을 기록한 『심행잡기沁行雜記』를 저술하기도 했다.

3 주승택, 「강위의 개화사상과 외교활동」, 『한국문화』 12, 서울대 규장각한국학연구원, 1991, 143~144쪽.

4 『동문자모분해』는 현재 두 개의 사본이 전해지는데 원본의 저술 시기가 1864년인지 1869년인지 분명치 않다. 이에 대해서는 김민수, 「姜瑋의 「東文字母分解」에 대하여」, 『국어학』 10, 국어학회, 1981; 권재선, 「강위의 동문자모분해와 의정국문자모분해의 별서 고증」, 『한민족어문학』 13, 한민족어문학회, 1986를 참고할 수 있다.

5 이광린, 앞의 글에서는 강위가 『한성주보』의 간행에 관여했다는 설은 근거가 없지만, 강위의

2. 기존 국어학사에서의 지석영에 대한 평가

지석영에 대한 기술을 중심으로 볼 때 기존 국어학사의 서술은 둘로 나뉜다. 국어학사의 흐름에서 지석영의 역할이나 위상을 인정하지 않는 입장, 그리고 어문연구 및 어문정리에 크게 기여한 선각자로 인정하는 입장이다. 각각의 입장에 대해 살펴본 뒤 이 글의 문제의식을 덧붙이고자 한다.

초기의 국어학사 저술들은 대부분 지석영에 대한 서술에 지면을 거의 할애하지 않았다. 김민수는 국어학사를 '전통 국어학(고대1~936), 중세 전기(936~1443), 중세 후기(1443~1592), 근세(1592~1894), 근대 국어학(1894~1945)'의 다섯 시기로 구분하고 시기별 국어 연구의 특징을 기술하였는데 지석영에 대해서는 별도의 언급을 하지 않았다.[6] 이응호도 한글 운동사에 대한 글에서 한말의 국어 정책과 한글 운동을 소개할 때 지석영에 대해서는 언급하지 않았고 국문연구소와 관련해 그 설립 배경이 지석영의 「신정국문」이었음을 들었을 뿐이다.[7] 김석득은 국어학사를 15세기 정인지나 신숙주 등의 학설, 16세기 최세진의 학설, 18세기 최석정, 신경준, 이사질, 황윤석, 정동유, 유희, 권정선 등 실학자들의 학설, 근대 국어학의 최광옥, 유길준, 주시경의 학설, 최근대에서 현대 국어학에 이르는

시집과 문집이 『한성주보』의 인쇄소인 광인사에서 인쇄된 것을 보면 모종의 관계가 있었다고 볼 수 있고, 강위가 일본에 다녀오며 『한성주보』에서 사용할 국문 활자를 구해 왔을 가능성도 있다고 보았다. 이러한 가능성을 뒷받침할 근거는 현재까지는 제시된 바 없지만, 강위가 변화하는 사회에서 국문이 갖는 가치와 위상에 대해 선각적인 인식을 가지고 있었던 것은 분명해 보인다. 강위의 국문관은 제자인 유길준과 지석영을 통해 이어졌는데 유길준이 『서유견문』에서 국한문체를 사용한 반면 지석영은 『신학신설』을 순 국문으로만 저술했다.

6　김민수, 『新國語學史』(全訂版), 일조각, 1981(1964).
7　이응호, 『개화기의 한글 운동사』, 성청사, 1975.

최현배, 정인승, 이희승, 김두봉, 김윤경, 정열모, 박승빈, 이숭녕, 김선기, 허웅 등의 학설로 두루 서술하였는데 그러한 흐름 속에 지석영의 위치는 설정하지 않았다.[8] 한국의 어문운동과 근대화에 대한 고영근의 연구에서는 「신정국문」과 관련해 지석영을 단편적으로 언급하긴 했지만 그 주된 내용이 주시경 사후의 어문 표준화 내력에 대한 것이었다.[9] 애초에 연구 대상 시기를 1910년대 중반 이후로 잡았기 때문에 지석영에 대한 내용이 본격적으로 다루어지지 않은 측면도 있지만 그러한 시기 설정 자체가 한국 어문운동과 언어적 근대화에서 19세기 말 지석영이 차지하는 위상을 높게 보지 않은 결과라 생각된다.

이상의 연구들을 보면 국어학사 서술에 지석영이 들어갈 자리는 없어 보인다. 하지만 최근의 연구들에서는 지석영의 업적들이 갖는 국어학사적 의의를 보다 적극적으로 인정하려는 경향이 보인다. 송철의는 지석영의 어문관과 연구 성과, 어문운동의 행적들을 두루 검토하고 지석영을 "개화기 어문연구 및 어문정리에 크게 기여한 선각자"(21쪽)로 평가하였고[10] 지석영의 실용주의적 표기법과 주시경의 이상적인 표기법을 전면적으로 대비시켜 분석함으로써 두 인물의 국어학사적 의의를 부각하였다.[11] 한편, 홍종선은 주시경, 지석영과 더불어 유길준까지 포함한 3인의 국문 의식과 문체를 비교 검토하기도 했다.[12] 최경봉 역시

8 김석득, 『우리말 연구사─언어관과 사조로 본 발전사』, 태학사, 2009(1983), 332쪽의 각주에서 국문연구소 위원 중의 한 명으로 지석영을 언급하였고 같은 책의 본문에서 최현배가『한글갈』에서 지석영의 견해를 소개했음을 언급한 것이 전부이다.
9 고영근, 『한국 어문운동과 근대화』, 탑출판사, 1998.
10 송철의, 「지석영과 개화기 어문정리」, 『관악어문연구』 37, 서울대 국어국문학과, 2012.
11 송철의, 「지석영과 주시경의 표기법」, 『관악어문연구』 38, 서울대 국어국문학과, 2013.
12 홍종선, 「근대전환기 선진 지식인의 국문·국어의 인식과 실천 양상─유길준, 지석영, 주시경을 중심으로」, 『한국어학』 81, 한국어학회, 2018.

지석영을 근대 국어학의 초석을 다진 중요한 인물로 기술하였다.[13] 지석영은 주시경의 「국문론」이 발표되기 이전부터 국문 개혁의 구상을 밝힌 인물이며[14] 일찍이 성조 표시 등 국문 개혁에 관한 구체적인 방안을 제시하였고[15] 국문 개혁안을 담은 「신정국문」을 상소하였으며 사회적으로 큰 영향력을 가졌던 국문연구회를 조직하기도 했는데 이 국문연구회는 구성원을 볼 때 향후 학부에 설치된 국문연구소의 전신이라 평가할 수 있다고도 하여[16] 지석영의 연구가 갖는 국어학사적 의미를 매우 높게 평가하였다.

그밖에도 지석영의 개별 저술들을 깊이 있게 분석한 연구들도 이어지고 있다.[17] 이러한 흐름은 기존 국어학사 연구의 사각지대를 조명한다는 점에서 바람직하게 여겨지지만 여전히 아쉬운 부분도 없지 않다. 지석영의 업적이 갖는 국어학사적 의의를 탐색한 대부분의 연구들은 지석영을 당대의 인물들, 특히 주시경이나 유길준과 비교하는 관점을

---

13 최경봉, 『근대 국어학의 논리와 계보』, 일조각, 2016.
14 위의 책, 90쪽.
15 위의 책, 91~92쪽.
16 위의 책, 92~95쪽.
17 『아학편兒學編』에 대한 연구로는 한성우, 「『兒學編』을 통해 본 근대 동아시아의 언어 교류」, 『한국학연구』 21, 인하대 한국학연구소, 2009; 이준환, 「지석영池錫永『아학편兒學篇』의 표기 및 음운론적 특징」, 『대동문화연구』 83, 성균관대 대동문화연구원, 2013; 이준환, 「『兒學編』 일본어 어휘의 한글 표기와 국어와 일본어의 음운론적 대응 양상」, 『한국어학』 63, 한국어학회, 2014; 이준환, 「지석영池錫永『아학편兒學編』 영어 어휘의 모음의 한글 표기와 국어와 영어의 음운론적 대응 양상」, 『대동문화연구』 86, 성균관대 대동문화연구원, 2014 참조. 『언문言文』에 대한 연구로는 박병채, 「『言文』에 관한 硏究 —聲調를 中心으로」, 『민족문화연구』 15, 고려대 민족문화연구원, 1980; 이병근, 「統監府 時期의 語彙整理와 그 展開 —池錫永의 『言文』을 중심으로」, 『한국문화』 21, 서울대 한국문화연구소, 1998; 이준환, 「池錫永『言文』의 표기, 음운, 어휘의 양상」, 『국어학』 65, 국어학회, 2012 참조. 『자전석요字典釋要』에 대한 연구로는 여찬영, 「지석영『자전석요』의 한자 자석 연구」, 『어문학』 79, 한국어문학회, 2003; 여찬영, 「『자전석요』의 한자 자석 '고을·일홈' 연구」, 『언어과학연구』 25, 언어과학회, 2003; 이준환, 「『자전석요字典釋要』의 체재상의 특징과 언어적 특징」, 『비교어문연구』 32, 비교어문학회, 2012 참조.

취하며 그 공통점과 차이점을 상술하는 데에 초점을 두고 있다. 하지만 전술하였듯이 지석영은 당대의 다른 국어학자들과 달리 전통과 근대의 가교 역할을 했다는 점에서 특이성을 갖는 인물이다. 따라서 지석영이 속해 있던 학문적 흐름 속에서 그의 업적들이 갖는 의의가 보다 적극적으로 규명될 필요가 있다는 것이 이 글의 주된 문제의식이다. 지석영은 그의 직접적인 스승이었던 강위의 학설, 그리고 강위가 영향을 받았던 전대 실학자들의 학설을 어떤 면에서 계승 혹은 발전시켰으며 또 어떤 면에서 초월 혹은 극복했다고 볼 수 있을까? 이러한 의문과 관련해 송철의의 다음과 같은 언급이 눈길을 끈다.

> 그런데 약간 비약이긴 하지만 지석영의 행적과 어문에 관한 주장들을 살펴보다 보면 '實事求是, 利用厚生'과 같은 실학정신 같은 것이 느껴지기도 한다. 지석영의 간편주의 표기법, 실용주의 표기법은 실학정신, 혹은 실학사상과 맞닿아 있는 것은 아닌지 모르겠다. 지석영의 수학과정이나 姜瑋와의 師弟관계, 유길준 등과의 교유관계 등을 고려하면 그러한 가능성은 더 높아진다고 할 수 있겠다.[18]

위 인용문은 지석영과 주시경의 표기법을 비교 검토한 뒤에 논의를 마무리하며 덧붙인 기술인데, 그 첫 부분에서 지석영이 실학정신을 계승했을 가능성을 '비약'이라고 표현하고 있긴 하지만 이때 '비약'은 해당 논의에서의 서술상 한계를 지적한 것이다. 이어지는 기술을 보면 지석

---

18 송철의, 「지석영과 주시경의 표기법」, 『관악어문연구』 38, 서울대 국어국문학과, 2013, 58∼59쪽.

영의 학적 배경이나 교우관계 등을 볼 때 실학적 연구들의 영향을 받았을 가능성이 높다고 본 것으로 생각된다. 이 글에서도 이러한 기술에 동의하며 지석영의 어문관이 가장 포괄적으로 드러나는 「신정국문」을 중심으로 근대 한국어학의 출발점이 된 지석영과 그 배경이 된 실학적 언어 연구의 관계에 대해 논의해 보고자 한다.

3. 지석영과 국문연구소

지석영은 1905년 7월 8일 '신정국문청의소新訂國文請議疏', 즉 국문을 새롭게 고치기를 청원하는 상소를 올렸다. 이 상소문에서 지석영은 세종대왕이 창제한 국문은 간단하지만 세상의 모든 소리를 적을 수 있는 문자로 배우기 쉬우면서도 그 쓰임이 무궁무진함에도 학자들이 연구하지 않고 민간의 쓰임에만 맡겨 두어 용법에 혼란이 생겼음을 지적하였다. 그리고 첩음疊音과 실음失音을 정리하고 음의 고저高低를 표시할 방안을 마련해 국문 사용의 혼란을 바로잡으면 나라의 자주와 부강을 도모할 것이라고 하였다.

정부에서는 지석영의 제안을 그대로 받아들여 1905년 7월 19일 '신정국문新訂國文'을 공포하였다. 그 내용은 ① 자음의 제자 원리를 기술한 '오음상형변五音象形辨', ② 초성과 중성과 종성에 쓰이는 글자들을 정리한 '초중종삼성변初中終三聲辨', ③ 초중종성을 모아 쓰는 방식을 기술한 '합자변合字辨', ④ 음의 고저 표시 방안에 대한 '고저변高低辨', ⑤ 'ㆍ'와 'ㅏ'의 첩음 문제에 대한 '첩음산정변疊音刪正辨', ⑥ 된소리 표기에 대한 '중성이

정변重聲釐正辨'의 여섯 항목으로 구성되어 있다.

「신정국문」은 비록 지석영 개인의 안이었고 실질적으로 어문정책으로 시행된 것은 아니었지만 정부 차원에서 공식적으로 발표한 최초의 어문규범이었다는 점에서 의의가 있다. 그뿐 아니라 「신정국문」에 대한 재검토 차원에서 1907년 7월 8일 국문연구소가 설립되었고, 학부 편집국장 어윤적魚允迪, 한성법어학교 교장 이능화李能和, 민간 학자였던 주시경周時經, 내부 서기관 권보상權輔相, 송기용宋綺用, 지석영, 학부 서기관 이민응李敏應, 윤돈구尹敦求 등[19] 여러 관료와 학자들이 23차례의 회의 끝에 1909년 12월 28일 '국문연구의정안國文研究議定案'을 정부에 제출하였다. 아래에 보이는 것처럼 '국문연구의정안'의 열 가지 의제는 항목 수는 다르지만 사실상 지석영이 「신정국문」에서 제의한 여섯 가지 주제와 상당 부분 겹친다.

國文研究議定案

一 國文의 淵源과 字體及發音의 沿革

二 初聲中 ㆁㆆㅿㆇㅱㅸㆄㅹ八字의 復用當否

三 初聲의 ㄲㄸㅃㅆㅉㆅ六字并書法一定

四 中聲中·字廢止=字創製의 當否

五 終聲의 ㄷㅅ二字用法及ㅈㅊㅋㅌㅍㅎ六字도 終聲에 通

六 字母의 七音과 淸濁의 區別如何

七 四聲票의 用否及國語音의 高低法

八 字母의 音讀一定

---

19 이상의 명단은 국문연구의정안 제출 당시의 최종 8인의 위원에 해당한다. 국문연구소 위원의 임명과 해임에 대해서는 이기문, 『開化期의 國文研究』(일조각, 1970)를 참고할 수 있다.

九 字順行順의 一定

十 綴字法

첫 번째 주제인 국문의 연원과 자체 및 발음의 연혁은 신정국문의 '오음상형변'에서 다루어진 주제이고, 두 번째 주제인 음가가 사라진 글자의 문제는 지석영이 「신정국문청의소」에서 지적한 '실음'의 문제이자 '초중종삼성변'에서 해결책을 제시한 문제이다. 세 번째 주제인 병서의 문제는 '중성이정변'에서 다룬 문제이고, 네 번째 주제인 'ㆍ' 폐지는 '첩음산정변'에서 논의한 것이며 새로운 글자인 '＝'를 사용하는 문제는 '초중종삼성변'에서 언급한 것이다. 다섯 번째 주제인 종성 표기 문제 역시 '초중종삼성변'에서 다룬 내용이고, 여섯 번째 주제인 자모의 칠음과 청탁의 구별 여하는 자음의 조음 위치와 조음 방법의 체계를 설정하는 문제로 '오음상형변'의 조음 위치 관련 기술과 겹친다. 일곱 번째 주제인 사성표와 고저의 문제 중 고저의 표시에 대해서는 '고저변'에서 다룬 바 있고, 여덟 번째 주제인 자모의 명칭, 아홉 번째 주제인 자모의 배열 순서 문제는 '초중종삼성변'에서 다룬 내용이며, 열 번째 주제인 철자법은 '합자변'에서 다룬 것이다.

물론 각각의 주제에 대한 최종 결론은 지석영의 주장과 다른 부분도 있었지만 국문연구소의 의제 자체가 「신정국문」을 토대로 성립되었다는 점은 분명해 보인다. '국문연구의정안'은 비록 시행되지 못했지만 국문에 대한 국가 차원의 규범화 의지를 보여주는 중요한 성과였다. 기존의 국어학사 서술에서도 국문연구소가 지석영의 국문 개혁안을 검토할 목적으로 설치되었다는 사실이 언급되기는 했지만 지석영이 어떠한 학적 배경 속에서 최초의 국문 개혁안을 제안하게 되었는지에 대해서는 알려진 바가 거의 없다.

국어학사에서 국문연구소가 갖는 중요성을 고려해 본다면 그 시발점이 된 「신정국문」의 청의 배경 역시 매우 중요한 의미를 갖는다고 보지 않을 수 없다. 하지만 지석영의 국문에 대한 연구 동기는 의학사나 근대사 저술들에 나타난 추정적 기술이 전부이고, 그러한 기술을 국어학사 논의에서 인용하는 데에 그친 정도이다. 지석영은 부산 제생의원에서 외무성 소속 우라세 히로시浦瀨裕의 소개로 일본 해군 군의에게 종두술을 배우던 중[20] 우라세의 부탁으로 한국어 학습서의 문장을 당시의 서울말로 교정해 주었는데 그 과정에서 국문 표기의 혼란을 바로 잡아야 한다는 의식을 갖게 되었을 것이라는 기술이 그것이다.[21] 물론 그러한 경험이 국문 표기의 현실을 깨닫고 표기 통일의 필요성을 절감하게 하는 계기가 되었을 수는 있지만, 어디까지나 정황에 따른 추정적 기술에 불과하다. 만약 이러한 추정을 그대로 인정한다면 국문연구소의 설립을 촉발시킨 지석영의 국문 개혁안은 한 개인의 우연적이고 일시적인 경험이 계기가 되어 어느 날 갑자기 나타난 셈이 된다. 그동안 국어학사

---

20 기창덕, 「池錫永 先生의 生涯」, 대한의사학회 편, 앞의 책, 26쪽.

21 신용하, 「『池錫永全集』解題」, 신용하 외편, 『池錫永全集』 1, 아세아문화사, 1985, 3쪽에서는 1879년 지석영이 부산 제생의원에서 종두법을 배우는 대신 "당시 일본인거류민들이 편찬준비를 하고 있던 『言語大方』 등 일종의 한국어를 배우기 위한 朝日辭典의 한국어의 誤字를 바로 잡아주기로 합의하였다"라고 하고 이때의 교정 경험이 국문법에 깊은 관심을 갖게 된 계기였다고 기술하였다. 이관일, 「松村 池錫永의 國文硏究」, 대한의사학회 편, 앞의 책, 98쪽에서도 위의 기술을 그대로 인용했는데 이때 '언어대방'은 '인어대방'의 오기로 생각된다. 지석영이 교정을 도와준 저술은 우라세가 전해 내려오던 필사본을 고쳐 간행한 『교린수지』(1881)와 『정정 인어대방訂正隣語大方』(1882)으로 생각된다. 『정정 인어대방』 서언을 보면 우라세가 "내가 일찍이 서울의 학사를 불러 최근의 한국어 어법을 공부하여 먼저 '교린수지'를 교정하고 이어서 다시 이 책을 정정하기에 이르렀다"(이강민, 『訂正 隣語大方/和韓會話獨學』, 역락, 2018, 21쪽)라고 기술한 부분이 있는데 이때 서울의 학사가 지석영일 가능성이 높다.

서술에서 이에 대한 논의 자체가 이루어지지 않아 왔던 것은 동아시아의 전통적 학문과 서구로부터 유래한 근대의 분과 학문을 단절적인 것으로 보는 관점이 일반화되어 있기 때문일 것이다. 하지만 지석영의 학문적 배경, 그리고 17~19세기에 이루어진 실학자들의 정음 연구 성과 등을 고려해 보면 「신정국문」에 담긴 지석영의 문제의식이 문자와 음운에 대한 학문적 전통을 계승했을 가능성을 충분히 상정할 수 있다.

4. '신정국문'의 국어학사적 의미

「신정국문」이 국문연구소의 뿌리가 되었다는 점에서 지석영의 어문의식이 형성된 배경을 살펴보는 것은 근대 한국어학의 지적 계보를 탐색함에 있어 매우 중요한 의미를 갖는다. 이를 위해 이 글에서는 「신정국문청의소」에 나타난 지석영의 견해를 크게 세 가지로 요약하고 그중 어떤 견해가 기존의 학설을 계승한 것이고 어떤 견해가 지석영에 의해 새롭게 주장된 것이었는지를 판별해 보고자 한다.

첫째, 국문은 배우기 쉽고 그 쓰임이 무궁무진한 유용한 문자라는 점.
둘째, 지금까지 민간의 쓰임에만 맡겨 왔기 때문에 사용상 혼란이 극심하므로 이를 바로잡아야 한다는 점.
셋째, 이러한 혼란을 바로잡아 본래 국문이 갖는 유용성을 되살린다면 국가의 자주와 부강을 도모할 수 있다는 점.

본격적인 검토에 앞서 먼저 개략적으로 살펴보면, 첫째는 지석영의 독자적인 의견이라고 보기 어렵고 전대의 실학자들의 저술에 나타난 문자관을 계승한 것이다. 둘째의 경우도 문제의식 자체는 실학자들이 한자음 표기를 위해 교정 의식을 보인 바 있으므로 완전히 새로운 것이라 할수는 없다. 하지만 이와 같은 문제의식에서 비롯된 교정의 방안을 구체적으로 살펴보면 실학자들의 문제의식과 다른 지석영만의 독자적인 견해도 보인다. 셋째는 언어와 문자의 문제를 국가의 운명과 연결 짓는 근대적 의식으로 지석영이 조선 후기 실학자들과 가장 분명하게 차별화되는 부분이라 할 수 있다. 이하의 논의에서 각각에 대해 좀 더 자세히 검토해 봄으로써 「신정국문」의 국어학사적 의미에 대해 살펴보도록 하겠다.

1) 국문의 가치

첫째에서 언급한 국문의 가치에 대한 평가는 전대 실학자들의 정음 연구에서도 공통적으로 확인되는 부분이다. 신경준申景濬(1712~1781)은 1750년 『운해훈민정음韻解訓民正音』에서 정음 자모의 체계를 제시하고 각 자모의 연원과 음가에 대해 논의하였는데 그 목적이 비록 한자음 표기를 위한 것이었다고 해도 "한글갈正音學의 중흥자"라 할 만큼의 전례 없는 연구 성과를 보여준 것이었다.[22] 이 책에서 신경준은 훈민정음은 문자의 수가 많지 않아 글을 쓰거나 배우기에 매우 쉬우면서도 온갖 말을 두루 적을 수 있어서 어린아이나 부녀자, 배우지 못한 사람들도 말을 전달하고 뜻을 통할 수 있다고 하였는데, 한글의 가치에 대한 이러한 평가는 이후 정동유鄭東愈

---

22 최현배, 『한글갈』, 정음사, 1961(1940), 290쪽.

(1744~1808)나 유희柳僖(1773~1837) 등의 저술로 이어져 내려왔다.

정동유는 1806년『주영편晝永編』에서 훈민정음을 세계적으로 훌륭한 표음문자로 언급했고 그의 제자인 유희도 1824년『언문지諺文志』에서 한문과 언문을 대조하며 글자체의 측면과此體之精也과 사용의 측면此用之 精也에서 한문에 비해 언문이 우수하다는 주장을 펼쳤다.[23] 지석영의 스승이었던 강위 역시『동문자모분해』를 저술하는 등 실학적 문자관을 계승한 인물 중 하나였다. 1907년「대한국문설大韓國文設」에서 지석영이 강위로부터 한글 자모의 음가와 원리를 배웠다고 밝힌 것처럼 지석영의 어문의식과 그 연구에는 강위의 직접적인 영향이 있었다. 이렇게 볼 때「신정국문청의소」에서 지석영이 국문의 우수성과 가치를 강조한 것은 조선 후기 실학자들의 문자관을 계승한 것이라 생각된다.

2) 국문의 개혁

앞서 언급한 대로「신정국문」에서 제안한 여섯 가지 의제는 '국문연구 의정안'의 안건으로 그대로 수렴되었다는 점에서「신정국문」의 발의 자체가 갖는 함의가 크다. 그런데 해당 의제 중 상당수는 지석영이 새로이 마련한 것이 아니라 이전부터 실학자들의 연구서에서 반복적으로 논의되어 오던 것들이다.「신정국문」의 여섯 가지 의제 각각에 대해 좀 더 자세히 살펴보며 지석영이 기존의 실학적 연구 성과들을 계승한 측면과 자신만의 독자적인 의견을 펼친 부분들을 짚어 보고자 한다. 이를 통해 실학자들의 연구와 근대 한국어학의 연결 고리를 탐색해 볼 수 있을 것이다.

---

23 이상혁,「국어학사의 관점에서 바라본 柳僖의 언어관」,『한국학논집』36, 한양대 한국학연구소, 2002.

(1) 오음상형변

지석영은 「신정국문」의 첫 번째 의제에서 아음, 설음, 순음, 치음, 후음 각각에 속하는 초성 자모들의 제자 원리를 상형으로 설명하였다. 아음에 속하는 글자로 ㄱ, ㅋ, ㆁ을, 설음에 속하는 글자로 ㄴ, ㄷ, ㅌ, ㄹ(반설음)을, 순음에 속하는 글자로 ㅁ, ㅂ, ㅍ을, 치음에 속하는 글자로 ㅅ, ㅈ, ㅊ, △(반치음)을, 후음에 속하는 글자로 ㅇ, ㆆ, ㅎ을 들고 다음과 같이 그 상형 원리를 기술하였다.

新訂國文五音象形辨

ㄱ牙音象牙形 ㅋ牙音重聲 ㆁ牙喉間音象喉扇形ㅇ音失其眞今之

ㄴ舌音象舌形 ㄷ舌音像掉舌形 ㅌ舌音重聲 ㄹ半舌音象捲舌形

ㅁ脣音象口形 ㅂ脣音象半開口形 ㅍ脣音象開口形

ㅅ齒音象齒形 ㅈ齒舌間音象齒齦形 ㅊ齒音重聲 △半齒音象半啓齒形ㅇ音失
其眞今姑闕之

ㅇ淺喉音象喉形 ㆆ喉齒間音象喉齒形ㅇ音失其直今姑闕之 ㅎ深喉音

훈민정음 상형설은 전대의 저술에서도 확인된다. 신경준의 『운해훈민정음』에서도 초성 글자들의 모양이 우연히 만들어진 것이 아니라 해당 소리의 근본에 관한 무엇을 본뜬 것이라고 하며 오행五行 상형설, 발음기관 상형설, 순설脣舌 작용 상형설 등을 제시한 바 있다.[24] 지석영이 「신정국문」에서 제시한 상형설은 1678년 최석정崔錫鼎(1646~1715)이 지은

---

24 최현배, 앞의 책, 292~293쪽.

『경세정운도설經世正韻圖說』에 실린 홍양호洪良浩(1724~1802)의 서문 내용과 완전히 일치한다.[25] 즉 지석영은 「신정국문」의 첫 번째 의제에 관해 자신만의 독자적인 연구 성과를 발표한 것이 아니라 기존 학자들의 설명 중 가장 타당하다고 생각되는 것을 선별해 제시한 것으로 볼 수 있다.

(2) 초중종삼성변

두 번째 의제에서 지석영은 초종성 통용의 8자, 초성 독용의 6자, 중성 독용의 11자로 총 25자를 들고 각 글자의 이름을 밝혔다. 앞서 살펴본 '오음상형변'과 달리 '초중종삼성변'에서는 'ㆁ, ㆆ, ㅿ'을 제시하지 않았는데 전자는 훈민정음 창제 당시의 상형의 원리를 설명하기 위한 것이고 후자는 당대의 국어를 적기 위한 문자들을 제시한 것이기 때문이다.

新訂國文初中終三聲辨

初聲終聲通用八字

ㄱ기윽 ㄴ니은 ㄷ디읃 ㄹ리을 ㅁ미음 ㅂ비읍 ㅅ시옷 ㅇ이응 ㄱㄴㄷㄹㅁ

ㅂㅅㅇ 八字 난 用於初聲

윽 은 읃 을 읍 옷 응 八字난 用於終聲

初聲獨用六字

ㅈ지 ㅊ치 ㅋ키 ㅌ티 ㅍ피 ㅎ히

中聲獨用十一字

ㅏ아 ㅑ야 ㅓ어 ㅕ여 ㅗ오 ㅛ요 ㅜ우 ㅠ유 ㅡ으 ㆍ으 ㅔ ㅐ 合音 ㅣ이

---

25 송철의, 「지석영와 개화기 어문정리」, 『관악어문연구』 37, 서울대 국어국문학과, 2012, 36쪽.

<표 1> 초성, 중성, 종성 글자의 목록[26]

저술	초종성 통용	초성 독용	중성
최세진(1527)	ㄱㄴㄷㄹㅁㅂㅅㆁ	ㅋㅌㅍㅈㅊㅿㅇㅎ	ㅏㅑㅓㅕㅗㅛㅜㅠㅡㅣ ·
박성원(1747)	ㄱㄴㄷㄹㅁㅂㅅㆁ	ㅋㅌㅍㅈㅊㆁㅇㅎ	ㅏㅑㅓㅕㅗㅛㅜㅠㅡㅣ ·
홍계희(1751)	ㄱㄴㄷㄹㅁㅂㅅㆁ	ㅋㅌㅍㅈㅊㅎ	ㅏㅑㅓㅕㅗㅛㅜㅠㅡㅣ · / ㅘㅝ / ㅣ
정동유(1806)	ㄱㄴㄷㅁㅂㆁ	ㅋㄲㅌㄸㅍㅃㅈㅊㅉㅅㅆ ㅎㅀㆅㅇㄹㅿ	
유희(1824)	ㄱㄴㄷㅁㅂㆁ	ㅋㅌㅍㅈㅊㅅㅇㅎㄹㅸ	ㅏㅑㅓㅕㅗㅛㅜㅠㅡㅣ ·ㅘㅙㅓㅖ
강위(1860s)	ㄱㄴㄷㄹㅁㅂㅅㆁ	ㅋㄲㅌㄸㅍㅃㅈㅊㅆㅎ	ㅏㅑㅓㅕㅗㅛㅜㅠㅡㅣ ·
지석영(1905)	ㄱㄴㄷㄹㅁㅂㅅㆁ	ㅋㅌㅍㅈㅊㅎ	ㅏㅑㅓㅕㅗㅛㅜㅠㅡㅡㅣ

초성, 중성, 종성의 각 자리에 쓰이는 글자의 목록은 최세진崔世珍(1468~1542)의 『훈몽자회訓蒙字會』(1527)를 비롯하여 박성원朴聖源(1697~1767)의 『화동정음통석운고華東正音通釋韻考』(1747) 범례,[27] 홍계희洪啓禧(1703~1771)의 『삼운성휘三韻聲彙』(1751) 범례, 정동유의 『주영편』, 유희의 『언문지』, 강위의 『동문자모분해』 등 정음에 관한 전대의 저술에 대부분 언급된 것이었다. 하지만 〈표 1〉에서 볼 수 있듯이 저술에 따라 제시한 글자의 목록에는 차이가 있었다.[28]

16세기에 최세진이 초종성 통용 8자와 초성 독용 8자, 그리고 중성 11자를 제시하였고, 박성원은 기본적으로 최세진의 목록을 따랐지만 'ㅇ'과 'ㆁ'의 위치를 바꾸었다. 홍계희는 실제 음가가 사라진 'ㅿ'을 없애고

---

26 저술에 따라 자모 배열 순서가 달리 나타났지만 비교의 편의를 위해 상단에 인용한 순서에 가급적 맞추어 제시하였다.

27 박성원은 『화동정음통석운고』의 '오음초성五音初聲' 부분에서는 'ㅸ'의 자형을 변형시킨 것으로 추정되는 '◇'를 추가하기도 했다.

28 '신정국문'에서 지석영은 자모의 명칭을 'ㅣ ㅡ' 방식으로 제시하면서도 'ㅅ' 만큼은 '시옷'이 아닌 '시옷'으로 썼는데 이후 '국문연구'에서는 'ㅅ'의 명칭을 수정하여 '시옷'이라고 하였다.

'ㅇ'과 'ㆁ' 역시 실질적으로 구별되지 않으므로 'ㆁ'으로만 쓸 것을 주장해 세속의 발음과 문자를 1 : 1로 대응시키려는 노력을 보였다. 정동유의 경우 한자음을 기준으로 자모를 제시했는데 'ㄹ'과 'ㅅ'을 종성자로 인정하지 않았다는 점이 특징적이다. 'ㄹ'의 경우 동음東音에서는 입성 한자음을 'ㄹ' 받침으로 읽지만 'ㄹ'은 원래 입성이 될 수 없는 소리이므로 'ㄷ'으로 읽어야 한다고 하였고, 'ㅅ'의 경우 세속에서 'ㅅ' 받침을 쓰지만 'ㅅ'은 본래 받침이 아니라 '귓속(귀+ㅅ+속)'처럼 두 말이 이어질 때 생기는 소리, 즉 사잇소리를 나타내는 것이라 하였다.[29] 'ㄲ, ㄸ, ㅃ, ㅆ, ㅉ' 등 각자병서 글자들을 제시한 것 역시 한자음 표기를 고려한 것이다. 이후 유희 역시 'ㄹ'과 'ㅅ'을 종성자로 인정하지 않아 현실음과 괴리된 이상적 자모 체계를 설정하였는데 이러한 태도는 중성자 목록에 'ㅣㅑ, ㅕ'와 같이 현실음에는 존재하지 않지만 원리적으로 만들어 낼 수 있는 글자들을 포함시킨 데에서도 드러난다. 한편 강위는 다시 8종성을 인정하였고 'ㅿ'이나 'ㅸ' 등 당대 현실음에서 쓰이지 않던 글자들을 제외하였지만 중성 목록에서는 여전히 'ㆍ'를 포함시켰다.

지석영의 초성 체계를 전대의 저술들과 보면 스승 강위와 마찬가지로 당시 한국어의 현실음을 적극 반영하는 경향이 보이나 된소리 표기를 위한 각자병서 글자들을 제시하지 않았다.[30] 이는 지석영이 된소리 표기에 'ㅅ'계 합용병서 표기를 주장했기 때문인데 이에 대해서는 여섯 번째 의제에서 따로 논의된 바 있다. 여기서 미리 살펴보면, 지석영은

---

29 최현배, 앞의 책, 310~311쪽.
30 강위는 된소리 표기에 쓰이던 각자병서 글자들을 초성자 목록에 제시하였지만 'ㅉ'은 누락시켰다.

'ㄲ, ㄸ, ㅃ, ㅆ, ㅉ'가 'ㄱ, ㄷ, ㅂ, ㅅ, ㅈ' 각각의 '중음重音'이고 옛날에는 '까, 따, 빠, 싸, 짜'로 썼지만 언제부턴가 한문 첩자 기호인 'ㄥ'를 모방하여 '까, 따, 빠, 싸, 짜'로 쓰는 것이 더 편리하다고 여기게 되었다는 독특한 주장을 펼쳤다. 이러한 주장은 'ㅅ'과 첩자 기호가 유사하다는 것에 기댄 추정으로 타당한 근거가 있다고 보기는 어렵지만, 지석영은 이러한 주장을 통해 된소리 표기에 'ㅅ'을 써야 하지 '以'를 '써'로 쓰는 것처럼 'ㅂ'을 쓰는 것은 부당하다고 덧붙이기도 했다. 된소리 표기에 관한 지석영의 주장은 전대의 학설과도 다른 것이었다. 신경준, 유희, 강위 등은 일찍이 된소리를 '된ㅅ'으로 쓰는 것이 부당하다고 하고 각자병서를 쓸 것을 주장했지만[31] 지석영은 그 이론적 타당성은 인정하면서도 실제로 널리 퍼져 있는 관습적 표기를 선택한 것이다.

중성의 경우 강위와 다른 점은 'ㆍ'를 폐지한 것인데 'ㆍ' 대신 '='를 제안한 것이 특징적이다. '='는 'ㆍ'가 본래 'ㅣ'와 'ㅡ'의 합음일 것이라는 추론에 따라 지석영이 새로 만든 글자이다. 'ㆍ' 폐지에 대해서는 「신정국문」의 다섯 번째 의제에서 별도로 다루었는데 'ㄱ'가 '가'의 첩음疊音이므로 'ㆍ'는 폐지하는 것이 옳다고 하였다. 현재까지의 검토의 내용을 종합해 보면 지석영은 한자음이 아닌 당시 한국어의 실제 음을 기준으로 초중종성의 체계를 세우고자 했고, 세속에서 관습적으로 널리 쓰이는 표기를 채택하고자 했으며, 음가가 사라진 문자들을 폐지하고 첩음이 되는 문자들을 정리하여 음성과 문자를 1 : 1로 대응시키고자 했음을 알 수 있다. 그런데 이처럼 태도에 비추어 볼 때 '='라는 새로운 글자를

---

31 김민수, 앞의 글, 144쪽.

제안한 것은 다소 의아한 부분이다. '·'의 음가가 당시 한국어에서 이미 사라져 '·'가 'ㅏ'의 첩음이라고 보면서도 '·'의 본래 음가를 담아내기 위해 'ᆖ'를 스스로 창제한 것은 「신정국문」 전반의 기조에 모순되기 때문이다.

당시 실제 음에 존재하지 않는다는 것을 명확히 인식하고 있었음에도 추론해 낸 글자의 창제 원리에 근거해 새로운 글자를 만들었던 이유는 무엇일까? 「대한국문설」을 보면 해당 내용을 기술하며 "복기원음復其原音"이라는 표현을 썼는데 이 부분에서 단서를 찾을 수 있을 것으로 보인다. 관련 부분을 번역문으로 인용하면 다음과 같다.

> 그러다가 근래에 'ㅣ'와 'ㅏ'의 합음이 'ㅑ'가 되는 묘를 깨달아서 번갈아가며 써내려가 그 소리를 얻으니, 이에 14자가 **그 원음을 회복했다**. 이에 그 이치를 밝혀 설명하는 글 한 편을 짓고 '대한국문설'이라 제목을 붙였으니, 이는 감히 자랑하고자 한 것이 아니라 요컨대 이로써 **정음의 잃어버린 바를 정리하려는 것이다**. 문법에 관해서는 주시경군이 저술한 대한국어문법이 있으니, 여기서는 쓸데없이 덧붙이는 말을 하지 않을 것이다.[32]

지석영은 중성이 합음되는 원리를 탐구하던 끝에 'ㅣ'가 다른 모음들과 합쳐져 겹모음이 됨을 발견하게 되었다고 하였다. 'ㅣ'와 'ㅏ'가 만나 'ㅑ'가 되고, 'ㅣ'와 'ㅓ'가 만나 'ㅕ'가 되고, 'ㅣ'와 'ㅗ'가 만나 'ㅛ'가 되고, 'ㅣ'와 'ㅜ'가 만나 'ㅠ'가 되는데 유독 'ㅣ'와 'ㅡ'의 합음은 그에 대응되는

---

32 지석영, 「大韓國文說」, 『대한자강회월보』 11, 1907; 연세대 언어정보연구원 HK사업단 편역, 『풀어쓰는 국문론집성』, 박이정, 2012, 178쪽.

글자가 없다는 것이다. 'ㆍ'의 'ㅣ', 'ㅡ' 합음설은 전대의 실학자들의 저술에서는 일치되는 견해를 찾아볼 수 없다. 강위가 『동문자모분해』에서 'ㆍ'를 'ㅏ'로 발음하는 잘못을 지적하고 'ㆍ'의 음가가 원래 'ㅣ'이고 'ㅣ'의 음가가 원래 'ㅣㅡ'라고 주장한 바 있는데 지석영은 그의 문하에 있었던 만큼 강위의 이러한 견해를 비판적으로 검토한 끝에 다다른 결론일 가능성이 있다.[33]

한편, 종성에 대해서는 그 무렵 주시경이 주장하던 형태주의 표기를 따르지 않고 실학자들의 서술에 나타난 것과 같이 음소주의 표기를 지향하였다. 「신정국문」에서는 8종성을 제시했으나 이후 '국문연구'에서는 'ㄷ'을 쓰는 것도 사실상 필요가 없다고 보고 7종성을 주장했다. 이러한 태도에는 이론적 관점과 실제에의 응용적 관점의 차이가 보이는데 이는 앞서 살펴본 된소리 표기에 대한 입장과도 일치되는 것이다. '국문연구'에서 이어지는 설명을 보면 주시경이 'ㅈ', 'ㅊ' 등이 종성됨을 발견한 것을 우수한 학술적 기량이라고 높게 평가하면서도 아무리 음리에 맞다고 해도 일반인들에게는 생소한 것이므로 정작 행용하기가 어려울 것이라고 덧붙였다. 그리고 'ㅈ', 'ㅊ', 'ㅎ' 받침은 결국 'ㅅ'과 혼용될 것이고 'ㅍ'도 'ㅂ'과 혼용될 것이라고 하였다.[34] 이론적으로는 주시경의 견해

---

33 위의 인용문의 마지막 부분 "문법에 관해서는 주시경군이 ~ 않을 것이다"에 해당하는 한문 원문은 "至若文法有周時經君時經所著大韓國語文法此不贊焉"인데 이는 'ㆍ'의 음가 문제와 별개의 내용이다. 그런데 김민수, 앞의 글, 148쪽에서는 이를 두고 지석영이 'ㆍ'의 'ㅣㅡ' 합음설이 주시경의 학설임을 명시한 것이라고 해석하였는데 이는 오류로 생각된다.

34 지석영은 '국문연구'에서는 이를 주시경의 연구 성과라고 언급했지만 "대한국문설"에서는 강위와 서상집의 견해로 소개하기도 했다. 번역문으로 인용하면 다음과 같다. "예전에 강추금姜秋琴 선생과 더불어 글을 읽을 적에 일찍이 듣기로는 언문에서 매 행行의 처음과 끝이 같은 음이라고 하는데, 아마도 반드시 그렇지는 않을 것이란 생각이 들었다. 이 일로 인하여 이러한 의심을 품은 지 수년 뒤에 승선 서상집徐相集과 교유하다가 비로소 끝 자가 본음인 것을 깨달았는데, 다만 그 중성이 어디에 의거해서 음이 나는 것인지까지는 상세히 알지 못하였다." 지석영,

에 찬성하지만 오히려 표기의 혼란이 가중될 것을 우려하는 입장이다. 결과적으로 지석영은 7종성 표기를 주장했지만 모든 초성을 종성에 쓰는 안에 대해 "유안留案함이 가可하다"라고 한 것을 보면 표기의 혼란이 극심했던 당시로서는 일단 유보하자는 입장이었다고 생각된다.

(3) 합자변

세 번째 의제는 초성과 중성과 종성을 합쳐 쓰는 방법을 기술한 것으로 최세진의 『훈몽자회』의 설명과 동일하다.[35]

> 新訂國文合字辨
> 初聲 ㄱ字를 中聲 ㅏ字에 倂하면 가字를 成하고 終聲 ㅇ字를 가字에 合하면
> 강字가 되니 餘倣此하니라

'합자변'의 내용은 별다른 논점이 없는 듯 보일 수도 있지만 「대한국문설」의 내용에 비추어 보면 음절 단위의 음에 대한 인식이 갖는 폐해를 바로잡기 위한 나름의 대안을 제시한 것으로 해석된다. 아래의 인용문은 초성, 중성, 종성 각각에 대한 기술 뒤에 이어지는 부분이다.

> 이상 삼가 기록한 바, 국문의 시작과 관계가 이렇게 긴요한데, 아아! 세상
> 사람이 소홀하게 간과하고 깊이 생각하지 못하여 어린아이를 가르쳐 깨우칠
> 때에 초중성을 병합하여 소리를 이룰 방법을 찾지 못하였다. 다만 글자를 이룬

앞의 글; 연세대 언어정보연구원 HK사업단 편역, 앞의 책, 178쪽.
35 송철의, 「지석영와 개화기 어문정리」, 『관악어문연구』 37, 서울대 국어국문학과, 2012, 38쪽.

후 소리로 섞어 읽어 그릇되게 변했기에 '사, 샤, 서, 셔, 소, 쇼, 수, 슈' 여덟 자를 '사, 사, 서, 서, 소, 소, 수, 수' 4음으로 읽으며, '자, 쟈, 저, 져, 조, 죠, 주, 쥬' 여덟 자를 '자, 자, 저, 저, 조, 조, 주, 주' 4음으로 읽으며, '차, 챠, 처, 쳐, 초, 쵸, 추, 츄' 여덟 자를 '차, 차, 처, 처, 초, 초, 추, 추' 4음으로 읽는다. 또 '댜'를 '쟈'와 같게 읽고, '뎌'를 '져'와 같게 읽고, '됴'를 '죠'와 같게 읽고, '듀'를 '쥬'와 같게 읽고, '디'를 '지'와 같게 읽고, '탸'를 '챠'와 같게 읽고, '텨'를 '쳐'와 같게 읽고, '툐'를 '쵸'와 같게 읽고, '튜'를 '츄'와 같게 읽고, '티'를 '치'와 같게 읽는다.[36]

지석영은 『훈민정음』과 『화동정음통석』을 인용하며 초중종성의 음가와 글자 목록을 서술한 뒤 세상 사람들이 각 소리와 문자의 긴요한 이치를 제대로 깨닫지 못하고 그저 초중종성을 한 덩어리, 즉 음절 단위로만 인식해 왔기 때문에 오늘날의 혼란에 이르게 되었다고 하였다. '사'와 '샤'라는 글자를 초성과 중성으로 나누어 각각의 음가를 올바로 인식한 뒤 이를 합쳐 발음한다면 그 발음을 충분히 구별할 수 있지만 음절을 통째로 하나의 소리로 인식하다 보니 정확한 발음을 내지 못하고 소리가 뒤섞이게 되었다는 것이다.

(4) 고저변

네 번째 의제는 음의 고저를 표시하는 방법을 기술한 것으로 상성과 거성에는 오른쪽에 점 하나를 찍고 평성과 입성은 점을 찍지 않는다고

36 지석영, 「大韓國文說(續)」, 『대한자강회월보』 13, 1907; 연세대 언어정보연구원 HK사업단 편역, 앞의 책, 189쪽.

하였다. 그런데 상성과 거성의 표시를 동일하게 한 데에 대해 한국의 속음에는 상성과 거성이 별로 다르지 않기 때문이라는 설명을 덧붙였다.

新訂國文高低辨

上聲 去聲은 右加一點(我東俗音에 上去聲이 別노 差等이 無함이라)하고 平入兩聲은 無點이오 凡做語之曳聲에 亦加一點하니라

字音高低標

動 움즉일 동 同 한가지 동 禦 막을 어 魚 고기 어 之類餘倣此하니라

做語曳聲標

簾 발 렴 足 발 족 列 벌릴 열 捐 버릴 연 之類餘倣此하니라

고저 표시의 문제는 지석영의 국어국문에 관한 글 중 가장 앞선 시기에 발표된 「국문론」(1896)의 주된 논점이었다. 아래는 그 전문이다.

나라에 국문이 잇서셔 힝용 ᄒᆞᄂᆞᆫ거시 사ᄅᆞᆷ의 입이 잇서셔 말ᄉᆞᆷ ᄒᆞᄂᆞᆫ것과 ᄀᆞᆺᄒᆞ니 말ᄉᆞᆷ을 ᄒᆞ되 어음이 분명치 못 ᄒᆞ면 남이 닐으기를 반 벙어리라 ᄒᆞᆯ 쓴더러 졔가 ᄉᆡᆼ각ᄒᆞ야도 반 벙어리오 국문이 잇스되 힝 ᄒᆞ기를 젼일 ᄒᆞ지 못ᄒᆞ면 그 나라 인민도 그 나라 국문을 귀즁 ᄒᆞᆫ줄을 모르ᄂᆞ니 엇지 나라에 관계가 젹다 ᄒᆞ리오. 우리 나라 사ᄅᆞᆷ은 말을 ᄒᆞ되 분명이 긔록ᄒᆞᆯ슈 업고 국문이 잇스되 젼일 ᄒᆞ게 힝 ᄒᆞ지 못 ᄒᆞ야 귀즁 ᄒᆞᆫ줄을 모르니 가히 탄식 ᄒᆞ리로다. 귀즁ᄒᆞ게 넉이지 아니ᅙᆞᆷ은 젼일 ᄒᆞ게 힝치 못 ᅙᆞᆷ이오 젼일 ᄒᆞ게 힝치 못 ᅙᆞᆷ은 어음을 분명히 긔록 ᄒᆞᆯ슈 업ᄂᆞᆫ 연고ㅣ러라. 어엄을 분명이 긔록ᄒᆞᆯ 슈 업다 ᅙᆞᆷ은 엇지 ᅙᆞᆷ이요 자셰히 말ᄉᆞᆷ ᄒᆞ리니 유지 군ᄌᆞᄂᆞᆫ 자셰히 들으쇼

셔. 우리 나라 국문을 읽어 보면 모다 평성뿐이오 놉게 쓰는거슨 업스니 놉게 쓰는거시 업기로 어음을 긔록ᄒ기 분명치 못ᄒ야 東 동녁 동ᄌ는 본릭 나즌 ᄌ 즉 동ᄒ려니와 動 움즉일 동ᄌ는 놉혼 ᄌ연마ᄂ 동 외에는 다시 표ᄒ거시 업고 棟 딕들ᄲ 동ᄌ는 움즉일 동ᄌ 보다도 더 놉것마ᄂ 동 외에는 ᄯ 다시 도리가 업스며 棄 버릴 긔 列 버릴 열이 두글ᄌ로 말ᄒ질딘 첫ᄌ에 표가 업스니 국문으로만 보면 列 버릴 열ᄌ 뜻도 棄 버릴 긔ᄌ 뜻과 ᄀ흐며 擧 들 거 野 들 야 두ᄌ도 국문으로만 보면 과연 분간 ᄒ기 어려운지라. 이러 홈으로 여간 한문ᄒ는 사ᄅᆷ 다려 국문을 계집사ᄅᆷ의 글이라 ᄒ야 치지도위 ᄒ기로 국민이 점점 어두어 국가에셔 국문 내신 본의를 거의 닛게 되야스니 가셕 ᄒ도다. 우리 나라 어린 ᄋ히를 처음에 쳔ᄌ문 ᄀ르침은 젼국에 통쇽이라. 가량 몽학션ᄉᆼ이 한문은 모르고 국문만 아는 사ᄅᆷ이 잇셔셔 ᄋ히를 ᄀ르치랴 ᄒ면 列 버릴 열 棄 버릴 긔 이 두ᄌ 뜻슬 엇지 분간 ᄒ야 ᄀ르치리오. 내가 ᄒ샹 여긔 답답ᄒ ᄆᆞ음이 잇셔셔 국문에 유의ᄒ다 ᄒ는 사ᄅᆷ을 딕ᄒ면 미샹불 노노히 강론ᄒ더니 평양 군슈 셔샹집씨를 만나셔 들으니 그의 ᄒ는 말ᄉᆷ이 내가 년젼에 례문관 한림 으로 무쥬젹셩산셩샤고포쇄관을 갓다가 **셰죵죠의 옵셔 어졍 ᄒ시와 두옵신 국문을 봉심 ᄒ온즉 평성에는 아모표도 업고 샹성에는 엽헤 졈 ᄒ나를 치고 거셩에는 엽헤 졈 둘를 쳐셔 표 ᄒ얏더라** ᄒ기로 그 말ᄉᆷ딕로 샹성 거셩ᄌ에 표를 ᄒ고 보니 어시호 東 동녁 동 動 움즉일 동 棟 딕들ᄲ 동 棄 버릴 긔 列 버릴 열 擧 들 거 野 들 야 음과 뜻시 거울 ᄀᆺ흐니 셩인의 작ᄌ ᄒ신 본의는 이 ᄀᆺ치 비진 ᄒ시건 만는 후셰 사ᄅᆷ이 강명 ᄒ들 안코 우리국문이 미진 ᄒ거시 만타 ᄒ야 귀즁 ᄒ 줄을 모르니 엇지 답답ᄒ지 안흐리오. 내 시험 ᄒ야 어린 ᄋ히를 몬져 국문을 ᄀ르쳐셔 샹성 거셩 표만 분간 ᄒ야 닐으되 졈 ᄒ나씩은 ᄌ는 음을 죠곰만치 누루고 졈 둘씩은 ᄌ는 음을죠곰 더 누르라 약쇽 ᄒ고칙에 **표를** 흐야 **주엇더니** ᄀ르칠것 업시 ᄯᅳᆺ슬 다 아니 이 법은 진기 국문에 데일 요긴흔 거시로다. 이법이 널니 힝 ᄒᆞ면 비단 어음을 긔록 ᄒᆞ기 분명 ᄒᆞ야 인민이 새로히 귀즁 ᄒᆞ게 넉일ᄲᅮᆫ 아니라 대셩인끠 옵셔 글ᄌᆞ ᄆᆞᆫ드신 본의를 다시 붉히어셔 **독립**흐ᄂᆞᆫ 나라에 확실흔 **긔초가 되리로다.**[37]

지석영은 당시 조선의 어문 상황을 '말을 글로 분녕히 기록할 수 없는 상황'으로 진단하고 그 원인을 실제 음의 고저를 표기에 반영할 방법이 없기 때문이라고 하였다. '東'의 '동'은 본래 낮은 소리이고 '動'의 '동'은 본래 높은 소리인데 이를 한자가 아닌 국문으로 적으면 '동'으로밖에 쓸 수 없어 그 뜻을 구별할 수 없다는 것이다. 그렇기 때문에 한문에 비해 국문의 가치가 낮게 평가되어 왔고 세종이 국문을 창제한 본의가 빛을 발하지 못하고 있는 것이라고 하였다. 즉, 지석영이 고저 표시의 필요성을 주장한 배경에는 앞서 서술한 국문의 가치에 대한 인식이 자리하고 있었다. 1896년 당시 「국문론」에서 지석영은 세종이 평성에는 점을 찍지 않고 상성에는 점을 하나, 거성에는 두 개 찍었다는 사실을 알게 된 후로 국문 표기에서도 이를 적용하고자 했다. 하지만 1905년 「신정국문」에서는 국문 음의 경우 상성과 거성이 별로 차이가 없으므로 두 소리 모두 점을 하나만 찍자는 제안을 했다. 1907년 「대한국문설」에서도 「신정국문」에서와 같은 견해를 보였는데 아래와 같이 그 이유를 좀 더 자세히 서술하였다.

---

37 지석영, 「국문론」, 『대조선독립협회회보』 1, 1896.

其 字音은 高低의 定准을 失홈으로 自然히 雪目이 混義ᄒ고 東動이 同音ᄒ
야 漢文에 原依치 아니면 卞別할 道가 無하니 是엇지 聖人의 作字ᄒ신 本意리
요 英廟甲子本小學諺解凡例에 曰 호ᄃᆡ 凡字音高低를 皆以傍點爲准이니 無點
은 平而低ᄒ고 二點은 厲而擧하고 一點은 直而高하니라. 訓蒙字會에 平聲은
無點이오 上聲은 二點이오 去聲入聲은 二點而近世時俗之音이 上去相混ᄒ야
難以卒變이라. 若盡用古音이면 有駭聽故로 戊寅本에 上去二聲을 從俗爲點일
ᄉᆡ 今依此例ᄒ야 以便讀者ᄒ니라 ᄒ얏시니 惜乎라 此例의 失傳홈이며[38]

『소학언해』나『훈몽자회』와 같은 옛 문헌을 보면 평상거성을 점으
로 구별하였는데 근세 속음에서 상성과 거성이 섞여 버렸기 때문에 실
제 음과 맞지 않게 옛날 방식대로 상성과 거성을 구별한다면 요즘 사람
들 듣기에 해괴할 것이라고 하였다. 또한『소학언해』무인본에서 상성
과 거성에 모두 방점을 하나만 찍었던 것을 '고저변'의 근거로 들었는데
이처럼 현실의 음을 표기에 반영하고자 하면서도 옛 문헌들을 준거로
삼는 태도가 주목된다.

(5) 첩음산정변

다섯 번째 의제는 'ㆍ'의 폐지에 대한 것으로 앞서 설명한 것과 같이 'ㆍ'
와 'ㅏ'의 음가가 동일하여 첩음이 되므로 'ㅏ'로 통일해 쓰자는 주장이다.

新訂國文疊音刪正辨

---

38 지석영, 「大韓國文說(續)」, 『대한자강회월보』13, 1907.

ㄱㄴㄷㅌㅁㅂㅅㅇㅈㅊㅋㅌㅍㅎ 十四字 가나다라마바사아자차카타파하
字의 疊音으로 用하기에 刪正함이라

'ㆍ'의 음가는 16세기에 비어두 위치에서부터 동요되기 시작해 18세기
후반이 되면 어두 위치에서도 소실되었지만[39] 19세기의 저술들에도 'ㆍ'
는 중성의 목록에 포함되어 있었다. 'ㆍ'의 음가를 문제 삼아 폐지를 주장
한 것은 이전의 저술들에서는 볼 수 없는 지석영만의 독자적인 개혁안이
었다. 앞서 기술한 대로 'ㆍ'의 본음에 대한 추정을 토대로 '='라는 새로
운 글자를 제안한 것 때문에 당대와 후대의 많은 비판을 받게 되었지만
'ㆍ'의 폐지를 처음으로 주장했다는 점은 높이 평가되어야 할 것이다.[40]

(6) 중성이정변

여섯 번째 의제는 앞서 살펴본 된소리 표기의 문제로 그 내용은 아래
와 같다. 앞서 논의한 바 있기 때문에 여기에서는 서술을 생략한다.

新訂國文重聲釐正辨

ㄲㄸㅃㅆㅉᄔ ㄱㄷㅂㅅㅈ의 重聲이라 古昔에난 까따빠싸짜로 行하더니
挽近에 漢文 疊字의 ∠를 倣하야 까짜빠싸짜로 用함이 還屬便易로대 以字를
쎠로 釋함은 無由하기 ㅅ傍에 ㅂ를 併用함을 廢止함이라

지금까지의 논의를 종합해 보면, 「신정국문」에는 기존 실학자들의

39 이기문,『新訂版 國語史槪說』, 태학사, 1998, 210쪽.
40 '국문연구'에서도 지석영은 'ㆍ'를 전혀 사용하지 않았다.

정음학 연구 성과를 계승한 부분도 존재하지만 지석영만의 독창적인 견해가 반영된 부분도 존재한다.

3) 국가와 국어, 국문

지석영이 당시 지면에 발표한 글들을 살펴보면 국문 개혁이 곧 국가의 자주와 부강으로 이어진다는 생각을 피력했음을 알 수 있다. 1897년 「국문론」에서도 "이 법이 널니 힝ᄒ면 비단 어음을 긔록ᄒ기 분명ᄒ야 인민이 새로히 귀즁ᄒ게 넉일 쑨 아니라 대셩인끠옵셔 글ᄌ ᄆ드신 본의를 다시 붉히어셔 독립ᄒᄂ 나라에 확실ᄒ 긔초가 되리로라"라고 하였고, 1905년 「신정국문청의소」에서도 첩음과 실음을 정리하고 음의 고저를 표시할 방안을 마련해 국문 사용의 혼란을 바로잡으면 나라의 자주와 부강을 도모할 것이라고 하였다.

누구나 자기의 말하고자 하는 바를 쉽고 정확하게 적을 수 있게 된다면 온 국민이 우리의 말과 글을 아끼고 애용하게 될 것이며 교육에 이를 활용함으로써 자주적인 국가, 부강한 국가를 이룰 수 있다는 것이다. 「신정국문청의소」는 이러한 목적의식 속에 국가가 나서서 그동안 민간에 방치되어 혼란케 된 국문을 바로잡으라는 상소였다. 지석영의 이러한 관점은 국가의 공권력을 통한 국문 개혁은 언어를 규범화하고 제도화하여 국가 운영의 수단으로 삼는 근대국가체제에 대한 자각을 반영한 것이라는 점에서 전대의 실학자들의 저술에서는 찾아볼 수 없는 새로운 견해였다.

5. 결론

그동안 국어학사 서술에서는 근대 국어학을 전근대 국어학과는 단절적인 것으로 인식해 왔다. 실학자들의 어문연구는 기본적으로 문자음운학에 머물러 있었고 그 목적도 한자음의 표기에 있었지만, 주시경을 비롯한 근대의 국어학자들은 문자와 음운의 문제를 다루더라도 그 목적이 국어를 적기 위한 것이었고 방법론적으로도 국어의 형태론적 분석을 전제하고 있었기 때문이다.[41] 실학자들의 문자음운학과 근대 국어학이 서로 다른 패러다임 속에 존재했던 것은 분명하지만, 본고에서 살펴본 것처럼 양자 간에는 발전적 계승이 이루어졌다고 볼 수 있을 만한 접점 역시 존재했다.

지석영은 일견 전근대의 시선을 가지고, 또 일견 근대의 시선을 가지고 언어와 문자의 문제를 풀어가고자 했다는 점에서 실학적 연구 성과를 계승하면서도 국가 차원의 어문 규범화와 제도화를 추진했던 과도기적 인물로 평가할 수 있다. 그런 점에서 전통과 현대의 가교 역할로서 지석영의 업적들이 갖는 국어학사적 의미에 대한 새로운 평가가 필요하지 않을까 한다. 이 글에서는 「신정국문」과 신문 및 잡지에 발표된 단편적인 글들을 대상으로 이러한 탐색을 시도해 보았지만 추후 지석영의 저술들을 두루 종합하여 전통과 근대의 접점에 관한 국어학사의 문제들을 논의할 필요가 있을 것이다.

---

41 최경봉, 앞의 책, 30~32쪽.

근대계몽기 '국문론'의 레퍼런스에 대하여

김병문

1. 들어가는 말

조선어학회의 전신인 조선어연구회는 1926년 11월 4일을 지금의 한글날에 해당하는 '가갸날'로 지정하여 기념하였다. 이 날이 훈민정음이 반포된 지 8회갑, 즉 480년이 된 날이라고 보았기 때문이다. 이를 계기로 본격적인 활동에 들어간 조선어연구회는 다음해 2월 동인지 『한글』을 발간하기 시작한다. 그런데 창간사에 이어 이 동인지의 앞부분을 장식하고 있는 것은 '훈민정음 원본訓民正音原本'이다. 물론 해례본이 아직 발견되기 이전이므로 여기에 영인되어 소개된 것은 『훈민정음』 언해본이다. 그런데 「훈민정음 간행에 제하야」라는 글에서 밝히고 있듯이 조선어연구회의 동인들은 '당시에 알려진 '훈민정음'의 여러 본이 모두 원본이 아닌 것으로 판단하여 그것들을 토대로 복원 작업을 하였다'고 하고 있다. 즉 그들이 복원에 사용하기 위해 구한 판본은 박승빈, 광문회, 어윤적의 소장본인데[1] 이 중에서 박승빈 본이 첫 번째 장을 제외하면 '원본'에 가장 가까운 것으로 판정하여 이것을 복원의 저본으로 삼되, 첫 장만은 광문회 소장본을 썼다는 것이다. 그리고 거기에 사용된 세종의 묘호와 그에 대한 협주 부분을 삭제하여 행마다의 글자 수를 일치시켰다고 한다.

지금의 관점에서 보면 이런저런 오류가 없는 것은 아니지만, 현재 서강대학교에 소장되어 있는 『월인석보』(1459) 권두본이 알려지지 않았던 사정을 감안한다면 이들의 이른바 '원본 복원' 작업이 당시로서는 최선의 결과물이었다고 할 수 있을 것이다.[2] 그러나 여기서 주목하고자 하는 바는 복원의 정확성이 아니라, 그 작업이 가지는 의미이다. 이후 자신들의 매체를 통해 조선어 연구 논문을 발표하는 한편 조선어사전 편찬에 적극적으로 나서고, 또 「한글마춤법통일안」을 제정하게 되는 이들이 처음으로 벌인 사회적 활동이 '가갸날' 기념이었으며 그들의 매체에 제일 먼저 실은 것이 '훈민정음 원본'이었다는 사실은 세종 당대에 만들어진 훈민정음이 어떠한 것인지 알아내어 그것의 정확한 진상에 도달하는 것이 당시의 주요한 과제 가운데 하나였음을 알려준다고 하겠다. 그런데 이러한 상황은 사실 근대계몽기의 여러 '국문' 관련 논의에도 마찬가지로 적용되는 것이었다. '한문이냐 국문이냐'라는 문제, 즉

---

1 박승빈 본은 현재 고려대학교 육당문고에 소장되어 있는 것인데 첫째 장을 제외하면 『월인석보』(1459) 권두본과 같은 것으로 알려져 있다. 광문회 소장본은 『월인석보』 원간본을 1568년 희방사에서 복각한 것이고, 어윤적 소장본은 일본 궁내성본을 필사한 것이다.
2 비교적 최근에 진행된 이른바 훈민정음 언해본 '정본' 제작 과정도 크게 보아서는 1927년 조선어학연구회의 작업과 동일한 방식을 취한 것이라고 하겠다. 이에 대해서는 김주원·이현희 외, 「훈민정음 언해본의 정본 제작에 관한 연구」, 『국어사연구』 7, 국어사학회, 2007 참조.

어떤 문자를 써야 하는가 하는 문제가 글자의 종류와 역사, 그 우열에 대한 판별 등으로 이어졌고, 한문 대신 '국문'을 써야 한다면 '도대체 어떻게 쓰는 것이 옳은가'라는 문제는 자연스럽게 그것의 원래 모습을 찾고자 하는 노력으로 나타났기 때문이다. 그러나 근대계몽기에 '국문'에 대해 논하던 많은 이들이 참조할 수 있었던 훈민정음 관련 문헌은 극히 일부분이었다. 어쩌면 훈민정음의 실체를 찾아가는 과정 자체가 근대계몽기 '국문론'[3]의 한 축이었다고 볼 수도 있을 것이다.

이 글에서는 근대계몽기의 국문 관련 논의들이 참조했던 레퍼런스가 무엇이었고 이들이 당시의 국문론에 어떠한 영향을 미쳤는지를 살펴보고자 한다. 당시 신문이나 잡지에 실렸던 글을 분석의 대상으로 삼되, 필요한 경우 단행본 등 그 외의 자료도 검토하도록 하겠다.

2. 참조 문헌 부재의 '국문론'

지석영은 1896년 12월 처음으로 발행된 『대조선독립협회보』에 「국문론」을 싣는다. 언급한 바와 같이 당시에 '국문'에 대해 다루었던 글들은 대체로 한문이 아니라 우리의 글인 '국문'을 써야 한다는 당위적인 주장과 함께 그렇다면 실지로 이 '국문'을 어떻게 써야 할 것인가 하는가 하는 데에 각자의 입장을 제출하고 있었다. 예컨대 『독립신문』 창간호에서 상하귀천 남녀노소가 모두 새로운 매체에 평등하게 접근할 수

---

3 근대계몽기 신문이나 잡지에 발표되었던 국문 관련 논의를 '국문론'이라 부르기로 한다.

있게 하려는 목적에서 '언문 / 국문'을 쓰고자 한다는 것이 전자에 관한 것이라면, 읽기 편하게 하고자 '구절을 띄어쓴다'는 것이 후자에 관한 것이라 하겠다. 당시의 국문 관련 논의들을 살펴보면 한문대신 '국문'을 써야 한다는 주장은 으레 뜻글자와 소리글자의 우열을 따지는 논의로 전개되고 대부분의 경우 습득하기 쉽다는 점과 알파벳을 쓰는 서양이 한문을 쓰는 동양에 비해 우월하다는 논리를 내세워 소리글자의 우수성을 강조하곤 했다. '국문'을 어떻게 써야 하는가 하는 논의 역시 그러한 맥락에서 소리글자로서의 '국문'의 특성을 잘 살려야 한다는 쪽으로 집중되었다.

『대조선독립협회보』에 「국문론」이라는 제목으로 실린 지석영의 글은 주로 '국문을 어떻게 쓸 것인가' 하는 데 초점을 맞추고 있는데, 역시 '국문'이 우리말의 소리를 잘 반영해야 한다는 것이 그의 주된 논지였다. 특히 동형어를 어떻게 구별할 것인가 하는 문제가 주된 관심사였으며, '우리 국문에는 평성만 있고 높고 낮게 쓰는 구별이 없다'는 설명은 바로 그 문제를 지적하기 위한 것이다.

　　우리 나라 국문을 읽어 보면 모다 평성뿐이오 놉게 쓰ᄂᆞᆫ거슨 업스니 놉게 쓰ᄂᆞᆫ거시 업기로 어음을 긔록ᄒᆞ기 분명치 못ᄒᆞ야 東 동녁동ᄌᆞᄂᆞᆫ 본릭 나즌 ᄌᆞ즉 동 ᄒᆞ려니와 動 움즉일동ᄌᆞᄂᆞᆫ 놉혼 ᄌᆞ연마ᄂᆞᆫ 동 외에ᄂᆞᆫ 다시 표ᄒᆞᆯ거시 업고 棟 딕들ᄉᆡᆫ동ᄌᆞᄂᆞᆫ 움즉일동ᄌᆞ 보다도 더 놉것마ᄂᆞᆫ 동 외에ᄂᆞᆫ ᄯᅩ 다시 도리가 업스며 棄 버릴기 께 버릴열 이 두글ᄌᆞ로 말ᄒᆞᆯ진딘 첫ᄌᆞ에 표가 업스니 국문으로만보면 께 버릴열ᄌᆞ ᄯᅳᆺ도 棄 버릴기ᄌᆞᄯᅳᆺ과 ᄀᆞᆺᄒᆞ며 擧 들거 野 들야 두ᄌᆞ도 국문 으로 만 보면 과연 분간 ᄒᆞ기 어려운지라. (…중략…) 내가

홍샹 여긔 답답흔 ᄆᆞ음이 잇서셔국문에 유의 흔다 ᄒᆞ는 사람을 되 ᄒᆞ면 미
샹불 노노히 강론ᄒᆞ더니 평양 군슈 셔샹집씨를 만나셔 들으니 그의 ᄒᆞ는 말
슴이 내가 년젼에 례문관 한림으로 무쥬 젹셩산셩 샤고 포쇄관을갓다가 세
죵죠의 옵셔 어졍 ᄒᆞ시와 두옵신 국문을 봉심 ᄒᆞ온즉 평셩에는 아모표도 업
고 샹셩에는 엽혜 졈 ᄒᆞ나를 치고 거셩에는 엽혜 졈 둘를 쳐셔 표 ᄒᆞ얏더라
ᄒᆞ기로 그 말슴되로 샹셩 거셩ᄌᆞ에 표를 ᄒᆞ고 보니 어시호 東 동녁동 動 움
즉일동 棟 되들샏 동棄 버릴기 列 버릴열 擧 들거 野 들야 음과 ᄯᅳᆺ시 거울 ᄀᆞ
ᄒᆞ니 셩인의 작ᄌᆞ ᄒᆞ신 본의는 이ᄀᆞᆺ치 비진 ᄒᆞ시건만는 후셰 사람이 강명
ᄒᆞ들 안코 우리국문이 미진 ᄒᆞ거시 만타 ᄒᆞ야 귀즁 흔줄을 모르니 엇지 답
답ᄒᆞ지 안ᄒᆞ리오.[4]

즉 똑같은 ‘동’자라고 하더라도 ‘東’은 낮은 ‘동’이고, ‘動’은 높은 ‘동’이
건마는 ‘국문’으로는 이들을 모두 ‘동’이라고 적을 수밖에 없어 이들을
구별할 방법이 없다는 것이다. 또 ‘擧’의 훈 ‘들’과 ‘野’의 훈 ‘들’ 역시 음의
높낮음으로 구별해야 하는데 당시에 사용하는 국문에는 이를 구별할
방도가 없으니 사람들이 국문 사용을 꺼린다는 것이다. 그리고서 그가
이러한 문제의 해결책으로 제시한 것이 바로 성조 표시이다. 즉 상성에
점 하나, 거성에 점 둘을 찍어 음의 높낮이를 구별하면 이러한 문제가
자연히 해결된다는 것이다. 물론 주지하다시피 지석영의 주장과는 반
대로 『훈민정음』에서는 거성에 점 하나, 상성에 점 둘을 찍게 하고 있어
그의 해결책이 『훈민정음』의 성조 표시 방법과는 괴리가 있는 것임을

---

4   지석영, 「국문론」, 『대조선독립협회보』 1, 1896.12.30.

지적할 수 있겠다. 그러나 여기서 관심을 갖는 것은 지석영의 설명이 옳은가 그른가 하는 점이 아니라, 그가 자신의 논지를 전개하면서 무엇을 참조했는가 하는 점이다.

지석영에 따르면 그는 평양감사 서상집이 포쇄관으로 적상산 사고에 갔을 때 "셰종죠의옵셔 어졍ᄒ시와 두옵신 국문을 봉심"하고 알게 된 사실을 전해 들었던 것이다. 포쇄관이란 물론 '조선시대 사고史庫의 서적들을 점검하고 햇빛과 바람을 쏘이던 일을 맡은 사관史官'으로 서상집이라는 이가 바로 포쇄관의 임무를 수행하는 과정에서 적상산 사고에 있던 세종실록의 『훈민정음』 관련 기사를 보았던 것으로 보인다. 여기서 우리는 훗날 「신정국문」을 짓고 국문연구소의 연구위원으로 활동하게 되는 지석영이 이 당시까지 『훈민정음』에 대한 제대로 된 정보가 거의 없었다는 점을 알 수 있다. 아마 그로서는 『훈민정음』이라는 책이 있다는 사실을 짐작조차 하지 못하고 있을 것이다. 이러한 상황은 1890년대 '국문'에 관한 논의를 전개하던 이들에게 대부분 동일하게 적용되는 것일 가능성이 크다. 예컨대 다음에 제시한 주시경의 두 편의 「국문론」에서 주시경이 국문에 대한 설명을 제시하면서 전제하고 있는 것은 『훈민정음』은커녕 당시 민간에 유통되는 '반절표'라는 사실을 알 수 있다.

이 글ᄌ들은 ᄌ음이 여듧 가지 표요 모음이 열 ᄒ ᄀ지 표로 합 ᄒ야 ᄆᄃ셧ᄉᄃᆡ (ㅣ이 표ᄂ 모음에 든 거신ᄃᆡ 밧침으로도 쓰고 ㅏ · 이 두 ᄀ지 모음 표ᄂ 모양은 다르나 음은 달을 거시 업고 단지 · 이 표ᄂ 밧침이 만히 드러가ᄂ 음에ᄆ 스쟈ᄂ 것) 흐린 ᄌ음은 묽은 ᄌ음에다가 획을 더 넛코 ᄌ음 마다 모음을 합ᄒ야 묽은 음 일곱 줄은 바른 편에 두고 흐린 음 일곱 줄은 왼

편에 두고 그 가운듸에 모음을 끼여서 이거슨 일홈을 반절이라 ᄒ고[5]

눕고 나즌 음들을 분간 ᄒ되 웃ᄌᄂᆞᆫ 눕게 쓰고 아릭 ᄌᄂᆞᆫ 낫게 쓰니 셜령 사름의 목 속에 잇ᄂᆞᆫ 담이라 홀것 ᄀᆞᆺᄒ면 이 담이라 ᄒᄂᆞᆫ 말의 음은 눕흐니 웃 다ᄌᆞ에 미음을 밧치면 되겟고 흙이나 돌노 싸은 담이라 홀것 ᄀᆞᆺᄒ면 이 담이라 ᄒᄂᆞᆫ 말의 음은 나즈니 아릭 ᄃᆞ ᄌᆞ에 미음을 밧치면 눕고 나즌 말의 음을 분간 ᄒ겟스나 밋침 웃 ᄌᆞ와 아릭 ᄌᆞ가 이러케 되ᄂᆞᆫ것슬 만낫스니가 눕고 나즌 말의 음을 표가 업셔도 분간이 되지, 만일 중간 글ᄌᆞ가 이런 경계와 ᄀᆞᆺᄒ것을 맛나면 중간 글ᄌᆞᄂᆞᆫ 웃 ᄌᆞ와 아릭 ᄌᆞ가 업스니 엇지 분간 홀슈가 잇나뇨.[6]

우선 눈에 띄는 것은 첫 번째 글에서 주시경이 국문의 자음이 8자라고 한 대목이다. 그리고 그 아래에 '흐린 자음'은 '맑은 자음'에 획을 더한 것인데, 자음마다 모음을 합하여 '맑은 음' 일곱 줄은 오른쪽에, '흐린 음' 일곱 줄은 왼 편에 두고 그 가운데 모음을 끼워 넣었다고 하는 부분 역시 일반적인 한글의 설명으로는 이해하기 쉽지 않다. 그러나 이러한 주시경의 설명은 당시에 통용되던 반절표를 염두에 둔다면 그 뜻이 비교적 명확히 드러난다. 즉 오른편에서부터 세로로 '가갸거겨고교구규그기ᄀᆞ', '나냐너녀노뇨누뉴느니ᄂᆞ', '다댜더뎌도됴두듀드디ᄃᆞ' 등의 순으로 배열되는 반절표를 전제한다면, 모음('아야어여오요우유으이')을 중심으로 한 오른쪽 '맑은 음' 7개('가나다라마바사')와 왼쪽 '흐린 음' 7개('자차카

5   주시경, 「국문론」, 『독립신문』 47, 1897.4.22.
6   주시경, 「국문론」, 『독립신문』 134, 1897.9.25.

타파하)란 표현은 쉽게 이해된다. 한글의 자음이 8개라는 것 역시 오른쪽 맑은 음 7개와 'ㅇ'을 합한 숫자임을 알 수 있다.

위에서 제시한 주시경의 두 번째 글 역시 반절표를 전제로 한 것이다. 이 글의 요점은 가래를 뜻하는 '담燚'은 높은 소리이고 돌을 쌓아 만든 '담'은 낮은 소리인데, 이를 각각 '위 다'와 '아래 드'로 구별하여 '담'과 '듬'으로 적을 수 있지만, '중간 글자'는 이와 같은 소리의 높낮이에 대한 구별이 불가능하다는 것이다. 이때 '위 글자'와 '아래 글자' 그리고 '중간 글자'라는 표현 역시 반절표를 전제해야만 이해가 가능한 것이다. 즉, 위의 내용상으로는 '다'가 '위 글자', 그 다음의 '댜더뎌도됴두듀드디'가 '중간 글자', 그리고 맨 마지막의 '드'가 '아래 글자'가 되는 것이다. 사실 '·'의 정체가 무엇인가 하는 문제는 당시 국문 관련 논의가 풀어야 할 큰 숙제 가운데 하나였고, 주시경은 이를 소리의 높낮이 문제와 결부하여 이해했던 것이다.

물론 이와 같은 주시경의 논의는 현재의 관점에서 보면 전혀 이치에 맞지 않는다. 그러나 앞서 지석영의 성조 관련 설명에 대한 검토에서와 같이 여기서 확인하고자 하는 사항은 그 내용의 정확성이 아니라 그들이 무엇을 참조하고 있는가 하는 것이다. 앞서 지석영이 포쇄관으로 실록을 살펴볼 수 있었던 이의 전언을 근거로 자신의 '국문론'을 전개하고 있다면, 주시경은 민간에서 통용되던 반절표를 토대로 자신의 논리를 전개하고 있다. 그리고 이와 같이 특별한 참조 문헌 없이 '국문론'을 전개했던 상황은 1905년 이후 실록에 실린 『훈민정음』의 내용이 알려지기까지 한동안 지속되었다. 그러나 『훈민정음』이 알려지기 전에 참조 문헌이 전혀 없었던 것은 아니니, 바로 『훈몽자회』와 『화동정음통석운고』의 훈민정음 관련 내용이 참조되었던 것이다. 다음 절에서는 이 시기 두 문헌이 국문 관련 논의에서 어떠한 방식으로 참조되었는지를 살펴보기로 한다.

3. '국문의 원류'를 찾아서

1899년 5월 2일과 3일에 걸쳐 『황성신문』에 「국문원류」라는 글이 '별보別報'란에 실린다. 이틀에 걸쳐 같은 제목으로 실려 있지만, 두 편의 글의 성격은 사뭇 다르다. 우선 5월 2일자에 실린 글은 단군과 기자箕子 이래 삼국시대와 고려시대를 거쳐 우리의 문자 생활이 어떠했는지를 기술하고 있다. 물론 중심 내용은 세종 대에 '국문'을 만드셨으나 몇몇 곳에서 사용된 것 외에는 천시여기다가 국문과 한문을 병용하라는 고종의 명으로 비로소 국민의 배움이 수월해졌다는 점을 지적하는 부분이다. 마지막에 덧붙어 있는 우리나라我國의 말語類이 대개 범음梵音에서 연원한 것이 많고 글말文話은 한문을 전적으로 행하고 있다는 지적을 제외하면 1898년 이 신문의 창간호 사설에서 왜 국문과 한문을 병용하는가를 밝힌 내용과 흡사하다고 하겠다. 즉 기자 성인이 내려주신 문자와 선왕께서 창조하신 문자를 병행하라는 황제의 명에 따른다는 것이 창간호 사선의 내용이었다면 이 글 역시 '홍범구주洪範九疇의 도'를 동쪽으로 가져온 기자와 국문을 창제한 세종을 공히 높이 받들고 있다. 여전히 단군에 비해 기자가 더욱 존숭되고 있다는 점을 확인할 수 있는데, 여기서 살펴보고자 하는 바는 이에 이어서 3일자에 실리는 글이다. 이 글 역시

'별보'란에 「국문원류」라는 이름으로 실리는데, 그 내용은 아래에서 보듯이 전날에 실린 것과는 판이하게 다른 것이다.

①

五音이 宮商角徵羽의 屬으로 變徵와 變宮을 合ᄒ야 七音을 作ᄒ니 牙音은 ㄱㅋㆁ 三聲이니 角에 屬ᄒ고 舌音은 ㄷㅌㄴ 三聲이니 徵에 屬ᄒ고 齒音은 ㅈㅊㅅ 三聲이니 商에 屬ᄒ고 脣音은 ㅂㅍㅁ ◇ 四聲이니 羽에 屬ᄒ고 喉音은 ㅇㅎ 二聲이니 宮에 屬ᄒ고 半舌音은 ㄹ 一聲이니 變徵에 屬ᄒ고 半喉音은 ㅿ 一聲이니 變宮에 屬ᄒ얏스니 (…후략…)

②

初聲終聲을 通用ᄒᄂ 八母字ᄂ ㄱ (其役) ㄴ (尼隱) ㄷ (池末) ㄹ (梨乙) ㅁ (眉音) ㅂ (非邑) ㅅ (時衣) ㆁ (異凝) 其尼池梨眉非時異 八音은 初聲에 用ᄒ고 役隱(末)乙音邑(衣)凝 八音은 終聲에 用ᄒ고((末)(衣)(箕)幷只用俚釋) 初聲獨用ᄒᄂ 八子字ᄂ ㅋ (箕) ㅌ治 ㅍ皮 ㅈ之 ㅊ齒 ㅿ而 ㆁ伊 ㅎ屎 中聲獨用ᄒᄂ 十一子字ᄂ ㅏ阿 ㅑ也 ㅓ於 ㅕ余 ㅗ吾 ㅛ要 ㅜ牛 ㅠ由 ㅡ應(不用終聲) ㅣ伊(只用中聲) ·思(不用初聲) (…후략…)[7]

위의 인용문 가운데 ①은 『화동정음통석운고』의 범례 가운데 '오음초성五音初聲{오음합이변위칠음五音合二變爲七音}'[8]이라는 항목에 실려 있는 것을 풀어쓴 것이다. '화동정음' 또는 '정음통석'이라고도 불리는 이 책은

7   『황성신문』 97, 1899.5.3.
8   '{ }' 안의 내용은 원문에 협주夾註의 형태로 표시된 것임. 이하 동일.

박성원이 1747년(영조 23)에 편찬한 운서인데, 우리나라 한자음東音과 중국 한자음華音을 함께 한글로 표시하였다는 특색이 있다.[9] 한글로 한자의 음을 기록하여 두었기에 그와 관련된 설명을 범례에 실어 둔 것이라 하겠는데, 범례에 실린 '오음초성'은 각각의 성모(자음)를 5개(변치와 변궁을 포함하면 7개)로 분류하여 '각징상우궁角徵商羽宮' 오음에 배속한 것이다. 『화동정음통석운고』의 이 '오음초성'은 표의 형태를 취하고 있는데 비해『황성신문』에 실린 「국문원류」에서는 이들을 풀어서 설명하고 있을 뿐 그 내용은 완전히 동일하다. 그리고 여기에는 인용하지 않았지만, 이 오음에 관한 설명 가운데 몇몇 구절('ㆁ, ㅇ, ◇'의 차이, '수, 복, 위, 화'등의 소리값) 역시 이 「국문원류」에 실려 있다.[10] 또 이 '오음초성'외에 '칠음출성七音出聲{출원음통석出元音通釋}'이라는 제목 하에 '각角, 징徵, 상商, 우羽, 궁宮, 변징變徵, 변궁變宮'각각의 음이 어떤 방식으로 조음되며 그 음상音像이 어떠한지를 설명하는 부분 역시 한글로 토를 달았다는 점만이 다를 뿐『화동정음통석운고』의 내용이 그대로 이 「국문원류」에 실려 있다.[11]

인용문 ②는 최세진이 1527년(중종 22)에 편찬한 『훈몽자회』 범례의 그 유명한 '언문자모諺文字母{속소위반절이십칠자俗所爲半切二十七字}'의 내

---

9 운서란 성조와 운韻이 같은 글자를 한 부部로 모으고 각 글자에 반절로 음을 달아 놓은 책이다. 주로 시문을 창작할 때 운을 확인하는 도구서로 사용되었으며, 한자음을 정리하기 위한 목적에서 편찬되기도 하였다. 우리나라에서 통용되었던 운서에 대해서는 정경일, 「조선시대의 운서이용 양상」, 『한국어학』 7, 한국어학회, 1998, 259~281쪽; 심경호, 「한국의 운서와 운서 활용 방식」, 『한자한문연구』 5, 한국한자한문교육학회, 2009, 137~180쪽 참조.

10 다만 'ㆁ, ㅇ, ◇'의 경우『화동정음통석운고』의 경우에는 "그 나는 소리가 비슷하나 각우궁 3음에 모두 이 소리가 있어서 글자의 모양을 약간 변형해서 만들었다"고 한 데 비해 「국문원류」에서는 "이 세 소리가 모두 없어진 듯하나, 오주五洲의 음을 합하여 놓고 보면 이 음이 자연 드러날 것"이라고 하였는데, 외국어를 적을 때 사용될 수 있다는 뜻으로 이해된다. 이 밖에 '수, 복, 위, 화'에 대한 설명은 차이가 없다.

11 예컨대 '각'의 경우 "角爲牙音ᄒᆞ니 聲出至牙ᄒᆞ야 縮舌而躍ᄒᆞ니 張齒湧吻ᄒᆞ고 通圓實樸ᄒᆞ야 平出於前ᄒᆞ고"와 같은 식으로 설명되어 있다.

용을 거의 그대로 옮겨 놓은 것이다. 두루 알려져 있다시피 이 '언문자모'라는 항목에서는 '초종성통용팔자'와 '초성독용팔자'를 구별하여 그 쓰임을 설명하였고 그것이 결국 현재 우리가 사용하는 자모의 명칭이나 순서의 유래가 되었다. 즉, 'ㄱㄴㄷㄹㅁㅂㅅㅇ'는 초성과 종성에 모두 사용될 수 있고 그 쓰임의 예를 한자를 사용하여 '기역其役, 니은尼隱, 지말池末, 리을梨乙, 미음眉音, 비읍非邑, 시의時衣, 이응異凝'과 같이 보이고 ('其'는 ㄱ의 초성으로서의 쓰임을, '役'은 종성으로서의 쓰임을 보여주는 식이다), 'ㅋㅌㅍㅈㅊㅿㆁㅎ'에 대해서는 '기箕, 치治, 피皮, 지之, 치齒, 이而, 이伊, 시屎'와 같은 한자를 통해 초성에서만 사용된다는 것을 보이고 있다. 이러한 설명에 대해 훗날 주시경은 『국문강의』(1906)에서 『훈민정음』의 '종성부용초성'이라는 규정을 근거로 국문이 오늘날 혼란스럽게 쓰이게 된 근본 원인이 바로 이 최세진의 '초종성통용팔자', '초성독용팔자'라는 구분 때문이라며 강하게 비난하기도 한다. 물론 이 「국문원류」가 발표된 시점에 주시경에게는 앞서 언급한 것처럼 '국문'에 대한 제대로 된 참조 문헌이 없었던 상황이다. 그리고 그와 같은 당시의 상황은 주시경이나 지석영뿐만 아니라 국문을 논하는 대부분의 사람들에게 공통되는 것이었다고 생각된다. '국문원류'라는 제목 자체가 '국문'이 도대체 원래 어떤 것이었던가 하는 데에 대한 당대의 지적 욕구가 반영된 것이라고 보아야 할 것이다.

그런데 『황성신문』에 실린 「국문원류」에는 이 인용문에 대한 출처가 전혀 제시되어 있지 않다. 물론 이는 서지 정보를 정확히 밝히는 근대적인 글쓰기 양식이 아직 일반화되기 전이기 때문일 수도 있으나, 다른 한편으로는 『화동정음통석운고』나 『훈몽자회』라는 출처 자체가 '국문원류'라는 제목에 부합하지 않기 때문이었는지도 모른다. '국문'의 원래 모습을 보여줄 수 있는 것이라면 최소한 세종이 관여한 문헌이어야 하기 때문이다. 출전을 명시하지 않은 이유가 어떤 것이었는지는 분명치 않으나 국문에 관한 옛 문헌이 제시된 이상 이제 예컨대 반절표를 근거로 하는 '국문론'은 통용되기가 어렵게 되었다. 주시경 역시 1905년의 저술인 『국문문법』에서 '제사과 국문을 만드심'에 이어 이를 뒷받침할 내용으로 '제오과 인증引證'을 제시하고 있는데 그 내용은 「국문원류」에서 인용한 『화동정음통석운고』와 『훈몽자회』의 해당 부분이다. 최소한 주시경은 1905년까지도 「국문원류」에서 제시된 것 이상의 참조 문헌이 없었다는 사실을 알 수 있다. 그런데 『국문문법』의 해당 부분을 살펴보면 주시경이 『훈몽자회』는 아직 실제로 검토하지 못하였다는 사실을 알 수 있다. 즉, '아직 좋은 문자를 보지 못한 고로' 이 두 문헌만 밝힌다고 하였으나 『훈몽자회』를 '훈민ᄌ회訓民字會'라고 하고 있으며, 뿐만 아니라 『화동정음통석운고』의 해당 부분에는 '오음초성(오음합이변위 칠음)'이라는 항목명을 정확히 인용하고 있으나 『훈몽자회』의 해당 부분에는 '언문자모(속소위반절이십칠자)'가 아니라 '언문초중종성삼성변諺文初中終聲三聲辨'이라는 명칭이 사용되었다. 그런데 이 항목명은 사실 『화동정운통석운고』의 권말에 부록 형식으로 세시된 『훈몽자회』의 해당 부분에 사용된 항목명이다. 이러한 점으로 미루어볼 때 주시경은 『국문문법』(1905)의 시점까지는 『훈몽자회』를 제대로 검토하지 못했던 것이 분명해 보인다. 그리고 『황성신문』에 실린 「국문원류」에서 『훈몽자회』가 아니라 『화동정음통석운고』가 먼저 인용된 것 역시 그와 동일한 이유 때문이 아닌가 한다.

주지하다시피『훈몽자회』는 조선광문회에서 고전간행사업의 일환으로 1913년 간행되는데,[12] 언제부터 이 책이 실제로 참조되었는지는 불분명하다. 다만 후대로 갈수록『화동정음통석운고』보다 더 앞선 시기의 문헌인『훈몽자회』의 범례가 국문 관련 논의에서 더 중요하게 다루어졌을 가능성이 있다. 예를 들어 1906년 11월에 발행된『소년한반도』에는 앞에서 본『황성신문』의「국문원류」와 같은 제목의 글이 실리는데, 여기에는 '오음초성', '칠음출성'의『화동정음통석운고』의 내용보다『훈몽자회』의 '초성종성통용팔자', '초성독용팔자'가 더 앞에 인용되어 있다. 여기서도 이들 문헌의 출처는 밝혀 있지 않으나『황성신문』에서와 달리『훈몽자회』의 내용을 앞세우고 있다는 것은 이 두 문헌의 경중을 달리 보았기 때문일 것이다. 지석영이 상소하고 관보에 공포되었던「신정국문新訂國文」가운데 가장 문제가 된 부분은 '·'를 폐지하고 '='를 신설한 대목이었는데 이 역시『훈몽자회』범례의 '언문자모[속소위 반절이십칠자]'를 새로 교정한新訂 것이었다.[13] 그러나 1905년이 넘어가면 비록 일부나마『훈민정음』의 실체가 알려지기 시작하고, 따라서 '국문론' 역시 새로운 단계로 진입하게 된다.

12　광문회의 고전간행사업의 개요에 대해서는 오영섭,「조선광문회연구」,『한국사학사학보』3, 한국사학사학회, 2001, 111~117쪽 참조.

13　「신정국문」을 이루고 있는 그 외의 네 항목은 '신정국문오음상형변新訂國文五音象形辨', '합자변合字辨', '고저변高低辨 첩음산정변疊音刪正辨', '중성리정변重聲釐正辨'이다. 이 가운데 '신정국문오음상형변'는 홍양호의 '경세정음도설서'를 참조한 것으로 알려져 있는데, 그 표의 형태를 취한 형식은 여전히『화동정음통석운고』의 '오음초성'을 따르고 있다. 지석영이 이 홍양호의 글을 참조할 수 있었던 것은 후술하게 될『증보문헌비고』를 통해서였을 것으로 보인다. 이 밖에「신정국문」의 전반적인 사항에 대해서는 김민수,「「신정국문」에 관한 연구—특히 '이으' 합음과 아래아를 문제로 하여」,『아세아연구』6-1, 고려대 아세아문제연구소, 1963, 205~247쪽 참조.

4. 『훈민정음』의 발견과 '국문론'의 새로운 단계

주시경은 1907년 4월 1일자 『황성신문』에 「필상자국문언必尚自國文言」이라는 글을 발표한다. 이 글은 앞서 살펴본 『독립신문』의 두 편의 글과는 여러 모로 구별되는 점이 있다. 즉 앞의 글들이 배우기 어려운 한문 대신 익히기 쉬운 '국문'을 통해 부국강병을 이루자는 차원이었다면 이 글은 '국문'의 그러한 실용적인 성격을 강조하기보다는 천연적으로 구획된 일정한 지역과 거기에 사는 사람, 그리고 그들이 말하는 언어가 불가분의 관계에 있다는, '영토 = 민족 = 언어'의 의식을 처음으로 분명하게 표현하고 있다. 언어와 문자를 잘 다스려 지혜를 발전시킨 집단만이 유사 이래 인류 사회에서 벌어진 극심한 경쟁에서 우위를 점할 수 있다는 다분히 사회진화론적인 서두의 언급 역시 이 글에서 처음 등장하는 것이다. 그런데 이 「필상자국문언」은 이러한 점 외에도 그가 신문이나 잡지에 쓴 글 중에는 처음으로 『훈민정음』을 직접 인용하고 있다는 점에서도 특기할 만한 글이다. 즉 사회진화론적인 인식과 '영토 = 민족 = 언어'라는 언어관을 표명하고 나서, 세계에 말과 글이 몇 개나 있는지 종류는 어떠한 것들이 있는지 등을 설명한 후에 우리나라의 말과 글에 대해 언급하는 과정에서 '세종대왕시제정음世宗大王始制正音'이라는 제목 하에 『훈민정음』의 「어제서御製序」를 소개하고 있는 것이다. 이 글을 주시경은 '정음친서正音親序'라고 부르고 있지만, '여문자불상유통與文字不相流通'의 '문자文字'를 '즉한자卽漢字'라는 표현으로 보충한 것 외에는 우리가 아는 '어제서' 그대로이다.[14] 물론 우리의 말과 글을 높이 받들어야 한다는 이 『황성신문』 기고문에서는 「어제서」를 인용하고 그 뒤이어

백성을 아끼는 세종의 뜻을 기리고 있을 뿐 자신의 이론을 뒷받침하기 위해 『훈민정음』의 내용을 근거로 삼는다거나 하지는 않았다. 하지만 앞서 언급한 바와 같이 『훈민정음』에 등장하는 '종성부용초성'이라는 구절은 그가 자신의 표기 이론을 정당화할 수 있는 핵심적인 근거였다는 점에서 주시경의 '국어문법'에서 『훈민정음』이 차지하는 위치는 각별하다고 할 수 있다.

그런데 비슷한 시기인 1907년 5월 지석영 역시 「대한국문설」이라는 글에서 『훈민정음』의 내용을 인용하고 있다. 『대한자강회월보』 11호에 실린 이 글에서 지석영은 문자에 대한 일반론을 전개한 후 세종이 훈민정음 28자를 창제하였으나 그 후에 제대로 돌보지 않아 참뜻을 잃어버렸고, 자신이 이를 되찾으려 여러 사람들과 의논하였는데 특히 'ㆍ'가 'ㅣ'와 'ㅡ'의 합음임을 깨달아 이를 설명하는 글을 짓고 이름을 '대한국문설'이라고 붙였다고 하였다. 기본적으로 이러한 언급은 앞서 언급한 「신정국문」에 대한 배경 설명이라고 할 수 있는데, 실제로 그 해 7월에 이어지는 같은 제목의 글은 자신이 지은 「신정국문」과 그 글에 대한 해설로 이루어져 있다(글의 순서는 해설이 먼저이고 「신정국문」이 나중이다). 5월의 글이 「신정국문」을 지은 배경에 해당하는 것이라면, 여기에 함께 실린 『훈민정음』은 「신정국문」으로 대표되는 지석영 자신의 주장을 강화하기 위해 제시된 것이라 할 수 있을 것이다. 즉, 이 글을 지은 이유를 밝힌 뒤에 특별한 설명 없이 '훈민정음'이라는 제목 아래 「어제서」와 「예의」가 전재되어 있고, 여기에 훈민정음에 대한 간략한 해설[15]을 붙인 다

---

14 다만 맨 마지막의 '便於日用耳'의 '耳'가 빠져 있다.
15 이는 『증보문헌비고』 제109권의 「樂考」 19에 실려 있는 내용을 그대로 옮긴 것이다.

음「정인지서」를 싣고 그 아래에는 『화동정음통석운고』의 '오음초성', 『훈몽자회』의 '초종성통용팔자', '초성독용팔자' 등을 제시하였는데, 이와 같은 배치는 자신의 주장이 여러 문헌을 검토해 나온 결과임을 보여주려는 의도에서 비롯된 것일 가능성이 크다. '국문론'이 전개된 이래 『훈민정음』의 실체가 이 정도라도 신문이나 잡지에 실린 것은 이때가 처음인 것으로 생각된다.

물론 지석영의 「신정국문」이 『훈민정음』까지 검토하여 나온 결과인지는 의문의 여지가 있다. 앞서 언급한 바와 같이 「신정국문」은 『훈민정음』 「예의」가 아니라 『화동정음통석운고』의 '오음초성', 『훈몽자회』의 '초성종성통용팔자', '초성통용팔자' 등이 취한 형식과 내용을 따르고 있기 때문이다. 더군다나 『화동정운통석운고』에 대해서는 「대한국문설」에 그 서명이 명시되어 있으나 『훈몽자회』에 대해서는 그 서명이 밝혀지지 않았고 『훈몽자회』의 '언문자모[속소위반절이십칠자]'이라는 항목 명칭 역시 사용되지 않았다는 점에서 지석영이 이 당시에 『훈몽자회』마저도 실제로 확인했는지는 의심스럽다. 그러나 「신정국문」이 공포되던 1905년경에 지석영이 1907년 「대한국문설」에 전재한 정도의 『훈민정음』을 실제로 보았다는 점에는 의심의 여지가 없어 보인다. 이는 「대한국문설」이 1907년 5월과 7월에 발표된 것이기는 하지만, 『훈민정음』을 인용한 바로 앞부분에 "광무구년光武九年 맹하孟夏 송촌거사서松村居士書"라고 하여 이 글이 쓰인 시점이 광무 9년, 즉 1905년 여름이라고 한 데서도 확인할 수 있는 사실이거니와, 지석영이 1905년 시점에 『훈민정음』을 확보하고 있었음을 알려주는 더욱 결정적인 증거는 그 무렵 그에게서 『훈민정음』을 얻어 보았다는 주시경의 증언이다.

앞서 언급한 바와 같이 주시경은『국문문법』(1905)의 '제사과 국문을 만드심'에 이어 '제오과 인증'에서 그 내용을 뒷받침할 문헌으로『화동정음통석운고』와『훈몽자회』를 제시하였었다. 그러나 이 저술에 새로운 내용을 추가하여 펴낸『국문강의』(1906)에서 주시경은 '제오과 인증'에『화동정음통석운고』와『훈몽자회』에 앞서『훈민정음』「어제서」와「예의」, 그리고「징인지서」를 제시하고 있다.『국문문법』(1905)과『국문강의』(1906) 사이의 어느 시점에 주시경은『훈민정음』을 확인한 것이다. 이에 대해 주시경은『국문강의』(1906)에서 "을ᄉ년 여름에 디교쟝이 문헌비고 악고樂考에 실린 훈민정음을 찾아 내게 보이니"라고 하여 자신이『훈민정음』을 보게 된 내력을 비교적 소상히 밝히고 있다. 을사년 즉, 1905년 여름 당시 의학교 교장이던 지석영으로부터『문헌비고』「악고」에 실려 있는『훈민정음』을 얻어볼 수 있었다는 것인데, 물론 이때의 '문헌비고'는 고종 때 새로 편찬한『증보문헌비고增補文獻備考』를 가리킨다.[16] 이 책의 제108권「악고」19에는 훈민정음을 창제한 취지와 과정, 그리고 그 특징에 대한 간략한 설명이 있고[17] 여기에「정인지서」,「어제서」,「예의」의 순서로『훈민정음』이 소개되어 있다.[18] 그런데 앞서도 언급한 바와 같이 이『훈민정음』의 발견은 주시경이 자신의 표기

---

16 『증보문헌비고』는 1903년에서 1908년 사이에 편찬 간행된 유서類書로서 각종의 문물제도를 분류 정리한 책이다. 편찬에는 김교헌, 김택영, 장지연 등이 참여하였다. 조선 중기까지『문헌통고文獻通考』와 같은 중국의 쪽의 문헌을 활용하다가 영조 대에『동국문헌비고』(1770)가 간행되었고 이를 정조 연간에 수정 증보하였다가, 고종의 칙령으로 다시 편찬 간행한 것이 이『증보문헌비고』이다. 이에 대해서는 정구복,「문헌비고의 자료적 성격과 사학사적 의미」,『진단학보』106, 진단학회, 2008, 167~190쪽 참조.

17 이 부분을 지석영과 주시경이 모두 그대로 인용하고 있다.

18 그 뒤에는 '숙종어제 훈민정음 후서'가 실려 있고 뒤이어 성현, 이수광, 홍양호 등의 훈민정음에 대한 언급이 인용되어 있다.

이론을 주장하는 데 매우 큰 힘을 실어 주게 된다. 『훈민정음』, 『훈몽자회』, 『화동정운톡석운고』를 소개한 뒤에 곧바로 이어지는 부분이 바로 '종성부용초성'의 구절을 근거로 하여 '원체, 본음, 법식'에 따라야 한다는 자신의 표기법이 『훈민정음』의 근본 취지에 부합하는 것이며, 반대로 'ㅈ, ㅋ, ㅌ, ㅍ, ㅎ' 등을 종성에 쓸 수 없는 글자라고 규정한 『훈몽자회』에서부터 말과 글이 서로 어긋나는 큰 폐해가 시작되었다는 주장이다. 이전의 「국문원류」와 같은 글에서는 물론이고 지석영의 여러 글에서도 『훈몽자회』의 '초종성통용팔자', '초성독용팔자' 항목은 자신들의 논의를 뒷받침해 주는 중요한 근거로서 제시되었으나, 이제 『훈민정음』을 발견한 주시경에게 『훈몽자회』는 오히려 '국문'의 사용을 혼란에 빠트린 원흉이 되고 만다.

사실 주시경의 표기 이론은 당대로 보아서는 대단히 특수한 것이었다. 단순히 받침에 적을 수 있는 글자를 늘려야 한다는 정도가 아니라 소리의 추상적인 층위를 상정해야 가능한 표기였기 때문이다. 실제로는 '바치, 반만, 받도'와 같이 소리나지만 이런 구체적인 소리를 가능하게 하는, 그가 '원체, 본음, 법식'이라고 부른 추상적인 대상('밭')을 설정하고 이를 표기에 반영해야 한다는 것이 바로 주시경의 표기 이론이었기 때문이다. 받침으로서의 'ㅋ, ㅌ, ㅊ, ㅍ, ㅎ' 등은 실제로는 아무도 발음할 수 없고, 따라서 들을 수도 없는 소리이다(뒤에 모음이 와 외파될 때에 이들은 종성이 아니라 초성 소리이다). 글자는 소리를 사진처럼 있는 그대로 반영해야 한다는 주시경의 입장[19]과 그의 표기 이론이 모순되지 않을

---

19 "國文은 國語의 影子요 寫眞이라" 주시경, 『국어문전음학』, 1908, 60쪽(김민수 편, 『주시경전서』 1, 탑출판사, 1992에서 재인용).

수 있었던 것은 '원체, 본음, 법식'이라는 소리의 추상적 층위를 상정했기 때문이다.[20] 그리고 이러한 추상적 층위는 구체적인 발화 상황과 주체들에 따라 발생하는 수많은 변이와 변종의 근원인 '국어'의 존재를 실체화할 수 있는 개념적 장치이기도 했다.[21]

그러나 주시경의 이론에 근거한 표기법인 조선어학회의 「한글마춤법통일안」이 1930년대에도 격렬한 반대에 부딪혔던 것에서 알 수 있듯이, 소리의 추상적 층위라는 것은 이론적 구성물이어서 이것을 근거로 오랜 동안 유지되어 온 표기 규범을 혁신하자는 주시경의 의견이 그의 당대에 쉽사리 받아들여지기란 어려운 일이었다. 이러한 상황에서 주시경은 『훈민정음』「예의」의 '종성부용초성'이라는 규정을 발견한 것이다. 그가 『국문강의』에서 『훈민정음』을 소개한 후 자신이 이른 시기부터 국문에 관심을 가지고 연구해 왔건만 자신의 이론에 대한 동조자를 찾기 어려워 매우 힘든 세월을 보내왔음을 구구절절 이야기 하고 있는 것을 보면, 그가 자신의 표기 이론에 대한 동의를 구하기 위해 얼마나 큰 노력을 기울였는지를 짐작케 한다. 근대계몽기의 '국문론'의 한 축이 '국문을 어떻게 쓸 것인가'에 관한 논의였다면 그 답을 구하려는 노력은 「국문원류」와 같은 글에서 볼 수 있는 것처럼 대체로 훈민정음의 본래 모습을 찾고자 하는 시도로 이어졌다. 그런 맥락에서 보자면, 당시로서는 혁신적이라고 할 수 있는 주시경의 표기 이론이 일정한 동

---

20 '본음, 원칙, 법식'과 같은 추상적 층위의 설정과 주시경의 '국어' 연구의 상관 관계에 대해서는 김병문, 「들리지 않는 소리, 혹은 발설되지 않는 말과 국어의 구상―근대계몽기 국문 담론 분석」, 『개념과 소통』15, 한림대 한림과학원, 2015 참조.
21 근대언어학이 언어의 추상적 층위를 설정하는 것의 사회·역사적인 의미에 대해서는 김병문, 『언어적 근대의 기획―주시경과 그의 시대』, 소명출판, 2013, 132~139쪽 참조.

의를 얻을 수 있었던 결정적인 이유는『훈민정음』「예의」의 '종성부용
초성' 규정이었다고 할 수 있을 것이다. 국문연구소의 「국문연구의정
안」(1909)에서 종성에 'ㅈ, ㅊ, ㅋ, ㅌ, ㅍ, ㅎ' 등과 같은 글자를 쓰도록 한
가장 큰 이유 역시『훈민정음』의 바로 그 규정이었던 것이다.[22] 다음 절
에서는「국문연구의정안」을 작성하는 과정에서 참조된 문헌에 대해 검
토해 보고자 한다.

5. 근대계몽기 '국문론'의 결산—국문연구소의 「국문연구의정안」

잘 알려진 바와 같이 국문연구소는 1907년 7월 학부에 설치되어 1909
년까지 2년여의 활동 끝에 「국문연구의정안」이라는 최종 보고서를 제
출한 기관이다. 동경대학 도서관에 소장되어 있던 오구라 신페이小倉進
平의 장서 가운데서 발견된「국문연구의정안」과 각 위원들의 최종 보고
서를 묶은『국문연구』, 그리고 고려대학교 아세아문제연구소의 육당
문고에 보관되어 있던『국문연구안』(위원들이 매번 회의에 앞서 제출한 연구
안) 등을 통해 국문연구소의 활동 과정 및 결과는 비교적 소상히 알려져
있다.[23] 학계에서는 대체로 이 국문연구소의 설립 동기가 「신정국문」

---

22 「국문연구의정안」에서는 다음과 같이『훈몽자회』에 규정한 대로 표기하는 것은『훈민정
   음』에 어긋날 뿐만 아니라 '국어 음'에도 맞지 않는 극대한 오류라고 비판하고 있다. "訓民正
   音에서는 初聲諸字를 幷히 終聲에 復用ᄒ던 것인데 訓蒙字會에 ㄱㄴㄷㄹㅁㅂㅅㅇ 八字만을
   初聲에 通用하고 其餘 諸字는 初聲獨用으로 區別ᄒ얏으니 (…중략…) 訓民正音 例義와 國語
   音에 違反ᄒ얏으니 此는 極大한 誤謬로다."
23 이에 대해서는 두 자료를 발굴하여 소개한 이기문,『개화기의 국문연구』, 한국문화연구소, 1970
   참조.

으로 인해 발생한 논란 때문이었다고 보고 있으나,[24] 이 연구소의 「국문
연구의정안」은 크게 보면 1890년대 이래 신문과 잡지 등에서 백출하던
'국문' 관련 논의의 총정리라고 해도 과언이 아닐 것이다. 특히 '국문을
어떻게 쓸 것인가'하는 문제, 그리고 이를 해결하기 위해 제기된 '국문
의 원래 모습은 어떠했는가'하는 문제에 대한 답을 찾아가는 노력이 근
대계몽기 '국문론'의 한 축이었다면 국문연구소의 「국문연구의정안」은
그에 대한 당시까지 제출된 그 어떠한 논의보다 완성된 형태의 답안을
제출하였던 것이다. 그러한 성격을 잘 보여주는 것이 바로 「국문연구
의정안」에 정리된 '10제'이다. 즉 다음에 제시된 10가지 문제를 살펴보
면, 그 첫 번째 '국문의 연원과 자체 급 발음의 연혁'이 바로 '국문이 원래
모습은 어떠했는가'하는 문제에 관한 것이고 그 아래의 9가지 문제는
그렇다면 '국문을 어떻게 쓸 것인가' 하는 것에 해당한다고 하겠다.

　一 國文의 淵源과 字體 及 發音의 沿革

　二 初聲中 ㆁㆆㅿ◇ㅱㅸㆄㅹ 八字의 復用 當否

　三 初聲의 ㄲㄸㅃㅆㅉㆅ 六字 幷書의 書法 一定

　四 中聲中 ·字 廢止 ㅢ自 刱製의 當否

　五 終聲의 ㄷㅅ 二字 用法 及 ㅈㅊㅋㅌㅍㅎ 六字도 終聲에 通用 當否

　六 字母의 七音과 淸濁의 區別 如何

---

24 특히 '·'를 폐지하고 'ᆖ'를 새로 만들자는 데 이견이 있었다는 것인데, 「신정국문」으로 인해
　촉발된 논란이 결국 국문연구소 설립에 이르게 했다는 이와 같은 설명은 오구라 신페이의
　『조선어학사』(1920)에서 비롯된 것이며 김민수(앞의 글)와 이기문(앞의 책) 등은 물론이고
　비교적 최근의 연구인 한동완(『국문연구의정안』, 신구문화사, 2006) 역시 이와 같은 입장을
　취한다. 그러나 「신정국문」 공포 이후의 사회적 논란이 구체적으로 무엇을 말하는지는 제시
　된 바가 거의 없다는 점에서 재고를 요하는 대목이라 하겠다.

七 四聲票의 用否 及 國語音의 高低法

八 字母의 音讀 一定

九 字順行順의 一定

十 綴字法

　첫 번째 문제에 대한 의정안의 내용은 '연원, 자체, 발음'의 세 항목으로 나뉘어 기술되어 있는데 그 가운데 특히 '연원' 부분은 마치 『황성신문』의 '국문 원류'를 연상시키는 것이다. 즉 단군과 기자의 시대, 그리고 삼국시대와 고려시대를 거쳐 조선에 이르기까지 우리의 문자 생활에 대해 간략하지만 핵심적인 사항들을 언급하고 있는데, 특히 신라시대에 한자의 소리와 뜻을 빌려 향가를 적은 것과 설총이 이두를 만들어 사용한 사실을 지적한 내용은 기왕의 '국문론'에서는 보이지 않던 것들이다. 무엇보다도 세종 25년 계해년, 즉 1443년에 '국문' 28자를 새로 만들고, 그로부터 3년 후에 정인지 등의 신하들로 하여금 이를 해설하는 책 한 권을 만들어 반포하니 그 책의 이름이 『훈민정음』이라 하였다고 밝힘으로써 글자 훈민정음과 그것을 해설한 책 『훈민정음』을 명확히 분리하여 인식하고 있음을 보여주고 있다. 그런데 이 '연원' 부분 외에 '자체'와 '발음'의 항목에서는 이 「국문연구의정안」에는 직접 언급되지는 않지만, 운서와 같은 전통적인 문헌을 보지 않고는 기술하기 어려운 부분이 눈에 띈다.

　예를 들어 '자체'의 내용 중에는 "훈민정음에는 설음과 치음의 여러 글자들이 모두 한 모양이고 구별이 본래 없더니 후대에 설음은 세로획이 긴 종획장과 가로획이 긴 횡획장의 두 글자체로 나누고, 치음은 왼편을 길게 늘인 좌려장과 오른편을 길게 늘인 우려장의 두 글자체로 나누었으나"[25]와 같이 설두음과 설상음, 치두음과 정치음의 표기 방식에 대한 설명이 있다. 이는 『훈민정음』은 물론이고 『훈몽자회』나 『화동정음통석운고』만으로는 알 수 없는 내용이다. 국문연구소 위원들이 이런 내용을 기술하기 위해 어떤 문헌을 참조했는지가 「국문연구의정안」에는 직접 제시되어 있지는 않다. 그러나 최종 의정안에 붙어 있는 위원 개개인의 최종 보고서를 살펴보면 이들이 참조한 문헌들을 대략적으로 확인할 수 있다. 예컨대 주시경은 이 '자체'의 항목에서 『용비어천가』, 『사성통고』, 『사성통해』, 『훈몽자회』, 『삼운성휘』, 『화동정음통석운고』, 『훈민정음도해』 등에 사용된 글자의 형태를 예를 들어 제시하고 있다. '발음'의 항목에서도 『사성통해』에 인용된 '廣韻36字母之圖', '韻會35字母之圖', '洪武韻31字母之圖' 등을 소개하고 있는 것이다. 이 글을 쓰기 불과 몇 년 전 『국문문법』(1905)에서 주시경은 『훈민정음』은 고사하고 『훈몽자회』도 제대로 보지 못한 채 '국문'에 대해 논해야 하는 처지였다. 그러나 그로부터 4, 5년 후인 국문연구소에 제출한 최종 보고서에서는 위와 같은 실로 다양한 문헌들을 검토할 수 있게 된 것이다.

당시 국문연구소의 위원들이 참조할 수 있었던 문헌들에 대해 좀 더 구체적인 정보를 제공해 주는 것은 어윤적의 보고서이다.[26] 즉 그는 첫 번째 의제인 '국문의 연원과 자체 급 발음의 연혁'에 대한 자신의 의견을 밝힌 후에 일종의 부록인 네 개의 표[27]를 제시하는데 그 본문과 부록

---

25 "訓民正音에 舌音 齒音 諸字가 皆是 一樣이오 區別이 本無ᄒ더니 後來에 舌音은 縱畫長과 橫畫長의 二體에 分ᄒ고 齒音은 左戾長과 右戾長의 二體에 分ᄒ얏으나" 「국문연구의정안」, 8a.
26 근대계몽기 및 식민지 시기 어윤적의 국어학 관련 업적은 김정주, 「惠齋 魚允迪의 國語學的 業績에 대한 再照明」, 『진단학보』 128, 진단학회, 2017을 참조할 수 있다.

사이에 '인용급참조서목引用及參照書目'이라는 제목 아래에 자신이 인용하거나 참조한 문헌들의 제목과 책수, 저자를 명시하고 있다. 아래에는 그 서명만을 옮겨 보기로 한다.

『훈민정음』,『용비어천가』,『동국정운』,『사성통고』,『국조보감』,『내훈』,『용재총화』,『사성통해』,『훈몽자회』,『박통사언해』,『노걸대언해』,『전운옥편』,『칠서언해』,『어록해』,『경세정음』,『소학언해』,『삼운성휘』,『훈민정음도해』,『화동정운통석운고』,『문헌비고』,『경세정음도설』,『연려실기술』,『규장전운』,『진언집』,『의정국문자모분해』

위의 문헌들은 조선시대의 훈민정음 관계 연구에 필요한 문헌들을 대부분 망라했다고 할 수 있을 정도이다. 위의 문헌들을 당시의 국문연구소 연구위원들이 모두 함께 검토할 수 있었는지 여부는 알 수 없다. 다만, 앞서도 언급한 바와 같이 불과 4, 5년 전만 해도『훈민정음』,『훈몽자회』,『화동정음통석운고』 정도의 문헌만을 알고 있던 주시경이 국문연구소의 활동을 총 결산하는 보고서에서 그전에 참조하지 못했던 많은 문헌들을 언급하고 있는 것을 보았을 때, 위원들이 참고할 만한 문헌들을 공유했을 가능성이 크다. 앞서 주시경이 언급한 문헌들이 모두 어윤적이 '인용급참조서목'에 이름을 올린 것들이라는 점 또한 눈여겨볼 대목이다.

---

27 네 종류의 표는 다음과 같다. '국문원류연표國文原流年表', '국문자체급발음연혁일람표國文字體及發音沿革一覽表', '제서산출국문자모일람표諸書散出國文字母一覽表', '제서자모도동이일람표諸書字母圖同異一覽表'.

물론 이와 같이 많은 책이 언급되었지만, 실제로 의정안의 내용을 결정할 때 주로 참조된 것은 『훈민정음』과 『훈몽자회』인 것으로 보인다. 이 의정안의 본문에 언급되는 것은 거의 대부분 이 두 문헌뿐이기 때문이다. 예를 들어 첫 번째 의제의 '발음'에 관한 항목에서는 『훈민정음』에서 'ㄱ'을 '군자초발성君字初發聲'과 같은 식으로 설명했는데 비해 『훈몽자회』에서는 '기역其役'과 같은 식으로 설명한다며 그 차이를 드러내고 있다. 'ㅇ, ㆆ, ㅿ'의 발음을 설명하는 데도 『훈민정음』이 '읍挹, 양穰, 업業' 등으로 그 소리를 표시했다면 『훈몽자회』에서는 '이伊, 이而, 이異'를 사용했다고 하는데 여기서도 다른 문헌들에 대한 언급은 없다. 8번째 의제인 '자모의 음독 일정' 같은 경우에는 『훈민정음』에는 참조할 만한 내용이 없으므로 『훈몽자회』를 전적으로 참조하여 '기윽, 니은, 디읃'과 같이 읽는 것으로 결정된다. 그러나 물론 예컨대 받침 규정과 같이 『훈민정음』과 『훈몽자회』의 내용이 충돌할 때에는 『훈민정음』의 설명이 채택된다. 그것이 '국문의 원류'라고 판단했기 때문이다. 주시경이 「국문연구의정안」에서 자신의 표기 이론을 관철시킬 수 있었던 것도, 그리고 어윤적이 그에 동의했던 것도 바로 『훈민정음』의 '종성부용초성' 규정 때문이었다. 그만큼 당시의 논의에서 '국문의 원류'라고 판단되는 『훈민정음』의 권위는 거의 절대적이었다고 해야 할 것이다. 그러나 시간이 흘러 서구의 근대언어학이 조선어 연구에서도 주요한 참조 대상이 되면서 『훈민정음』의 권위는 상대화될 수밖에 없게 된다. 그렇게 되면 주시경의 표기 이론은 이제 '국문의 원류'에 더해 '과학'에서 자신의 정당성을 찾아야만 하게 된다.[28]

6. 나가는 말

근대계몽기에 펼쳐졌던 '국문'에 대한 다양한 논의들의 핵심은 물론 새로운 시대를 맞이하여 한문이 아니라 국문을 사용해야 한다는 것이었다. 그 과정에서 국문이 한문보다 나은 이유로 제시된 것은 대체로 국문이 한문과는 달리 소리글자라는 점, 그리고 소리글자는 서양 알파벳의 경우에서 알 수 있듯이 지식의 보편화와 부국강병을 이루는 데 유리하다는 점 등이었다. 그러나 막상 당시에 사용되던 한글은 그렇게 쉽게 읽히지가 않았고 따라서 띄어쓰기를 해야 한다거나, 방점을 찍어서 동형이의어를 구별해야 한다는 등과 같은 나름의 해결책이 여러 논자들에 의해 제출된다. '어떤 문자이냐'라는 문제에서 '어떻게 쓸 것이냐'의 문제로 초점이 이동했다고 할 수 있겠는데, 이로부터 제기되는 사항이 바로 '국문의 형태, 원리, 체계 등이 본래 어떠했는가'이다. 그리고 이는 여러 가지 레퍼런스, 즉 참조 문헌들이 '국문론'에 인용되거나 참조되어야 했던 이유이기도 했다.

초기에는 제대로 된 참조 문헌이 확보되지 못하여 실록을 보았다는 이의 전언이나 민간에서 통용되던 반절표가 이용되다가 차츰 『훈몽자

---

28 예컨대 언문철자법의 개정 논의가 있던 1921년 어윤적은 『훈민정음』 당대의 규정에서 조금이라도 벗어나는 일은 '대불가'를 외치는 반면(어윤적, 「玄妙ㅎ 原則을 保守ㅎ라―諺文綴字法에 就ㅎ야」, 『매일신보』, 1921.3.17) 오구라 신페이는 소리글자인 '언문'이 발음과 탈끝만치도 벌어지는 일은 '대불가'를 외치며 현실에 맞추어 수정할 것을 주장한다(오구라 신페이, 「문자와 발음을 동일ㅎ게 ㅎ는 것이 타당ㅎ다」, 『매일신보』, 1921.3.20). 이와 같은 상황에서 『훈민정음』은 주요한 참조 문헌이 될 수는 있으나 이것만으로는 모든 문제를 해결할 수는 없었다. 이에 대해서는 김병문, 「「한글 마춤법 통일안」(1933) 총론의 '소리대로 적되 어법에 맞도록 한다'는 규정의 역사적 의미 검토―당대의 논의를 중심으로」, 『언어사실과 관점』 44, 연세대 언어정보연구원, 2018, 178쪽 참조.

회』와『화동정음통석운고』와 같은 책들에 소개된 훈민정음 관련 규정들이 주로 참조되기에 이른다. 그러다가 1905년경 무렵이면『훈민정음』의 실록본이 본격적으로 국문 관련 논의에 활용되게 되는데 이는 당시 작업되던『증보문헌비고』가 외부에 알려지게 되었기 때문이다. 그리고 마침내 1907년 학부에 설치된 국문연구소에서는『훈민정음』관련 다수의 전통 문헌들을 참조하여 최종보고서인「국문연구의정안」(1909)을 작성하게 된다. 국문연구소의 최종 결론은 비록 식민지 시기를 맞아 실행되지 못했으나 이때의 논의는 이후의 국어, 한글 연구에 일정한 영향을 미치게 되었으며 당시에 수집되고 참조되었던 문헌들은 이후 국어학사의 주요 자료로 활용되게 된다. 식민지 시기 국어 및 한글 연구에 어떠한 문헌들이 참조되고 그것이 당대의 논의에 어떤 영향을 미쳤는지 등은 이후 연구의 과제로 삼고자 한다.

『청춘』의 현상문예와 근대 초기 한글운동

손동호

1. 들어가며

이 글의 목적은 1910년대 대표적 잡지 『청춘』[1]이 시행한 현상문예의 내용과 성과를 밝히는 데에 있다. 1910년대는 일제가 무단통치를 시행하여 조선 내에서의 매체 발행이 매우 제한된 시기였다. 총독부는 신문지법을 비롯한 보안법, 제령制令 위반, 치안유지법, 명예훼손죄 등의 사법처분권과 매체의 삭제, 압수, 발매금지, 무기정간 등의 행정처분권을 동원하여 조선 내의 매체를 엄격하게 통제하였다. 이에 따라 총독부를

---

1 이 글은 『청춘』(영인본), 역락, 2007을 대상 텍스트로 삼았다. 창간호는 1914년 9월 28일 인쇄, 10월 1일 발행하였으며 매월 28일 발행을 원칙으로 하였다. 저작자 및 발행자는 최창선이었으며, 인쇄 및 발행소는 신문관이었다. 판권장에는 '구독가의 주의', '정가표', '광고료' 등의 정보도 포함되었는데, 이에 따르면 잡지는 매호 150매 내외의 분량으로 정가는 20전이었다. 이광수를 비롯하여 최남선, 현상윤 등이 주요 필진으로 참여하였다.

비판하는 언론은 봉쇄당하고, 식민지의 언론기관은 총독부가 독점하여 매체를 주요 발표 기반으로 하는 문학 역시 급격히 위축되었다.[2] 이러한 문학의 암흑기에 『청춘』은 대중 교양 잡지를 표방하며 등장하였다.

『청춘』은 1914년 창간 이래 1918년 9월 26일 통권 15호로 종간되기까지 1910년대 근대문학의 전개에 있어 매우 중요한 역할을 담당하였다. 주지하다시피 『청춘』은 식민지 시기 근대문학의 대표적인 발표지면으로 기능하였다. 이광수의 「소년의 비애」, 「어린 벗에게」, 「방황」, 「윤광호」 등 단편소설과 최남선의 시조와 신체시 그리고 현상윤의 창작물을 발표하여 조선문단의 순문학 발전에 기여하였다. 그리고 「너 참 불상타」, 「실락원」, 「돈기호전기」, 「캔터베리記」 등 서양문학을 번역하여 근대문학의 모범을 보여줌으로써 문학 관념을 새롭게 하였다. 동시에 조선의 고전을 수집, 정리하여 고전문학의 발굴 및 정비에도 힘썼다.

특히 『청춘』은 '특별대현상'에 이어 '매호현상문예'를 지속적으로 시행하여 여러 신인작가를 발굴했을 뿐만 아니라 근대 문학양식이 정착하는 데에도 큰 역할을 하였다.[3] 『청춘』이 시행한 현상문예는 근대 독자참여제도의 전개과정에 있어서 매우 중요한 위상을 차지한다. 1900년대 『대한자강회월보』(1906), 『태극학보』(1907) 등에서 선보였던 독자투고와, 『장학보』(1908)가 시도했던 현상문예를 계승하여, 현상문예 제

---

2 김규환, 『일제의 대한언론·선전정책』, 이우출판사, 1978, 128쪽.
3 한진일, 「근대 단편소설의 형성 과정 연구」, 성균관대 박사논문, 2002; 신지연, 「『청춘』의 독자문예란 연구」, 『한국언어문학』 53, 한국언어문학회, 2004; 김미정, 「근대초기 현상공모 일고찰」, 『반교어문연구』 18, 반교어문학회, 2005; 이경현, 「『청춘』을 통해 본 최남선의 세계인식과 문학」, 『한국문화』 43, 서울대 규장각한국학연구원, 2008; 양문규, 「1910년대 잡지 매체의 언어 선택과 근대독자의 형성 과정」, 『현대문학의 연구』 43, 한국문학연구학회, 2011; 정영진, 「제도로서의 작가의 형성 과정 연구」, 『현대소설연구』 68, 한국현대소설학회, 2017.

도의 명맥을 유지하였을 뿐만 아니라 이후 1920년대『조선문단』,『개벽』등의 잡지 매체가 주도한 본격적인 문인재생산제도의 근간을 마련했기 때문이다.[4]

이광수, 최남선, 현상윤 등『청춘』의 필진들은 근대문명의 사회적 전면화를 추구하였다. 그들은 서구문명이 달성한 근대의 주체화를 통해 식민지 해방의 길이 열릴 수 있다고 생각했다. 하지만 식민지라는 상황 하에서 그들의 목표는 실현되기 어려웠다. 근대문명의 전면화는 사회 각 영역에서의 제도적 변화를 필연적으로 수반하는데, 그들이 주체적으로 확보할 수 있는 제도의 영역은 거의 존재하지 않았기 때문이다. 이에 따라 그들은 그들에게 허용된 범위 내에서 근대문명의 실천적 가능성을 시험할 수 있는 영역을 모색했고, 그 결과 문학을 발견하였다. 그들은 문학의 사회적 제도화에 많은 관심을 보였는데, 현상문예는 근대문학 재편의 기제 중에서 가장 강력한 형태의 동력이었다.[5]

선행연구를 통해『청춘』이 시행한 현상문예가 근대문학의 형성과 발전에 크게 이바지했음을 확인할 수 있었다. 이 글은 이러한 선행연구를 참조하여『청춘』이 시행한 '현상문예'의 성과를 한글운동과의 연관성을 중심으로 살피고자 한다. 주시경의 제자들이『청춘』의 현상문예에 대거 참여했다는 사실은 부분적으로 언급되었으나[6] 그 의미에 대해

---

4 김영철,「신문학 초기의 현상 및 신춘문예제의 정착과정」,『국어국문학』98, 국어국문학회, 1987; 김영민,「근대 매체의 독자 창작 참여 제도 연구(1)」,『현대문학의 연구』43, 한국문학연구학회, 2011; 정영진,「현상 난변소설 보십의 기원『장학보』」,『한국학연구』42, 인하대 한국학연구소, 2016.

5 한기형,「최남선의 잡지 발간과 초기 근대문학의 재편」,『대동문화연구』45, 성균관대 대동문화연구원, 2004.

6 『청춘』현상문예의 당선자 중 일부가 주시경의 국문운동과 관련되어 있음을 처음으로 주목한 이는 한진일(앞의 글, 64~65쪽)이다. 이후 한기형(앞의 글, 248~249쪽)과 김미정(앞의

서는 상세한 분석이 이루어지지 않았기 때문이다. 따라서 본문에서는
『청춘』의 현상문예 모집공고문과 당선작, 그리고 선자평을 분석하여
해당 제도의 성과와 의의에 대해 논의하고자 한다.

2. 문예 부흥의 과제와 현상문예

『청춘』은 제6호(1915년 3월 1일 발행)까지 발행하고 '국시위반'으로 정
간을 맞게 된다. 2년간의 정간 이후 1917년 5월 16일 제7호로 속간되는
데, 이때 현상문예 모집공고가 처음 등장한다. 『청춘』이 시행한 현상문
예는 '특별대현상'과 '매호현상문예' 두 종류였다.

먼저 '특별대현상'[7]의 모집부문은 논문과 단편소설이었다. 논문의 과
제는 '고향의 사정을 녹송錄送하는 문文'과 '자기의 근황을 보지報知하는
문文' 두 가지였다. 논문은 2,300자 내외의 분량으로, 순한문체만 제외하

글, 173~175쪽)도 이와 관련한 논의를 전개하였다.

7   '특별대현상'의 모집공고는 『청춘』 제7호(125쪽), 제8호(75쪽), 제9호(125쪽)에 실렸으며, 당
   선작은 제11호 부록에 80쪽 분량이 게재되었다. '특별대현상'의 모집공고문 전문全文은 다음
   과 같다. "特別大懸賞 / 一, 故鄕의 事情을 錄送하는 文 崔六堂 考選 / 自己故鄕의 山河風土며
   人物事蹟 等 諸般事情을 在遠한 知人에게 報知하는 文이니 文體와 意匠과 長短은 任意로 하
   되 張皇치 아니한 中에 要領을 得하며 煩瑣치 아니한 中에 情趣가 有하도록 함이 可하며 엇더
   케하든지 모든 事實을 料理按排하야 統一과 組織잇는 文章을 成하여야 함은 毋論이니라 / 一,
   自己의 近況을 報知하는 文 崔六堂 考選 / 學生이면 工夫生活과 農人이면 耕作生活과 其他 엇
   더한 生活을 하는 이든지 自己가 最近에 經歷한 바 感想한 바 聞見한 바 中 무엇이든지 情趣
   잇는 筆致로 寫出하야 親知에게 報知하는 文이니 아못조록 眞率을 守하고 誇虛를 避함이 可
   함 / ●制限 一行二十三字 百行內外 純漢文만 避하고 文體任意 ●賞給 一等五圓, 二等參圓,
   三等壹圓, 各若干人 / 一, 短篇小說 李春園 考選 / 學生을 主人公으로 하야 猥雜에 流치 아니
   하는 範圍에서 體裁, 意匠은 任意로 할 것이며 滑稽味를 帶한 것도 無妨함(以上 三種應募는
   原稿始面에 반드시 讀者證을 貼付하시오) / ●制限 一行二十三字 五百行以內 敍設體記述體
   書翰體俱無妨 ●賞給 一等十圓, 二等五圓, 三等三圓, 各若干人 / 一, 應募期限 來七月十五日
   本館着, 九月發行倍號發表"

고 써줄 것을 요구하였다. 세부적으로 '고향 사정'은 고향에 대한 제반 사정을 지인에게 알리는 글이므로 장황하지 않을 것, 정취가 있을 것, 그리고 통일성과 조직성을 갖춘 문장으로 쓸 것을 요구하였다. 그리고 '자기 근황'은 최근에 자신이 경험하거나 감상한 바 또는 견문한 바를 친지에게 알리는 글이므로 정취 있는 필치로 과장이나 허황되지 않게 진솔하게 써줄 것을 요청하였다. 단편소설은 학생을 주인공으로 하되 음탕하거나 난잡하지 않게 써달라고 하였다. 단편소설은 11,500자 내외의 분량으로 서설체叙設體, 기술체記述體, 서한체書翰體 모두 무방하다고 하였다. '특별대현상'의 응모 기한은 1917년 7월 15일까지로 두 달 정도 였으며, 심사를 거쳐 9월에 발표한다고 하였다. 논문은 최남선, 단편소설은 이광수가 각각 고선考選을 맡았다.

'매호현상문예'[8]는 '특별대현상'과 비교할 때 논문이 제외되었지만 다른 모집부문을 확대하였다. 모집부문은 시조, 한시, 잡가, 신체시가, 보통문, 단편소설 등으로 주로 문예에 집중하였다. 시조와 한시의 과제는 '즉경즉흥卽景卽興'이었으며, 한시는 7절 7률만 허용하였다. 반면 잡가와

---

8 "每號懸賞文藝爭先應募하시오 / 一, 時調(卽景卽興) 入選壹圓書籍券 / 一, 漢詩(卽景卽興)(七絶七律만) 入選壹圓書籍券 / 一, 雜歌(長短及題任意) 入選賞金五十錢至五圓 / 一, 新體詩歌(調格隨意) 入選賞金五十錢至五圓 / 一, 普通文 一行二十三字三十行以內, 純漢文不取 入選賞金 天貳圓, 地壹圓, 人五十錢 / 一, 短篇小說 一行二十三字百行內外 漢字 약간 석근 時文體 入選賞金 天參圓, 地貳圓, 人一圓 / 一, 以上은 每月末日까지 接受하야 그 이듬이듬달 發行號에 發表호대 時限에 未到하얏슬지라도 次回에 入하야 考選함 / 一, 應募는 반드시 本誌의 讀者인 後에 許하나니 故로 本紙에 印入한「靑春讀者證」을 原稿始面에 貼付할 事 / 一, 一人이 幾種幾編이든지 隨意로 應募함을 得하며 兩種以上을 投稿할 時에는 其中 一種에민 讀者證을 貼付하면 可함 / 一, 原稿는 반드시 楷字로 書하며 應募者의 住所, 氏名을 題目下에 明記하며 封皮左方에『靑春懸賞文藝』六字를 記入할 事 / 一, 賞金及書籍券은 本誌發行後一週日內로 發送할 터이니 郵便抵達日數를 料量하야 未着된 時에 卽時通問하시옵 / 一, 發表는 第九號로 始하야 每號에 例續함 / 一, 考試는 本誌編輯局員과 밋 專門大家에 囑托하얏슴 / 一, 他人의 改竄이나 剽竊임을 發見하야 一週日內에 告發하면 告發人에게 賞物을 代送함"

신체시가는 길이나 과제에 대한 특별한 제약이 없었다. 산문장르인 보통문은 700자 정도의 분량을 제시하고, 순한문체는 허용하지 않았다. 단편소설은 2,300자 정도의 분량으로 한자 약간 섞은 시문체時文體로 써 줄 것을 요구하였다. 이 밖에 한 사람이 여러 부문에 걸쳐 투고할 수 있었으며, 타인의 개찬改竄이나 표절을 발견하여 고발하면 고발인에게 상금을 대신 지급한다는 규정이 있었다. 현상문예의 고선은 본지 편집국원 및 전문 대가에게 촉탁한다고 하였다. '매호현상문예'의 응모 기한은 매월 말일까지였으며, '특별대현상'과 마찬가지로 두 달 후인 제9호부터 당선작을 발표하겠다고 하였다.

잡지의 속간과 동시에 현상문예를 대대적으로 시도한 사실을 통해 현상문예 시행의 일차적인 목적이 독자 확보에 있었음을 알 수 있다. 현상금 지급과 당선작 발표라는 유인책을 동원하여 독자들의 매체 참여를 적극적으로 유도하고자 한 것이다. 같은 시기 『매일신보』 현상문예의 최고 현상금이 3원에 불과한 것을 감안할 때 『청춘』이 제시한 10원이라는 현상금은 독자들의 참여열을 고조시키기에 충분한 액수였다. 그리고 당대 가장 명망 높은 이광수와 최남선이 현상문예의 고선을 맡았다는 점과 당선될 경우 해당 잡지에 독자들의 작품을 게재한다는 조건 역시 독자의 투고열을 자극할 만한 내용이었다. 『청춘』은 현상문예의 응모자격을 잡지의 독자로 한정했기 때문에 작품을 투고하기 위해서는 잡지에 있는 '청춘독자증'을 반드시 첨부해야만 했다. '독자증'은 잡지 한 권당 1매밖에 없었으므로 독자들의 현상문예 응모는 잡지의 판매와 직결되는 문제였다.

『청춘』이 현상문예를 시행한 또 다른 목적은 신인작가의 발굴에 있었다. 『청춘』은 제10호(1917년 9월)부터 종간호인 제15호(1918년 9월)까지 현상문예 당선작을 지면에 실었다. 당선된 작품은 총 212편이며 118명의 당선자를 배출하였다. 애초 응모규정에 중복 지원을 허용한다고 밝혀 중복당선자가 많은 점이 특징이다. 118명의 당선자 중에 43명이 중복당선자로 비율로는 36%나 된다. 2회 당선자는 구성서, 김두식, 김려환, 김순석, 김웅도, 박영곤, 안택순, 양주영, 엄항섭, 이강석, 이경, 이운벽, 이익상, 이재갑, 이택용, 조준기, 최국현, 최승택, 최중함, 최학송, 최홍범, 한동찬, 홍선표이다. 3회 당선자는 김현순, 박연의, 설형식, 성도, 신영철, 이남두, 이상춘, 주병건, 황규만 등이며, 4회 당선자는 유종석, 정용모, 최해종, 홍기주, 5회 당선자는 배재황, 백낙영, 차용운, 6회 당선자는 김윤경, 나시규, 8회 당선자는 방정환이었다. 노문희는 무려 13회나 당선되었다.[9] 이들 당선자들 중에서 이후 문단에서 활동하게 되는 인물로는 강용흘, 김동환, 김명순, 김형원, 박달성, 방인근, 방정환, 유광렬, 유종석, 이상춘, 이익상, 주기철, 주요한, 최국현, 최서해(최학송) 등을 들 수 있다. 1년 남짓한 기간에 무려 15명이나 배출한 것이다. 이러한 수치는 『청춘』이 신인작가의 발굴을 위해 현상문예를 시행했으며, 그 목적을 성공적으로 달성했음을 확인시켜 준다.[10] 『청춘』 제13호에는 방정환의 「김장자노래」, 제15호에는 이상춘의 「백운」이 실렸다. 자신들

---

9 당선작 중에서 실제로 『청춘』에 실린 작품은 66편이다. 이들 중에서 2회 이상 당선된 자는 다음과 같다. 김윤경(5), 나시규(3), 노문희(6), 방정환(5), 배재황(3), 백낙영(2), 설형식(2), 유종석(3), 이경(2), 이상춘(2), 이운벽(2), 주병건(원혜생)(2), 차용운(3), 최승택(2), 한동찬(2). (괄호 안 숫자는 작품 게재 횟수를 의미함)

10 한진일, 앞의 글, 62~63쪽. 한진일은 『청춘』이 청년 또는 학생을 주된 독자층으로 설정하여 일찍부터 현상문예를 통한 전문작가 배출의 의지를 보였다는 점에 주목하였다. 그는 현상문예의 상금 액수와 춘원의 선후평을 근거로 『청춘』의 '특별현상문예'가 단순한 독자 참여를 넘어서 새로운 문단을 형성할 '새사람'을 키워 낼 목적으로 실시되었다고 주장하였다.

이 발굴한 신인에게 작품을 발표할 수 있는 지면을 제공한 것이다. 이는 이광수, 최남선, 현상윤 등 특정인물이 전담해 온 문예란의 변화를 예고한다는 점에서 중요하다. 신인의 발굴은 작가군의 확보로 이어지고 이는 곧 작품의 안정적인 공급과도 연결되는 문제이기 때문이다.[11]

지금까지 설명한 독자 확보와 신인 발굴 외에 『청춘』은 조선의 문예를 부흥하기 위한 목적에서 현상문예를 시행하였다. 현상문예 당선작을 발표하기로 한 『청춘』 제9호(1917년 7월 26일 발행)에는 '지면의 상치相值'로 인해 당선작이 실리지 못하였다. 편집진은 당선작을 게재하는 대신에 편집자의 글을 실었다. 이 글에서 편집자는 독자와 사상적으로 교제하고, 신문단에 의미 있는 파란을 일으키기 위하여 현상문예를 시행한다고 그 취지를 밝히고 있다.[12] 그리고 '특별대현상' 소설 부문의 고선을 맡았던 이광수는 『청춘』이 시행한 현상문예가 『매일신보』가 시행한 신년문예와 달리 순문학적 목적으로 소설을 모집한 최초의 사례라고 언급하기도 하였다.[13] 신문단에 파란을 일으키겠다는 포부나 순문학적 목적의 소설 모집 등은 모두 현상문예를 통한 문예 부흥으로 귀결된다.

『청춘』 현상문예의 이러한 시행 취지는 같은 시기에 현상문예를 시행한 『매일신보』와 비교할 때 더욱 분명해진다. 『매일신보』는 1917년 신년에 발표할 '신년문예' 현상모집 공고[14]를 냈다. 이 공고문을 통해

---

11 하지만 잡지가 폐간됨에 따라 해당 기획의 성공 여부는 확인할 수 없었다.
12 「매호현상문예每號懸賞文藝」, 『청춘』 9, 126쪽. "懸賞文藝欄을 두기는 一邊 讀者허고의 思想上 交際의 機會를 짓는 同時에 또 一邊으로는 바야흐로 勃興하려하는 新文壇에 意味잇는 一波瀾을 寄與코져 함"
13 춘원생, 「현상소설고선여언」, 『청춘』 12, 97쪽.
14 「신년문예모집」, 『매일신보』, 1916.12.3, 1면. "新年文藝募集 / 一, 短篇小說 (時代는 現在에

『매일신보』는 신년호의 한 색채를 더하는 한편 신년을 계기로 응모자들의 학술 천재天才를 본 지면으로 해결하기 위해 '신년문예'를 시행한다고 시행 목적을 밝혔다. 『매일신보』의 모집부문은 단편소설, 논문, 신조가사新調歌詞였다. 먼저 단편소설의 분량은 1행 20자 60행 이내로 1,200자 정도였다. 문체에 대한 규정은 따로 제시하지 않았으며, 시대적 배경만 현재로 해 줄 것을 당부하였다. 다음으로 논문은 '일선동화론'을 과제로 제시하였으며, 분량은 1,600자 정도였다. 끝으로 신조가사는 특별한 과제 없이 현대에 유행할 가치가 있는 작품을 요구하였다. 분량은 제한을 두지 않았으며, 응모기한은 『청춘』과 마찬가지로 두 달 정도였다.

두 매체의 현상문예는 모집부문에서부터 확연한 차이를 보였다. 『매일신보』에 비해 『청춘』이 더 다양한 문학장르를 모집하여 문예에 집중하는 모습을 보여주었다. 형식면에서 볼 때 『청춘』은 각 모집부문별로 문체규정을 요구했을 뿐만 아니라 세부요건 역시 상세하게 제시하였다. 작품의 분량면에서도 『매일신보』의 단편소설이 1,200자 내외로 소품 수준에 그친 것과 대조적으로, 『청춘』은 '매호현상문예'가 2,300자였으며, '특별현상문예'는 11,500자에 달해 단편소설로서 충분한 분량을 확보하였다.

또한 내용면에서 『매일신보』가 '일선동화론'을 논문의 과제로 내세워 노골적으로 총독부의 정책을 홍보하려 한 것과 대조적으로, 『청춘』은

適홀 者) 行二 | 字六十行以內 賞金 參圓 / 一, 論文 (題는 「日鮮同化論」) 十六字詰百行以內 賞金 (甲) 一圓五十錢 同 (乙) 一圓 / 一, 新調歌詞 (題는 隨意 但 現代에 流行홀 價値가 有홈을 要홈) 闋數는 無制限 賞金 (甲) 二圓 同 (乙) 一圓五十錢 同 (丙) 一圓 / 左記者는 本紙新年號의 一色彩를 添호기 爲홈만 안이라 新年元旦을 機호야 應募諸彦의 學術天才를 本紙面으로 解決코저 홈이니 原稿는 來二十日ᄭ지에 本社編輯局으로 到着케 호시오 (二十日以後에 到着호는 分은 施賞審査에 未叅됨으로 認홀 事)"

고향에 대한 관심을 환기하거나 번민과 고뇌, 불평과 불안 등 자기 내면의 풍경을 그려달라고 주문하였다.

응모규정에서 드러나는 가장 큰 차이는 1년에 한번 신년 초에만 시행하는『매일신보』의 '신년문예'와 달리『청춘』은 매달 현상문예를 시행했다는 점이다. 이를 통해『청춘』이 독자들의 작품을 상시적으로 모집할 수 있는 제도적 기반을 마련하여 독자와 사상적으로 교제하고, 신문단을 조성함으로써 문예를 부흥하고자 노력했음을 알 수 있다.

문예 부흥은『청춘』필진들이 공통적으로 추구했던 목표였다. 현상윤은 조선이 당면한 문제를 해결하기 위해서라도 문예 부흥이 반드시 필요하다고 보았다. 그는 물질과 정신 양 방면에서 진보적 생활을 영위하려면 우리도 문예 부흥과 종교개혁을 이루어야 한다고 주장하였다. 그가 말한 문예 부흥이란 조선사람도 지금부터 지식운동을 해보자는 것으로, 유학의 영향으로 지금까지 천대받던 지식을 모든 수양 문제의 중심으로 삼자는 내용이었다. 그래서 자연과학 등 조선인에게 특히 부족한 지식을 배우고 익혀, 지식운동을 통해 자아의식을 길러야 현재 조선이 당면한 사회문제를 해결할 수 있다고 보았다.[15] 그가 말한 문예가 오늘날 통용되는 의미의 문예와 다르다는 점은 차치하더라도 지식의 습득을 통한 자의식의 형성에 주목한 점은 의미가 있다. 자아의 발견과 개성의 발현이야말로 근대문학의 성립 요건이기 때문이다.

『청춘』필진들은 지금까지 조선에는 조선인의 사상 감정을 발로하

---

15 소성小星,「문예부흥과 종교개혁의 사적가치史的價値를 논하야 조선당면의 풍기문제에 급及함」,『청춘』12, 33~41쪽. 현상윤은 같은 글에서 현대문명의 정수가 물질주의와 개인주의이므로 이 두 가지를 모두 알아야 한다는 주장도 하였다.

며 조선민족의 근본정신에 접촉한 문학이 없었다고 단언하였다. 『청춘』에 신소설이 한 편도 실리지 않은 점에서 알 수 있듯이, 이들이 상정한 문학에서 신소설은 배제되었다. 이들은 오히려 당시 대중들에게 인기를 끌던 신소설에 대해서 신랄하게 비판하였다.[16] 이광수는 "부로父老가 칭稱하는 문학文學이란 것과 우리가 부르는 문학文學이란 것은 어동이의이語同而意異한 것"이라며, 구습을 탈각한 현대인의 신사상과 감정을 누구나 다 아는 현대어로 쓰는 것이야말로 신문학이라고 정의했다. 그리고 조선의 신문학 건설을 위해서는 조선인의 사상과 이를 담을 문체가 필수 요건이라고 주장하였다. 그런데 신사상의 세례를 받은 청년들의 정신에 신사상이 점점 발효되고 있으며, 최남선을 비롯한 선구자들이 한문투에서 벗어난 새문체를 모색하고 있으므로 조만간 신문학의 막이 열릴 것이라며 기대감을 드러냈다.

이광수는 현상문예 단편소설 응모작을 통독하며, 20여 편이나 모인 점, 순수한 현대적 조선문으로 된 점, 조선인의 실생활을 재료로 한 점, 형식으로나 내용으로나 신문학의 체재를 갖춘 점을 높이 평가했다. 특히 10세기 동안이나 정지되었던 조선인의 정신의 소리를 들은 점에서 "부활한 영靈의 첫소리"라며 의미를 부여하였다.[17]

하지만 기대와 달리 현상문예 시행 초기에는 내용이나 형식 면에서

---

16 평파생平波生, 「제일보第一步」, 『청춘』13, 62~63쪽. P군과 R군의 대화형식으로 된 이 작품에는 신소설에 대한 비판의식이 상하게 드러난다. "다만 新小說! 이란 반가운 「촤암」에 마음이 쓸녀서 나는 바로 어느 大家의 傑作에 對하야 가지는 精神을 가지고 멋가지 新小說을 넓어보앗네. 그러나 그 材料의 陳腐함과 平凡함에 對하야는 嘔逆이 나고, 作者의 技倆의 淺短과 筆致의 生硬에 對하야는 가려움症이 나고, 全篇을 通하야 理想의 沒却과 意思의 不透明에 對하야는 답답症이 나데."
17 춘원, 「부활의 서광曙光」, 『청춘』12, 18~31쪽.

만족할 만한 성과를 거두지 못하였다. 편집자는 이미 도착한 '매호현상문예' 원고의 수준을 봤을 때, 투고작들이 의취意趣와 문사文辭에 대한 연마와 조탁이 부족해 작자의 의사가 충분히 드러나지 못했다며, 기사묘상奇思妙想으로 인생의 본진本眞을 묘사하고 세태의 기미機微를 발명發明하여 신소설계의 천리구千里駒가 되도록 더욱 분발해줄 것을 요청하였다. 특히 '특별대현상'은 응모된 성적이 시원치 못해 평가할 여지조차 없다고 평가하였다.[18] 아직 독자들의 작품은 "관찰이 천박하고 묘사는 유치한 수준"이었기 때문에 현상문예를 시행하는 것만으로는 문예 부흥이나 신문학 건설이라는 목표를 달성할 수 없었다. 바로 이 지점에서 선구자의 지도가 요구되었으며, 『청춘』은 선후감 게재라는 장치를 통해 이를 해소하고자 하였다. 실제로 당선작만을 게재한 『매일신보』와 달리 『청춘』은 당선작 말미에 선자평을 달았을 뿐만 아니라 「양문고선의 감」, 「현상소설고선여언」 등과 같은 선후감까지 제시하였다. 결국 『청춘』은 신문학 건설에 대한 독자들의 수양과 정진을 당부하는 한편,[19] 선자평과 선후감을 통해 신문학에 대한 개념을 설명하고 창작 지도를 함으로써 실질적인 문예 부흥을 도모한 것이다.

---

18 「매호현상문예」, 『청춘』 9, 126쪽.

19 "諸君의 一大奮發과 一大努力을 간절히 希望하노이다"(「매호현상문예」, 『청춘』 9, 126쪽), "그림을 工夫하여가지고야 그리는것가티 小說도 工夫가 잇고야 짓는 것이오"(춘원, 「부활의 서광」, 『청춘』 12, 31쪽), "나는 우리네가 더욱 修養하고 더욱 奮鬪하여서 진실로 新文學의 建設者에게 合當한 事業을 일우기를 바랍니다. 아아 希望만흔 新文壇의 希望만흔 勇士들이시어"(춘원생, 「현상소설고선여언」, 『청춘』 12, 102쪽).

3. 현상문예를 통한 시문체의 보급과 확산

『청춘』제11호 부록에는 '특별현상문예'의 당선작이 실렸다.[20] '특별현상문예'의 모집부문은 논문과 단편소설이었다. 먼저 논문은 두 개의 과제가 주어졌다. '자기 근황을 보지하는 문'은 당선, 선외, 가작을 포함하여 19편이 당선되었으며 이중에 10편이 게재되었다. 다음으로 '고향의 사정을 녹송하는 문'은 12편의 당선작 중에서 5편이 게재되었다.

논문 부문 최고 당선자인 이경은 농사일을 하는 틈틈이 해외의 유명한 문학 강의와 논설을 읽고 아동들에게 한글을 가르치는 자신의 삶을 그렸다. 차석인 연희전문학교의 김윤경은 이화학당 개교기념 행사에 참관하면서 보고 듣고 느낀 점과 여자교육의 발전에 대한 희망, 그리고 자신의 학업 정진에의 다짐을 담아냈다.[21] 노문희와 나시규는 농촌에서의 전원생활을 긍정적으로 묘사하는 한편 유익한 삶을 위해서는 배우고 궁구해야 한다는 자각을 그려냈다. 이 밖에 한동찬은『청춘』을 읽고 전날 자신의 방황을 반성했다며 부패한 우리사회를 바꾸는 데 힘쓰기 위해 아동교육에 매진하겠다는 다짐을 하고 있다. 원해생과 이재갑 역시 경제학을 비롯하여 사회학, 천문학, 지문학 등 구체적인 학문을 언급하며 학문 수양의 의지를 다졌다.

---

20 애초 '특별대현상'으로 모집하였으나 발표 당시에는 '특별현상문예'라는 명칭으로 당선작을 발표하였다.

21 해당 작품의 선자평은 다음과 같다. "이 글은 全體로 보면 結搆가 不足하고 部分으로 보면 洗練이 不足하야 썩 高手와 妙文으로 許할 수는 업스나, 典實한 맛과 質重한 맛이 全篇에 流溢하고 더욱 文思에 對한 銳敏한 良心과 幸勤한 努力이 歷歷히 想察되니 이러툿 功程을 積累하야가면 깁히 그 將來에 屬望할지라, 이 美點을 取한 것이로다. 文瀾과 詞藻로 말하면 或 다른 篇만 못하다 할 情節이 업지 아니하며 더욱 結尾는 餘韻 잇도록 한 것일지나 失敗에 갓갑다 할지니 作者-모름직이 反省加工할지니"

논문 부문의 선자選者인 최남선은 대체로 처음 같은 이번 계획이 이만큼 성적을 얻은 것은 성황이었다고 평가하였다. 논문에 응모한 작품이 50편에 불과했지만 대부분의 작품이 행문行文과 술의述意가 대체로 요령 있고, 사조詞藻 또한 빈핍貧乏하지 않아 의외의 성적을 거두었다는 것이다. 최남선은 '자기 근황' 부문 당선작들의 공통적인 특색으로 경우境遇와 지망志望의 현격한 부조화에서 유래하는 고민 및 번뇌를 그렸다는 점과 자기 개화改化에 대한 책려策勵가 드러난 점을 꼽았다. 그리고 '고향 사정'에 대한 논문은 '자기 근황'에 비해 성적이 좋은 편이었지만 자연을 활기活起하여 정조情調를 완미하는 마음과 지인상여地人相與의 제際를 심찰하는 눈이 부족함으로 필단筆端이 얼핏하면 건삽乾澁에 빠져 영활靈活의 취趣가 적은 것이 큰 흠절이었다고 지적하였다. 최남선은 논문 응모작 전체를 개괄하며 문文이 상想을 따르지 못했다며, 현대 청년들의 문장 연습이 부족함을 꼬집었다. 그리고 그 원인으로 시문時文에 대한 용의가 전혀 없는 교육의 결함을 지목하였다.[22]

단편소설은 18편의 당선작 중에서 이상춘의 「기로」, 주낙양(주요한)의 「마을집」, 김명순의 「의심의 소녀」, 김영걸의 「유정무정」 4편만 게재되었다. 소설 부문의 경우에는 구습 비판이 주된 주제였다. 구습의 사례로는 조혼제도와 축첩제도가 대표적이었으며, 자유연애 및 결혼을 허용하지 않는 구사회의 모습도 비판 대상이었다.

김영걸의 「유정무정」은 조혼의 관습으로 열세 살에 결혼하여 부부간의 행복을 느끼지 못하는 가정의 삶을 다루었다. 영호는 어린 나이에

---

22 선자選者, 「양문고선의 감」, 『청춘』 11, 39~40쪽.

결혼해서 스물세 살이 되도록 아이를 낳지 않았다. 유학을 하며 연애와 부부관계에 대해 알 기회가 많았지만 정작 아내에게 정을 느끼지 못했기 때문이다. 그는 아내 순희가 못생겼다는 이유로 박대하던 끝에 아내를 버리고 만다. 순희는 부친 제사를 핑계로 친정에 갔다가 그대로 친정에 머물며 남편의 생각이 바뀌기만 바랄 뿐이다. 시부모와 시누이 명옥의 노력으로 결국 순희가 집으로 돌아오고 영호는 자신의 잘못을 반성한다. 그리고 순희가 학질로 앓게 되자 영호는 자신의 잘못을 진정으로 깨닫고 아내를 위로한다. 작품에서는 영호의 반성으로 갈등이 해소되는 것으로 처리했으나 개연성이 부족하며, 애초 갈등의 근본적인 원인 조혼 문제에 대해서는 아무런 해결책을 제시하지 못하였다. 작품 말미에 '개성은 잘 드러나지 않았지만 전체의 결구가 재미있고, 용필도 매우 자유로웠다'는 짧은 선자평이 실렸다.

김명순의 「의심의 소녀」는 황진사와 범녜의 이야기를 통해 축첩제도로 인한 비극을 다루었다. 범녜는 황진사의 외손녀로 이들은 범녜의 아버지이자 황진사의 사위인 조국장을 피해 도피생활을 한다. 조국장은 양반 출신으로 화류계에서 놀고 촌백성의 계집까지 희롱하는 인물이다. 그래서 처를 세 번, 첩을 열 번 바꾸었다. 범녜의 어머니는 당시 유명한 미인이라 조국장의 눈에 들어 결혼을 했다. 부인이 딸을 낳자 애정이 식은 남편은 외도를 했다. 그리고 새로 들어온 첩의 농간으로 남편의 의심과 학대를 이기지 못한 부인은 자살한다. 아내의 죽음에 정신을 차린 조국장은 부인이 살아있을 때보다 더욱 범녜를 위하고 아끼지만, 황진사는 조국장 첩의 농간과 후환이 두려워 범녜를 데리고 나와 표량객이 된 것이다. 작가는 인물 간의 갈등과 비극적인 사건을 통해 축첩제도의 문제점을 보여주고자 하였다. 이광수는 이 작품이 교훈의 흔적이 없으면서도 고상한 재미가 있다고 평가하였다. 그는 자신의 「무정」과 진순성의 「부르지짐」 그리고 이 작품을 조선문단에서 교훈적이라는 구투를 완전히 탈각한 작품이라며 의미를 부여하였다.[23]

주요한의 「마을집」은 유학생 최창호의 눈에 비친 암울한 조선의 모습을 담았다. 창호에게는 영서라는 친구가 있다. 영서는 자기 집 하인의 딸 혜숙을 사랑한다. 하지만 그의 어머니는 결혼을 반대해 혜숙을 집에서 내쫓고 문벌과 지위를 갖춘 다른 사람과의 결혼을 강제한다. 어머니의 말을 어길 수도, 사랑하는 이를 버릴 수도 없는 영서는 창호에게 자기 어머니를 설득해 달라고 부탁한다. 창호는 새사람과 옛사람의 충돌은 불가피하다면서 용기 없는 영서를 나무란다. 집으로 돌아온 창호는 남편에게 쫓겨난 고모와 이에 대해 아무런 대응을 못하는 집안사람들의 모습을 보고 실망과 슬픔을 넘어 분노를 느낀다. 높은 집과 넓은 도로로 대변되듯 조선의 외양은 발전했지만 사람들의 삶과 사고는 전혀 변하지 않았다는 것이 그의 인식이다. 결국 창호는 이 땅을 저주하며 떠날 것을 다짐한다. 이광수는 이 작품에 대해 간혹 설교를 하려 하는 점이 있었지만 신식문체와 착상이 놀랍다고 평가하였다. 특히 신사상의 맹아가 보이는 작품 중에서 가장 출중하다고 하였다. 그는 신시대에 각성한 청년이 구사회를 대할 때 일어나는 비애와 분만憤懣, 그리고 이를 가르쳐가려 하는 희망을 그렸다는 점을 높이 샀다.[24]

---

23 춘원생, 「현상소설고선여언」, 『청춘』 12, 99쪽. 해당 작품의 선자평은 따로 실리지 않았다.
24 위의 글, 99쪽. 작품이 게재될 때에는 주낙양의 「마을집」으로 실렸으나, 선후감에는 주요한의 「농가農家」로 소개되었다. 이 작품의 선자평은 실리지 않았다.

이상춘의 「기로」는 전통적 한학을 부정하고 신학문을 긍정한 대표적인 작품이다. 주인공 문치명은 집안의 반대를 무릅쓰고 경성으로 유학가서 일과 학업을 병행하는 성실한 청년이다. 이와 대조적으로 문치선과 김철수는 방탕아로 그려진다. 주인공의 형 치선은 치명의 공부를 못마땅하게 여기며 그까짓 공부를 해봤자 아무 소용 없고 사람만 망친다고 믿는다. 경성 하숙집의 손자인 철수는 공부에는 소홀하고 활동사진관만 기웃거리는 인물이다. 결국 치선은 집안을 망치게 되고, 철수는 사기죄로 경찰서에 갇히고 만다. 반면 양호한 성적으로 졸업한 치명은 고향에 내려가 자살하려는 형을 구하고, 신학문을 통해 얻은 지식으로 망한 집안을 다시 일으킬 계획을 구상한다. 작품은 신학문을 반대했던 가족들의 반성하는 모습과 치명의 계획에 동조하는 일가의 모습을 보여줌으로써 치명의 선택과 결정을 긍정하며 마무리된다.

이 밖에 선외작은 지수紙數의 관계로 다음에 기회를 보아 게재한다고 하였으나 실제 작품은 실리지 않았다. 단편소설의 심사를 맡은 이광수는 응모작들의 수준에 놀라움을 표하며 그 이유를 다섯 가지로 들었다. 첫째, 순수한 시문체로 쓰여진 점. 둘째, 엄숙하고 정성스러운 태도로 쓴 점. 셋째, 전습적이고 교훈적인 구투를 벗어나 예술적 기미를 보인 점. 넷째, 이상적인 태도에서 벗어나 현실적인 태도로 현실을 그리려 한 점. 다섯째, 작품에 신사상의 맹아가 보이는 점 등이었다.[25] 현상문예 당선작에 대한 이런 평가는 「부활의 서광」에서도 일관되게 이루어졌으며, 이광수 역시 최남선과 마찬가지로 내용과 형식을 주된 평가 기

---

25 위의 글, 97~102쪽.

준으로 상정했음을 보여준다.

당선작의 내용과 선자평, 그리고 선후감에서 확인할 수 있듯이 현상문예 당선작 선정의 주된 기준은 상想과 문文이었다.[26] 작품의 내용과 문체 등의 형식적 요건이 당선 여부를 결정짓는 중요한 준거로 작용한 것이다. 이는 『청춘』 필진이 신사상과 문체를 신문학 성립의 전제조건으로 파악한 것에서 기인하였다. 당선작이 다룬 내용은 모집부문과 과제에 따라 조금씩 차이를 보였지만 청년·학생들의 삶과 고민을 다루었다는 점에서는 공통적이었다. 이는 『청춘』의 주된 독자층이 청년·학생이었기 때문으로 보인다.[27] 대다수의 당선작들은 청년·학생을 주인공으로 삼았으며, 현실을 배경으로 실제 삶의 문제를 다루었다. 이들에게 신학문을 익혀 문명에 도달해야 한다는 것은 지극히 당연한 당위였다. 하지만 아직 학생 신분이었던 탓에 이들이 문명의 구체적인 내용이나 이후의 전망까지 제시하는 것은 무리였다. 이들이 실제로 다룰 수 있는 주제는 조혼이나 축첩 등 조선사회에 뿌리박힌 구습을 비판하거나 막연한 문명에의 동경, 청년·학생들이 자기 생활에서 느끼는 고민과 방황 정도였다. 식민지라는 시대 여건상 국제 정세나 정치 문제에 대한 내용은 다룰 수 없었기 때문이다. 『청춘』은 실제 정간 이력이 있었을 뿐만 아니라 현상문예 당선작이 검열로 인해 삭제되기도 했다. 따라서 편집진은 여전히 검열을 의식할 수밖에 없었다. 대외적인 작품 선정 기준

---

26 선자選者, 「양문고선兩文考選의 감感」, 『청춘』 11, 40쪽. "考選의 標準은 文과 想을 分하야 想을 主하고 文을 次호대 文이 쏘한 成樣한 것이라야 取하얏슴은 毋論이니라"

27 「매호현상문예」, 『청춘』 9, 126쪽. "靑年學生으로 讀者의 大部를 차지하는 터이매 試驗 其他 學事의 事情이 응당 多大한 影響을 波及하얏겟지오마는"이라는 진술을 통해서도 『청춘』의 주된 독자층이 청년·학생이었음을 알 수 있다.

은 내용과 형식 두 가지를 표방했지만 실제로는 형식에 치중할 수밖에 없었던 것이다.

형식적 요건의 핵심은 문체였다. 현상문예의 응모규정에서부터 선자평, 그리고 선후감에 이르기까지 『청춘』은 일관되게 문체를 중요한 문제로 다루었다. 응모규정에 따르면 '고향 사정'의 문체는 임의로 선택하되 장황하지 않고, 번잡하지 않으며 모든 사실을 요리안배하여 통일과 조직있는 문장으로 써 줄 것을 요구하였다. '자기 근황'도 문체는 임의로 선택하되 순한문만 피해달라고 하였다. 끝으로 '단편소설'은 외잡에 흐르지 않는 범위 내에서 체재와 의장은 임의로 하고 서설체, 기사체, 서한체 모두 무방하다고 하였다. 응모규정만 봤을 때 모집부문별 문체 규정의 차이는 크게 두드러지지 않는다. 세 부문 모두 문체를 임의로 선택할 수 있었기 때문이다. 아래는 각 모집부문별 1등 당선작의 일부를 옮긴 것이다.

㉮

암만해도글읽는것이 나의生涯의主體오 骨子라할것이로소이다글을읽는다하는것보다글을읽으려하고글읽는것이조흔줄알미로소이다 나의讀書에關한素養은넘어도 貧弱하외다體質이 虛弱하고才調−至鈍하엿슴으로 嚴重한監督下에서 漢籍으론通鑑節要와 論孟等四書박게배운것이업고 學校工夫라고는 京城某中學校에서 석달동안단여보앗나이다[28]

---

28 이경, 「자기근황을 보지하는 문」, 『청춘』 11(부록), 1~2쪽.

㈏

靑春足下여此等古跡을搜羅하며樂聞하는苦癖은 實로我의同情하는 바라我는此碑의 全體를撮影하야 足下의紙面을 裝飾코저함이 已久로되事가心을從치안는者-亦多하도다 聊히數行의敍述로써足下의紙面을 藉하야廣히 江湖君子에게此碑를紹介하고因하야 保寧의 光榮을闡揚코저하노라[29]

㈐

南門을궁글너 門안에드러섯다 길복판에는 조악돌을 만히깔앗다 길左右에는 새로지은집도잇고 半쯤허러바린것도잇다 木材를이리더리어지러히 벌니여노앗다 붉은벽돌을 군대군대 싸아노은것도잇다 새로지은집은 길에서 한間씩이나 쑥드러갓다 京城은只今 좁은길을넓히고 낡은집을허러 새집을짓는中임을 알앗다[30]

위의 인용문은 자유롭게 문체를 제시했던 규정과 달리 모집부문별 문체의 차이를 보여준다. 문장에서 한자가 차지하는 비율을 고려할 때 ㈎와 ㈏는 한자가 차지하는 비율이 높은 반면, ㈐는 한자의 비율이 현격하게 낮다. 그리고 문장의 종결어미의 경우에도 ㈎와 ㈏는 '~로소이다', '~하외다', '~나이다', '~하도다', '~하노라' 등을 주로 사용하는 데 반해 ㈐는 'ㅅ다'를 일관되게 사용하였다. ㈎와 ㈏는 세부적인 과제는

---

29 송완근, 「고향의 사정을 녹송하는 문」, 『청춘』11(부록), 28쪽.
30 이상춘, 「기로」, 『청춘』11(부록), 41~42쪽. 이 작품에 대한 이광수의 선자평은 다음과 같다. "平凡한事實을가지고 滋味잇게 글을만들엇다. 이글을取한것은 決코 그勸善懲惡의임에 잇지아니하다. 勸善懲惡的이면서도 勸善懲惡냄새가아니나고 가장 逼眞하게 流暢하게 그린것이 이글을 取한緣由다."

달랐지만 논문이라는 공통점이 있고, ㉰는 단편소설이었다. 결국 논문과 단편소설의 문체에 차이가 있었던 것이다. 논문은 한자 표기를 허용하되 우리말 어법에 맞는 글쓰기를 지향하였고, 단편소설은 극히 제한적으로 한자 표기를 허용한 한글체 문장을 지향하였음을 알 수 있다.

인용문의 문체에 대한 평가는 선자평에서 구체적으로 확인할 수 있다. '자기 근황' 부문 1등 수상작인 ㉮에 대해 최남선은 문자의 용법과 사구의 배치에 간혹 미흡한 점이 있지만 '정情과 리理를 모두 갖춰 사람의 마음을 움직이니 보기 드문 가작佳作'이라 평하였다.[31] 그리고 '고향 사정' 부문 1등 수상작인 ㉯에 대해서도 빠뜨린 글자가 있고 조사措辭에도 약간의 문제가 있지만 전체 문장을 해치지 않는다며 '시문의 고수'라고 평하였다.[32] 반면에 아래의 인용문에 대해서는 요령을 약득略得하였음을 취하지만 시문이 아닌 것이 유감이라고 하였다.

㉰

且鄙里東岸에有五六圍槐樹하야 淸陰綠影이廣滿 地面하니 如作浮言이면 覆四隣도可也라 蒸熱溽暑라도此槐陰下엔涼風이自生하야 不堪久坐하며有時乎靑眼 白面이携手相集하야詠詩屬文하야 以致雅會하고 旭朝斜日에樵童牧竪의 弄笛而還은 無處無之로되 在此槐亭하얀必招特趣하고自有快感하나이다[33]

---

31 「選者評」, 『청춘』 11(부록), 3쪽. "情理ㅣ俱極하야惻惻히人 의心을 動하니참쪽觀할佳作이라 措辭練句에 間或未洽이 잇슴은白玉의微瑕라할는지"
32 「選者評」, 『청춘』 11(부록), 28쪽. "敍述도잇고品評도잇스며感慨도잇고興嗟도잇스니時文의 高手임을知할지라落字와措辭에可議處ㅣ容有할지라도渾然한全部文章을害한다못할진저"
33 이강석, 「고향의 사정을 녹송하는 문」, 『청춘』 11(부록), 38쪽.

인용문 ㉣ 역시 논문으로 '고향 사정' 부문의 선외가작이다. 표현면에서 볼 때, 실질적인 의미를 나타내는 부분은 전부 한자로만 표기하고 한글 사용은 최소화하여 보조적으로 사용하였다. 위 문장을 한자음만으로 읽을 경우 '여작부언', '불감구좌' 등으로 읽혀, 한자의 뜻을 알지 못하면 내용을 전혀 이해할 수 없다. 그리고 순한문으로 표기하지는 않았지만 '也', '以', '之' 등의 한자 어조사가 그대로 노출되는 등 한문문장에 가깝다. 선자選者는 이러한 점을 근거로 이 작품에 대해 시문이 아니라고 평가한 것이다. 이처럼 편집진은 당선작과 선자평을 함께 공개함으로써 문체 규정의 세부 내용을 보강하고, 독자들에게 시문체가 문체 규정의 중요한 조건임을 알린 것이다.

단편소설의 고선을 맡은 이광수 역시 응모작들의 수준이 진보되었음에 놀라며 그 첫 번째 근거로 시문체의 사용을 들었다. 그는 전체 작품이 순수한 시문체로 된 것을 높이 평가하는 한편 띄어쓰기, 의문표와 감탄표의 사용, 본문과 회화의 구별, 쉼표와 마침표, 생략표 남용 등 세부적인 규정에 대해서도 설명하였다.[34]

지금까지 다룬 '특별현상문예' 외에 『청춘』은 '매호현상문예'도 동시에 시행하였다. '매호현상문예'의 모집부문은 시조, 한시, 잡가, 신체시

---

34 춘원생, 「현상소설고선여언」, 『청춘』 12, 97쪽. "그中에는 毋論 文의 體裁를 成하지못한것도 잇지오, 假令 全혀 句節을 쎄지아니하고 죽 닛대어 쓴것이라든지, 或 句節을 쎄더라도 規則업시 쎈것, 假令 「그째에 그는 겨우 쎗쎨어진 아희엇섯다」 할 것을 「그째에그는 겨우 쎗쎨어진 아희엇섯다」 하는것이라든지, 「?」와 「!」를 混同하야 感嘆할곳에 疑問票 「?」를 달며 疑問할곳에 感嘆票「!」를 다는것이며 쏘 本文과 會話의 區別이 업시, 맛당히 引用票「「」을 달 것을 아니 단것이며, 「,」, 「.」갓흔 句讀을 전혀 달지아니한것과 省略票「……」을 或은 濫用하며 或은 두 서너字자리 卽「……」이만큼 할것을 半줄이나, 或은 한줄, 甚한것은 두줄 석줄이나 點線을 친것이며, 一節一節 節을 쎄지아니하고 처음부터 솟까지 단節로 나려쓴것等 꽉 無識한것도 만치마는 大槪는 자리잡힌 홀륭한 時文입데다."

가, 보통문, 단편소설 등으로 문예물을 주로 다루었다. '매호현상문예'의 당선작 중에는 '특별현상문예'에서 제시한 과제를 다룬 작품이 있어 두 현상문예의 연속성을 알 수 있다.[35] '매호현상문예'의 문체규정 역시 시문체가 핵심이었다. 보통문은 순한문체를 제외하는 것에 그쳤지만, 단편소설은 직접적으로 "한자漢字 약간 석근 시문체時文體"를 요구하였다. 이에 따라 시문체는 당선작 선정에도 중요한 준거로 작용하였다. 그 결과 응모자들은 현상문예의 문체규정을 숙지하여 모집부문별로 그에 해당하는 문체로 작품을 창작하였다.

㉎

假令於今路傍에 一金塊가 有하다하라 大賢은 人生을達觀하고 道德을 涵養하야 心에 常히 恰恰한餘裕- 有하나니 然則如何히 燦然한金塊-足下에觸하며 恍惚한色彩-視神을眩할지라도 怡然自若하야 頓不顧見할지오 大愚는 是에反하야 事物을理解할智力이無하고 美麗를求할欲望이無하야 但히其日其日의 生活을繼續하야 自身의一生을 五里의霧中에彷徨케하나니 然則如何히 燦然한金塊- 足下에觸하며 恍惚한色彩-視神을眩할지라도 黃金의何物임을 不知하고 塵土로同視하야 悠悠히無意識으로 過去할지니라 然而大賢大愚-共히 黃金을 拾치아니하는點은 互相一致치아니하는가[36]

---

35 『청춘』제13호에는 오기환과 박재영이, 제14호에는 한호석이 「近況報知」라는 제목으로 각각 선외가작과 가작으로 선발되었다.
36 유종석, 「대현대우설大賢大愚說」, 『청춘』 10, 108쪽.

㉙

大都會의번화 新文明의光彩가 완연하다 電車는쌰ー 自働車는쌩! 쌩! 빈틈
업시통행하는自轉車는 씩르룽씩르룽 오고가는行人은 모다찬란헌衣服에
의긔양양하다 한참 이광경을보다가 自己의몸을도라보니 굵다란무명옷에
쌔무든운동모자이라 한편으로는 남의모양이부럽기도하고 自己의行色이
붓그럽기도하다 쏘한편으로는 每日每日이街道로往來하는 몃千名 몃萬名사
람이 이ー京城이란小天地안에서 무엇을하여 저럿케 사치시러운生活을 할수
가잇는가 하는생각도이러나고 쏘한편으로는 왜나는 저사람들처럼 活社會
에 活動할能力이업고 그ー쓸쓸하고적막한山村에서 ー生을지내는가 하는身
勢恨歎도이러난다[37]

위의 사례는 모집부문에 따라 독자가 문체를 선택적으로 적용한 모
습을 잘 보여준다. 두 작품의 작자가 동일 인물이기 때문이다. 한자의
비중이 큰 ㉑는 보통문이며, 상대적으로 한글의 비중이 큰 ㉙는 단편소
설이다. ㉑는 '於', '然則', '如何', '然而', '是' 등 한자 어조사가 쓰였으며, 어
휘도 '足下', '頓不顧見', '無하고', '不知하고', '心에', '觸하며' 등과 같이 한
문문장의 영향이 강하게 드러난다. 하지만 ㉙에서는 '쏘', '저럿케', '모
다'와 같이 한글 부사를 사용하고, '無하고'를 '업고'와 같이 되도록 우리
말로 풀어서 사용하고 있다. 그리고 '쌩쌩', '씩르룽 씩르룽' 등 의성어를
자주 활용하였다. 이 밖에 ㉑는 문장의 길이가 매우 긴 편이고, 'ー르지
오', 'ー르지니라'와 같은 종결표현을 사용한 것에 비해 ㉙는 문장 길이

---

37 유종석, 「냉면한그릇」, 『청춘』 10, 109쪽.

가 짧고, '~하다', 'ㄴ다' 등의 종결표현을 사용하였다.

시문체는 당대 언중의 언어 관습을 반영한 문체를 일컫는다. 하지만 『청춘』의 시문체는 당시 통용되던 모든 문체를 의미하지 않았다. 응모 규정에서 확인했듯이 순한문체는 배제되었으며, 글의 종류에 따라 그 양상이 달랐다. 논문과 보통문의 경우에는 한자의 비중이 높았다. 기본적인 어휘뿐만 아니라 대부분의 문장구조가 한문 문장을 따랐기 때문이다. 하지만 단편소설의 경우에는 인명이나 지명 등 극히 일부 어휘만 한자로 쓰였을 뿐, 대부분의 문장은 한글로 이루어졌다. 현상문예 당선작으로 선정된 예문들을 볼 때, 시문체는 우리말 어법에 따른 문장 쓰기를 지향했으며, 글의 종류에 따라 한문 문장의 개입 정도가 다른 문체였던 것으로 보인다.[38]

『청춘』 필자들은 '현대인의 신사상과 감정을 누구나 다 아는 현대어로 쓰는 것'이 신문학이라고 하였다. 그리고 조선의 신문학 건설을 위해서는 조선인의 사상과 이를 담을 문체가 필수 요건이라 하였다. 그래서 '특별현상문예'와 '매호현상문예' 모두 문체에 대한 규정을 제시하고, 선자평과 선후감을 통해 시문체의 구체적인 내용을 알리고자 노력하였다. 시문체에 대한 문제가 중요한 것은 언문일치의 문제와 직결되기 때문이다.[39] 『청춘』 필자들은 다른 양식에 비해 단편소설의 문체는 최대

---

38 시문체의 개념과 양상에 대한 자세한 논의는 임상석의 『20세기 국한문체의 형성 과정』(지식산업사, 2008)과 「1910년대, 국역의 양상과 한문고전의 형성」(『사이間SAI』 8, 국제한국문학문화학회, 2010, 63~88쪽), 시문체의 용례에 대해서는 김지영의 「최남선의 『시문독본』 연구」(『한국현대문학연구』 23, 한국현대문학회, 2007, 83~129쪽), 안예리의 「시문체의 국어학적 분석」(『한국학논집』 46, 계명대 한국학연구원, 2012, 233~264쪽) 등을 참조할 것.

39 김미정, 앞의 글, 168쪽; 김영민, 「한국 근대문체의 형성 과정」, 『현대소설연구』 65, 한국현대소설학회, 2017, 49~51쪽.

한 우리말에 가깝게 표현하고자 하였다. 단편소설은 지식이나 정보를 제공하는 글에 비해 사건 및 인물 심리의 묘사와 그로 인한 감정의 전달이 중요했기 때문이다. 그래서 단편소설은 한자로 표기된 부분을 한자음으로 읽을 경우 자연스럽게 뜻이 통할 정도로 우리말 어법에 가까웠으며, 띄어쓰기를 비롯해 문장부호의 사용에 이르기까지 세부적인 규범이 제시되었다.

'매호현상문예'는 선외작과 가작은 명단만 발표하는 경우가 있었지만 입선작만큼은 최대한 지면에 게재하였다. 당선작의 게재는 문장 연습이 절실한 청년들에게 선본善本을 제공함으로써 문체 습득을 유도하기 위한 것으로 보인다. 최남선은 '특별현상문예' 선후감에서 '고향 사정'이 '자기 근황'에 비해 성적이 좋았다고 평가하며, 독자들이 이전부터 이러한 종류의 글을 접촉할 기회가 많았다는 점을 이유로 들었다. 이 진술은 선본과의 잦은 접촉이 글쓰기 양식의 정착에 상당한 영향을 미칠 수 있음을 의미한다.

『청춘』 '매호현상문예'의 응모규정에는 타인의 개찬改竄이나 표절을 발견하여 고발하면 고발인에게 상금을 대신 지급한다는 규정이 있었다. 이는 저작권에 대한 이해로 볼 수 있으며 창작물로 제한한다는 의미도 담고 있다. 하지만『청춘』제12호에 실린 김윤경의 「행복된 배필」은 창작물이 아니었다.[40]『청춘』제13호에 실린 「전장기담」도 창작물이 아닌 번역물이었다.[41] 창작을 전제로 한 현상문예임에도 불구하고 창작이 아

---

40 김윤경, 「행복된 배필」,『청춘』12, 110쪽. "이 原文은 New National Fourth Roader의 Lessauxx(Page 95)인데 韻律과 句調는 不關하고 다만 意味만 옮기어 볼까할 것, 工課를 自習하는 中, 그 高尙한 뜻에 醉하여서 옮기기를 試驗함이올시다."

41 김윤경, 「전장기담」,『청춘』13, 100쪽. "이 이야기는 戰爭으로부터 傳하는 事實을 翻譯하여

닌 번역물까지 허용한 것이다. 이 역시 독자들의 창작물을 구하기보다 시문체의 보급에 고심했음을 보여주는 사례이다.

시문체 보급의 주역은 『청춘』의 독자들이었다. 앞서 이 잡지의 주된 독자가 청년·학생임을 언급한 바 있다. 그런데 현상문예에 당선된 당선자를 보면 다시 문학가, 교육가, 한글운동가로 세분할 수 있다.[42] 문학가 그룹은 신인 발굴과 관련하여 이미 다루었는데, 본격적인 창작 활동을 하는 만큼 문체에 예민하게 반응하고 문체 규정에 따라 작품을 창작했으리라 추정할 수 있다. 교육가 그룹은 학생과 교사를 모두 포함한다. 해당 그룹에는 고문용(경성의학전문학교), 김윤경(연희전문학교), 노문희(용천 협창학교),[43] 박연의(경성 중앙학교), 백낙영(경성 휘문의숙), 서정선(경성 중앙학교), 설형식(경성 중앙학교), 성도(자성공립보통학교), 신영철(한산 공립보통학교), 장사명(선천신성중학교), 정황진(동경 조동대학曹洞大學), 주요한(동경 명치학원), 차용운(원산사립진성여학교), 최장부(영변 숭덕학교), 최중함(정주 오산학교), 최홍범(회령 보통학교, 회령 보흥학교), 하태용(마산 창신학교), 홍기주(진남포 삼숭학교) 등이 있다. 이 밖에 주병건은 1917년 당시 충남 홍산공립보통학교 훈도였으며, 한동찬은 천안공립보통학교 훈도였다. 박영곤은 학생인지 교사인지 불분명하나 1923년에는 경북 양동 공립 보통학교 훈도였다. 일본어에 국어 자리를 내준 1910년대에 이들 학

쎄를 삼고 거기에 살을 조곰 올리어 보노라 한 것"

42 몇몇 당선자의 경우는 여러 분야에 걸쳐 있기는 하지만 대체로 이 세 분야를 중심으로 나눌 수 있다. 이 밖에 다음의 사례도 있다. 1917년 당시 김두식은 평안북도 선천군 군서기였으며, 이운벽은 함경북도 지방토지조사위원회 소속의 서기였다(한국사데이터베이스 직원록자료, 'http://db.history.go.kr/item/level.do?itemId=jw(검색일 2020.1.19)' 참조). 차용운은 원산 기독교청년회 토론회에서 연사로 소개된 것으로 보아 종교활동가로 추정할 수 있다(『동아일보』, 1920.6.12, 4면 5단).

43 『개벽』 13(1921.7.1) 현상문예 소품문에 「석양」이 3등으로 당선되기도 하였다.

생 또는 교사들은『청춘』을 통해 문체 규정을 익히고 시문체로 창작활동을 함으로써 조선어 및 근대문학의 확산에 기여한 것이다.

마지막 그룹은 한글운동가인데, 특히 주시경 제자들의 적극적인 참여가 돋보인다.『한글모죽보기』[44]에 실린 강습생일람을 참조한 결과, 김형원(중등과 4회 졸업), 배재황(고등과 2회 졸업, 언문연구회 특별회원), 엄항섭(고등과 5회 졸업, 언문연구회 특별회원), 이재갑(초등과 1회, 중등과 4회, 고등과 4회 졸업, 언문연구회 특별회원), 정열모(중등과 2회, 고등과 2회 졸업, 언문연구회 특별회원), 주병건(고등과 2회 졸업, 언문연구회 특별회원), 한동찬(중등과 4회 졸업), 한현상(고등과 5회 졸업, 언문연구회 특별회원) 등이 한글운동에 관여하였음을 확인하였다. 그리고 김윤경은 상동 청년학원에서 주시경에게 수학한 직계제자였다.[45] 주시경의 제자들 중에서 김윤경, 배재황, 주병건, 한동찬 등은 현상문예에 지속적으로 투고하여 중복당선되기도 하였다. 누구보다 한글 문장 규범을 마련하기 위해 고심했을 이들의 작품이 반복적으로 당선되어 지면에 자주 노출될 때의 효과는 자명하다. 이들의 작품이 다른 독자들에게 선본으로 제시되어 시문체의 보급 및 확산에 공헌하게 되는 것이다.

한글운동에 관여한 인물들의 궁극적인 목적은 한글 규범을 확립하고 보급하는 데에 있었다.『청춘』현상문예 응모규정에 시문체가 강조된 것을 보더라도 최남선 역시 문체에 관심이 많았다.[46]『청춘』에 한글

---

44 한힌샘 연구 모임,『한힌샘 연구』(한글학회, 1988)의 부록으로『한글모죽보기』영인본이 실려 있다.
45 이 밖에 '특별현상문예' 논문 부문 1등 당선자인 이경은 현재 어린 아동들에게 정음을 가르쳐 주고 있다며 자기 근황을 전했는데, 잊을 수 없는 은사로 주시경을 꼽았다. 그와 주시경과의 관계, 그리고 그가 한글 보급에 매진하고 있다는 내용을 근거로 이경 역시 한글운동가로 분류하였다.

운동 그룹이 대거 참여할 수 있었던 이유는 이처럼 두 집단의 이해가 부합했기 때문이다. 물론 여기에는 최남선과 주시경의 친분 관계도 작용했을 것이다. 『청춘』창간호에는 「주시경선생역사」가 실려있는데, 여기에 조선광문회와의 인연이 언급된다. 이 외에도 최남선은 『청춘』제2호에 「한힌샘 스승을 울음」이라는 시가를 통해 주시경의 죽음을 추모하기도 하였다.

주시경은 소리와 괴리를 보이는 한자를 폐지하고 문자 표음주의에 따라 우리말을 표음문자인 국문으로 적을 것을 주장하였다. 또한 그는 국어의 언어적 특징을 고려하여 언어 단위를 고정시켜 표기하는 형태음소적 원리를 상정하고 이에 맞추어 국어, 국문을 수정, 통일해야 함을 역설하였다. 이는 모두 말과 글을 같게 하여 그가 판단한 언문부동의 폐를 극복하고자 하는 데 뜻을 둔 것이다. 궁극적으로 문자 표준어의 제정과 교육을 통해 어문을 통일하고 국성을 진흥하며 나아가 우리 민족의 독립과 자강을 도모하는 것이 그의 최종 목표였다.[47] 최남선은 주시경의 이러한 목표에 공감했고, 주시경 사후에는 그의 제자들이 최남선과 함께 목표를 달성하기 위해 협력한 것으로 볼 수 있다.

시문체로 된 문학작품을 직접 창작하는 한편 현상문예 당선작과 선자평을 지면에 발표한 것이나, 신문관을 설립하여 각종 문예서적을 출판한 일,[48] 그리고 문장교본의 일종인 『시문독본』[49]을 출간하는 등 『청

---

46 『청춘』제4호에는 「한글 새로 쓰자는 말」을 실어 한글 사용의 문제를 지적하고 개선방안을 제시하였다. 주된 내용은 낱글씨의 자리를 그 소리 나는 자리대로만 쓰자, 가로쓰기를 하자, 왼쪽에서 오른쪽으로 쓰자, 묶은 덩이를 풀어 쓰자, 띄어쓰기를 하자, 아래아 등 쓸데 없는 글씨는 쓰지 말자 등이었다.

47 정승철, 「주시경과 언문일치」, 『한국학연구』 12, 인하대 한국학연구소, 2003. 46쪽.

48 『청춘』현상문예의 가작 또는 선외가작에 선발된 응모자에게는 도서를 증정하였다. 『위인

춘』편집진의 작업은 그들의 지향을 잘 드러낸다. 시문체를 근간으로 한 문장 규범을 확립하고, 이를 독자들에게 효과적으로 전파하고자 한 것이다. 『청춘』현상문예란에 실린 다양한 글쓰기는 시문체의 실험으로 볼 수 있으며, 현상문예 당선작의 게재는 시문체 보급의 한 사례를 보여준다. 현상문예는 시문체의 실험과 보급 및 확산의 구체적인 사례였던 것이다. 결국 『청춘』은 '우리글로 우리의 사상을 담아내야 한다'는 신문학 건설의 명제를 시문체를 통해 구체화했으며, 현상문예를 시행함으로써 시문체의 확산에 기여한 것으로 정리할 수 있다.

4. 나가며

『청춘』은 1910년대 근대문학의 전개에 있어 매우 중요한 역할을 담당하였다. 현상문예를 시행하여 당선작을 발표함으로써 근대문학의 양적 확대를 가져왔을 뿐만 아니라, 이후 문단에서 활약하게 될 신인을 배출함으로써 문단 형성에도 기여하였다. 그리고 시문체로 대변되는 근대적 문체규정의 정립과 보급에도 큰 공헌을 하였다. 『청춘』의 현상문예는 '특별현상문예'와 '매호현상문예' 두 종류가 있었다. '특별현상문예'가 시문체의 가능성을 발견하고 시문체의 정립에 기여했다면, '매

원효』, 『위인 린컨』, 『만인계』, 『허풍선이긔담』, 『기독교의청년』 등이 증정도서였는데, 이들은 모두 신문관에서 발행한 도서였다. 권두연, 『신문관의 출판 기획과 문화운동』(고려대 민족문화연구원, 2016, 101~104쪽)의 〈표 8〉 '신문관발행서목' 참조.

49 『시문독본』의 체제와 내용을 분석하여 시문체의 유형과 특징을 밝힌 연구로는 김지영(앞의 글, 83~129쪽)과 안예리(앞의 글, 233~264쪽)가 대표적이다. 해당 연구는 『청춘』에 활용된 다양한 문체의 성격과 의미를 파악하는 데에도 유용하다.

호현상문예'는 시문체의 확산에 큰 역할을 담당하였다.

『청춘』 필진들은 조선 문예의 부흥을 목적으로 신문학 건설에 매진하였다. 그들은 '현대인의 신사상과 감정을 누구나 다 아는 현대어로 쓰는 것'을 신문학으로 규정하고, 현상문예를 시행하여 신문학 확산에 앞장섰다. 그리고 신문학 성립의 전제조건으로 신사상과 문체를 제시하고, 이를 현상문예 당선 요건에도 반영하였다. 하지만 시대적 한계로 인해 독자들이 다룰 수 있는 내용은 구습 비판이나 청년·학생들의 고민과 방황, 또는 막연한 문명 지향 등으로 제한적이었다. 대외적으로는 내용과 형식을 당선작 선정 기준으로 내세웠지만 여러 제약으로 인해 실제로는 형식에 치중할 수밖에 없었던 것이다.

형식적 요건의 핵심은 문체였고, 구체적으로 시문체였다. 시문체는 우리말 어법에 따른 문장 쓰기를 지향했으며, 글의 종류에 따라 한문 문장의 개입 정도가 다른 문체였다.『청춘』 필진들은 현상문예의 응모규정을 비롯하여 선자평과 선후감을 통해 지속적으로 시문체의 중요성을 강조하였다. 그들이 시문체를 강조한 것은 시문체의 사용 여부가 신문학 성립의 전제였을 뿐만 아니라 궁극적으로는 언문일치로 연결되기 때문이었다.『청춘』은 종간을 맞이할 때까지 현상문예를 시행하며 당선작 게재에 힘썼다. 심지어 창작을 전제로 한 현상문예임에도 번역물까지 허용하였다. 이러한 결정은 독자들에게 선본을 제공함으로써 시문체 습득을 유도하기 위한 것으로 보인다.

시문체 확산의 주역은『청춘』의 독자들이었다. 문학지망생, 학생과 교사, 한글운동가들은 시문체로 작품을 창작하고 발표함으로써 시문체의 확산에 기여하였다. 특히 김윤경과 배재황 등 주시경의 제자들은 현상문예에 지속적으로 투고하여 중복당선됨으로써 한글문장 규범의 보급에 큰 공헌을 하였다. 『청춘』은 '우리글로 우리의 사상을 담아내야 한다'는 명제를 시문체를 통해 구체화했으며, 현상문예를 시행함으로써 시문체의 확산에 기여하였다. 결국 『청춘』의 현상문예가 근대문학뿐만 아니라 근대어학의 발전에도 긍정적인 영향을 미쳤다는 것이 이 글의 결론이다.

〈부록 1〉『청춘』 '특별현상문예' 당선작 목록(『청춘』 제11호 수록)[50]

당선자	모집부문 및 제목	비고
함안군 이경(李慶)	自己 近況을 報知하는 文	元, 상금 5원
연희전문학교 김윤경(金允經)	自己 近況을 報知하는 文	副, 상금 2원
정주 노문희(盧文熙)	自己 近況을 報知하는 文	三, 상금 1원
경성군(鏡城郡) 이운벽(李雲碧)	自己 近況을 報知하는 文	三, 상금 1원
회령 간도 나시규(羅始奎)	自己 近況을 報知하는 文	三, 상금 1원
충남 천안 한동찬(韓東瓚)	自己 近況을 報知하는 文	선외, 위인원효 1부
충남 당진 원해생(願海生)	自己 近況을 報知하는 文	선외, 위인원효 1부
경성 이재갑(李載甲)	自己 近況을 報知하는 文	선외, 위인원효 1부
경성 주기철(朱基徹)	自己 近況을 報知하는 文	선외, 위인원효 1부
충남 서천 신영철(申瑩澈)	自己 近況을 報知하는 文	선외, 위인원효 1부
대구 황규만(黃奎萬)	自己 近況을 報知하는 文	가작
파주 이선봉(李先鳳)	自己 近況을 報知하는 文	가작
부안 이익상(李益相)	自己 近況을 報知하는 文	가작
함안 조문태(趙文台)	自己 近況을 報知하는 文	가작
경성 홍선표(洪善杓)	自己 近況을 報知하는 文	가작
대구 박노환(朴魯煥)	自己 近況을 報知하는 文	가작
목포 이남두(李南斗)	自己 近況을 報知하는 文	가작
순천 김상철(金相哲)	自己 近況을 報知하는 文	가작
동경 曹洞大學 정황진(鄭晄震)	自己 近況을 報知하는 文	가작
보령군 송완근(宋完根)	故鄕의 事情을 錄送하는 文	元, 상금 5원
경성군(鏡城郡) 이운벽(李雲碧)	故鄕의 事情을 錄送하는 文	副, 상금 2원
평남 강서군 최승택(崔承澤)	故鄕의 事情을 錄送하는 文	三, 상금 1원
함안군 이경(李慶)	故鄕의 事情을 錄送하는 文	三, 상금 1원
개성 이강석(李康錫)	故鄕의 事情을 錄送하는 文	선외, 위인원효 1부
정주 김응도(金應道)	故鄕의 事情을 錄送하는 文	가작
경중앙학교 박연의(朴淵義)	故鄕의 事情을 錄送하는 文	가작
고양 최국현(崔國鉉)	故鄕의 事情을 錄送하는 文	가작
강화 정재길(鄭在吉)	故鄕의 事情을 錄送하는 文	가작
해남 문병윤(文炳允)	故鄕의 事情을 錄送하는 文	가작
대구 황규만(黃奎萬)	故鄕의 事情을 錄送하는 文	가작
창원 김임종(金任鍾)	故鄕의 事情을 錄送하는 文	가작
경성 이상춘(李常春)	(단편소설) 岐路	元, 상금 10원
동경 명치학원 주낙양(朱落陽)	(단편소설) 마을집	副, 상금 3원

당선자	모집부문 및 제목	비고
경성 김명순(金明淳)	(단편소설) 疑心의 少女	三, 상금 1원
개성 김영걸(金泳杰)	(단편소설) 有情無情	三, 상금 1원
정주 노문희(盧文熙)	(단편소설) 故情	선외, 만인계 1부
개성 이강석(李康錫)	(단편소설) 奇男兒	선외, 만인계 1부
대구 최해종(崔海鍾)	(단편소설) 障碍	선외, 만인계 1부
평양 김주봉(金周鳳)	(단편소설) 少年의 淚	선외, 만인계 1부
경성 정용모(鄭龍謨)	(단편소설) 두 글ᄌ	선외, 만인계 1부
은율(殷栗) 김성율(金成律)	(단편소설) 怨	선외, 만인계 1부
경성 박동진(朴東鎭)	(단편소설) 애닯은 末路	선외, 만인계 1부
대구 황금만(黃金萬)[51]	(단편소설) 愛	선외, 만인계 1부
경성 김덕황(金德滉)	(단편소설) 深夜	선외, 만인계 1부
경성 홍기주(洪箕疇)	(단편소설) 成功	선외, 만인계 1부
경성 방운정(方雲庭)	(단편소설) 少年御者	선외, 만인계 1부
정주 김응도(金應道)	(단편소설) 留學生	선외, 만인계 1부
맹산(孟山) 김형옥(金瀅玉)	(단편소설) 海濱	선외, 만인계 1부
고양 유종석(柳鍾石)	(단편소설) 舊校	선외, 만인계 1부

---

50 〈부록 1·2〉는 한기형의 앞의 글에 수록된 「『청춘』 현상문예 당선자와 작품목록」(〈부록 2〉)
   을 참고하되 누락된 부분을 수정, 반영하였다. '특별현상문예'의 경우, 논문 부문에서 지면에
   게재되지 않은 가작佳作을 추가적으로 발견하여 첨가하였다. 그리고 비고란에는 등수와 상금
   및 상품에 대한 정보를 보강하였다.
51 황규만黃奎萬의 오기인 듯.

부록 2〉『청춘』 '매호현상문예' 당선작 목록

호수	당선자	제목	비고
10호 (1917.9) 7월 말일까지 도착한 것	평북 정주 노문희(盧文熙)	(보통문) 初夏夕景	상금 1원
	개성 양주영(梁宙永)	(보통문) 成功의 要道	상금 1원
	경성 정용모(鄭龍謨)	(잡가) 細川	상금 1원
	천안공립보통학교 한동찬(韓東瓚)	(시조) 무제	1원 서적권
	경기 고양 유종석(柳鍾石)	(보통문) 大賢大愚說	상금 1원
	경기 고양 유종석(柳鍾石)	(단편소설) 冷麵한그릇	상금 50전
	창원군 ㅈㅎ生(배재황)	(보통문) 一人과 社會	상금 1원
	경성 이상춘(李常春)	(단편소설) 두 벗	상금 1원
	창원 배재황(裵在晃)	(단편소설) 쏫싹라그늘	상금 1원
	평남 강서군 최승택(崔承澤)	(보통문) 知己의 無함을 탄함	상금 50전
	경성 이상춘(李常春)	(미상) 불나비	삭제
	경성 김윤경(金允經)	(미상) 말뢰의 겨울빗	삭제
12호 (1918.3) 작년 10월 말일까지 도착한 것	자성(慈城) 정렬모(鄭烈模)	(시조) 時調三(秋色, 萍況, 偶咏)	1원 서적권
	함북 회령 나시규(羅始奎)	(운문) 圓方角	상금 1원
	대구 최해종(崔海鍾)	(운문) 달	상금 50전
	함남 원산 차용운(車用運)	(운문) 我의 耳目口鼻	상금 50전
	창원 배재황(裵在晃)	(운문) 내노래	상금 50전
	시내 견지동 ㅅㅎ生(방정환)	(운문) 바람	상금 50전
	경성 인사동 김현순(金賢珣)	(운문) 아니! 내가 無情?	상금 50전
	마산 박희우(朴熙宇)	(운문) 꿈	상금 50전
	경성 백낙영(白樂韺)	(운문) 農家	상금 50전
	경성 중앙학교 설형식(薛亨植)	(운문) 나무싹	상금 50전
	경성 정용모(鄭龍謨)	(운문) 自鳴鐘	상금 50전
	경성 안택순(安宅淳)	(운문) 愛友의別	선외, 허풍선이 1부
	평북 정주 노문희(盧文熙)	(운문) 戰場의 一夜	선외, 허풍선이 1부
	譯者 광주(廣州) 김윤경(金允經)	(운문) 幸福된 配匹	선외, 허풍선이 1부
	정주 ㅁㅎ生	(운문) 菊花	선외, 허풍선이 1부
	정주 ㅁㅎ生	(운문) 가을	선외, 허풍선이 1부
	경성 정용모(鄭龍謨)	(운문) 靑春	선외, 허풍선이 1부
	원산 차용운(車用運)	(운문) 가을	선외, 허풍선이 1부
	고양 유종석(柳鍾石)	(산문) 母子의 情	상금 2원
	경성 견지동 방정환(方定煥)	(산문) 牛乳配達[52]	상금 1원
	경성 견지동 방정환(方定煥)	(산문) 自然의 敎訓	상금 50전

호수	당선자	제목	비고
	고양 최국현(崔國鉉)	(산문) 偶然	상금 50전
	광주(廣州) 김윤경(金允經)	(산문) 戰場奇談	상금 50전
	정주 노문희(盧文熙)	(산문) 힘	상금 50전
	충남 논산 김형원(金炯元)	(산문) 그래도 不滿足	상금 50전
	경성 휘문의숙 백낙영(白樂韺)	(산문) 試驗뒤[53]	상금 50전
	경성 중앙학교 설형식(薛亨植)	(산문) 夜景	상금 50전
	경성 누하동 엄항섭(嚴恒燮)	(산문) 中秋對月	상금 50전
	경성 중앙학교 설형식(薛亨植)	(산문) 四時	가작, 위인원효 1부
	창원 배재황(裵在晃)	(산문) 農夫	가작, 위인원효 1부
	경성 안국동 조준기(趙俊基)	(산문) 曉의 悲劇	가작, 위인원효 1부
	경성 인사동 김현순(金賢珣)	(산문) 初秋一夢	가작, 위인원효 1부
	선천신성중학교 장사명(張士明)	(산문) 少年의 前路	가작, 위인원효 1부
	경성 휘문의숙 백낙영(白樂韺)	(산문) 少年墮落	가작, 위인원효 1부
	평양 이윤찬(李允贊)	(산문) 自知	가작, 위인원효 1부
	창원 주기용(朱基瑢)	(산문) 한가온 날	가작, 위인원효 1부
	경성 홍선표(洪善杓)	(산문) 다홍치마친구	가작, 위인원효 1부
	대구 최해종(崔海鍾)	(산문) 恨路	가작, 위인원효 1부
13호 (1918.4) 금회당선 작년 말까지 도착한 것	자성공보 성도(星島)	一片情緖를	상금 1원
	마산 창신학교 하태용(河泰鏞)	제비	상금 50전
	목포 이남두(李南斗)	高下島古碑	삭제, 상금 50전
	부여 주병건(朱柄乾)	眼覺鍾[54]	상금 50전
	경성 인사동 김현순(金賢珣)	永劫의 躍動	삭제, 상금 1원
	대구 정인탁(鄭寅倬)	望鄕臺에서	상금 1원
	충남 당진 박치연(朴致連)	(소설) 압길	가작, 기독교청년 1부
	경성 휘문의숙 백낙영(白樂韺)	(산문) 鳧湖의 美	가작, 기독교청년 1부
	경남 합천 정순종(鄭淳鍾)	(시조) 白雪과 水月	가작, 기독교청년 1부
	경성 중앙학교 박연의(朴淵義)	(산문) 理想的 靑年	가작, 기독교청년 1부
	원산 차용운(車用運)	(산문) 海陸의 境界	가작, 기독교청년 1부
	경성 이재갑(李載甲)	(산문) 生活의 矛盾	가작, 기독교청년 1부
	경성 누하동 엄항섭(嚴恒燮)	(산문) 中秋對月	가작, 기독교청년 1부
	진남포 삼숭학교 홍기주(洪箕疇)	(소설) 立志	가작, 기독교청년 1부
	경성 중앙학교 서정선(徐政善)	(산문) 立志	가작, 기독교청년 1부
	동경 방인근(方仁根)	(소설) 秋心	가작, 기독교청년 1부
	영변 숭덕학교 최장부(崔丈夫)	(산문) 가는 時間	가작, 기독교청년 1부

호수	당선자	제목	비고
	자성공립보통학교 성도(星島)	(산문) 向上論	가작, 기독교청년 1부
	부여 주병건(朱柄乾)	(산문) 雪朝의 볏	가작, 기독교청년 1부
	경성 서내석(徐乃錫)	크게 修養하라	선외가작
	경성 주일선(奏一善)	小說昇天記	선외가작
	마산 이택용(李澤龍)	小說蒼天	선외가작
	부여 이동수(李洞秀)	山水	선외가작
	창원 남해용(南海龍)	詩調	선외가작
	목포 이남두(李南斗)	N의 朝行	선외가작
	운산 구성서(具聖書)	蒼松	선외가작
	운산 구성서(具聖書)	사랑	선외가작
	회령 나시규(羅始奎)	秋夕	선외가작
	평양 김정로(金鼎魯)	無名英雄	선외가작
	천안 오기환(吳騏煥)	近況報知	선외가작
	경성 박영곤(朴榮坤)	小說金玉	선외가작
	정주 박재영(朴在永)	近況報知	선외가작
	평강 유갑순(柳甲順)	天下事只在誠	선외가작
	경성 박연의(朴淵義)	立志	선외가작
	동경 박항병(朴恒秉)	小感	선외가작
	경성 백낙영(白樂韺)	秋感	선외가작
	경성 이규항(李圭恒)	우리 責任	선외가작
	용천 □亯生	山家冬夜	선외가작
	부안 이익상(李益相)	日常의 멋	선외가작
	경성 전교환(全敎煥)	吾友靑春	선외가작
	은율 오두현(吳斗鉉)	時調	선외가작
	평양 김순석(金淳奭)	體育	선외가작
14호 (1918.6) 금회당선 4월 말일까지 도착한 것	함북 회령 나시규(羅始奎)	물과 뫼	상금 50전
	경성 견지동 방정환(方定煥)	觀花	상금 1원
	경성 견지동 소파생(小波生)	봄	상금 50전
	고양 김윤경(金允經)	仁川遠足記	상금 50전
	연희전문학교 김윤경(金允經)	이른봄	상금 50전
	원산 차용운(車用運)	海邊巖	상금 50진
	용천 협창학교 노문희(盧文熙)	바다	삭제, 상금 50전
	경성 견지동 방정환(方定煥)	(소설) 故友	가작, 허풍선이 1부
	회령 보흥학교 최홍범(崔鴻範)	(소설) 蓮朶	가작, 허풍선이 1부
	개성 김학형(金鶴炯)	(산문) 破壞와 建設	가작, 허풍선이 1부

호수	당선자	제목	비고
	명천 한호석(韓浩錫)	(산문) 近況報知	가작, 허풍선이 1부
	용천 □ㅎ生	(산문) 初春	가작, 허풍선이 1부
	창원 배재황(裵在晃)	(산문) 雪山의 感	가작, 허풍선이 1부
	성진 최학송(崔鶴松)	(산문) 春曉雪景	가작, 허풍선이 1부
	경성 안택순(安宅淳)	(산문) 외로움	가작, 허풍선이 1부
	경성 이근영(李根英)	雜歌	선외가작
	안동 김해용(金海瑢)	勉學	선외가작
	개성 양주영(梁宙永)	漢詩	선외가작
	경성(鏡城) 김동환(金東煥)	自嘆	선외가작
	평양 김순석(金淳奭)	牧丹峯	선외가작
	경성 명순조(明舜朝)	軍艦구경	선외가작
	함안 구재구(具載龜)	벗에게	선외가작
	정주 탁삼수(卓三洙)	人生	선외가작
	제주 김려환(金麗煥)	靑春	선외가작
	경성 백광필(白光弼)	松竹	선외가작
	경성 천대헌(千代憲)	聾者	선외가작
	선천 장일현(張日炫)	春日農家	선외가작
15호 (1918.9) 금회당선 7월 말까지 도착한 것	진남포 삼숭학교 홍기주(洪箕疇)	(소설) 義理	상금 50전
	북간도 용정 김두식(金斗植)	(소설) 도라온 故鄕	상금 1원
	한산공립보통학교 신영철(申瑩徹)	(산문) 意味잇는세소리	상금 50전
	창원 연생(鍊生)	(소설) 歸路	상금 50전
	대동 김희경(金熙敬)	(산문) 欲望은 成功의 原動	상금 50전
	자성공보 성도(星島)	時調	상금 1원
	정주 노문희(盧文熙)	(산문) 바늘소리	상금 50전
	정주 노문희(盧文熙)	(산문) 보배	상금 1원
	안국동 조준기(趙俊基)	(산문) 吾家의 富	상금 50전
	대구 최해종(崔海鐘)	(소설) 妄擧	상금 1원
	경성 방정환(方定煥)	(산문) 天國	상금 1원
	춘천 유영국(柳榮國)	(산문) 一週年	상금 50전
	개성 박순관(朴淳寬)	(산문) 投筆嘆	상금 50전
	상주 조성돈(趙誠惇)	(산문) 달의 同情	상금 50전
	회령 나시규(羅始奎)	(산문) 平和論	상금 1원
	회령 나시규(羅始奎)	(산문) 自我	상금 50전
	개성 쌍적(雙赤)	(산문) ○○	상금 50전
	부산 글샘	(산문) 나의 가난	상금 50전

호수	당선자	제목	비고
	성진 최학송(崔鶴松)	(산문) 海坪의 一夜	상금 50전
	한현상(韓晛相)	(산문) 愛友의別	가작, 위인린컨 1부
	진남포 삼숭학교 홍기주(洪箕疇)	(산문) 나의 生涯	가작, 위인린컨 1부
	원산사립진성여학교 차용운(車用運)	(산문) 외솔	가작, 위인린컨 1부
	진천 박달성(朴達成)	(소설) 師弟의 別	가작, 위인린컨 1부
	창원 안일(安一)	(소설) 無情	가작, 위인린컨 1부
	중학동 김인숙(金仁淑)	(산문) 敬愛	가작, 위인린컨 1부
	정주 ㅁㅎ生	(산문) 立志	가작, 위인린컨 1부
	정주 오산학교 최중함(崔重咸)	(산문) 古墓下에서	가작, 위인린컨 1부
	정주 오산학교 최중함(崔重咸)	(산문) 벗에게	가작, 위인린컨 1부
	경성의학전문학교 고문용(高文龍)	(산문) 病床에서	가작, 위인린컨 1부
	이천 김창호(金昌浩)	(산문) 青年의 立志	가작, 위인린컨 1부
	회령 보통학교 최홍범(崔鴻範)	(소설) 薄情	가작, 위인린컨 1부
	북청 전흥극(全興極)	(산문) 世界는 青年의 工場	가작, 위인린컨 1부
	한산 신영철(申瑩徹)	꽃구경	선외가작
	북간도 김두식(金斗植)	벗에게	선외가작
	개성 임형득(任榮得)	개고리	선외가작
	성진 강용흘(姜鏞訖)	暗示	선외가작
	마산 이택용(李澤龍)	金君에게	선외가작
	고원 김재점(金在漸)	青春	선외가작
	정주 김상덕(金相德)	汽車	선외가작
	경성 소파생(小波生)	시냇가	선외가작
	제주 김려환(金麗煥)	勇斷	선외가작
	영일 박영곤(朴榮坤)	밥床	선외가작
	경성 고한승(高漢承)	녀름	선외가작
	연일 김만수(金萬洙)	悠悠我思	선외가작

---

52 『청춘』12호 112쪽에는 '散文及小說' 항목에 「牛乳配達(賞金壹圓) 京城 堅志洞 一一八 方定煥」으로 발표되지만 13호 102쪽에는 ㅅㅎ生의 「牛乳配達夫」로 당선자명과 작품명이 각각 수정되어 실린다.

53 『청춘』12호 112쪽에는 '散文及小說' 항목에 「試驗뒤 (賞金五拾錢) 京城 徽文義塾 白樂巌」으로 발표되지만 13호 107쪽에는 「試驗을 畢하면서」로 작품명이 수정되어 실린다.

54 『청춘』13호 110쪽에는 '今回當選' 항목에 「眠覺鍾(賞金五拾錢)扶餘鴻山面井洞里 朱柄乾」으로 발표되지만 15호 89쪽에는 「眠覺鍾과 마주안저 (賞金五十錢) 忠南鴻山郡井洞里 朱願海」으로 작품명과 당선자명이 각각 수정되어 실린다.

제3부
타자의 시선과
근대전환기 동아시아 지식장의 재구성

타자의 시선과 자국학 성립의 한 가능성

근대계몽기 서양인들의 이중어사전 및 문법서를 중심으로

김병문

1. 주시경의 부끄러움과 서양인들의 한국어 연구

주시경은 1897년 『독립신문』에 두 편의 「국문론」을 싣는다. 한 편은 4월 22일과 24일에, 다른 한 편은 9월 25일과 28일에 똑같이 '국문론'이라는 이름으로 발표되는데, 첫 번째 글이 '왜 국문을 써야 하는가'에 관한 것이라면, 두 번째는 '어떻게 국문을 써야 하는가'를 다룬 글이다. 특히 두 번째 글에서는 그가 이후에 벌이는 여러 활동들을 예고해 주기라도 하는 듯 문법서나 사전 편찬의 문제, 외래어나 한자어 사용의 문제, 또는 가로쓰기 문제 등을 언급하고 있다. 그러한 과정에서 글을 쓰거나 읽을 때 문법을 잘 알아야 하는데도 불구하고 '조선말의 법식을 아는 이도 없고 그러한 책도 만들지 못했으니 어찌 부끄럽지 않겠느냐'며 한탄하는 부분이 등장한다. 그런데 바로 뒤이어 바로 '그러나 근래에는 조선말의 경계를 궁구하고 공부하여 분석한 사람들이 있다'는 말을 덧붙인다.[1] 이 글에서 '문리, 법식, 경계를 옳게 쓰는 법' 등이 모두 '문법'과 같은 의미로 쓰이고 있는 점을 고려한다면, '조선에는 문법 연구가 없는 것이 부끄럽다. 그런데 근래에 그러한 움직임이 생겨났다' 정도의 의미가 될 것이다. 그러나 잘 알려진 바와 같이 이 글이 『독립신문』에 실린 1897년에는 공간公刊된 한국어 문법서가 아직 없었을 뿐더러 근대적 의미의 문법 연구라 불릴 만한 본격적인 움직임도 없는 실정이었다. 그렇다면 '근래에 조선말의 경계를 궁구하고 분석한 사람이 생겼다'는 주시경의 언급이 의미하는 바는 무엇일까?

주시경의 이 말을 이해하기 위해서는 『독립신문』 창간호에 실린 『한영ᄌᆞ뎐』과 『한영문법』의 광고를 참고할 필요가 있을 것 같다. 배재학당 '한미화활판소'에서 각각 4원, 3원에 살 수 있다는 이 책들에 대해 광고는 미국인 '원두우'가 지었으며 『한영ᄌᆞ뎐』은 '영국말과 언문과 한문'을 합하여 만들었고 『한영문법』은 '영국문법과 조선문법을 서로 견주어' 지었다는 점을 강조하고 있다.[2] 뿐만 아니라 1897년 4월 24일 자 『독립신문』의 잡보에는 게일의 '옥편'이 출판되어 '조선말을 똑똑히 배울 수 있고 조선글을 어떻게 쓰는지 알게 되었다'는 기사가 실려 있다.[3] 그렇다면 '근래에 조선

---

1 "이째ᄭᅵ지 죠션 안에 죠션 말의 법식을 아는 사ᄅᆞᆷ도 업고 쏘 죠션 말의 법식을 비으는 칙도 ᄆᆞᆫ들지 아니 ᄒᆞ엿스니 엇지 붓그럽지 아니 ᄒᆞ리요. 그러나 다ᄒᆡᆼ이 근일에 학교에셔 죠션 말의 경계를 궁구막추 ᄒᆞ고 공부 ᄒᆞ여 젹이 분셕ᄒᆞᆫ 사ᄅᆞᆷ들이 잇스니 지금은 션ᄉᆡᆼ이 업셔셔 비으지 못 ᄒᆞ겟다는 말들도 못 ᄒᆞᆯ터이라." 주시경, 「국문론」, 『독립신문』, 1897.9.25.

2 "죠션 사ᄅᆞᆷ이 영국 말을 비호랴면 이 두칙 보다 더 긴ᄒᆞᆫ 거시 업는지라 이 두칙이 미국인 원두우 ᄆᆞᆫ든 거시니 한영ᄌᆞ뎐은 영국 말과 언문과 한문을 합ᄒᆞ야 ᄆᆞᆫ든 칙이오 한영문법은 영국문법과 죠션 문법을 서로 견주 엇시니 말이 간단ᄒᆞ야 영국말을 ᄌᆞ셰히 비호랴면 이칙이 잇서야 ᄒᆞᆯ거시니라 갑슨 한영ᄌᆞ뎐 ᄉᆞ원 한영문법 삼원 ᄇᆡ재학당 한미화활판소에 와사라" 『독립신문』, 1896.4.7, '광고'.

3 "죠션 사ᄅᆞᆷ들이 이 칙을 가졋스면 죠션 말들을 똑똑히 비홀터이요 죠션글ᄌᆞ를 엇더케 쓰는지

말의 경계를 궁구하고 분석하는 사람이 생겼다'는 주시경의 언급은 조선인이 아닌 외국인들에 의해 조선어 문법이 연구되고 있다는 점을 지적하는 것이고 '부끄럽다'는 것 역시 그러한 맥락에서 이해할 수 있을 것이다. 당시에는 H. G. 언더우드의 『한영ᄌᆞ뎐韓英字典, *A Concise Dictionary of the Korean Language*』(1890)과 『한영문법韓英文法, *An Introduction to the Korean Spoken Language*』(1890), 그리고 J. S. 게일의 『한영ᄌᆞ뎐韓英字典, *A Korean-English Dictionary*』(1897)과 『ᄉᆞ과지남辭課指南, *Korean Grammatical Forms*』(1894) 외에도 프랑스외방선교회의 『한불ᄌᆞ뎐韓佛字典, *Dictionaire Coréen-Français*』(1880)과 *Grammaire Coréenne*(1881), 그리고 J. 스콧의 *English-Corean Dictionary*(1891)와 『언문말칙*A Corean Manual or Phrase Book with Introductory Grammr*』(1887) 등과 같은 이중어사전과 문법서 들이 출판되어 있던 상황이다.[4]

각 민족이 자국어 사전을 편찬하고 자국어 문법서를 서술하게 되는 것은 근대의 한 특징이다. 우리가 유길준의 『대한문전』(1909)이나 주시경의 『국어문법』(1910)을 중요하게 다루고, '국어' 사전을 편찬하려는 최초의 시도였던 『말모이』가 결실을 거두지 못한 것을 아쉬워하는 이유도 바로 그 때문이다. 그러나 우리 스스로 문법서를 쓰고 사전을 편찬하기 이전에도 한국어는 근대적 의미의 문법 기술과 사전 편찬의 대상이었고 그를 위한 분석과 연구의 대상이었다. 한국어를 사전 편찬과 문법

도 알터이니 엇지 죠션에 큰 ᄉᆞ업이 아니리요 죠션 사ᄅᆞᆷ은 몃 쳔년을 살면셔 ᄌᆞ긔 나라 말도 규모 잇게 빈호지 못 ᄒᆞ엿ᄂᆞᆫ디 이 미국 교사가 이칙을 ᄆᆞᆫ드릿ᄉᆞᆫ즉 엇지 고맙지 아니 ᄒᆞ리요 죠션 사ᄅᆞᆷ 누구던지 죠션 말도 빈호고 십고 영어와 한문을 빈호고 십거던 이 칙을 사셔 첫ᄌᆡ 죠션 글ᄌᆞ들을 엇더케 쓰ᄂᆞᆫ지 빈호기를 바라노라." 『독립신문』, 1897.4.24, '잡보'.

4 이 글에서는 이상에서 언급된 1910년 이전의 이중어사전 및 문법서를 분석의 대상으로 삼되, 필요한 경우 1910년 이후의 저술이기는 하지만 『한영ᄌᆞ뎐』(1897)의 증보판인 게일의 『韓英字典』(*A Korean-English Dictionary*, 1911)도 참조하도록 하겠다.

기술의 대상으로 삼은 것은 우리보다 벽안碧眼의 서양인들이 먼저였다. 물론 그 분석과 연구는 대개 그들의 종교적 목적을 달성하기 위해서였다. 선교를 앞세운 서구 유럽의 제국주의 침략을 염두에 둔다면, 그것은 비슷한 시기 일본인들의 한국어 연구만큼이나 '불순한' 행위로 해석될 여지가 있다. 그러나 그러한 사정을 인정한다 하더라도 사전 편찬의 지난한 과정을 조금이라도 이해한다면 그들의 노력을 그렇게 쉽게 폄하할 수는 없을 것이다.[5]

이 글에서는 근대계몽기 서양인들의 이중어사전 편찬과 한국어 문법서 기술이 한국어학의 성립에 어떠한 역할을 했는지에 대해 살펴보려고 한다.[6] 다만 양자의 직접적인 영향 관계의 문제를 다루기보다는

---

5 이 글은 서양인들이 편찬한 이중어사전을 비롯한 한국학 관련 저술과의 진지한 대면을 촉구한 다음과 같은 발언에서 촉발된 바 있다. "번역을 이어가며 우리가 느낀 감정 중에는 어디를 향해야 할지 모를 분노도 있었다. 학문에서 언제나 문제는 정직해지는 것이다. 결코 이 사전들은 '체계가 없고, 계통이 없고, 원리 원칙이 없고, 저들의 필요에 의해서 만든' 그런 제멋대로의 것들이 아니었다. (…중략…) 우리의 선배들이 지녔을 망각의 심리와 과소평가의 심정을 역사적 한계와 그 안에서의 좌절된 노력 속에서 온전히 이해해보려 노력하는 한에서, 우리는 이 이중어사전을 비롯한 한국학 관련 외국인들의 저술과의 정직한 대면을 한국어문학계에 진심으로 촉구하고 싶어졌다." 황호덕·이상현, 『개념과 역사, 근대 한국의 이중어사전』 2(번역편), 박문사, 2012, 5쪽.
6 기왕에도 서양인들의 이중어사전이나 한국어 문법서 편찬을 검토한 연구들은 많이 있었다. 이병근, 「서양인 편찬의 근대기 한국어 대역사전과 근대화-한국 근대 사회와 문화의 형성 과정에 관련하여」(『한국문화』 28, 서울대 규장각한국학연구원 2001)나 서민정 외, 「개화기 우리말 기술에 반영된 서구 언어적 시각-『한불ᄌ뎐』과 『한영ᄌ뎐』을 중심으로」(『한글』 283, 한글학회, 2009)는 특히 서양인들의 작업이 우리에게 미친 영향 등을 검토한 것인데, 비모어 화자만이 취할 수 있는 타자의 시선의 독특성에 집중한 경우는 없었던 것으로 보인다. 남기심의 「"辭課指南"고」(『동방학지』 60, 연세대 국학연구원, 1988), 심재기의 「게일 문법서의 몇가지 특징-原則談의 設定과 關聯하여」(『한국문화』 9, 서울대 규장각한국학연구원, 1988), 장소원의 「『Grammaire Coréenne의 재조명』(『형태론』 7-2, 형태론 편집위원회, 2005) 등이 개별적인 업적을 검토한 것이라면, 이은령의 「19세기 이중어사전『한불자전(1880)』과 『한영자전(1911)』 비교 연구」(『한국프랑스학논집』 72, 한국프랑스학회, 2010)나 이은령의 「『한어문전Grammaire Coréenne』과 19세기 말 문법서 비교 연구」(『한국프랑스학논집』 78, 한국프랑스학회, 2012) 등은 서양인들의 업적 상호간의 관련성을 살펴본 것이고 강이연의 「최초의 한국어 문법서 Grammaire Coréenne 연구-외국어로서의 한국어 교수법과 번역학적 의의」(『프랑스어문교육』 29, 한국프랑스어문교육학회, 2008), 허재영의 「한국어 교육사의 관

서양인들의 이중어사전과 한국어 문법서가 한국어를 모어로 사용하는 이들에게 타자의 시선으로 자신의 말을 바라볼 수 있는 기회를 제공했다는 점에 주목하려고 한다. 예컨대 '가시었겠다'와 같은 표현에서 '가-'와 '-다' 사이에 오는 선어말어미들의 결합 순서는 모어 화자의 입장에서는 전혀 의식할 필요가 없는 지식이다. 그러나 한국어를 배우고자 하는 비모어 화자에게는 몰라서는 안 될 필수적인 지식이다. '먹다'와 같은 동사는 이러한 기본형으로는 현재 시제를 표현하지 못하고 '먹는다'와 같은 형태를 취해야 하지만, '예쁘다'와 같은 형용사는 기본형만으로도 현재의 상태를 표현할 수 있다는 사실 역시 모어 화자는 의식하지 못하는, 또는 그럴 필요가 없는 것이지만 역시 비모어 화자의 입장에서는 한국어를 말하기 위해 반드시 알아야 할 지식 가운데 하나이다. 한국어학을 구성하고 있는 수많은 규칙들은 거개가 이와 같이 비모어 화자라는 타자의 시선을 전제로 했을 때 비로소 인식될 수 있는 것들이다. 주시경에게 '부끄러움'을 안겨주었던 외국인들의 한국어 연구는 바로 한국어를 모어로 하는 이들에게 그들의 모어를 타자의 시선으로 바라볼 수 있는 계기를 마련해 주었을 것이라는 게 이 글의 가정이다.

서양인들의 이중어사전과 문법서의 구체적인 내용을 살펴보기에 앞서 주시경의 사례를 통해 타자의 시선을 취해 본다는 것이 한국어 연구에 어떤 영향을 주었을지를 검토해보고자 한다. 주시경은 '국어' 연구에

점에서 본 『교린수지』와 『스과지남』 비교 연구」(『한말연구』 31, 한말연구학회, 2012), 이은령의 「『한불자전』과 현대 한국어문학」(『반교어문연구』 42, 반교어문학회, 2016) 등은 한국어문학이나 한국어교육 등과의 관계를 검토한 것이다. 그 밖에 이지영의 「사전 편찬사의 관점에서 본 『韓佛字典』의 특징─근대 국어의 유해류 및 19세기의 『國漢會語』, 『韓英字典』과의 비교를 중심으로」(『한국문화』 48, 서울대 규장각한국학연구원, 2009)는 유해류와의 비교를 행한 연구라는 점에서 특징적이라 하겠다.

본격적으로 나서기 직전 서양인들에게 한국어를 가르치는 경험을 했었던 바, 그 직후에 그가 새로이 발언하게 되는 내용들은 타자의 시선으로 한국어를 바라보았을 때 발견한 것일 가능성이 크기 때문이다.

2. 타자의 시선과 '국어학' 형성의 한 사례 — 주시경의 경우

주시경이 처음 자신의 이름을 알린 것은 앞서 언급한『독립신문』의 「국문론」이라는 글을 통해서였다. 그러나 물론 이때는 그가 국어나 국문의 전문가나 권위자로 인정받던 때가 아니다. 오히려 이 글은 당시에 신문 잡지에 발표되던 '국문'에 대한 수많은 글들 중에 하나였을 뿐이다. 1901년『신학월보』에 「말」이라는 글을 발표했을 때도 사정은 크게 다르지 않았다. 그런데 1905년경이 되면 사정이 제법 달라진다. 즉 상동청년학원을 비롯한 서울 시내의 각급 학교에서 국문 혹은 국어를 가르치기 시작한 것이 바로 이때부터이고 1906년에는『국문강의』라는 저술을 세상에 내놓게 된다. 또 1907년이 되면 학부에 설치된 국문연구소의 연구위원으로 활동하며 국문에 대한 자신의 의견을 정부의 공식 정책에 반영할 수 있는 기회를 얻는다. 또 1908년에는『국어문전음학』을, 1910년에는 마침내 그의 이론이 1차로 정리된다고 할 수 있는『국어문법』을 발간하기에 이른다. 더구나 이 시기는 강습소 등을 통해 제자들을 키우고 또 국어연구학회와 같은 연구단체를 조직하여 활동하던 때이기도 하다.

이런 사정을 감안하면 1905년은 이른바 개화 지식인으로서 국문에 관심을 표명하는 수준이던 주시경이 전문적인 국문과 국어의 전문가로 활동하게 되는 기점이 된다고 하지 않을 수 없을 것이다. 그렇다면 1900년까지 새로운 사상에 영향을 받아 국문의 사용을 주장하던 여타의 지식인들과 크게 구별되지 않던 주시경이 1905년 이후 국어와 국문에 관한 활동에 전문적으로 나서게 된 데에는 어떤 계기가 있었을까? 여기서는 특히 그가 1900년 혹은 1901년경부터 1905년까지 외국인들에게 한국어를 가르쳤다는 사실에 주목하고자 한다. 이에 관한 사항은 주시경이 남긴 여러 통의 이력서에서 일관되게 확인되는 사항이며,[7] 주시경이 상동교회의 설립자인 W. B. 스크랜턴의 한국어 교사였다는 증언이 있기도 하다.[8] 그러나 어떠한 계기로 그가 서양인들에게 한국어를 가르치게 되었으며, 어떠한 방식으로 교습이 이루어졌는지 등은 구체적으로 확인하기가 어려운데, 이는 그가 이력서에 남긴 기록 외에는 관련 사실을 확인할 만한 자료가 남아 있지 않기 때문이다. 다만 주시경이 한국어 교수 과정에서 앞서 언급한 서양인들의 이중어사전 및 한국어 관련 문법서들을 참조했을 것이라는 점은 크게 의심의 여지가 없을 것이다. 또한 외국인들에게 한국어를 가르치는 과정에서 학습자의 입장에 서 봄으로써 모어 화자로서는 생각지 못했던 사실들을 깨달았을 가능성도 고려할 수 있을 것이다. 물론 앞서 언급한 바와 같이 주시경이 관련 기

---

7 "光武 四年 一月로 光武 九年 九月까지 美, 英人에게 國語를 敎授함." 김민수 편, 『주시경전서』 6, 탑출판사, 1992, 351쪽 "光武 四年 一月로 光武 九年 九月까지 英美人에게 國語를 敎授함." 위의 책, 359쪽 "光武 五年 [二十六歲 辛丑] 一月에 英國人의 本國語學 敎師를 任흠." 위의 책, 384쪽 "光武 五年 [二十六歲 辛丑] 一月에 英國人의 本國語學 敎師를 被任ᄒ여 光武 九年 三月에 辭任흠." 위의 책, 387쪽 "明治 三十三年 [光武 四年] 一月 八日에 貞洞 英國人의 韓語 敎師로 被聘하여 明治 三十八年 [光武 九年] 九月에 辭退하다." 이기문 편, 『주시경전집』 下, 아세아문화사, 1976, 744쪽.

8 김민수, 『초기 국어문전 연구─특히 『대한문전』을 중심으로 하여』, 통문관, 1975.

록을 구체적으로 남기지 않았으므로 저간의 사정을 분명히 확인할 수는 없다. 그러나 그가 외국인들에게 한국어를 교수하기 전에 썼던 글들과 그 직후에 발표한 글을 비교해 보면 한국어 교습 과정에서 그가 새롭게 발견하거나 깨달은 사실이 무엇인지를 추측해 볼 수는 있을 것이다. 그리고 그러한 목적에 부합하는 것이 바로 『국문문법』(1905)이다.

『국문문법』은 주시경이 상동청년학원에서 강의한 내용을 유만겸이라는 이가 필기한 자료인데, 내용상 『국문강의』(1906)보다 앞서는 것으로 판단되기 때문에 주시경이 이 학교에서 강의를 시작한 첫 해이자 외국인들에게 한국어를 가르치던 마지막 해인 1905년경의 강의 노트로 추정된다. 그런데 이 자료를 검토해보면 1900년 이전, 즉 한국어 교습의 경험을 하기 전에 썼던 글들에서는 나타나지 않았던 내용이 몇 가지 발견되는데, 그중 하나가 바로 음운변동에 관한 기술이다. 즉 '제칠과 ㅈ음'의 마지막 부분에 '상접변음相接變音'이라는 제목 하에 지금의 용어로는 '자음동화'와 같은 음운변동 현상을 기술하고 있다. 예컨대 "ㄱ이 ㄴ이나 ㄹ이나 ㅁ 우에서는 ㅇ으로 변ᄒᄂ니라"고 하고 그 예로 "빅년, 빅만, 빅리" 등을 들고 있다. 이 외에도 "ㅂ이 ㄴ이나 ㄹ이나 ㅁ 우에서는 ㅁ으로", "ㅅ이 ㄴ이나 ㄹ이나 ㅁ 우에서는 ㄴ으로" 변한다는 사실을 "십년, 십륙, 십만", "몃리幾里, 잇ᄂ니라有, 갓모笠帽" 등을 들고 있다. 이밖에 'ㅌ, ㅈ, ㅊ'가 'ㄴ, ㄹ, ㅁ' 앞에서 'ㄴ'으로 변한다는 것, 'ㄴ'이 'ㄹ'을 만나 'ㄹ'이 되는 것, 'ㄹ'이 종성에 오느냐 초성에 오느냐에 따라 달리 소리난다는 점 등을 지적하고 있다.

그런데 이와 같이 분포적 환경에 따라 일정한 소리가 다른 소리로 변한다는 사실은 모어 화자에게는 인식되기가 매우 어려운 것이다. 예를 들어 위에서 보인 '백년[뱅년]'과 같은 자음동화 현상은 보편적이고 필수적인 변동규칙이므로 그러한 음운 변동이 이루어진다는 사실 자체를 모어 화자는 자각하기가 어렵다. 따라서 그러한 것이 하나의 지식으로 기능할 가능성도 별로 없다. 그러나 비모어 화자의 입장에서는 이러한 음운변동은 반드시 숙지해야 할 중요한 사항이다. 한국어를 제대로 말하기 위해서는 'ㄱ'이 'ㄱ'이 아니라 'ㅇ'으로 소리 나는 경우, 'ㄷ'이 'ㄷ'이 아니라 'ㄴ'으로 소리 나는 경우, 그리고 'ㅂ'이 'ㅂ'이 아니라 'ㅁ'으로 소리 나는 경우를 모어 화자와는 달리 비모어 화자는 의식적으로 기억해야 하기 때문에 이러한 현상은 매우 중요한 한국어 지식이 될 수밖에 없다. 주시경의 이전 글에는 이와 관련된 언급이 없다가 1905년 자료에서 비로소 이에 관한 내용이 등장한다는 점으로 보아 주시경 역시 외국인들에게 한국어를 가르치면서 이러한 사실을 발견했을 가능성이 없지 않다.

주시경이 외국인들에게 한국어를 가르치면서 비모어 화자의 시선으로 자신의 말을 바라보았을 때 눈에 띈 또 다른 하나는 조사와 어미에 대한 인식이었을 가능성이 있다. 특히 그의 이론은 국어학사의 차원에서 평가할 때 이른바 분석주의를 대표하는 이론으로 분류된다. 분석주의란 체언에 붙는 조사는 물론이고 용언 어간에 붙는 어미마저 분리하여 독립된 품사로 설정했기 때문에 붙여진 이름이다. 물론 최현배가 어미를 용언의 일부로 보아 용언에 붙는 어미에는 품사의 지위를 부여하지 않은 것이 이른바 종합적 처리 방식이고 현재 남한의 학교문법이 바로 이 최현배의 체계를 따르고 있음은 주지의 사실이다. 그런데 특히 이 수많은 어미의 목록과 그 의미, 기능은 한국어를 학습하는 외국인 학습자들이 겪는 중요한 문제 가운데 하나라는 점을 기억할 필요가 있다. 뒤에서 확인하게 되겠지만 실제로 『한불ᄌ뎐』에서는 일반 어휘에 대한 풀이를 모두 마친 후에 별도로 이 어미 목록과 그 용법을 제시하여 한국어 학습에 도움을 주고자 했다. 따라서 주시경이 어미류를 하나의 독립된 품사로 설정한 점 역시 외국인들에게 한국어를 가르친 경험과 관련되어 있을 가능성이 있다. 특히 그의 품사론이 처음 등장하는 것이 앞서 본 『국문문법』인데 바로 여기에서부터 주시경은 어미와 조사를 별도의 품사로 설정하고 있었던 것으로 보인다.

즉 이 자료에서 주시경은 '언분言分'이라는 항목에서 우리말의 품사를 '명호名號, 형용形容, 동작動作, 간접間接, 인접引接, 경각警覺, 죠성助成'으로 나누는데, '명호, 형용, 동작'이 대체로 명사, 형용사, 동사에 해당하는 것이라면 "흔 말이 달은 말을 이어지게 ᄒᆞᄂᆞ 것들"이라고 풀이된 '간접'은 현재의 접속 조사 '와/과'와 연결어미를, "명호 아ᄅᆡ 쓰ᄂᆞ 것들인ᄃᆡ 동작을 인도ᄒᆞ여 되ᄂᆞ 것을 가ᄅᆞ치ᄂᆞ 것들"이라고 풀이된 '인접'은 대체로 격조사를, "명호나 동작이나 형용을 도아 흔 말을 맛치ᄂᆞ 것들"이라고 설명된 '죠성'은 현재의 종결어미에 해당하는 것으로 보인다.[9] 이와 같이 서양 외국인들에게 한국어를 교수한 이후 등장하는 그의 품사 분류론에서 그가 처음부터 조사는 물론이고 어미를 독립된 품사로 다루었다는 것은 주목을 요하는 것이라 하겠다. 사실 조사에 대해서는 1897년

---

9 이 『국문문법』(1905)은 사실 미완으로 끝나 있고 특히 이 '간접, 인접, 조성'의 구체적인 예가 들어져 있지 않아서 그 내용을 정확하게 파악하기는 어렵다. 그러나 이후 주시경의 필사본 원고인 「말」(1908년경)에 나타나는 '인접, 간접, 조성'이 『국어문법』(1910)의 '잇, 겻, 끗으로 이어진다는 점에서 위와 같은 추측이 가능한 것으로 판단된다. 주시경의 품사 분류, 즉 씨난갈의 변천에 대해서는 김병문, 『언어적 근대의 기획─주시경과 그의 시대』, 소명출판, 2013, 307~329쪽 참조.

9월에 『독립신문』의 「국문론」에서도 '이것이'를 예로 들면서 '이것'과 '이'의 경계를 구분하여 글을 써야 한다고 언급한 것들을 보면 체언과 분리되는 것으로 조사를 분명히 인식하고 있었던 것을 알 수 있다. 그러나 예컨대 '먹고, 먹으니, 먹어서'의 '먹'과 '고, 으니, 어서'를 별도의 독립된 단위로 인식하는 것은 매우 특수한 경우라 하지 않을 수 없다. 비슷한 시기의 문법서들, 예컨대 최광옥의 『대한문전』(1908)이나 유길준의 『대한문전』(1909)에서도 현재의 조사에 해당하는 것을 '후사'로 별도로 인식한 것은 확인할 수 있으나 어미를 별도의 독립된 단위로 인식하지 않았다. 물론 이 시기에 출간된 서양인들의 문법서에서도 어미를 하나의 독립된 품사로 다룬 것은 찾아 볼 수 없다. 굴절어에 익숙한 그들이 어미를 하나의 독립된 요소로 다룰 가능성은 거의 없다. 그러나 바로 그렇기 때문에 한국어의 중요한 특질 가운데 하나인 다양한 어미 교체가 비모어 화자의 시선에 어떻게 포착되었는가 하는 점은 검토의 대상이 될 만하다고 할 것이다.

3. '국어문법' 이전의 '국어문법'에 대하여

─음운변동 규칙에 대한 기술

1916년 『조선말본』의 '알기(범례)'에서 김두봉은 "이 글은 말모이에 쓰랴고 그러께 여름에 (…중략…) 만들엇던 것인데 지난 가을붙어 이를 좀 더 다스리어 이제에 마친 것이다"라고 하였고 이 책을 수정하여 1922년에 내놓은 『깁더조선말본』의 '머리말'에서는 "이 같지 못한 작은 책이라도 말모이 글본 대신으로 내오니"라는 언급을 하였다. 여기서 '말모이'라고 한 것은 물론 1910년대 광문회에서 주시경과 김두봉, 이규영, 권덕규 등이 작업하던 최초의 '국어사전'을 가리키는데, 김두봉이 '말모이에 쓰려고', '말모이 글본 대신으로'라는 표현을 사용하여 자신의 문법서를 이 사전과 매우 밀접하게 관련을 맺고 있는 것으로 기술한 것이 인상적이다. 현재는 『국어사전』과 『국어문법』이 자매편과 같은 식으로 취급되는 일이 없으나, 특히 주시경 문법 이론의 최종 단계를 반영한 『말모이』의 문법 체계가 당시로서나 지금의 관점으로 보나 매우 특수한 형태를 띠고 있었던 점을 감안한다면[10] 그러한 문법 체계를 설명할 문법서가 필요하다고 생각했던 것인지도 모른다.

그러나 『말모이』가 가지고 있던 그러한 특수한 성격 외에도, 김두봉이 『조선말본』과 『깁더조선말본』에서 한 『말모이』 관련 언급을 당시에 출간되어 있던 서양 선교사들의 이중어사전이 대개 자매편이라 할 문법서들과 짝을 이루고 있었던 점과 연관 지어 이해해 볼 수도 있을 것이다. 즉 프랑스 외방선교회의 『한불ᄌ뎐』과 *Grammaire Coréenne*, 언더우드의 『한영ᄌ뎐』(1890)과 『한영문법』은 물론이고, 스콧의 『언문말칙』은 *English-Corean Dictionary*와, 게일의 『한영ᄌ뎐』(1897)은 『ᄉ과지남』과 같은 식으로 당시의 이중어사전들은 거의 예외 없이 각각의 자매편이라 할 문법서와 짝을 이루고 있었던 것이다. 이와 같이 초기 서양인들의 이중어사전이 대개 문법서의 편찬과 함께 이루어진 것은 비모어 화자가 어떤 언어를 학습할 때 이 두 가지 참고자료가 반드시 필요하다는 사실

---

10 말모이에 반영된 주시경의 문법 체계에 대해서는 위의 책, 335~352쪽 참조.

과 관련이 있을 것이다. 즉 사전은 해당 언어의 기본 단위인 어휘에 대한 이해를 위해 필수적인 것이고 문법서는 개별 어휘에 관한 것이 아니라 그 언어적 단위들에 공통적으로 적용되는 일련의 규칙을 제공하는 것이기 때문이다. 서양인들이 참고할 만한 한국어에 대한 자료가 많지 않았던 당시의 상황에서는 따라서 사전과 문법서가 서로를 보완하면서 집필되었던 것은 어쩌면 당연한 상황이었을지도 모르겠다.

그렇다면 앞서 주시경이 서양인들에게 한국어를 가르치고 난 후에 새롭게 그의 저술에 등장한다고 한 음운 변동에 관한 사항은 사전에서 밝혀 주어야 할 정보일까, 아니면 문법서에서 기술되어야 할 내용일까? 예컨대 주시경이 예로 든 '백만'의 경우 현재 「표준국어대사전」에서는 이 올림말이 그 표기형과는 달리 [뱅만]으로 소리 난다는 사실을 발음 정보 란에서 밝혀주고 있다. 그러나 초기의 이중어사전인 『한불ㅈ뎐』(1880)에서는 아래의 예 ①에서 볼 수 있듯이 그러한 발음정보를 제시하고 있지 않다. ㉠은 '목마'라는 올림말에 대한 풀이인데, 먼저 이 사전의 미시구조를 간단히 살펴보면 올림말 앞의 '*' 표시는 이 올림말이 한자어임을 나타내는 것이고, 그 뒤의 'MOK-MA'는 올림말의 알파벳 전사이다. 음절 구분은 있지만 보는 바와 같이 표기형 그대로 일대일 대응을 했을 뿐 표기형에서 달라진 발음을 반영하지는 않았다. 그 뒤에는 한자 원어 정보가 제시되었고 마지막은 불어로 된 뜻풀이 정보이다. 발음 정보가 따로 제시되지 않은 것은 그 아래의 '혹한'의 경우도 마찬가지이다.[11] 그리고 이렇게 별다른 발음 정보를 제시하지 않은 것은 언더우드의 『한영

---

11 알파벳 전사 후에 제시된 '-i'는 이 올림말의 주격형을 보여주는 정보인데 이에 대해서는 다음 절에서 설명하기로 한다.

ᄌ뎐』(1890)에서도 마찬가지이고 아래 예 ②에서 보듯 게일의『한영ᄌ
뎐』(1897)에서도 이는 다르지 않다.

①

㉠ *목마, MOK-MA. 木馬. Cheval de bois.

㉡ *혹한, HOK-HAN, -i. 酷寒. Extrèmement froid. Grand froid.

—『한불ᄌ뎐』

②

㉠ *목마 s. 木馬 (나모) (몰) A sedan-chair mounted on a wheel (트다). A
boat. See 거투.

㉡ *혹한 s. 酷寒 (사오나올) (찰) Extreme cold; the cold season. See 극한.

—『한영ᄌ뎐』(1897)

게일의『한영ᄌ뎐』(1897)의 미시구조를 간단히 살펴보면, ②-㉠의 맨
앞에 오는 '*'는『한불ᄌ뎐』의 그것과 같은 표시이고, '목마'라는 올림말
표기 뒤에 보이는 's'는 이 올림말의 1음절이 장음이 아니라 단음이라는
것을 알려주는 표시이다. 그 뒤에 '木馬'라는 원어를 제시하고 그 한자의
뜻을 각각 보인 후 그 다음에 영어로 뜻풀이 정보를 제시한 것이다. 선교
사들의 이중어사전이 대체로 한자어 정보를 매우 중요하게 다루고 있음
을 알 수 있으며,[12] 올림말의 한글 표기 뒤에 알파벳 전사형을 제시하는

---

12 언더우드의『한영ᄌ뎐』(1890) 역시 마찬가지여서 한자어에 한자 원어를 제시하는 것은 물론
"복숑아, 桃, Peach"와 같이 고유어인 경우에도 대부분 한자어를 대응시키고 있다.

방식은 『한불ᄌᆞ뎐』에서만 사용되었고 장단음을 표시한 것은 게일의 사전의 특징이다. 그런데 게일 사전에서도 장단음은 표시하였지만, 위에서 보는 바와 같이 표기형과 달라지는 음운 변동에 대한 정보는 전혀 제시하지 않았다. 이는 물론 이러한 정보를 중요하지 않은 것으로 판단했다기보다는 이러한 것들이 사전의 미시구조에서 기술할 내용이 아니라고 보았기 때문일 가능성이 크다. 즉 이중어사전 편찬자들이 이러한 종류의 음운 변동을 어휘 개별적인 것이라기보다는 그 어휘들을 뛰어넘는 공통 규칙으로 보았다는 것이다. 그러한 점은 음운 변동에 관한 사항이 이중어사전의 서문이나 해당 사전의 자매편이라 할 수 있는 문법서에 매우 자세하고 중요하게 기술되어 있다는 사실을 통해 확인할 수 있다.

예를 들어 『한불ᄌᆞ뎐』의 서문préface에서는 'ㄹ'이 어두에 오면 'ㄴ'으로 발음되며 단어의 중간에서는 음절의 처음에 오면 'R'로, 음절 말에서는 'L'로 소리 난다는 것을 지적하고 있다. 그 밖에도 'ㅅ'이 음절 말에서 'ㄷ'과 같아진다는 것, 그리고 '댜, 뎌, 됴, 듀' 등이 '자, 저, 조, 주' 등으로 발음된다는 것을 밝히고 있다. 그런데 이 『한불ᄌᆞ뎐』과 짝을 이루는 문법서 *Grammaire Coréenne*는 이런 문제에 대해 훨씬 상세한 설명을 시도하고 있다. 즉 문자와 발음을 다룬 서설introduction 제3장의 제2절 자음 부분에서 'ㄱ'이 본래 'k'나 'g'로 소리 나지만 'm, n, r' 앞에서는 'ng'가 된다며 '목ᄆᆞ르다, 싹ᄂᆞᆫ다'와 같은 예를 들고 있다. 또 'ㄴ' 항목에서는 이 글자가 'r' 앞에서는 'l'로 바뀐다며 '전라도'를 그 예로 들었고, 'ㄹ' 항목에서는 이것이 'l, r, n'으로 발음될 수 있다며 각각의 환경과 그 예(별, 말 / 별을, ᄒᆞ여라 / 릭일, 강론ᄒᆞ다)를 들어 놓았다. 이 밖에도 'ㅅ' 항목에서는 이 글자가 's, t, n'으로 소리 난다면서 역시 각각의 환경과 그 예(사슴, 쇼식 / 갓, 솟

/ 갓모)를 제시하였다. 물론 'ㅅ'이 'n'으로 변하는 것은 그에 앞서 'ㅅ'이 음절 말에서는'ㄷ'으로 소리 나게 된다는 것을 전제로 하고 있는 것이지만, 음절 말에 'ㄷ'을 표기하지 않던 당시의 상황에서는 이러한 설명이 불가피한 측면이 있었다.

이러한 변동규칙에 대한 설명은 언더우드의『한영문법』에도 그대로 이어진다. 즉'제2장 한국의 알파벳과 그 소리'의 자음 부분에서 'ㄱ'이 'k'나 'g'로 소리 나는데 'ㅁ, ㄴ, ㄹ' 앞에서는 'ng'로 변한다고 하여 예만 '약물, 넉넉이, 약력'으로 다를 뿐 *Grammaire Coréenne*와 완전히 동일한 설명을 하고 있다. 그리고 더 나아가 '협문, 압니, 십리'의 경우에서처럼 *Grammaire Coréenne*에서는 제시하지 못한 'ㅂ'이 'ㅁ, ㄴ' 등의 앞에서 'ㅁ'으로 변동하는 것까지 밝히고 있다. 그 외에 'ㄹ'이 환경에 따라 'r'나 'l'와 같은 음성적 변이형으로 실현되거나 'ㄴ'으로 음운 변동하는 것을 설명하고(예로는 '믈', 아름답소, 리일, 공론ᄒ오' 등을 들었다), 'ㅅ'이 음절 말이나 'ㅁ' 앞에서 'ㄷ'이나 'ㄴ'으로 실현되는 것을 밝히는 부분은(예로는 '갓, 갓모' 등을 들었다) *Grammaire Coréenne*와 큰 차이가 없다. 일부 *Grammaire Coréenne*보다 진전된 내용이 없는 것은 아니지만 기술의 방식이 유사하고 동일한 예가 다수 발견되는 등『한영문법』의 해당 기술이 대체로 *Grammaire Coréenne*를 토대로 했음을 짐작할 수 있다.

그런데 근대계몽기 서양인들이 편찬한 이중어사전이나 문법서에서 이와 같은 음운 변동에 관한 내용이 가장 체계적으로 기술된 것은 스콧의 서술이다. 특히 한국어의 특징을 개괄한 논문이라고 할 만한 *English-Corean Dictionary*의 서설에서 스콧은 한국어의 자음을 거센 폐쇄음sharp check[13] 'k, p, t, ch'와 그 유기음 'k', p', t', ch'', 비음 'n, m, ng', 유기음 또는 그 부호 'h',

치찰음 's', 그리고 두 개의 전동음ᵐᵐ 'r, l'를 나타내는 자음 하나로 분류하여 이들을 각각 설명하는데 이 과정에서 구개음화나 두음법칙과 관련한 내용을 다룬다. 그러고 나서는 초성-중성-종성으로 이루어지는 한국어의 음절 구조에 대해 설명하고 특히 종성에 올 수 있는 자음이 일곱 개(k, n, m, p, ng, l, t)인데, "이 일곱 개의 종성 자음에서는 특정 음운 변동이 일어나며 한국어를 배우는 학생이라면 이 점을 유념해 두어야 한다"고 강조한다. 우선 일부 혼동의 사례가 없는 것은 아니지만 대체로 글자가 아니라 소리를 설명의 기본으로 삼았다는 점이 눈에 띈다. 그리고 무엇보다도 음절 구조를 염두에 두고 음운 변동을 설명했다는 점이 특기할 만하다. 즉, 두음법칙이나 구개음화가 초성에 오는 자음에 해당되는 것이라면 종성에 올 수 있는 자음을 7개로 특정하고 이들이 뒤에 오는 자음과의 관계에서 발생하는 음운 변동을 구별하여 따로 설명하고 있는 것이다. 더욱이 "n이나 m 앞에서 그 선행 단어나 음절의 **종성 k는 비음 ng로, 종성 p는 m으로 종성 t는 n으로 변한다**"와 같이 이전에는 개별적으로 설명되던 것이 같은 범주에 속하는 것으로 처리되고 있다는 점도 『한불ᄌ뎐』(1880)이나 『한영ᄌ뎐』(1890)의 설명보다는 진일보한 부분이라고 하겠다.[14]

그러나 앞서 언급한 바와 같이 이런 음운 변동에 관한 정보는 정작 사전의 올림말 풀이에서는 제시되어 있지 않는데, 이는 당시에 나와 있던 이중어사전에 예외 없이 적용되는 부분이다. 특히 별도의 발음 정보가 제시되기 시작하는 게일의 『한영ᄌ뎐』(1897)에서 역시 아래와 같이 보편

---

13 스콧이 사용한 용어의 번역어와 아래의 인용문 번역은 황호덕·이상현, 앞의 책, 56~57쪽을 따랐음.
14 스콧의 문법서인 『언문말칙』의 음운 변동 기술은 『한불ᄌ뎐』이나 『한영ᄌ뎐』(1890)과 같이 자모 순으로 되어 있다.

적인 음운 현상이 아니라 개별 어휘 차원에서 설명해야 할 것들에만 발음 정보를 제시하였다는 점은 이중어사전과 문법서를 편찬하던 이들이 위에서 든 음운 변동 규칙이 사전에서 다루어야 할 사항이 아니라 문법서에서 다루어야 할 문법 관련 내용이라고 판단하고 있었음을 알 수 있다.

③
우돈 s. (-쏜) 添價 (더홀 -*텸) (갑-*가) Boot-in a trade.

―『한영ᄌ뎐』(1897)

그런데 이러한 태도는 사실 '국어사전'에서도 꽤 오랫동안 이어져 왔던 것으로 보인다. 왜냐하면 문세영의 『조선어사전』(1938)이나 이윤재의 『표준조선말사전』(1947)은 물론이고 한글학회의 『큰사전』(1957)에서도 '장군[장꾼]', '발전[발쩐]', '콩엿[콩녇]'[15]과 같은 어휘 개별적인 음운 현상에 대해서는 발음 정보를 제공하면서도 앞에서 보인 '목마'와 같은 것에 대해서는 실제 발음아 표기형과는 달라진다는 사실을 밝히지 않았기 때문이다. 심지어 『큰사전』에서는 발음과 관련된 범례에서 "합성어나 한자 말이나, 또는 특수한 어휘로서 발음을 그릇 알기 쉬운 것"에는 발음 표시를 따로 했음을 밝히면서, "닿소리 접변으로 되는 발음은, 일체 따로 표하지 아니하였음"이라고 해서 주시경이 '상접 변음'으로 설명했던 종류의 것들을 사전 기술에서 제외했음을 분명히 밝히고 있다.

---

15 '장군[장꾼]'은 『조선어사전』의 범례에서 예로 든 것이고(물론 현재의 표기법에 따르면 '장꾼' 이 된다), '발젼[발쩐]', '콩엿[콩녇]'은 『표준조선말사전』의 범례에서 예로 제시된 것이다. '콩엿'은 『큰사전』의 범례에서도 보인다.

이러한 태도는 한글학회의 『우리말큰사전』(1991)에까지도 그대로 이어진다.[16] 이는 물론 그러한 음운 변동들이 언급한 바와 같이 어휘 개별적인 사항이 아니라 한국어의 어휘에 무차별적으로 적용되는 규칙이라는 사실과 무관하지 않았을 것이다. 그리고 이는 그러한 규칙이 사전이 아니라 문법서에서 기술될 성질의 것임을 의미한다.

물론 현재와 같이 언어학의 분야를 음운론, 형태론, 통사론으로 나누고 의미 요소와 관련이 있는 형태론과 통사론을 문법론으로 분류하는 경우에는 주시경이 '상접 변음'이라는 이름으로 다룬 것들은 문법론이 아니라 음운론의 소관이 될 것이다. 그러나 이러한 분류가 명확하지 않고 소리와 문자에 대한 것까지 모두 문법서에서 다루어지던 초기 '국어문법' 시대에 이들을 문법의 영역에 해당하는 것으로 취급하는 것은 너무나 자연스러운 일이었을 것이고, 주시경의 『국문문법』(1905)이 바로 그러한 점을 여실히 보여준다고 하겠다. '상접 변음'과 같은 것들은 발화 상황이나 조건과 무관하게 한 언어공동체에 무차별적으로 적용되는 것이며 동시에 앞서 언급한 바와 같이 타자의 시선을 상정하기 전에는 인식되기 어려운 그런 규칙이다. 그리고 현재의 '국어문법' 역시 대개 그러한 특성을 갖는 규칙들로 이루어져 있다. 따라서 주시경보다 먼저 그러한 규칙을 처음으로 다룬 서양 선교사들의 업적은 '국어문법' 이전의 '국어문법'이라고 할 수 있을지도 모르겠다.[17]

---

16 『우리말큰사전』에서는 "일반적인 규칙으로 발음을 이끌어내기 어려운 경우"에 한해 발음을 보인다고 하고 그 경우를 '겹받침소리줄임, 일곱끝소리되기, 입천장소리되기, 소리의 덧나기, 된소리되기'로 설명한다. 이때 '일곱끝소리되기'의 예로는 '옷-앤온-ㅣ', '젓-어미[젇-ㅣ', '팥알[팓-ㅣ' 등을 들었다. 참고로 자음동화를 포함하여 표기형과 발음이 달라지는 모든 올림말에 발음 정보를 제시하기 시작한 것은 『연세한국어사전』(1999)인 것으로 보인다.

17 음운 변동 규칙은 특히 주시경의 독특한 표기 이론의 구성에서 매우 결정적인 역할을 하는 것

4. 타자의 시선이 제시한 '국어문법'의 과제
─어미의 처리 방식에 관하여

현재 남한과 북한 문법의 가장 큰 차이는 바로 조사와 어미의 처리 방식에 있다고 할 수 있다. 즉 남한은 앞서 언급한 바와 같이 최현배의 『우리말본』(1937) 이래로 조사를 체언과 독립된 별도의 품사로 처리하는 데반해 어미는 용언의 일부로 보아 용언의 어간에 여러 형태의 어미가 결합하는 현상을 용언의 활용이라고 설명한다. 이렇게 보면 조사와 어미의 문법적 지위는 완전히 다른 것이 된다. 그러나 북한에서는 용언의 활용을 인정하지 않으며 또 조사와 어미를 모두 '토'라는 용어로 아우르면서 이들의 문법적 지위가 다르지 않은 것으로 보고 있다. 즉 어떤 단어가 문장에서 다른 단어와의 관계를 맺기 위해서 일정한 '문법적 형태'를 취하게 되는데, 그때 그 '문법적 형태'를 조성하는 요소가 바로 '토'라는 것이다.[18] 즉 '밥-이, 밥-을, 밥-에, 밥-으로'에서의 '-이, -을, -에, -으로'가, '먹-고, 먹-으니, 먹-어서, 먹-지'에서의 '-고, -으니, -어서, -지'와 같은 것들이 바로 '밥'과 '먹-'의 문법적 형태를 조성하는 토라는 것이다. 그리고 '자리토'와 '끼움토'라고 하는 토의 주요한 분류 체계를 보더라도 북한 문법에서 조사와 어미에 동일한 문법적 지위를 부여한다는

이다. 어떠한 음운 변동이 발생함에도 불구하고 원래의 형태를 밝혀 적는다는 것이 주시경식 표기의 핵심이기 때문이다. 그리고 그러한 설명을 주시경은 다음과 같이 '국어문전', 즉 '국어 문법'의 사상으로 인도하는 것이라고 했다. "ㅅ종성행 以下(표기 관련 설명─인용자 주)는 음학에 관계가 아조 無하다고는 謂치 못하겠으나 此는 國語에 當한 議論이니 此次에 連續하여 講習할 國語文典科 字學 變體學 格學 圖解式 實用演習科의 思想을 引導하는 것이오." 주시경, 『국어문전음학』, 박문서관, 1908, 62쪽.

18 북한의 초기 문법에서는 이러한 토의 특성으로 말미암아 이들을, 새로운 어휘를 만드는 접사와 구별된다는 뜻으로, '형태 조성의 접사'라고 불렀다.

것을 알 수 있다. '자리토'에는 우리의 격조사와 어말어미가, '끼움토'에는 우리의 서술격 조사와 선어말어미 등이 함께 포함되기 때문이다. 따라서 남과 북의 통합 '국어문법'을 구상한다고 했을 때에는 이 조사와 어미를 어떻게 처리할 것인가 하는 점이 대단히 큰 문제가 될 수밖에 없는 상황이다.

이와 같은 조사와 어미의 문제는 아마도 서양 선교사들이 이중어사전과 한국어 문법서를 집필할 때에도 큰 고민거리였을 가능성이 크다. 특히 굴절어 계통의 언어에 익숙한 그들에게 첨가어적 특질을 가장 여실히 보여주는 조사와 어미가 주목의 대상이 되었을 것이 분명하다. 굴절어의 경우 그 굴절 어미가 사전의 독립된 올림말로 오르는 일이 있기 어려운데 반해 한국어의 어미와 조사는 그와는 다른 성격을 띠고 있기 때문에 이중어사전의 편찬에서 이 두 요소를 어떻게 처리할 것인가 하는 문제는 꽤나 큰 고심거리였을 것이다. 그러한 사정은 『한불ᄌ뎐』의 체언이나 용언 처리에서도 비교적 잘 드러난다. 아래 예문 ④-㉠의 '혹한'을 보면 알파벳 전사형 다음에 '-i'라는 정보를 주어 주격이 '혹한이'로 실현된다는 사실을, ㉡의 '갓'은 주격형이 '갓시'임을 보이고 있다. 이에 비해 ㉢의 '겨드랑이'는 그러한 정보를 주지 않았는데, 이는 문어에서는 아직 '-가' 대신 '-ㅣ'나 격 형태 없이 주격이 실현되는 경우가 많았던 점이 반영된 것으로 보인다. 문제는 이와 같이 주격 형태를 밝혀주었다고 하더라도 그것을 포함해 다른 격조사를 모두 올림말로 삼아 풀이해야 했다는 점이다.

④

㉠ *혹한, HOK-HAN, -i. 酷寒. Extrèmement froid. Grand froid.(강조는

인용자, 이하 동일)

ⓛ 갓, KAT, **KAT-SI**. 笠. Chapeau (en tissu de bambou recouvert de toile de chanvre, le fond long et éiroit, les bords larges)

ⓒ 겨드랑이, KYE-TEU-RANG-I. 腋. Aisselle

—『한불ᄌ뎐』

⑤

ⓖ 이, I, ou ㅣ, I. Terminaison du *nominatif*.

ⓛ 가, KA. Désinence[19] du *nominatif* pour les mots terminés par une voyelle.

ⓒ 을, EUL. Terminaison de l'*accusatif*.

ⓔ 에, EI. En, dans. (Terminaison du *locatif*)

ⓜ 의, EUI. (Terminaison du *génitif*) Du, des, de, de la.

ⓗ 와, OA. Et, aussi, de Plus. (Se met après les mots terminés par une voyelle. (⋯후략⋯))

—『한불ᄌ뎐』

⑥

ⓖ *망녕되다, MANG-NYENG-TOI-TA, **-TOI-YE**, **-TOIN**. 妄佞. Entre faux, Entre absurde. ‖ Radoter; avoir perdu l'espirit; divaguer. Syn. 쳘업다 Tchyel-ep-ta.

ⓛ 호화롭다, HO-HOA-ROP-TA, **-RO-OA**, **-RO-ON**. 豪華. Entre sans

---

19 인구어의 경우 명사, 대명사 등의 어형 변화를 'declension'라고 하고 용언의 어형 변화를 'conjugation'라고 하는데 이 글에서는 전자를 굴곡, 후자를 활용으로 칭하도록 하겠다.

inquiétude, sans souci, riche, á l'aise.

―『한불ᄌ뎐』

사실『한불ᄌ뎐』과 짝을 이루는 문법서 *Grammaire Coréenne*에서는 체언에 격조사가 결합하는 것을 라틴어의 격변화처럼 기술했는데 그것은 ④의 ㉠이나 ㉡에서의 처리와 대응이 되는 것이다. 왜냐하면 주격형을 보고 다른 격 형태를 유추하게 하는 방식이기 때문에 그러한데 실제로 *Grammaire Coréenne*에서는 체언의 굴곡을 5가지 종류로 구별하고 있으므로 이에 따르면 주격형을 알면 나른 것을 자동적으로 파악할 수 있게 된다.[20] 그러나 ⑤에서와 같이 개별 조사를 다시 사전의 올림말로 삼은 것은 결국 이들이 체언과는 독립된 별도의 요소라는 점을 인식했기 때문일 것이다. 그리고 언더우드가『한영문법』에서 한국어의 체언은 굴곡하지 않는다며 조사에 해당하는 것들을 후치사postposition로 설정한 것을 보면, 조사가 체언과 별도의 요소라는 점은 굴절어를 모어로 하는 서양인들의 시각에서도 비교적 일찍 파악된 것으로 보인다.

그런데 문제는 용언에 붙는 어미의 처리에 있었다. 위의 예 ⑥에서 보듯이 용언 올림말에는 어미 '-어'와 '-은'이 붙는 두 가지 활용형이 제시된다. 그러나 물론 이 두 가지 활용형만으로는 어미 관련 정보가 충분히 제시될 수 없다. 그럼에도 불구하고 이『한불ᄌ뎐』에는 어미가 독립된 올림말로는 다루어지지 않았고, 따라서 이 사전의 본문만으로는 용언에 붙는 그 수많은 어미에 대해서 얻을 수 있는 정보는 거의 없다고

---

20 1유형 : 사람이, 사람으로, 사람을. 2유형 : 발이, 발노, 발을. 3유형 : 갓시, 가스로, 가슬. 4유형 : 쇼이 / 쇼 / 쇼가, 쇼로, 쇼롤. 5유형 : 나라히 / 나라가, 나라로 / 나라호로, 나라홀.

해도 과언이 아니다. 엄밀히 말하면 어미를 용언의 일부로 보는 한 어미는 독립된 개별 어휘가 아니므로 『한불ᄌᆞ뎐』에서처럼 이들을 독립된 올림말로 삼지 않는 것이 타당하다고 볼 수도 있다. 물론 이 사전의 자매편이라 할 문법서 *Grammaire Coréenne*의 동사 항목에는 각종 어미들이 범주별로 세밀하게 정리되어 있다.[21] 그럼에도 불구하고 사용되는 어미를 망라할 수는 없는 것 또한 자명하다. 이러한 문제를 『한불ᄌᆞ뎐』은 본문 뒤에 첨부한 '부록'을 통해 해결하고 있다. 이 책에는 두 가지 부록이 수록되어 있는데 하나가 '알파벳순 활용 변화conjugaison alphabétique'이고 다른 하나는 '한국 지리 사전'이다. 물론 이 중에 어미에 관련된 것은 용언의 어형 변화를 동사 'ᄒᆞ다'를 이용하여 알파벳순으로 제시한 첫 번째 부록인데, 여기에는 'ᄒᆞ다'의 어형 변화가 61쪽에 걸쳐 1,000개가 넘게 제시되어 있다. 예를 들어 'ᄒᆞ겟ᄂᆞ냐'의 항목을 통해서는 '쓰다'의 '쓰겟ᄂᆞ냐', '돌다'의 '돌겟ᄂᆞ냐' 등의 의미와 기능을 유추할 수 있게 한다는 것이 이 부록의 취지이다. 이 부록이 전적으로 어미의 정보에 관한 것임은 '어근le radical인 'ᄒᆞ-'를 없애고 어미terminaison만 제시할 수도 있었으나 그렇게 하면 불명확한 점이 생기고 활용이 난처해 질 수 있으므로 편의상 'ᄒᆞ-'를 사용했다'는 저자 스스로의 설명에서 확인할 수 있다.[22] 다음은 이 부록에서 제시한 'ᄒᆞ다'의 변화형 가운데 첫 번째 페이지에서 다루어진 것의 목록이다.[23]

---

21 시상 관련 변화 양상, 서법에 따른 높임 등분 등이 설명과 함께 표로 정리되어 있다.
22 『한불ᄌᆞ뎐』 첫 번째 부록의 「설명의 글」, 1쪽.
23 목록을 살펴보면 동사 어근에 어미만 결합한 것이 아니라 현재의 관점에서 보면 보조 용언이 결합한 것도 다수 있음을 알 수 있다.

⑦

ᄒ, ᄒ야, ᄒ얌즉ᄒ다, ᄒ야써, ᄒ야셔, ᄒ야도, ᄒ여, ᄒ여야

—『한불ᄌ뎐』 부록

그러나 이와 같은 『한불ᄌ뎐』의 어미 처리 방식이 과연 적절한가 하는 점은 여전히 남는 문제이다. 앞서도 언급한 바와 같이 어미를 용언의 일부로 보는 한 어미는 별도의 독립된 어휘가 아니므로 『한불ᄌ뎐』에서와 같이 개별 올림말로 삼지 않는 것이 합당한 측면이 있다. 대체로 조사를 별도의 독립된 올림말로 보면서 어미는 그렇게 하지 않는 것은 근대계몽기에 편찬된 이중어사전이 공통적으로 취한 방식이기도 하다. 물론 대개의 문법서에서 용언의 시상이나 서법, 문장의 구조 등을 다루면서 어미의 기능이나 의미가 설명되지만, 그 목록이나 리스트가 온전히 제시되는 것은 아니다. 이러한 문제를 해결하기 위해서 『한불ᄌ뎐』의 저자는 언급한 바와 같이 본문 외에 '부록'이라는 형태를 활용해야만 했는데, 이는 결국 사전으로도 문법서로도 어미를 온전히 설명해내지 못했다는 것을 의미한다.

그런데 이와 구별되기는 하지만 결국 유사한 접근 방식을 취한 것이 바로 게일의 『ᄉ과지남』이다. 이 책은 보통 게일의 문법서로 인식되고 있으나 사실 일반적인 문법서의 형태를 취하고 있지는 않다. 크게 보아 문법과 예문의 두 부분으로 이루어져 있는 이 책의 「문법편」[24]은 대부분의 분량을 'ᄒ다'의 활용 어미에 대해 다루는 데 할애했고(총 92쪽 164항

---

24 실제 각 부분의 제목은 "Korean Grammatical Forms"와 "Sentences"로 되어 있다.

목 가운데 78쪽 136항목이 활용 어미에 관한 것),[25] 그 외에 격조사, 어간 형태에 따른 과거분사형,[26] 사동 피동 형태, 존칭어 등이 설명되어 있다. 그런데 품사를 나눈다든지 격의 종류를 설명한다든지 하는 일반적인 의미의 문법 기술은 전혀 없이 처음부터 끝까지 마치 '올림말-뜻풀이'로 이루어지는 사전의 기술 형태처럼 일정한 어형을 제시하고 그에 대한 설명을 제공하는 형식으로 일관하고 있다. 그리고 그 대부분은 앞서 언급한 바와 같이 활용 어미에 관한 것이다. 그런데 흥미로운 부분은 이 문법편과 예문편이 대단히 밀접한 연관 관계를 맺고 있다는 사실이다. 즉 주제별로 57개의 분야[27]에 1,098개의 문장이 제시된 예문편을 살펴보면 300번 문장까지는 거기에 사용된 어미와 조사에 번호가 달려 있고 그 번호는 앞서 언급한 문법편의 164개 항목의 번호를 가리키고 있다. 예를 들어 아래 예 ⑧은 이 책의 예문편의 1번 문장인데, 여기에 보이는 문법 형태 '-나'와 '-엇스런-', '-마는', '-니'에 번호가 붙어 있고[28] 그 번호는 예 ⑨에서 보는 바와 같이 문법편에서 설명된 각 항목의 번호와 일치한다.[29]

---

25 활용 어미를 종결, 연결, 복합, 전성(부사형 / 관형형), 인용으로 분류하였는데, 해당되는 어미들을 문어형과 구어형으로 나누어 제시한 뒤 각 형태의 의미 기능 환경 등을 기술하였다. 개중에는 활용 어미에 대응되는 구결 표기가 제시된 것들이 있다.

26 제목은 "Formation of The Past Participles"이라고 되어 있는데 대개 용언 어간의 종류에 따라 어미 '-어'와 '-은'이 결합하는 형태에 대해 설명하였다. 즉, '가다'는 '가, 간'으로, '압흐다'는 '압하, 압흔', '내다'는 '내여, 낸'과 같은 식으로 활용한다는 식이다.

27 허재영, 앞의 글에 따르면 예문들의 분류 기준은 전통적인 유해류나 역학서, 특히 18세기에 일본에서 쓰여진 한국어 학습서인 『교린수지』의 영향을 상당히 받은 것으로 보인다.

28 『표준국어대사전』에서는 '-으련마는'을 하나의 어미로 인정하고 있는데, 이렇게 볼 경우 '되였으련마는'은 '되-+-었-+-으련마는'으로 분석할 수 있을 것이다.

29 인용문 ⑨에서 보이는 활용 형태의 아래에 있는 번호들은 해당 형태가 사용된 예문의 번호를 가리킨다. 각 항목의 의미나 문법적 기능 등에 대한 설명은 편의상 생략했다.

⑧

(1) 희가발셔졍오<u>나</u>되엿<u>스런마</u><u>는</u>날이흐리니<u>즈</u>셔이알수업다
　　　　　　96　　130　100　　　　　70

⑨

(70) (ㅎ)매, -매　　　　　　　　(ㅎ)니
　　　　　　　　　　　　　　　4 · 9 · 10 · 12 · 305 · 315

(96) (ㅎ)나, -나, 이나　　　　(ㅎ나), -나, 이나, ㅎ나
　　　　　　　　　　　　　　　1 · 2 · 9 · 51 · 89 · 151 · 159

(100) 마는　　　　　　　　　　마는, 만셔도
　　　　　　　　　　　　　　　1 · 268

(130) (ㅎ)는톄ㅎ다, (ㅎ)엿스런　(ㅎ)는톄ㅎ다

　　1894년 초판이 나온 이『亽과지남』은 1903년에 2판이, 1916년에는 전
면 개정판이라 할 3판이 나오는데 이 3판의 서문에서 게일은 이 책이 '한
국어를 체계적으로 설명한 완전한 문법서가 아니라 한국어를 말해야 하
는 외국인들이 어려움을 겪는 중요한 문제만을 취급하였다'는 점을 강
조하였다. 이러한 설명은 이 책이 지향하는 바를 그대로 보여주고 있다.
즉 비모어 화자가 한국어를 학습할 때 겪는 주요한 어려움이 바로 용언
의 다양한 활용 형태에 있는데, 그러한 내용을 기존의 사전과 문법서로
는 충족할 수 없었다는 것이다. 불어권 학습자를 위한『한불즈뎐』은 이
를 그나마 부록의 형태로 보완했다지만, 영어권 학습자의 경우에는『한
영즈뎐』(1890)만으로는 용언에 붙는 활용 어미의 전모를 파악할 수가 없
었다. 물론 이는 올림말 수가 5,000여 개 정도인 이 사전이 활용 어미를
표제어로 삼지 않았기 때문인데, 이러한 문제는『亽과지남』이 출판된

이후에 올림말을 33,000여 개 수준으로 비약적으로 늘려 펴낸 게일의 『한영ㅈ뎐』(1897)에서도 그대로 남아 있었다. 앞서도 언급한 바와 같이 활용 어미를 독립된 어휘로 인정하지 않는 이상 사전의 올림말로 삼을 수 없고, 따라서 『한불ㅈ뎐』에서와 같이 본문이 아닌 부록이라는 비정상적인 공간에서 다루든, 아니면 『ᄉ과지남』에서처럼 사전의 형태를 띤 문법서라는 일반적이지 않은 방식을 취할 수밖에는 없었던 것이다.

앞서 언급한 바와 같이 주시경은 1900년에서부터 1905년경까지 서양인들에게 한국어를 가르쳤다. 그리고 그가 주로 사용한 교재는 아마 위에서 언급한 문법서와 이중어사전들이었을 것이다. 게일이 언급했던 바와 같이 비모어 학습자들이 한국어를 배우는 과정에서 가장 곤란을 겪는 것 가운데 하나가 바로 용언의 활용 문제였음에도 불구하고 이에 대한 설명은 당시의 문법서와 사전을 통해서는 온전히 이루어지지 못하고 있었다. 물론 그것들의 문법적 범주가 문법서에서 기술되고는 있었지만, 어미에 대한 개별 목록과 각각의 의미, 기능 등에 관한 것이 사전에서 다루어지지 않는다는 것은 큰 문제가 아닐 수 없다. 학습자가 한국어 텍스트를 읽으면서 발견한 생소한 어미를 사전에서는 찾을 수가 없다는 의미이기 때문이다. 체언이나 용언의 범주가 문법서에서 다루어지지만 그것들 각각의 목록과 의미, 문법적 기능들은 사전에서 별도로 기술되어야 하듯, 어미 역시 사전에서 기술되어야 온당하다는 것은 사실 지금의 관점에서 보면 지극히 당연한 일이다. 그런데 어미가 용언의 일부라고 한다면 어미는 용언에서 처리해야 할 것이 되고, 사전의 올림말로 오르기 위해서는 그것이 별개의 독자적인 어휘임을 인정받아야 한다는 견해 역시 타당한 것일 수 있다.[30] 그런데 주시경의 저술에서 품사 분류가 처음으로 시도된 1905년경의 『국문문법』에서는 각종 어미에 품사의 지위를 부여하고 있다는 사실을 기억할 필요가 있다. 조사와 마찬가지로 비자립적이긴 하지만, 어미를 용언에서 분리하여 독립된 품사로 인정하고 있는 것이다. 이와 같은 문법 체계에서라면 당연히 사전에서도 어미가 별도의 올림말로 다루어질 수 있게 된다. 즉 부록의 형태를 띨 필요도, 사전처럼 생긴 특수한 문법서를 동원할 필요도 없어지는 것이다. 실제로 주시경이 주도한 최초의 '국어사전' 『말모이』에서는 조사는 물론 어미를 올림말로 삼고 있고, 그에 따라 용언은 어미 없이 어간 형태로만 제시되어 있다. 한국인들보다 먼저 이중어사전과 문법서를 편찬한 서양인들이 과제로 남긴 어미의 처리 방식에 대해 주시경은 어미를 용언과는 구별되는 별개의 단위로 설정하는 방식으로 나름의 답을 내놓았던 셈이다.

5. 결론

조선어학회의 『한글마춤법통일안』(1933)에서 제시한 한국어 철자법의 대원칙은 '소리대로 적되 어법에 맞게 한다'였다. 이 규정에서 가장 핵심적인 부분은 물론 '어법語法'에 맞게 한다는 것일 텐데 '말의 법칙'에 맞게 적는다는 이 규정을 당시의 조선어학회 인사들은 원래의 형태를 밝혀 준다는 것으로 이해했다. 즉 어떤 언어 단위가 분포적 환경에 따라

---

30 물론 별개의 독자적 어휘라는 것이 반드시 그 요소가 자립적이어야 한다는 뜻은 아니다. 조사나 접사는 비자립 요소이지만 충분히 하나의 올림말이 될 수 있기 때문이다.

이러저러한 소리로 변화하더라도 그 변한 소리대로 적는 것이 아니라 하나의 대표 형태를 정해 그것을 고정시키는 방식으로 표기한다는 것이『한글마춤법통일안』의 대원칙이었으며 이는 남에서든 북에서든 현재까지 이어져 오는 기본 원칙이기도 하다. 예컨대 '[일거, 익찌, 잉는]'과 같이 소리 나더라도 '읽-어, 읽-지, 읽-는'과 같이 어근 '읽-'과 어미 '-어, -지, -는'을 분명히 구별해서 적어야 한다는 것인데 이는 일찍이 "말의 경계를 궁구"하는 것을 '문법'으로 본 주시경의 관점과 정확히 부합하는 것이기도 하다. 그리고 이러한 표기를 가능하게 하는 것은 어미를 용언으로부터 분리해 낼 수 있는 것과 더불어 분포적 환경에 따라 하나의 형태가 여러 변이형으로 실현된다는(소리 난다는) 것을 인식할 수 있어야 가능한 일이다. 이러한 음운 변동에 관한 것을 주시경이 '상접 변음'이라는 개념으로 정리하였음은 이미 확인한 바와 같다.

앞서도 언급한 바와 같이 주시경은 1900년경부터 1905년까지 서양인들에게 한국어를 가르친 경험이 있다. 그리고 그러한 경험은 그에게 자신의 말을 비모어 화자의 시선으로 바라볼 수 있는 계기를 주었을 것이다. 이 글에서 주목한 것은 주시경이 서양인들에게 한국어를 가르친 이후에 본격적으로 '국어'와 '국문'의 전문가로 활동하면서 내놓은『국문문법』이었으며, 특히 거기에 기술된 음운변동 규칙에 관한 부분, 그리고 어미를 독자적인 단위로 본 그의 독특한 관점에 관심을 가졌다. 이 두 가지 사항은 타자의 시선을 통과하기 전에는 좀체 시야에 들어오기 어려운 것들이며 위에서 언급한 대로 현재까지 이어져 오고 있는 한글 철자법의 기본 원칙과 밀접히 연관된 것이기도 하다. 물론 앞서 밝힌 바와 같이 이 글은 주시경이 서양인의 어떤 문법서나 사전의 영향을 받았다는 점을 밝히려는 데 있지 않다. 다만 타자의 시선으로 자신의 모어를 바라보았을 때 포착된 한국어의 몇몇 요소들은 '국어학'이라는 자국학 성립에 때로는 결정적 역할을 했을 수 있다는 점을 밝히고자 했다. '상접 변음'과 같은 음운 변동 규칙이 타자의 시선을 통과했을 때 비로소 시야에 들어오는 것이라고 할 때, 주시경은 이러한 음운 변동에도 불구하고 그것을 소리 나는 대로 적지 않고 원래의 형태를 밝혀 적어야 한다는 당시로서는 독특한 표기 이론을 전개했다(주시경은 이를 '원체, 법식, 본음'에 따른 표기라고 했다). 또한 한국어 어미의 독특성은 굴절어에 익숙한 서양인들이 한국어를 습득하는 과정에서 명백히 드러나는 것이지만 바로 그 굴절어에 입각하여 설명하고자 하는 한 어미를 온전히 기술할 수 없었다. 그에 비해 주시경은 이를 독립된 요소로 보면서 그의 독특한 문법 이론을 전개해 나갈 수 있었던 것이다. 타자의 시선은 그것 자체로도 '자국학' 성립에 일정한 영향을 끼쳤겠지만, 그것에 촉발된 몇몇 국면은 타자가 전혀 의도하지 않은 방향으로 전개되면서 도리어 결정적 역할을 하기도 했던 것이다.

메이지시대 일본문학을 통해 본 조선인식

유은경

1. 시작하며

"너무 늦었나요?"[1]

나쓰메 소세키夏目漱石의 『명암明暗』[2]의 속편인 『속·명암』으로 알려진 미즈무라 미나에水村美苗는 2000년대에 들어 처음 한국을 방문하며 이렇게 묻는다. 12세에 부친의 일 관계로 미국으로 이주하여 20년 이상 일본을 떠나 있던 미즈무라는 일본의 패전에 대해 "일본에서 쇼와昭和천황은 전쟁이 끝난 후에도 여전히 천황으로 남아 있었지만, 미국에서는

---

[1] 미즈무라 미나에水村美苗, 「너무 늦었습니까?─첫 한국 여행もう遅ぎますか─初めての韓國旅行」, 『신초新潮』 1 , 2005, 신초샤新潮社, 53~59쪽.

[2] ① 도서, 신문, 잡지 등의 고유명사는 일본어 원음이 자연스러운 경우와 잘 알려진 경우 등에는 일본식 발음으로 표기한다. 그 외에는 한국식 한자음으로 표기한다. ② '비전非戰'이라는 용어는 본고의 표현을 그대로 사용한다. ③ 한자는 모두 한국식 한자로 표기하며, 고유명사의 한자병기는 두 번 이상 하지 않는다.

같은 발음으로 시작되는 어조의 느낌이 비슷해서인지 히로히토를 히틀러와 동렬에 놓고 이야기한다. 또 일본에서는 전쟁이라고 하면 자신들이 받은 고통만을 이야기하나 미국에서는 일본이 아시아에 가한 고통만을 이야기한다. 그리고 나는 일본에 대한 미국의 인식이 전 세계의 인식과 동일하다는 것을 알고 있다"고 언급하면서 자신의 경험을 한 가지 들었다. 여름방학을 맞아 오랜만에 일본에 돌아와 친구 집에 머물렀을 때의 일이다. 그 친구 어머니가 한국의 가난한 시골마을에서 거행되는 결혼식 다큐멘터리를 보면서 "한국인은 어쩜 저렇게 한국인, 하는 얼굴을 하고 있을까?"하고 말했고 그 목소리 어딘가에는 우월감이 섞여 있었다고 한다. 미즈무라는 "근대 일본의 우월감과 거기에서 비롯한 오류의 근원"이 거기에 있다고 지적한다. 다른 아시아 국가들보다 먼저 근대화한 일본인에게는 '명예 백인', '명예 서양인'이라는 인식이 존재한다. 자신들이 일으킨 전쟁이지만 패전이라는 고통스러웠던 기억만을 남기고 경제성장을 통해 미국과 어깨를 나란히 하는 대국이 되어, 마치 자신들이 서양인이라도 된 듯 인식하는 사람들이 존재한다.

현재 일본에서 한국을 어떻게 인식하고 있는지 한마디로 표현하기는 어렵다. '혐오'의 대상으로 한국을 바라보는 이들이 있는가 하면 한류의 매력에 빠져서 역사나 정치에는 전혀 흥미가 없는 젊은이들도 있다. 미즈무라의 친구 어머니처럼 한국인을 막연히 폄하하는 이들도 있다. 세대나 사회 환경에 따라 한국에 대한 인식은 이처럼 제각기 다르다. 그러나 이렇게 한국이라는 나라를 일본인이 인식할 수 있는 것은, 매체 등을 통해서든 직접 접했든 한국과 한국인을 어떤 식으로든 접했기 때문에 가능한 것이다. 이웃나라이기는 하나 한국과 일본 사이에는 바다가 있어 지금 같은 교통수단이 없었던 시대에는 쉽게 접할 수 없었다. 직접 오간다거나 만나는 등의 교류가 가능해진 것이 메이지시대이고 한국이라는 나라가 일본인에게 폭넓게 인식되기 시작한 것도 메이지시대이다. 현재 일본의 한국인식에서 시작하여 시대를 100년 이상 거슬러 올라가 논하는 것도 그 때문이다.

일본 문헌 속에서 '일본의 조선인식'[3]에 대해 논한 대표적인 저서가 사쿠라이 요시유키櫻井義之의 『메이지와 조선』[4]이다. 이 책은 사쿠라이 요시유키가 1928년부터 1945년까지 서울에서 생활하며 모은 서적을 소개하고 있는데, 메이지시대를 포함해 같은 시기 일본인이 쓴 한국 관련 서적 대부분을 포함하고 있다. 사쿠라이는 그 연구에서 "문헌 활동은 그 시대, 그 사회의 사상을 이해하는 데 도움이 되고 또 이들 문헌을 연대적으로 검토함으로써 그 시대의 이데올로기는 물론 일본의 외교정책, 대한對韓정책의 비중에 비례하여 어떠한 발전을 하였고, 어떤 특징을 나타내는지를 엿볼 수 있을 것이다. 또 이들의 시대적 특징을 면밀히 검토한다면 그 과정에서 당시 일본이 조선을 어떻게 바라보고 어떻게 의식하고 있었는지, 즉 '메이지시대에 있어서의 대한對韓의식'의 일반적 경향을 파악할 수 있다"[5]고 말한다. 본론에서는 이와 같은 사쿠라이의 시점을 따라 메이지 문학 속에 나타난 '조선인식'에 대해 살펴보고자 한다.

---

3   이 글에서 다루는 시기는 메이지시대이고, 메이지의 일본인에게 한국은 오랫동안 조선으로 인식되고 있었기 때문에 편의상 한국 대신 '조선'이라고 칭한다.
4   사쿠라이 요시유키, 『메이지와 조선明治と朝鮮』, 사쿠라이 요시유키 선생 회갑기념회櫻井義之先生還曆記念会, 1964.
5   위의 책, 255쪽.

2. 메이지 초기의 조선인식

메이지 초기의 일본은 폐번廢藩과 천황 친정親政체제 복귀 등 대변혁의 시기로 다양한 문제가 부상했다. 그중 하나가 조선과의 관계였다. 에도시대 막부는 쓰시마번對馬藩을 통해 조선과 원만한 관계를 유지하고 있었다. 하지만 메이지 정부가 들어선 후 그 관계는 크게 달라졌다. 일본은 메이지 정부와의 직접 교류를 원하는데 반해 조선은 일본의 상황이 이전과 달라진 것에 대한 이해가 부족하여 문서 작성법 등 옛 방식을 요구하며 교류를 거절했다. 메이지 정부는 그와 같은 조선의 태도를 이해하기 어려웠을 것이다. 하지만 조선은 유학에 기초한 국제관계, 상하관계 등 다양한 형식적인 면이 무엇보다 중요했다. 에도시대처럼 쓰시마를 통해 필요한 만큼 교류하기를 바랐을 테고, 갑자기 형식적인 면이 모두 바뀐 메이지 정부의 방침이 별로 마음에 들지 않았을 것이다. 그런 조선의 태도에 분노를 느낀 사람들이 정한론을 주장하는 상황까지 오고 만다. 마침 당시는 막부를 따르던 무사의 불만, 농민의 불안한 생활 등, 변혁에 수반되는 국내의 모순도 해결해야만 했다. 이 같은 국내 모순을 해결하기 위해서는 그들의 세력 및 관심을 국외로 향하게 할 필요가 있었다. 그 분출구의 하나로 대한對韓적극정책의 확립이 급선무가 되었다. 때마침 국제적 배경으로서는 당시 영국은 운남雲南문제, 프랑스는 안남安南문제, 러시아는 이리伊犁문제[6]로 각각 청과 분쟁 중이었다. 미국도 남북전쟁 후처리 문제로 분주했기 때문에 일본이 조선 등 아

---

6   종래의 미개척지였던 중국 주변과 러시아와의 국경문제.

시아에 힘을 쏟기에 충분한 환경이 형성되어 있었다.

그러한 시기에 나온 것이 소메자키 노부후시染崎延房가 편집한『조선사정朝鮮事情』[7]이다. 상·하 2권으로 출판된 이 책은『조선국세견전도朝鮮國細見全圖』(1873)가 발행된 후 그 지도를 설명하는 부록의 형태로 출판되어 상권에는 역세曆世, 조의경속朝儀京俗, 도리호수전록道里戶数田禄 등을 싣고, 하권은 도리道里, 설서節序, 복색수도구服色手道具, 인물 등을 기록하여 이시즈카 네사이石塚寧齊의 그림을 삽입하였다. 저본은『상서기문象婿紀聞』으로 이것은 조선 정조 18년, 쓰시마의 역관인 오다 이쿠고로小田幾五郎가 조선통사朝鮮通詞에 질문한 수기手記를 중심으로『경국대전經國大典』과 그 외의 자료를 참조하여 지은 조선사정 안내서이다.『조선국세견전도』가 출판된 1873년은 정한론이 전국에서 들끓던 시기였다.

왕정복고 후 메이지 정부가 처음으로 직면한 국제 문제는 조선 문제였다. 막부 말부터 현안이 된 조선과의 수교 복구는 신정부가 해결해야 할 주요 안건이었다. 그러나 이 교섭은 일진일퇴하며 조선 측의 친정체제에 따른 의전의 차이를 이유로 전혀 진전되지 않았다. 그 사이 정한론까지 일어나 조선에 관한 조정과 재야의 관심은 높아졌다. 정한론 주장의 바탕에는『일본서기日本書紀』와『고사기古事記』에서 표상된 일본에 침략당하고 조공을 바친 힘없는 조선이라는 인식이 있어서, 상하관계에서는 일본 쪽이 우위에 있으므로 조선의 방자한 태도에 무력으로 정벌해야 한다고 나설 수 있었던 것이다. 결국 정한론은 깨졌지만 1875년 9월 강화도에서 운양호 사건이 일어나고, 기묘하게도 미국에 의해 개국

---

7   소메자키 노부히사 편, 이시즈카 네사이 그림,『조선사정』, 산쇼보三書房, 1874.

을 강요받고 얼마 지나지 않아 일본의 손에 의해 조선은 개국되었다. 마침 그 무렵 출판된 조선사정 소개서가 난학자이자 메이지 정부의 관료였던 에노모토 다케아키榎本武揚의 『조선사정』(1876)[8]이다.

소메자키의 『조선사정』과 에노모토의 『조선사정』을 비교해 보면 메이지시대 지식인의 조선인식을 엿볼 수 있다.

> 서쪽으로 중국에 대해 예의를 잃지 않고 동쪽으로 일본에 대해 신의를 잃지 않았을 때는 마땅히 국체를 훼손하는 일 없이 이조 만대에 걸쳐 나라가 계승되었을 터, 임진 분로쿠(文禄)원년 히데요시가 조선 정벌 전쟁을 일으켜 일본에서 신의를 저버린 지금 겉으로는 깊은 신의를 드러내면서 안으로는 복수의 마음을 품는다고 한다.
>
> ―소메자키 노부후사, 『조선사정』

여기에서 '중국과의 예禮'라는 것은 의義로써 예에 다가간다는 의미로 군신관계의 기본을 나타낸 것이다. 일본에 대해서는 벗과의 관계와 마찬가지로 '신'이 중요하다는 것을 기록한 것이지만, 그 '신'이 분로쿠의 전쟁(임진왜란―역자 주)으로 깨졌다는 것이 표현되어 있다. 조선이 일본에게 겉으로는 '신'으로 대하고 있지만 안으로는 복수심이 내재해 있다는 것도 분명히 나타나 있다. 간단한 역사기술이지만 이것은 당시 조선인의 마음을 잘 알지 못하면 표현할 수 없는 서술임을 알 수 있다.

---

8 프랑스 문인 달레Charles Dallet의 원저 『조선교회사朝鮮教會史』를 프랑스어 능력이 뛰어났던 폼페(네덜란드 군의)가 통독하여 그 요점을 네덜란드어로 번역 정리했다. 이것을 에노모토 다케아키가 일본어로 번역하고 하나부사 요시모토花房義質가 초고를 완성했다고 한다. 사쿠라이 요시유키, 앞의 책, 137쪽.

이후의 기술에서는 조정의 의식으로 조선왕조의 의례와 관리제도가 간략히 설명되어 있고, 필요한 경우 그림을 삽입하여 조선 문화에 대한 독자로서의 일본인의 이해를 높이고자 한 것을 알 수 있다. 그 후의 항목에 대해서도 주관적인 기술은 거의 없고 조선에 관한 지식이 없는 일본인에게 알기 쉽게 설명하기 위해 노력하고 있다. 조선식 단위를 설명할 때에는 일본의 단위를 예로 드는 등 배려도 엿보인다. 복장 등의 설명에는 그림을 넣어 설명하고 문자만으로는 상상하기 어려운 부분에 관해서도 충분히 배려하며 소개하고 있다.

소메자키 노부후사가 희작戱作(일종의 통속오락소설 – 역자 주) 작가로서 정치와는 무관한 입장에서『조선사정』을 쓴 것에 비해 에노모토 다케아키는 에도 막부의 가신이지만 메이지 정부의 관료가 된 인물이다. 그 경력에서도 에노모토가 정치가로서 유능하다는 것을 알 수 있다. 에노모토가 전권공사로 러시아 페테르부르크에 주재했을 때, 제1서기관이었던 하나부사 요시모토[9]의 소개로『조선교회사』(1874)[10]의 존재를 안다. 그 서론 부분을 번역한 것이『조선사정』이다.

『조선사정』은 모두 13장으로 구성되어 있고 각각 지리, 역사, 왕실, 정부, 법률 및 재판소, 학술검사, 조선어, 인민, 부녀자와 혼인, 가족, 교

---

9 1877년 조선의 대리공사로 임명, 1880년 4월 일본공사가 한성에 정식으로 상주하기 시작하며 초대공사로 임명된다. 그 후 별기군을 제안하지만 그것이 원인이 된 임오군란에서는 폭도에게 포위된 공사관을 탈출하여 간신히 귀국한다. 이후 데라우치 마사다케寺內正毅가 이끄는 일본군과 함께 조선으로 건너와 제물포조약을 체결, 사건의 손해보상과 함께 한성에 일본군을 주둔시키는 등의 결과를 이끌어 냈다. 조선 관련 사건의 목판화에 자주 등장하는 인물이다.

10 프랑스어로 쓰인『조선교회사』의 편집자인 달레는 조선에 간 적이 없고, 1872년부터 2년에 걸쳐 주로 다블뤼Daveluy신부(1845년 조선에 들어와 1866년 경성에서 순교)가 조사 수집한 조선 순교 자료와 그밖에 조선 주재 선교사들의 보고, 서간 등을 종합해 만든 것이『조선교회사』였다. 그 서론 부분에는 조선의 정치와 경제, 풍토 등이 200페이지 정도 서술되어 있는데『조선사정』은 그 부분을 발췌하여 번역한 것이다.

법敎法, 풍속, 유희 등의 항목으로 구분되어 있다. 그중 역사에 관해서는 신라, 백제, 고구려 삼국을 병합하여 고려를 세운 왕건이나, 고려가 멸망하고 조선이 세워진 것이 모두 중국의 원조가 있었기 때문에 가능했다고 강조[11]하고 당시의 조선왕이 얼마나 나약했는지를 역설하고 있다. 소메자키의『조선사정』에서는 별로 다루고 있지 않은 중국과의 관계가, 에노모토의『중국사정』에서는 조선이 중국에 절대적으로 기대고 있었던 점을 특히 강조하고 있다. 소메자키의 저서에서도 조선왕의 후계자는 중국에 허락을 얻어 세워졌다는 기술은 있지만, 그 이전의 나라까지 포함하여 모두 중국의 원조에 의해 세워졌다고는 기술되어 있지 않다.

지금 조선은 청나라의 신하라고 칭해져 조공을 바치고 왕이 죽으면 시호를 받고 새 왕이 즉위한다. 또 연호를 사용하고 책력을 받으나, ○의복은 명나라 때 제도를 사용한다.

―소메자키 노부후사, 『조선사정』

의조카인 기자(箕子)가 조선의 국왕으로 봉해진 일은 있을지 몰라도(한반도 쪽에서 중국 왕실을 인가한 사실은 있을 수 없는 일이다―역자 주) 삼국통일 후 고려인은 그 왕가를 고려라 칭하고 삼백 년간 무사히 지내왔다. 고려 왕실은 중국에서 몽고(원)가 명에 의해 멸망당했을 때 멸망했다. 천삼

11 김용권 역의『조선사정』에서도 중국이 조선을 원조한 내용에 대해 언급하고 있지만, 당시 각국의 상황 설명 속에서 중국의 도움이 있었다는 서술이다. 하지만, 에노모토는 마치 중국의 원조가 없었다면 나라를 건국할 수 없었다는 식으로 강조하고 있다. 에노모토의『조선사정』이후,『조선교회사』「서론」의 원문 번역이 일본과 한국 양쪽에서 출판되었다. 일본 제목은 『조선사정』(김용권 역, 헤이본샤平凡社, 1979), 한국에서는『조선교회사 서론』(정기수 역, 탐구당, 1966)이다.

백구십이 년 태조(중국에서는 이 단(李旦)이라 부른다)가 명나라의 도움을 얻어 고려를 병합하였는데 지금의 왕실은 이 후계이다.

─에노모토 다케아키, 『조선사정』

소메자키도 분명 조선이 청나라의 신하라고 적었지만 에노모토는 그뿐만이 아니라 조선왕이 중국에서 유래했다는 중국 측의 주장까지 적고 있다. 김용권金容權 역의 『조선사정』에서는 "중국의 사가들은 (…중략…) 약간 다른 해석을 한다"는 표현을 사용한 것에 반해, 에노모토는 "중국인의 주장에 의하면 이 말은 사실이 아니"라고 하며 다른 입장에서 이 주장에 대해 언급한다. '기자조선'설은 중국사에서 일부 주장에 지나지 않는 것으로 정설이라고 할 수 없음에도 그것을 그대로 받아들이고 있다. 이 주장은 이후 조선 관계 서적에도 영향을 미쳐, 기자조선설이 정설인 것처럼 기술되는 원인이 된다.

메이지시대 전반에서 시작된 근대 조선에 대한 연구와 그 저술이 그저 흥미만으로 이루어졌다고는 생각하기 어렵다. 당시 일본의 최고 학자들이 거기에 관여하고 있었던 것으로도 추측할 수 있다. 이웃나라 조선에 관한 연구만이 아니라 구메 구니다케久米邦武, 니시무라 시게키西村繁樹, 다구치 우키치田口卯吉 등에 의해 일본 고서에 대한 연구도 활발히 행해졌다.[12] 『고사기』, 『일본서기』 등의 고전을 연구하여 꿈의 땅 야마토大和 왕국이 조공국 조선, 종속국 임나일본부에 군림한 일본 우위 조선 열위의 사관이 되었다. 그리고 삼한정복 전쟁의 지도자 신공왕후가 영웅

---

12   스즈키 사다미鈴木貞美, 『일본의 문화 내셔널리즘日本の文化ナショナリズム』, 헤이본샤, 2005.

시되었다. 강덕상姜德相[13]에 따르면 에도시대 일본과 조선의 관계는 기본적으로 '속이지 않고 속지 않는' 성신誠信 외교로, 예절을 중시하는 외교였다고 한다. 그런 에도시대의 신뢰 외교관계에서 메이지시대가 되어 갑자기 일본 우위 조선 열위의 사관으로 바뀐 것은 역사의 창작이라고 밖에 할 수 없다. 이와 같은 역사의 창작은 역사교과서 편찬에 그대로 반영되어 일본 패전 이후에 새로운 교과서가 만들어지기 전까지는 사실史實로 교육되었다.

한편, 메이지 초기에 조선 관련 문학 작품은 눈에 띄지 않는다. 도카이산시東海散士의 『가인지기우佳人之奇遇』(1885~1897)에서 김옥균과 교류하는 내용을 시작으로 조선반도를 둘러싼 논의와 청일전쟁 후의 삼국간섭을 둘러싸고 논의하는 내용이 있다. 또 쓰시마 출신 신문 소설작가 나카라이 도스이半井桃水에 의한 『춘향전』의 번역 소설 『계림정화 춘향전鷄林情話春香傳』(1882)이 『오사카아사히신문大阪朝日新聞』에 실렸고, 이 작가의 조선을 배경으로 하는 장편소설 『조선에 부는 모래바람胡砂吹く風』(1891~1892), 『속・조선에 부는 모래바람』(1895)이 『도쿄아사히신문東京朝日新聞』에 연재되지만, 두 사람 모두 희작 작가로서 일본 근대문학사에서는 별로 평가받지 못하는 작가이므로 본론에서는 논외로 한다. 다만, 문학사에서 다루지 않는 작가라고 해서 가치가 없다고는 할 수 없다. '일본근대문학사 속의 조선'이라는 커다란 테마 속에서 앞으로 이 두 작가도 다룰 생각이다.

이처럼 메이지 초기에 문학의 일부로서가 아니라, 일류 학자들에 의한 학문적인 차원에서 조선이 다루어지는 일이 많았다. 이후 조선을 식

---

13 강덕상, 『목판화 속의 조선과 중국錦絵の中の朝鮮と中國』, 이와나미쇼텐岩波書店, 2007, 12~13쪽.

민지화할 때, 조선은 일본에 식민지화될 정도로 열등하다는 주장을 하는 정치가, 학자들의 사상도 여기에서 시작된 것으로 볼 수 있다.

3. 메이지시대 문학에 나타난 조선표상의 개략

일본문학 속의 조선표상에 대해 선구적인 업적을 남긴 박춘일朴春日은 '문학에 있어서의 국제적인 교류와 연대'에 대해 언급한 후, 다음과 같이 문제를 제기한다.

> 어느 한 민족문학의 내부에 있는 국제적인 측면을 발견하는 것 — 즉, 그 민족문학이 다른 국가와 민족을 어떻게 파악하고 어떻게 형상화해 왔는지를 명확히 한다는 면에서 새로운 문제를 제기하게 된다. 예를 들어 일본문학은 총체적으로 보면 일본 사회와 인간을 비추는 '거울'임과 동시에 이웃나라들의 사회와 인간도 비출 수 있는 '거울'이기도 하다는 것이다. 물론 '거울' 자체가 일그러져 있을 경우도 있고 또 변화하기도 한다. 그러한 것들을 포함해 어떤 하나의 민족문학이 인식한 외국의 사회상과 인간상을 발굴하여 연구하는 등의 문제이다.[14]

박춘일의 말처럼 하나의 "민족문학이 다른 국가와 민족을 어떻게 파악하고 어떻게 형상화해 왔는지", 즉 "하나의 민족문학이 인식한 외국

14　박춘일, 『근대 일본문학에 나타난 조선상增補近代日本文學における朝鮮像』(증보판), 미라이샤未来社, 1985(초판 1969). 여기에서는 증보판을 사용한다.

의 사회상과 인간상을 발굴하고 연구"하는 것이 내부에서 외부로, 또는 외부에서 내부로의 이해를 심화하는 길이라고 생각한다. 근대화 속의 조선 사회를 더욱 깊이 이해하기 위해서는 이들을 다룬 일본문학을 분석할 필요가 있다. 일본문학이 조선이나 조선인을 어떤 식으로 인식했는지를 연구함으로써 그것을 비추는 근대 일본사회의 모습도 엿볼 수 있다고 할 것이다.

덧붙여 문학 연구자는 일반 독자가 접하지 못했던 텍스트를 발굴하여 세상에 알리고 일반 독자의 손에 닿는 곳까지 옮기는 역할도 있다. 논쟁의 대상이 되는 텍스트가 비판받는 요소가 있다고 해서 연구를 기피한다면 그러한 텍스트는 세사에서 더욱 멀어지고 독자들은 그것을 읽어 볼 수 있는 기회조차 잃게 된다. 식민지 시대는 물론이고 그 이전인 메이지시대 일본인이 조선을 어떻게 생각했는지, 어떻게 표현했는지 아는 것은 중요하다. 그 시기에 쓰인 텍스트를 통해 일본인이 조선인에게 무엇을 했는지, 역사적 사실이라는 교과서적인 정보가 아니라 문학 텍스트로 전하는 것, 조선을 다룬 문학 텍스트의 존재를 일본과 한국에 널리 인지시키는 일은 의미 있는 일이다. 박춘일의 말처럼 문학은 사회의 '거울'이다. 문학을 통해 보는 일본과 조선의 관계, 일본에서 만들어진 조선 표상이 텍스트라는 '거울'에 어떻게 비추어질지, 그것을 표면적인 서술이 아니라 사람들이 등장하고 스토리가 전개되는 이야기라는 측면에서 탐색한다. 표면적인 지식의 나열만으로는 대상이 되는 그 사회가 반영되지 않는다. 스토리로 '이야기하는' 대상이기 때문에 '거울'로서의 대상이 되는 사회를 비출 수 있는 것이다.

새삼스럽게 언급할 필요는 없지만, 이 글의 목적은 조선을 다룬 일본문학에 대해 비난이나 궁정을 하는 것이 아니다. 비판적인 부분만이 주목됐던 작품에 대해 그 작품이 가지는 문학적, 역사적 의미를 명확히 밝히고, 그 당시 일본인이 가진 조선인에 대한 인식을 탐구하고 있는 그대로의 모습을 현재화하는 것이 그 목적이다.

이와 같은 문제의식을 가지고 본론에서는 메이지시대에 '조선・조선인'이 어떻게 인식되었는지를 고찰한다. 메이지시대를 연구함에 있어 기초적인 자료라고 할 수 있는 『메이지문학전집』[15]은 메이지 100주년을 기념하여 간행된 것이다. 그 색인 속에서 '조선', '한국'이라는 항목에는 각각 37편, 11편[16]의 작품이, '한韓'과 '한국韓國'의 과거 조선을 일컫던 '가라'와 '가라쿠니'의 항목에는 1편씩, '계림'에는 2편, '조선국'에는 3편의 작품이 실렸다. 그밖에도 '조선 엿', '조선해협', '조선사건', '조선총감' 등 '조선'과 '한국'에 관련된 것과 사건 등의 항목은 약 35편이 실렸다. 그 중에서 '조선사건'은 '갑신정변', '임오군란', '정한론 사건'으로 대체되기도 하며 40편 이상이다.

이 색인에서도 알 수 있듯이 조선(한국) 관련 어구가 텍스트 속에서 대화나 지문 등에 쓰인 경우는 있지만, 그것이 그 텍스트의 중심 화제가 되는 경우는 적다. 예를 들어 제25권 『고다 로한집幸田露伴集』에서는 '이키쓰키生月'라는 지역을 설명하기 위해 "멀리 조선을 향하고 있으면 이 나라의 끝인데"(「고래잡이」, 초출 『國会』, 1891.5.19~11.6)[17]라는 식으로 사용되고 있을 뿐이다. 그 외에는 대부분 정치적인 목적으로 조선에 대한 정

---

15 『메이지문학전집明治文學全集』 전100권, 지쿠마쇼보筑摩書房, 1965.2~1989.2.
16 같은 타이틀로 2회 이상 사용된 경우는 1회로 계산했다.
17 고다 로한幸田露伴, 「고래잡이いきなとり」, 『메이지문학전집』 25, 지쿠마쇼보, 1968, 90쪽.

책을 언급하거나 조선에서 일어난 사건이 본문 중에서 다뤄졌을 뿐이다. 이것은 무엇을 의미하는 것일까? 이것이 본 연구를 시작한 최초의 문제의식이었다. 본고에서 다루는 텍스트 속에서『메이지문학전집』에 수록되어 있는 조선 관련 문학은 고스기 미세이小杉未醒의「조선일기朝鮮日記」외에는 없다. 이 전집은 이른바 순수문학을 하는 문학자의 작품만이 아니라 언론인과 사상가 등의 글까지도 망라하고 있는데, 거기에 드러나는 '조선표상'은 극히 일부일 뿐이다.

물론『메이지문학전집』이 간행된 지 이미 50년 정도 지났고 그 후 일본에서는 이 전집을 보완하는 연구도 진행되고 있다. 하지만 이들 연구도 이미 말한 바와 같이 현상에서 벗어나 있지 않다. 따라서 이 글은 메이지시대 일본 근대문학이 간과해 온 영역을 보충한다는 의미도 있다. 구체적으로 말하자면, 일반 일본인도 조선을 경험하게 되고 많은 문학자가 러일전쟁 등을 통해 조선으로 건너가 직접 느낀 점 등을 기록한 내용에 대해 논한다. 그중에서도 러일전쟁에 종군화가로 참전한 고스기 미세이의『진중시편陣中詩篇』에 주목하고자 한다.

4. 화가 고스기 미세이의『진중시편』에 드러난 조선인식

1) 러일전쟁과 비전주의, 그리고 고스기 미세이

1894년에서 1895년에 걸쳐 일어난 청일전쟁에 대해 일본 지식인 사이에서는 일부이기는 하지만, 전쟁에 대한 의문과 회의가 생겨나기 시작했다. 예를 들어 청나라와의 전쟁이 동양 혁신을 위한 평화의 전쟁이라고 호소하는 「청일전쟁의 의」[18]를 발표한 우치무라 간조[內村鑑三]는 전쟁 발발 당시에는 전쟁 옹호론 쪽에 있었다. 그러나 실제로 청일전쟁이 시작되자 「청일전쟁의 목적은 어떠한가」,[19] 「자기반성과 전쟁비판」[20]을 발표하며 전쟁을 비판하는 쪽으로 기울었다.

우치무라의 전쟁 의식은 러일전쟁 시기에는 더욱 명확해졌다. 예를 들어 「절대 평화주의, 전쟁의 절대적 폐지는 성서 특히 신약성서의 명백한 훈계」,[21]에서 비전주의非戰主義로 돌아선 것에서도 그 경향을 엿볼 수 있다. 우치무라가 몸 담았던 신문『요로즈초호万朝報』는 비전운동의 선두에 서 있었지만, 1903년 신문사 측 방침 변경에 따라 주전론主戰論적 입장으로 바뀌고, 그것을 계기로 비전주의적 입장을 취했던 우치무라를 비롯해 고토구 슈스이幸德秋水, 사카이 도시히코境利彦 등이 중심이 되어 헤이민샤平民社가 탄생한다. 헤이민샤는 평민주의, 사회주의, 평화주의라는 3대 슬로건을 걸고 비전운동을 전개하고 기관지『헤이민신문平民新聞』[22]을 발행한다.

특히 고토쿠 슈스이는 러일전쟁 5개월 후, 「조선병합론을 평한다朝鮮併合論を評す」[23]에서 당시 유력 신문인『국민신문國民新聞』과『신인新人』두 신문을 인용해 다음과 같이 말한다.

---

18 우치무라 간조, 「日淸戰爭の義」,『국민의 벗國民之友』, 민유샤民友社, 1894.9.

19 우치무라 간조, 「日淸戰爭の目的如何」,『국민의 벗』, 민유샤, 1894.10.

20 우치무라 간조, 「自己反省と戰爭批判」, 스즈키 도시로鈴木俊郎 집필, 일본근대문학관 편,『일본근대문학대사전日本近代文学大事典』1, 고단샤講談社, 1906, 209쪽.

21 우치무라 간조, 「絶対の平和主義、戰爭の絶対的廃止は、聖書ことに新約聖書の明白な訓誡」,『요로즈초호』, 1906.9.

22 『헤이민신문』(주간지) 전64호, 1903.11.15~1905.1.29. 러일전쟁 시에 종종 비전론을 게재한 일로 발행금지 처분을 받아 마지막 호는 모두 붉은색으로 인쇄하여 발행. 사토 마사루佐藤勝 집필, 일본근대문학관 편,『일본근대문학대사전』5(신문·잡지, 고단샤), 1977, 398쪽.

23 『헤이민신문』, 1904.7.17.

보아라, 영토보전이라고 하는 것도 병합이라고 하는 것도, 그 결과는 그 저 보다 큰 일본제국을 만드는 데 지나지 않는 것을. 그리고 보아라, 지금의 병합을 주장하는 자도, 영토보전을 주장하는 자도, 마찬가지로 일찍이 한 국의 독립을 피력했던 자인 것을. 그렇다면 장래의 일도 역시 알 수 없는 것 이고, 결국 그때의 상황에 따라 다를 뿐이다. (…중략…) 우리는 이 유력한 두 논문이 혹은 법의를 벗고, 혹은 법의를 두르고, 또는 겉이 되거나, 또는 안이 되거나, 더러는 위협하고, 더러는 속이고, 백방으로 고심하며 한국 멸 망을 위해 일하는 것을 보고 있다. (…후략…) [24]

슈스이는 이 「조선병합론을 평한다」에서 '영토 보전을 주장하는 자' 라고 칭하는 『국민신문』도, 조선이 '병합'해야 할 나라는 일본이라고 주 장하는 『신인』의 주장도, 결국은 "한국 멸망을 위해 일하는"것이라는 것을 간파하고 있다. 잘 알려진 바와 같이 1911년에 대역사건의 혐의로 사형당한 슈스이지만, 조선관에 대해서는 청일전쟁 때에는 '병합' 허용 론자였다.[25] 그 점에서 고영란의 『「전후」라는 이데올로기 역사 / 기억 / 문화』[26]에서는 비판의 대상이 되고 있다. 그러나 러일전쟁과 관련한 언 설에서는 전쟁 중에 보여준 슈스이의 이 같은 비전의 목소리는 중요하 다. 즉, 청일전쟁 이후의 역사적 사실이 그 이전에 그가 안고 있던 조선 에 대한 인식을 바꿨다고 말할 수 있기 때문이다.

24 하야시 시게루林茂・니시다 다케토시西田長寿 편, 『헤이민신문 논설집』, 이와나미분코岩波文庫, 2003, 32쪽.
25 이시자카 고이치石坂浩一, 「조선인식에서 나타난 고토쿠 슈스이朝鮮認識における幸徳秋水」, 『사원史苑』 5, 1987.
26 高榮蘭, 『「戰後」というイデオロギー－歴史/記憶/文化』, 후지와라쇼텐藤原書店, 2010, 21~63쪽.

여기에서 간과해서는 안 되는 것은 지식인층을 포함한 일본인의 전쟁관을 크게 바꾼 것이 러일전쟁이기는 하지만 앞서 말한 것처럼 우치무라와 슈스이 등이 직접 전쟁을 경험한 것은 아니라는 점이다. 전쟁터가 된 조선을 직접 목도하고 그 경험을 그림과 언어로 표상한 일본인이 있었다. 그 한 사람이 종군화가인 고스기 미세이다. 종군기자로 파견되기는 하나 본래 화가였던 고스기는 전장의 모습을 그림으로 그려 보내는 일을 주로 하였다. 종군화가로서 고스기는 전쟁 상황을 전해야 하는 입장에 있었지만 단순하게 전쟁 상황을 묘사해서 일본에 전한다는 기자로서의 입장과는 다른 시선도 가지고 있었다. 전장에서 돌아온 고스기는 그림만이 아니라 전쟁을 그린 시와 일기를 정리한 단행본『진중시편』[27]을 출판한다. 거기에는 화가로서의 모습뿐만 아니라 문학가로서의 면모도 드러난다. 그러나 근대 일본문학사 속에서 고스기의 이름을 발견하기는 쉽지 않다.

고스기의 문학가로서의 흔적을 찾아보면, 1952년 니시다 마사루西田勝가「일본 반전문학의 선구자들」[28]에서 다오카 레이운田岡嶺雲[29]과 고스기 미세이를 들며 종군 경험을 통해 비전 사상에 이르게 된 점을 높이 평가하고 있다. 특히 고스기에 대해서는 모리 오가이森鷗外와 요사노 아키코與謝野晶子 등과 비교해도 문장이 전혀 뒤지지 않는다고 말한다. 예를 들

---

27 1906년 11월, 스잔보嵩山房에서 출판되었다. 시 26편, 부록으로「조선일기」가 3가지 수록되어 있다. 인용은 이 책에 의한다. 1881년에 도치기현栃木県에서 태어난 고스기는 국학자인 부친 도미사부로富三郎에게 6세 무렵부터『대학』,『일본외사』등을 배운 뒤, 16세에 부친에게 이끌려 닛코日光의 유랑화가 이오키 분사이五百城文哉의 제자가 된다. 20세가 되는 1900년에 상경하여 혼고本郷에 있는 고야마 쇼타로小山正太郎의 화숙画塾인 '후도샤不同舎'에 입문한다.

28 西田勝,「日本反戦文學の前驅者たち」,『신일본문학新日本文学』 5, 신일본문학회新日本文學會, 1952.

29 1900년 5월에서 7월까지『규슈일보九州日報』의 특파원으로 북청사변北淸事變(의화단운동)에 종군한다.

면 『진중시편』의 「병든 군마를 슬퍼하는 노래病軍馬を悲しむ歌」와 모리 오가이의 「나의 말 병들다我馬痛めり」[30]를 비교했다(행 표기는 원문과 다르다).

나의 말이 병들다 언제나 훌륭하고 발 빠른 말이 오늘은 더디구나
온종일 달리고 달린 길이 얼마더냐 누런 흙밭 끝이 없구나
키 큰 수수 너머로 나의 말이 멀어지는 모습을 보노라
떨어지지 않는 발걸음에 나의 말 울부짖고 저녁놀 붉게 물든다

—모리 오가이, 「나의 말 병들다」 부분

방울 단 두 눈은 벽 틈새로 비치는 석양보다 힘없고 적을 쫓아 소리 높여 운다
입술의 신음소리 벌레 소리보다 낮고 바람 가르는 갈기 가을 풀처럼 시들 었네
살 빠진 늑골 앙상한 뼈에는 말기(末期)의 고통이 새겨져 가는구나.
기나긴 모래벌판 달려 풀 없는 여름을 누런 물에는 독 있고 안장의 무게 는 견디기 어렵구나
가엾어라. 주인에게 버려져 고향의 푸른 봄 목장의 초록 풀 그리워도 갈 수 없네
십만 기병 승리의 전투 화려한 용맹함을 태우고 돌아온들 그조차 헛됨을 어찌하랴
사람은 쓰러져도 이름에 영광 남으니 불쌍히 여기라 말 죽어 뼈조차 거둘

---

30 모리 오가이, 『노래일기うた日記』, 슌요도春陽堂, 1907.

이 그 누구랴.

ー고스기 미세이, 「병든 군마를 슬퍼하는 노래」 부분

니시다는 모리 오가이에 비해 고스기 미세이가 "전쟁의 참혹함을 의인화했다"고 언급하며 "말 한 마리를 노래함에 있어서도 미세이 씨는 거기에 전쟁의 비참함을 그리면서 그것을 비판하고 있다"고 말했다. 니시다가 말하는 의인화라는 것은 아마도 "주인에게 버려져 고향의 푸른 봄 목장의 초록 풀 그리워도 갈 수 없네"와 같이 동물인 말을 사람처럼 표현한 부분일 것이다. 주인에게 버려져 고향의 풀을 그리워할 수도 없고 또 인간처럼 이름도 남지 않고 뼈도 수습해 주는 이가 없는 것을 탄식하고 있다. 전장에서는 사람도 죽고 말도 죽는다. 하지만, 고스기 미세이에게 말의 죽음은 이름도 남고 수습해 줄 이가 있는 사람의 죽음보다 비참하게 느껴지는 것이다. 이와 같은 시선이 있었기에 전쟁의 피해자로서의 조선·조선인을 인식할 수 있었을 것이다. 또 니시다는 요사노 아키코의 「너 죽지 말아라君死にたまふこと勿れ」[31]와 고스기 미세이의 「돌아와라 동생이여歸れ弟」를 비교하여 "아키코보다 한 발 더 나아간 곳에서 외치고 있다. 미세이 씨는 단순히 병사와 전쟁을 노래하는 것이 아니다. 그의 눈은 일본의 식민지가 된 조선 민족 위에, 그 민족의 적에 대한 분노를 담아내고 있다"고 조선 민족에게 시선을 맞추려고 한 고스기 미세이를 칭송하고 있는 것이다.

---

31 요사노 아키코, 『묘조明星』 9, 도쿄신시사東京新詩社, 1904.

2) 『전시화보』의 그림과 『진중시편』

일본 국내에서 비전론과 주전론의 대립이 격해지던 1903년에, 고스기는 고야마 쇼타로의 추천으로 구니키다 돗포國木田獨步가 주재하는 근사화보사近事畵報社에 입사한다. 그 근사화보사에서 간행된 것이 『근사화보近事畵報』라는 잡지이다.[32] 『근사화보』는 야노 후미오矢野文雄가 영국의 『그래픽』과 『일러스트레티드 런던뉴스』에서 착안하여 창간한, 일본 최초의 주간 회화잡지로 오야마 쇼타로의 문하생들이 활약했다. 야노 후미오의 추천으로 1902년 12월에 이 회사에 입사한 것이 돗포이고, 돗포의 눈에 띄어 그 재능을 인정받아 종군기자로 러일전쟁에 파견된 것이 고스기이다.

고스기가 근사화보사에 들어간 다음 해인 1904년에 러일전쟁이 발발하고 종군기자로 파견된 고스기가 그림 등을 본국에 보내고 있을 무렵 『근사화보』의 타이틀은 『전시화보戰時畵報』로 바뀌었다. 이 『전시화보』의 종군기자로 겪은 체험을 바탕으로 쓴 것이 『진중시편』에 수록된 「조선일기」(이하 「일기」)이다. 「일기」에 따르면 고스기가 오사카를 출발한 것이 1904년 1월 17일이고 19일에 부산에 도착하여 다음 날 경성을 향해 출발한다.

「일기」에 20일에 부산에서 배를 타고 남쪽 섬을 지나 목포에 이르기까지의 경로는 쓰여 있지만 그 후 경성에 도착하기까지의 노정은 기록되지 않았다. 이 목포까지의 부분이 「조선일기(1)」에 해당하고, 「조선일기(2)」가 3월 1일부터 시작된다. 3월 11일은 평양을 향해 경성을 떠나는 날로, 2월 20일 부산을 출발해 어떤 경로로 경성에 도착했고 경성에

---

32 『근사화보』 및 『전시화보』에 대해서는 사토 마사루 집필, 일본근대문학관 편, 앞의 책에 따른다.

서 무슨 일이 있었는지 일기만으로는 알 수 없다. 일기에 쓰여 있지 않은 1월 21일부터 2월 말까지 1개월 좀 넘는 기간 동안 역사적인 사실을 보면, 인천 앞바다에서 해전이 있었고 고스기가 그때의 그림 등을 일본에 보낸 것을 『전시화보』를 통해 알 수 있다. 실제로 『전시화보』 2월 18일자 제1호 「사고社告」에는 '한국 경성에 고스기 미세이 씨(화가)를 파견'이라는 보고가 있고, 다음 3월 1일자 제2호 「회화」 코너에는 〈우리 군대 인천상륙 광경我兵仁川上陸の光景〉을 비롯해 고스기의 그림 등 총 12점이 실려 있으며, 「읽을거리」 코너에도 '삽화'[33]가 함께 실려 있다. 『전시화보』 지면은 「회화」와 「읽을거리」 코너로 크게 나뉘어 「읽을거리」에는 그 내용과 반드시 관계가 있다고는 할 수 없는 '삽화'가 함께 실렸다.

그림과 삽화에는 2월 8일이라는 날짜가 쓰여 있고, 「회화」 코너의 〈우리 군대 인천상륙 광경〉에는 "특파원 고스기 미세이씨 부두에 서서 실제 상황을 사생하다"라고 적혀 있다. 삽화 〈인천항에 우리 육군 상륙仁川港の我陸軍兵上陸〉에는 "부두에서 사생, 고스기 특파원"이라고 적혀 있다.

사실 고스기는 종군기자로 전장에 파견되기는 했으나 전쟁이 진행되는 장면을 직접 보고 그것을 그림으로 그린 것은 인천에서 벌어졌던 제물포 해전뿐이고, 그 후에는 전쟁 현장의 기사와 그림을 잡지에 싣는 일은 없었다. 잡지에 어떠한 내용을 싣고 싣지 않고의 문제를 고스기 개인이 판단했다고 보기는 어렵다. 『전시화보』 제3호의 「사고」에는 "우리 회사의 사우로서 특히 전장에서 사생화를 기증하도록 특약한 몇 명"으

---

33 고토 고지後藤康二, 「고스기 미세이의 러일전쟁 종군화—『전시화보』의 그림을 중심으로小杉未醒の日露戰爭従軍画—『戰時画報』掲載の画を中心に」,(『會津大學文化研究センター研究年報』 13, 會津大學, 2006)에 따르면 고스기는 '삽화'를 '만화'나 '코마 그림'이라고 부른다. 이 글에서는 편의상 '삽화'로 부른다.

로 '육군성의 허가'를 받은 관서 지방의 『고베신문神戸新聞』과 동북 지방의 『쓰루오카신문鶴岡新聞』의 종군기자 이름이 실려 있다. 고스기가 「일기」에도 쓴 바와 같이 평양에서 드디어 북진하겠다고 생각했을 때, 군의 기밀 보안이라는 이유로 군 관계자가 아닌 종군기자는 퇴거하게 된다. 그것이 3월 중순의 일이고, '군의 허가'를 받은 종군기자에게만 전쟁의 사생이 허가된 것을 알 수 있는 「사고」가 실린 것이 제3호인 3월 10일자이다. 제물포해전이 2월 9일이고 종군기자에게 검열을 의무화한 고시가 내려온 것이 2월 10일경이므로, 고시된 후 현장에서 그것이 통용되기까지 시간이 걸린 것을 짐작할 수 있다. 즉, 제물포해전 때는 군 기밀 엄수[34]에 특별한 규제는 없었지만 이후에 규제가 적용되게 된 것이다.

그렇다면 종군기자 고스기가 잡지에는 보냈던 제물포해전의 그림이나 글을 개인 일기에 적지 않은 이유는 무엇일까? 3월 1일자 『전시화보』에는 제물포해전의 사진과 그림, 그리고 조선의 풍속이 다수 실려 있다. 잡지에도 실려 있는 인천과 경성의 모습, 그리고 그곳에서 있었던 일이 비밀이었다고는 생각할 수 없다. 또 이들 지역이 고스기의 인상에 깊이 남아 있지 않았다고도 말할 수 없을 것이다. 고스기가 러일전쟁에 종군한 경험으로 남긴 것이 『진중시편』의 시와 그 부록으로서의 「조선일기」, 그리고 『전시화보』에 실려 있는 그림과 읽을거리이다. 모두 고스기가 직접 남긴 것이기는 하나 그것이 잡지사라는 정부의 영향을 받는 매체냐, 개인의 기록을 남기는 일기, 혹은 시와 같은 개인 서적이냐에 따라서 내용이 다를

---

34 1904년 2월 10일과 12일자로 해군과 육군에서는 각각 「종군기자의 지침」이 고시된다. 여기에 따르면 해군은 제3조에, 육군은 제11조에 '장교의 검열 없이는 군대에 관한 일체의 문서를 발송해서는 안 된다는 내용이 적혀 있다. 『戰時法令全書』 123, 1904.3.6.

〈그림 1〉〈우리 군대 인천상륙 광경〉, 『전시화보』 2.

수는 있을 것이다.

　『진중시편』에는 시와 문장만이 아니라 그림도 실려 있다. 개인으로서 고스기가 『진중시편』에 남긴 글과 그림, 『전시화보』에 실린 그림을 비교하여 거기에서 알 수 있는 그의 시선을 검증하는 방법으로 고스기가 제물포해전에 관련된 부분을 일기에 쓰지 않은 이유를 살펴보고자 한다.

　고스기가 전쟁 현장을 본 것은 제물포해전뿐인데, 직접 본 전쟁임에도 불구하고 그가 그린 그림에서는 치열한 전쟁의 리얼리티가 느껴지지 않는다. 〈그림 1〉은 〈우리 군대 인천상륙 광경〉이라는 제목의 그림이다. 여기에는 해전이 행해지는 모습을 육지에서 보고 있는 사람들이 그려져 있다. 육지에서 보고 있는 사람들은 거류지의 일본인들로 마치 축제라도 보고 있는 듯하다. 물론 일본이 이긴 전쟁이므로 실제로는 '만세'를 부르며 환호성을 질렀을지도 모르지만, 이 그림에서는 전쟁의 분위기가 전혀

〈그림 2〉 〈우리 군대 한국 경성에 들어가다〉, 『전시화보』 2.

느껴지지 않는다. 전쟁이 순식간에 끝나 버려 실제 전쟁이 있었다는 감각조차 없었을지도 모른다. 그러나 고스기에게는 전쟁 중이라는 사실보다 그것을 멀리에서 바라보는 사람들의 모습이 인상적으로 남아 있었다는 것이 그림을 통해 나타나 있다.

〈그림 2〉는 〈우리 군대 한국 경성에 들어가다我兵韓國京城に入る〉라는 제목으로, 경성에 들어가는 일본군의 모습을 그렸다. 이 그림에도 행진하는 군인들을 구경하는 사람들이 그려져 있다. 전쟁의 기세도, 비참함도, 승리의 기쁨도 거의 느껴지지 않는다. 일본군이 경성으로 들어간다는 것은 러시아와의 전쟁에서 이긴 것이고 그 기쁨을 묘사하기 위한 것일 텐데 여기에 그려진 사람들에게서는 어떠한 감정도 느낄 수 없다. 전쟁에 이겨 타국의 수도로 진입하는 의기양양한 군인들의 모습이 정면에서 그려졌을 법도 한데 이 그림에서는 군인들의 뒷모습과 그것을 바라보는 조선인

과 일본인이 구경꾼으로 그려져 있을 뿐이다. 구경꾼 입장에서도 한 발 더 뒤로 물러난 위치에서 그들을 보고 있는 것이 화가 고스기의 시선이라 할 수 있다. 그 행군 진열에 들어가면 병사로서의 표정이 보였을 테지만 고스기는 굳이 뒤로 물러나 있는 것처럼 거리를 두고 있다. 이것이야말로 화가로서의 '사생'의 자세이고, 고스기는 눈앞에서 일어나고 있는 사실을 객관적인 시선으로 파악하려고 했기 때문에 감정이 나타나 있지 않은 것처럼 보인다. 여기에서 '사생'에 관련하여 고스기와 시대 문학에서의 '사생론'에 대해서 살펴보자.

> 하이쿠와 사생문을 만드는 정(情)의 상태는 미온적이다. 그리고 그 결과는 사생이다. 미온적 정서가 움직여 산천초목에서 인간의 경치에 가까운 동작 감정을 포착하여 구를 만든다. 그 포착하는 찰나에 사생이라는 것이 하이쿠와 사생문을 만드는 선명한 깃발이다.[35]

이것은 다카하마 교시가 하이쿠에 있어서의 사생에 대한 개념을 개략하여 서술한 부분이다. 고스기가 러일전쟁에 종군한 것이 1904년이고 인용한 다카하마 교시의 사생론이 나온 것이 2년 후인 1906년이다. 러일전쟁이 일어난 시기와 사생론이 문단에 나오기 시작했던 시기가 거의 일치하는 것도 우연이라고는 할 수 없을 것이다. 전쟁을 겪은 화가의 눈과 세상을 바라보는 시인의 눈이 유사한 것은 의미가 있다. 물론 회화와 하이쿠는 별도의 표상 체계에 속하지만, 근대 이후 본래는 회화

---

35 다카하마 교시高濱虛子, 「하이쿠와 사생문俳句と寫生文(5)」, 『국민신문』, 1906.10.28.

용어였던 '사생'이 문학, 그중에서도 단시형 문학인 하이쿠에 끼친 영향에 대해서는 다음의 가라타니 고진柄谷行人의 말이 참고가 된다.

사실 '사생' 그 자체에 돗포와 동질의 '전도(轉倒)'가 잠재돼 있음을 간과해서는 안 된다. 그것은 오히려 다카하마 교시에게 현재화한다고 해도 사생문이 가진 영향력의 비밀은 거기에 있다. '묘사'란 단순히 '외부세계'를 그리는 것과는 다른 무엇인가였다. '외부세계' 그 자체가 드러나지 않으면 안 되었기 때문이다.[36]

가라타니의 말처럼 "'외부세계' 그 자체가 드러나지 않으면 안 되었"을 때, 종군화가 고스기는 앞서 언급한 대로 메이지시대 전기의 목판화, 혹은 우키요에와 같은 기성 회화의 방법이 아닌 새로운 방법이 필요했다고 볼 수 있다. "'묘사'란 단순히 외부세계를 그리는 것"에 머무르지 않고 거기에 의식적이든 무의식적이든 상관없이 무언가의 판단과 가치관이 개입한다고 할 수 있다.

『전시화보』에는 고스기뿐만 아니라 전쟁터에서 그림을 그려 일본의 잡지사로 보낸 종군기자가 또 있었다. 뤼순旅順으로 파견된 종군기자가 보낸 그림이 『전시화보』 제1호에 실려 있다. 일본 국내의 관심은 순식간에 끝나 버린 인천 앞바다에서의 해전보다 긴박했던 뤼순에 집중되었고 뤼순에서의 긴장된 순간을 포착한 그림이 독자의 흥미를 끌었을지도 모른다.

---

36 가라타니 고진, 「풍경의 발견風景の發見」(初出, 『季刊藝術』, 1978.7), 『日本近代文學の起源原本』, 講談社文藝文庫, 2009.

〈그림 3〉〈하쓰세 분대 가지무라 후미오 씨 전사—내 고환을 주워 오라〉, 『전시화보』 1.

〈그림 4〉〈이 검은 적을 베기 위함이 아니다〉, 『전시화보』 1.

그러나 고스기는 독자의 감성을 자극하여 흥미를 끄는 식으로 전쟁을 극적인 드라마로 그리려 하지는 않았다. 담담하게 자신이 본 전쟁 상황을 그려냈다. 고스기에게 전쟁은 전쟁 상황이나 그 승패보다 그것을 겪는 사람들과 전쟁이 끝난 후의 피해 상황, 그것이 곧 전쟁이었다. 〈그림 3〉〈하쓰세 분대 가지무라 후미오 씨 전사—자기 고환을 주워 오라 初瀬分隊士梶村文夫氏の戰死―己の睾丸を拾つて來い〉와 〈그림 4〉〈이 검은 적을 베기 위한 것이 아니다此劍は敵を斬るためにあらず〉는 뒤늦게 파견된 다른 종군기자가 그린 전투 삽화이다. 부상자를 옮기는 긴박함과 명령을 내리는 상관과 일렬로 서 있는 병사들의 모습에서 전쟁 중이라는 상황이 그대로 전해져 온다. 고스기의 〈그림 5〉와 비교하면 〈그림 3〉, 〈그림 4〉는 시선이 현장의 중앙에 있고 사생이라기보다 전쟁 상황을 극적으로 전달하려고 그린 함축적인 것에 가깝다고 할 수 있다. 예를 들어 〈그림 3〉의 경우, 그 장면을 직접 보지 않아도 '하쓰세 분대의 가지무라 후미오가 전투 중 사망하여 이송되고 있다'는 에피소드만 들어도 그릴 수 있다. 이들 그림과 비교하면 고스기는 한 발 떨어진 거리에서 전쟁을 그리려고 했다. 정말 사생의 자세로 그림을

〈그림 5〉〈우리 군인이 러시아 부상병을 도와 병원으로 옮기다〉, 『전시화보』 2.

그렸다고 할 수 있을 것이다.

여기에서 『전시화보』에 게재된 그림과 문장에 대해 고찰해 보자. 그림에 관해 설명하자면, 〈그림 3〉과 〈그림 4〉의 경우는 '사생'이라는 말은 사용되지 않았다. 하지만 〈그림 5〉〈우리 군인이 러시아 부상병을 도와 병원으로 옮기다我兵露國負傷兵を扶けて病院に送る〉에는 "2월 9일 인천해전에서 러시아 군함의 해병이 부상당한 것을 우리 병사가 등에 업고 혹은 들것에 싣고 병원에 옮기는 모습을 우리 특파원 고스기 미세이가 사생한 그림이다"라는 설명에서 알 수 있듯이 이 그림이 사생이라는 인식을 확실히 하고 있었다. 〈그림 3〉도 사망 군인을 옮기는 장면이기는 하지만 배경이나 주변 사람들이 전혀 그려져 있지 않다. 그러나 〈그림 5〉에서 고스기의 시선은 아군뿐만이 아니라 적군인 러시아 병사와 그 자리에 있었을 한인들에게까지 향해 있다. 일본인 병사에게 의지해 걷고 있는 것은 러시아 병

사이고, 그 모습을 조금 떨어진 장소에서 보고 있는 것은 조선인이다. 제물포해전이 일어난 곳은 조선인이 생활하는 장소이며 일반 조선인이 거기에 있다 해도 조금도 이상하지 않다. 반대로 조선인에게는 외국인인 러시아와 일본 병사가 있는 것이 이상하다면 이상할 것이다. 전쟁은 단순히 아군과 적군만이 존재하고 승패만이 있는 것이 아니라, 전쟁이 일어나는 곳에서 살아가는 사람과 그 상황을 이해하는 사람도 이해하지 못하는 사람도 있을 수 있는 그런 것이 전쟁이다. 피해는 전쟁 당사자뿐만 아니라 그 주변에 있었던 모든 이에게 피해가 될 수도 있는 것이다.

　이 하나의 그림에서 고스기는 여러 시선을 교차시켜 전쟁이란 무엇인가를 생각하게 한다. 전시 중의 잡지라는 한정된 공간에서 고스기는 전쟁에서 본 것을 객관적인 시선으로 그림으로써 그 장소에 있는 다양한 사람들에게 전쟁이 어떻게 비추어지고 있는지를 표현하려고 한 것이다. 이것은 그림만이 아니라 각각의 그림에 붙어 있는 제목에서도 엿볼 수 있다. 〈자기 고환을 주워 오라〉와 〈이 검은 적을 베기 위함이 아니다〉는 그림의 제목이라기보다 극적인 장면을 한 마디로 드라마틱하게 표현한 것으로 그 제목만을 형상화하고 있다. 그러나 〈우리 군인이 러시아 부상병을 도와 병원으로 옮기다〉는 상황을 드러낸 제목일 뿐만 아니라 실제 상황에서 나타날 수 있는 여러 설정이 그림에 드러나 있다. 주변 배경과 구경하는 사람들까지도 그려진 것이다. 전쟁 관련 그림을 그려 본국에 보내는 다른 종군기자들도 화가였는지는 알 수 없다. 그러나 고스기는 기자이기 전에 화가였고 화가의 입장에서 '사생'의 시선으로 전쟁을 그렸을지도 모른다. 화가라고 해서 무엇이든 자유롭게 그릴 수 있는 것은 아니다. 1904년은 이미 언급한 것처럼 잡지의 제목까지 전투적으로 바꾸지 않으면 안

되는 전시 상황이었다. 그 때문에 고스기가 선택한 것은 전쟁에 대한 비판적인 시선을 그림에서 드러내지 않고 한 발 떨어진 시선으로 전쟁을 표현하는 것이었다. 잡지사에 보내는 그림이나 글에서 표현하지 못한 감정이 구현된 것이 전장에서 돌아온 지 얼마 지나지 않은 1904년 11월에 출판된 『진중시편』에 수록된 시와 일기이다.

3) 「조선일기」에 나타난 고스기의 조선관·전쟁관

3월 1일, 경성을 출발한 고스기는 12사단을 따라 평양까지 행군하게 되는데 이때 행동을 함께 한 것이 같은 직업의 다카하시 슌코高橋春湖, 짐꾼인 조선인(원문에서는 '한인'으로 표현) 방인광과 황대용이었다. 조선인 두 명을 처음 만났을 때 고스기는 "(조선인 하면 떠오르는) 그 흰옷에 기름종이로 된 작은 우산 같은 것을 쓰고 기다리고 있었다"고 두 사람의 행색을 묘사하고 있다. "그 흰옷"이라는 표현에서 조선인이 '백의'를 입는다는 고정 관념이 고스기에게도 있었다는 것은 알 수 있다. 그러나 "기름종이로 된 작은 우산 같은 것을 쓰고"라는 표현에서처럼 고스기는 직접 보고 인상적이었던 모자의 형태를 묘사하고 있다. 얼마나 이 모자가 인상적이었는지는 그의 삽화에도 나타난다.

〈그림 6〉은 「조선일기(2)」의 3월 7일~8일 사이의 삽화에서 방인광과 황대용을 그린 것이다. 그중 황대용이 쓰고

〈그림 6〉「조선일기(2)」, 39쪽.

〈그림 7〉『전시화보』 6.

있는 것이 "기름종이로 된 작은 우산 같은" 모자이다. 〈그림 7〉은 『전시화보』 4월 10일자의 그림인데 평양을 향해 북상하는 육군 뒤를 쫓아 눈 속을 걸어 종군하는 모습으로, 등에 짐을 지고 있는 두 사람이 방인광과 황대용이라고 추측할 수 있다. 〈그림 7〉의 방인광과 황대용이 모두 그 모자를 쓰고 있는 데 반해서 '흰옷'에 대한 표현은 그다지 확실하지 않다. 간접적으로 알고 있는 고정관념과 직접 본 것, 체험한 것에 대한 표현이 다르다는 것이 이 두 그림에도 나타나 있다. 고토 고지[37]는 이러한 점을 "미세이가 보도하는 사람으로서 가진 자세 혹은 화가로서의 기본적인 태도"이며 "스스로 목격하거나 체험한 사실에 대한 고집"이라고 했다. 즉, 고스기가 『전시화보』에 게재한 그림 중에서 간접적인 경험으로 그린 상상화와 실제 경험하고 그린 실사實寫와는 분명하게 구별하여 부연설명하고 있다고 지적하고 있다.

고토가 말하는 "사실에 대한 고집"이라는 것은 기자라면 가져야 할 당연한 기질이라고 해도 과언이 아니지만, 주전론이 우세했던 당시의 상황을 생각하면 그리 간단한 일은 아니었을 것이다. 예를 들면 〈그림 3·4〉와 같이 실제 장면을 보다 극적으로 표현하는 일도 필요한 시기였을 것이다. 그러나 고스기는 그처럼 전쟁을 부추기는 그림을 그리려 하

---

37   고토 고지, 앞의 글 참조.

지는 않았다. "사실에 대한 고집"은 '있는 그대로'를 묘사하려고 한 '사생'적 시선으로 연결된다. 그리고 처음으로 부산에 도착해 목격한 조선인의 모습은 고정관념 속의 모습에 자신이 직접 본 '현상의 모습'이 더해져, '신기한 조선의 풍경'으로 묘사됐다고 할 수 있다. 그것은 기존의 지식보다 자신의 눈으로 보고 느낀 인상이 보다 강했다고도 할 수 있을 것이다. 또 그와 같이 강하게 남은 인상적 표상은 '사생'의 방법으로는 그릴 수 없다. 〈그림 6·7〉에서 보듯 간략화되어 있지만, 인상 깊은 부분만을 포착한 삽화로서의 표현은 사생적인 그림을 그린 후였기에 가능했던 것이 아닐까?

한인 모두 흰옷이라는 점이 가장 신기했는데, 아래로 늘어진 수염에 긴 담뱃대를 만지작거리며 한가로이 태평함을 즐기는 얼굴은 재산을 쌓아두고 앉아있는 무리이다. 등에 담구를 지고, 흰 천을 머리에 두르거나 상투머리를 하거나 검은 수건을 두르는 등 머리모양은 가지각색이나 발에 하나같이 짚신을 신은 무리는, 그날그날 생활하는 일본의 이른바 하역 노동자와 같은 이들이다. 그 인부의 아낙들은 머리에 물건을 이고 다니고 치마 형태는 서양식과 비슷하나 상의의 길이가 특히 짧아 손을 올리거나 하면 유방이 드러나지만 익숙해지면 춥지 않을 것 같다.

—「조선일기(1)」 1월 19일

위의 인용처럼 한인(조선인)이 '백의'를 입고 '긴 담뱃대'를 물고 태평스럽게 유유자적하는 사람들이라는 인상은 나카라이 도스이의 소설 『조선에 부는 모래바람』(1891)에서도 묘사된 것처럼 일본인의 조선인에 대한 오래된 고정관념으로 보인다. 달라졌다고 한다면 여기에서는 외견의 묘사로 끝나지 않고 외견의 특징에서 한인을 두 부류로 나누고 있는 것이다. '돈을 쌓아놓고' 놀고먹는 무리와 '그날그날 생활하는' 하층 노동자들의 계층적인 두 부류이다. 흰옷을 입고 긴 담뱃대를 물고 낮잠이나 늘어지게 자는 게으른 인종이라는 틀에 박힌 묘사가 아니라, 유유자적 태평스러운 모습에서는 재력을 가진 층을 이끌어 낸 것이다. '한인이라고 하면'과 같은 선입견 속에서 실제 그들의 행색에서 엿볼 수 있는 계층까지 간파하려는 예리한 시선이 나타난 부분이라고도 할 수 있다. 이선옥[38]은 이 부분을 인용하여 '여보'라는 차별어를 사용한 것에 대해 비판했다.

그러나, '여보'라는 단어가 여기에서 차별어로 사용되고 있다고 볼 수 있을까? 원래 조선인 사이에서는 부부처럼 가까운 관계에서 부르는 '여보'라는 호칭을 일본인이 듣고, 그것을 조선인에 대한 차별어로 사용하기 시작했다. 차별어로 사용되기 전에는 계층적인 용어로 '양반'과 구별되는 서민을 지칭하기 위해서 '여보'를 쓴 적도 있다. 특히 조선인에 대해 멸시적으로 사용하려고 하는 경우는 악센트 등으로 강조하여 '여봇! / 여보슈!'와 같이 사용했다. 단순히 '여보'라는 호칭을 조선인에게 사용했다는 이유만으로 글 전체를 차별적이라고 비판할 수는 없을 것이다. 글 전체 맥락 속에서 고스기가 조선인에게 차별적인 시선을 보내고 있는 부분을 찾아보기 힘들기 때문이다. 이 부분은 멸시의 표현이라기보다 지금까지 가지고 있던 조선인상과 자신이 체험한 조선인의 모습이 충돌하여

---

38 이선옥, 「고스키 미세의 한국상 고찰─『진중시편』을 중심으로」, 『일본학연구』 13, 단국대 일본연구소, 2003.

새로운 조선인의 모습이 그려진 것이 아닐까. 조선시대 말기는 악덕 양반에게 백성이 고통 받는 시기였고 일본에도 그 사실이 잘 알려져 있었다.[39] 이러한 관리들에 대한 인식과 '백의'에 '긴 담뱃대'라는 판에 박힌 모습, 조선에서 직접 경험한 것들이 종합돼서 '양반'과 '서민'이라는 말의 대립적 구조에 의해 '양반'을 비판하는 어조가 된 것은 아닐까?

다음으로 자연과 유적지를 묘사한 부분에 대해 살펴보자. 고스기의 눈에 비친 한국은 아름다운 자연을 가지고 있는 곳이고, 여기저기에 일본과 관계있는 유적이 남아 있는 곳이기도 했던 것 같다.

> 목포 부둣가를 떠나 4, 5리 정도. 양쪽으로 암수로(岩水路)가 상당히 좁은 곳, 옛 한(국)의 수군 중에 이름을 떨친 명장 이순신이 양 언덕에서 (함정으로) 철쇄를 쳐서 우리(일본) 전함을 물리쳐 도요토미 군대가 목포를 손에 넣지 못했던 곳이라 한다. (…중략…) 목포에 정박해 나 홀로 밖으로 나간다. 비교적 일본인이 적은 마을로 옛 거류지도 있다. 시내에서 떨어진 산에 올라 정상에서 시내를 내려다본다. 내가 만일 세상의 모든 욕망을 벗어버릴 수 있다면 백의의 백성이 되어 이곳에 무위의 생을 마치고 싶다.
>
> ─「조선일기(1)」1월 20일

위의 인용은 목포에서의 관찰과 감상을 서술한 부분이다. '이순신'이라고 하면 임진왜란 때 일본군을 무찌르고 조선에 승리를 가져다 준 명

---

39 에노모토 다케아키의 『조선사정』에도 조선 관리의 악정이 기술되어 있고 나카라이 도스이의 『계림정화 춘향전』, 『조선에 부는 모래바람』에서도 악정을 행하는 관리의 모습을 볼 수 있다.

장으로, 일본 쪽에서 보면 도요토미 히데요시 군이 패배한 결정적인 원인이라고도 할 수 있다. 그럼에도 지형을 이용해 자기 나라 군대를 무찌른 이순신을 담담하게 묘사하고 있다. 일본을 패배시키고 한국을 승리로 이끈 장군이 고스기에게 있어서는 적국의 장군이 아닌 뛰어난 전략으로 전쟁을 승리로 이끈 위인인 것이다. 그 후 목포에 도착해 혼자서 비교적 일본인이 적은 마을 산에 올라 모든 욕망을 버리고 "백의의 백성"이 되어 무위의 인생을 보내고 싶다는 바람을 드러내고 있다. 종군기자로 조선 땅에 발을 들여놓았지만 아직 전쟁의 분위기는 느낄 수 없고 다만 눈에 보이는 자연과 사람들의 모습을 선입견 없이 바라볼 뿐이다. 이처럼 부산에 도착하여 경성을 향했을 때에 쓴 고스기의 「일기」에서는 자연과 유적에 대한 감상 이외의 기술은 보이지 않는다. 종군기자로서의 고생스러움도, 조선에 대한 차별, 혹은 동정적인 감정도 느껴지지 않는 것이 「조선일기(1)」이다.

경성에서 평양을 향하는 「조선일기(2)」에서 조금 변화가 보이기 시작한다. 목포에서 경성까지의 여정은 기술이 없어 알 수 없지만, 당시의 인천이 항구도시로 유명했던 것과 부산에서 경성까지의 철도가 그해 12월에 완공된 사실 등에서 인천까지는 바다를 통해 배로 이동했다는 것을 짐작할 수 있다. 인천에서 경성까지도 한강을 따라 배로 이동할 수 있었으므로 고스기가 일본을 떠나 경성에 도착할 때까지 큰 고생은 없었을 것이다. 그러나 경성에서부터는 육로로 북상해야 했고 시기도 3월이라 초봄의 추위를 견디면서 걸을 수밖에 없었다.

길을 헤치고 바위를 깨며 간 곳은 좌우의 용주천(湧州泉)이 얼어붙어 흐르지 않고 고드름이 되어 (갈 길을) 방해하며 머리 위에 매달려 있다. 매서운 북풍에, 흙길은 붉어 신발 밑창은 피를 밟는 듯하다. 멀리 백학이 하늘을 나는 것을 본다. 돌에 양주의 경계라고 새겨져 있다. 만일 백학의 등에 업혀 갈 수 있다면 하는 바람으로 하늘을 올려다보니, 이마에 하얀 날개에서 떨어지듯 눈이 내린다. 두 사람의 표정을 보니 앞으로 고난의 행로가 시작될 것이라고 말하는 듯하다.

―「조선일기(2)」 3월 1일

강행군할 수밖에 없는 겨울의 자연은 이미 찬미의 대상이 아니었다. 북풍은 매섭고 흙길은 붉게 신발 바닥을 더럽힌다. 멀리 보이는 백학은 이미 감상의 대상이 아니라 그걸 타고 갈 수 있다면 하고 바라보는 부러움의 대상이었다. 드디어 고난의 행로가 시작된 것이다.

마음의 평정을 못 찾는 우리보다 무거운 짐을 지고 아직 저녁밥도 먹지 못한 종복들의 고통은 어떨지 싶었으나 발걸음을 재촉해 사방으로 뛰어다녀 겨우 지요마쓰(千代松)씨는 방을 얻었지만 숙소는 이미 사람들로 가득 차 있었다. 이에 한 평 반 정도 크기의 한옥 온돌을 구했으나 이미 기병 다섯이 누워있어 들어갈 틈이 없었다. 두 종복에게는 어디라도 숙소를 구하라고 내보내고 무릎을 구부리고 앉았는데 흙바닥의 냉기가 살을 에고 뼈를 찌르는 고통을 참을 수 없어 주인을 불러 (…후략…)

―「조선일기(2)」 3월 1일

얼어붙은 땅이 녹기 시작해 걷기 어려워지고 앞으로 나아가려 해도 나갈 수 없는 행군이 이어졌다. 밤이 되어도 종군기자에게는 병사들처럼 숙소가 정해져 있지 않아 자력으로 숙박과 식사를 해결하지 않으면 안 되었다. 쉴 수 있는 숙소와 민가는 이미 군에 징발당해 고스기 일행은 하루도 마음 편하게 쉴 수 없었다. 그러나 고스기는 자신들보다 무거운 짐을 진 인부들을 보며 "종복들의 고통은 어떨지"하고 걱정한다. 그렇다고 그들의 안위를 먼저 생각할 수 없는 상황이라 결국은 그들의 고통에 의지할 수밖에 없는 상황이 괴롭게 묘사되고 있다. 경성을 출발하여 하루밖에 걷지 않았음에도 행군의 고통은 충분히 맛보았다는 것이 전해져 온다.

> 행군의 고통은 전쟁의 고통보다 혹독하다. 전쟁이 일어나면 먼저 들에서 경작하는 국민의 땀과 고혈은 과중한 부담이 된다. 가장 생산력이 풍부한 장정은 하던 일을 바꿔 경작은 멈추고 삼군 만 리의 길을 가다 보면 추위 혹은 더위에, 기후 풍토, 엄격한 군기는 아직 싸우지도 않은 사람을 쓰러뜨린다. 전쟁에서는 수많은 피를 흘리고 뼈가 부서지며 그렇게 얻은 광영한 전승은 유족의 눈물로 얼룩져 역사에 남을 것이다.
>
> ―「조선일기(2)」, 3월 8일

그 전까지는 보고 들은 것들을 중심으로 묘사해 나가며 글을 이어가던 고스기가 이윽고 전쟁에 대한 비판을 서술하기 시작한다. 8일간의 행군이 얼마나 힘들었는지는 충분히 상상하고도 남는다. 그러나 고스기는 단순히 전쟁 그 자체가 괴로운 것이 아니라 행군 쪽이 가혹하다고 말한다. 전쟁은 직접 전쟁을 하는 당사자뿐만 아니라 고스기와 같은 종군기자는 물론 그들이 걸어가는 길에 있는 조선인들에게도, 전쟁 물자를 조달하는 일본 본국 국민에게도 고통인 것이다. 전쟁은 국민의 땀과 고혈로 이루어지는 것이고, 전쟁에 참가하는 군인과 그 유족의 눈물로 얼룩진 역사라는 것을 비난하고 있다. 그리고 전쟁터를 제공하고 있는 조선인들에게도 물론 고통이 되는 것이다. 자연스럽게 전쟁에 대한 비판 의식은 조선에 대한 동정의 감정으로 이어진다.

> 길 옆으로 비석이 두 개 서 있다. 하나에는 영제교(永濟橋)라고 새겨져 있고, 다른 하나에는 만력(万歷) 20년 임진 6월 왜적이 기성(箕城)을 함락시켰으나, 계사년 정월(癸己正月) 적을 토벌하고 성을 탈환하였다. 이 다리 또한 파괴됐던 것을 양○수오(攘○修午) 2월에 공사를 시작하여 5월 2일 완공하였다, 라고 쓰여 있다. 그 이른바 왜적이 삼백 년 후 두 번이나 이 땅을 짓밟으리라고 당시 어느 누가 상상이나 했으랴.
>
> ─「조선일기(2)」 3월 11일

조선 땅을 행군하고 있는 고스기의 신분은 일본 종군기자이다. 즉 전쟁을 일으킨 쪽에 고스기가 있다는 의미이다. 실제로 일본의 적은 러시아지만 조선을 짓밟고 있는 것은 일본이라는 인식이 뚜렷이 나타나 있는 부분이다. 약 300년 전, 일본에 침략당했던 조선. 두 번 다시 같은 일을 겪고 싶지는 않았을 것이다. 그런데 그런 조선 땅이 또다시 일본에 의해 짓밟힌 것이다. 청일전쟁과 러일전쟁이라는 두 번에 걸친 전쟁으로 일본은 또 조선 땅을 짓밟았다. 전쟁 당사국이 아니지만 전쟁터가 된다는 것은 전쟁으로 인해 인명 피해와 경제적 피해를 모두 입는다는 것을 의미한다. 앞에서 인용한 대로 고통스러운 행군 속에서 고스기에게 싹튼 비전의식은 조선에 대해서도 동일한 시선을 갖게 한 것이다. 직접 일본을 비판하지는 않았지만, 전쟁 그 자체에 대한 비판과 일본에 의해 고통당하는 조선에 대한 감정은 그대로 일본 정부를 향하고 있다고 해도 좋을 것이다.[40]

이상과 같은 강한 비전의식을 가진 그림이나 삽화, 글 등을 종군기자인 고스기가 『전시화보』에 보낼 수는 없었을 것이다. 고스기는 러일전쟁을 통해서 자신이 겪은 고통스러운 전쟁의 체험 속에서 싹튼 전쟁에 대한 비판과 조선이 전쟁의 피해자라는 감정을 단행본에 수록했다. 그래서 일기에는 직접 경험한 인천 앞바다에서의 해전과 전쟁터로 향하기 전까지의 일에 대해서는 기록하지 않았던 것이다. 고스기에게 일기는 그날에 있었던 것을 그대로 쓰는 것이 아니라 인상에 남은 것과 느낀 것을 표현하는 수단으로 여겨졌던 것으로 보인다.

고스기는 러일전쟁 당시 자신의 저서 『진중시편』을 발행하고 그 다음 해에는 지인인 다오카 레이운田岡嶺雲과 함께 『천고』라는 잡지를 간행하며, 그 표지 그림을 담당했을 뿐만 아니라 자신도 「전쟁의 죄戰爭の罪」라는 비전시를 쓰는 등 의욕적으로 활동한다. 그러나 고스기가 전쟁을 비판하는 경향의 작품을 열정적으로 쓴 것은 러일전쟁으로부터 2~3년 정도이고, 그 이후에는 그러한 경향의 작품은 발표하지 않는다. 뿐만 아니라 문학가로서의 길은 포기한 듯 그림만을 남겼고 그 때문인지

---

40 이와 같은 비전의식은 후에 「전쟁의 죄」(고스기 스기무라, 『천고天鼓』, 天鼓社, 1905.2~3)에도 나타난다. 전장에서 죽은 사람들의 시점에서 그려진 이 시편 「전쟁의 죄」에서는 살아있는 자가 사는 국가는 원념의 원천에 지나지 않는다고 하는, 국가를 넘은 반전의식이 분명하게 드러나 있다.

일본문학사에도 거의 이름이 남아 있지 않다. 고스기의 경우는 화가로서 너무나도 유명하기 때문에 문학자로서의 면모가 평가받기 어려웠던 점도 있을 것으로 보인다.

그러나 고스기가 전시 중에 잡지 『전시화보』에 보낸 그림은 그 그림의 설명에도 있는 것처럼 '사생'으로 그려진 그림이다. '사생'은 그 장소를 직접 보지 않고 그릴 수 없다. 게다가 본 것을 그대로 그리는 것이 아니라 한 발 뒤로 물러난 곳에서 느낀 감정을 표상화하는 것이다. 전쟁의 고통보다는 승전의 기쁨과 강한 군대를 표상화해야 할 의무가 있는 일본군 종군기자라는 임무 자체가 고스기에게는 벅찬 일이었을지도 모른다. 전쟁 중에 부상당한 러시아 군인도 그 사람을 운반하는 일본 군인도 그것을 바라보는 조선인도 모두 전쟁의 피해자이고 거기에 전승에 대한 기쁨 같은 것은 표현되어 있지 않다.

이와 같은 사생적 자세로 그림을 그리는 일이 고스기의 시와 일기에도 영향을 주었다고 할 수 있다. 그는 일본의 종군화가로 파견되었지만, 이미 지적한 대로 그 후 쓴 『진중시편』에서는 전승에 대한 기쁨에 대해서는 거의 기술하지 않았다. 전쟁의 비참함을 경험하고 전쟁 때문에 고통 받는 병사와 전쟁터에서 접한 조선인들을 전쟁의 피해자로서 인식할 수가 있었다. 그 결과 쓰인 것이 「조선일기」와 비전시이다. 물론 그런 고스기도 러시아·일본 양국 사이에 놓인 조선인의 고통을 공감하며 그릴 수는 없었다. 그것도 한 발 물러난 장소에서 바라보는 '사생'의 한계일지도 모른다. 하지만, 고스기가 제한된 상황 속에서 '사생'이라는 방법을 사용하여 장르 횡단적으로 남긴 텍스트들은 러일전쟁의 기록으로서만이 아니라 변해가는 조선의 모습을 선명히 기억하게 하는 것으로서 평가할 만하다.

5. 마치며

메이지시대 일본에서의 조선이라는 표상은 처음에는 표면적인 지식의 범위에 한정되어 있었다. 조선에 대해 이해한다는 감각조차도 존재하지 않았다고 할 수 있다. 그것이 점차 이야기 속에서 서술되게 된다. 이야기로 읽는 조선은 지식으로 읽는 조선보다 일본인에게 흥미롭게 느껴졌을 것이다. 따라서 더 많은 이야기 속에서 조선이 표현되었다면 일본인의 조선에 대한 이해는 보다 깊어졌을지도 모른다. 그러나 청일전쟁과 러일전쟁을 거치면서 일본인은 조선을 이야기하지 않게 되었다. 조선을 이해하려고 노력하기 전에 조선을 식민지화 = 자국화해 버렸기 때문이다. 어렵게 조선에 대해 이야기하게 된 문학자들도 조선이 식민지가 된 후에는 입을 굳게 다물어 버렸다. 36년간 이어진 식민지 지배 속에서도 문학자들은 자신들이 지배하고 있는 한국에 대해 회피하며 말하려 하지 않았다. 식민지 지배하에서 고통당하던 사람들이 보이지 않았을지도 모르지만, 그 현실을 직시하고 싶지 않았을지도 모른다. 때문에 말하는 것을 회피하게 되고, 또 전후가 되어서는 가해자인 자신들이 보이지 않게 된 것이다.

현재 일본에는 '북조선'과 '한국'이 존재한다. 한편 한국에서는 '북조선'을 '북한', 북한에서는 '한국'을 '남조선'이라고 부른다. 한국에는 존재하지 않는 '조선'이라는 국적을 가진 사람들이 일본에는 존재하는 기이한 사태가 일본과 한국, 북한 사이에 존재하고 있다. 이 같은 미묘한 관계가 형성된 것은 일본이 조선을 침략한 것에 그 원인이 있다. 그러나 문제의 모든 원인을 '침략'으로 환원하여, 한일 '대립' 구도를 고정화해 버리는 일은 문제 해결에 도움이 되지 않는다. 이와 관련하여 가라타니 고진은 일찍이 기타무라 도코쿠北村透谷가 일본의 메이지유신 이후에 대하여 '혁명이 아니라 이동'이라고 말한 것은 부정적인 의미였지만, 그 반대로 "이동이야말로 본질적인 것이어서 도코쿠의 새로움도 그의 '이동'에 있었다"[41]고 말한다. '이동'을 중시하는 가라타니의 자세는 메이지시대의 '조선'과 '대한제국', 나아가 합병 후의 '한국'에 대해 직접 조선사람들과 접한 일본인의 '경험'을 중시하며 고찰을 진행한 이 글과 공통된다고 할 수 있다.

'한국'이라고도 '조선'이라고도 부를 수 없는 일본 식민지화의 36년과 그 이전의 '한국'이기도 하고, '조선'이기도 한 메이지시대 후반의 한반도. 모든 것을 일본인에 대한 증오로 바꾸어 그 당시의 우리의 약함까지도 일본 제국주의의 악랄함으로 수렴시키려고 하는 것이 한국인이라면 일본인은 스스로 지배한 조선을, 한국을 직시하지 않고 이야기하려 하지 않았다. 때문에 이 글에서 면밀히 검증한 바와 같이 지식과 정보로서는 이야기할 수 있어도 인간에 대한 이해력을 가진 작가에 의한 이야기로서 조선을 그려내고 자신의 언어로 이야기할 수 없게 된 것은 아닐까? 나카네 다카유키中根隆行는 "역사의 서술은 마치 과거의 기억을 망라해 이야기하는 것처럼 보이지만, 의도적 혹은 무의식적인 억압에 의한 좋은 덫이 있고, 그 이야기되는 일 없는 흔적의 대부분에는 핵심이 숨겨져 있다"[42]고 지적한다.

---

41 가라타니 고진, 「기초의 부재-윤흥길 『장마』에 대해」(初出, 『群像』 1979.11), 『비평과 포스트모던批評とポスト・モダン』, 세코사精興社, 1985, 118쪽.

42 나카네 다카유키, 「한국・대만・오키나와 문학과의 교차韓國・台湾・沖縄の文学との交差」, 『日本近代文學』 75, 日本近代文學會, 2006.

나카네가 말하는 "이야기되는 일 없는 흔적"을 찾는 일이야말로 이 글이 시도한 것이다. 메이지 시기의 일본에서 조선이 이야기되지 않은 것은 '과거의 기억'이라기보다 당시에 '현재의 숨기고 싶은 가해에 대한 꺼림칙함'에 가까운 것이다. 메이지 일본인이 범한 이웃나라에 대한 침략과 식민지 개척. 제2차 세계대전 패배에 더해 침략자로서의 자신들의 모습을 보는 일은 괴롭기 때문이다.

러일전쟁의 비참함에서 조선을 동정의 눈으로 볼 수 있었던 고스기 미세이, 이 글에서는 서술하지 않았지만, 조선인 청년 안중근에 의해 이토 히로부미伊藤博文가 암살됨으로써 일본인의 침략상을 인식한 나쓰메 소세키, 식민지가 된 조선을 먼 거리에서 보고 있었지만 결국 조선이 보이지 않았던 다카하마 교시 등. 그들과 마찬가지로 적극적으로 조선을 이야기하려고 하지 않았던 것은 결국, 그들 스스로 침략사를 인정할 수 없는 일본이라는 나라의 연약함이 아닐까? 한국과 일본이 서로의 연약함을 아는 것에서부터 서로의 실상에 가까운 표상을 그릴 수 있고 서로에 대해 이야기할 수 있다.

이 글에서 행한 작업은 지금까지 비판 받은 작품, 평가받지 못한 작품을 어디까지나 한국인으로서의 입장을 인식하면서 일본인 쪽에서 바라보는 것이었다. 메이지 일본인에게 비친 조선인의 표상이 어떠한 것이었는지, 그것을 정확히 재현하는 일은 불가능할지도 모른다. 하지만, 상상함으로써 조선인의 모습을 그려내고 이야기할 수는 있다. 그 가능성을 구체적인 텍스트를 단서로 규명한 것이 이 글이다. 그로부터 약 100년이 지난 지금, 한국인인 필자에게 있어서 현재의 한국 및 한국인의 루트라고도 할 수 있는 메이지기의 조선 및 한국의 모습을 아는 것은 한국과 일본 쌍방이 서로를 이해하는 데에 일조하게 될 것으로 생각한다.

번역 : 심수경(서일대학교)

일선동조론의 계보학적 검토를 위한 시론

일본사의 탄생과 타자로서의 조선

심희찬

1. 들어가며

'일선동조론日鮮同祖論'은 일제의 대표적인 식민주의 이데올로기로 잘 알려져 있으나, 그 내용과 외연에 관해서는 여전히 명확한 정의가 내려지지 않았다. 일선동조론이라는 단어 자체가 해방 후 이른바 '동조론' 계열의 담론을 폭넓게 지칭하기 위해 사용된 측면이 강하기 때문이다.[1] 식민지기에는 '동조'만이 아니라 '동원同源', '동종同種', '동근同根', '동역同域', '동종同宗', '동문同文' 등 다양한 개념이 존재했다. 일선동조론 개념은 완결성이 아니라 시대와 상황에 따른 가변성과 신축성을 근본적 특성으로 지닌다는 점을 우선 지적해 둔다. 또한 위의 여러 표현에서 알 수

---

[1] 가나자와 쇼자부로金澤庄三郎가 1929년 『日鮮同祖論』을 간행한 적이 있지만 이 텍스트는 조선어와 일본어가 동일계통에 속함을 주장하는 내용으로 이루어져 있다.

있듯이, 일선동조론 개념을 전체적으로 파악하기 위해서는 인류학, 인종학, 고고학, 언어학, 종교학, 민속학, 우생학 같은 식민지제국의 학지 전반을 시야에 넣을 필요가 있다. 이 글에서는 사학사상사의 관점에서 일선동조론의 계보를 그려보는 작업을 통해 세기 전환기 일본에서 '일본사'가 탄생하는 과정과 조선인식의 양상을 검토하고, 지금까지 계속되고 있는 은폐된 식민지주의의 존재를 지적할 것이다.

한국 역사학계에서 일선동조론이 본격적으로 언급되기 시작한 흔적은 1960년대 이후 식민사학 극복을 주창한 김용섭, 이만열 등의 작업에서 확인된다.[2] 일본의 경우에는 패전 후 새로운 조선사연구를 이끌었던 하타다 다카시旗田巍가 비교적 일선동조론에 대해 상세히 언급한 적이 있다. 그는 1964년에 발표한 글에서 일선동조론을 다음과 같이 정의한다.

'일선동조론'은 '일선동종(同種)론', '일선동역(同域)론' 등으로도 불렸다. 태곳적 일본과 조선이 일체불가분의 친근성을 가진다고 보면서도, 동시에 조선에 대한 일본의 지배적 지위를 주장한다. 소위 일본의 조선에 대한 가부장적 지배관계를 일본사·조선사의 시원(始源)으로 거슬러 올라가 주장하는 것이다. 단순히 동문(同文), 동종을 주장하는 것이 아니라 일본인과 조선인은 같은 조상을 가진 가까운 혈족으로서 공통의 거주 지역에서 국토의 구별이 없었던 관계였고, 언어·풍속·신앙·습관 등도 원래는 모두 같

---

2 김용섭, 「일제 관학자들의 한국사관」, 『사상계』 117, 사상계사, 1963; 이만열, 「고대 한·일관계론의 검토」, 『문학과지성』 16, 문학과지성사, 1974; 이만열, 「일제 관학자들의 한국사 서술」, 『한국사론』 6, 국사편찬위원회, 1979.

앗다며 일가·일족의 피로 이어진 근친성을 주장한다. 동시에 일본인이 조선에 건너가 조선인이 되었고 일본의 신이 조선에 이동하여 조선의 신이 되었으며, 일본인과 일본의 신이 조선의 국왕 및 건국신이 되었을 뿐만 아니라 조선인은 일본에 투항·귀화하여 일본인이 되었다고 주장하는 바, 천황의 시대가 시작된 이후로는 신공황후가 삼한을 정벌하여 조선을 신하로 심았다며 태곳적부터 조선이 일본에 복속했다고 한다.[3]

일선동조론의 개략적 특징에 관한 위의 분석은 오늘날까지 이어지는 표준적 이해의 바탕을 이룬다고 할 수 있다. 하타다의 논의는 식민주의 이데올로기 비판이라는 큰 틀에서 수긍할 만하지만, 아직 해결되지 못한 과제들도 여럿 보인다. 우선 '동조', '동종', '동역', '동문' 개념을 거의 동일한 것처럼 논하는데, 각각의 차이 및 이것들이 현실의 지배정책과 가지는 관련성에 주목할 필요가 있다. 그리고 하타다가 말하는 '가부장적 지배관계'의 실체가 무엇이며, 일선동조론이 이를 어떻게 지탱한 것인지 살펴보는 작업도 필요하다. 또한 '혈족'의 의미가 불분명한데, 위의 인용문만 가지고는 일본인과 조선인이 하나의 공통된 조상을 가진다는 것인지, 아니면 일본인이 조선인의 조상이라는 것인지가 모호하다. '천황의 시대가 시작된 이후'라는 언급에서 알 수 있듯이 일선동조론은 '신화'와 '역사'를 넘나들며 구축되었는데, 이 점에 대해서도 더욱 정치한 분석이 이루어져야 한다.

60년대 이래 일선동조론은 주로 인종론이나 민족론의 분야, 혹은 천

---

3 旗田巍, 「日本人の朝鮮観」(1964), 『日本人の朝鮮観』, 勁草書房, 1969, 36쪽.

황가의 혈통 문제와 관련하여 중대한 연구의 진전을 이루어 왔다.[4] 최근에는 동화정책이 지닌 모순과 갈등의 양상이 주목받으면서 일선동조론의 함의에 관한 구체적인 연구들도 등장하기 시작했다. 가령 장신은 일선동조론이 발화의 주체나 시기에 따라 다양한 변종을 가지며, 조선총독부의 통치정책에 있어서도 '양날의 검'으로 작용했음을 밝혀낸 바 있다.[5] 일선동조론의 이론적 측면에 주목한 미쓰이 다카시三ツ井崇는 제국대학 국사과가 성립한 19세기 말에서 20세기 초에 이르는 시기를 중심으로 일선동조론을 다룬 일본 역사학자들의 담론을 살펴보고 있다.[6]

이 글에서는 선행연구의 성과를 기반으로 일선동조론이 더욱 복잡한 계보를 가지고 있음을 밝히는 데 주안점을 둔다. 우선 일선동조론의 계보를 근세로 거슬러 올라가 고찰하고 이것이 일본 근대역사학의 성립과정에 끼친 영향을 논해보겠다.

4　上田正昭,「「日鮮同祖論」の系譜」,『季刊三千里』14, 三千里社, 1978; 金一勉,『天皇と朝鮮人と総督府』, 田畑書店, 1984; 工藤雅樹,『東北考古学・古代史学史』, 吉川弘文館, 1998; 金光林,『日鮮同祖論』, 富士ゼロックス小林節太郎紀年基金, 1998; 오구마 에이지, 조현설 역,『일본 단일민족신화의 기원』, 소명출판, 2003; 세키네 히데유키,「한일합병 전에 제창된 일본인종의 한반도 도래설」,『일본문화연구』19, 동아시아일본학회, 2006; 사카노 토오루, 박호원 역,『제국일본과 인류학』, 민속원, 2013.

5　장신,「3・1운동 직후 잡지『동원』의 발간과 일선동원론」,『역사와 현실』73, 한국역사연구회, 2009; 장신,「일제하 일선동조론의 대중적 확산과 소잔오존 신화」,『역사문제연구』21, 역사문제연구소, 2009; 장신,「일제말기 동근동조론의 대두와 내선일체론의 균열」,『인문과학』54, 성균관대 인문과학연구소, 2014.

6　미쓰이 다카시,「'일선동조론'의 학문적 기반에 관한 시론」,『한국문화』33, 서울대 규장각한국학연구원, 2004.

2. 일선동조론과 아시아주의

오구마 에이지小熊英二는 그의 유명한 저서 『일본 단일민족신화의 기원』에서 일선동조론의 계보가 에도중기의 유학자 아라이 하쿠세키新井白石와 도 데이칸藤貞幹의 저술에서 시작된다고 언급한 바 있다.[7] 다른 연구들에도 비슷한 인식이 보이는데 대부분 일선동조론의 '전사前史' 수준에서 가볍게 짚고 넘어가는 경우가 많다. 그렇지만 후술하는 것처럼 당대 논의의 지평과 내용을 자세히 파악하지 않고서는 근대 이후 일선동조론의 함의를 정확히 이해하기 어렵다. 무엇보다 데이칸과 모토오리 노리나가本居宣長, 우에다 아키나리上田秋成 사이에 벌어진 '히노카미日の神' 논쟁에 주목할 필요가 있다. 먼저 '히노카미' 논쟁에 이르기까지의 경과를 살펴보자.

1) '히노카미' 논쟁 이전

잘 알려진 대로 일선동조론은 신화 속 인물인 스사노오素戔嗚尊가 머물렀다는 신라국 소시모리曾尸茂梨와 구마나리노타케熊成峯의 비정을 두고 시작되었다. 이 내용은 8세기에 편찬된 『일본서기日本書紀』에 이설異說로 실려 있다.[8] 소시모리와 구마나리노타케의 위치를 둘러싼 논의는

---

7 오구마 에이지, 조현설 역, 앞의 책, 122~123쪽.
8 "스사노오는 그 행상이 난폭하기 그지없었다. 그러므로 신들이 그 벌로 많은 공물로 속죄하도록 하고 스사노오를 쫓아냈다. 스사노오는 아들 이소타케루五十猛神를 데리고 신라국에 내려가 소시모리라는 곳에 갔다. (…중략…) 처음에 이소타케루가 하늘에서 내려올 때 많은 나무 종자를 가지고 왔다. 그러나 한지韓地에 심지 않고 다 가지고 돌아왔다." "스사노오가 '한향韓郷의 섬에는 은이 있다. 내 아들이 다스리는 나라에 배가 없으면 좋지 않을 것이다'라고 말하고, 얼굴에 있는 수염을 뽑아 뿌렸더니 곧 삼나무가 되었다. (…중략…) 그 후 스사노오는 구마나리노타케에 머물다가 마침내 네노쿠니根國로 들어갔다." 연민수 외, 『역주 일본서기』

이미 중세의 각종 불교서적에서 확인된다. 가마쿠라시대에 편찬된『석일본기釋日本紀』,『사문전기보록寺門傳記補錄』에 소시모리의 위치를 묻는 내용, 스사노오와 신라의 관계에 대한 언급이 나온다. 무로마치시대에 저술된『신서문진神書聞塵』은 스사노오가 내려갔다는 곳을 신라로 확정하고 있다.[9] 특히『신서문진』은 스사노오, 중국의 반고盤古, 인도의 금비라金毘羅, 마다라摩多羅가 모두 동일한 신이라고 설명하는데, 이처럼 스사노오는 불교적 세계관 속에서 모든 '이국신異國神'을 지칭하는 이름으로 인식되었다.[10] 달리 말해 스사노오는 일본을 불교적 보편성에 매개시켜주는 존재였던 것이다.

근세에 들어서면 스사노오 신화의 해석은 유교적 세계관을 중심으로 이루어지게 된다. 유교를 지배 이데올로기의 중심으로 내세웠던 에도막부는 일본 근세유학의 시조이자 조선의 유학자 강항과도 교류했던 후지와라 세이카藤原惺窩를 적극 활용하고자 했다. 세이카는 이를 거절하고 제자 하야시 라잔林羅山을 추천, 이후 라잔의 후손들인 린케林家가 에도막부 문교정책의 헤게모니를 쥐게 된다. 라잔의 셋째 아들로서 린케를 계승한 가호鵞峰는 에도막부의 역사서편찬을 담당했던 미토번水戸藩 2대 번주 도쿠가와 미쓰쿠니德川光圀의 명을 받아 1667년 조선의 사서『동국통감』을 번각한다. 서문에서 가호는 조선의 간략한 역사와 간행의 경위를 설명하면서 다음과 같이 말한다.

　　1, 동북아역사재단, 2013, 166~169쪽.(일부 개역)

9　권동우,「일제강점기 부여신도 관념의 형성 과정에 대한 연구」,『충청문화연구』18, 충남대 충청문화연구소, 2017, 167~170쪽.

10　山本ひろ子,『異神』, 平凡社, 1998; 斎藤英喜,『荒ぶるスサノオ, 七変化』, 吉川弘文館, 2012; 鈴木耕太郎,「「中世神話」としての牛頭天王」, 立命館大学 博士論文, 2017.

태고에 단군이 나라를 열었다. 중화에서 들어와 나라를 다스린 것은 기자를 시초로 한다. (⋯중략⋯) 신공황후 정벌 이래 삼한이 모두 복속했다. 본조(本朝)에 조공하지 않아서 일본부를 두고 그들의 왕자를 인질로 두었다. (⋯중략⋯) 우리 국사로 이를 말하면 한향(韓郷)의 섬 신라국 또한 스사노오가 경력(經歷)한 곳이다. 스사노오의 웅위(雄偉)에 박혁거세, 주몽, 온조가 미치지 못한 점으로 미루어 보아 삼한의 일조(一祖)로 여겨도 될 것이다.

위 인용문은 훗날 등장할 일선동조론의 기본적인 서사를 예고하며, 몇몇 선행연구에서도 일선동조론의 근세적 모델로 종종 언급되었다. 그런데 가호가 조선의 사서 『동국통감』을 번각한 것은 막부가 편찬할 정사 『본조통감本朝通鑑』을 기술하는 데 참고로 삼기 위해서였다. 1670년부터 간행되기 시작한 『본조통감』 전310권 중, 신화의 시대를 다루고 있는 전편前編을 보면 가호의 서문과 마찬가지로 스사노오가 신라국 소시모리로 건너갔다거나 구마나리노타케에 머물렀다는 『일본서기』의 기사가 거의 그대로 인용되고 있음을 알 수 있다.

여기서 주의할 것은 일선동조론적 기술의 선례로 거론되는 가호의 서문이 이른바 '통감의 동아시아'[11]라는 역내 공통의 역사인식 안에서 저술되었다는 점이다. 즉 일본과 조선의 관계에 관한 유학자 가호의 기술은 중국의 『자치통감資治通鑑』(1065), 조선의 『동국통감』(1485), 일본의 『본조통감』(1670)으로 이어지는 이른바 환동아시아적 역사관의 일환을 이루는 것이었다. 그렇다면 가호의 기술은 조선에 대한 일본의 우위를

---

11 金時德 · 濱野靖一郎 編, 『海を渡る史書─東アジアの「通鑑」』, 勉誠出版, 2016.

강조한다기보다 일본의 역사를 동아시아적 보편성 안에 자리매김하기 위한 작업의 하나였다고 간주할 수 있다.

이와 같은 인식은 아라이 하쿠세키의 저작에서도 확인된다. 일본어와 조선어가 같은 계통에 속한다는 주장을 한 것으로도 유명한 하쿠세키는 일본의 사학사에서 대단히 중요한 위치를 차지하고 있다. 그것은 하쿠세키가 당대 지식인 사회에 통용되던 전통적 인식, 즉 일본의 신화나 고대사를 사고의 영역 밖에 두려는 관점을 부정하고 이를 역사적 해석의 대상으로 다루려는 태도를 처음으로 보여주었기 때문이다.[12] 하쿠세키는 일본의 황통을 무시하고 그 기원을 하夏의 소강小康이나 오吳의 태백太伯에서 찾는 자세를 비판하면서 아래와 같이 논한다.

천제(天帝)가 사람들에게 성(誠)을 내려주는 바, 어떤 땅에서는 신성이 태어나지 못하는 경우가 있을까? 사람들이 말하는 것처럼 반드시 중국에서만 성인이 태어나고 인도에서만 부처가 태어난다는 법은 없으며, 혹은 그 사정을 신비한 것으로 여기고 이를 감추는 일은 — 천자의 전통을 존중하기 위해서일지도 모르지만 — 민중을 우매하게 보는 태도에 다름 아니다. 스스로를 존대(尊大)한 것으로 포장하는 일은 진(秦)이 겨우 두 세대 만에 망해버린 이유이기도 하다. 누구나 밝은 하늘을 우러러본다. 그러나 하늘이 하늘인 이유는 성인조차도 쉽게 알 수 있는 것이 아니다. 그것이 신비로운 비밀이라서 알기 어려운 것이 아니다. 우리나라의 황통이 천지와 함께 유구한 이유도 그것이 신비하고 비밀스러워서가 아니다.[13]

---

12 工藤雅樹, 앞의 책, 419쪽.
13 新井白石, 「古史通」, 1716(桑原武夫 編, 『日本の名著』 15, 中央公論社, 1969, 260쪽에서 재인용).

위 인용문에서 하쿠세키는 일본의 황통에 관한 두 가지 시각을 거부하고 있다. 하나는 중국과 인도에 비해 일본의 황통을 낮추는 시각, 또 하나는 황통을 신비하고 존대한 것으로 포장하고 이를 인식 바깥의 세계에 남겨두는 시각이다. 하쿠세키는 이와 같은 관점에서 여러 저작을 통해 일본 신화의 '역사화'를 시도한다. 훗날 근대역사학을 태동시키는 제국대학의 교수들은 물론, 지금까지 일본의 많은 역사가들이 하쿠세키를 높이 평가하는 가장 큰 이유는 바로 이 '역사화'의 사유에 있다.

이처럼 하쿠세키에게 일본의 신화는 역내의 사상적 보편성을 분유하면서도 독립적으로 존재하는 것으로 인식되었다. 무엇보다 하쿠세키가 황통의 함의를 주변 국가들과의 관계 속에서 구축하는 점에 주목할 필요가 있다. 고대에 관한 "일본의 서적은 그 수가 적지만, 후한서後漢書 이래 다른 나라의 책에는 일본이 등장하는 경우가 많다. 우리가 이것들을 잘 음미하지 않고 그저 다른 나라의 그릇된 이야기로 치부하거나, 또 삼한三韓은 400년 이상 일본의 외번外藩이었기에 여기에도 볼 것이 많으나 마찬가지로 이를 고려하지 않고 단지 일본의 국사만을 강조하는 일은 일본의 처음과 끝을 꿈속의 꿈에서 논하는 것과 같다"고 주장하고, "조선의 해동제국기에 일본의 연호 및 오랜 과거의 사실이 일일이 적혀 있는데도 일본 사적에 보이지 않는다면서 참고하지 않는다"는 비판에서 하쿠세키 역사방법론의 일단을 엿볼 수 있다.[14]

조선은 그 옛날 한지(韓地)에 스사노오가 강림했던 유서 깊은 곳이다. 나

---

14 羽仁五郎, 「新井白石」, 1929(『羽仁五郎歷史論著作集』 3, 青木書店, 1967, 149쪽에서 재인용).

중에 삼한이 복속했을 때 칙명을 내려 우리나라의 신을 제사 지내도록 했던 사실이 기록에도 있으며(「흠명천황기(欽明天皇紀)」를 보라), 지금도 비슷한 풍속이 남아 있다. 전혀 이상한 일이 아니다. 그것보다도 마한의 제사에서 영고(鈴鼓)가 사용되었던 풍습 등은 대체 어디에서 유래하는가를 묻는 일이 더 중요한 문제다. 우리나라에서 조선 남부로 건너간 것일까? 조선 남부에서 우리나라로 건너온 것일까? 아니면 동방의 습속이 우연히 동시에 생겨난 것일까?[15]

나는 일찍이 한과 위의 옛 사서를 읽고 우리나라는 마한에서 비롯된 것이 아닐까라는 의문을 품은 적이 있다. (…중략…) (『위지』「동이전」에) "여러 나라가 각각의 마을로 나누어져 있었다. 이를 소도(蘇塗)라 불렀다. 큰 나무를 세우고 영고를 걸어 귀신을 모셨다. 사람들이 그 안으로 도망쳐 들어가면 그를 내쫓지 못했다. 소도를 세운 것은 부도(浮屠)(사탑을 말한다)와 닮았다"는 기술이 있다. 이 소도란 스사노오가 강림했다는 신라의 소시모리였을 것이다.[16]

오구마를 비롯한 여러 선행연구는 이러한 하쿠세키의 언급들을 단지 일선동조론의 초기적 형태로 소개하는데 그치는 경우가 많다. 하지만 앞서 논한 하쿠세키의 '역사화'의 사유, 그러니까 동아시아 세계 속에 일본사를 확립시키려는 그의 역사방법론을 염두에 두고 위의 인용문을 다시 읽으면 문제가 그리 간단치 않다는 점을 알 수 있다. 하쿠세

---

15 新井白石, 「古史通或問」, 1716(桑原武夫 編, 앞의 책, 277쪽에서 재인용).
16 위의 책, 277~278쪽.

키에게 일선동조론이란 어떤 의미에서 일본사가 성립하는 데 필요한 보편성을 제공해주는 지렛대이기도 했다.

2) '히노카미' 논쟁과 일선동조론 계보의 분기

중세의 불교서적에서 하쿠세키에 이르기까지 일선동조론적 언술은 일본을 동아시아적 보편성의 세계로 진입하게 해주는 하나의 통로로 기능했다. 일선동조론의 발상은 일본이 동아시아의 시공간을 공유한다는 사유를 뒷받침하기에 매우 적합했기 때문이다. 1781년 교토의 유학자 도 데이칸이 저술한『충구발衝口発』은 이와 같은 세계관을 가장 멀리까지 밀고 나간 작품이었다. 데이칸은 이 책에서 일본의 기원과 역사, 풍습 등을 전부 16개 강목으로 나누어 설명하는데, 서문에는 다음과 같은 내용이 적혀있다.

> 일본 상고(上古)는 천신(天神) 7대, 지신(地神) 5대로 이루어지며 국사 이하의 책에서는 이를 신대(神代)라 부른다. 진무기(神武紀)는 신대가 1,792,470여 년에 달한다고 하는데, 이는 따져 볼 가치도 없는 이야기다. 천신 7대란 이름뿐이며 실체가 없다. 지신 5대의 시초는 중국 서한에 해당한다. (『동국통감』에서 말하길―인용자 주) 진한(辰韓)은 진(秦)의 유민이고 스사노오는 진한의 왕이다. (…중략…) 진무천황(神武天皇) 신유(辛酉) 원년은 주혜왕 17년에 해당한다. 주혜왕 시대에는 아직 진한, 마한이 없었을 것이다. (…중략…) 짐작컨대 진무천황 원년 신유는 후한(後漢) 선제(宣帝) 신작(神爵) 2년 신유로서 (…중략…) 그렇다면 (진무천황 원년은) 주혜왕 17년 신유보다 600년 뒤가 되어야 한다. 이렇게 600년을 더해야만 삼국의 연기(年紀)에 부합한다. 이

점은 사기(史記)에 조선전(朝鮮傳)은 있어도 일본전은 없다는 사실에서도 추측할 수 있다. 한서(漢書)에도 없다.[17]

『일본서기』는 진무천황이 즉위한 시점을 기원전 660년 신유로 기록하고 있는데, 데이칸은 이를 무시하고 주나라 혜왕 및 진한, 마한 등과의 교차검토를 통해 진무천황 원년을 600년 뒤로 끌어내린다. 이와 같은 데이칸의 주장은 일본 근대역사학의 분수령으로 평가받는 메이지 이후 '기년논쟁'의 핵심적인 내용이 된다. 자세한 내용은 뒤에서 다시 다루기로 하고, 여기서는 서력을 채택한 메이지정부가 『일본서기』의 내용에 따라 기원전 660년을 제1대 천황인 진무천황이 즉위한 해로 지정했다는 사실만을 지적해 둔다. 주목할 점은 데이칸이 일본의 기년을 조선 및 중국 사서와의 비교를 통해 추정한다는 점이다. 이것은 하쿠세키와 마찬가지로 일본의 역사를 동아시아 세계 속에 위치시키는 작업의 일환이었다. 아래에 『충구발』 각 강목의 내용 중 흥미로운 부분을 발췌하여 소개한다.[18]

② 언어 : 일본의 언어는 십중팔구 상대(上代)의 한음(韓音)·한어(韓語)거나 중국의 음이 바뀐 것이다.

③ 씨성 : 일본의 모든 성은 본디 삼한의 관명 및 그 언어에 뿌리를 두고 있는 것이 많다.

---

17 藤貞幹, 『衝口発』(1781), 鷲尾順敬 編, 『日本思想鬪争史料』 4, 名著刊行会, 1969, 258~259쪽.
18 『충구발』에 대한 보다 상세한 소개는 강석원, 「『衝口発』 小考」, 『일어일문학연구』 37, 한국일어일문학회, 2000 참조.

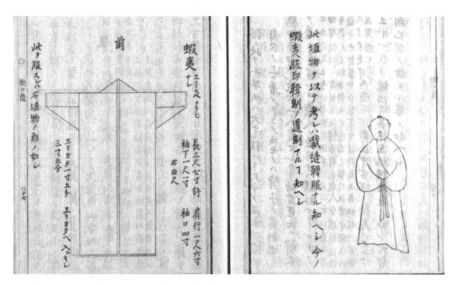

〈그림 1〉 고대 일본의 재봉은 모두 한복이며 현재는 에조(蝦夷)에 그 풍습이 남아 있다는 내용이 적혀 있다.

④ 국호 : 일본이라는 국호는 당나라 이전의 기록에 보이지 않는다. 『동국통감』에 의하면 신라 문무왕 11년 8월에 왜(倭)가 국호를 일본으로 바꾸었다는 기록이 나오는데, 문무왕 11년은 덴치천황(天智天皇) 9년, 당나라 고종의 함형(咸亨) 원년에 해당된다. 따라서 고대의 일본이라는 글자는 모두 추기(追記)된 것이다.

⑧ 의복 : 오진천황(應神天皇) 때 백제가 봉녀(縫女) 2명을 보낸 후 비로소 군신 모두 한복(韓服)을 입게 되었으나 서민은 벌거숭이나 다름없었다. 그후 조정은 복제를 우임(右衽)으로 바꾸었지만 서민은 여전히 좌임(左衽)이었다. 당시 서민의 옷은 한복이었다. 제복(祭服)도 예전에는 한복이었다.

⑩ 제사 : 아마테라스(天照大神)가 북으로 자상(刺傷), 붕어한 옥석굴(玉石窟) 앞에서 무녀가 창을 들고 춤을 추었는데, 이것은 진한에서 전래된 무속으로서 신을 제사 지내는 고속(古俗)이다. 신리(神籬)는 신사(神祠)를 가

리키며 이를 비모려기(比毛呂岐)라고 읽는데 원래 신라의 말이다.

⑪ 박수(拍手) : 고대에는 박수로 예를 표했다. 훗날 조정이 여는 연회에 번객(蕃客)이 있어서 그만두게 되었는데, 그 이유는 박수가 한속(韓俗)이기 때문일지 모른다.

⑫ 와카(和歌) : 스사노오의 '야쿠모노우타(八雲の詠)'가 일본와카의 시초다. 추측컨대 스사노오가 불렀으므로 문자는 모두 진한의 말일 것이다. 백제의 왕인이 일본에 와서 '나니와즈노우타(難波津の歌)'를 불렀다. '야쿠모노우타'와 글자 수가 같다. 글자의 많고 적음을 떠나서 노래는 한의 고속임이 분명하다. 신대(神代) 이래의 습속은 한속의 기어(綺語)였다.

⑭ 국사 : 일본기(日本紀)를 읽으면 일본의 문물이 마한·진한에서 시작되었고, 여기에 변한(弁韓)의 것도 섞여 있음을 알 수 있다. 이를 깨닫지 못하고 읽으면 이해하기 어렵다. 예로부터 한에서 문물이 일어났다는 사실을 숨기고 있지만 사람들은 이를 모른다. 무엇이든 이 나라가 열린 다음에 생겨났다고 생각하는 탓에 한의 언어를 와쿤(和訓)으로 읽게 되었고, 끝내 그 본뜻을 이해할 수 없게 되었다.

데이칸의 주장은 명확하다. 일본이라는 나라가 열린 이후 존재했던 대부분의 문화가 한반도에서 건너왔다는 것이다. 특히 마지막 강목인 '제도'에 흥미로운 언급이 보인다.

개벽 이후, 위로는 스사노오 아래로는 오나무치(大己貴命)로부터 모든 것이 비롯되었다. 사물, 언어, 모두가 한속이었다. 진무천황이 발흥한 이후로도 이와 같은 풍속은 그대로였다. 오진천황 시대에 백제에서 아직기, 왕인 등이 건너와 문자를 알려주었고 처음으로 중국과 연결되었다. 흠명천황 시대에는 백제에서 불교가 전래했다. (…중략…) 고토쿠천황(孝德天皇)이 처음으로 고풍을 버리고 율령을 제정했다. 일본기는 이를 이르러 신도(神道)가 쇠퇴했다고 적고 있다. 덴치천황은 당나라의 제도와 문물을 가져왔고, 결국 700여 년에 이르는 한풍(韓風)이 물러나게 되었다.[19]

데이칸은 일본이 개벽한 이래 모든 것이 '한속'이었는데 7세기 중엽 다이카개신大和改新을 추진한 고토쿠천황과 당나라의 제도를 받아들인 덴치천황에 이르러 '한풍'이 밀려났다고 한다. 흥미로운 사실은 그가 중국의 제도와 문물이 본격적으로 수입되기 이전의 상태를 '신도'로 표현한다는 점이다. 데이칸의 논리를 따르자면 신도는 한반도에서 건너온 것이 된다. 신도를 한속, 한풍의 다른 이름으로 여기는 유학자 데이칸의 태도는 후술할 제국대학 국사과 교수 구메 구니타케久米邦武 신도론의 인식론적 기초가 된다.

『충구발』은 그 제목이 암시하듯이 하쿠세키 등 이전 세대의 유사한 인식에 비추어 보아도 상당한 급진성을 띠고 있었다. 비록 그 저변에는 당대 지식인들이 공유하던 환동아시아적 사고가 깔려있었지만, 한편으로 『충구발』은 '사람을 현혹하고' '호기심벽을 드러낸' 문제적인 저작으로 인식되었다.[20] 다만 데이칸은 위 인용문의 다음 구절에서 '한풍'을 몰아낸 덴치천황을 '일본중흥의 왕'[21]으로 높게 평가하고 있으며, 텍스

---

19 藤貞幹, 앞의 책, 258~259쪽.
20 강석원, 앞의 글, 349쪽.
21 藤貞幹, 앞의 책, 259쪽.

트 전체를 보아도 고의적으로 황통을 훼손시키려는 의도는 딱히 찾기 힘들다. 개벽 이래 모든 사물과 언어가 한속이었으며 신도의 기원도 여기서 찾을 수 있다는 그의 주장은 지역적 보편성을 당위로 여기는 사고의 연장선 위에 존재하는 것이었다. 데이칸에게 역내의 보편성과 일본의 황통은 서로 충돌하는 것이 아니었다. 굳이 말하자면 그의 일선동조론적 사유는 일종의 아시아주의에 가까운 것이었다.

그러나 데이칸의 이러한 태도는 국학자國學者이자 일본내셔널리즘의 시초라 불리는 모토오리 노리나가의 분노를 불러일으켰다. 노리나가는 1785년 『겸광인鉗狂人』을 저술하여 일본의 고대를 폄훼하고 불경한 논리를 펼치는 '광인' 데이칸의 입에 자물쇠를 채우겠다고 나섰다. 여기에 유학자 우에다 아키나리가 『겸광인 우에다 아키나리 평鉗狂人上田秋成評』을 쓰고 다시 노리나가가 『겸광인 우에다 아키나리 평 동변鉗狂人上田秋成評同弁』을 써서 논박한 것이 유명한 '히노카미' 논쟁이다. 일선동조론과 관련해서 주목할 점은 노리나가가 데이칸을 반박하는 논리다.

노리나가는 우선 100만 년이 넘는 신대의 시간을 부정하는 데이칸의 논리에 대해 "신대의 전설은 모두 대단히 신묘하며 범상치 않은 사리에 속하기 때문에 사람들이 믿는 것"이라며, 이를 '오늘날의 사리로 따져서는' 안 되며 '한적漢籍의 뜻'에 현혹되어서도 안 된다고 말한다. 신대의 일이란 "인간의 작은 지식으로 헤아릴 수가 없는 것"이기 때문이다.[22] 그리고 "진한은 진의 유민이고 스사노오는 진한의 왕이다"라는 데이칸의 주장을 아래와 같이 비판한다.

---

22 本居宣長, 『鉗狂人』(1785), 鷲尾順敬 編, 앞의 책, 262~263쪽.

우리 황국을 진나라보다 뒤쳐진 것으로 보고, 또한 모든 것이 한(韓)에서 시작되었다는 것이 논자의 주된 요지다. 그런데 스사노오가 진한의 왕이었다는 주장에는 근거가 없다. 아마 신대기에 보이는 스사노오가 신량(新良)에 내려갔다는 기술을 근거로 삼는 것 같다. 그는 신량을 진한으로 간주하는데 커다란 오류다. (…중략…) 신라는 변한을 가리키는 것으로 진한이 아니다. 따라서 스사노오와 진한 사이에는 아무런 관계가 없다. 논자는 상고의 전설을 부정하고 새로운 설을 주장하기 위해 근거 없는 이야기를 하고 있다.[23]

데이칸 주장의 핵심인 '스사노오 = 진한의 왕'을 끊어놓기 위해 노리나가는 "신묘하며 범상치 않은 사리"와 함께 이른바 '문헌학적 고증'의 자세를 동시에 취한다. 데이칸의 일선동조론적 논리의 토대를 전면적으로 공격하는 것이다. '히노카미' 논쟁을 분석한 권동우는 삼한과 스사노오를 역사적으로 연결시키는 데이칸에 대항하여 노리나가가 이 역사적 연결고리를 끊고자 했음을 지적하고, 근대 이후 데이칸의 논리가 '일선동근론' 등으로 이어져 간다고 논한다.[24] 일본내셔널리즘을 상징하는 국학자 등의 논의에서 일선동조론의 기원을 찾아 왔던 기존의 통념을 바꾸는 중요한 지적이다. 그런데 노리나가는 '스사노오 = 진한의 왕'이라는 주장을 비판한 것이었지, 일본과 조선의 가까운 관계를 전부 부정한 것은 아니었다.

---

23 위의 책, 268 · 270쪽.
24 권동우, 「근세 중기 일본 지식인의 삼한인식 연구」, 『원불교사상과 종교문화』 67, 원광대 원불교사상연구원, 2016, 228~237쪽.

옛날 한(韓)의 나라들은 대부분 황국에 복속했고 항상 왕래하였으므로, 이쪽과 저쪽에 서로 오래 머무는 사람이 많았다. 언어뿐만 아니라 의복, 기재, 풍속 등도 이쪽에서 저쪽으로 전해진 것이 많다고 보인다. 이것을 반대로 저쪽에서 이쪽으로 왔다고 하는 것은 깊이 생각하지 못한 까닭이다.[25]

황조 사람들의 성시(姓尸)는 모두 황국의 지명 혹은 그 관직에서 따온 것이지 한의 관명을 취한 것은 하나도 없다. (…중략…) 고려의 관명도 그렇다. 혹시 이쪽의 것을 취한 것인지 모른다.[26]

모든 의복은 어느 나라건 대개 서로 비슷하다. 저절로 한과 닮은 것일 수도 있고 혹은 한이 우리의 것을 배워갔을지도 모른다.[27]

노리나가는 일본의 문물과 제도는 모두 스스로 태어난 것이라 줄기차게 주장하면서, 이것들이 오히려 일본에서 한반도로 건너갔을 가능성을 제기한다. 황통의 순결성을 지키면서도 조선과의 관련성 그 자체는 부정하지 않는 오늘날 일반적으로 잘 알려진 일선동조론의 기원을 여기서 찾을 수 있다. 지역적 보편성의 사고를 일본 황조의 일방적인 우위로 전환시키는 노리나가의 논리는 분명 데이칸의 아시아주의적 발상과는 그 결을 달리한다는 점을 지적해둔다.

---

25 本居宣長, 앞의 책, 287쪽.
26 위의 책, 289~290쪽.
27 위의 책, 297쪽.

3. 일선동조론과 근대역사학

'히노카미' 논쟁 이후에도 가령 반 고케이伴蒿蹊나 스사노오를 제사 지 냈던 교토 기온사祇園社 등을 중심으로 일선동조론적 담론은 지속적으로 등장했다. 그러던 와중에 19세기 이후 일본이 기존의 조공책봉체제라는 역내 질서에서 탈피하고 만국공법이 상징하는 주권국가간 조약체제로의 편입을 기도하던 시점에 이르면, 일선동조론은 본격적으로 정치와 역사학의 중심무대에 오르게 된다.

1) 7번째 정사와 일선동조론

메이지유신 이듬해인 1869년 신정부는 천황의 '수사의 조修史の詔'를 통해 왕정복고에 따른 정사편찬을 명한다.

> 수사는 만세불후의 대전(大典)이자 조종(祖宗)의 성과임에도 불구하고 이것이 삼대실록(三代実録) 이후 단절되고 말았음은 커다란 궐전(闕典)이 아닐 수 없다. 지금 가마쿠라 이후 무문정권의 폐해를 혁신하고 정무를 진흥하기 위해 사국(史局)을 열어 조종의 방촉(芳躅)을 계승함으로써 문교를 천하에 크게 시행할 것이다.[28]

천황의 '수사의 조'는 가마쿠라 이후 막부가 편찬한 사서의 정통성을 모두 부정하고 고대 율령국가가 편찬했던 '6국사六国史'를 잇는 7번째 정

---

28 史学会 編, 『史学会小史』, 冨山房, 1939, 3쪽.

사편찬을 지시한다. 『삼대실록』은 여섯 개의 정사(『일본서기』, 『속일본기』, 『일본후기』, 『속일본후기』, 『몬토쿠천황실록』, 『삼대실록』) 중 가장 마지막에 편찬된 역사서였다. 도쿄 구단자카우에九段坂上에 있던 화학강담소和学講談所에 '사료편집 국사교정국'이 설치되었고 본격적인 정사편찬사업이 시작되었다. 이후 태정관 정원 역사과太政官正院歷史課에서 이루어지던 정사편찬사업은 수사국修史局, 수사관修史館, 임시수사국臨時修史局을 거쳐, 내각제도 성립 이후 제국대학 임시편년사 편찬계臨時編年史編纂掛로 이관된다.

그런데 이 과정에서 수사의 방침 및 내용을 둘러싸고 국학자와 유학자 사이에 내부갈등이 벌어졌다. 그 배경에는 제국대학 내 국사연구의 주도권을 잡기 위한 양측의 경쟁이 있었다. 지금까지는 주로 합리적 실증을 중시하던 유학자 계열의 태도가 국학자 계열의 국수주의와 다툼을 빚었던 점, 한문 서술을 고집한 유학자들의 시대착오적 발상 등이 충돌의 원인으로 흔히 지적되곤 했다. 최근에는 도쿄대학 사료편찬소의 데이터베이스화 작업이 진행되면서 정사편찬을 둘러싼 새로운 사실들이 조금씩 드러나고 있다.[29] 그러나 당시 국학자와 유학자의 갈등이 위에서 논했던 '히노카미' 논쟁을 재연하고 있던 점, 나아가 그 중심에 일선동조론을 둘러싼 해석의 경합이 존재했다는 사실은 거의 알려지지 않았다.

수사국의 주도권을 잡은 것은 유학의 흐름을 잇는 제국대학 '국사과'(1889년 설치)의 교수들이었다. 7번째 정사 『대일본편년사大日本編年史』의 편찬사업을 담당하게 된 시게노 야스쓰구重野安繹, 구메 구니타케, 호시노 히사시星野恒에게 주어진 과제는 크게 두 가지였다. 우선 '수사의 조'에서 '정사'로 지

---

29 가령 松沢裕作 編, 『近代日本のヒストリオグラフィー』, 山川出版社, 2015; 마ー가렛 ·
    메ー루, 千葉功 · 松沢裕作ほか 訳, 『歷史と国家』, 2017 등을 참조.

정된 '6국사'의 정신을 계승하는 것, 그리고 서구 근대역사학의 방법론을 도입하는 것이었다. 이는 다시 말해 천황의 역사를 과학적으로 서술하는 일을 뜻했다.

시게노는 1870년 마틴의 『만국공법』을 중역했으며, 이듬해 구메는 이와쿠라사절단의 일원으로 서구 각국을 돌아보았다. 1875년에 그들이 내놓은 『일본사략』은 '천황세차天皇世次'에 따라 "국사에 나타나는 제도, 학예, 민업, 풍속, 물산 등 사물의 기원과 연혁을 기술"하는 것에 중점을 두었는데,[30] 이는 서양식 역사서술을 추구하던 시게노의 지론이 반영된 결과였다.[31] 시게노는 다음과 같이 논한다.

> 고증이란 다양한 것을 조합하여 증거를 가지고 분석함을 말한다. 서양학문에서는 연역과 귀납으로 나누어진다고 하는데, 고증이란 즉 귀납을 가리킨다. (…중략…) 사학도 마찬가지로 갑의 증거를 을과 병의 증거와 조화시켜서 결론을 내리는 귀납에 따라야 한다. 그래서 나는 세상의 학문은 결국 귀납법, 곧 고증학에 이르게 될 것이라 생각한다.[32]

메이지정부는 이미 1878년 영국에 있던 스에마쓰 겐쵸末松謙澄를 통해 G. G. 제피에게 『역사과학The Science of History』의 서술을 부탁했고 이를 다시 나카무라 마사나오中村正直와 사가 쇼사쿠嵯峨正作에게 번역을 시킨 적이 있다.[33] 제피의 책은 그 제목에서도 알 수 있듯이 자연과학의 방법

---

30 重野安繹・久米邦武・星野恒, 『稿本国史眼』, 東京帝国大学蔵版, 1890, 1쪽.
31 重野安繹, 「国史編纂ノ方法ヲ論ズ」(1879), 『重野博士史学論文集』 上, 雄山閣, 1938.
32 위의 글, 39쪽.
33 辻善之助, 「本邦に於ける修史の沿革と国史学の成立」, 史学会 編, 『本邦史学史論叢』 上, 富

론(법칙과 인과관계의 중시)을 역사인식에 접목시킨 계몽주의 역사학의 계보에 속하는 것으로서, 시게노 등 당대의 역사학자에게 많은 영향을 주었다. 그 외에도 버클과 기조의 저작 등, 영국과 프랑스를 중심으로 한 계몽주의 역사학은 ― 1890년대에 제국대학 '사학과'를 통해 본격적으로 유입될 독일의 역사주의와 함께 ― 초창기 일본의 근대역사학을 성립시킨 중요한 요소 중 하나였다. 귀납법, 즉 자연과학적 실증을 중시하는 태도는 구메의 아래 문장에서도 확인할 수 있다.

> 서양의 학문을 개관해 보면 자연과학에서 발달했음을 알 수 있다. 연구방법은 자연과학자가 물질을 실험하던 방식을 중심으로 차차 넓어진 것이다. (…중략…) 오래된 기록이나 유물을 하나의 동력으로 보고 지리는 거리, 연월은 시간이므로 동력, 거리, 시간의 세 가지를 합치면 물체가 운동하는 리(理)에 부합한다. 역사적 사실 또한 물체의 작용으로서 물리법칙에 따라 움직이는 것이므로 자연과학적 방법을 그 표준으로 삼을 수 있을 것이다.[34]

과학적 역사방법론에 대한 그들의 믿음은 당시 일반민중 사이에서 높은 인기를 구가했던 『태평기太平記』의 역사서로서의 성격이 완전히 부정되었던 사실에서도 알 수 있다. 『태평기』는 천황가가 둘로 갈라졌던 남북조시대를 배경으로 남조 충신들의 삶을 장엄하게 그린 일종의 역사문학 작품이었다. 메이지정부는 막부의 지원을 받았던 북조가 아니라 이에 저항했던 남조를 추대하는 다양한 작업을 진행하고 있었다.

山房, 1939, 23~24쪽.
34 久米邦武, 「史学の標準」, 『史学会雑誌』, 1894, 5~9쪽.

제국대학 국사과의 교수들은 현실정치에 영합하지 않는 과학적 태도를 보여준 것이고, 오늘날까지 그들에 대한 역사학계의 평가는 호의적인 편이다.

문제는 이와 같은 과학적 태도와 천황의 역사를 어떻게 조화시킬 것인가라는 점에 있었다. 메이지유신 자체가 왕정복고를 가장한 정권획득의 성격을 가진다는 점, 그렇지만 한편으로 고대로의 회귀를 주장하면서도 서양열강과 같은 문명국을 지향한다는 서로 다른 두 가지 방향이 정부 내에 이율배반처럼 존재하는 상황은 이제 막 발달하기 시작한 일본의 근대역사학에 매우 큰 부담을 주었다. 황통의 신비를 어떻게든 과학적, 합리적인 역사서술과 조화시켜야 했던 것이다.

이와 같은 그들의 시도 앞에 나타난 첫 번째 장벽은 조선이었다. 주지하듯이 근대역사학은 근대 국민국가의 수립과 밀접한 관련을 지니며, 국사의 연구는 우선 국가의 기원을 설정하는 작업에서 시작한다. 그런데 일본국가의 시원을 장식하는 신대의 신화들 속에 국민사의 정초 자체를 일그러뜨리는 어떤 잡음으로서 한국 관련 기사들이 새겨져 있다는 모순은 결코 그냥 지나칠 수 없는 심각한 문제였다.

〈표 1〉[35]과 〈표 2〉[36]는 미야지마 히로시가 메이지 연간 조선관계 단행서적과 논문기사 수를 조사한 내용이다. 제국대학 임시편년사 편찬계가 설치되고 국사과가 설립된 1888년과 1889년을 기점으로 조선 관련 역사연구가 대폭 증가했음을 알 수 있다. 정사편찬사업이 제국대학으로 이관되는 시점과 맞물려 조선에 관한 역사연구가 크게 늘어난 일

35　미야지마 히로시, 『일본의 역사관을 비판한다』, 창비, 2013, 56~57쪽.
36　위의 책, 57~58쪽.

〈표 1〉 메이지 연간 조선관계 단행서적 수

분류	1868~1877	1878~1887	1888~1897	1898~1907	1908~1912	합계
총기(総記)	-	-	-	-	5	5
철학·종교	-	-	1	2	4	7
고고학	-	-	-	-	4	4
지지(地誌)·기행	16	18	51	62	60	207
역사	6	13	37	38	43	137
정치·행정·법률	8	18	23	31	55	135
경제	-	-	11	37	60	108
사회	-	-	-	-	8	8
교육	-	-	-	1	7	8
민속	-	-	-	-	7	7
예술	-	-	-	1	7	8
어학·문학	1	8	21	27	24	81
자연과학	-	1	2	17	10	30
농업	-	-	1	26	28	55
산업	-	1	14	81	56	152
토목·건축	-	-	-	3	5	8
광업	-	-	-	7	5	12
공업	-	-	-	5	5	10
합계	31	59	161	338	393	982

은 결코 우연이 아닐 것이다.

〈표 3〉[37]은 몇몇 목록을 참조하여 메이지 연간 조선관계 논문기사가 게재된 잡지와 그 숫자를 세어본 것이다. 정통학술잡지 중에서는 제국 대학 교수들을 중심으로 설립된 『사학회잡지』가 가장 많은 수의 조선 관계 논문을 싣고 있음이 확인된다. 근대 국민국가의 '국사'로서 일본사 가 주조되던 시기에 제국대학의 역사학자들이 조선이라는 존재에 대해

---

37 櫻井義之 編, 『明治年間朝鮮研究文献誌』, 書物同好会, 1941; 末松保和 編, 『朝鮮研究文献目録』(東洋学文献センター叢刊影印版五·六), 汲古書院, 1980 참조.

분류	1878~1887	1888~1897	1898~1907	1908~1912	합계
총기	1	8	21	367	397
철학·종교	-	1	8	367	376
고고학	2	11	47	701	761
지지·기행	6	25	81	483	595
역사	7	219	334	1,262	1,822
정치·행정·법률	-	4	15	1,126	1,145
경제	3	65	306	2,154	2,528
사회	-	12	91	1,883	1,986
교육	-	4	21	564	589
민속	2	6	14	443	465
예술	4	2	12	523	541
어학·문학	-	5	43	268	316
자연과학	1	17	48	714	780
농업	-	8	139	1,918	2,065
잠업·임업 축산업·수산업	-	32	160	816	1,008
토목·건축	-	5	16	459	480
광업	-	13	35	550	598
공업	-	3	32	689	724
합계	26	440	1,423	15,287	17,176

고심한 흔적이 엿보인다.

시게노와 구메, 호시노는 조선이라는 모순을 일선동조론을 통해 일본사의 황통 안에 집어넣는 방법을 택한다. 앞서 본『일본사략』을 바탕으로 제국대학 국사과의 교과서로 작성된『고본국사안稿本国史眼』을 그 대표적인 텍스트로 들 수 있다.『고본국사안』의 목적은 "'역사의 시작'은 창조신들에 의해 이루어진다"는 사유 아래 "국사와 신대사를 일치"시키는 한편, 황통이야말로 "역사를 가장 완벽하게 추출한 것"이라는

<표 3> 메이지 연간 조선관계 논문기사 잡지게재 수

잡지명	1878~1887	1888~1897	1898~1907	1908~1912	합계
『동경경제잡지』	6	64	75	12	157
『조선』	-	-	-	105	105
『태양』	-	13	61	30	104
『외교시보』	-	-	46	16	62
『사학회잡지 (사학잡지)』	-	24	21	12	57
『일청전쟁실기』	-	56	-	-	56
『국제법잡지』	-	-	17	33	50
『흑룡』	-	-	31	1	32
『한반도』	-	-	31	-	31
『동양경제신보』	-	-	21	5	26
『국학원잡지』	-	1	8	14	23
『동양시보』	-	-	7	16	23
『역사지리』	-	-	12	9	21
『지학잡지』	-	1	14	3	18
『해행사기사』	-	7	10	-	17
『국가학회잡지』	-	4	10	2	16
『동방협회보고』	-	14	1	1	16
『일한통상협회보고』	-	10	5	-	15
『경제시보』	-	-	5	7	12
『일청교전록』	-	9	1	-	10
『경제』	-	-	-	10	10

점을 증명하는 일에 있었다. 그리고 이러한 신화적 목적은 '연대기 형식'에 따라 '천황의 신원'을 — 그 자체의 초월성에서 구하는 것이 아니라 — '신성한 칭호 및 재위기간', '출생지나 능묘의 소재지', '모친', '황후의 이름' 등을 가지고 증명하고, 그 "존재근거를 '역사' 안에 자리매김하는" 실증적 역사연구를 통해 추동되었다.[38] 물론 당시의 실증연구는 유치한 수준에 머물러 있었으나, 중요한 것은 그들이 황통을 과학적으로

인식하려는 태도를 보여주었다는 사실에 있다. 이는 신비로운 신화를 합리적으로 해석하고자 했던 과거 하쿠세키의 시도를 근대역사학의 힘으로 재현하는 작업이었고, 이 과정에서 스사노오 및 신공황후의 전설과 관련된 일선동조론은 황통의 빛나는 위엄을 드러내는 역사로 흡수되었다.

하지만 조선 관련 기사를 일본사 안에 집어넣는 일은 대단히 위험한 상황을 초래할 수 있었다. 가령『고본국사안』의 다음 구절을 보자.

> 막내아들 스사노오노미코토에게 해원(海原)을 알려주었다. 해원은 가라쿠니(韓國)를 가리킨다. (…중략…) 오쿠니누시노미코토를 낳고 가라쿠니에 갔다. (…중략…) 이나히노미코토는 죽은 어머니의 나라(妣ノ國) 해원에 건너가 신량(新良)의 국조가 되었다.[39]

일선동조론에 입각한 위 인용문의 기술은 한국을 어머니의 나라로 묘사하고 있다. 이러한 표현들은 정사편찬의 주도권을 두고 경합하던 국학자 및 신도가의 좋은 공격거리였다. 그들은 국사과의 교수들이 천황가의 신성한 역사에 불순물을 섞는다며 비판을 계속하고 있었다. 여기에 구메와 호시노 등이 적극적으로 대응했다. 구메는 1889년에 발표한 「일본폭원의 연혁」에서 신대와 조선의 관계를 단절시키는 노리나가의 논의를 강하게 비판하고 "해원은 고금 조선지방의 총칭이 분명하다"고 단언한다.[40] 노리나가의 '개찬변이改竄変移', '견강牽强'의 논리와 자신

38 ジェームス・E・ケテラー,『邪教/殉教の明治』, ぺりかん社, 2006, 270~272쪽.
39 重野安繹・久米邦武・星野恒, 앞의 책, 2쪽.

의 역사학적 방법을 구분하는 구메는 일본과 조선은 예전부터 연합관계를 맺어왔으며, "삼한이 분열하여 일본과의 연합이 깨진" 이후에도 "친밀하게 왕래하는 국민"으로서 '이해'를 공유했다고 주장한다.[41] 곧 '일본폭원'에 조선을 포함시켜야 한다는 것이다.

> 나라의 경계선은 산과 바다로만 정해지지 않는다. 일본의 폭원이 먼 옛날부터 지금과 같았다고 생각하는 것은 역대 군상(君相)의 고심을 고려하지 않는 일이라는 점을 국사를 읽는 자들은 항상 명심해야 할 것이다.[42]

호시노는 구메보다도 한층 강력한 일선동조론을 펼쳤다. 1890년에 발표한 「우리나라의 인종언어에 대한 미천한 생각을 논하여 세상의 진심 애국자에게 묻는다」에서 호시노는 우선 데이칸과 노리나가의 논쟁을 소개한다. 그리고 "노리나가 씨의 입장을 지지하는 사람들은 국체황통이라는 방패 뒤에 숨어 사실고증의 여하를 묻지 않는다"며 "사실의 밝은 빛을 영원 속에 묻어두어서는 안 된다"고 주장한다. 이어서 "사실을 정확하게 파악하고 그 곡절을 명시하면 반대자라 할지라도 동의할 날이 올 것"이라며 과학적 역사학의 힘을 강조한다.[43] 그가 내린 결론은 다음과 같다.

---

40 久米邦武, 「日本幅員の沿革」, 『史学会雑誌』 1, 1889, 16~20쪽.
41 위의 글, 19~20쪽.
42 久米邦武, 「日本幅員の沿革」, 『史学会雑誌』 3, 1890, 10쪽.
43 星野恒, 「本邦ノ人種言語ニ付鄙考ヲ述テ世ノ真心愛国者ニ質ス」, 『史学会雑誌』 11, 1890, 17~18쪽.

우리들은 일찍이 일본의 고적에 등장하는 일한교섭 부분을 조사했다. 그리고 두 나라는 원래 일역(一域)으로서 경계를 가지지 않으며, 서로 다른 나라로 갈라진 것은 덴치천황 이후라는 견해를 얻었다.[44]

18세기 데이칸의 주장이 거의 동일하게 반복되고 있음을 알 수 있다. 호시노는 각종 증거를 들어가며 '황조'가 한반도와 깊은 관련을 가지며, 조선과 일본은 종족과 언어가 동일함은 물론 그 밖의 모든 점에서 같은 나라가 확실하다고 역설한다. 그럼에도 불구하고 "그들의 인종 및 언어가 우리와 같다고 말하면 국체를 더럽히고 애국심이 없다"는 비판을 받는 풍조를 한탄하며, 진정한 애국자라면 '한토韓土'가 '우리의 옛 영토'라는 사실, 그리고 이를 통해 "수천 년에 걸쳐 사람들의 마음에 깊이" 스며든 '황조의 대어심大御心'을 깨달을 것이라 강변한다.[45]

이처럼 구메와 호시노가 일선동조론을 주창하던 시기는 강화도사건(1875)과 조일수호조규(1876), '탈아론'의 등장(1885), 육군참모본부의 광개토왕비 조사(1883~1889) 등이 이루어지던 시점이었다. 또한 청일전쟁(1894)을 목전에 둔 시점이기도 했다. 근대 일본이 그려나간 제국주의적 궤적과 발을 맞추어 일선동조론이 역사학계의 전면에 부상한 것이다. 여기서 주의할 점은 제국대학 국사과 교수들이 조선을 비롯한 아시아와의 관계 속에서 7번째 정사가 될 일본사를 구상했다는 점이다. 조공책봉체제에서 주권국가간 조약체제로의 전환이라는 동아시아의 세계사적 전환기에 일선동조론의 아시아주의적 측면이 근대역사학의 미명

---

44 위의 글, 18쪽.
45 위의 글, 40~42쪽.

아래 제국일본의 침략과 팽창을 지탱하는 식민지주의 이데올로기의 전위로 변질되었음을 알 수 있다.

2) '기년논쟁'과 일선동조론의 패배

구메와 호시노가 이른바 '기년논쟁'에서 나카 미치요那珂通世의 편에 섰던 일은 이 점을 잘 보여준다. 동양사학의 선구자로 잘 알려진 나카는 1878년 「상고연대고」를 집필하고 이를 증보한 「일본상고연대고」를 10년 뒤인 1888년에 미야케 요네키치三宅米吉가 주재하던 상업 잡지 『문文』에 전재한다. 나카의 논고는 『일본서기』의 기년을 확정하려는 목적에서 서술된 것이었는데, 이것이 당대 사학계에 커다란 반향을 불러일으켰다. 그 중심에는 "진무천황의 시대를 지금으로부터 2천5백여 년 전으로 상정하고 의심하지 않는" 자세, "고전을 맹신하거나 칙선勅撰 국사에 대한 비평을 꺼리는" 일에 관한 나카의 비판이 있었다.[46]

나카는 노리나가 이래 국학자들이 중시해온 『고사기古事記』에는 기년자체가 없을 뿐더러 100세에 가까운 인물들이 많이 나오며, 『일본서기』의 기년 역시 이에 못지않게 허식이 많아서 신용하기 어렵다고 한다. "연대를 계산하여 기원을 정하는 작업은 불가결"[47]한 것이지만, 이 두 텍스트만 가지고는 그것이 도저히 불가능하다. 일본의 기년이 부정확한 것은 '역법'이 없었기 때문인데, 역법이 일본에 처음 들어온 것은 백제를 통해서였다. 따라서 백제가 역법을 가져온 이후는 문제될 것이 없고, 그 이전의 기년에 관한 종래의 '기묘한 부회附會'들을 바로잡을 필

46 那珂通世, 「日本上古年代考」, 『文』1-8, 1888(辻善之助, 『日本紀年論纂』, 東海書房, 1974, 58쪽).
47 那珂通世, 「上古年代考」, 『洋々社談』 38, 1878(辻善之助, 앞의 책, 31쪽).

요가 있다는 것이 나카의 주된 주장이었다.[48]

따라서 일본의 기년을 확정하기 위해서는 '다른 사서'가 필요한데 그 중에서도 '조선의 구사舊史', 가령 『삼국사기』와 『동국통감』에 "참고할 만한 부분이 굉장히 많다"고 한다.[49] "양국에서 따로 편술된 고대의 사서에 서로 부합하는 기사들이 존재한다는 진귀한 사실"을 토대로 고찰을 전개하는 나카는 진무천황 원년을 서력 1세기로 추정한다.[50]

나카의 이러한 작업은 일본의 기원을 지역적 보편성 안에서 생각하는 하쿠세키 및 데이칸의 사유를 계승하는 것이었고, 진무천황 즉위년에 대한 추론 또한 데이칸의 그것과 매우 유사한 결론에 도달했음을 알 수 있다. 구메는 나카의 작업을 높이 평가하고 '일본서기 상대 기년'을 고찰함에 있어서 "한한사漢韓史에 부합되지 않는 부분은 믿기 어렵다"고 단언한다.[51] 호시노 또한 나카의 주장이 "당토唐土, 삼한의 역사에서 일본 관련 기사를 취하는" 수사국의 방침과 거의 동일하다고 평가한다.[52] '기년논쟁'에 참가한 지식인들의 면면 — 쓰다 마미치津田真道, 니시무라 시게키西村茂樹, 니시 아마네西周, 다구치 우키치田口卯吉, 가토 히로유키加藤弘之, 요시다 도고吉田東伍 등 — 에서 알 수 있듯이, 나카가 제기한 문제는 당대의 사상가들은 물론 제국대학 아카데미즘의 자장 밖에서 역사를 연구하던 자들까지 포함할 만큼 넓은 범위에서 논의되었다.

나카의 주장에 거세게 반발한 것은 국학자와 신도가들이었다. 그들

---

48 那珂通世,「日本上古年代考」,『文』1-8, 1888(辻善之助, 앞의 책, 63쪽).
49 위의 책, 64쪽.
50 위의 책, 67쪽. 나카의 기년론 및 기년논쟁에 관한 더욱 상세한 설명은 田中聡,「「上古」の確定」,『江戸の思想』8, ぺりかん社, 1998; 工藤雅樹, 앞의 책 등을 참조.
51 久米邦武,「年代考(一)」,『文』1-11, 1888(辻善之助, 앞의 책, 88~89쪽).
52 星野恒,「年代考(三)」,『文』1-13, 1888(辻善之助, 앞의 책, 119쪽).

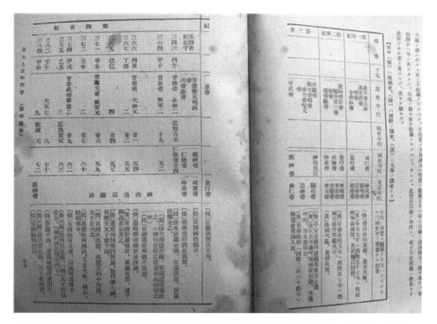

〈그림 2〉 일본 국사의 연대를 중국 및 조선의 사서와 비교하고 새롭게 서력 안에 고정시키고 있다.

은 조선이나 중국의 역사서를 이용하여 황통의 시간을 미주알고주알 따지는 행위에 크게 분노했다. 제국대학 문과대학 교수 나이토 지소內藤恥叟는 "(기년론은) 일본의 아름다움을 증대시키지 못한다. 우리나라의 아름다움을 외부에서 고찰하는 일을 멈추길 바란다"는 의견을 미야케에게 보냈고,[53] 고나카무라 요시카타小中村義象는 "기년은 역사상의 표준에 그치는 것이 아니다. 국체의 경중, 인민개화의 지속遲速에 관련된다. 그 옳고 그름이나 차이는 그저 종이 위에 문자를 증감시키는 일에 머물지 않고 국가의 일에도 영향을 끼칠 것"이라며 연구 자체의 중단을 요청

---

53 「年代考(一)」, 『文』1-11, 1888(辻善之助, 앞의 책, 90쪽).

했다.[54] 국학자 오치아이 나오즈미落合直澄가 구舊 수사국 인물들이 나카의 논의에 가담한 일에 대해 "사람들의 이목을 놀라게 했다"며 완곡하게 비판하는 점에서 알 수 있듯이,[55] 이와 같은 논란의 배경에는 유학자들을 중심으로 한 수사국 주류파와 여기서 밀려난 국학자, 신도가들의 대립이 있었다. 일선동조론을 둘러싸고 100년 이상 지속된 유학자와 국학자의 대립은 정사편찬의 국면을 통해 점차 극에 달하고 있었고, 결국 1892년 '구메 구니타케 필화사건'을 통해 일단락을 맺게 된다.

필화사건의 원인을 제공한 것은 구메가 1891년에 쓴 글 「신도는 제천의 고속神道〃祭天〃古俗」이었다. 다구치 우키치는 이듬해 구메의 글을 자신이 주관하던 잡지 『사해史海』에 전재하고, '기년논쟁'의 여세를 몰아 다시 한 번 국학자와 신도가들을 도발했다. 구메는 이 글에서 신도를 동아시아에 광범하게 나타나는 고속으로 간주하는 한편, 시대의 변화에 따라 이를 상실한 다른 나라에 비해 유일하게 만세일계를 지켜온 일본의 위대함을 논한다. 신도와 한반도의 관계를 지적한 데이칸의 논리를 차용했음을 알 수 있다. 구메의 목적은 신도나 천황을 모욕하기는커녕 오히려 그 영광과 위엄을 드러내는 일에 있었고, 여기에 평소의 지론인 일선동조론을 근거로 가져왔던 것이다. 그러나 제국대학 국사과 교수들의 일선동조론에 축적된 불만을 가지고 있던 국학자와 신도가들은 이를 빌미로 필화사건을 일으키고 구메를 대학에서 몰아냈다.

황전강구소皇典講究所의 부총재 이와시타 미치히라岩下方平는 '천황폐하의 위대한 조상'들을 "해외유리海外流離의 번종蕃種으로 간주하는 일이 황

---

54 「年代考附錄」, 『文』 1-15, 1888(辻善之助, 앞의 책, 154쪽).
55 落合直澄, 「舊修史局諸先生に問ふ」, 『文』 1-15, 1888(辻善之助, 앞의 책, 185쪽).

통에 대한 심각한 불경이 아니고 무엇이냐"며 분개했다.[56] 황전강구소 동료 사에키 아리요시佐伯有義는 "아메노오시호미미忍穂耳尊가 신라에서 건너와 서국西國을 평정했으며 후에 도요히메豊姬에게 그 땅을 건네주었다고 한다. 이 얼마나 엄청난 망언이냐. 그런 얼토당토않은 조언造言을 내뱉고 원체圓體를 훼손하는 것이 사학가의 책임이더냐"[57]며 구메를 규탄했다. "구메 씨는 황조를 외국인 아니면 이 제국을 약탈한 자처럼" 묘사한다며 "우리 황실이 조선인의 분류分流고 신라인의 지류支流라고 논단하는 것은 황실을 비천한 지위로 이끄는 행위"에 다름 아니라는 비판이 비등했는데,[58] 국학자와 신도가들의 주된 비난의 표적이 일선동조론에 있었음을 알 수 있다.

구메에 대한 비판은 정사편찬의 주도권을 빼앗기고 기년논쟁에서도 밀렸던 울분으로 옮겨갔다. "국사안国史眼이라는 제목의 책을 보니 시게노 씨는 우리 정사를 자의적으로 고치고 개인적 의도를 집어넣고 있으며 (…중략…) 호시노 씨는 경악스럽게도 황조가 신라에서 왔다는 설을 주장한다."[59] "나는 이 책을 거리낌 없이 국사안이 아닌 욕국사辱國史, 아니 아세사阿世史로 부를 것이다. (…중략…) 의화擬化가 많은 것으로 이름 높은 조선사, 오문오전誤聞誤伝이 넘쳐나는 지나사를 잣대로 삼아 연대를 조작하고 우리 국사에 끼워 맞추는 일은 참으로 괘씸하다."[60]

이들의 비판은 "신대의 일은 그냥 그렇게 여기면 된다. 결코 억상망

---

56 岩下方平, 「神道ノ祭天ノ古俗ト云フ論ヲ読テ其ノ妄ヲ弁ズ」, 『随在天神』196, 斯道館, 1892, 6쪽.
57 佐伯有義, 「久米邦武氏ノ邪説ヲ弁シテ世人ノ惑ヒヲ解ク」, 『随在天神』197, 斯道館, 1892, 14쪽.
58 下田義天類, 「田口卯吉氏ノ告ヲ読ミ併テ祭天論ヲ弁ス」, 위의 책, 22~23쪽.
59 深江遠広, 「神道者諸氏ニ告グノ妄ヲ弁ズ」, 위의 책, 39쪽.
60 柳井嘯庵, 「国史眼ヲ読ミテ之レガ修正ヲ望ム」, 『随在天神』206, 斯道館, 1892, 9~10쪽.

단억상망단斷臆想妄斷해서는 안 된다"[61]는 구절이 상징하는 것처럼, 대부분 감상적이고 비논리적인 흥분에 가득 찬 내용이 많았다. 하지만 정부의 고위관료들과 연줄이 있었던 국학자와 신도가들의 조직적인 움직임은 구메의 사직을 넘어서 결국 제국대학 국사과 교수들을 중심으로 운영되던 정사편찬기관의 폐지까지 이끌어냈다. 이토 히로부미의 브레인으로서 대일본제국헌법 초안, 황실전범 기초起草에 관여했으며 추밀고문관, 법제국장관 등을 지낸 이노우에 고와시井上毅는 당시의 일을 다음과 같이 회상한다.

> 국사에 관해서는 그 무렵 아마 일본국사라는 제목의 교과서가 만들어졌기에 첫 한두 장을 펼쳐보니, 제실(帝室)의 조상은 인도인이라거나 조선인이라는 말도 안 되는 내용들이 적혀있었다. 그래서 나는 수사국을 때려 부쉈다. 병근(病根)이 거기에 있다고 생각했다.[62]

7번째 정사『대일본편년사』의 편찬사업은 이렇게 중단되었고, 이후 신설된 사료편찬계史料編纂掛는 정사를 대신한 사료집(『대일본사료大日本史料』,『대일본고문서大日本古文書』,『대일본유신사료大日本維新史料』)의 간행으로 방향을 틀었다. 이는 개인의 사론史論을 강문綱文으로 대체하는 한편 역사가의 신변에 위협을 가져올 수 있는 황실 관련 논의를 피해가려는 소극적인 자세로서, 다른 말로 표현하자면 '실증주의'로의 도피였다. '편년사'에서 '사료집'의 간행이라는 역사학계의 변화를 이끈 것은 제국대학의 2

---

61 柳井嘯庵, 「国史眼ヲ読ミテ之レガ修正ヲ望ム」, 『随在天神』 205, 斯道館, 1892, 11~12쪽.
62 井上毅, 「皇典講究所口話筆記草案」, 『井上毅伝 史料編』 2, 井上毅伝記編纂委員会, 1969, 605쪽.

세대 역사학자라 할 수 있는 구로이타 가쓰미黑板勝美였다. 그는 일선동조론이 얼마나 위험한 주장인지, 또 그로 인한 역사학계의 분위기 변화를 몸소 체험한 인물이었다. 역사연구의 대상 또한 고대사가 아닌 중세사연구가 점차 늘어갔다.

4. 나가며

지금까지 초창기 일본근대역사학과 '일본사'의 탄생과정에서 일선동조론이 중요한 계기로 기능했다는 점, 그리고 그 계보가 근세 '히노카미' 논쟁에서 비롯된 유학자와 국학자의 대립으로 거슬러 올라간다는 점을 살펴보았다. 일본사는 일선동조론의 아시아주의적 측면을 통해 조선이라는 타자를 폭력적으로 포섭하면서 성립했다. 서두에 인용한 글에서 하타다는 구메 같은 '일본역사학계의 대표적 학자'이자 결코 '보수반동학자'가 아닌 인물조차 "조선과의 관계를 논할 때는 일선동조론의 입장에 섰다"면서 곤혹스러워 하는데,[63] 일선동조론이 이른바 일본사의 '외부의 중핵'으로 기능했음을 상기해보면 이는 조금도 이상한 일이 아니다.

그러나 바로 이러한 깊은 관련 때문에 일선동조론은 양날의 검이 되어 일본사의 고유성을 파괴시킬 수도 있었고, 필화사건을 겪은 역사학자들은 일본사와 조선사의 관계를 모호하게 덮어둠으로써 이 문제를 피해가려고 했다. 일본 역사학계 내부에서 일선동조론은 결정적으로

---

63 旗田巍, 앞의 글, 37~38쪽.

〈그림 3〉〈신공황후께서 직접 삼한을 정벌하시다〉安達吟光, 『大日本史略図会』, 大黒屋, 1898.

후퇴했고, 패전을 맞이하기 전까지 논의의 대상이 되는 일도 없었다. 마찬가지로 정사편찬 역시 다시 시도되지 못했다. 제국대학의 역사학은 오늘날까지도 내용을 결여한 건조한 실증주의로 비판받는 경우가 많은데, 그 원인을 제공한 것이 일선동조론이었다는 사실은 아무런 주목을 받지 못하고 있다.

물론 식민지지배 이데올로기로서 일선동조론이 완전히 자취를 감춘 것은 아니었다. 앞서 소개한 노리나가식 일선동조론은 고대 일본의 조선 지배를 보여주는 증거로서 지속적으로 여러 지면에 모습을 드러냈고, 신공황후는 지폐의 초상을 장식했다.

특히 조선을 식민지로 삼은 1910년 한일병합, 거국적 독립운동이 일어난 1919년 전후로 일선동조론은 다시 한 번 비등하지만 역사학자들은 신중한 태도를 보였다. 식민지 조선의 일선동조론과 역사학자들의 대응에 관해서는 다른 글에서 다시 다

〈그림 4〉 일본 최초의 지폐. (이탈리아인 화가 기요소네 그림, 1878)

룰 계획이다. 여기서는 다만 그들이 먼 옛날 일본과 조선의 친밀한 관계는 긍정하면서도 일선동조론 자체에는 계속 거리를 두었다는 사실을 언급하는 데 그치겠다. 가령 조선총독부의 조선사편찬사업을 이끌었던 구로이타와 이마니시 류今西龍는 1910년과 1919년의 국면에서도 각각 "태고 초매草昧 시대에 조선의 한 부분과 일본의 한 부분이 일국을 이루었다고 하는 이야기에 나는 거의 수긍하지 않는다",[64] "세상의 일한동역론 같은 것을 나는 취하지 않는다"[65]고 잘라 말한다.

구로이타와 이마니시는 같은 세대에 속하며 제국대학 국사과의 1세대 교수들과는 약 30년 정도 나이 차이가 난다. 그들은 조선사편수회를 통해 식민지조선에 편년사의 서술이 아닌 제국대학의 사료집 편찬시스템을 도입했다. 조선이 식민지가 된 역사적 필연성을 과학적으로 증명하기 위해 제국본국의 굴절된 정사편찬 시스템이 식민지조선에 들어온 것이다. 새롭게 편찬된 『조선사』에서 문제의 싹이 될 수 있는 신화부분은 사료를 나열하는 형식으로 대체되었다. 이는 제국본국의 정사편찬

64 黒板勝美, 「偶語」, 『歷史地理臨時增刊』 朝鮮号, 1910, 156쪽.
65 今西龍, 『朝鮮史の栞』, 近澤書店, 1935, 66쪽.

방침이 일선동조론을 회피하려고 했던 것과 정확히 일치한다. 구메나 호시노가 신화의 불가시적인 힘을 합리적인 역사 위에 기술하려고 했다면, 구로이타와 이마니시는 역사학의 범위에서 신화를 제외시켰다.[66]

이렇게 조선을 매개로 신화와 역사의 관계를 정립하면서 태어난 일본 근대역사학의 기원은 망각되어 갔고, 일선동조론이라는 위험한 뇌관은 과학성과 합리성의 이름 아래 배제되었다. 역사교과서에 등장하는 스사노오의 신라강림에 관한 내용은 식민지조선 최고의 학부였던 경성제국대학 역사전공 교수들에 의해 '망설', '과장', '곡해부회', '작위' 등으로 비판받았다.[67] 식민지조선에서 정책 입안 및 실행의 최대 주체였던 조선총독부는 양날의 검이 될 수 있는 일선동조론에 대해 일관된 입장을 취하지 않았다.

문제는 일본의 역사학계가 일선동조론을 비과학의 영역으로 밀어내면서, 일본사의 탄생과정에 새겨져 있는 식민지주의의 폭력성이 은폐되고 만 점에 있다. 제국대학 국사과의 창설 및 최초의 본격적인 역사학회 '사학회' 창립 등에 깊이 관여했던 미카미 산지三上参次는 1933년 도쿄제국대학 국사과 신입생 환영회에서 다음과 같이 발언했다고 한다.

제군이 대학을 졸업하고 교사가 되었을 때, 대학에서 배운 것을 생도들에게 그대로 가르쳐서는 안 된다. 학문으로서의 역사와 교육으로서의 역사는

---

66 흥미롭게도 일본의 역사학계가 거부한 일선동조론의 사고를 끝까지 밀고 나간 것은 식민지 조선의 지식인 최남선이었다. 그는 일선동조론이 일본 근대역사학의 아포리아임을 눈치 채고 그 칼날을 도리어 제국의 지배자들에게 돌려놓는다. 더욱 상세한 분석은 심희찬, 「일본 비틀기—최남선과 일본의 역사학」, 『사이間SAI』 24, 국제한국문학문화학회, 2018 참조.
67 장신, 「1930년대 경성제국대학의 역사 교과서 비판과 조선총독부의 대응」, 『동북아역사논총』 42, 동북아역사재단, 2013, 171~172쪽.

다른 것이다. 예를 들어 황기가 600년 늘어나 있다는 사실은 학문상 정설이다. 하지만 지금까지 2천6백년으로 가르친 것을 이제 와서 그렇지 않다고 할 수는 없는 노릇이다.[68]

미카미의 이러한 인식은 어떤 의미에서 오늘날까지 일본의 역사학계에 이어지고 있다. 과학적이고 합리적인 역사서술을 추구한 역사학자들이 국가의 탄압을 받았고, 이윽고 황국사관에 휩쓸려갔다고 말이다. 그러나 이 글에서 본 것처럼 세기 전환기 일본사의 탄생을 생각할 때 더욱 중요한 사실은, 일본의 기원을 '2600년' 전으로 상정하는 국가의 비상식적인 발상 못지않게, 거기서 '600년'을 줄이고자 했던 과학적 역사학 또한 일선동조론이라는 식민지주의의 폭력과 밀접한 관련을 지닌다는 점이다. 일본의 역사학자들이 국가주의의 압력에는 민감하면서도 식민지주의의 문제에는 둔감한 이유도 여기에 있을 것이다. 근대 역사학의 확립과 일본사의 탄생은 타자로서의 조선을 시야에 넣지 않고는 그 의미를 물을 수 없다.

---

68 長谷川亮一, 『「皇国史観」という問題－十五年戦争期における文部省の修史事業と思想統制政策』, 白澤社, 2008에서 재인용.

근대 일본 역사학과 조선

기타 사다키치喜田貞吉의 '일조동원론日朝同源論'을 중심으로

미쓰이 다카시

1. 머리말 - '일조동원론'의 정치성

근대 조선사학사를 말할 때 이른바 '식민사관'의 하나로서 거론되는
것이 '일선동조론日鮮同祖論'이다. 역사학, 인류학, 언어학 등 분야의 민족
기원론적 측면에서 일본과 조선이 '동조·동계·동원'이었다는 논리를
말한다. 그런데 종래 '일선동조론'이라고 불려 왔지만, 이 호칭은 원래
언어학자 가나자와 쇼자부로金澤庄三郎가 1929년에 펴낸 책의 제목에 불
과하다. 이 논의의 다양한 변종이 존재했음을 전제로 하면 한 지식인의
책 이름을 그대로 쓰기에는 문제가 있다고 생각한다. 이 글에서는 이하
'일조동원론'(혹은 동원론)으로 하기로 한다.

그 '일조동원론'의 정치성은 조선사학사적으로 보면 역시 한국병합
(1910)을 정당화하는 데 아카데미즘에서 적극 이용되었다는 점일 것이

다. 그리고 조선민족주의와도 어긋난 부분이 많았기 때문에 바로 '식민'의 학문이라고 파악되어 온 것 같다.

물론 그러한 이해 자체에는 문제가 없을 것이다. 그러나 이 민족기원설은 반드시 일본 천황제 문제와 연결되었다. 왜냐하면 동원론은 조선민족론으로서의 성격뿐 아니라, 일본민족론으로서의 성격도 가지고 있었기 때문이다. 동원론이 조선민족주의와 긴장관계를 가져야 했을 뿐더러 일본의 민족주의나 '국체國體' 문제와도 연관될 수밖에 없었기 때문이다.

1894년 제국대학 교수였던 구메 구니타케久米邦武가 「신도는 제천의 고속神道は祭天の古俗」이란 논문을 발표하고, 신도가神道家나 국학자들의 비난을 받아서 제국대학 교수직을 사임하게 된 사건이 있었다. 이 논문은 동원론의 주장을 기초로 한 것이었기에 천황을 조선의 '번인藩人'과 동일시하는 것이라는 비판을 받기도 했다. 일본 역사학계에서도 천황을 숭배하는 입장에서 동원론을 부정하는 연구자가 많이 있었기 때문에 일본의 조선통치를 정당화하는 논리와 '천황'이나 '국체'의 권위를 지키려는 시도가 상반되는 경우도 있었다. 우선은 동원론이 '식민'여부와 다른 측면의 정치성도 가지고 있었던 것을 먼저 확인할 필요가 있을 것이다.[1]

그러나 '식민'과 천황제의 양쪽 정치성은 분리되어 있던 것이 아니라, 제국이란 틀 안에서 미묘한 관계 속에 양립되어 있었던 것도 사실이다. 그 두 가지 정치성 사이에서 어떤 의미에서는 '식민'주의를 뒷받침하고, 어떤 의미에서는 천황제 아래에서의 일본민족관의 금기를 깬 사람으로

---

1   이 점에 관해서는 이미 三ツ井崇, 「近代アカデミズム史學のなかの「日鮮同祖論」—韓國併合前後を中心に」, 『朝鮮史研究會論文集』 42, 朝鮮史研究會, 2004에서 논한 바 있다.

볼 수 있는 역사가로서 기타 사다키치를 들 수 있다. 그는 조선사학사史學史상에서는 동원론자로서만 언급되어 왔지만, 그다지 연구가 되어 있지 않아서 그의 동원론의 배경을 깊이 분석하지 못하고 있다.

이 글은 위와 같은 문제의식을 토대로 그의 동원론의 내용에 대해 정리한 다음, 그 성격을 알기 위한 논점을 제시하려고 한다.

2. 기타 사다키치의 역사학[2]

1) 약력

기타 사다키치는 1871년 도쿠시마德島현의 농가에서 태어났다.[3] 1888년에 도쿠시마 중학교를 중퇴하고, 제3고등학교(오사카, 나중에 교토) 예과에 진학한다. 그 후 1893년에 도쿄 제국대학 문과대학 국사과에 입학하여 호시노 히사시星野恒, 미카미 산지三上参次 등에게 사사했다. 1896년에는 대학원에 진학하지만, 이후에는 중학교, 전문학교 등의 강사를 겸직했으며, 1901년 문부성의 도서심사관으로 취직했다. 그러나 대학원은 졸업하지 못하고 만기 퇴학했다.

---

2   이 절 1, 2항의 기술은 미쓰이 다카시, 「기타 사다키치 — 시대의 제약을 뛰어넘지 못한 역사가」(다케노 아키라 편저, 오정환 · 이정환 역, 『그때 그 일본인들 — 한국 현대사에 그들은 무엇이었나』, 한길사, 2006)의 기술 일부를 개고한 것이다.

3   종래 기타의 성을 '기다'로 부를 때가 있는데, 정확히는 '기타'로 불러야 한다. 근세에는 원래성姓이 없는 가계여서 통칭으로 오구리大栗 씨를 자칭한 일족이었다가, 그 일족이 마을 안의 거택의 위치에 따라 북쪽(='기타')의 오구리로 불리고 있었다. 메이지明治 시대에 이르러 성의 사용이 인정된 이후에 그 통칭에 따라 성을 만들었는데, 마을 북쪽(='기타')에 있는 집을 그냥 '기타'로 하고, 논田을 기뻐한다喜는 뜻으로 '喜田(기타)'라는 성을 칭하게 됐다는 경위가 있다. 喜田貞吉, 『還曆記念六十年之回顧』, 사가판, 1933; 喜田貞吉, 『喜田貞吉著作集』 14, 平凡社, 1982, 28쪽.

도쿄 제국대학, 교토 제국대학에서 강사를 겸임하다가 1911년에 '남북조 정윤 문제南北朝正閏問題'(후술)로 문부성(문부편수)에서 휴직처분을 받은 이후에는 도쿄 제대 강사직을 사임하고, 1920년 교토 제대 교수에 임명되고부터 겸임 시기를 포함하여 도호쿠東北 제대 강사 등으로 활동했다.

특히 도쿄 제대 졸업 후 5년간을 가리켜 기타는 "학사호의 칭호를 조금씩 잘라서 팔아먹는 일에 몰두한 시대"[4]라고 회상하는데, 그의 연구활동이 활발해지기 시작한 시기이기도 했다. 1899년에는 일본역사지리연구회(훗날 일본역사지리학회)를 조직하고 잡지 『역사지리歷史地理』를 발행했을 뿐 아니라, 그 후에도 1919년에는 개인잡지 『민족과 역사民族と歷史』(이후 『사회사연구社會史研究』로 개칭됨), 1928년에는 역시 개인잡지 『동북문화연구東北文化研究』 등을 발행했다.

기타의 역사연구는 폭이 넓어서 오늘날 말하는 역사학의 범주에 머물지 않고 민속학과 고고학까지 뻗어 있었다. 1939년 7월에 세상을 뜰 때까지 그의 저작은 1,300편은 족히 넘었다고 하는데, 이런 그의 역사연구에서 조선은 대체 어떤 위치를 차지하고 있었을까.

2) 고대사에 대한 관심

기타의 학문 태도가 확립되어간 것은 문부성에 취직할 무렵부터였다. 역사·지리 교과서의 검정, 1902년 말의 교과서 의혹사건[5] 이래 국정 교과서 편찬이라는 격무 속에서도 그는 정력적으로 연구를 계속했

4　위의 책, 105쪽.
5　검정교과서의 발간에 즈음해 각 출판사 간의 경쟁이 격화되어, 증수회 사건이 일어났다. 기타가 문부성에 도서심사관으로 취직한 다음 해의 일이었다. 그 이후에 국정교과서제로 이행했다.

다. 기타는 "국사國司 제도의 붕괴"에서 시작해, "무사의 흥기", 다시 "여러 다이묘大名의 영지領知의 연혁과 같은 지방적 권력의 이동·통치의 변천, 나아가서는 그것이 지방의 인문지리상에 미친 영향"이라는 관점에서 연구하는 것을 목표로 세우고, 그것도 에도江戸 시대 다이묘의 연혁이라는 방면에서 착수하기 시작했다.[6] 그러나 그의 연구는 전혀 다른 방향으로 나아가게 되었다.

이 시기부터 기타는 큰 논쟁에 관여하게 된다. 그 논쟁은 그가 고대사연구에 이끌리게 되는 계기가 되었다.

그중에서도 대표적인 것이 호류지法隆寺 재건 논쟁이다. 이것은 670년에 호류지에 불이 나서 전소했다는 『일본서기日本書紀』(720) 기술의 신빙성과도 관련된 것으로, 현재의 호류지가 창건 때부터 전해진 것(비재건론)인가, 아니면 『일본서기』의 기술대로 전소한 뒤에 와도和銅 연간에 재건된 것(재건론)인가를 둘러싼 논쟁이다.

기타는 1905년 3월 중순에 동향의 선배이자 사료를 빌려보는 등 신세를 지고 있던 고스기 스기무라小杉榲邨(국사, 국문학)를 찾아갔을 때, 고스기의 재건론이 히라코 히사시平子尚(미술사학), 세키노 다다시關野貞(건축사학), 하마다 고사쿠濱田耕作(고고학) 등으로부터 비판을 받고 있었음을 알게 되었다. 기타는 고스기의 체면을 세워줄 목적으로 『사학잡지』, 『역사지리』의 지면에서 재건론을 주장하며 히라코나 세키노에 대한 비판을 전개했다. 그러나 그가 차분히 실지조사에 착수한 것은 논쟁을 시작한 후의 일이었다. 또 이 논쟁은 '공분'에 치우친 경향이 있고, "약간 상

---

6 喜田貞吉, 『還曆記念六十年之回顧』, 사가판, 1933; 喜田貞吉, 『喜田貞吉著作集』 14, 平凡社, 1982, 105쪽.

궤를 벗어난 것"이었다고 한다.[7]

본인이 행한 후일의 반성을 통해서도 알 수 있듯이 자세에 문제가 있는 대결 태도이기는 했으나, 고고학적 지식을 배경으로 고대사연구에 도전하는 연구의 방향성은 이 호류지 재건논쟁을 통해서 성립된 것이라고 생각된다.[8]

3) 사학과 역사교육 사이에서
　　　　　　　　－'남북조 정윤론(南北朝正閏論)' 문제와 기타의 필화(筆禍)[9]

기타의 역사학이 근대 일본 역사학 속에서 어떻게 위치하고 있었는지에 대해 생각해 보고자 한다.

그의 역사학의 정치적 위치를 파악하는 데 중요한 사건이 남북조 정윤 문제이다. 이 문제는 가마쿠리鎌倉시대 말기부터 무로마치室町시대(1331~1392)에 걸쳐 천황天皇이 남조南朝와 북조北朝[10]의 두 계통으로 갈라진 사실을 둘러싼 역사인식이 정치화된 사건을 가리킨다. 1910년에 간행된 국정교과서『심상소학 일본역사尋常小學日本歷史』에서는 이 두 계통이 병립해 있었다고 기술했는데, 다음 해 기타가 교원들을 향한 강습회에서 이 내용에 관해 말한 강연내용이 도화선導火線이 되어, 그 당시의 가쓰라 다로桂太郎 내각을 흔드는 사태까지 일으켰다. 그 결과, 교과서 편수관이

7　위의 책, 109쪽.

8　물론 이 문제 외에도 거의 동시에 병행하고 있던 고고이시神籠石 논쟁의 경험과 그 후에 다시 세키노와 논쟁하게 되는 헤이조쿄平城京 터에 관한 연구도 크게 영향을 주었을 것이다. 덧붙여 말하면, 이 논쟁과정에서 세키노와 기타는 헤이조쿄 터에 관한 논문으로 각각 공학박사와 문학박사 학위를 취득하게 된다.

9　이 항의 기술은 三ツ井崇, 앞의 글의 일부를 개고한 것이다.

10　남조는 고다이고後醍醐부터 고카메야마後龜山 천황까지의 계통이고, 북조는 고곤光嚴부터 고코마쓰後小松 천황까지의 계통을 가리킨다.

었던 기타가 휴직처분을 당하게 되었다.[11] 결국은 칙재勅裁로 남조가 정통으로 결정되었고, 교과서는 남조정통론을 토대로 개정되었다.[12] 이 사건은 역사연구(학문)과 역사교육(도덕)의 분리상황을 일으키게 되고, 일본 '국사'학의 조류 안에서 남북조병립론 혹은 북조정통론자는 비주류파가 되었다.

그런데 이 문제와 '동원론' 문제는 어떤 상관성이 있을까. 이 논쟁 당시 편찬된 책 가운데, 『남북조정윤논찬南北朝正閏論纂』(1911)이라는 책이 있다. 이 책을 보면 북조정통론자로서 요시다 도고吉田東伍, 우키타 가즈타미浮田和民 등이, 남북조병립론자로서 기타 사다키치, 미카미 산지, 구메 구니타케 등이, 그리고 남조정통론자로서 이노우에 데쓰지로井上哲次郎, 아네자키 마사하루姉崎正治, 호즈미 야쓰카穂積八束, 구로이타 가쓰미黑板勝美 등의 이름을 확인할 수 있다.[13] 이렇게 보면 기타를 비롯해서 요시다, 구메 등 '동원론'자들은 복조정통론자 혹은 남북조병립론자였던 것을 확인할 수 있다.

당시 역사학자 사이에서는 공통적으로 역사연구와 역사교육 사이의 성격의 차이가 인식되고 있었다. 사실을 있는 그대로 그려내는 학문으로서의 역사와 그러한 사실들을 취사선택하고 가르치는 역사교육은 성격이 서로 다른 것으로 이해하고 있었다. 기타는 ① "학문으로 연구하

---

11 정치사적으로 보면, 입헌정우회立憲政友會 우위의 '게이엔桂園' 체제(가쓰라와 사이온지 긴모치西園寺公望가 번갈아 정권을 담당한 체제)에서 소외된 정치세력들이 반 가쓰라 내각의 태도를 표시하기 위해 이 문제를 정쟁政爭의 도구로 이용하면서 '국체國體'의 옹호를 외치게 되었다는 점이 중요하다. 이 경위에 관해서는 千葉功, 「歷史と政治-南北朝正閏問題を中心として」, 『史苑』 74-2, 立教大學史學會, 2014를 참조함.

12 최대의 모순은 메이지 천황이 북조 계통에 속함에도 불구하고 남조가 정통으로 정해져 버렸다는 점임은 말할 나위도 없다.

13 山崎藤吉・堀江秀雄 編, 『남북조정윤논찬』, 國學院大學皇典研究所, 1911.

는 역사", ② "일반적으로 세인世人의 눈에 비친 역사", ③ "보통교육에 응용하는 경우의 역사" 사이에는 구별이 있다고 했다.[14] 그중, ①은 "아무런 수식이 없이 또 아무 기탄없이 과거의 사실의 있는 그대로를 밝히는" 것인 반면, ③은 "선량善良한 일본국민을 양성하는 것이 목적"이고 "결코 전문가가 하는 것과 같은 섬세한 천착穿鑿은 필요없"으며, 따라서 "미숙한 자"가 자주 하는 "때로 이문異聞을 들어 그것을 진기하게 여기고 바로 학생에게 전하려고 하는 풍"은 좋지 않다는 것이다.[15]

기타는 "남조의 충신을 칭양하려 한 나머지, 북조에 속한 천황조차 옳지 않은 군君이었던 것처럼 생각하게 하고, 나아가서는 지존至尊에 대한 경敬을 잃는 식의 일은 있으면 안 된다. 남북 양조는 어쨌든 그 대립을 인정해 드리며, 동시에 고곤光嚴 천황의 지위와 고다이고後醍醐 천황의 지위를 함께 인정해 드리는 것이 온당穩當하다"고 생각한다.[16] 교과서 편수 때 주사관主査官이었던 미카미 산지도 "남북조(문제)에 관해서도 사학자의 논의를 그대로 가져왔을 뿐 아니라, 오늘날 국민도덕을 가르치는 데에도 역시 당분간 사실 그대로 말하는 것이 좋다"[17]고 했듯이 남북조 병립론은 '사실'과 '국민도덕'을 양립시키려고 한 것이었다. 그러나 역사학과 역사교육과의 관계에 대해 거의 똑같이 인식하면서도 남조정통론을 주장한 역사가가 구로이타 가쓰미였다. 구로이타는 다음과 같이 남조정통론의 타당성을 주장했다.

---

14 喜田貞吉, 『國史之教育』, 三省堂, 1910, 5쪽.
15 위의 책, 14~17쪽.
16 위의 책, 167쪽.
17 三上參次, 「教科書に於ける南北朝正閏問題の由來」, 史學協會 編, 『南北朝正閏論』, 修文館, 1911, 330쪽.

여기에서 만세일계(萬世一系)라는 점에서 아무래도 정해야 한다고 하면 나는 먼저 역사가의 견지로서 상조(尙早)론을 주장하여 구래의 남조설에 따르는 것, 또한 오늘날까지 천명된 사실에 도덕적 판단을 중요시한다면 역시 남조를 정통으로 하는 것이 온당함을 믿는 바이다. 그리고 현금(現今)의 국민교육상 지당할 것이라고 생각된다.[18]

"역사가의 임무"를 "사실을 사실로서 그 원인, 결과를 평론하고 연구하는 것이 주안점이"라고 파악한 것에서는 기타와 다를 바 없음에도 불구하고, "학자의 의견이 아직 정해져 있지 않는 설은 구설에 따르는 것이 온당하다"고 하여,[19] 남북조 병립설을 (기타의 말을 빌리면) '이문'으로 생각하고 있었다. 구로이타는 1911년 2월 하순에 남조정통론을 주장하면서 교과서 배척운동을 전개하기 위해 조직된 민간운동단체 '대일본국체옹호단大日本國體擁護團',[20] 그리고 그 후계단체인 우성회友聲會[21]의 멤버이기도 했다. 그런 의미에서 '국체옹호'라는 정치의식을 명확히 가지고 있었다. 하여간 이 문제를 거치면서 제국대학 국사과 동기였던 기타와 구로이타의 입장 차이가 명확해졌다. 두 사람은 학창시절에 호시노, 구메, 시게노 야스쓰구重野安繹 등에게 가르침을 받았는데, 당시 '정사正史' 교본으로 사용된『고본 국사안稿本 國史眼』4권은 남북조병립설을 채용했었다.[22] 미카미도 "남북조는 역사상의 사실로서는 어디까지나 병

18 黒板勝美,「南北朝對立は尙早」, 위의 책, 116쪽.
19 黒板勝美,「南北兩朝正閏の史實と其斷案」, 위의 책, 269~270쪽.
20 千葉功, 앞의 글, 106~107쪽.
21 友聲會 編,『正閏斷案國體之擁護』, 松風書院, 1911.
22 重野安繹・久米邦武・星野恒 編,『稿本 國史眼』卷四, 大成館, 1890, 1쪽 오른쪽~37쪽 오른쪽.

립이다"[23]라고 말했듯이 국사과에서는 계속 남북조병립론을 견지하고 있었다. 그러나 대역大逆 사건(1910)의 충격이 아직 강하게 남아 있던 시기에 예전의 '정사' 그대로의 역사서술에 충실하려고 하는 반면, 그것이 천황제에 관한 문제였기 때문에 기타는 필화에 휘말리게 된 것이다. 학문이 도덕에 패배한 순간이었다.

일견 '동원론' 문제와는 거리가 있는 측면인 것처럼 보일지 모르나, 그의 역사학과 '동원론'과의 관계를 엿볼 수 있다. 다음 절에서는 이 점에 관해 살펴보고자 한다.

3. 기타 사다키치의 '일조동원론'의 성격(1)

─한국병합 전후를 중심으로

기타의 동원론의 성격을 판단하는 데 시기를 나눠서 생각해 볼 필요가 있다. 그의 동원론 관련 논저들은 1910년과 1919~1920년 시기에 집중되었다. 그리고 두 시기의 논고들은 성격을 달리하는 측면이 있지만, 여기에서는 1910년 글들의 성격에 대해 살펴보고자 한다.

이 시기 동원론 관련 글로 지금 확인되는 문헌들은 다음과 같다.

① 「朝鮮はもと日本の一部分なり(談)(조선은 원래 일본의 일부분이다(담화))」(『教育時論』915, 1910.9)

---

23 三上參次, 앞의 글, 328쪽.

②「韓國併合と國史の教育(談)(한국병합과 국사의 교육(담화))」,(『教育界』 8-12, 1910.10)

③「韓國併合の意義－神功皇后の三韓征伐以前より朝鮮は我領土たり(한국 병합의 의의－진구 황후의 삼한정벌 이전부터 조선은 우리 영토)」,(『日本少年』 5-12, 1910.10)

④「韓國併合と教育家の覺悟(한국병합과 교육가의 각오)」,(『歷史地理』조 선호, 1910.11)

⑤『韓國の併合と國史』(三省堂, 1910.11)

⑥「國史の教育を論ず(국사의 교육을 논함)」,(『歷史地理』 16-6, 1910.12)

그중, ①과 ②는 담화이고 문책文責은 기자에 있다고 한다. ①은 모두 1쪽밖에 안 되는 요약 기사이며 거의 메모와 같다고 할 수 있다. 이 글에 서 기타의 사고방식을 체계적으로 파악하기는 어려울 것이다. ②는 일 본 역사지리학회 임시 강연회에서 강연한 내용(「한국병합과 국사」)을『교 육계』기자가 대요를 기술한 것이다. 그리고 ④는 같은 강연 내용을『역 사지리』조선호의 특집 기사로 게재하기 위해 역시 적록摘錄한 글이다. 그래서 ②와 ④는 거의 똑같은 내용이지만, 강연 내용을 모두 다 수록한 것은 아니다. 실은 이 강연 내용은『역사지리』지에 두 번에 걸쳐 게재되 었는데, 전반부가 ⑥이고 후반부가 ④이다. 바꿔 말하면, ②는 ⑥+④ 를 요약한 것이다. ⑥에는 동원론 관련의 기술이 나오지 않지만, ④와 같이 사용할 필요가 있을 것이다. 기타가『역사지리』의 책임적 입장에 있었던 것을 감안하면 (⑥+)④가 더 정확하리라 생각되는데, ②에는 (⑥ +)④에 나오지 않는 표현들도 산견되기 때문에 이하에서는 ②와 (⑥+)

④를 이용할 때에는 (⑥+)④를 중심으로 ②를 보완적으로 사용하기로 한다. ⑤는 이 강연 내용을 토대로 내용을 보충한 책인데, 이 책에 관해서는 나중에 언급하고자 한다.

그는 종래의 역사교육에서는 "당시 한국이 아무래도 우리나라(=일본)와는 별개의 나라였기에 교육상 이에 대한 설명도 자연히 이것을 별개의 나라였다고 설명하지 않을 수 없는 상황이 되어 있"지만, "오늘날 병합이 성취한 이 때에는 나는 한 걸음 더 나아가고 싶다"고 하면서 "나는 근본에 있어서 이(=한국)를 우리 제국의 일부로 여겨야 할 것이다", "원래 조선은 우리 제국과 개기를 같이 하여 조선인은 우리 야마토大和 민족과 대체로 구별이 없다고 주장하고 싶다"고 한다(④, 130~131쪽). 그리고 그가 생각했던 정치적 역할은 위와 같은 '이해'를 토대로 "충분히 근본관계를 연구하여 피아彼我 인민의 동화를 기도"하는 데 있었다(④, 131쪽).

위와 같은 동원성의 논리에 대해 기타는 어떤 '근거'를 제시하려고 했을까. 사료적 근거에 관해 먼저 다음의 인용문을 보자.

반도의 남부는 옛날에 한(韓)이라고 했다. 우리가 교육상 조선의 연혁을 설명할 때는 아무래도 우리나라에 가까운 이 한부터 시작해야 한다. 그 한은 어떤가 하면 태고(太古)의 일들은 물론 전해져온 것은 없지만 후에는 마한, 변한, 진한의 삼한으로 갈라졌고 그 후에 진한 중에 신라가 유력해져서, 반도의 동남부를 점령했으며, 마한 중에 백제가 융성해져서 반도의 서남부를 점령했고, 북부는 고려(高麗)국이 이것을 영유하여 합쳐서 삼국이 되었다고 설명한다. 삼국사기라든가 동국통감 따위의 조선의 많은 사적들은 그렇다. 그러나 조선에는 옛 기록이 거의 없고, 이들 조선의 사적은 모두가 후세의 편찬물이고, 거의 믿기 어려운 것이 많다. 특히 우리나라에 관한 사실은 우리에 대해 적개심을 일으킬 만한 기사밖에는 채용하지 않았다. 신라, 백제 등이 우리나라에 복속되어 있었다든가 일본부가 있었던 임나국의 존재라든가 하는 일은 전혀 없다. 그러나 이것은 우리 국사가 명확히 증명했을 뿐만 아니라, 지나(支那)의 사적 중에도 명확히 이것을 증명한 재료가 전해져 있었고, 또 몇 해 전에 발견된 고구려 호태왕의 비에 의해 드디어 입증되었다.

요컨대 우리가 조선 고대의 사적을 알기 위해서는 불완전한 조선의 역사나 지나의 역사만으로 추측할 수는 없는 것이다.(④, 133쪽)

이 글에서는 일본 사료에 관한 구체적인 기술은 없지만, 『일본서기日本書紀』에 대해서는 믿을 만한 자료로 인식했던 모양이다(①, 11쪽; ②, 20쪽). ④에는 명시되어 있지 않지만, 스사노오素戔嗚尊 도한설에 관한 부분이 『일본서기』를 토대로 한 것으로 보인다(④, 134쪽). 그 이외에도 『신찬성씨록新撰姓氏錄』(815)이나 기타바타케 지카후사北畠親房의 『신황정통기神皇正統記』(1339?)를 든다. 전자는 "이나히노미코토稻氷命가 신라로 나가셔서 그 나라 왕이 되었다고 전해지고 있다"는 식의 에피소드 소개 때문에 이용되었고(④, 135쪽), 후자는 『신황정통기』 속에서 "우리나라에는 옛날에 삼한인을 일본인과 동종으로 보는 설이 있었지만, 그 책은 간무桓武 천황 때에 다 소각되어 버렸다고 쓰여 있다"는 에피소드를 소개하기 위한 언급이었다. 일본 사료에 대한 위와 같은 언급은 단편적이었고, 그 사료적 가치를 보완하기 위해 기타가 이용한 것은 『산해경山海經』, 『한서漢書』, 『삼국지三國志(위지魏志)』, 『후한서後漢書』 등의 기술이었다. 앞에 본 인용문에서 "불완전한 조선의 역사나 지나支那의 역사만으로 추측할 수는 없"다고는 했으나, 이들 자료를 통해, "어쨌든 조선반도가 일본과의 특별한 관계를 가지고 있는 것은 고대의 지나인支那人도 이것을 인정하고 일본의 고전설 또한 이것을 증명하여, 추호의 의심할 여지도 없다"고 권위를 부여하기까지 한다(④, 137쪽).

그런데 이러한 사료관은 거꾸로 말하면 동원론을 말하는 데 일본 사료만으로는 부족하다는 것을 의미한다. 무엇보다도 위와 같은 사료관으로는 유사有史 이전부터의 동종성을 말하기가 어렵다. 여기에서 ④에는 기록되어 있지 않으나, ②에는 다음과 같은 기술이 있는 것을 지적해 둔다.

그런데 일·한이 원래 동종임은 유독 이 고전설과 사적의 기사가 증명했을 뿐만 아니라, 인종학상의 연구 결과를 통해서도, 언어학상의 연구 결과를 통해서도 오늘날에는 피아의 밀접한 관계를 거의 부정하기 어려운 것으로 되어 있다.(②, 21쪽)

결국, 동원론은 언어학이나 인류학적 지식의 도움을 얻어야 진구 황후의 '삼한三韓 정벌' 이전부터의 동종성을 명확하게 언급하는 것이 가능해졌던 것이다. 실은 여기까지는 기타의 동원론의 특징이라고까지는 할 수 없다. 위와 같은 내용은 그의 스승인 호시노나 구메, 언어학자인 가나자와 쇼자부로 등에 의해 주장되어 온 이야기와 거의 다를 바가 없었다. 위에서 보았듯이 당시 기타의 동원론이 사료적 근거를 꼼꼼히 제시하는 것도 아니었다. 오히려 그렇기보다는 이야기를 간략화함으로써 계몽하려고 의도한 것으로 보아야 할 것이다.

　그러면 기타의 동원론의 특징은 어디에 있었을까. 그 특징이야말로 계몽의 논법에 있었다. 이 점에 관해 두 가지 측면에서 살펴보자. 첫째는 민족 혹은 인종적 계통의 동일성의 설명방식이다.

　　어떤 사람은 인종학 혹은 언어학상 역시 일·한 동종임을 의심하는 자도 없지는 않지만, 그것은 정도의 문제이며, 정밀히 우리 야마토 민족이 조선인과 동일하다는 것을 말하기 어려울지라도, 양쪽에 공통된 분자(分子)가 많아, 그 근본에 있어서 동종임에 대해 거의 의심할 바 없는 일이다. 실제상 일·한 양종(兩種)은 모두 연대가 오래된 사이에는 다양한 이종족을 동화, 융합시키며, 잡종이 된 것은 의심할 바 없을 것이다. 잡종이라고 해서 뭔가 기분을 상해하는 자가 있을지도 모르나, 잡종이라고 해서 결코 수치스럽고 싫어할 일은 아니다. (…중략…) 우리 야마토 민족은 소위 대국민으로서의 금도(襟度)를 표시하여, 투귀(投歸)해 온 종종의 이종족을 모두 다 자기 속에 동화시킴으로써 오늘날에 이르렀던 것이다. 이것을 예시하면 다종의 대수(臺樹)에 접목하는 것과 같은 것이고, 그 대목(臺木)은 설령 유자나 등자라도 온주밀감(溫州蜜柑)을 접목한다면 다 온주밀감이 되는 것과 같이 이종족도 동화되어 모두 충량한 야마토 민족이 된 것이다. 그리고 이와 같은 일을 조선인 측에 대해서도 말할 수 있을 것이다.(②, 21쪽)

　'동종'성의 논리는 동원론의 기본이기 때문에 별로 놀라운 일이 아닌 것처럼 보일지 모르나, 이러한 견해의 배경에는 여러 문제가 있었다. "어떤 사람은 인종학 혹은 언어학상 역시 일·한 동종임을 의심하는 자

도 없지는 않"다는 점은 이 시기에 동원론을 부정한 역사가인 시라토리 구라키치白鳥庫吉를 상정하게 한다. 시라토리는 러일전쟁 시기 이전까지는 동원론자였다가 그 이후에 동원성을 부정하고, '일본민족'의 유구悠久성을 강조하게 되었다.[24] '동종'성의 논리는 그만큼 일본의 '국체'에 관해 큰 문제를 포함하고 있었다. 1891년에 당시 제국대학 교수였던 구메 구니타케가 동원론 담론을 담은 논문(「신도는 제천의 고속神道は祭天の古俗」)을 발표하자 같이 동원론을 주장한 호시노 히사시와 함께 국학자나 신도가들한테서 큰 비난을 받게 되어 구메가 제국대학을 사직하지 않을 수 없게 된 사건이 있었다. 당시 비난의 논점은 역시 동원론이 일본 천황의 계통을 '번인蕃人'과 같이 보았다든가 '국체'를 훼손하는 논리라든가 하는 것이었다. 이 사건이 일어났을 때는 기타가 아직 제국대학에 입학하지 않았을 때라서 그 사건의 기억이 어느 정도 있었는지는 알 수 없지만, 시라토리와 같은 담론이 존재하는 시기였다는 것을 생각하면 동원론은 결코 안전한 논리는 아니었다. 인용문 중에도 나타나 있듯이 '일본민족'의 '잡종'성에 대해 '수치스럽'거나 싫어하는 사람이 많았기 때문이기도 하다.

그런 의미에서 위의 인용문은 정밀히 읽어가면 '일・한 동종'이라고 하면서도 '일・한 양종', '야마토 민족'과 '조선인'을 병립된 존재로 간주하면서 '공통의 분자'가 많다고 함으로써 '야마토 민족'의 영역을 확보하고 있는 것을 알 수 있다. 그 논리 구성은 역시 위와 같은 동원론을 둘러

---

24 이 점에 관해서는 미쓰이 다카시, 류미나 역, 「일본의 동양사학은 어떻게 형성되었는가?—시라토리 구라키치白鳥庫吉의 역사학」, 도면회・윤해동 편, 『역사학의 세기—20세기 한국과 일본의 역사학』, 휴머니스트, 2009를 참조하기 바란다.

싼 긴장관계를 배경으로 하는 것이 아니었을까 생각된다. 그러나 동시에 이 글은 한국병합을 맞이하여 '야마토 민족'과 '조선인' 사이의 관계도 동화하는 자와 동화되는 자와의 관계가 될 것임을 예감하게 하는 글임은 분명하다.

기타는 한국병합 전의 썼던『국사의 교육國史之教育』에서 다음과 같이 논하고 있다.

> 어떤 논자는 우리 건국체제상 특이한 점으로서 계속 군민동조(君民同祖)론을 주창한다. 이 점에 있어서 나 자신도 역시 이론이 전혀 없다. 그러나 이것을 주장하는 것이 너무 지나쳐 이종족의 혼입을 절대로 부인하고 귀화인의 후예를 소외하며, 인류학자, 인종학자의 진보적 학설에 귀를 막으려고 하는 자가 있다면, 그것은 몹시 사려가 부족한 것이라고 하지 않을 수 없다. 이와 같은 것은 결코 대국민의 금도가 아니다. (…중략…) 이제야 우리나라는 홋카이도에 아이누를 종속시키고 있을 뿐만 아니라, 더 나아가 남쪽으로 대만을 그 판도에 끼워넣고, 북쪽으로 가라후토(樺太)를 그 소령(所領)으로 하고, 한국을 보호국으로 하고, 만주에 있어서도 종종 경영을 하고 있지 않은가. 뿐만 아니라 가까이에는 일한합방론(日韓合邦論)조차 주장되고 있지 않은가.[25]

이 글에서 알 수 있는 것은 '군민동조'적인 '국체'관[26]과의 긴장관계와

---

25 喜田貞吉,『國史之教育』, 三省堂, 1910, 101～102쪽.
26 '군민동조'적 '국체'관에 대해 좀 더 언급해 보자. 19세기 말부터 20세기 초 일본의 사상적인 특징 가운데 주목해야 하는 것은 '가족국가'관의 존재이다. '가족국가'관은 국가 특히 황실(혹은 천황)과 '국민'의 관계를 가족제도에 비유하고 그 사이에 유교적인 '충효忠孝'의 원리를 끼워 넣음으로써 '충군애국忠君愛國' 정신을 함양시키려고 한 '국체'사상이었다. '가족국가'관의 논리는 '자식이 부모를 경애하는 것처럼 신민臣民이 천황을 경애하는 것은 자연스러운 것이다

'이인종의 혼입'의 연장선상에 '일한합방론'이 있다는 것이다. 그런 의미에서는 한국병합 때 동원론이 '동화'를 의식한 것이었음은 분명하다.

다음으로 생각해봐야 할 것은 기타의 '본가–분가'론이다. 종래에 기타의 동원론의 특징으로 설명되는 부분인데, '야마토 민족'에 의한 '동화'의 역사, 스사노오 도한설, 이나히노미코토 신라진출설, 신공황후 삼한정벌 등, 일본과 조선의 관계를 주종관계로 보는 시각을 토대로 '동원'을 말할 때 그 관계는 대등할 수는 없고 주종관계를 '동원론'과 양립시킬 때의 논리 조작이 이 '본가–분가'론인 것이다. 지리상으로 떨어져 있기 때문에 조상이 같은 민족이 서로 나라를 만들고 분리되는 상황을 비정상적인 것이라고 하며 한국병합을 정당화하는 역할을 하는 수사법에 불과했다.

기존의 연구에서도 지적했듯이 기타의 동원론은 시국의식을 현저하게 반영하는 것이었지만, 그것은 기타가 1901년 이후 일본 문부성의 교과서 편찬사업에 관여했던 경력과 깊은 관계가 있었다. 그는 "국사의 교육"의 역할을 "국사에 의해 국민교육을 시행한다. 국민을 기초로 해서 국민에게 필요한 성격을 준다는 의미"라고 한다(⑥, 540쪽). 이 시기 기타의 동원론도 이런 맥락에서 성격을 파악해야 할 것이다. 당시 동원론은 주로 교육가나 소년들의 '계몽'을 꾀하고 있었다.[27] 기타의 '국민교

라는 사고방식을 토대로 하는데, 이러한 도식은 군(천황)과 신(국민)이 동원, 동조라는 '군민동조'성의 논리를 기초로 해서 성립하는 것이다.

27 특히 ㄴ'계몽'의 의시는 ③에서 제일 첨예하게 나타났다. 『일본소년』이라는 이름 그대로 소년을 대상으로 한 잡지에서 기타는 한국병합의 역사적 근거를 이야기 형식으로 전하려고 한다. 이 글은 본가인 '다로' 집에 오랫동안 유랑하던 '지로'가 돌아오는데, '다로'와 그 가족들이 '지로'를 환대하는 이야기로 시작된다. '다로'는 일본이면서 '형'이고, '지로'는 조선이면서 '남동생'으로 표상되며, 오래 불행하게 살아올 수밖에 없었던 '지로'를 '다로'가 따뜻하게 맞이하는 스토리가 그려진다.(③, 53~55쪽)

육'론의 골자는 다음과 같은 것이었다.

> 　무릇 학문으로서의 연구와 교육상에 응용하는 경우와는 같은 역사를 다룸에도 구별이 있어야 한다. 국민교육에 있어서는 대상이 아동이다. 아동은 아직 지식이 발달되지 않았고 이해력도 불충분하여 어떤 의미에서 미개 야만의 위치에 있다고 해도 된다. 따라서 이를 교육하는 데에는 역시 상당한 교재로 해야 한다. (⋯중략⋯) 교육에 종사하는 자는 반드시 국사의 교육상에 있어서 지위를 명확히 하고 그 목적으로 향해 이를 취급해야 한다. '국사의 교육'은 학생에게 국사를 가르치는 것이 아니라, 국사를 가르침으로써 국민임에 필요한 성격을 주는 것이라고 각오해야 한다고 생각된다. (⑥, 40쪽)

단적으로 말하면, 1910년에 기타가 말한 동원론은 연구학설로서의 성격이라기보다 '국민교육'의 교재로서의 의미를 가졌다. 그래서 사료 제시가 정밀하지 않고 계몽적 성격이 컸던 이유를 이해할 수 있다. 그의 동원론은 '야마토 민족'의 '잡종'성을 강조하고 교화하는 수단으로서의 의미가 컸다고 할 수 있지 않을까.

여기서 ⑤에 대해 조금 언급해 둔다. 이 책의 골자는 위의 강연 내용과 다를 바 없다. 차이는 고대 한반도와 일본과의 관계사의 기술이 보다 상세해졌다는 점과 부록으로서 「조선연혁사략朝鮮沿革史略」, 「명치일한 교섭사明治日韓交涉史」가 첨부되어 있다는 점이다.

기타는 이 책에서 다른 논자들과 같이 한국병합은 조선인을 "불행한 처지", "도탄지고塗炭之苦"에서 구제하는 것이라고 한다(⑤, 10쪽). 그 '불행'함이란 조선조가 주변 나라의 침략 대상이 되거나 남의 나라끼리의 전쟁에 휘말려 국민이 피해를 많이 받았다, 치안이 좋지 않고 근검저축이 정착되지 않았다, 악한 관리들에 의한 가렴주구苛斂誅求가 심하다, 등의 이유로 나라가 빈약해져 갔다는 것이다(⑤, 7~9쪽). 그런데 흥미로운 것은 기타가 그것을 "헤이안平安조의 불행한 백성"을 "무가武家정치에 의해 도탄지고에서 구제"한다는 비유로 설명하는 점이다(⑤, 10~19쪽). 그의 일본 중세사관에 대해 다음에 인용문에서 확인해 보자.

> 헤이안조 시대의 우리 인민은 참으로 한국의 그것 이상으로 불행했다. 정부의 나쁜 관리는 심하게 인민을 괴롭혔지만, 인민은 거의 정부에서 생명과 재산의 보호를 받지 못했다. 유세(有勢)한 자나 교활한 자만이 민간에 발호하여, 일반인민이 비상한 빈곤에 빠져, 병자가 있어도 그것을 시중들 수 없고, 죽은 자가 있어도 그것을 매장할 수 없다. 궁성의 여러 문이나 대도 곁에는 시체가 겹겹이 누워 있거나 경(京)의 가모가와 강변에 무수한 촉루들이 있는 시대도 있었다. 교토가 이미 이런 상황인데, 하물며 외진 시골에 이르러서는 훨씬 더한 상황이었을 것이다. 그런데 유력자들은 그야말로 더없는 영화(榮華)를 누리곤 하여, 오늘날에는 상상도 못할 정도였다. (⑤, 10~11쪽)

기타는 위와 같은 상황을 구제한 것이 무가정치라고 한다. 그러나 그는 원칙은 "만세일계의 천황이 일국을 통치하"는 것이라고 하며, 무가정치는 어디까지나 "적당하지 못한 변태"이고, "우리나라에서 분명히 그릇된 일"이라고 한다. 무가정치가 일어난 것은 오로지 암흑과 같은 헤이안 시대를 '구제'하기 위해서 필요한 일이었다는 것이다(⑤, 15쪽).

기타는 이렇듯이 한국병합의 의의를 무가정치의 흥기가 의미한 '구제'의 논리로 설명하지만, 몇 가지 문제를 안고 있었다. 동원론에 관한 부분에 한하여 언급하면 고대부터의 역사적 관계와 인종/민족적 관계를 통한 '동일성'의 논리를 외치면서도 결국은 한국병합의 정당화는 동원론에 의거한다기보다는 이른바 정체론적 사회 이미지와 정치체제 문제로 설명된다는 점을 들 수 있다. 비록 역사적으로 무가정치의 '성과'를 설명해낼 수 있다고 해도, 한국병합은 동시대적인 사태이기에 그 결과/성과를 증명할 재료는 하나도 없다는 점이다. 덧붙여서 말하면 무가정치가 끝나고 천황친정의 시대가 '그릇된' 체제로부터 '옳은' 체제로의 변화라고 한다면, 논리상으로는 한국병합으로 시작된 식민지 상황이 언젠가 끝날 가능성이 있을 것인데 기타는 그 가능성을 예감 못하고 있었다고 봐야 한다.

그런데 이 책의 주요 논지는 역시 동원론이고, 그것을 교육적 가치로 강조하는 점은 위에서 언급한 강연록과 다를 바 없다. 물론 기타가 당시 문부 편수라는 입장 때문이었을 것이다. 그러나 동원론이나 '잡종성'의 논리가 '국민교육'에 필요했던 것인가 하는 점이 궁금할 것이다. 그리고 한국병합 당시 계몽의 역할을 마치고 기타는 얼마간 동원론에 관한 논고를 발표하지 않게 되었다. 역할을 마쳤다고 하지만, 남북조 정윤 문제로 문부성 관리생활을 그만두지 않을 수 없었다는 것이 옳을지도 모른다. 결국 일본 '내지'에서는 동원론의 역할도 일단은 끝났다고 봐야 할지 모르겠다.[28]

---

28 三ツ井崇, 앞의 글.

4. 기타 사다키치의 '일조동원론'의 성격(2) — 3·1운동을 거쳐서

1) 논법의 변화, 일본 / 조선 민족론의 골격 형성

기타의 동원론 '제2기'라고 할 수 있는 시기는 1919년부터 1920년대 초였다. 그것이 3·1운동의 영향 때문인 것은 추측하기 쉬운 일일 것이다. 그러나 동원론 관련 논문은 그다지 많지는 않다.

먼저 1919년 6월에 발표된 「조선민족이란 무엇인가朝鮮民族とは何ぞや」(『민족과 역사』 1-6)를 보자. 이 글은 머리말에 해당하는 '개설'에서 다음과 같이 말한다.

> 조선에서 소요사건이 일어난 것이 신문지상에서 자주 보도되었다. 나는 아예 그 원인 여하를 알지 못하고 경과 여하조차 모른다. 그러면서도 민족 자결 문제가 세계를 통해 고창되는 오늘날에 있어서 그 민족적 관계를 밝히는 것은 나에게 제일 시의에 맞는 일이라고도 생각된다. 그래서 평소 믿는 바를 피력하고 경세가를 비롯해 일반인사의 참고에 도움이 되게 하고자 한다. 이것이야말로 우리 학도의 사회에 대한 임무 중의 하나라고 믿기 때문이다.[29]

3·1운동의 원인이나 경과를 모른다고 하면서도 "민족자결 문제"에 대해서는 민감할 수밖에 없었던 기타가, 정확하지 않더라도 "소요사건"이 민족 문제임을 명확하게 알고 있어서 그것에 대해 무관심할 수는 없

---

29 喜田貞吉, 「朝鮮民族とは何ぞや」, 『民族と歷史』 1-6, 日本學術普及會, 1919, 228쪽.

었을 것이다. 이 논문은 그런 의미에서 그의 시국의식을 잘 드러낸 글이라고 할 수 있다.

이 논문의 본론 구성은 ① "한韓족과 조선민족", ② "부여족과 조선민족", ③ "지나支那족과 조선민족"의 세 가지 시각으로 이루어져 있고 그 기술 내용도 사료 인용이 있기는 하나 지극히 간단한 글이었다. ①에서는『산해경』,『후한서』등 사서에 나오는 한韓과 왜倭의 위치관계(인접관계)를 강조하고, ②에서는 고구려, 백제, 외예外濊, 맥貊, 옥저沃沮 등, 한반도 동북부의 여러 민족들과의 동계성을 전제로 하면서, 천손계(히코호호데미노미코토彦火火出見尊)의 고전설과의 유사성이나 고구려어 수사와 일본어 수사와의 유사성 등을 들어 위의 여러 민족들과 천손계를 "형제나 사촌과 같은 가까운 관계는 아니더라도 기타 민족들과의 거리에 비하면 비교적 가까운 친척이라는 것을 인정하고자 한다"[30]라고 한다. ③은 일본과의 관계라기보다는 한반도에 있어서 중국인들의 이주의 흔적이 있고, 그들이 조선민족과도 혼종되어 있다고 하는 취지이다.

그런데 이『민족과 역사』는 1919년 1월에 발간된 잡지이다. 그 창간호의 권두논문은 「'야마토 민족'이란 무엇인가'日本民族'とは何ぞや」 였다. 실은 위에서 본 「조선민족이란 무엇인가」의 머리말 부분에 다음과 같은 기술이 있었다.

본지 제1호에서 나는 "일본민족이란 무엇인가"라는 문제를 제출하여 그것이 아마쓰카미(天津神), 구니쓰카미(國津神) 양 계통의 민족의 동화 융합

---

[30]　위의 글, 234쪽.

으로 이루어졌고, 나아가 해외에서 귀화한 여러 민족이 그것에 병합되어 생긴 완전한 복합민족임을 약설해 놓았다. (…중략…) 지금 여기서 그것과 같은 관계에 있는 우리 새 동포인 조선반도의 주민이 본래 어떠한 것인가에 대해 약설하고자 한다.[31]

결국 동원론을 주장하는 이상, 조선민족이 무엇인가에 대한 물음은 바로 일본민족이 무엇인가라는 물음과 표리일체가 될 수밖에 없었다. 위의 인용만으로도 그의 민족론의 주지가 표명되어 있으나 조금 더 상세히 살펴보고자 한다.

'야마토 민족(일본 민족)'이라는 말은 요즘 널리 학자, 정치가, 교육자들 사이에서 쓰이고, 암암리에 거의 그 이해가 형성되어 있는 것으로 생각되는데, 그래도 역시 나와는 다른 의미로 이해하고 '일본민족'이 곧 '천손민족'이라고 생각하는 자도 세간에는 적지 않은 것 같다.

일본민족이 곧 천손민족이라는 사상은 실제로 다수의 제국신민이 다 같이 포회하는 바이다. 그리고 나도 역시 어떤 의미에서 그것을 믿는 한 사람이기는 하다. 우리 제국신민은 참으로 그 고전설이 가르치는 바에 따라 천손의 적통(嫡統)을 계승하신 우리 황실을 종가로 받들어 그 천양무궁(天壤無窮)한 황운(皇運) 밑에서 협동일치하여 국가의 발전을 바라며 국민의 행운을 기도하는 민족임에 틀림 없을 것이다. 그러나 그 기원으로 거슬러 올라가 계속 연구해 보았더니 그곳에는 종종 잡다한 이민족의 혼효공서(混淆

31 喜田貞吉,「「日本民族」とは何ぞや」,『民族と歷史』1-1, 日本學術普及會, 1919, 1쪽.

共棲)의 사실을 부정할 수 없다. 그것은 오직 고고학자나 인류학자, 토속학자, 사회학자 등이 그 전문적 견지에서 입증했을 뿐만 아니라 우리 고전설이나 역사가 가리키는 바도 바로 그것을 증명하고 있다. [32]

이 논문의 골자는 혼합민족론이고 이 점에 관해 다음과 같이 설명하고 있기도 하다.

> 우리 현대의 일본국민은 실제로 고고학자, 토속학자, 인류학자, 사회학자 등이 말하는 것과 같이 일개의 복합민족임을 의심하지 않는다. 그런데 그 복합민족이란 것은 결코 단순한 잡다한 모임(寄合世帶) 같은 것이 아니다. 우리 대일본제국의 국가는 수천 년 이래의 경력을 같이하고 서로 착종된 혈연을 소유하고 사상과 신념을 같이한 일대 민족이 수천 년 이래의 역사에 의해 서로 결합하고 함께 종가의 가장으로 계시는 천황을 원수로 받드는 것이다. 이런 의미에서 우리 국민은 모두 천손민족이다. (…중략…) 환언하면, 우리 일본 신민 중에는 매우 많은 접목(接木)된 천손민족이 혼재하는 것이다. 이것을 총칭하여 나는 '야마토 민족(日本民族)'이라는 용어를 쓰고 싶다. [33]

바꿔 말하면 천손민족과 이에 '융화 동화'된 선주민족의 복합민족으로서의 '야마토 민족'을 조정하는 데 그 주지가 있다. 여기서 중요한 것은 천손민족이든 '야마토 민족'이든 이미 혼종된 존재로 규정한다는 점

---

32 위의 글, 2쪽.
33 위의 글, 3쪽.

이다. 물론 선주민족을 융화, 동화의 대상으로만 파악한다는 점에 큰 문제가 있기는 하나, 이 글의 결론은 "동화 융합"을 위해서는 "신부의 여러 민족"을 "결코 소외 학대하지 말고 온정으로써 이들을 포용"해야 한다는 것이었다.[34]

1919년 2월 발표된 「'야마토 민족'과 언어日本民族と言語」는 언어계통론을 의식한 흥미로운 논문이다. 기타는 일본어를 "소위 천손민족의 언어"라고 하면서도 "언어는 반드시 민족과 일치하는 것은 아니다"라고도 한다.[35] 그 의도는 다음 부분에서 상세히 알 수 있다.

그러나 현재 아이누가 사용하는 일본어가 우리가 사용하는 일본어와 완전히 동일하지 않은 것과 같이 천손민족의 본래의 언어가 곧 후의 일본민족의 언어는 아니다. 특히 천손민족의 선주민족에 대한 관계는 현대 일본민족과 아이누족과의 관계처럼 그리 현격한 차이가 있었던 것은 아님에 틀림없다. (…중략…) 황실의 선조로 계신 신대의 계도에 관한 고전설을 통해 생각해도 천손민족이 남편이고 선주민족이 아내인 정도의 관계는 유지되었다. 따라서 그 언어에 있어서도 선주민족의 언어가 매우 많은 영향을 이에 주었다는 것은 의심하지 않는 바이다. 그 어계(語系)에 있어서는 대체로 어디까지나 천손민족의 언어이긴 하나 그 실질에 있어서는 매우 많이 다른 것이었음에 틀림없다. 그래서 우리 일본어는 바로 다카마가하라(高天原)의 언어는 아니다. 오직 그 어계에서만 다카마가하라와의 관계를 찾아야 한다.[36]

---

34 위의 글, 9쪽.
35 喜田貞吉, 「「日本民族」と言語」, 『民族と歴史』 1-2, 日本學術普及會, 1919, 47쪽.
36 위의 글, 48쪽.

이 글에서 중요한 것은 '일본민족'은 언어적으로도 '순수한' 존재가 아니라는 것이다. 물론 그 함의는 "먼 친척"인 조선민족을 "동포로 넣"는 새로운 현상을 옛날에 천손민족과 선주민족과의 관계에 비겨서 긍정하는 데 있었다.[37]

위와 같은 동원론의 골자는 1910년대의 기술에도 나타난 바 있었다. 그러나 일본민족론으로 보았을 때에는 약간의 변화가 있었다고 봐야 한다.

1915년의 강연필기인 「일본 태고의 민족에 대하여日本太古の民族に就いて」에서는 이미 위에서 본 것과 같은 일본민족론의 근간이 되는 사고방식이 나타나 있었다.

> 지금까지 역사가가 우리 고대의 주민에 대해 서술하는 경향을 보면 대개 두 가지로 되어 있습니다. 한편에서는 『고사기』, 『일본기(日本紀)』의 '신대권(神代卷)'에서 논한 바를 극히 충실히 지켜 그곳에서 모든 해결을 얻으려고 하는 방법입니다. 이것이 지극히 온당한 일이고 가장 비난이 적기는 합니다만, 고전설에 의해 전해온 바는 주로 우승자 방면에서의 일이기 때문에 완전히 그 진상을 아는 데는 유감이 대단히 적을 것입니다.
>
> (…중략…)
>
> 아주 충실히 조술(祖述)하는 측의 연구에 따르면 우리나라 인민은 모두 본이 하나가 되어 버립니다. 위로는 황실에서부터 아래로는 일반 인민에 이르기까지 같은 조상에서 갈라져 일본 국민이 대체로 모두 같은 일족이며,

---

37 위의 글, 50쪽.

황실은 그 종가라고 하십니다. 이런 군민동조와 같은 주장도 필경 그런 생각에서 나온 것입니다. (⋯중략⋯) 이것은 학문상의 연구로서는 본래 다른 문제이긴 하지만 정치나 혹은 교육상으로는 다소 방편으로서의 의미를 가지는 극히 유익한 설일지도 모르겠습니다. 우리 일본민족은 굳건하게 일치 단결하고 있습니다, 야마토 민족은 다른 여러 나라 국민과 달리 단결력이 대단히 강하다는 것은 조상이 모두 같아서 그러한데, 국민 전체에 같은 피가 흐르고 있다는 사상으로 애국심을 고무해 나가는 것도 하나의 필요한 일일지도 모르겠습니다. 그러나 사실은 전혀 이런 것을 용납하지 않습니다.

고전설이나 고대 기록을 보아도 이 다카마가하라에서 강림하신 천손과 흐름을 같이하는 자만이 일본 국민 전체를 조직한다는 증명은 아무래도 하지 못합니다. 천손강림 이전에 오야시마구니(大八洲國)에 여러 거칠었던 신들이 있었다는 것은 신전(神典)에도 확실히 인정됩니다. (⋯중략⋯) 그리고 후에도 에미시(蝦夷)라든가 하야토(隼人)라든가 여러 다른 이름으로 전해지고 있는 이인(夷人), 잡류가 역사상 확인되고 있습니다. 여러 외국에서 도래한 자도 매우 다수입니다. 이들 귀화민족은 일본 국민의 유래를 설명하는 데 결코 간과하지 못하는 정도로 다수였으며, (⋯중략⋯) 이 사람들의 후예가 다 절멸했다면 국민 모두가 동조라고 할 수도 있겠지만, 비록 이 선주민족들이나 이른바 이인 잡류나 귀화한 제번(諸蕃) 사람들의 자손이 함께 우리 국민의 일부분을 이루고 있다면 군민동조라는 것을 극단적으로 계속 언급하는 것은 때로는 그 속에서 의붓자식 취급받는 사람을 만들게 될지도 모르겠습니다. 특히 새로 타이완이나 조선이 우리 판도가 되어 그 주민들이 같은 제국의 신민이 되어 있는 오늘날이라서 그리 좁게 여기지 말고 정략적으로 보는 사람이라도 다소 넓게 바라볼 필요도 있을 겁니다.[38]

타이완이나 조선을 판도로 편입시킨 후의 시국의식이 반영되어 있기는 하나 거꾸로 말하면 그렇기 때문에 '군민동조'의 틀을 변용시켜야 한다는 취지라고 볼 수도 있다. 기타는 그 이후 천손민족 자체를 혼종으로 보는 시각을 강하게 내세우게 된다.

물론 그의 혼합민족론이 조선의 '동화'를 지향하는 것이었음은 틀림없다. 그러나 「조선민족이란 무엇인가」에서 보인 다음의 결론을 보면 그런 '동화'론은 '이상형'에 불과했다.

> 조선민족은 일본민족과 동일한 것이며, 그것이 바로 중고 이래 정치상의 차별에서 언어, 풍속, 습관, 사상 등에 있어서 이동을 생기게 한 것이다. 이제 이 두 민족은 관계가 깊었던 고대 상태로 돌아가 함께 동일국가를 조직하고 있다. 혹시 조선민족이 점차 그 다수에 동화하여 언어, 풍속, 습관을 고쳐 그 사상을 하나로 하기에 이르면 피아의 구별은 완전히 철폐되고 혼연 융화된 일대 일본민족을 이룰 것이다. 어떤 사람이 그 급격한 동화정책을 비난하고 이번 폭동과 같은 일도 그 원인의 하나는 거기에 있다고 논한다. 그것도 일리가 있기는 하지만, 과거의 우리 역사는 항상 그 완전한 동화의 사적을 남기고 있다. 다행히 그 동화가 실현된다면 그것은 오직 제국을 위해 행복할 뿐만 아니라, 역시 참으로 그들 자신의 복리를 증진시킬 근거여야 한다.[39]

결국, 자신이 명확하게 비판한 것은 아니지만 "급격한 동화정책"에

---

38 喜田貞吉,「日本太古の民族に就いて」,『史學雜誌』27-3, 1916; 喜田貞吉,『喜田貞吉著作集』 8, 平凡社, 1979, 6～8쪽.
39 喜田貞吉,「朝鮮民族とは何ぞや」,『民族と歷史』1-6, 日本學術普及會, 1919, 238～239쪽.

대한 비난, 반발을 인정할 수밖에 없었고, 아무리 고대 역사의 "동화의 사적"을 외치더라도 "그들 자신의 복리를 증진시킬 근거여야 한다"고 현실과의 차이를 느낄 수밖에 없었던 것이다. 바꿔 말하면 한국병합 시기부터 10년 가까이 지난 이 시점에서도 조선인이 "소외 학대"를 받고 있는 상황이라는 것을 인정하지 않을 수 없었다는 것이다. 그러나 위와 같은 기타의 글들은 모두가 다 일본인을 향해 쓰인 것이고, '일본민족'이란 전제를 일본인으로 하여금 재고하게 하는 역할로서의 의미가 있었다. 다른 한편에서 '동원론'이 실제로 조선민족의 행복을 보장하지 못하고 있는 상황에 대해 기타가 어떻게 생각했는지는 궁금하다. 현재 시점에서 위와 같은 기타의 사고방식을 비판하는 것은 쉬운 일이지만, 위와 같은 생각을 가능하게 한 배경에 대해 조금 더 알아볼 필요가 있다. 다음에는 기타의 현실인식에 대해 좀 더 생각해 보고자 한다.

2) 기타의 조선에 대한 현실인식과 역사상

1921년 7월 『민족과 역사』는 '선만鮮滿특집호'를 내건다. 집필자로는 기타를 비롯해 하마다 고사쿠濱田耕作, 야기 쇼자부로八木奘三郎, 미우라 히로유키三浦周行, 이마니시 류今西龍, 하라 가쓰로原勝郎, 나이토 도라지로內藤虎次郎 등의 이름이 보인다. 이 호의 권두논문은 기타의 「일선 양민족 동원론日鮮兩民族同源論」이다.[40] 이 논문은 지금까지 기타가 발표해 왔던 동

---

40 기타에 의하면 이 글이 『동원』지에 기고한 「일선 양민족 동원론의 경개日鮮兩民族同源論の梗概」 (3호, 1920년 12월 소수)의 내용을 부연, 보충한 글이라고 한다(喜田貞吉, 「日鮮兩民族同源論」, 『民族と歷史』6-1, 1921, 日本學術普及會, 5~6쪽). 『동원』지에 게재된 글의 제목은 정확히는 「일선 양민족 동원론 경개日鮮兩民族同源論梗概」이다. 이 자료 이외에도 유도진흥회의 『유도儒道』3호(1921)에도 「내선 양민족 동원론 경개內鮮兩民族同源論梗概」라는 조선어(국한문) 논문이 실렸다. 세 가지 텍스트는 거의 비슷한 구성이고 내용이지만 단편적으로 차이를 보인

원론 관련 논문 중에서 분량이 제일 많은 편이었다. 내용을 보아도 종래 발표해 온 논고들을 토대로 부연한 글이라고 할 수 있고, 이른바 기타의 동원론의 집대성이라고 할 수 있는 글이다. 그 내용 구성은 다음과 같다.

① 서언(緒言)

② 동원이란 무엇인가(同源とは何ぞや)

③ 일본민족구성의 요소(日本民族構成の要素)

④ 각 요소의 융합동화 (各要素の融合同化)

⑤ 일본어와 민족(日本語と民族)

⑥ 일본의 신화와 민족(日本の神話と民族)

⑦ 고고학상으로 보는 우리 선주민의 두 계통(考古學上より見たる我が先住民の二系統)

⑧ 제번의 도래(諸蕃の渡來)

⑨ 천손민족의 도래와 일본민족의 성립(天孫民族の渡來と日本民族の成立)

⑩ 조선민족이란 무엇인가(朝鮮民族とは何ぞや)

⑪ 한족과 조선민족(韓族と朝鮮民族)

⑫ 부여족과 조선민족(扶餘族と朝鮮民族)

⑬ 한족과 조선민족(漢族と朝鮮民族)

⑭ 결론(結論)

먼저 '① 서언'을 보면 다음과 같은 문장부터 시작된다.

다. 그 텍스트들의 경위나 관계에 대해서는 앞으로의 과제로 삼고자 한다.

메이지 43년 8월 한국병합이 이루어진 이래 이제 11년, 피아의 민(民) 날마다 달마다 융화의 실을 올리고 있다고 해도 역시 때로는 의사소통을 결여하여 상호간에 분요를 일으킴을 면하지 못하는 것이 자타 공히 유감으로 여기는 바이다. 그 죄가 어디에 있는지는 지금 감히 묻지는 않는다. 여하튼 천삼백 년 이래 별개의 방국(邦國)으로 존립하고, 언어, 풍속, 사상 등으로 현저한 상위를 초래하고 있는 것을 보면 아무리 우리 당국자가 그 계발에 노력하고, 그 유식자가 그들을 유도해 본다고 해도 그리 짧은 연월 안에 충분히 융화해 나가기를 원하는 것은 혹시나 무리한 주문일지도 모르겠다. 특히 그중에는 사리(事理)를 이해하지 못한 피아의 우민들이 쓸데없이 그에게 압박을 가하고 쓸데없이 우리에게 반항을 시도하는 것과 같은 상태이면 그 융화는 한층 더 곤란한 일이라고 하지 않을 수 없다. 그러나 그 쓸데없이 압박을 가하고 쓸데없이 반항을 시도하는 이유가 주로 피아가 그 민족을 달리하고 타인끼리 모여 있는 것이라는 오상(誤想)에 기초하는 경우가 많다는 것은 거의 의심할 여지가 없는 사실이다. 비록 그 이유가 그리 쉽지 않다고 해도 적어도 양자가 원래 동원이라는 이해를 충분히 얻었다면 피아 융화에 현저히 이바지할 것임은 말할 나위도 없다.[41]

동원성의 인식이야말로 대립 해소 융화에 제일 중요하다는 사고방식은 종래와 다른 바 없고 이하에서 전개되는 동원론의 논법도 종래와 똑같다. 그러나 약간의 차이를 보였다면 그것은 현실의 갈등에 대해 명확하게 언급하고 있는 점이다. 그래서 오히려 동원론이 "피아의 융화"

41 喜田貞吉, 「日鮮兩民族同源論」, 『民族と歷史』 6-1, 日本學術普及會, 1921, 4~5쪽.

를 위한 정치적 역할에 대한 기타의 의식도 명확해졌다고 할 수 있다.

앞에 제시한 내용 구성을 참고하면서 내용을 살펴보면 종래 발표해 온 일본민족론, 조선민족론의 내용을 합하여 부연한 내용이라는 인상이 강하다. 분량도 훨씬 더 늘어나서 동원성을 역설하려는 자세가 명확해졌다. 특징적인 부분을 들면 다음 세 가지 정도가 될 것이다.

첫째는 '동원'성의 이미지가 종래보다 더 분명해졌다는 점이다. '2. 동원이란 무엇인가'에서는 "일선日鮮 양 민족은 비교적 가까운 데에 공동의 조상을 가지고 있는, 즉 비교적 가장 좁은 의미에서의 '동원'임을 주장하려는 것이다"[42]라고 하면서도 그 '동원'성의 이미지는 좀 복잡하다.

그래서 일선 양 민족이 비교적 가까운 데에 공동의 조상을 가진다고 해도 그 조상은 결코 단순하지 않다. 양자 동원이라고 해도 결코 하나의 큰 가지에서 두 개의 가지가 분리된 것과 같이 간단히 이해하면 안 된다. 오직 대체로 양 민족의 구성 요소가 피차 공통이고 그 각각이 때로 본말의 관계를 가지고 때로 비교적 가까운 데에 공동의 조상을 가지고 때로 서로 뒤섞여 있다는 식으로 귀착한다. 말하자면 세계의 온갖 민족 중에서 일선 양 민족은 가장 가까운 관계를 가진다는 것을 말하려는 것이다. 나는 이런 의미에서 일선 양 민족 동원이란 말을 이해하는 바이다.[43]

종래에 '온주밀감'의 '접목'의 비유로 일본이란 대목臺木에 조선이 '접목'되었다는 식인 단순한 도식으로 설명되는 경향이 있었는데, 여기에

---

42 위의 글, 7쪽.
43 위의 글, 8~9쪽.

서는 "피부의 색채, 골격의 형상, 모발 근육 등의 끝에 이르러서까지도 점점 구별이 생기고, 언어, 풍속, 사상 등 각각 달라져서 오늘날 보는 것과 같이 다종의 차별을 이루기에 이르렀"다는 인식이 있으면서 결국은 인류로서는 '동원'이고 유럽인, 미국인과 동양인 사이의 차이라든가, 아시아인, 미국 선주민('토인'), 마래인종들 사이의 거리라든가 하는 것은 '동원'이면서도 광협廣狹, 아니면 원근遠近의 차이에 불과하다는 것이다.[44] 그런 전제로 일본과 조선이 아주 가까운 데에 있는 '동원'적 관계라는 취지이다.

그러한 사고방식은 일본민족론에도 반영되었다. 둘째로서는 일본민족론에 관한 기술의 변화를 들 수 있다. '③ 일본민족구성의 요소'의 도입부에 아래와 같은 기술이 있다.

우리 일본민족이 문명 민족의 하나로서 결코 단순하지 않다는 것은 말할 나위도 없다. 과거의 국학자들 사이에서는 일종의 애국심의 발로로 인해 우리 민족의 순결 무비함을 설명하고 군민동조설을 열심히 주장하는 자가 없지는 않았으나 그것을 엄격히 계속 논해 보니 사실이 그것을 인정하지 않는 일들이 많을 뿐만 아니라 몹시 우리 역사나 고전설이 제시하는 바에도 용납되지 않는 일들이 있는 것이다.[45]

주장의 골자와 '군민동조'론과의 거리감은 전술했듯이 이미 1915년 「일본 태고의 민족에 대하여」에도 보였지만, 여기에서는 오히려 '군민

---

44 위의 글, 6~7쪽.
45 위의 글, 9쪽.

동조'론 비판에 가까운 논조이다. 이미 천손 강림 이전에 일본열도에는 여러 신 / 민족들이 있었고, 강림 이후에 그들 민족과 천손이 뒤섞여 '융합 동화'된 결과 '일본민족'이 생긴 것이고, '천손'이 곧 '일본민족'은 아니라는 주장이다. 그 주장은 이미 나타나 있었지만, 명확한 군민동조 비판과 함께 나왔다는 점에서 큰 의미가 있었다.

마지막으로 현실의 조선 지배의 갈등에 관한 인식도 명확해지고 있다는 점을 들 수 있다. 기타는 결론 부분에서 다음과 같이 말하고 있다.

> 앞에서 말했듯이 우리 일본민족과 조선민족이 본래 요소가 동일할 뿐만 아니라 그 후 서로 혼효한 일도 매우 많고 실제로 완전 동일민족이라고 해도 지장이 없는 사이이다. (…중략…) 그래서 현재 조선민족은 본래 일본민족과 거의 동일하다고 할 정도인데 그것이 중고 이래 정치상의 차별에서 언어, 풍속, 습관, 사상 등에 있어서 오늘날 보는 것 같이 특별히 현저한 이동을 발생시킨 것에 다를 바 없다. 그리고 이제 이 두 민족은 지극히 관계가 깊었던 고대 상태로 돌아가 함께 동일국가를 조직하는 것이다. (…중략…) 게다가 원래 오쿠니누시(大國主)의 국민이 천손민족과 완전 융합하고 서로 장점을 채용하고 단점을 보충하여 이 행복한 제국신민을 이루게 된 것과 같이, 원래 한국신민도 피차 혼연 융화한 일대 일본민족을 구성하고 함께 영구의 행복을 향수할 운명 아래 있는 것이다. (…중략…) 그럼에도 불구하고 때로는 아직 양자 사이에 의사소통이 부족하고 자주 분요를 일으키게 되는 것은 하나는 내지인의 구 한국신민에 대한 대우가 알맞지 않음에 기인하는 바 적지 않은 것을 부정하기 어려우나, 또 하나는 역시 이 양자가 본래 동원이었음에 생각이 미치지 않고 바로 서로 이민족시하여 물과 기름처

럼 서로 섞이기 어렵다고 생각하기 때문이다.[46]

여전히 '동원'성을 부정하기보다 그 유효성을 굳이 믿고 있기는 하나, "내지인의 구 한국신민에 대한 대우가 알맞지 않"다는 비판의식을 명확히 담았다는 점에서 큰 변화가 있었다. 앞에 살펴본 '군민동조'론에 대한 논조와 같이 볼 때 현실의 갈등에 대한 기타의 분노와 비슷한 감정을 엿볼 수도 있다.

물론 기타는 일본의 조선 지배 자체를 비판하지 않는다. 동원론을 유지한 이유가 일본의 조선 통치를 정당화하는 데 있었던 것은 틀림없다. 그럼에도 불구하고 일본 통치가 조선인에게 '행복한' 일이어야 하는데, 실제로는 그렇지 않다는 점을 그는 확실히 알고 있었다. 그 원인을 어떻게 생각했을까. 1920년 5월에 조선과 만주를 여행했을 때의 일지를 보면 흥미로운 에피소드가 있다. 기타는 남대문역에서 일본인 차부가 끄는 인력거를 타다가, 조선인 차부가 끄는 차가 추월하는 것을 보고 일본인 차부가 조선인 차부한테 "뭐야 조선 놈 주제에"라고 큰 소리로 말하며 조선인 인력거를 잡아 끌어오려고 했다는 것이다.[47] 그것에 대해 기타는 "이러한 무지 몰이해한 놈이 내지에서 나가서 조선인을 압박하고 모욕하고, 모처럼 학정으로부터 해방되어 기뻐했을 사람들로 하여금 반감을 불러일으키게 하고 분개를 가만두지 못하게 하여 피아의 융화를 방해하는 원인을 도처에 뿌리고 있는 것이다",[48] "그들(=조선인들)을

---

46 위의 글, 68~69쪽.
47 喜田貞吉, 「庚申鮮滿旅行日誌」, 『民族と歴史』6-1, 日本學術普及會, 1921, 275~278쪽.
48 위의 글, 276쪽.

내지인보다도 한 단계 뒤떨어진 민족과 같이 이해하고, "뭐야 조선 놈 주제에"식의 틀린 생각으로 그들을 대하는 자가 있"[49]다고 분노한다. 그 것도 일본의 통치는 원래 '선정'이라는 전제가 있기 때문에 총독부 비판 이 나올 여지는 없어서 큰 한계가 있기는 하지만, 기타 나름의 차별 비 판이었다.

5. 결론을 대신하여—차별과 동원론, 일본 피차별부락민과 조선인[50]

아직 명확한 결론을 내리기가 어려우나, 기타의 차별 해소의 논리와 동원론의 위치를 파악하기 위해 그의 피차별부락민 연구의 성격을 통 해 생각해 봄으로써 결론을 대신하고 싶다.

일본사 연구자 구로카와 미도리黑川みどり는 일본 피차별부락민에 관 한 표상表象의 유형과 변화에 대해 연구했다. 구로카와에 의하면, 메이 지시대 이후 피차별부락민은 이異인종으로 '발견'되고 차별 대상이 되 어 갔다. 그런데 피차별부락민들이 그러한 인종관에 대해 항의하자 '민 족'이라는 개념이 등장하게 되었다고 한다.[51]

1918년에 일어난 쌀소동米騷動 이후, 일본에서는 피차별부락에 대한 대 책 마련이 시급했다. 그리고 그들을 '민족'이라는 이름 아래 문명화를 통

---

49 위의 글, 277~278쪽.
50 이 절의 기술은 미쓰이 다카시, 「'동포'와 이민족 사이—'일조동원론'과 인종 담론의 모순」, 『제3회 인문한국학 국제학술대회 발표문』, 연세대 근대한국학연구소, 2019의 일부를 고쳐 쓴 것이다.
51 黑川みどり, 『創られた'人種'—部落差別と人種主義』, 有志舍, 2016, 95~116쪽.

한 '동화'의 대상으로 보려는 움직임이 일었지만, 동일 '민족'의 하위 개념으로 '인종'을 둠으로써 그들은 이인종으로 차별 대상이 되었다. 그때 '인종'이라는 말에 부정적인 성격이 부여되었다.[52]

여기에서 구로카와가 제시한 흥미로운 사례가 바로 기타 사다키치였다. 기타는 일조동원론자이자 부락사 연구자이기도 했다. 앞에서 든 일조동원론에 관한 기타의 소론과 대조하기 위해서 여기에서는 시론적으로 그의 피차별부락민에 관한 담론을 조금 더 살펴보자.

부락민에 대한 기타의 인식은 다음과 같은 기술에 단적으로 나타나 있다.

> 본 장(章)의 목적은 소위 '에타'가 우리 일본민족사에서 어떠한 지위에 있는 것인가를 해명하려고 하는 데 있다. 그런데 지금 설명의 편의상 우선 그 결론을 맨 처음으로 옮겨 한 마디로 내 소신을 말하면 원래 '에타'라고 불린 자는 현재 일본민족으로 불리는 자와 민족상으로 아무런 구별이 있는 것은 아니라는 데 귀착한다. 다만 담당했던 직업이나 경우상의 문제로 인해 다양한 연혁과 변천을 거쳐서 도쿠가와(德川) 시대의 이른바 '에타'라는 것이 이루어지게 되었다.[53]

---

52 위의 책, 116~130쪽.
53 喜田貞吉, 「エタ源流考」, 『民族と歷史』 2-1, 日本學術普及會, 1919; 喜田貞吉, 『喜田貞吉著作集』 10, 平凡社, 1982, 91쪽. '에타'는 부락민 범주 중의 하나이다. 그 기원에 관해서는 아직 불투명한 부분이 있지만, 일본의 근세사회에서 가축을 도살하고, 고기를 먹고, 피혁皮革업에 종사한 자를 가리켰던 말이다. '穢多'라고 표기되듯이 부정不淨한 존재로 천시賤視되었다. 물론 출신이나 직업이 그랬다고 해서 차별을 받을 이유는 없지만, 근세사회에서는 제일 낮은 '인간' 이하의 신분으로 다루어졌다. 1871년에 메이지 정부가 신분제를 폐지했지만, 현재에 이르기까지 그 차별은 계속되고 있다.

이 한 단락만으로도 부락민의 존재가 '인종'과는 무관하다는 그의 인식을 엿볼 수 있을 것이다. 그에게 부락민이 '일본민족'에 속한다는 것은 분명한 '사실'로 인정되어 있었다. 바꿔 말하면, 기타에게는 "가계가 무엇이든, 계도에서 표시된 조상이 무엇이든, 귀족이든, 평민이든, 또는 일찍이 천민으로 불리던 자든 모두 동일한 일본민족"이라는 것이다.[54] 앞에서 기타의 주장을 통해 '일본민족'의 본질은 그 '잡종'성에 있고 '민족'은 통합, 포섭의 논리로 제기되었던 과정을 보았다. 기타는 그를 통해 부락민들을 '제국'으로 포섭하고 그간에 있었던 차별을 타개하려고 했다. 그렇다면 부락민의 차별의 본질이 '민족'의 차이가 아니라 '경우상의 문제'로 보았을 때 현실문제로 존재하는 차별을 어떻게 제거하려고 했을까. 기타는 "목하의 필요는 그들의 실질의 개선에 있다. 세간의 진보에 뒤지고 거리가 멀어져가는 꼴이면 아무리 이론이 철저해도 융화의 이상은 어렵다"[55]고 했다. 바꿔 말하면 민족적 차이는 전혀 없지만 문명적 '후진성'의 논리로 현재 부락민의 처지를 설명하는 것이다. 부락민들이 그 '후진성'으로부터 벗어나기 위해서는 어떻게 하면 된다는 것일까.

구로카와에 의하면 차별을 타개하기 위해서는 행정이나 주위의 시선의 개선뿐만 아니라, 부락민 스스로의 문명화 노력의 필요성을 말하는 것이었다.[56] 그러나 그 '후진성'은 "세간의 다년에 걸친 차별대우에서 일

---

54 文學博士 喜田貞吉氏 講演, 『歷史上より見たる差別撤廢問題』, 財團法人中央社會事業協會 地方改善部, 1924, 24쪽.
55 喜田貞吉, 「特殊部落の成立沿革を略述して、其解放に及ぶ」, 『民族と歷史』 2-1, 日本學術普及會, 1919.
56 黑川みどり, 앞의 책, 130~143쪽.

어난 바"였고, 현실적 차별을 철폐하고 '해방'하는 것과 "물질적으로도 정신적으로도 세간과 같게 되기까지" '개선'을 해야 한다는 것이었다.[57]

그럼, 다시 조선문제로 돌아오자. 위에서 말한 피차별부락민 분석은 민족과 차별의 문제를 생각하는 데 도움이 되는 부분이 많다. 여기에서는 비교를 통해 조선인식이나 동원론의 성격에 대해 다시 생각해 보고자 한다.

주목할 만한 부분은 부락민연구에 나타난 것과 같은 머저리티에 비해 '문명'적으로 '후진'적이라는 인식과 차별을 타개하기 위해서는 행정이나 주위의 시선의 개선뿐만 아니라, 부락민 스스로의 문명화 노력이 필요하다는 논리는 조선인식과도 겹치는 부분이 있었다. 앞에서 언급한 1920년의 조선 여행기에서도 그것을 확인할 수 있다. 하나는 5월 26일에 부산 히노데 소학교에서 행한 「민족의 동화」라는 강연에서 "일찍 동화 융합된 자는 이민족이라도 훌륭하게 공민이 되었고, 융화 동화의 기회를 놓친 자는 낙후자로서 후세 천민의 근원이 되었다는 경위를 설명했다. 조선인도 그 기회를 놓쳐 낙후자가 되지 말아야 한다고 할까 말까 생각했다가 결국은 그만두었다"고 한다.[58] 이 '낙후자'라는 표현은 부락사연구에서 많이 사용되는 용어이기도 했다.

또 하나는 부산에서 본 조선인의 생활수준이 일본인에 비해 떨어진다는 인식을 보이고 있고 일본 내 부락민들의 과거의 가난했던 생활양상을 상기하며, "이를 구할 길은 오직 당로자當路者의 유액보도誘掖輔導와 선인鮮人 자신의 자각발분自覺發奮에 있을 것이다"라고 했다.[59] 이러한 사

57 文學博士 喜田貞吉氏 講演, 앞의 책, 159쪽.
58 喜田貞吉, 「庚申鮮滿旅行日誌」, 『民族と歷史』6-1, 日本學術普及會, 1921, 290쪽.

고방식은 상반되는 두 가지 성격을 지녔다. 하나는 조선인의 처지가 좋지 않은 원인이 인종이나 민족 그 자체가 아니라 '당로자', 즉 권력을 가진 자의 책임이라고 명확하게 지적했다는 점이다. 그러나 또 하나는 역시 조선인에 대한 '정체성'의 이미지를 일본인에게 각인시키는 계기가 되지 않았을까 하는 점이다.

또 다른 시각에서 검토해 보자. 부락민에 대해서는 '인종'론적 기원설을 부정하고 상위 개념인 '민족'의 논리로 포섭하려고 한 것은 주관적으로는 마이너리티에 대한 차별을 해소할 수 있는 가능성을 가지고 있었다는 점이다. 당시 부락민들은 이인종으로 표상되면서 차별을 받는 상황이었기 때문에 그런 의미에서는 부락민에 대한 차별 해소의 논리가 될 수 있었다. 같은 일본민족론에 기초한 동원론으로 조선(인)을 제국에 포섭하는 논리는 어땠을까. 앞에서 말했듯이 일본에 의한 한국병합은 조선시대의 학정으로부터 조선을 '구제'하는 행위라는 것이고, 그것을 통해 조선에 '행복'이 초래된다는 주관이었다. 그 의미에서는 복합일본민족론의 포섭의 논리는 기타 나름대로의 '선의'에 기초한 차별 해소의 논리였다. 그러나 차별 해소의 필요성을 머저리티에게 호소하더라도 쉽게 받아들여지지 않았던 실정도 비슷한 부분이 있었다. 기타 자신도 목격했듯이 실제로는 조선인에 대한 일본인의 차별은 엄연히 남아 있었던 것이다. 그러나 복합일본민족론을 통한 '포섭'의 논리도 조선인에게는 차별 해소의 논리가 될 수 없었다는 점이 중요하다. 무엇보다도 3·1운동 때 나타났듯이 동원론을 지지하지 않는 조선인들이 많았으

---

59 위의 글, 11~12쪽.

며,[60] 실제와 어긋날 수밖에 없었다.

이상 기타 사다키치의 '일조동원론'에 대해 재검토해 왔다. 동원론의 정치적 기능 자체에 대해서는 종래 인식과 거의 다를 바 없지만, 기타 개인의 학문과 사상 속의 동원론의 위치에 대해서는 새로운 시각이 필요할 것이다. 이 글은 그것을 위한 시론에 불과하다. 과제는 끝이 없다.

---

60 미쓰이 다카시, 「'동포'와 이민족 사이−'일조동원론'과 인종 담론의 모순」, 한국역사연구회 3·1운동 100주년 기획위원회 편, 『3·1운동 100년』 5(사상과 문화), 휴머니스트, 2019.

우드로우 윌슨의
'self-determination'과 'nation' 개념 재고

'National self-determination'을 둘러싼 한미일의 해석 갈등과 보편사적 의미

윤영실

1. 들어가며

이 글은 제1차 세계대전 말에서 1920년대 초반에 걸쳐 한미일에서 전개되었던 National Self-determination(이하 '자결'로 표기)에 대한 해석들의 갈등을 조명함으로써, nation(이하 '네이션'으로 표기) 개념과 번역을 권리와 자격을 둘러싼 정치적 계쟁의 장 속에서 규명하는 기획의 일부다. 좀더 크게는 19세기 중후반에서 국제연맹수립기까지 네이션과 민족 개념을 국제법과 식민주의적 폭력, 피식민자의 저항이라는 정치적 맥락 속에서 재검토하려는 기획의 일부이기도 하다. 이 글에서는 특히 우드로우 윌슨의 사상을 중심으로 '자결'과 '네이션'의 의미를 재검토할 것이다. 통상 '민족자결'로 번역되어 한국의 3·1운동에도 큰 영향을 끼친 것으로 알려진 윌슨 사상의 핵심 개념들을 개념사의 관점에서 재검토함으로써, 향후 자결의 함의와 주체를 둘러싸고 한일 간에 벌어졌던 해석들의 갈등을 조명할 수 있는 토대를 마련하고자 한다.

하나의 개념을 자명하게 주어진 것이 아니라 시간의 흐름 속에서 끊임없이 변동하는 역사적 구성물이자 이질적 용법들이 경합하는 장場으로 기술한다는 것은 결코 쉽지 않은 과제다. 우리의 말과 사유를 떠받치는 기둥과 같은 개념들을 유동하는 의미작용signification 속에 던져 넣는 순간 우리의 사유 또한 표현할 매체를 잃고 함께 흔들리기 십상이다. 가령 한 논문에서 인용한 다음과 같은 구절을 살펴보자.

> 윌슨의 민족자결원칙에서 자(自, self)란 민족을 의미하는 것이었다. 그러나 자의 단위로 인정받을 만한 민족정체성을 어떻게 입증할 것인가? 이를테면 남북전쟁을 경험한 미국의 경우를 놓고 보았을 때, 왜 남부는 스스로의 노예정책을 결정할 수 있는 국제적 자로 인정될 수 없었는가?[1]

인용문은 제1차 세계대전 후 베르사유 평화체제가 표방한 '보편적 표준'으로서의 '민족자결원칙'에 대해 한국과 일본이 어떤 '이몽異夢'을 꿈꾸었는가를 국제정치학의 관점에서 분석한 논문이다. 다루는 대상이나 시기 면에서 이 글과 상통하는 점이 많아 큰 참조가 되었다. 그러나 인용문은 National self-determination을 '민족자결원칙'으로, 자결의 단위로서의 self를 당연히 '민족'으로 전제하고 있다. 반면 개념사의 관점에서 보면 인용문의 핵심 전제들에 곧장 의문이 제기된다. 제1차 세계

---

1 김숭배·김명섭, 「베르사유 평화체제의 '보편적 표준'과 한국과 일본의 이몽異夢」, 『국제정치논총』 52-2, 한국국제정치학회, 2012, 41쪽.

대전 후의 시점에서 윌슨이 표방한 자결의 단위와 식민지 조선의 '민족' 은 결코 당연히 대응될 수 있는 개념쌍이 아니었기 때문이다.

19세기 중후반 서구의 제국주의적 팽창의 역사 속에서 국제법의 네이션 용법은 엄격하게 제한되기 시작했다. 특히 동아시아 국제법 수용에 도 큰 영향을 끼쳤던 헨리 휘튼과 J. C. 블룬칠리의 글은 네이션이 세계의 다양한 사회문화적 집단들을 두루 지칭하던 개념에서 서구적 문명화를 통해 국제법상 주권을 승인받은 집단에 한정되는 개념으로 뚜렷이 변모 해 갔음을 보여준다.[2] 블룬칠리가 말의 일상적 용법은 "people(Nation)과 nation(Volk)을 혼동하지만, 과학은 주의 깊게 이들을 구분해야"[3] 한다고 주장할 때, 그가 염두에 두고 있는 것은 네이션의 권리들을 박탈당하고 식민지가 된, 혹은 식민지가 되어야 할 peoples였다.

블룬칠리의 nation과 people 개념 구분은 가토 히로유키加藤弘之의『국 법범론』을 시초로 동아시아에 도입되었고,[4] 량치차오를 매개로 조선에

2   윤영실,「헨리 휘튼과 J. C. 블룬칠리의 네이션 개념과 마틴의 번역서『만국공법』・『공법회 통』─국제법과 식민주의적 폭력, 네이션 개념의 관계를 중심으로」,『민족문학사연구』69, 민 족문학사학회, 2019.4 참조.

3   J. C. Bluntschli, *The Theory of the State*(Authorized English translation from the 6th German Edition), Oxford : the Calrendon Press, 1885, p.82; J. C. Bluntschli, *Allgemeine Statslehre(Lehre vom Modernen Stat)*(5th Edition), Stuttgart : Verlag der J. G. Cotta'schen Buchhandlung, 1875, p.91. 블룬칠리의『일반국가론Allgemeine Statslehre』은 1852년 초판이 발간된 이래 계속 증보되었 고, 1875년 5판부터『현대국가론Ehre vom Modernen Stat』으로 제목을 바꾸었다. nation과 people 의 개념 구분이 명확히 자리잡은 것은 1863년의 3판 이후라고 알려져 있다.

4   블룬칠리의 국제법 및 국가론 수용에 대해서는 다음과 같은 연구들을 참조할 수 있다. 전상 숙,「근대 '사회과학'의 동아시아 수용과 메이지 일본 '사회과학'의 특질─블룬칠리 국가학 수 용을 중심으로」,『이화사학연구』44, 이화사학연구소, 2012; 김효전,『근대 한국의 국가사상 ─국권회복과 민권수호』, 철학과현실사, 2000; 전복희,『사회진화론과 국가사상─구한말을 중심으로』, 한울, 1996; 우남숙,「한국 근대국가론의 이론적 원형에 관한 연구─블룬칠리와 양계초의 유기체 국가론을 중심으로」,『한국정치외교사논총』22, 한국정치외교사학회, 2000; 김성배,「한국의 근대국가 개념 형성사 연구─개화기를 중심으로」,『국제정치논총』52, 한국 국제정치학회, 2012; 김효전,『헌법─한국개념사총서 3』, 소화, 2009.

도 전해져 신채호의 글로 추측되는 「민족과 국민의 구별」(『대한매일신보』, 1908.7.30)이라는 논설로 이어졌다. 그에 따르면 '민족'이란 동일한 혈통, 역사, 거주, 종교, 언어 등으로 이뤄지는 반면, '국민'은 동일한 정신과 이해와 행동을 통해 일신의 골격이나 한 부대의 군대처럼 결집할 때 비로소 구성된다. 논설의 필자는 민족들이 다양한 방식으로 저마다의 삶을 영위했던 과거와는 달리, 오늘날 "국민 자격이 없는 민족"은 "대지 위에 발을 디디고 살 조그만 땅도 없"게 된 현실을 지적하며, 독자들에게 '국민'으로 거듭날 것을 촉구한다. 이처럼 블룬칠리와 가토 히로유키, 량치차오, 조선으로 이어지는 번역 회로를 검토해 보면 '국민'과 '민족'은 각기 'nation'과 'people'에 대응하는 번역어였음을 알 수 있다.[5]

그렇다면 아직 'nation-국민'의 자격을 갖지 못한 people의 번역어였던 '민족'이 어떻게 다시 네이션 개념과 연결될 수 있었을까? 이에 답하기 위해서는 우선 동아시아 공통의 번역어였던 '민족'이 19세기 말에서 1910년대에 걸쳐 한중일의 각기 다른 역사적 상황 속에서 개념적 분화

---

5 한국 및 동아시아 '민족' 개념사 연구에서도 블룬칠리의 영향을 참조하긴 했으나, 몇 가지 이유 때문에 '민족'이 애초에 'nation'이 아닌 'people'의 번역어였다는 점은 충분히 주목되지 못했다. 박명규, 「네이션과 민족 — 개념사로 본 의미의 간극」, 『동방학지』 147, 연세대 국학연구원, 2009; 박명규, 『국민 인민 시민』, 소화, 2011; 박찬승, 『민족 민족주의』, 소화, 2016; 박병석, 「중국의 국가, 국민 및 민족 명칭 고찰」, 『사회이론』 26, 한국사회이론학회, 2004; 이춘복, 「중국 근대 지식인들의 '민족국가' 인식」, 『다문화콘텐츠연구』 3, 중앙대 문화콘텐츠기술연구원, 2010; 이태훈, 「민족 개념의 역사적 전개과정과 그것이 의미하는 것」, 『역사비평』 98, 역사비평사, 2012; 박상수, 「중국 근대 '네이션' 개념의 수용과 변용」, 송규진 외, 『동아시아 근대 '네이션' 개념의 수용과 변용 — 한·중·일 3국의 비교연구』, 고구려연구재단, 2005; 박상섭, 『국가 주권』, 소화, 2017; 박선령, 「국민국가·경계·민족 — 근대 중국의 국경의식을 통해 본 국민국가 형성과 과제」, 『동양사학연구』 81, 동양사학회, 2003; 박양신, 「근대 일본에서 '국민', '민족' 개념의 형성과 전개 — nation 개념의 수용사」, 『동양사학연구』 104, 동양사학회, 2008; 백동현, 「대한제국기 민족인식과 국가구상」, 고려대 박사논문, 2004; 최승현, 「고대 '민족'과 근대 'nation'의 동아시아 삼국의 전파 및 '중화민족'의 탄생에 관한 소고」, 『중국인문과학』 54, 중국인문학회, 2013.

를 겪게 되었음을 고려해야 한다. 특히 식민지로 전락한 한국에서 '민족'은 국민으로서의 잠재적 역량을 갖추어 언젠가 상실된 국가를 회복할 '정신적 국민' 내지 '잠재적 국민'으로 그 함의를 바꾸어 갔다.[6] 그러나 적어도 1910년대까지는 이러한 의미의 '민족'이 영어 네이션에 대응한다는 분명한 자의식을 가졌다고 보기는 어렵다.

따라서 제1차 세계대전 이후 National self-determination이라는 용어를 식민지 조선 민족의 자결과 독립의 권리로 '번역'했던 것은 결코 윌슨 사상의 자명한 해석이나 자연스러운 귀결이 아니었다. 오히려 National self-determination을 식민지 민족의 독립과 연결하고 식민지 조선 '민족'을 자결의 권리를 지닌 nation으로 역번역했던 정치적 실천 속에서, 원어의 의미가 기괴한 방식으로 증식하고 마침내 원래의 함의를 전도시켰다고 하는 편이 합당할 것이다. 이를 입증하기 위해 이 글에서는 먼저 윌슨의 사상에서 self-determination과 nation의 의미가 무엇이었는지를 개념사적 관점에서 살펴보고자 한다.

윌슨 행정부의 국무장관 로버트 랜싱은 윌슨이 1918년 '자결'이라는 용어를 사용했을 때, 그 용어의 불분명함이 초래할 위험성을 직감하면서 이렇게 질문했다. "대통령이 '자결'에 대해 말할 때 그가 염두에 두고 있는 단위란 무엇인가? 그가 의미한 바는 인종a race인가 영토적 지역a territorial area 인가 혹은 공동체a community인가?"[7] 우리는 자결의 주체라는 자

---

6 식민지로의 전락을 앞둔 1900년대 말 잡지 『소년』에서 국민과 민족 표상들이 분화하며 민족의 함의가 잠재적 국민으로 변모해가는 양상에 대해서는 윤영실, 「국민과 민족의 분화」, 『상허학보』 25, 상허학회, 2009 참조.

7 Robert Lansing, *The Peace Negotiations : A Personal Narrative*, Boston : Houghton Mifflin, 1921, pp.97·101~102.

리를 놓고 경쟁하는 단어들의 목록에 nation이나 people을 포함시킬 수 있을 것이다. 나아가 각각의 개념들이 지닌 불투명함을 신중하게 고려하면서,[8] 질문들을 이렇게 바꿔볼 수 있다.[9] 윌슨 사상에서 자결이란 무엇을 뜻했으며, 자결의 주체는 과연 누구로 상정되었는가?(2절) 윌슨 사상에서 자결의 주체로 포함되거나 배제된 people, nation, race 같은 단어들은 어떻게 정의되고 있는가?(3절) 나아가 윌슨 사상의 관점에서 조선을 비롯한 식민지 '민족'의 자결에 대한 주장과 national claim은 어떻게 이해되고 평가되었으며, 그 의의와 한계는 무엇인가?(4절)

2. '승인'과 '자결' — 외적 주권과 내적 주권의 양면성

윌슨 사상에 대한 재평가는 최근까지도 활발하게 이뤄지고 있는데, 이들은 공통적으로 National self-determination으로 대표되어 온 윌슨 사상에 대한 통념적 해석에 도전하고 있다.[10] 실제로 윌슨의 글과 연설

8　이 글에서는 nation, people 개념과 번역어의 함의 자체가 검토의 대상이 되므로, 이들을 번역하지 않고 그대로 표기한 부분이 많이 있다.

9　윌슨 사상과 한국 독립운동의 관계에 대해서는 다음과 같은 연구들을 참조할 수 있다. 이 글은 윌슨 사상을 네이션 개념에 초점을 맞춰 검토한다는 점에서 기존의 연구들과 차별점을 지닌다. 김준석, 「1차세계대전의 교훈과 동아시아 국제정치」, 『역사비평』 108, 역사비평사, 2014; 박현숙, 「윌슨 평화주의의 모순—1차 세계대전의 참전결정과 베르사유 평화회담을 중심으로」, 『대구사학』 98, 대구사학회, 2010; 박현숙, 「윌슨의 민족 자결주의와 세계평화」, 『미국사연구』 33, 한국미국사학회, 2011; 송지예, 「민족자결의 수용과 2・8독립운동—윌슨의 민족자결주의와 조선의 3・1운동」, 『동양정치사상사』 13-1, 한국동양정치사상사학회, 2012; 오영섭, 「대한민국임시정부 초기 위임통치 청원논쟁」, 『한국독립운동사연구』 41, 독립기념관 한국독립운동연구소, 2012; 전상숙, 「1차 세계대전 이후 국제질서의 재편과 민족 지도자들의 대외 인식」, 『한국정치외교사논총』 26, 한국정치외교사학회, 2004; 전상숙, 「파리강화회의와 약소민족의 독립 문제」, 『한국근현대사연구』 50, 한국근현대사학회, 2009.

10　윌슨 사상에 대한 방대한 연구 경향을 꼼꼼히 살펴보는 것은 이 글의 범위나 필자의 역량을 벗어

들을 집적한 방대한 양의 *The Papers of Woodrow Wilson*에서 그가 직접 이 어 구를 사용한 경우는 한 번도 발견되지 않는다.[11] 심지어 윌슨은 자결이 라는 말조차 거의 사용하지 않았다. 1890년대의 강의노트에서 그는 자 결을 개인들이 자유롭게 자신의 삶을 결정할 권리라는 의미로 사용하 였고, 개인의 자결권에서 유추하여 국가나 주정부의 자결권이나 주권 의 행사 및 제약에 대해 언급했다.[12] 최초로 전후 구상을 밝힌 대중 연설

나지만, 비교적 최근 연구들의 관점만을 간략히 정리해 두고자 한다. Lyloyd E. Ambrosius는 현실 주의와 이상주의로 양분된 윌슨에 대한 평가를 '실용주의적 이상주의'로 종합하면서도 그 일관 성과 실현가능성을 비판적 관점에서 분석한다. Adam Tooze는 기존 연구들('어두운 대륙Dark Continent' 학파와 '헤게모니 위기' 학파)이 윌슨주의를 실패한 사상으로 평가한 것과는 달리, 윌슨 은 제1차 세계대전 이후 군사력, 경제력, 도덕적 권위(이데올로기)가 결합된 미국 주도의 새로운 세계 질서를 기획했고 실제로 미국으로의 헤게모니 이행이 일어났음을 강조한다. Tony Smith는 윌슨의 자유주의적 국제주의 사상을 높게 평가하면서 오늘날 국제 관계의 위기는 윌슨 사상의 왜곡으로부터 비롯되었음을 주장한다. Trygve Throntveit는 윌슨이 흔히 self-determination의 주창자로 오해되는 것과는 달리 윌슨은 통합적, 다자적 국제주의를 추구했다고 분석한다. 한편 Erez Manela는 윌슨의 사상 자체보다는 그것이 전 세계의 피식민자들에게 어떻게 활용되었는가 에 초점을 맞추어 '윌슨의 순간'이 지닌 세계사적 의미를 탐구한다. Lyloyd E. Ambrosius, *Wilsonian Statecraft : Theory and Practice of Liberal Internationalism during World War I*, London : SK Books, 1991; Adam Tooze, *The Deluge : The Great War, America and the Remaking of the Gloval Order, 1916~1931*, N. Y. : Viking, 2014; Tony Smith, *Why Wilson Matters : The Origin of American Liberal Internationalism and its Crisis Today*, Princeton & Oxford : Princeton Univ. Press, 2017; Trygve Throntveit, *Power without Victory : Woodrow Wilson and the American Internationalist Experiment*, Chicago & London : Univ. of Chicago Press, 2017; Erez Manela, *The Wilsonian Moment : Self-determination and the International Origins of Anticolonial Nationalism*, Oxford : N. Y. : Oxford University Press, 2007. 이 글은 윌슨 사상이 제국주의 질서의 한계 상황에서 Pax economica를 도모한 실용적 이상주의이며 실제로 그러한 기획이 제1·2차 세계대전 이후 어느 정도 현실화 되었지만, 근본적으로는 서구 중심적 문명론과 발전론적 역사관이라는 한계를 벗어나지 못했 다고 본다. 따라서 오히려 윌슨의 언설을 전유한 피식민자의 저항 속에서 민주주의의 용법에 대한 급진적 갱신과 인간의 보편적 권리와 평등에 대한 새로운 사유들이 출현했음에 주목하고 자 한다. 윌슨 사상의 '보편주의'적 이상과 한계에 대해서는 이 글의 4절에서 상론한다.

11 윌슨 자신의 일기, 편지, 저술, 행정 관련 파일 등 방대한 자료를 묶은 *The Papers of Woodrow Wilson*(이하 PWW로 표기)는 Arthur S. Link의 편집으로 프린스턴 대학에서 총 69권의 자료집 으로 편찬되었고, 버지니아 대학에서 디지털원문 서비스로 제공하고 있다. 윌슨 페이퍼의 참 조는 원문 서비스를 활용했고, 인용 표시는 온라인 원문에 표시된 책의 권수 및 페이지로 표 기했다. "The Papers of Woodrow Wilson Digital Edition", 'https://rotunda.upress.virginia.edu/ founders/default.xqy?keys=WILS-print-01&mode=TOC', The University of Virginia Press, 2017.

12 "A Lecture on Sovereignty"(1891.11.9), PWW Vol.7 : p.341(이하 동일 문헌에 대해서는 Vol., p.

에서 그는 '자결' 대신 "세계의 약소국가들도 그들의 주권과 영토적 보전integrity에 대해 동일한 존중을 받을" 권리와 "모든 people이 자신들이 살아가게 될 주권을 선택할 권리"를 강조했다.[13]

월슨의 전후 구상은 1917년 2월 11일의 상원 연설에서 더욱 명료하게 표현되었다. 앞서 언급한 두 가지 권리 중 전자는 크고 작은 네이션들 간에 차별을 두지 않는 '네이션들의 평등' 원리로 반복된 반면, 후자는 "피치자들의 동의the consent of the governed"라는 좀더 약화된 표현으로 대체되었다. 네이션들의 평등 원칙은 19세기 중후반 제국주의 시대를 거치면서 '힘이 곧 정의might is right'라는 현실주의나 강대국들의 세력 균형론으로 치우쳐 간 국제법의 방향을 수정하려는 시도를 담고 있었다. 월슨은 패전국에 대한 보복이나 승전국의 이권 추구를 지양한 "승리 없는 평화peace without victory"를 통해 국제법을 도덕이나 인류적 이상과 다시 연결시키고자 했다. 그런데 세계 평화는 각국이 피치자의 동의에 기반을 둔 주권 원리를 따르지 않는 한 유지되기 어렵다는 것이 월슨의 입장이었다. 당사자들의 의사와 상관없이 peoples를 이런저런 주권에 복속시키는 것은 언제든 새로운 분쟁을 일으킬 것이기 때문이다.[14]

미국의 제1차 세계대전 참전 전부터 밝힌 월슨의 입장은 파리강화회의 이후까지 (비록 완전히 실현되지는 못했지만) 지속적으로 견지되었고, 제1차 세계대전 후 유럽 질서의 재편이라는 제한적 컨텍스트 안에서는 비교적 명확한 의미를 띠고 있었다. 그러나 nation의 평등과 people의 동의에

표기 생략); "Notes for Lectures at the Johns Hopkins"(1891.1.26~1894.2.27), PWW 7 : 143.
13 "An Address in Washington to the League to Enforce Peace"(1916.5.27), PWW 37 : 113~117.
14 "An Address to the Senate"(1917.1.22), PWW 40 : 536~537.

기반을 둔 통치라는 원칙들이 '식민지' 문제와 연결되었을 때, 그것은 월슨의 의도를 넘어 세계의 식민주의적 통치 질서를 뒤흔드는 엄청난 폭발력을 지니게 되었다. 월슨의 자결론과 관련하여 가장 대표적으로 언급되는 유명한 14개조The Fourteen Points에서 월슨은 self-determination이나 self-government라는 용어를 사용하지 않았다. 다만 14개조 중 제5조에서 처음으로 식민지 문제가 언급되었는데, 주권 문제를 결정하는 데 있어 (식민지) "해당 주민들의 이익the interests of the populations concerned"[15]이 정부의 주장과 동등하게 고려되어야 한다는 내용이었다.

월슨이 self-determination이라는 말을 명시적으로 사용한 것은 1918년 2월 11일의 하원연설에서였다. 이 연설은 월슨의 14개조에 대한 오스트리아와 독일의 반응, 특히 독일 제국 총리Chancellor 허틀링Georg von Hertling의 부정적 반응에 대한 월슨의 반박에 초점이 맞춰져 있었다. 허틀링은 독일의 유럽 내 점령지(식민지) 반환 문제를 각각의 상대국들과 개별적으로 협상하겠다는 입장이었다. 발틱 연안 영토는 러시아와, 폴란드 문제는 오스트리아와, 발칸 지역 문제는 오스트리아 및 터키와, 오토만 제국의 비터키계 민족들non-Turkish peoples에 대한 논의는 터키 당국과 논의하여 결정하겠다는 것이다. 월슨은 이러한 독일의 입장이 여전히 열강들의 세력 균형만을 추구했던 빈 체제의 사고방식에 머물러 있으며, "권리와 정의의 보편적 원리들"에 기반을 둔 평화로운 세계 신질서 구축에 부합하지 않는다고 비판했다. 나아가 독일의 유럽 내 점령지에 거주하는 peoples이 열강들의 협상에 의해 일방적으로 이런저런 국가 주권에 귀속되어서

---

15 "Address to a Joint Session of Congress"(1918.1.8), PWW 45 : 534~539.

는 안 되며, 각국의 통치는 peoples 자신의 동의에 기반을 두어야 한다는 의미로 '자결'이라는 말을 사용했다. 이때 '자결'은 기본적으로 '피통치자의 동의'에 입각한 통치라는 기존의 구도에서 벗어난 것은 아니었다.

다만 여기서 언급된 peoples가 '식민지' 주민들이라는 점에서 자신이 속할 주권형태에 관한 peoples의 동의와 자기결정은 새삼 논쟁을 불러일으켰다.[16] 문맥상 윌슨이 지시하는 대상은 독일의 유럽 내 식민지 peoples에 한정되었지만, consent of the people, national aspirations, self-determination 같은 용어들이 명확한 정의 없이 한 문맥 안에 쓰임으로써 분분한 해석의 여지를 열어 놓은 것이다. 특히 레닌의 National self-determination이 전 세계 피식민민족과 소수민족들의 정치적 자결권과 분리독립을 공공연히 옹호하면서, 윌슨의 말들은 이와 뒤섞여 다양한 해석적 의미들로 확대되어 갔다. 세계 곳곳의 피식민자와 소수종족들이 윌슨의 말을 무기로 정치적 자결권과 분리독립secession을 요구했고, 스스로가 자결의 권리를 지닌 네이션이라는 주장national claim과 네이션으로 승인받고자 하는 열망national aspiration이 분출했다. 결국 파리강화회담과 워싱턴군축회의를 거치면서 이러한 요구들이 좌절되었을 때 윌슨의 자결론은 정치적 수사에 불과했다든가, 사상의 일관성을 결여했다든가, 현실에서는 무력한 이상론에 불과했다는 등의 비난이 각기 다른 진영들로부터 쏟아졌다.[17]

그러나 윌슨의 입장은 주권을 대내적인 측면과 대외적인 측면으로 구분할 때 좀더 일목요연하게 이해될 수 있다. 최고의 권력을 뜻하는 주

---

16 "Address to Congress"(1918. 2. 11), PWW 46 : 321.
17 윌슨 사상에 대한 과거의 연구들은 대개 이러한 세 가지 관점 중 하나를 채택하고 있다. 반면 최근의 연구들은 그 실현 여부나 긍정적·부정적 평가와는 무관하게 윌슨 사상의 내적 일관성을 규명하려는 시도들로 보인다.

권主權, sovereignty은 대내적으로는 "궁극적이고 절대적인 정치권위"를, 대외적으로는 근대 네이션-스테이트의 독립과 자율의 권리를 뜻한다.[18] 군부독재나 권위주의적 정권과 대결해 온 한국의 민주화 과정에서 주권이 누구에게 귀속되는가(정권인가 국민인가)를 둘러싼 논쟁은 주로 주권의 대내적 측면에 해당한다. 한편 현대 정치철학이 민주주의의 위기와 갱신에 대한 요구 속에서 주권 개념 자체의 구조적 한계에 주목할 때도 관심의 초점은 내적 주권에 모아진다. 아감벤은 칼 슈미트의 정치신학적 사유를 계승하여 주권을 '예외상태에 관해 결정하는 자'[19]로 정의한다.[20] 나아가 주권이 이처럼 초월적 권력인 한에서, 군주정이나 독재뿐 아니라 일반적인 민주정도 법의 중지(예외상태)를 통해 억압적이고 배제적인 권력으로 작동할 수 있는 메커니즘을 비판적으로 분석한다. 예외상태에서의 결정, 폭력에 의해 정초되는 법이라는 주권의 구조는 법과 폭력의 내재적 관계에 대한 철학적 성찰로도 이어지고 있다.[21]

그런데 법정초적 폭력으로서의 주권에 대한 이해는 주권의 대외적 측면에 대한 사유로도 확장될 수 있다. 19세기 중반 국제법은 정치체들의 대외적 주권에 대한 '승인recognition'설을 발전시켰다. 예컨대, 『만국공법』의 원저자 휘튼은 "국가의 대외적 주권은 그것이 완전하고 충분

---

18 박상섭, 앞의 책, 185쪽. 마찬가지로 폴라이트 출판사의 '주요개념 시리즈' 중 한 권으로 출판된 *Sovereignty*에서 로버트 잭슨은 정부의 최상위성supremacy과 독립성independence을 주권의 요건으로 규정한다. 로버트 잭슨, 옥동석 역, 『주권이란 무엇인가—근대국가의 기원과 진화』, 21세기북스, 2007, 39쪽.

19 칼 슈미트Carl Schmitt, 김항 역, 『정치신학』, 그린비, 2010, 16쪽.

20 조르주 아감벤, 박진우 역, 『호모 사케르』, 새물결, 2008; 조르주 아감벤, 김항 역, 『예외상태』, 새물결, 2009 등.

21 발터 벤야민, 최성만 역, 「폭력비판을 위하여」, 『발터 벤야민 선집』 5, 길, 2008; 자크 데리다, 진태원 역, 『법의 힘』, 문학과지성사, 2004 등.

한 것이 되기 위해서는 다른 국가들의 승인이 필요"[22]하다는 국가 승인의 창조적 효과설을 정초한 인물이다. 그렇다면 한 정치체의 대외적 주권의 승인 여부는 누가 '결정'하는가? 국제법과 식민주의의 관계에 주목한 최근의 연구들[23]에 따르면(굳이 최근의 이론을 참조하지 않더라도 한국의 식민지 역사 경험에 비추어 보면), 한 정치체의 대외적 주권에 대한 '승인' 여부는 제국주의 열강들의 합의에 의해 일방적으로 '결정'되었다. 그런 의미에서 대외적 주권이란 형용 모순이라고도 할 수 있는데, '결정'의 주체가 (최상의 권력으로 가정되는) 주권의 담지자인 정치체에 있는 것이 아니라 그 외부에 있기 때문이다.

주권의 대내적, 대외적 측면을 구분하고, 각각에 대하여 누가 결정하는가를 따져 보면, 윌슨의 자결과 식민지 민족들의 분리독립이 결코 같은 사태를 지시하고 있지 않음을 알 수 있다. 앞서 살펴본 윌슨의 원리들은 대외적 측면에서 이미 주권을 승인받은 네이션들 사이의 평등, 대내적으로는 people의 동의에 기반을 둔 주권을 의미했다. 즉 윌슨의 자결 개념과 연결되는 것은 대외적 주권이 아니라 대내적 주권이었다. 윌슨이 self-determination보다 즐겨 사용했던 말은 self-government였고, 때때로 그것은 좀더 약화된 표현인 "피치자의 동의consent of the governed"로 대체되었다. 반면 대외적 주권은 언제나 '자결'이 아닌 '승인'의 대상이었다. 더 나아가 윌슨은 이미 주

---

22 Henry Wheaton, ed. William Beach Lawrence, *Elements of International Law*(6th edition), Boston : Little Brown and Company, 1855.
23 국제법과 식민주의적 폭력의 내재적 관계에 대한 탈식민주의적 시각의 연구들로는 Anthony Anghie, *Imperialism, Sovereignty and the Making of International Law*, Cambridge : Cambridge Univ. Press, 2004; Anthony Anghie, "Evolution of International Law : Colonial and Postcolonial Realities", *Third World Quarterly* 27-5, 2007; 리디아 류, 차태근 역, 『충돌하는 제국』, 글항아리, 2016 등 참조.

권을 승인받은 국가의 네이션에 대해서도 각각의 독자적 결정권을 강조하기보다 네이션들 간의 다자적이고 통합적인 국제질서를 구축하는 데 관심이 있었다. 그 귀결이 바로 주권국가들의 협의체로 기획된 League of Nations이었다. 윌슨의 국제질서 구상에서 개별국가들의 독자적 결정권은 오히려 어느 정도 제약될 필요가 있는 것으로까지 여겨졌다.[24]

이런 맥락에서 자기결정 내지 자기통치의 주체인 people은 'government of the people, by the people, for the people'이라는 슬로건에 압축되어 있는 미국 민주주의 전통에서의 people, 즉 민주주의의 정치적 주체로서의 '인민'에 해당한다. 반면 네이션은 이미 주권을 승인받고 국제연맹의 회원국이 될 '자격'을 함축하고 있는 단어였다. 평등의 주체로 상정된 네이션들은 약소국이든 강대국이든 이미 대외적 주권을 승인받은 정치적 집단으로서의 '국민'을 뜻할 뿐, 국가를 결여한 피식민 '민족'이나 한 국가 내의 '소수민족'들을 지칭하는 것은 아니었다. 실제로 윌슨은 대외적 주권을 승인받은 집단 이외에는 네이션이라는 단어의 사용을 주의 깊게 기피했다. 식민지 민족이나 소수민족들이 nationality라는 용어로 지칭될 때는 있었지만, 결코 네이션으로 호명되지는 않았다. 민족들 일반을 일컫는 말로는 people이나 race라는 용어가 더 흔히 쓰였고, 한 국가 내의

---

24 윌슨 사상의 핵심이 식민지나 소수민족들의 분리독립이라는 의미의 'National self-determination' 과는 아무런 상관이 없으며 개별 국가들의 주권 주장보다는 오히려 주권국가들의 다자적인 협의체를 구성하는 데 있었다는 분석은 다음 글에서 가장 선명하게 강조된다. Trygve Throntveit, "The Fable of the Fourteen Points : Woodrow Wilson and National Self-Determination", *Diplomatic History* 35-3, 2011. 이러한 연구 경향은 특히 1990년대 이후 national self-determination이 끝없는 민족분쟁들을 야기하는 위험한 사상으로 치부되면서 더욱 강화된 것으로 보이는데, 다음의 글은 이러한 정황을 잘 보여준다. Patricia Carley, *Self-Determination : Sovereignty, Territorial Integrity, and the Right to Secession*(Report from a roundtable held in conjunction with the U. S. Department of State's Policy Planning Staff), Washington : U.S. Institute of Peace, 1996.

소수민족들을 일컫는 국제법의 용어로는 minorities가 선택되었다. 윌슨은 유럽의 소수민족들the minorities에게 "인종적, 종교적, 언어적 권리"를 부여할 것을 옹호하면서도, 이런 권리들을 "national right"라는 말로 표현하는 것에는 우려를 표명했다. nation이라는 단어가 이들을 "시기와 공격의 대상"이 되도록 하기에 유해하다는 이유였다.[25]

그러나 내적, 외적 주권에 따른 윌슨의 주의 깊은 용어법에도 불구하고, 두 가지 주권론은 상호 충돌하거나 뫼비우스의 띠처럼 서로 잇대어져 논쟁의 여지를 남겨놓았다. 쟁점은 대내적 주권에서의 '자결'권, 즉 인민people의 동의에 기초한 통치라는 원리를 일반화할 때, 식민 통치colonial government를 거부하며 분리독립secession을 요구하는 식민지 민족들peoples의 national aspiration과 대외적 주권 요구마저 정당화할 수 있게 된다는 점이었다. 그것은 요컨대, 대내적 주권 원리로서의 인민people의 '자결'과 대외적 주권 원리로서의 nation의 '승인'을 어떤 관계로 설정할 것인가의 문제이기도 했다. 좀더 근본적으로는 내적 주권에서 자결의 주체로 상정된 people이나 외적 주권에서 승인받아야 할 자격으로서의 nation을 어떻게 정의할 것인가의 문제와도 관련되었다.

앞서도 인용한 회고록에서 랜싱은 자결이라는 용어가 초래할 혼란을 민감하게 감지하면서 이렇게 못박는다.

> 물론 시민적 자유를 보호하고 증진하기 위해 조직된 모든 정치적 사회에 근본적인 위대한 진리로서 '자결'에 동의하며 자결을 옹호하는 이들이, 야만

---

25 Oscar J. Janowsky, *The Jews and Minority Rights*, New York : Columbia University Press, 1933, p.351.

상태나 무지 때문에 자신의 정치적 소속을 현명하게 선택할 능력이 없는 인종들(races), 민족들(peoples)이나 공동체들에 대해서(까지) 자결을 주장하는 것은 아니다. 그러나 정치적 충성에 대한 합리적 선택을 내릴 현명함을 지닌 민족들이나 공동체들에 대해서라면 예외 없이 이 원리가 적용될 것이다.[26]

　그에 따르면 자결의 원리는 "야만 상태나 무지 때문에 자신의 정치적 소속을 현명하게 선택할 능력이 없는 인종들races, 민족들peoples이나 공동체들communities에"는 적용되지 않는다. 문명의 진보 여하에 따른 주권적 nation의 대외적 승인이야말로 그 구성원인 people이 자결의 능력과 권리가 있는가를 결정하는 최종심급이라는 것이다. 반면 윌슨은 평화회담 전후 전세계를 달군 분분한 논쟁과 해석들에도 불구하고 자결의 주체를 명확하게 한정하지 않았다. 1919년 6월 28일 총 42개국에 의해 체결된 국제연맹 규약the Covenant of the League of Nations은 결국 논란 많은 '자결'이라는 용어를 포함시키지 못했다. 나아가 유럽 열강들과 일본의 반발, 미국의 국제연맹 가입 무산 등 여러 가지 현실적 여건 속에서 윌슨 사상은 온전히 실현되지 못했고 실체가 더욱 모호해져 갔다.[27]

26　Robert Lansing, *op. cit.*, pp.97・101~102.
27　전간기의 유럽은 각 집단의 충돌하는 national claims와 aspirations로 들끓었고 결코 모두를 만족시킬 수 없었던 파리강화회의나 국제연맹의 '결정'은 제2차 세계대전과 1990년대 사회주의권 해체 이후의 피비린내 나는 민족 분쟁으로 이어졌다. 특히 1990년대 이래 격화된 민족분쟁을 목도하면서 일체의 national self-determination에 대한 회의적, 비판적 시각도 고조되었다. 그러나 식민지 민족들의 탈식민적 저항뿐 아니라 다양한 소수자 권리 운동이 self-determination 주장에 기대어 왔던 만큼 이는 간단히 폐기해버릴 수 있는 개념이 아니다. 오늘날 자결의 진보적, 해방적 함의를 옹호하는 쪽은 '자결' 개념을 '결정'의 최종심급으로서의 '주권sovereignty'과 분리시키면서, 다양한 심급의 자기-결정들이 상호 존중되고 협상하고 공존하는 방향을 모색 중인 것으로 보인다. 주디스 버틀러Judith Butler, 양효실 역, 『지상에서 함께 산다는 것』, 시대의 창, 2016; Anna Moltchanova, *National Self-Determination and Justice in Multinational States*, N. Y. : Springer, 2009; Hurst Hannum・Eileem F. Babbitt eds,, *Negotiating Self-Determination*, Oxford :

3. 우드로우 윌슨의 nation / people 개념
―J. C. 블룬칠리와의 관련성을 중심으로

정치적 언설과는 달리 윌슨이 학자로서 썼던 글들은 현실 정치에서 다 발현되지 못한 윌슨 사상의 전모를 재구성하는 데 많은 시사점을 준다. 특히 윌슨의 사상 형성에 독일 국제법학자 요한 카스파 블룬칠리(1808~1881)가 끼친 영향은 주목할 만하다. 우선 몇 가지 뚜렷한 외적 연결고리를 찾아볼 수 있다. 윌슨이 석박사 시절(1883~1886)을 보냈던 존스홉킨스 대학Johns Hopkins University에는 1882년 블룬칠리 도서관Bluntschli Library of Historical and Political Science이 설립되었다. 존스홉킨스 대학의 정치학politcal science 교수인 허버트 아담스Herbert Baxter Adams(1850~1901)가 젊은 시절 하이델베르크의 블룬칠리 밑에서 수학한 인연으로 블룬칠리 사후 그의 책들을 기증받아 설립한 것이다. 허버트는 1879년에서 1893년까지 블룬칠리 사상에 기초한 국제법 강의를 진행했으며, 그의 강의를 들은 윌슨이 국제관계사the history of international relations로 방향을 전환하도록 이끌었다.[28]

윌슨 자신의 글 속에서도 여기저기 블룬칠리의 영향을 찾아볼 수 있다. 윌슨이 수학기修學期에 읽은 500여 권의 working reference 목록에는 블룬칠리의 『근대국가론Lehre vom Modernen Staat』이나 『독일국가학사전Deutsches Staats-Wörterbuch』 등이 포함되어 있다.[29] 윌슨이 1884~1885년 사이에 약혼

Lexington Books, 2006.

28 Betsy Baker Röben, "The Method Behind Bluntschli's 'Modern' International Law", *Journal of the History of International Law 4*, Max Planck Institute for Comparative Public Law and International Law, 2002, pp. 249~292.

29 "A Working Bibliography"(1883. 10. 1~1890. 5. 27), PWW 6 : 563~611.

녀인 엘렌Ellen Louise Axson에게 보낸 편지들은 대개 블룬칠리 도서관에서 작성되었다. 윌슨은 엘렌에게 보낸 편지에서 블룬칠리 도서관의 유래를 상세히 설명하면서 블룬칠리 기증도서Bluntschli Collection가 모여 있는 세미나실the Seminary이 자신이 가장 즐겨 공부하는 장소이자 학과의 사령부 같은 곳임을 밝히기도 했다.[30]

블룬칠리 사상의 영향은 특히 프린스턴 대학 교수 시절 윌슨의 강의록에서 잘 나타난다. 1891~1893년의 '행정Administration'과 1894~1895년의 '공법public law' 강의록에는 블룬칠리의 『일반국가학The Theory of the State Oxford』(1885, a translation of *Allgemeine Staatslehre*)이 여러 차례 참조되었다.[31] 강의 공지에 게시된 10여 권의 부교재 중에도 블룬칠리의 『일반국가학』 영어본과 독일어본이 포함되어 있었다.[32] 1898~1900년 '정치학의 근본 요소들Course on the Elements of Politics'이라는 강의에서는 첫 머리에 이 과목의 상당 부분이 로셔Wilhelm Georg Friedrich Roscher와 블룬칠리의 책 『정치학Politik』에 기대고 있다고 밝혔다.[33]

윌슨이 블룬칠리에게 가장 큰 영향을 받은 부분 중 하나는 유기체적 국가론이었다. 윌슨이 영미식 자유주의를 대표한다면 블룬칠리의 유기체적 국가론은 독일의 전체주의적 국가주의와 연결된다는 것이 과거의 통념이었다. 그러나 최근 각자의 사상에 대한 연구가 심화되면서 블룬칠리 주권론의 요체가 군주주권과 인민주권의 대립을 넘어선 '국민

---

30 "Two Letters to Ellen Louise Axson"(1883.11.27), PWW 2 : 551.
31 "Notes for Lectures at the Johns Hopkins"(1892.2.1), PWW 7 : 432; "Notes for Lectures on Public Law"(1894.9.22~1895.1.20), 1895, PWW 9 : 5~47.
32 "An Announcement-COLLATERAL READING IN PUBLIC LAW"(1894.10.25), PWW 9 : 96.
33 "Notes for Lectures in a Course on the Elements of Politics"(1898.5.5~1900.4.29), PWW 10 : 464.

nation주권'론이며,[34] 윌슨 사상의 주된 문제의식 중 하나가 미국 시민사회의 개인주의적 분열과 타락을 넘어설 국민nation의 유기적 통합에 있었음이 규명되고 있다.[35] 윌슨에서 블룬칠리로, 블룬칠리에서 헤겔로 이어지는 nation(Volk) 관념은 이들의 유기체적 국가론을 떠받치는 핵심 개념이었다.

블룬칠리가 people(Nation)과 nation(Volk)을 명확히 구분한 것은 『일반국가론』에서였는데, 이 내용은 동아시아에 『공법회통』으로 번역된 『근대국제법』 서두에서도 간략히 요약되어 있다. 그에 따르면 people(Nation)은 "단순한 언어적, 문화적 공동체Culturgemeinschaft"인 것에 비해, nation(Volk)은 "국가 안에 조직된 집단Gemeinwesen으로서의 살아있는 국가"를 가리킨다.[36] 윌슨은 1898~1890년의 정치학 강의록에서 블룬칠리의 개념 구분을 이렇게 전한다.

독일어 Nation은 우리가 race로 의미하는 바와 같다. 영어 nation은 독일어 Volk와 같은 관념을 표현한다. 우리에게 nation은 유기적 조직과 삶과 전통의 공동체를 의미한다. 독일인에게 Nation은 기원과 혈통의 공동체를

---

34 오향미, 「요한 카스파 블룬칠리의 주권론—국민주권으로서의 '국가주권'」, 『국제정치논총』 54-3, 한국국제정치학회, 2014.9, 45~77쪽.

35 Christian Rosser, "Woodrow Wilson's Administrative Thought and German Political Theory", *Public Administration Review*, American Society for Public Administration, 2010.7 · 8, pp.547 ~556.

36 블룬칠리의 nation(Volk)과 people(Nation) 개념의 구분은 『일반국가론』에서 상세하게 기술되었고, 마틴이 『공법회통』으로 번역했던 『근대국제법』에도 짧게 요약되어 있다. 마틴이 번역 저본으로 삼은 것은 프랑스어 번역본이었다. J. C. Bluntschli, trans. M. C. Lardy, *Le Droit International Codifié*(2nd edition), Paris : Librairie de Guillaumin et Cie, 1874, p.54; J. C. Bluntschli, *Das moderne Völkerrecht der civilisirten Staten*(2nd edition), Nördlingen : Druck und Verlag der C. H. Beck'schen Buchhandlung, 1872, p.58.

뜻한다.[37]

블룬칠리의 개념쌍과 연결해 보면 19세기 말~20세기 초를 기준으로 'nation(영국 영어)–Volk(독일어)–nation(미국 영어)–국민', 'people(영국 영어)–Nation(독일어)–race(미국 영어)–민족'이라는 두 계열의 개념쌍이 추출된다. 윌슨이 블룬칠리가 언급한 people을 굳이 race라는 말로 대체한 것은 미국 혁명 전통에서 people이 언어적, 문화적 공동체로서의 '민족'보다는 정치적 '인민'으로서의 함의를 강하게 띠고 있었기 때문일 것이다. 그러나 윌슨의 글에서 모든 people이 다 정치적으로 각성한 인민을 뜻했던 것은 아니다. 그는 같은 글의 서두에서 국가의 요소들을 people의 조직 정도와 방식에 따라 다음과 같은 순서로 배열했다. ① a people, ② a people organized, ③ a people organized for law, ④ a people organized for law within a definite territory. 윌슨의 설명에 따르면 ① 'a people'은 가족적 관계의 확장 때문이든 공통의 목적 때문이든 외적 강제나 식민화 때문이든, 함께 살아가는 게 본능적 습속으로 굳어진 사람들의 집단이다. ② a people은 다소 정교한 규율과 권위 아래에서 공통의 이해나 습속을 지켜가도록 '조직될organized' 수 있는데, 조직된 상태란 신체가 유기적 '기관들을 갖는having organs' 것에 비유된다. ③ a people은 한정된 관계들과 정해진 규칙들인 '법에 대해for law' 조직됨으로써 좀더 확실한 진보

---

37 "By 'Nation' the German (using the word literally) means what we mean by 'Race', By 'Nation' we express the idea the German has in mind when he uses the word 'Volk'. 'Nation', for us, means community of organization, of life, and of tradition; for the German it means community of origin and blood." "Notes for Lectures in a Course on the Elements of Politics"(1898.3.5~1900.4.29), PWW 10 : 464~476. 이어지는 본문 설명도 같은 글에서 요약하거나 인용했다.

progress의 도정에 오르게 된다. ④ 법에 대해 유기적으로 조직된 a people 이 한정된 영토 안에 함께 거주할 때 그들은 정치적 사회, 곧 국가를 구성하게 될 것이다.

이처럼 people이 다양한 상태와 수준에 걸쳐 두루 사용되는 용어였던 것에 비해, nation에는 좀더 제한적인 의미가 부여되었다. 윌슨은 영어나 독일어 모두 근대정치학의 nationality가 지닌 의미를 완전하게 표현하지는 못한다는 전제 아래, 나름의 정의를 시도한다.

> nationality는 지난 세기에 영국에서 분리된 미국에서 표현되었고, 이번 세기에 게르만 국가들의 연합에서 표현되었다. 그것은 습속, 결사, 조직에 의해 조건지어지고 형성되며, 혈연·언어의 공동체와 정치·환경의 공동체의 복합물이다. 요컨대, race의 전통은 대부분 정치적 결사에 의해 봉인되고 전달된다.[38]

nationality는 피와 언어의 공동체(블룬칠리의 people, 윌슨의 race)를 바탕으로 하지만 그 경계에 한정되지 않으며, 정치적 결사를 통해 비로소 형성된다. 블룬칠리의 people / nation과 마찬가지로, 윌슨의 race / nation도 대립보다는 상보적인 관계 안에 놓여있었다. nationality는 "기원과 언어, 혈통의 공동체에 대한 의식 위에 기초"하지만, "정치적 행위의 결사와 전통the associations and traditions of political action"에 의해 상이하게 절합될 수 있나("race의 전통은 대부분 정치적 결사에 의해 봉인되고 전달된다"). 게르만

---

[38] "Notes for Lectures in a Course on the Elements of Politics"(1898.3.5~1900.4.29), PWW 10 : 464~476.

인처럼 상이한 정치체에 흩어져 있던 people(race)이 독일 제국이라는 하나의 nationality로 결집할 수도 있고, 미국처럼 하나의 국가 안에서 상이한 peoples(races)가 새로운 nationality로 융합될 수도 있다. 그러나 윌슨은 어느 경우든 동일한 언어적 기반이야말로 nation이라는 '유기적 조직organic tissue'을 창조하거나 해체하는 데 강력한 무기가 될 수 있음을 인정했다. "오로지 언어의 공동체만이 사상의 구체적인 공동체이자 관점의 절대적 통합을 야기할 수 있"기 때문이다. 다민족국가인 미국의 정치 현실을 염두에 두면서, 윌슨은 national character를 구성하는 요소들을 다음과 같이 열거한다. ① 사유와 원리의 이상을 수행하는 매체로서의 언어, ② 자유로운 개인들이 동등한 조건에서 공통의 이해관계를 추구하는 공동의 삶, ③ 최선의 이상과 전통을 보존하고 확산시키는 리더십, ④ 각 세대의 정신을 통일성 있게 이끌 수 있는 교육 체계. 이상의 설명을 종합해보면 윌슨의 nation(nationality)은 최고도로 조직된 상태의 people, 곧 한정된 영토 안에서 법에 대해 유기적으로 조직된 국가의 people에 대한 특칭임을 알 수 있다.[39]

그런데 '유기적'이라는 말의 의미는 '자결'과 관련하여 좀더 섬세하게 파악될 필요가 있다. 여러 강의록들에서 윌슨은 블룬칠리의 주권 개념을 원용하여 주권을 "법과 정책에 대한 국가의 유기적 자기-결정Sovereignty is

---

39 Christian Rosser에 따르면 19세기 말 미국의 지적 경향, 특히 존스홉킨스 대학의 지적 전통에서 '유기적' 정치공동체로서의 'nation' 관념은 매우 강력한 영향력을 발휘하고 있었다. 존스홉킨스 대학의 스승들을 매개로 윌슨의 유기적 국가론과 'nation' 관념에 직접 영향을 끼친 지적 계보로는 대략 3가지를 들 수 있다. George Morris의 수업을 통해 접한 Elisha Mulford의 저서 *Nation*(1870)과 Hegel의 *Philosophi des Rechts*(『법철학』), 블룬칠리의 직계 제자였던 Herbert Adams가 '유기체적' 은유를 활용하여 기술한 미국 역사, Richard Ely를 통해 접한 Lorenz von Stein의 공공행정론. Christian Rosser, *op. cit.*, p.549.

the organic self-determination by the State of its law and policy"이라고 정의한다. 헤겔-블
룬칠리-윌슨으로 이어지는 사상 계보를 염두에 둘 때, '유기(체)적'이라
는 말에는 여러 겹의 의미들이 포개진다. 우선 윌슨을 비롯한 19세기 말
미국의 정치사상가들이 독일의 '유기체적' 국가론에 지대한 관심을 가진
계기는 미국 시민사회의 개인주의적 원자화와 비도덕성을 극복할 공동
체적 원리를 찾기 위해서였다. 헤겔의 nation(Volk) 개념 역시 근대의 해
방된 개인들로 구성된 시민사회Gesellschaft의 분열과 갈등을 지양할 인륜
적 실체로서 제안되었다. 이런 점에서 이들의 유기적 nation 관념에는 근
대의 시민사회에서 상실된 공동체를 고차원적으로 회복하려는 지향이
담겨 있다.

그러나 nation의 '유기적' 조직 원리는 전근대의 공동체와 같은 혈연
적, 자연적 유대가 아니라 공통의 정신, 무엇보다도 역사 속에서 '자유'
라는 이념을 실현해가는 공통의 정신에 놓여 있었다. 윌슨이 많은 영감
과 철학을 얻었다고 인정한 바 있는 멀포드Mulford의 저서 *Nation*은 헤겔
의 영향 아래 nation을 다음과 같이 정의했다.

네이션이란 도덕적 유기체다. 네이션은 관계망 속에 있는 사람들로 형성
되는데, 그 관계망 속에서 사람들의 인격 역시 구현된다. 네이션은 물리적
발전에 필수적인 순서에 한정되지 않으며 단순한 물리적 조건을 초월한다.
네이션 안에서 자유가 실현되고 권리들이 표명된다.[40]

---

40 Elisha Mulford, *Nation*, N. Y. : Hurd & Houghton, 1870, p. 16.

헤겔은 현실에서 이러한 정신의 완전한 실현형태가 국가라고 상정하지만, 그의 역사철학이 보여주듯 동서고금의 모든 국가형태가 다 긍정되었던 것은 아니다. 오로지 개개인들의 주관적 의지와 자유라는 이념 실현을 향한 이성적 의지가 통일된 상태의 국가만이 세계사의 대상이 되며, 그러한 국가를 형성한 nation(Volk)만이 '역사적'이라고 간주된다.[41] 이런 맥락에서 윌슨이 블룬칠리를 매개로 받아들인 '유기적' 국가론은 객관과 주관의 통일 상태를 일컫는 비유일 뿐 혈통이나 '종족' 같은 생물학적 원리와는 무관했다. 그렇다면 국가 안에서 주관과 객관의 통일은 구체적으로 어떻게 이뤄질 수 있는가? 블룬칠리는 대내적 차원의 국민주권론에서 그 답을 찾고 있다. 그는 『일반국가론』에서 대내적 주권을 "국가적 존재staatlichen Daseins의 형식을 스스로 결정하고, 필요하다면 변경할 수 있는 국민의 권리Rechte des Volks"라고 정의하면서, 이 권한을 "국민의 제헌권력constituirende Gewalt des Volks"이라고 부른다.[42] 블룬칠리의 내적 주권론은 기능적으로 통치자와 피통치자를 구분하면서도, 국가의 제헌권력을 유기적·정신적 공동체로서의 국민nation, Volk에게 귀속시킴으로써, 무정부주의적인 인민주권과 전제적인 군주주권론 사이에서 국민주권이라는 제3의 방향을 취한 것이다.

블룬칠리의 내적 주권 개념은 윌슨에게 '자기-통치self-government' 개념으로 연결된다. 그런데 자기-통치란 모든 이들에게 자연적으로 주어지

---

41 G. W. F. 헤겔, 권기철 역, 『역사철학강의』, 동서문화사, 2008, 26~62쪽.

42 J. C. Bluntschli, *The Theory of the State*(Authorized English translation from the 6th German Edition), Oxford : the Calrendon Press, 1885, p.476; J. C. Bluntschli, *Allgemeine Statslehre(Lehre vom Modernen Stat)*(5th Edition), Stuttgart : Verlag der J. G. Cotta'schen Buchhandlung, 1875, p.576.

는 보편적 권리가 아니다. 윌슨은 자기-통치를 위해서는 교육과 훈련을 통해 형성된 시민들의 개인적 역량, 공적·사적 의무에 관한 함양되고 계몽된 의식, 정치적 활동에 할애할 여가를 허용할 만한 경제적 조건들이 필요하다고 보았다. 이 세 가지 조건, 곧 훈련 training, 공덕公德, civic virtue, 여가leisure는 역사상 어느 곳에서든 모든 계급이 아니라 상대적으로 적은 수의 시민들만이 누릴 수 있었다. 이런 점에서 윌슨은 "자기통치가 많은 이들이 가정하듯 민주적인 것이 아니라 다소 귀족적인 제도"[43]임을 인정한다.

윌슨의 '귀족적' 자기-통치 개념은 윌슨의 자결론이나 민주주의 사상에 대한 여러 가지 오해들을 불식시키는 데 도움이 된다. 많은 이들이 지적했듯 윌슨은 자결론을 표방하면서도 여성참정권을 허용하지 않았고, 미국 내에서 인종차별적 정책을 펼쳤으며, 식민지의 즉각적 독립을 지지하지 않았다. 그러나 이런 모든 조치들은 윌슨의 자결론과 모순되기보다는 정확히 일치한다. 윌슨에 따르면 '자기-통치'로서의 자결이란 애초에 그럴 만한 능력과 '자격'을 갖춘 자들에게 부여되는 특권일 뿐 누구나의 권리가 아니었기 때문이다. 윌슨의 마지막 저서인 *Constitutional Government in the United States*(1908)에는 이런 의미의 자기-통치 개념이 명료하게 기술되어 있다.

자기-통치는 입헌적(constitutional) 발전의 최후이자 최상의 단계다. (…중략…) 오직 고도로 발전한 자기의식적 공동체만이 스스로를 통치하며 어

---

43 "Notes for Lectures in a Course on the Elements of Politics"(1898. 3. 5 ~ 1900. 4. 29), PWW 10 : 468.

떤 형태의 절대적 권위(authority) 없이도 지닐 수 있다 (···중략···) 자기-통치는 단지 바라기만 하면 적당한 수고를 들여 언제든 얻을 수 있는 제도들의 형식이 아니다. 그것은 성격(character)의 형식이다. a people에게 침착함(self-possession), 자제(self-mastery), 질서의 습관, 평화, 공통의 숙려(熟慮), 그들 자신이 입법자가 되었을 때 실패하지 않을 수 있도록 하는 법에 대한 존경심. (이런 자질들을) 연마해줄 오랜 규율(discipline) 이후에야 자기-통치가 가능하다. 정치적 숙련을 위한 꾸준함과 자기 조절. 이런 자질들은 오랜 훈련 없이는 얻을 수 없다.[44]

1908년에 이 책이 출간되었을 때 *The Independent*에 실린 한 서평은 윌슨의 자기-통치론이 식민지 문제에 대해 취하게 될 입장을 정확히 짚어냈다. "필리핀 문제에 대해 그는 이렇게 말할 것이다. '자기-통치란 어느 people에게나 주어지는 것이 아니다. 왜냐하면 그것은 정체constitution의 형식이 아니라 성격character의 형식이기 때문이다.'"[45]

4. 윌슨의 '보편주의적' 이상과 식민지 문제

결국 랜싱과 마찬가지로 윌슨에게도 문명의 진보 여하에 따른 주권적 nation의 대외적 승인이야말로 people의 자결권을 결정하는 최종심

---

44 Woodrow Wilson, *Constitutional Government in the United States*, N. Y. : Columbia Univ. Press, 1908, p.52.
45 "The Independent's Review of Constitutional Government in the United States"(1908.10.29), PWW 18 : 477.

급이었다. 발전적 문명론에 따른 식민지 지배의 정당화는 당대의 가장 '진보적'인 인사들까지 공유하는 기본적 인식틀이었다. 그럼에도 불구하고 윌슨의 사상에 19세기적 제국주의를 넘어서는 측면이 있음을 부정할 필요는 없다. 제국주의 시대의 국제정치가 힘이 곧 정의Might is right 라는 원리를 노골적으로 추구했던 것에 비해, 윌슨의 사상은 군사적 힘의 논리를 넘어서는 'Pax Economica'를 추구했다. 그것은 식민지에서의 무제한적 폭력으로 붕괴되어 가던 서구 도덕과 정신 문명의 위기, 제1차 세계대전의 파국으로 명백해진 제국주의적 팽창의 한계, 사회주의 혁명의 도전, 피식민자의 광범위한 저항 등 일련의 한계상황을 타개하기 위한 실용적 이상주의였다. 윌슨 사상은 식민지들의 즉각적인 독립을 옹호하지 않았지만 전 인류의 문명적 발전의 도정 위에서 언젠가 모든 민족들이 (반드시 분리독립을 뜻하지는 않는) 자결의 권리를 누릴 수 있다고 주장했다는 점에서 일종의 '보편주의'적 주장을 담고 있었다.[46] 물론 윌슨의 보편주의적 주장은 인종주의와 서구중심적 문명론, 좀더 온건한 식민주의라는 한계를 내장하고 있었다.[47] 파리강화회의와 국제연맹 수립 이후 윌슨은 식민지나 소수민족 문제에 대한 그의 입장을 묻는 비판적 질문들에 종종 직면하곤 했는데, 이에 대한 윌슨의 답변 속에서 그의 사상이 지닌 의의와 한계를 모두 엿볼 수 있다.

---

46 홍종욱은 정치적, 제도적 차원에서 식민지 상태의 극복이 반드시 분리독립만을 의미하지 않는다는 점을 지적하면서 분리독립, 자치, 동화라는 넓은 스펙트럼을 포괄하는 '비식민화'라는 개념을 제안한 바 있다. 홍종욱, 「3·1운동과 비식민화」, 한국역사연구회 3·1운동 100주년 기획위원회, 『3·1운동 100년』 3(권력과 정치), 휴머니스트, 2019 참조.

47 제1차 세계대전 전후 제국주의 질서의 한계상황들, Pax Economica, 실용적 이상주의로서의 윌슨 사상의 의미, 윌슨주의의 서구중심적 한계와 피식민자의 저항을 통한 보편의 전유에 대해서는 다른 글에서 상론하였다. 윤영실, 「식민지의 민족자결과 세계민주주의」, 『현대문학연구』 51, 한국현대문학회, 2017 참조.

수많은 national claims에 대한 윌슨의 입장 표명은 얼핏 보면 일관성을 결여한 그때그때의 정치적 고려에 따른 것처럼 여겨진다. 그는 필리핀이 다른 나라들에 대해 스스로를 보호할 만큼 충분히 강하지 않기 때문에 독립을 유예해야 한다고 주장했다.[48] 이미 '문명'화된 아일랜드조차 독립하지 못한 것에 대해서는 평화회담이 패전국에 속하지 않은 어떤 영토에 대해서도 다룰 권한이 없었기 때문이라는 정치적 이유를 들었다.[49] 이시이 주미일본대사와의 회담에서 윌슨은 일본의 조선 점령이 "인구 문제의 압박과 산업적 팽창의 필요"에 따른 "불가피한 필연성" 때문이었다고 인정했다. 그러나 일본이 중국내 독일 식민지(산동반도)에 대해 새롭게 요구하는 이권에 대해서는 유럽내 독일 식민지의 경우와 동일한 원칙에 따라 반대를 표명했다.[50]

여전히 서구중심적 문명론에 입각해 있고, 현실 정치의 이런저런 고려 속에서 굴절되고 좌절되기도 했지만, 그럼에도 불구하고 각 집단들의 상충하는 national claims에 대한 윌슨의 기본 입장은 나름의 '보편주의적' 원칙에 입각해 있었다. 그 원칙은 상충하는 주장들을 개별적인 힘의 논리가 아니라, '인류의 법정the court of mankind'[51]이라는 공론장에서 함께 논의하고 판단하자는 것이었다. 물론 '결정'의 주체는 national claims을 제기하는 식민지 민족이나 소수민족들은 아니었다.[52] 그렇다고 '결정'이

48 "An Afterdinner Speech in San Diego"(1919.9.19), PWW 63 : 383.
49 "A Memorandum"(1919.9.16), PWW 63 : 304.
50 "Memorandum of Conference with Viscount Ishii at My Residence"(1917.9.22), PWW 44 : 254.
51 "Is Count von Hertling not aware that he is speaking in the court of mankind, that all the awakened nations of the world now sit in judgment on what every public man, of whatever nation, may say on the issues of a conflict which has spread to every region of the world?" "An Address to a Joint Session of Congress"(1918.2.11), PWW 46 : 320~321.
52 마닐라 역시 윌슨의 14개조 중 제 5조(주권 문제의 결정에서 식민지 "해당 주민들의 이익(the

이미 주권을 승인받은 개별 국가들에 독점적으로 귀속되는 것도 아니었다. 저마다의 national claim은 그 자체로 절대적인 '자결'의 권리나 개별 국가들의 지고한sovereign '주권'에 따라서가 아니라, 인류의 진보와 안전 보장(윌슨적 의미에서의 '평화')이라는 '보편적' 이상과 이념에 비추어 판단되어야 했다. 세계사를 자유라는 보편적 정신을 실현해가는 하나의 '법정ein Gericht'으로 보았던 헤겔처럼,[53] 윌슨은 각각의 national claim이 궁극적으로는 역사의 법정에서 '공평'하게 판결될 것이라고 보았다.

네이션들의 다자적, 통합적 협의기구인 국제연맹League of Nations은 '인류의 법정'이라는 이상의 제도적 구현이었다. 윌슨은 특히 국제연맹 규약 11조에 언급된 포럼을 자결 원리의 보편적 실현을 향한 중요한 성취라고 자부했다. 과거에는 몇몇 열강들의 힘의 논리로 결정되고, 파리강화회의에서는 패전국의 식민지 영토만을 취급한다는 제약으로 인해 다루지 못했던 수많은 national claim들, "세계 평화나 세계 평화가 의지하는 네이션들 사이의 선한 이해를 동요하게 할 만한 자결의 모든 요구들이 그 포럼에 회부"[54]될 것이다. 윌슨은 일본의 산동반도에서의 특권 요구(21개조 요구)에 대한 중국의 반대 주장을 바로 이 포럼에서 다룰 첫 번째 사례로 들고 있다. 그는 과거 중국 영토가 열강들의 부당한 특권들(예컨대 열강들의 조차지나 치외법권)로 유린당하는 것을 미국이 방조했음을 상기시키면서, 국제연맹 포럼을 하나의 '혁명적' 발전이라고 평가한

interests of the populations concerned)"이 정부의 주장과 같은 무게로 고려되어야 한다는 주장)를 분석하면서 식민지 주민들(피식민자)은 '결정'의 주체가 아니라 그들의 이익도 함께 고려해야 할 대상에 머물러 있음을 지적한 바 있다. Erez Manela, *op. cit.*(Kindle Version, 948/8221)

53 G. W. F. 헤겔, 임석진 역, 『법철학』, 한길사, 2008, 579쪽.

54 "An Address in the City Auditorium in Pueblo"(1919.9.25), PWW 63 : 496.

다. "국제법에 도덕을 첨가함으로써 국제법이 혁명화"되었으며, "세계의 모든 국제적 관행들이 혁명화"[55]되고 있다는 것이다.

한편 윌슨은 여러 연설에서 국제연맹 규약 10조 '영토의 보전territorial integrity' 원칙에 대한 오해를 불식시키려고 애썼다. 주권국가들의 독립이나 영토의 보전을 침해하지 않겠다는 원리는 현존 국가들의 외적 주권을 승인하고 보장한다는 의미였다. 그러나 이 원칙은 현존 국가들의 영토적, 주권적 경계를 영속화함으로써 이에 도전하는 어떤 자결의 주장들도 원천적으로 봉쇄하는 것이 아닌가라는 비판을 불러 일으켰다. 윌슨은 이렇게 답한다. 규약 10조는 무엇보다 '외세의 침입'에 대해 주권국가의 독립과 영토를 지키려는 원리다. 그는 제국주의의 통치원리인 지배domination가 people의 자결과 자기-통치의 원리와는 정반대라고 보았다. 무릇 "제국주의란 지배받기를 선택하지 않은 people의 운명을 지배하려는 계획"이기 때문이다.[56] 윌슨이 영토보전의 원리를 통해 막고자 한 것은 약소국민들의 자결과 자기통치의 권리를 침해하는 제국주의 열강들의 "야망에 찬 침략 전쟁"이었다.

그러나 (이 원리가) 막을 수 없는 한 가지가 있다. 그리고 나로 말하자면 그 한 가지를 막고 싶은 생각도 없다. 파리(강화회의)의 동료들 전부는 아니더라도 상당수를 대변해서 말하건대, 그들 역시 그것을 막고자 하지 않을 것이다. 그것은 바로 혁명의 권리다. (영토보전의 원리는 people의) 자결의 선택을 막지 않는다. 어떤 nations도 people과 그 일부의 열망과 행위

---

55 *ibid.*, pp.507~508.
56 "An Afterdinner Speech in LA"(1919.9.20), PWW 63 : 404.

에 반대되는 정부를 보호하겠다고 약속하지 않는다.[57]

　흥미롭게도 여기서 윌슨이 설정했던 외적 주권과 내적 주권의 '결정' 심급은 역전되는 것처럼 보인다. 이미 승인된 외적 주권의 보장 원리는 내적 주권에 반대하는 people(민중)의 혁명을 막지 않는다. 아니, 막을 수 없다. nation의 자격이라는 외적 주권을 승인받지 못한 자들, 문명의 기준들에 미달하기에 내적 주권의 자기-결정도 불가하다고 선고된 자들이 스스로의 권리를 주장하며 봉기하는 혁명의 순간에 모든 결정의 심급들이 전도되고 뒤집힌다. 이제 혁명의 법정초적 폭력 위에서 people이 '결정'한다. 새로운 법(정체, constitution)이 선포되거나 기존의 법이 근본적으로 변형된다. people이 새롭게 창설한 내적 주권은 국제질서(nation들의 질서) 속에서 여전히 외적 주권을 승인받아야 하겠지만, 승인은 열강들의 시혜를 통해 부여되는 것이 아니라 힘과 힘의 대결 속에서 쟁취된다. 자결의 선언과 그 말이 현실이 되도록 투쟁하는 people의 거센 역량이, 승인하지 않을 수 없도록 '결정'한다. 윌슨이 인정하듯 미국이야말로 그러한 혁명을 통해 창설되었기에, 그는 외적 주권의 승인원리가 내적 주권의 혁명적인 자결 원리를 결코 막지 않을 것이며 막을 수 없을 것이라고 약속한다.[58]

　그러나 people의 혁명을 통한 자결의 추구가 오로지 물리적 힘의 대결과 무한한 폭력의 악순환으로 빠져들지 않기 위해서는 한 가지 조건이 부여된다. pcople은 자신들의 자결의 권리가 어떻게 인류의 보편적

57　"An Address in Reno"(1919.9.22), PWW 63 : 432~433.

58　"An Address in the Tabernacle in Salt Lake City"(1919.9.23), PWW 63 : 459.

이상에 기여할 수 있는지 '인류의 법정' 앞에서 증명해야 한다. 윌슨은 국제연맹 11조의 포럼이 그러한 법정 역할을 해줄 것이라고 기대했다. "자결의 힘을 행사하고자 하나 평화조약에 의해 대표되지 못한" 어떤 이들도 이 포럼에 들어와 그들의 요구를 말하고 "그들의 이익이 세계의 안정에 어떤 영향을 끼치는지" 주장할 수 있을 것이라고 약속했다.[59]

윌슨의 약속은 국제연맹에서 실현되지 못했고, 제2차 세계대전 이후의 국제연합은 네이션들의 평등보다 오히려 강대국의 특권을 더 강화하는 방식으로 변형되었다. 그럼에도 불구하고 국제연맹 규약에 담기지 못했던 자결의 권리는 제2차 세계대전 후 UN 헌장UN Charter Article 12, 55에 기입되었다. 자결의 권리는 식민지들의 해방 투쟁으로 들끓던 1950년대를 거쳐 유엔총회의 반식민 결정(1960)[60]으로 법적 생명력을 갖게 되었으며, UN 인권규약Human Rights Covenants(1966) 안에서 좀더 보편적인 권리로 정립되었다. 수많은 굴절 속에서도 역사의 법정은 결국 자유라는 정신의 이념을 조금씩 실현해가고 있는 것일까. 그렇다 하더라도 역사라는 법정이 인류에게 보여준 바는, 어떤 보편적 이상도 헤겔이나 윌슨이 믿었던 것처럼 위로부터의 일방적인 계몽과 시혜를 통해 구현되지는 않았다는 점이다. 프랑스혁명이 그러했듯 보편적 이념(자유, 인권, 평등)은 오히려 아래로부터의 혁명을 통해 비로소 선포되고 법에 기입될 수 있었다. 그러나 그렇게 선포된 보편적 이상은 언제나 권리들의 불균등한 분배와 차별과 배제와 자격의 문턱들로 다시 균열되며, 이로 인

---

59 "An Address in the Denver Auditorium"(1919.9.25), PWW 63 : 506.

60 〈Declaration on the Granting of Independence to Colonial Countries and Peoples〉, 〈Principles which should guide members in determining whether or not an obligation exists to transmit the information called for under Article 73e of the Charter〉(1960)

해 고통받는 이들의 새로운 봉기 속에서 늘 갱신된다. '월슨의 순간'이란 서구중심적, 식민주의적 '보편'의 균열과 피식민자의 저항을 통한 '보편'의 갱신, 법과 폭력과 정의의 역설적이면서도 역동적인 드라마가 펼쳐지던 세계사의 한 국면이 아닐까.

5. National self-determination을 둘러싼 한미일의 해석 갈등과 보편사적 의미

결론을 대신하여 제1차 세계대전 후 월슨의 네이션 및 자결론을 둘러싸고 한일 간에 벌어졌던 해석 갈등과 그 보편사적 의미를 짧게 요약하는 것으로 후속 논문의 연구 방향을 제시하고자 한다.

월슨의 자결론은 3·1운동 전후 일본과 조선에서 각기 다른 방식으로 해석되거나 비판되면서 나름의 '보편적' 이상을 주장하기 위한 논리로 활용되었다. 일본은 월슨의 자결론과 네이션의 평등 원칙을 구미의 인종주의를 비판하기 위한 논리적 발판으로 삼았다. 권리들은 인종적 차이에 따라서가 아니라 문명의 수준에 따라 부여되어야 함을 주장하며 국제연맹 규약에 반인종주의 조항을 삽입하려고 시도했다. 그러나 일본의 반인종주의는 반식민주의로 급진화되지 못한 채 오히려 일본의 식민주의적 지배를 정당화하는 논리로 전유되었다. 일본은 아시아 먼로주의를 제창하면서 아시아에서의 일본의 특권을 곧 자결의 권리라고 주장했다. 또한 3·1운동에 나선 조선인들을 향해서는 월슨의 자결론을 '오해'했다고 비판하면서, 자결의 주체인 네이션은 주권국가와 국민일 뿐이며 새롭게 자결권을 부여받는 것은 패전국의 식민지 민족들뿐이라는 현실론을 펼치기도 했다. 그러나 이처럼 자결론을 현존 국가들의 주권 불가침과 균세의 국제 정치라는 관점에서만 해석한 것 역시 윌슨 사상의 본뜻과는 거리가 있었다.

윌슨의 자결론과 3·1운동의 관계에 대해서는 두 가지 상반된 관점이 존재한다. 하나는 일본제국의 주장처럼 자결의 주체를 국민nation이 아닌 식민지 민족people으로 '오해'한 조선인들이 유언비어를 믿고 부화뇌동했다는 입장이다. 다른 한편으로는 'nation-민족'의 개념적 연결을 이미 자명한 것으로 전제하고, 조선민족nation이 윌슨의 '민족자결론national self-determination'에 고무되어 식민치하에서의 잠재된 불만을 분출시켰다는 입장이다.

그러나 식민지 민족-nation이란 정체성의 발현이 아닌 주체화의 실천이라는 관점에서 재해석될 필요가 있다. 1910년대 말의 시점에서는 민족이라는 의식뿐 아니라 민족이라는 단어조차도 이미 자명한 것으로 주어져 있었던 것은 아니다. 그것은 민족자결을 선언하고, 주장하고, 소문과 아우성 속에서 입에서 입으로 전해지는 가운데 비로소 획득된 것이다. 요컨대, 3·1운동이라는 해방의 정치 이전에는 '조선민족'(민족-nation)이 존재하지 않았으며, 단지 몫 없는 자들인 '조선인'(민족-people)만이 있었다고도 할 수 있다. 스스로를 자결의 권리를 가진 주체로 선언하는 수행적 해석과 해방을 향한 저항적 실천을 통해 '조선인'은 비로소 문화정치적 공동체이자 잠재적 국민으로서의 '조선민족'(민족-nation)으로 구성될 수 있었다.

이러한 수행적 주체화는 '조선민족'을 'the Korean nation'으로 역번역했던 번역의 '정치'에서도 잘 드러난다. 이는 조선인이 자결의 권리를 지닌 네이션임을 '승인' 받기 위한 의식적 실천이었다. 그것은 단순히 윌슨의 자결론이나 네이션 개념에 대한 '오해'가 아니라 '잘못'의 드러냄이었다. 의도적인 계산착오, 잘못, 비틀림을 통해 기존의 질서(네이션들의 일가, 국민-제국들의 경존체제)를 지탱하고 있는 아르케, 대지의 노모스, 치안의 잘못을 드러내는 정치적 실천이었다. 이는 한국의 '민족' 개념에도 일종의 개념사적 단절을 가져왔다. 구한말 people 개념의 번역어로 도입되었던 '민족'은 신채호의 '민족-제국'론에서 볼 수 있듯 제국주의 담론과 연속적이었다. 그러나 3·1운동을 거쳐 새롭게 자결의 권리와 연결된 '민족'은 제국주의적 주권형식에 저항하는 반제국주의적 '민족'으로 개념사적 단절을 이뤄냈다.

제1차 세계대전 후 자결론의 해석을 둘러싼 한미일의 해석 갈등은 동양과 서양이라는 문명론적 대립구도를 넘어 지배와 저항의 역학을 입체적으로 재고할 필요성을 제기한다. 자결론의 해석을 둘러싼 미국과 일본의 대결 구도 속에서 각각은 어떤 '보편적 이상'(피통치자의 동의에 입각한 민주주의 vs 반인종주의)을 주장했지만, '제국들 사이'에 놓여 있었던 한국이라는 장소는 두 가지 보편의 기획이 모두 균열되는 지점으로서의 특이성을 갖는다. 서구중심적 이데올로기의 기만을 폭로하는 것이야말로 지난 한 세기 세계사의 구도 안에서 일본이라는 발화 위치의 독특한 기능이었다면, 일본 제국의 지배를 받았던 동아시아 식민지로서의 한국은 서양 대 동양(동양을 대표하는 일본)이라는 이항대립을 다시 한번 균열시키는 발화위치가 될 수 있다. 한국의 식민지 경험은 서양 중심주의의 한계, 그리고 이를 비판했으나 극복하지는 못했던 '동양(일본)'의 한계를 동시에 응시하는 제3항으로서, 아직 실현되지 못한 인류의 보편적 이상을 상기시키는 역사적 자원으로 활용될 수 있을 것이다.

간행사_연세근대한국학 HK+ 학술총서를 내면서

우리 연구소는 '근대한국학의 지적 기반 성찰과 21세기 한국학의 전망'이라는 아젠다로 HK+ 사업을 수행하고 있습니다. '한국학이 무엇인가' 하는 점은 물론 관점에 따라 달라질 수 있을 것입니다. 하지만 개항과 외세의 유입, 그리고 식민지 강점과 해방, 분단과 전쟁이라는 정치사회적 격변을 겪어 온 우리가 스스로를 어떤 존재로 규정해 왔는가의 문제, 즉 '자기 인식'을 둘러싼 지식의 네트워크와 계보를 정리하는 일은 반드시 필요한 작업이라고 생각합니다. '자기 인식'에 대한 탐구가 그동안 없었던 것은 아니지만, 현재 제도화되어 있는 개별 분과학문들의 관심사나 몇몇 지식인들을 대상으로 한 제한적인 논의였음을 부인하기는 어려울 것 같습니다. 이러한 현실에서 '한국학'이라고 불리는 인식 체계에 접속된 다양한 주체와 지식의 흐름, 사상적 자원들을 전면적으로 복원하고자 하는 것이 바로 저희 사업단의 목표입니다.

'한국학'이라는 담론 / 제도는 출발부터 시대·사회적 영향을 강하게 받아왔습니다. '한국학'이라는 술어가 우리의 입에 오르내리기 시작한 것도 해외에서 진행되던 지역학으로서의 '한국학'이 반향을 불러일으키면서 부터였습니다. 그러나 '한국학'이란 것이 과연 하나의 학문으로서 성립할 수 있느냐 하는 질문에 답을 얻기도 전에 '한국학'은 관주도의 '육성' 대상이 되었습니다. 이에 대응하여 실천적이고 주체적인 민족의식을 강조하는 '한국학'은 1930년대의 '조선학'을 호출하였으며 실학과의 관련성과 동아시아적 지평을 강조하기도 하였습니다. 그 가운데 근대화, 혹은 근대성은 서로 다른 맥락에서 '한국학'을 검증하였고, 이른바 '탈근대'의 논의는 의심 없이 받아들여지던 핵심 개념이나 방법론에 문제를 제기하기도 하였습니다.

'한국학'이 이와 같이 다양한 맥락에서 논의되어 온 것은 그것이 우리의 '자기인식', 즉 정체성 문제와 관련되어 있기 때문일 것입니다. 대한제국기의 신구학 논쟁이나 국수보존론, 그리고 식민지 시기의 '조선학 운동'은 물론이고 해방 이후의 '국학'이나 '한국학' 논의 역시 '자기인식'에 대한 시대적 요구에 응답하려는 노력이었을 것입니다. 우리가 '한국학'의 지적 계보를 정리하는 것에 만족하지 않고 21세기의 전망을 제시하고자 하는 이유도, '한국학'이 단순히 학문적 대상에 대한 기술이나 분석에 그치지 않고 우리의 현재를 성찰하며 더 나아가 미래를 구상하고 전망하려는 노력에 직간접적으로 연결된다고 보기 때문입니다. 주지하듯 근대가 이룬 성취 이면에는 깊고 어두운 부면이 있습니다. 그리고 이 명과 암은 어느 것 하나만 따로 떼어서 취할 수 없는 한 덩어리일 가능성이 있습니다. 21세기 한국학은 근대에 대한 성찰을 통해 이 질곡을 해결해야 하는 시대적 요구에 응답해야만 하는 과제를 안고 있습니다.

연세근대한국학 HK+ 학술총서는 이러한 과제를 수행하는 과정에서 나오는 성과물을 학계와 소통하기 위한 시도입니다. 학술총서는 연구총서와, 번역총서, 자료총서로 구성됩니다. 연구총서를 통해 우리 사업단의 학술적인 연구 성과를 학계의 여러 연구자들에게 소개하고 함께 논의를 진정시키고자 합니다. 번역총서는 주로 외국인들에 의해 이루어진 조선 / 한국 연구를 국내에 소개하려는 목적에서 기획되었습니다. 특히 동아시아적 학술장에서 '조선학 / 한국학'이 어떻게 구성되고 작동하여 왔는지를 살펴보려고 합니다. 또한 자료총서를 통해서는 그동안 소개되지 않았거나 불완전하게 알려진 자료들을 발굴하여 학계에 제공하려고 합니다. 새롭게 시작된 연세근대한국학 HK+ 학술총서가 소기의 목적을 달성할 수 있도록 여러 연구자들의 관심과 격려를 부탁드립니다.

2019년 10월
연세대 근대한국학연구소 인문한국플러스(HK+) 사업단